U0565864

献给中国原生文明的光荣与梦想

——题记

大秦帝国

点评本

第五部 铁血文明

上卷

孙皓晖 著

谢有顺 胡传吉 点评

河南文艺出版社

目 录

第一章 初政飓风

第二章 大决泾水

第三章　乾坤合同

第四章　风云三才

第五章　术治亡韩

第六章　乱政亡赵

第七章　迁政亡燕

楔子

秦王政在位时，确实有很多异象，如大旱、蝗灾、彗星频现等。

秦王政十年深秋时节，红霾笼罩秦川经月不散。

太阳堪堪爬上东方远山，瘦硬的秋风荡起了轻尘，渭水两岸橘红的土雾弥天而起，苍苍茫茫笼罩了山水城池田畴林木行人车马。大咸阳的四门箭楼巍巍拔起，拱卫着中央王城的殿宇楼阁，在红光紫雾中直是天上街市。连绵屋脊上高耸的龟麟雀蛇神兽仙禽，高高俯望着碌碌尘寰，在漫天飘浮的红尘中若隐若现。河山红颜，天地眩晕，怪异得教人心跳。然则，无论上天如何作色，曙光一显，大咸阳还是立即苏醒了过来。最后一阵鸡鸣尚未消散，城内大道已是车马辚辚市人匆匆。官吏们乘车走马，匆匆赶赴官署。日出而作的农夫百工们荷工出户，奔向了作坊，奔向了市中，奔向了城外郊野的农田。长街两侧的官署会社作坊商铺酒肆民宅，也业已早早打开了大门，各色人等无分主仆，都在洒扫庭除奔走铺排，操持着种种活计，开始了新的一日。

长阳街的晨市开张了。

这是咸阳南门内的一条长街。北口与王城隔着一片胡杨林遥遥相望,南北长三里余,东西宽十多丈,两厢店铺作坊相连,是秦国本邦商贾最为集中的大市。长阳街东面,隔着一片鳞次栉比的官邸坊区,便是天下闻名的尚商坊大市。两市毗邻,国府关市署将长阳街定名为国市,将山东商贾聚集的尚商坊定名为外市。咸阳老秦人却从来不如此叫,只依着自家喜好,径自将长阳街呼为勤市,将尚商坊呼为懒市。个中缘由,却也是市井庶人的自身感受。若比货物,尚商坊外市百物俱备,长阳街国市则只能经营秦国法令允许的民生货物。诸如兵器盐铁珠宝丹砂座车战马等等,长阳街决然没有。若比店堂气魄,长阳街多为三五开间的小店铺面,纵有几家大店,也不过八九开间,至多两层木楼一片庭院而已。尚商坊则不然,六国大商社无不飞檐高挑楼阁重叠庭院数进,家家都比秦国大臣的官邸豪阔。便是尚商坊的散卖店铺,也动辄十数开间,铜门铜柜精石铺地,其华贵豪阔,其大店做派,都与长阳街不可同日而语。

老秦人还是喜爱长阳街。

质朴的秦市,有独到的可人处。勤奋敬业,方便国人,白日从不停业,入夜则一直等到净街方关门歇息。若没有战事,大咸阳不在午夜净街,长阳街总有店铺通宵达旦地挑着风灯,等候着不期而至的漂泊孤客。每每是五更鸡鸣,曙色未起,尚商坊还是一片沉寂,六国商贾们还在梦乡,长阳街的晨市早已经是红红火火了。早起的老秦人趁着朦胧天光紧步上市,或交易几件物事,或猛咥一顿鲜香至极的锅盔羊肉,完事之后立即便去忙自己的生计。即或官府吏员游学士子,也多相约在长阳街晨市说事,吃喝间铺排好当日要务,便匆匆离市去应卯任事。日久成习,长阳街晨市不期然成了大咸阳一道诱人的黎明风物。

清晨相遇,市人的第一个话题大多是天气。

连日红霾,人们原本已经没有了惊诧,相逢摇头一叹,甚话不说便各自忙碌去了。今日却是不同,谁见了谁都要停下来嘀咕几句,说的也几乎都是同一则传闻:齐国有个占候家进了咸阳,占秦国红霾曰:“霾之为气,雨土霏微,天地血色,上下乖戾也。”不管生人熟人,相互嘀咕几句,便争相诉说起一连串已经多日不说似乎已经遗忘了的惊诧疑问。有人忙着解说,甚叫霾,天象家阴阳家叫作“雨土”,老秦人说法是天上下土。有人便问,天上下土也得有个来由,秦川青山绿水温润多雨,何方来得如此漫天红尘整日作雨飘洒?有人便惊诧,老哥哥也,莫非秦国当真又要出事了?不管谁说谁问,话题都是惶惶不安。

一色的霾事。

“快去看了！南门悬赏！一字千金——！”

市人相聚私语之时，突然一个童仆从街中飞奔而过，清亮急促的稚嫩喊声一路洒落。无论是店中市人还是当街洒扫的仆役，一时纷纷惊讶。一老者高声急问：“甚甚甚，一字千金？说明白也！”有人遂高声大笑：“碎崽子没睡醒，你老伯也做梦么？一字千金，我等立马丢了扫把，读书认字去！”街中店中，顿时一片哄然大笑。

“南门悬赏！一字千金！快去看了——！”童仆依旧边跑边喊。

随着稚嫩急促的喊声一路飞溅，市人渐渐把持不定了。先是几个好事者拔腿奔南门而去，接着便是店堂食客们丢下碗筷去了，接着，洒扫庭除者也拖着扫把抱着铜盆抹布纷纷向南门去了。不消片刻，连正在赶赴官署的吏员与游学士子们，也纷纷回车跟着去了。

南门东侧的车马场，大大地热闹起来了。

城墙下立起了一道两丈余高的木板墙，从城门延伸到车马场以东，足足两箭之地。木板墙上悬挂着一幅幅白布，从两丈多高的大板顶端直至离地三尺处，匹练垂空，壮观之至。最东边第一幅白布上，钉着四个斗大的铜字——吕氏春秋。铜字下立着一方本色大木板，板上红字大书：吕氏春秋求天下斧正，改一字者赏千金！一幅幅大白布向西顺次排开，上面写满了工整清晰的拳头大字。茫茫白墙下，每隔三丈余摆有一张特大书案，案上整齐排列着大砚、大笔、大羊皮纸。每张大案前站定两名衣饰华贵的士子，不断高声地宣示着：“我等乃文信侯门客，专一督察正误之功！大著求错，如商君徙木立信。无论何人，但能改得一字，立赏千金！”

如此旷世奇观，潮水般聚拢的人群亢奋了。

《史记·吕不韦列传》：“吕不韦以秦之强，羞不如，亦招致士，厚遇之，至食客三千人。是时诸侯多辩士，如荀卿之徒，著书布天下。吕不韦乃使其客人人著所闻，集论以为八览、六论、十二纪，二十馀万言。以为备天地万物古今之事，号曰《吕氏春秋》。布咸阳市门，悬千金其上，延诸侯游士宾客有能增损一字者予千金。”此所谓“一字千金”的来历。吕不韦虽私德失修，但《吕氏春秋》是文化大贡献，不可抹杀。

不消半个时辰，南门东城墙下人如山海。护城河两岸的大树上，挂满了顽皮的少年。车马场停留的车马，被纷纭人众全部挤了出去。识字的士子们纷纷站上了石礅，站上了土丘，高声念诵着白布墙上的文章。人群中时不时一片哄然惊叹，一片哗然议论，直比秦国当年的露天大市还热闹了许多。大字不识一个的农夫工匠，此时则分外地轻松舒畅，遇见寻常难谋一面的老熟人，便哈哈大笑着一嗓子撂过去："老哥哥能事！快去改，一个字够你走遍天下！"对面老熟人也笑呵呵一句撂过来："该你老兄弟改！一个字，够你老鳏夫娶一百个老妻！"呼喝连连，阵阵哄然大笑不断隆隆荡开在漫无边际的人海。那些读过书识得字者，则无论学问高低根基深浅，都被邻里熟人撺掇得心下忐忑，各个红着脸盯着白布黑字的大墙，费力地端详着揣摩着，希图弄出一个两个自家解得清楚的字，好来几句说头。老秦人事功，你做甚得像甚，平日读书被人敬作士子，交关处却给不上劲，就像整日练武却从不打仗一样会被人看扁看矮的；改得改不得，不必当真，但有个说头，至少在人前不枉了布衣士子的名头。

突然，一个布衣整洁的识字者跳上了一个石礅，人海顿时肃静了。

"诸位，在下念它几篇，改它一字，平分赏金如何？"

"彩——！"人群哄然喝了一声。

布衣士子一回身，指点着白墙大布锐声念了起来："这是《贵公篇》，云：昔先圣王之治天下也，必先公，公则天下平矣！……天下非一人之天下也，天下之天下也。阴阳之和，不长一类。甘露时雨，不私一物。万民之主，不阿一人。"

"高论！好！"人群中一片掌声喊声。

"改得改不得？"

"改不得——！"万众一吼，震天动地。

布衣士子无可奈何地做一个鬼脸，又指点着大墙："再听！这是《顺民篇》，云：先王先顺民心，故功名成。夫以德得民心，以立大功名者，上世多有之矣！失民心而立功名者，未曾有之也。得民心，必有道。万乘之国，百户之邑，民无有不悦。取民之所悦，而民取矣！民之所悦，岂非终哉！此取民之要也。"

"万岁！"

"改得改不得？"

"一字不改——！"万众吼声热辣辣再度爆发。

布衣士子摇摇头,又回身指点:"再听,这是《荡兵篇》,云:古圣王有义兵,而无有偃兵。兵之所自来者久矣,与始有民俱。凡兵也者,威也。威也者,力也。民之有威力,性也。性者所受于天也,非人之所能为也,武者不能革,工者不能移。……天下争斗,自来者久矣!不可禁,不可止,故圣王有义兵,而无有偃兵矣!……义兵之为天下良药也,亦大矣!兵诚义,以诛暴君而振苦民,民悦之也。"

"义兵万岁!"

"改得改不得?"

"改不得——!"

"不要赏金么?"

"不要——!"山呼海啸般的声浪淹没了整个大咸阳。

布衣士子跳下石礅,回身对着白布大墙肃然一躬,高诵一句:"大哉!文信侯得天下之心也!"一脸钦敬又神采飞扬地淹没到人群中去了,似乎比当真领了赏金还来得舒坦。

换到今天,吕不韦就是最成功的营销者。在街市一闹,影响就出来了,传播的速度不输于流言。小说还借广场效应,对比吕不韦宽政与商鞅严政的"群众基础"。写得巧妙。

熙熙攘攘之际,一队人马护卫着一辆华贵的轺车驶到了。

轺车马队堪堪停在车马场边,已经下马的几个锦绣人物从车上抬下了一口红绫缠绕的大铜箱。其余锦绣人物,却簇拥着一个散发无冠的白发老者来到了大白墙下。

书案旁门客一声长喝:"群众[①]让道,纲成君到——"

人群哗地闪开了。大红锦衣须发雪白的蔡泽,大步摇到了一方大石前,推开前来扶持的门客,一步蹬上石礅。人群情知有事,渐渐平息下来。蔡泽的公鸭嗓嘎嘎回荡起来:

① 群众,战国话语,出《吕氏春秋·不二》:"听群众之议治国,国危无日矣!"

“诸位，老夫业已辞官，将行未行之际，受文信侯之托，前来督察征询一字师。《吕氏春秋》者，文信侯为天下所立治国纲纪也。今日公诸于咸阳市门，为的是广告天下，万民斟酌！天下学问士子，但有目光如炬者尽可正误。正得一字，立赏千金，并尊一字师！老夫已非官身，决以公心评判。来人，摆开赏金！”话音落点，两名锦绣人物解开了红绫，打开了箱盖，码排整齐的一层金饼灿灿生光，赫然呈现在了人们眼前。

万千人众骤然安静了。

百余年来，商君的徙木立信已经成为老秦人津津乐道的久远传奇。老秦人但说秦国故事，这徙木立信便是最为激动人心的篇章。无论说者听者，末了总有一句感喟：“移一木而赏百金，商君风采不复见矣！”不想，今日这文信侯一字千金，手笔显然是大多了。然则，商君作为是立信于民，这文信侯如此举动，却是所为何来？一部书交万民斟酌，自古几曾有过？那诸子百家法墨道儒，皇皇典籍如满天群星，谁个教老百姓斟酌过？再说，老百姓有几个识得字，能斟酌个甚，只怕能听明白的都没几个。要老百姓说好，除非你在书里替老百姓说话，否则谁说你好？噢，方才那个布衣士子念了几篇，都是替老百姓说话的。怪道交万民斟酌，图个甚来？还不是图个民心，图个公议。可是，赫赫文信侯权倾朝野，希图这庶民公议又是为甚？列位看官留意，老秦人原本木讷厚重，商鞅变法之后的秦人，对法令官府的笃信更是实实在在；凡事只要涉及官府，涉及国事，秦人素来都分外持重，没有山东六国民众那般议论风生勃勃火热。荀子入秦，感慨多多，其中两句评判最是扎实：“民有古风，官有公心。”要使民众听从一书之说而怀疑官府，老秦人便要先皱起眉头揣摩一番了。今日这一字千金，不像徙木立信那般简单，小心为妙。世间事也是奇特，若蔡泽不说，老秦人还图个热闹看个稀奇，尽情地呼喝议论；蔡泽气昂昂一宣宗旨，万千人海一时倒有了忐忑之心。

“天下文章岂能无改？在下来也！”

陡然一声破众，人海一阵骚动叫好，哗然闪开了一条夹道。

一个红衣士子手持一口长剑，从人海夹道赳赳大步到了大墙之下。蔡泽走下石礅，遥遥一拱手道：“敢问足下，来自何国？高名上姓？”红衣士子一拱手，昂然答道：“鲁国士子淳于越，孟子门下是也！”蔡泽不禁失笑道：“鲁国已灭，足下宁为逸民乎？子当楚人或齐人才是。”红衣士子断然摇手：“世纵无鲁，民心有鲁！纲成君何笑之有？”蔡泽摇摇头不屑与之争辩地笑了笑，虚手一请道：“此非论战之所，足下既有正误之志，请做一字师。”

“校勘学问，儒家当仁不让。”淳于越冷冷一笑，一步跨上石礅，剑指白布大墙，“诸位且看，此乃《仲秋纪》之《论威篇》，其首句云：‘义也者，万事之纪也，君臣上下亲疏之所由起也，治乱安危过胜之所在也。’可是如此写法？”

儒生出来“献丑”。

“正是！”周边士子同声回应。

“在下便改这个‘义’字！”淳于越的剑鞘不断击打着白布大墙，“义字，应改为礼字！万事之纪，唯礼可当。孔夫子云：悠悠万事，唯此为大，克己复礼也。礼为纲纪，决然不可变更。以义代礼，天下大道安在！”

人群却是出奇的冷漠，没有拍掌，没有叫好，红蒙蒙混沌天空一般。淳于越一时惊愕，颇有些无所措手足。突然，一个白发老者高声问：“敢问鲁国先生，你说的那个礼，可是孔夫子不教我等庶民知道的那个礼？那句话，如何说来着？”

“礼不下庶人！”有人高声一应。

“对对对，礼不下庶人！”老人突然红了脸，苍老的声音颤抖着，“万千庶人不能礼，只一撮世族贵胄能礼，也做得万事之本？啊！”

《礼记·曲礼上》：“国君抚式，大夫下之；大夫抚式，士下之。礼不下庶人，刑不上大夫。刑人不在君侧。”《礼记》辑于前汉或后汉，战国时期即冒出来，有点穿越。

“说得好！老伯万岁——”

众人一片哄笑叫好，粗人索性骂将起来：“我当小子能拉出个金屎，却是个臭狐子屁话！”“直娘贼！礼是甚？权贵大棒槌！”“孔老夫子好阴毒，就欺负老百姓！”“还孟子门下，还鲁国，光腚一个，丑！不睬！”“鸟！还来改书，回去改改自家那根物事去！”

一片哄哄然嬉笑怒骂，淳于越羞愧难当，黑着脸拔脚去了。

“好！民心即天心，评判得当！”

蔡泽分外得意，长笑一阵，高呼一声：“《吕氏春秋》人皆可改，山东士子尤可改！”又吩咐下去，教门客们站上石礅，齐声高呼："《吕氏春秋》人皆可改！山东士子尤可改！"蔡泽本意，是明知山东士子多有才俊，只有山东士子们服了，《吕氏春秋》才能真正站稳根基，所以出此号召之辞。但是，这句话此时在万千老秦人听来，却认定这是对六国士子叫阵，不由分说便跟着吼了起来，一时声浪连天，要将大咸阳城掀翻一般。如此直到过午，直到暮色，再也没有一个士子来做一字师了。

将灯之时，一个锦衣门客匆匆来到南门，挤到了蔡泽身边。

门客几句低语后，蔡泽大为惊愕，立即登上轺车淹没到红光紫雾中去了。

借《吕氏春秋》，引出治国分歧，法家、儒家、杂家，哪一家之说是更高明的治国术呢？实无定论。秦王政所纳，除了法家，恐怕还得加上阴阳家。《吕氏春秋》之颁布，当在秦王亲政之前。杨宽认为，"《吕氏春秋》这样综合儒、法、阴阳各家的政治学说，企图用来作为完成统一的指导思想，和秦国历来采用'严刑峻法'的法家思想，显然是有矛盾的"，"吕不韦不先不后地把这部书公布出来，是想在秦始皇亲理政务前，使自己的学说定于一尊，使秦始皇成为他的学说的实践者，从而维持其原有的地位和权势"。（杨宽著《战国史》上册，上海人民出版社，1955年，第388—389页）小说将《吕氏春秋》改为吕不韦获罪原因之一，这一改编有其道理。如果说嫪毐事件是导火线，那么，施政理念的分歧，就是吕不韦获罪的最主要原因。

第一章　初政飓风

一　歧路在前　本志各断

李斯出身一般，但后来位极人臣，女儿皆嫁王子，儿子皆娶公主，纵观历史，也没有多少人能如李斯般显贵。《史记·李斯列传》："李斯者，楚上蔡人也。年少时，为郡小吏，见吏舍厕中鼠食不洁，近人犬，数惊恐之。斯入仓，观仓中鼠，食积粟，居大庑之下，不见人犬之忧。于是李斯乃叹曰：'人之贤不肖譬如鼠矣，在所自处耳！'"厕中鼠与仓中鼠，所处住所有别，待遇也不一样。受此启发，李斯乃改变其出身，投于荀子门下，后学成，"故斯将西说秦王矣"，出身变，住所变，李斯终至人臣之极。

月黑风高，一只乌篷快船离开咸阳逆流西上。

李斯接到吕不韦的快马密书，立即对郑国交代了几件河渠急务，便从泾水工地兼程赶回咸阳。暮色时分正到北门，李斯却被城门吏以"照身有疑，尚须核查"为由，带进了城门署公事问话。李斯一时又气又笑，却又无从分辩。这照身制是商鞅变法首创，一经在秦国实施，立时对查奸捕盗大见成效，山东六国纷纷仿效。百年下来，人凭照身通行便成了天下通制。所谓照身，是刻画人头、姓名并烙有官府印记的一方手掌大的实心竹板。本人若是官吏，照身还有各式特殊烙印，标明国别以及官爵高低。秦法有定：庶民照身无分国别，只要清晰可辨，一律如常放行；官身之人，除了邦交使节，则一定要是本国照身。李斯从楚国入秦，先是做吕不韦门客，并非官身，一时不需要另办秦国照身；后来匆忙做了河渠令，立即走马到任忙碌正事心无旁骛，却忘记了及时办理秦国新照身。加之李斯与郑国终日在山塬密林间踏勘奔波，腰间皮袋中的老照身被挤划摩擦得沟痕多多，实在是不太明晰了。照身不清而无法辨认，原本便不能通行，李斯又是秦国官服楚国照身，分明违法，却该如何分辩。说自己是秦国河渠令，忙于大事而疏忽了照身么？官吏不办照身，本身便是过失，任何分辩都是越抹越黑。李斯对秦法极是熟悉，对秦吏执法之严更是多有体味，心知有过失之时绝不能狡口抗辩，否则，被罚十日城旦①，岂不大大误事？

"如何处置，但凭吩咐。"

在山岳般的城墙根的城门署石窟里，李斯只淡淡说得一句，甘愿认罚。不想，城门吏压根没公事问话，只将李斯撂在幽暗的石窟角落，拿着他的照身便不见了踪迹。李斯驰骋一日疲惫已极，未曾挺得片刻，便靠着冰冷的石墙鼾声大起了。不知几多辰光，李斯被人摇醒，睁眼一看，煌煌风灯之下竟是蒙恬那张生动快意的脸庞。

"李斯大哥，今夜兄弟借你。走！"

一句话说罢，尚在愣怔之中的李斯被蒙恬背了起来，大步走出石窟，钻进了道边一辆篷布分外严实的辎车飞驰而去。一路辚辚车声，李斯已经完全清醒，却只做睡意朦胧一言不发。已经是咸阳令兼领咸阳将军的蒙恬，以如此奇特的方式借自己，实在是蹊跷至极。蒙恬不说，李斯自然也不会问。可是，究竟所为何来？李斯却不得不尽力揣摩。大约小半个时辰，辎车徐徐停稳，李斯依然朦胧混沌的模样，听任蒙恬背了下车。

"李斯大哥，醒醒。"

"阿嚏！"李斯先一个喷嚏，又伸腰打了个长长的哈欠，再揉了一阵眼睛，这才操着北楚口音惊讶地摇头大笑，"呀！月黑风高，阴霾呛鼻，如此天气能吃酒么？"

"这是西门坞，吃甚酒，上船再说。"

"终究咸阳令厉害，吃酒也大有周折。"

蒙恬又气又笑，压低了声音："谁与你周折，上船你便知道！"

"不说缘由，拉人上船，劫道么？"

① 城旦，先秦至汉代通用刑罚之一。刑名取"旦（清晨）起行治城"之意，即自备衣食，清晨起来修筑城墙或服工程苦役。被罚者一般是修葺本地城池，为轻度违法之刑。

“非常之时，非常之法，大哥见谅。”

“好好好，终究三月师弟，劫不劫都是你了。”

淡淡一笑，李斯便跟着蒙恬向船坞西边走去。连日红霾，寻常船只都停止了夜航，每档泊位都密匝匝停满了舟船，点点风灯摇曳，偌大船坞扑朔迷离。走得片刻，便见船坞最西头的一档泊位孤零零停泊着一只黑篷快船，李斯心头蓦然一亮。这只船风灯不大，帆桅不高，老远看去，最是寻常不过的一只商旅快船而已，如何能在泊位如此紧缺之时独占一档？在权贵层叠大商云集律法又极其严明的大咸阳，蒙恬一个咸阳令有如此神通？

“李斯大哥，请。”

方到船桥，蒙恬恭敬地侧身虚手，将李斯让在了前面。

正在此时，船舱皮帘掀起，一个身着黑色斗篷挺拔伟岸的身躯迎面大步走来，到得船头站定，肃然一躬道：“嬴政恭候先生多时了。”李斯一时愣怔又立即恍然，也是深深一躬：“在下李斯，不敢当秦王大礼。”嬴政又侧身船头，恭敬地保持着躬身大礼道：“船桥狭窄，不便相扶，先生稳步。”对面李斯心头大热，当即深深一躬，方才大步上了船桥。一脚刚上船头，嬴政便双手扶住了李斯：“时势跌宕，埋没先生，嬴政多有愧疚。”

吕不韦老矣，秦王要谋新的重臣。蒙恬去荀子处晃荡，意不在游学，而在为秦王求贤，最终寻得李斯。这是小说的刻意安排。

“！”李斯喉头猛然哽咽了。

“先生请入舱说话。”嬴政恭敬地扶着拘谨的李斯进了船舱。

“撤去船桥，起航西上。”蒙恬一步上船，低声发令。

快船荡开，迅速消失在沉沉夜雾之中。船周六盏风灯映出粼粼波光，船上情形一目了然。船舱宽敞，厚毡铺地，三张大案不分尊卑席次按品字形摆开。嬴政一直将李斯扶入临窗大案坐定，这才在侧案前入座。一名年轻清秀的内侍捧来了茶盅布好,又斟就热气蒸腾清香扑鼻的酽茶,一躬身轻步去了。嬴政指着年轻内侍的背影笑道:“这是自小跟从我的一个内侍,小高子。再没外人。”

李斯不再拘谨,一拱手道:“斯忝为上宾,愿闻王教。”

嬴政笑着一摆手,示意李斯不要多礼,这才轻轻叩着面前一摞竹简道:“先生既是荀子高足,又为文信侯总纂《吕氏春秋》。嬴政学浅,今日相请,一则想听听先生对《吕氏春秋》如何阐发,二则想听听先生对师门学问如何评判。仓促间不知何以得见,故而使蒙恬出此下策。不周之处,尚请先生见谅。”

“礼随心诚。秦王无须介怀。”

“先生通达,嬴政欣慰之至矣!”

简洁利落却又厚实得体的几句开场白,李斯已经掂量出,这个传闻纷纭的年轻秦王绝非等闲才具。所发两问,看似闲适论学,实则意蕴重重,直指实际要害。你李斯既是荀子学生,如何却为别家学派做总纂?是你李斯抛弃了师门之学另拜吕门,还是学无定见只要借权贵之力出人头地?《吕氏春秋》公然悬赏求错,轰动朝野,你李斯身为总纂,却是如何评判?此等问题虽意蕴深锐,然回旋余地却是极大。大礼相请,虚怀就教,说明此时尚寄厚望于你。若你李斯果然首鼠两端,如此一个秦王岂能不察?更有难以揣摩者,秦王并未申明自己的评判,而只是要听听你李斯的评判,既是一种选择,也是一种冒险。也就是说,秦王目下要你评判学问,实际便是要你选择自己的为政立足点,若这个立足点与秦王之立足点重合,自然可能大展抱负,而如果与秦王内心之立足点背离,自然便是命蹇时乖。更实在地说,选择对了,未必壮志得遂;选择错了,却定然是一败涂地。然则,你若想将王者之心揣摩实在而后再定说辞,却是谈何容易!秦王可能有定见,也可能当真没有定见而真想先听听有识之士如何说法。秦王初政,尚无一事表现出为政之道的大趋向,你却如何揣摩?少许沉吟之际,李斯心下不禁一叹,莫怪师弟韩非写下《说难》,说君果然难矣!尽管一时感慨良多,然李斯更明白一点:在此等明锐的王者面前虚言周旋,等于宣告自己永远完结。无论如何,只能凭自己的真实见解说话,至于结局,那就是天意了。

思忖一定,李斯搁下茶盅坦然道:“李斯入秦,得文信侯知遇之恩,故而不计学道轩轾,为文信侯代劳总纂事务。此乃李斯报答之心也,非关学派抉择。若就《吕氏春秋》本身而言,李斯以为:其书备采六百余年为政之成败得失,以王道统合诸家治国学说,以义兵、宽政为两大轴心,其宗旨在于缓和自商君以来之峻急秦法,使国法平和,民众富庶。以治学论之,《吕氏春秋》无疑皇皇一家。以治国论之,对秦国有益无害。”

“先生所谓皇皇一家,却是何家?”

“非法,非墨,非儒,非道。亦法,亦墨,亦儒,亦道。可称杂家。”

“杂家?先生论定?文信侯自命?”

“杂家之名,似有不敬,自非文信侯说法。”

“先生可知,文信侯如何论定自家学派?”

“纲成君曾有一言:《吕氏春秋》,王道之学也。”

“文信侯自己,自己,如何认定?”

“文信侯尝言:《吕氏春秋》便是《吕氏春秋》,无门无派。”

“自成一家。可是此意?”

“言外之意,李斯向不揣摩。”

“本门师学,先生如何评判?”嬴政立即转了话题。

“李斯为文信侯效力,非弃我师之学也。”李斯先一句话申明了学派立场,而后侃侃直下,“我师荀子之学,表儒而里法,既尊仁政,又崇法制。就治国而言,与老派法家有别,无疑属于当世新法家。与《吕氏春秋》相比,荀学之中法治尚为主干,为本体。《吕氏春秋》则以王道为主干,为本体,法治只是王道治器之一而已。此,两者之分水岭也。”

“荀学中法治‘尚’为本体,却是何意?”

“据实而论,荀学法治之说,仍渗有三分王道,一分儒政,有以王道仁政御法之意味。李悝、商君等老派正统法家,则唯法是从,法制至上。两相比较,李斯对我师荀学之评判,便是‘法治尚为本体’。当与不当,一家之言也。”李斯谦逊地笑笑,适时打住了。

“何谓一家之言?有人贬斥荀学?”嬴政捕捉很细,饶有兴致。

“他家评判,无可厚非。”李斯从容道,“斯所谓一家之言,针对荀派之内争也。李斯有师弟韩非,非但以为荀学不是真法家,连李悝、商君也不是真法家,唯有韩非之学说,才是千古以来真正法家。是故,李斯之评判,荀派中一家之言也。”

“噢——?这个韩非,倒是气壮山河。”

“秦王若有兴致,韩非成书之日,李斯可足本呈上。”

“好!看看这个千古真法家如何个真法?”嬴政拍案大笑一阵,又回到了本题,“先生一番拆解，倒是剖析分明。然嬴政终有不解：仲父已将《吕氏春秋》足本送我，如何又以非常之法公诸天下？"

李斯一时默然，唯有舱外风声流水声清晰可闻。嬴政也不说话，只在幽幽微光中专注地盯着李斯。沉吟片刻，李斯断然开口："文信侯此举之意，在于以《吕氏春秋》诱导民心。民心同，则王顾忌，必行宽政于民，亦可稳固秦法。如此而已，岂有他哉！"

"秦法不得民心？"

又是片刻默然，李斯又断然开口："秦法固得民心。然则，庶民对秦法，敬而畏之。对宽政缓刑，则亲而和之。此乃实情，孰能不见？敬畏与亲和，孰选孰弃？王自当断。"

"敢问先生，据何而断？"

"据秦王之志而断，据治国之图而断。"

"先生教我。"嬴政霍然起身，肃然一躬。

李斯粗重地喘息了一声，也起身一拱手，正色道："秦王之志，若在强兵息争，一统天下，则商君法制胜于《吕氏春秋》。秦王之志，若在做诸侯盟主，与六国共处天下，则《吕氏春秋》胜于商君法制。此为两图，李斯无从评判高下。"

"粗重地喘息"，这个表达，用得过于频繁。

"先生一言，扫我阴霾也！"骤然之间，嬴政哈哈大笑快意至极，转身高声吩咐，"小高子，掌灯上酒！蒙恬进来，我等与先生浮一大白！"

秦王慎重，虽心中有答案（不能让吕不韦的《吕氏春秋》定于一尊），但需要有人支持。吕不韦势力太大，不得不慎重。

河风萧萧，长桨摇摇，六盏风灯在漫天雾霾中直如萤火。这萤火悠悠然逆流西上，漫无目标地从沣京谷漂进漂出，又一路漂向秦川西部。直到两岸鸡鸣狗吠曙色蒙蒙，萤火快船才顺流直下回到了咸阳。

灯明火暖的厅堂，吕不韦听完了蔡泽叙说，沉吟不语了。

蔡泽已经有了酒意，一头白发满面红光地嘎嘎笑着：

"文信侯怪亦哉！书不成你忧，书成你亦忧，莫非要做忧天杞人不成？老夫明告，今日咸阳南门那轰轰然殷切民心，是人便得灼化！《吕氏春秋》一鸣惊天下，壮哉壮哉！"吕不韦却没有半点儿激昂亢奋，只把着酒爵盯着蔡泽，一阵端详，良久淡淡一笑："老哥哥，《吕氏春秋》当真有开元功效？""然也！"蔡泽以爵击案，嘎嘎激昂，"民心即天心。得民拥戴，夫复何求矣！"吕不韦却是微微摇头轻轻一叹："纲成君啊纲成君，书生气也。"蔡泽蓦然瞪圆了一双老眼："文信侯此言何意？莫非王城有甚动静？有人非议《吕氏春秋》！""没有。"吕不韦摇摇头，"然则，恰恰是这动静全无，我直觉不是吉兆。"

"岂有此理！"

"老哥哥少安毋躁。"吕不韦笑得一句，说了一番前后原委。

还在蔡泽一力辞官又奔走辞行之际，吕不韦便依照法度，将《吕氏春秋》全部誊刻足本交谒者传车①，以大臣上书正式呈送秦王书房。吕不韦之所以没有亲自呈送——那样无疑可直达秦王案头，并使秦王不得不有某种形式的回复——意图在于不使秦王将《吕氏春秋》看作一己私举，而看作一件重大国事。谒者当日回复说：秦王不在王城书房，全部二十六卷上书已交长史王绾签印妥收。三日后，吕不韦奉召入王城议事，年轻的秦王指着旁案高高如山的卷宗，顺带说了一句，文信侯大书已经上案，容我拜读而后论了。后来直至议事完毕，秦王再也没有提及此事。月余过去，年轻的秦王依然没有任何说法。后来，吕不韦在王城之内的丞相专署不意遇见长史王绾，这位昔日的丞相府属官竟是默然

深谙为官之道。哪些方式更得体，哪些方式欠妥，总要掂量掂量，要领悟为官之道，常常绞尽脑汁而不得。

① 谒者，秦官，职司公文传递。传车，有谒者署特殊旗帜与标记的公文传送车辆。

相对，最后略显难堪地说了一句，秦王每夜都在读书，只不知是不是《吕氏春秋》？说罢便抱着几卷公文匆匆去了。直到三日之前，《吕氏春秋》一入王城便如泥牛入海。

“于是，你决意公开这部大书？”

“时也，势也。”吕不韦喟然一叹，“依秦王之奋发与才具，决然不是没读此书。沉沉搁置，分明大有蹊跷。反复思忖，吕不韦晚年唯此一事，此事则唯此一途，若是不为，老夫留国何用？倒不如重回商旅。”

“文信侯，不觉疑心过甚么？”

“老夫一生阳谋，何疑之有？此乃时势直觉也，老哥哥当真不明？”吕不韦啪啪拍着大案站了起来，在厚厚的地毡上转悠着感慨着，“倏忽半年，朝局已是今非昔比矣！今日王城，竟能对你我这等高爵重臣封锁了声气，要你不知道，便是不知道。仅此一节，目下之秦王便得刮目相看。说到头，谁也驾驭不了他。你，我，《吕氏春秋》，都不行。唯有借助民心之力，或可一试。”“既然如此，老夫更是不明！”蔡泽嘎嘎嚷着也站了起来，“你老兄弟看得如此透彻，却何须摆这迷魂阵也？又是著书立说，又是公然悬赏，惊天动地，希图个甚来！若无这般折腾，以文信侯之功高盖世，分明是相权在握高枕无忧。要借民心，多行宽政便是。一部书，能有几何之力？书既公行，民心又起，你却还是忧心忡忡，怪亦哉！老夫如何看不明白？”

“非老哥哥不明也，是老哥哥忘了化秦初衷也。”吕不韦突然笑了，几分凄然几分慨然，“若欲高枕无忧，吕不韦何须抛弃万千家财？今日剖说时势，非吕不韦初衷有变也，有备而为也。将《吕氏春秋》公诸天下，先化民心，借民心之力再聚君臣之心，而后将宽政义兵之学化入秦法，使秦法刚柔相济，真正无敌于天下……说到底，此乃一步险棋，不得已而为之也。”

“明知不可而为之！”蔡泽摇着头嚷了一句。

“不争也罢。”吕不韦淡淡一笑突然低声道，“今日老哥哥已打过了开场，《吕氏春秋》从此与你无涉。不韦将老哥哥请回，只有一事：立即打点，尽速离开咸阳。”

“哎——！却是为何？”蔡泽顿时黑了脸。

“纲成君！”吕不韦第一次对蔡泽肃容正色，“你也是老于政事了，非得吕不韦说破危局么？三个月来，被太后嫪毐罢黜的大臣纷纷起用。山雨欲来，一场风暴便在眼前。秦国已经成了山东士子的泥沼，走得越早越好。你走，王绾走，王翦走，李斯走，郑国也走。

凡是与吕不韦有涉者,都走!实不相瞒,陈渲、莫胡、西门老爹与一班门客干员,半个月前已经离开了咸阳。纲成君,明白了?"

心知大势已去。

"嘿嘿,我等都走,独留你一人成大义之名?"

"糊涂!"吕不韦又气又笑,"你我换位,我拔脚便走。换不得位,却纠缠个甚?我在咸阳斡旋善后,你等在洛阳筹划立足。两脚走路,防患未然。"

"啊——"蔡泽恍然点头一笑,"两脚走路,好!老夫明晨便走。"

"不。今夜便走。"

蔡泽愣然片刻又突然嘎嘎一笑:"也好,今夜。告辞。"

望着蔡泽大步摇出庭院,吕不韦长吁一声软倒在坐榻之上。

次日清晨醒来,沐浴更衣后进得厅堂,吕不韦没了往日食欲,只喝得一盅清淡碧绿的藿菜羹,不由自主地走进了书房。这座里外两进六开间的书房,实际上是他这个领政丞相的公务之地,被吏员们呼为大书房。真正的书房,只不过是寝室庭院的一间大屋罢了。多少年来,清晨卯时前后的丞相府都是最忙碌的。各署属官要在此时送来今日最要紧的公文,人来人往如穿梭;长史将所有公文分类理好,再一案一案地抬入这间大书房,以使他落座便能立即开始批阅公文部署政务。曾几何时,清晨的大书房不知不觉地安静了,里外六只燎炉的木炭火依然通红透亮,几个书吏依然在整理公文,除了书吏衣襟的窸窣之声,木炭燎炉时不时的爆花声,整个大厅幽静得空谷一般。从专供自己一人出入的石门甬道进入书房,一直信步走到前厅,吕不韦第一次觉得,朝夕相处的大书房竟是这般深邃空阔。晨风掀动厅门布帘,他情不自禁地哆嗦了一下。徜徉片刻,吕不韦还是坐到了宽大的书案前。事少了也好，他正要清醒冷静地重新咀嚼一遍《吕氏春秋》，重读被秦人奉为圭臬的《商君书》。终有一日，有人要拿这两部书比较。直觉警示他，这一日近在眼前。

"文信侯，王城密件！"一个亲信书吏匆匆走了进来。

吕不韦接过书吏从铜管中抽出的一卷羊皮纸，却是王绾的工整小篆：

> 门人王绾顿首：得尊侯离秦密书，绾心感之至。然，绾蒙尊侯举荐事王，业已十年，入国既深，又蒙知遇，今身在中枢，何能骤然撒手而去？绾不瞒尊侯，自追随秦王以来，亲见王奋发惕厉，识人敬士，勤政谋国，其德其才无不令绾折服备至。绾敬尊侯，亦敬秦王，不期卒临抉择，绾心不胜唏嘘矣！然，绾回思竟夜，终以为贵公去私为士之节操根基。绾事秦王为公，绾事尊侯为私。贵公去私，《吕氏春秋》之大义也，绾若舍公而就私，何以面对尊侯之大书？绾有私言，愿尊侯纳之：国事幽幽，朝野汹汹，尊侯若能收回《吕氏春秋》而专领国政，诚补天之功也！

"怪亦哉！"羊皮纸拍在案头，吕不韦长叹了一声。

王绾错了么？没错。自己错了么？也没错。这心结却在何处？依着吕不韦谋划，公示大书若不能奏效，诸士离咸阳便是第二步。吕不韦很清楚，王绾、王翦、李斯、蒙恬、郑国，还有丞相府一班能事干员，都是目下秦国的少壮栋梁。王绾已经职掌长史枢要，王翦、蒙恬已经是领军大将都城大员，李斯、郑国则正在为秦国筹划一件惊世工程。此中要害在于，除了蒙恬，这几个少壮栋梁都是吕不韦门下亲信。王绾是吕不韦属下年轻的老吏，王翦是吕不韦一力举荐的上将军备选人，更是奉了吕不韦秘密兵符入雍勤王才有了大功的。李斯更是吕不韦最器重的门客，郑国是吕不韦一己决断任命的总水工，两人都是泾水工程的实际操持者。如此等等，吕不韦看得清楚，相信秦王政也看得清楚。若《吕氏春秋》不能被当作治秦长策，届时这几个少壮栋梁一齐离开秦国，便将对秦王造成最直接最强大的压力，若秦王政要请回这些栋梁人物，必然得承认《吕氏春秋》的治国纲要地位。

从谋事成败说，这一步棋远比民心更为重要。

民心不能不顾，然也不能全顾。盖民心者，有势无力也，众望难一也。推行田制之类的实际法度要倚赖民心，然推行文明大义之类的长策伟略，民心便无处着力了。唯其如此，公示《吕氏春秋》而争民心之势，虚兵也。少壮栋梁去职离秦，实兵真章也。然则，令吕不韦预料不到的是，最牢靠的王绾第一个拒绝离秦，而理由竟是《吕氏春秋》倡导的贵公去私！更为蹊跷者，王绾最后还有"私言"，要他收回《吕氏春秋》而专一领国。第一眼看见这行字，吕不韦心头便是一跳。王绾虽忠秦王之事，然在治学上却历来推崇吕不韦的义兵宽政之说，断无此劝之理；出此言者，得秦王授意无疑。果真如此，便是说，年轻的秦王政向自己发出了一个明确消息：收回《吕氏春秋》，文信侯依然是文信侯，丞相依然是丞相。虽然没说否则如何，可那需要说么？这个消息传递的方式，教吕不韦老大不舒坦。年轻的秦王政与吕不韦素来亲和，往昔艰难之时，老少君臣也没少过歧见，甚或多有难堪争辩。然无论如何，那时候的嬴政从来都是直言相向，吕不韦不找他去"教诲"，他也会来登门"求教"。即或是最艰危的时刻，嬴政对吕不韦也是决然坦言的，哪怕是冷冰冰大有愤然之色。曾几何时，如此重大的想法，嬴政却不愿直面明言了，因由何在？

以吕不韦的智谋，当知嫪毐一事自己肯定有连坐之罪。

蓦然之间，吕不韦心头一沉。

自嫪毐之乱平息，嬴政突兀患病，卧榻月余。吕不韦与秦王政的会晤，已经少得不能再少了，大体一个月一次，每次都是议完国事便散，再也没有了任何叙谈争辩夤夜聚酒之类的君臣相得。吕不韦反复思忖，除了自己与嫪毐太后的种种牵连被人举发，不会有别的任何大事足以使秦王政如此冷漠地疏离自己，而自己只能默默承受。然则，果真如此，这个杀伐决断强毅凌厉的年轻秦王如何便能忍了？半年无事，吕不韦终于认定：秦王政确实是忍下了这件事，然也确实与自己割断了曾经有过的"父子"之情，只将自己做丞相文信侯对待了。如果说，别的事尚不能清晰看出秦王的这种心态，目下这件事却是再清楚不过——年轻的秦王再也不想见自己，再也不愿对自己这个三安秦国的老功臣直面说话了。

秦王免相国连坐之罪，“王欲诛相国，为其奉先王功大，及宾客辩士为游说者众，王不忍致法”（《史记·吕不韦列传》）。

虽无酒意唏嘘，心头却是酸楚朦胧。

吕不韦素来矜持洁身，不愿在书房失态，便扶着座案摇晃着站了起来。走到了廊下，迎着清冷的秋风一个激灵，吕不韦精神顿时一振。转悠到那片红叶遍地枝干狰狞的胡杨林下，吕不韦已经完全清醒了。平心而论，吕不韦对嬴政是欣赏备至的。立太子，督新君，定朝局，辅国家，吕不韦处处呵护嬴政，事事督导嬴政，从来没有任何顾忌，该当是无愧于天地良知的。嬴政不是寻常少年，对他这个仲父也是极为敬重的。每每是太后赵姬无可奈何的事，只要吕不韦出面，嬴政从来没有违拗过。若非嫪毐之事给自己烙下了永远不能洗刷的耻辱，吕不韦相信，秦王政与自己会成为情同父子的真正的君臣忘年交，即或治国主张有歧见，也都会坦坦荡荡争辩到底，最终也完全可能是相互吸收协力应事。此前二十余年，一直是吕不韦领政，显然的一个事实是：宽政缓刑在秦国已经开了先例，而且不是一次，足证吕不韦之治国主张绝非全然不能在秦国推行。年轻的秦王亲政以来，也从来没有公然否定过宽政缓刑。然则，自嫪毐叛乱案勘审完毕，老少君臣便莫名其妙地疏离了僵持了……

“禀报文信侯：李斯从泾水回来，没有来府，上了王船。”

“李斯？上王船了？”

吕不韦愣怔良久，径自向霜雾笼罩的林木深处去了。

暮色时分，李斯匆匆来到了丞相府。

暖厅相见，吕不韦一句未问，李斯便坦然地简约叙说了不意被请上王船的经过。末了，李斯略带歉意地直言相劝，要吕不韦审时度势，与秦王同心协力共成大业。吕不韦笑问，何谓同心协力？李斯说得简洁，万事归法，是谓同心协力。吕不韦又是一笑，足下之意，老夫法外行事？李斯也答得明白，《吕氏春秋》关涉国是大计，不经朝会参酌而公然张挂悬赏一字师，委实不合秦国法度；宽政缓刑之说，亦不合秦法治国之理；文信侯领政秦国，便当恪守秦法，专领国事。吕不韦不禁一阵大笑："足下前拥后倒，无愧于审时度势也！"李斯却是神色坦然："当日操持《吕氏春秋》，报答之心也；今日劝公收回《吕氏春秋》，事理之心也；弃一己私恩，务邦国大道，时势之需也，李斯不以为非。"

"李斯啊，言尽于此矣！"吕不韦疲惫地摇了摇手。

一番折辩，李斯只字未提吕不韦密书，吕不韦只字未问李斯的去向谋划。两人都心知肚明，门客与东公的路子已经到了尽头。吕不韦一说言尽于此，李斯便知趣地打住了。毕竟，面前这位已显颓势的老人曾经是李斯非常崇敬的天下良相，如果不是昨夜之事，自己很可能便追随这个老人走下去了。

"李斯啊，老夫最后一言，此后不复见矣！"

"愿闻文信侯教诲。"

默然良久，吕不韦叹息了一声："足下，理事大才也。认定事理，审时度势而追随秦王，无可非议。然则，老夫与足下，两路人也，不可同日而语矣！既尚事功，更尚义理，事从义出，义理领事，老夫处世之根基也。老夫少为商旅，壮入仕途，悠悠六十余年，此处世根基未尝一刻敢忘也！宽政缓刑，千秋为政之道也。《吕氏春秋》，万世治国义理也。一而二，二而一。要老夫弃万世千秋之理而从一时之事，违背义理而徒具衣冠，无异死我之心也，老夫能忍为哉！"

"文信侯……"李斯欲言又止，终于起身默默去了。

踽踽回到寝室，吕不韦浑身酸软内心空荡荡无可着落，生平第一次倒头和衣而卧，直到次日午后才醒转过来。寝室女仆唏嘘涕泪说，大人昨夜发热，她夜半请来府中老医，一剂汤药一轮针灸，大人都没醒转，吓死人也；夫人不在，莫胡家老也不在，大人若有差池，小女可是百身莫赎。吕不韦笑了，莫哭莫哭，你侍寝报医有功，如何还能胡乱怪罪，生死只在天命，老夫已经没事了。说罢霍然起身，惊得女仆连呼不可不可。吕不韦却呵呵笑着走进了浴房，女仆顾不得去喊府医，连忙也跟了进去。半个时辰的热汤沐浴，吕不韦自觉轻松清爽了许多。府医赶来切脉，说尚需再服两三剂汤药方可退热。吕不韦笑着摇摇手，喝了一鼎浓浓的西域苜蓿羊骨汤，出得一身大汗，又到书房去了。

“禀报丞相：咸阳都尉[1]请见。”

“咸阳都尉？没看错？”

“在下识得此人，是咸阳都尉。”书吏说得明白无误。

“唤他进来。”吕不韦心头一动，脸色便沉了下来。

片刻之间，厅外脚步嗵嗵砸响，一名顶盔擐甲胡须连鬓的将军赳赳进来，一拱手昂昂然高声道：“末将咸阳都尉嬴腾，见过丞相。”

“何事啊？”

“末将职司咸阳治安，特来禀明丞相：南门外人车连日堵塞，山东不法流民趁机行窃达六十余起，车马拥挤，人车争道，踩踏伤人百余起。为安定国人生计，末将请丞相出令，罢去南门外东城墙《吕氏春秋》悬赏之事。”

“岂有此理！”吕不韦顿时生出一股无名怒火。依着法度惯例，一个都尉见丞相府的属署主官都是越级。咸阳治安纵然有事，也当咸阳令亲自前来会商请命，一个小小都尉登堂入室对他这个开府丞相行使“职司”，岂非咄咄怪事？明知此事背后牵涉甚多理当审慎，吕不韦终究还是被公然蔑视他这个三朝重臣的方式激怒了，冷冷一笑拍案而起，“南门之事，学宫所为。学宫，国家所立。都尉尽可去见学宫令，休在老夫面前聒噪。”

方寸大乱时，通常的反应就是“怒”。

“如此，末将告辞。”都尉也不折辩，一拱手赳赳去了。

吕不韦脸色铁青，大步出门登车去了学宫。在天斟堂召来几位门客舍人，吕不韦简约说了咸阳都尉事，并明白做了部署：无论生出何种事端，南门悬赏都不撤除，除非秦王下书强行。舍人们个个愤然慨然，立即聚集门客赶赴南门外守书去了。

---

① 都尉，秦国郡县设置的兵政武官，职掌征兵治安事，亦分别简称郡尉、县尉，隶属郡县官署。都城设官等同于郡，故有咸阳都尉。军中亦有都尉，为中级将领。

二　大道不两立　国法不二出

奇异的事情接二连三，吕不韦实在惊讶莫名。

在他做出部署两日之后的午后时分，主事悬赏的门客舍人匆匆来报，蒙恬在张挂大书的城墙下车马场竖立了一座商君石像。吕不韦大奇，商君石像如何能矗到车马场去？门客舍人愤愤然比画着，说了一番经过。将及正午时分，正是东城墙下人山人海之际，箭楼大钟轰鸣三响，一大队骑士甲士从长阳街直开出南门，护着一辆四头牛拉的大平板车，轰隆隆进了车马场。牛车上矗立着一座红绫覆盖的庞然大物，牛车后一辆青铜轺车，车盖下便是高冠带剑的咸阳令蒙恬。甲士并未喝道，人群已乱纷纷哗然闪开。马队牛车来到车马场中央，蒙恬跳下轺车，看也不看两边的护书门客，一步跨上专为改书士子设置的大石礅，便高声宣示起来："国人士子们，我乃咸阳令蒙恬，今日宣示咸阳署官文：应国人所请，官府特在咸阳南门竖法圣商君之石刻大像，以昭变法万世之功！"蒙恬话音落点，城头大钟轰鸣六响，甲士们喊着号子将牛车上红绫覆盖的庞然大物抬下，安置在车马场中央一座六尺多高的硕大石台上，竟是稳稳当当堪堪合适，分明是事先预备好的物事。庞然大物立好，大钟又起轰鸣。蒙恬亲自将红绫掀开，一尊几乎与城墙比肩的巍峨石像赫然矗立，直如天神，威仪气度分明是老秦人再熟不过的商君。人海一阵惊愕端详，终于涌起了商君万岁秦法万岁的连天声浪。守护《吕氏春秋》的门客们一时懵然，不知如何应对，舍人便急忙回来禀报。

秦王摆明要依商君旧法，无意《吕氏春秋》。

"死人压活人，理他何来？"吕不韦冷冷一笑。

于是，舍人又匆匆赶回了南门。一番部署，门客们扎起帐篷轮流当值，依旧前后奔波着，照应围观人众读书改书，鼓呼一字师领取赏金，将庞大石像与守护甲士视若无物。如此过得三五日，门客舍人又赶回丞相府禀报：车马场被咸阳都尉划做了法圣苑，圈起了三尺石墙，一个百人甲士队守护在围墙之外，只许国人与游学士子在苑外观瞻，不许进入石墙之内。如此一来，民众士子被远远挡在了"法圣苑"之外，根本不可能到城墙下读书改书。

吕不韦又气又笑："教他圈！除非用强，《吕氏春秋》不撤！"

出人意料的是，都尉率领的甲士根本没有理睬聚集在法圣苑围墙内的学宫门客，也没有强令撤除白帛大书，更没有驱赶守书门客。两边井水不犯河水，各司其职地板着脸僵持着。门客舍人不耐，与都尉论理，说城墙乃官地，立商君像未尝不可，然圈墙阻挡国人行止，便是害民生计。都尉却高声大气说，官地用场由官府定，知道么？圣贤都有宗祠，堂堂法圣苑，不该有道墙么？本都尉不问你等堵塞车马滋扰行人，你等还来说事，岂有此理！如此僵持了三五日，守法成习的国人士子们渐渐没有了围观兴趣，南门外人群便渐渐零落了。门客们冷清清守着白花花一片的《吕氏春秋》，尴尬至极，长吁短叹无可奈何。

"若再僵持，教人失笑。"门客舍人气馁了。

"小子，也是一策。"

终于，吕不韦吩咐撤回了大书。

秋分这日，吕不韦奉书进了王城，参加例行的秋藏朝会。

秋藏者，秋收之后清点汇总大小府库之赋税收入也。丞相领政，自然不能缺席。吕不韦清晨进入王城，下得辎车，便见大臣们驻足车马场外的大池边，时而仰头打量时而纷纭低语。有意无意一抬头，吕不韦看见大池中的铜铸指南车上的高大铜人遥指南天，手中却托着一束青铜制作的简书。怪矣哉！这是黄帝么？再手搭凉棚仔细打量，却见粗长的青铜简书赫然闪光，简面三个大红字隐隐可见——商君书！

吕不韦一时愕然。这殿前大池的石山上矗立的指南车，原本是一辆人人皆知的黄帝指南车，车上铜人自然是大战蚩尤剑指南天的黄帝。这指南车，是秦惠王第一次与六国合纵联军决战前特意铸造安放的，当年还行了隆重的典礼。秦以耕战立国，尊奉黄帝战阵指南车，以示不亡歧路决战决胜之壮心，自然再平常不过。百余年下来，黄帝指南车也成了秦王宫前特有的壮丽景观。陡然之间,黄帝变成了商鞅,青铜长剑变成了竹简《商君书》,如何不令人错愕?

秦王步步为营。

“小子,又是一策。”吕不韦淡淡一笑,径自进了大殿。

朝会又有一论。

秋藏朝会伊始,嬴政先向大臣们知会相关事项道:“诸位,得十三位老臣上书,请改黄帝指南车为商君指南车,以昭商君法制为治秦指南之大义。本王思之再三,商君之法经百余年考验,乃成强国富民之经典,须臾不可偏离。是以,准在王城改铸黄帝指南车为商君指南车,并特准咸阳南门立商君石刻,筑法圣苑。两事之意,无非昭明天下:商君法制,乃大秦国万世不易之治国大道。诸位若有他意,尽可论争磋商。”

定调。

殿中一时默然,大臣们的目光不期然一齐聚向了吕不韦。

秦王的申明说辞,令吕不韦大出所料。依常情忖度,年轻的秦王与他年轻的谋士们目下只能与他暗中斗法,而不会将此事公然申明于国。理由只有一个:假若年轻的秦王果真维护商君法治,公然论战便于秦王不利。亘古至今,大国一旦确立了行之有效的治国理念,便绝不会轻易挑起治国主张之争端,以免歧义多生人心混乱。目下情势,《吕氏春秋》尽管已经引起朝野瞩目天下轰动,但距被秦国接受为治国经典,尚有很远距离。唯其如此,吕不韦一门期望公开,期望论战,以收说服朝野之功效。而年轻秦王的护法派,则必然要遏制《吕氏春秋》流播,遏制公开论战。否则,咸阳令蒙恬为何要逼迫吕不韦撤除《吕氏春秋》?今日,年轻的秦王公然将此事申明于朝会,并许“尽可论争磋商”,却是何意?尚无定见么?不对!方才秦王说辞显然是一力护法。是护法派没想明白此举对自己不利?也不对!纵然秦王想不到,李斯、蒙恬、王绾这几个才智之士都想不到么?吕不韦一时揣摩不透其中奥秘，但明白目下局势：此刻自己若不说话，非但失去了大好时机，反而意味着承认《吕氏春秋》与秦国格格不入，而轰动天下的张挂悬赏便成了居心叵测的阴谋。

当此之时，无论如何都得先昌明主张。

“老臣有言。”吕不韦从首座站起，一拱手肃然开口，“秦王护法，无可非议。然孝公商君治秦，其根本之点在于应时变法，而不在固守成法。老臣以为，商君治国之论可一言以蔽之：求变图存。说到底，应时而变，图存之大道也。若视商君之法为不可变，岂非以商君之法攻商君之道，自相矛盾乎？唯其求变图存，老臣作《吕氏春秋》也。老臣本意，正在补秦法之不足，纠秦法之缺失，使秦国法统成万世垂范。据实而论：百余年来，商君法制之缺失日渐显露，其根本弊端在刑治峻刻，不容德政。当此之时，若能缓刑、宽政、多行义兵，则秦国大幸也！”

“文信侯差矣！秦法失德么？”老廷尉昂昂顶来一句。

吕不韦从容道：“法不容德，法之过也。德不兼法，德之失也。德法并举，宽政缓刑，是为治国至道也。法之德何在？在亲民，在护民。今秦法事功至上，究罪太严。民有小过，动辄黥面劓鼻，赭衣苦役，严酷之余尤见羞辱。譬如，‘弃灰于道者，黥’，便是有失法德。老臣以为，庶民纵然弃灰，罚城旦三日足矣，为何定然要烙印毁面！山东六国尝云：秦人不觉无鼻之丑。老夫闻之，慨然伤怀。诸位闻之，宁不动容乎！《易》云：坤厚载物。目下之秦法失之过严，可成一时之功，不能成万世之厚。唯修宽法，唯立王道法治，方可成大秦久远伟业。”

“文信侯大谬也！”老廷尉又昂昂顶上，“秦法虽严，却不失大德。首要之点，王侯与庶民同法，国无法外之法。唯上下一体同法，所以根本没有厚民、薄民、不亲民之实。假若秦法独残庶民，自然失德。惜乎不是！便说肉刑，秦人劓鼻黥面者，恰恰是王公贵胄居多，而庶民极少。是故，百姓虽有无鼻之人，却是人无怨尤而敬畏律法。再说弃灰于道者黥，自此法颁行以来，果真因弃灰而受黥刑者，万中无一！文信侯请查廷尉府案卷，秦法行之百年，劓鼻黥面者统共一千三百零三人，因弃灰而黥面者不过三十六人。果然以文信侯之论，改为城旦三日，安知秦国之官道长街不会污秽飞扬？”

“老臣附议廷尉之说！”国正监霍然站起，“文信侯所言之王道宽法，山东六国倒是在在施行。然则结局如何？贿赂公行，执法徇情，贵胄逃法，王侯私刑，民不敢入公堂诉讼，官不敢进侯门行法。如此王道宽法，只能使贵胄独拥法外特权，民众饱受律法盘剥。唯其如此，今日之山东六国，民众汹汹，上下如同水火。如此王道宽法，敢问法德何在？反观秦法，重刑而一体同法，举国肃然，民众拥戴，宁非法治之大德！"

"两公之论，言不及义也。"吕不韦淡淡一笑，"老夫来自山东，岂不知山东法治实情？老夫所言王道法治，唯对秦国法治而言，非对山东六国法治而言。秦法整肃严明，唯有重刑缺失，若以王道厚德统合，方能大见长远功效。若是以山东六国之法为圭臬，老夫何须在此饶舌矣！"

"即便对秦，也是不通！"老廷尉又昂昂顶上，"商君变法，本是反数千年王道而行之，自成治国范式。若以王道统合秦法，侵蚀秦法根基，必将使秦法渐渐消于无形。"

"除了秦法，对于秦国更有不通者！"最年轻的大臣出列了。咸阳令蒙恬厚亮的嗓音回荡起来，"在下兼领咸阳将军，便说兵事。《吕氏春秋》主张大兴义兵，以义兵为天下良药，以诛暴君、振苦民为用兵宗旨。这等义兵之说，所指究竟是甚？几千年都没人说得清楚。惩罚暴政而不灭其国，是义兵，譬如齐桓公。吊民伐罪而灭其国，也是义兵，譬如商汤周武。而《吕氏春秋》究竟要说甚？不明白！果真依义兵之说，大秦用兵归宿究竟何在？是如齐桓公一般只做天下诸侯霸主，听任王道乱法残虐山东庶民？还是听任天下分裂依旧，终归不灭一国？若是大秦兴兵一统华夏，莫非便不是义兵了?!"

"对！小子一口吞到屎尖子上也！"

老将军桓齮粗俗响亮而又竭力拖出一声文雅尾音的高声赞叹，使大臣们忍俊不禁，又不得不死劲憋住笑意，个个满脸通红，喀喀喀一片咳嗽喷嚏之声。

吕不韦正襟危坐，丝毫没有笑意，待殿中安静，才缓慢沉稳道："义兵之说，兵之大道也，与兴兵图谋原是两事。大如汤武革命，义兵也。小如老夫灭周化周，义兵也。故义兵之说，无涉用兵图谋之大小，唯涉用兵之宗旨也。目下之秦国，论富论强，皆不足以侈谈统一华夏。少将军高远之论，老夫以为不着边际，亦不足与之认真计较。若得老成谋国，唯以王道法治行之于秦，使秦大富大强，而后万事可论。否则，皇皇之志，赳赳之言，徒然庄周梦蝶矣！"

殿中肃然无声，急促的喘息声清晰可闻。吕不韦话语虽缓，却饱含着谁都听得出来的讥刺与训诫。这讥讽，这训诫，明对蒙恬，实则是对着年轻的秦王说话——稚嫩初政便高言阔论统一华夏，实在是荒唐大梦。秦王年轻刚烈且雄心勃勃，若是不能承受，岂非一场暴风雨便在眼前？大臣们一时如芒刺在背，举殿一片惶惶不安。

“本王以为，丞相没有说错。”

听得高高王座上一句平稳扎实的话语，殿中大臣们方才长长地松了一口气。

一王族老臣突然冷笑：“文信侯之心，莫非要取商君而代之？”

“此诛心之论也！”吕不韦霍然离开首相座案，走到中央甬道，直面发难老臣，一种莫名的沉重与悲哀渗透在沙哑的声音之中，“老夫以为：无人图谋取代商君，更无人图谋废除商君之法。吕不韦所主张者，唯使大秦治道更合民心，更利长远大计。如此而已，岂有他哉！”吕不韦说罢，踽踽独立而不入座，钉在王阶下一般，大殿气氛顿时一片肃杀。眼看一班王族老臣还要气昂昂争辩，王座上的嬴政却淡淡一挥手：“文信侯之心，诸位老臣之意，业已各个陈明。其余未尽处，容当后议。目下之要，议事为上。”

于是，搁置论争，开始议事。

吕不韦又是没有想到，几个经济大臣没有做例行的府库归总。也就是说，秋藏决算根本就没有涉及。而朝会所议之事，也没有一件丞相不能独自决断的大事。片刻思忖，吕不韦再度恍然，秦王政的这次朝会其实只有一个目标——要他在朝堂公然申明《吕氏春秋》所隐含的实际政略，再度探察他究竟有无“同心”余地。是啊，王绾一说，李斯二说，咸阳都尉三说，蒙恬四做，今日第五次，是最后一次么？

“小子好顽韧，又是一策也。”

经此一论，吕不韦还是不知进退。说到底，还是恋栈。

至此，吕不韦完全明白：嬴政已经决意秉持商君法制，决意舍弃《吕氏春秋》，同时却仍在勉力争取他这个曾经是仲父的丞相同心理政。然则，自今日朝会始，一切都将成为往昔。双方都探知了对方根基所在,同心已经不能,事情也就要见真章了。吕不韦有了一种隐隐预感,这"真章"不会远,很快就要来临了。

九月中,秦王特急王书颁行:立冬时节,行大朝会。

大朝会者,每年一次或两次之君臣大会也。战国时期大战连绵,各国大朝会很少,国事决策大都由以国君、丞相、上将军三驾马车组成的核心会商决断,至多再加几位在朝重臣。战国后期,山东六国对秦国威胁大大减小,只要秦国不主动用兵,山东六国根本无力攻秦。也就是说,这时候的秦国,是唯一能从容举行大朝会的国家。举凡大朝会,郡守县令边军大将等,须得一体还国与会。这次大朝,是年轻的秦王亲政以来第一次以秦王大印颁行王书,没有了以往太后、仲父、假父的三大印,自然是意味深远。各郡守县令与边军大将无不分外敬事,接书之日,安置好诸般政事军事,纷纷兼程赶赴咸阳。期限前三五日,远臣边将业已陆续抵达咸阳,三座国宾驿馆眼看着一天天热闹起来。新朝初会,官员们之所以先期三五日抵达,一则是敬事王命,再则也有事先探访上司从而明白朝局奥妙之意。

秦国法度森严,朝臣素无私相结交之风,贵胄大臣也没有大举收纳门客的传统。然则,自吕不韦领政几二十年,诸般涉及"琐细行止"的律条,都因不太认真追究而大大淡化。秦国朝臣官吏间也渐渐生出了敬上互拜、礼数斡旋的风习,虽远不如山东六国那般殷殷成例,却也是官场不再忌讳的相互酬酢了。尤其在吕不韦大建学宫大举接纳门客之后,秦国朝野的整肃气象,渐渐淡化为一种蔚为大观的松动开阔风习。此次新王大朝非比寻常,远臣边将们都带来了"些许敬意",纷纷拜访上司大员,再邀上司大员一同拜访文信侯吕不韦,自然而然地便成了风靡咸阳的官场通则。

这段分析极好。

吕不韦秉性通达，素有山东名士贵胄之风，从来将官员交往视作与国事无涉的私行，收纳门客也没有任何忌讳。在吕不韦看来，礼仪结交风习原本便是文华盛事，秦国官场的森森然敬业之气，则有损于奔放风华，在文明大道上低了山东六国一筹。唯其如此，吕不韦大设学宫，广纳门客，默许官员私相交往，确实是渐渐破了秦国官场人人自律戒慎戒惧的传统风习。吕氏商社原本豪阔巨商，娴熟于斡旋应酬，府中家老仆役对宾客迎送得当。吕不韦本人更是酬酢豪爽，决事体恤，官场烦难之事往往在酒宴快意之时一言以决之。如此长期浸染，官员们森严自律渐渐松动，结交之意渐渐蓬勃，对文信侯更是分外生出了亲和之心，人人以在文信侯府邸饮宴决事为无上荣耀。

此次新王大朝，关涉朝局更新，远臣边将来到咸阳，自然更以拜访文信侯为第一要务。嫪毐之乱后，远臣边将们风闻文信侯受人厚诬，秦川又出了红霾经月不息的怪异天象，心下更是分外急切地要探察虚实。人各疑窦一大堆，而又绝不相信年轻的秦王会将赫赫巍巍的文信侯立马抛开，更要在文信侯艰难之时深表抚慰与拥戴。在国的大臣们虽觉察出吕不韦当国之局可能有变，然经下属远臣的诸般慷慨论说，又觉不无道理，便也纷纷备下“些许敬意”，怀着谨慎的试探，陪伴着下属远臣们络绎不绝地拜访文信侯来了。如此短短三五日，吕不韦府邸前车马交错，门庭若市，冠带如云，庭院林下池边厅堂，处处大开饮宴，各式宴席昼夜川流不息，成了大咸阳前所未有的一道官场风景。

依然是一团春风，依然是豪爽酬酢。满头霜雪的吕不韦分外矍铄健旺，臧否人物，指点国事，谈学论政，答疑解惑，似乎更增了几分豁达与深厚。一时间人人释怀，万千疑云在快乐的饮宴中烟消云散了。

“辅秦三朝，老夫足矣！”吕不韦的慨然大笑处处回荡着。

拜访者们无不异口同声：“安定秦国，舍文信侯其谁也！”

谁也没有料到，三日后的大朝，竟是一场震惊朝野的风暴。

立冬那日，朝会一开，长史王绾便宣示了朝会三题：其一，廷尉六署归总禀报嫪毐谋逆罪结案情形；其二，议决国正监请整肃吏治之上书；其三，议决秦国要塞大将换防事。如此三事，事事皆大，如何文信侯饮宴中丝毫未见消息？远臣边将们一阵疑惑，纷纷不经意地看了看首相大座正襟危坐的文信侯。见吕不韦一脸微笑气度如常，远臣边将们秋后算账。

油然生出了敬佩之心——事以密成，文信侯处高而守密，公心也！

进入议程，白发黑面的老廷尉第一个出座，走到专供通报重大事宜的王座阶下的中央书案前，看也不看面前展开的一大卷竹简，便字字掷地有声地备细禀报了嫪毒罪案的处置经过、依据律条并诸般刑罚人数。大朝会法度：主管大员禀报完毕，朝臣们若无异议，须得明白说一声臣无异议，而后国君拍案首肯，此一议题便告了结。嫪毒乱秦人神共愤，谁能异议？老廷尉的"本案禀报完毕"话音一落点，殿中便是哄然一声："臣无异议！"

秦王政目光巡睃一周，啪地一拍王案，便要说话。

"臣有异议！"一人突然挺身而起。

"何人异议？"长史王绾依例发问。

"咸阳令兼领咸阳将军，蒙恬。"年轻大臣自报一句官职姓名。

"当殿申明。"王绾又是依例一句。

蒙恬见录写史官已经点头，示意已经将自己姓名录好，便向王座一拱手高声开说："臣曾参与平乱，亲手查获嫪毒在雍城密室之若干罪行凭据。查获之时，臣曾预审嫪毒心腹同党数十人，得供词百余篇。乱事平息，臣已将凭据与供词悉数交廷尉府依法勘定。今日大朝，此案归总了结，臣所查获诸多凭据之所涉罪人，却只字未提。蒙恬敢问老廷尉：秦国可有法外律条？"

"国法不二出。"老廷尉冷冰冰一句。

"既无法外之法，为何回避涉案人犯？"

"此事关涉重大，执法六署议决：另案呈秦王亲决。"

"六署已呈秦王？"

"尚未呈报。"

“如此，臣请准秦王。”蒙恬分外激昂，转身对着王案肃然一躬，“昭襄王护法刻石有定：法不阿贵，王不枉法。臣请大朝公议涉案未究人犯！”

老廷尉肃然一躬：“既有异议，唯王决之。”

嬴政冷冷一笑：“嫪毐罪案涉及太后，本王尚不敢徇私。今日国中，宁有贵逾太后者？既有此等事，准咸阳令蒙恬所请：老廷尉公示案情凭据。”

“老臣遵命。”老廷尉磨刀石般的沙沙声在殿中回荡起来，“平乱查获之书信物证等，共三百六十三件，预审证词三十一卷。全部证据证词，足以证明：文信侯吕不韦涉嫪毐罪案甚深。老臣将执法六署勘定之证据与事实一一禀报，但凭大朝议决。”

举殿惊愕之中，磨刀石般的粗粝声音在大殿中持续弥漫，一件件说起了案件缘由。从吕不韦邯郸始遇寡妇清，到嫪毐投奔吕不韦为门客，再到吕不韦派女家老莫胡秘密实施嫪毐假阉，再到秘密送入梁山。全过程除了未具体涉及吕不韦与太后私情，因而使吕不韦制作假阉之举显得突兀外，件件有据，整整说了一个时辰有余。

举殿大臣如梦魇一般死寂，远臣边将们尤其心惊肉跳。如此等等令人不齿的行径，竟是文信侯做的？果真如此，匪夷所思！在秦国，在天下，嫪毐早已经是臭名昭著了。可谁能想到，弄出这个惊世乌龟者，竟然是辅佐三代秦王的旷世良相！随着老廷尉的沙沙磨刀石声，大臣们都死死盯住了皇皇首相座上的吕不韦，也盯住了高高王座上的秦王政。

“敢问文信侯，老廷尉所列可是事实？”蒙恬高声追问。

面色苍白的吕不韦，艰难地站了起来，对着秦王政深深一躬，又对着殿中大臣们深深一躬，一句话没有说，径自出殿去了。直到那踽踽身影出了深深的殿堂，大臣们还是梦魇一

吕不韦无话可说。

般寂然无声。

初冬时节，纷扰终见真章。

秦王颁行朝野的王书只有短短几句："查文信侯开府丞相吕不韦，涉嫪毐罪案，既违国法，又背臣德，终使秦国蒙羞致乱。业经大朝公议，罢黜吕不韦丞相职，得留文信侯爵，迁洛阳封地以为晚居。书发之后，许吕不韦居咸阳旬日，一俟善后事毕，着即离国。"王书根本没有提及《吕氏春秋》，更没有提及那次关涉治国之道的朝堂论争。

"出文信侯就国河南"（《史记·吕不韦列传》），嫪毐之事，即便今日看来，也属非常恶劣之事，文信侯能免于死，实秦王格外开恩了。

到丞相府下书的，是年轻的长史王绾。宣读完王书，看着倏忽之间形同枯槁的吕不韦，默然良久，王绾低声道："文信侯若想来春离国，王绾或可一试，请秦王允准。"吕不韦摇摇头淡淡一笑："不须关照。三日之内，老夫离开咸阳。"王绾又低声道："李斯回泾水去了。郑国要来咸阳探访文信侯，被在下挡了。"吕不韦目光一闪，轻声喘息道："请长史转郑国一言：专一富秦，毋生他念，罪亦可功。"王绾有些困惑："此话，却是何意？"吕不韦道："你只原话带去便了。言尽于此，老夫去矣！"说罢一点竹杖，吕不韦摇进了那片红叶萧疏的胡杨林，一直没有回头。王绾对着吕不韦背影深深一躬，匆匆登车去了。

暮色之时，吕不韦开始了简单的善后。

之所以简单，是因为一切都已经做了事先绸缪。吕不韦要亲自操持的，只有最要紧的一宗善后事宜——得体地送别剩余门客。自蒙恬在南门竖立商君石刻，门客们便开始陆续离开文信学宫。月余之间，三千门客已经走得庭院寥落了。战国之世开养士之风，这门客盈缩便成了东公的时运表征。往往是风雨未到，门客便开始悄然离去，待到夺冠去职之日，门客院早已经是空空荡荡了。若是东公再次高冠复位，门客们又会候鸟般纷纷飞回，坦然自若，毫不以为羞愧。

养士最多且待客最为豪侠的齐国孟尝君，曾为门客盈缩大为动怒，声言对去而复至者“必唾其面而大辱之！”赵国名将廉颇，对门客去而复至更是悲伤长叹，连呼：“客退矣！不复养士！”

此中道理，被两位天下罕见的门客说得鞭辟入里。

一个是始终追随孟尝君的侠士门客冯驩，一个是老廉颇的一位无名老门客。冯驩开导孟尝君，先问一句：“夫物有必至，事有固然，君知之乎？”孟尝君看着空荡荡冷清清的庭院，气不打一处来，黑着脸回了一句：“我愚人也，不知所云！”冯驩坦然地说：“富贵多士，贫贱寡友，事之固然也。譬如市人，朝争门而暮自去，非好朝而恶暮，在暮市无物无利也。今君失位，宾客皆去，不足以怨士也。”孟尝君这才平静下来，接纳了归去来兮的门客们。

廉颇的那个无名老门客，却是几分揶揄几分感喟，其说辞之妙，千古之下尤令人拍案叫绝。在老廉颇气得脸色铁青大喘气的时候，老门客拍案长声：“吁！君何见之晚也？夫天下以市道交，君有势，我则从君，君无势，我则自去。此固其理也，有何怨乎！”用今日话语翻译过来，更见生动：啊呀，你才认识到啊！当今天下是商品社会，你有势，我便追随你，你失势，我便离开你。这是明明白白的道理，你何必怨天尤人！赤裸裸说个通透，老廉颇没了脾气。

不要说人走茶凉，人还未走茶就凉了。势利乃世俗社会之本然，可叹。

吕不韦出身商旅，久为权贵，对战国之士的“市道交”却有着截然不同于孟尝君与廉颇的评判，对门客盈缩去而复至，也没有那般怨怼感喟。吕不韦始终以为：义为百事之本，大义所至，金石为开。当年的百人马队，为了他与子楚安然脱赵，全部毁容战死，致使以养士骄人的平原君至为惊叹。仅此一事，谁能说士子门客都是“市道交”的市井之徒？门客既多，必然鱼龙混杂，以势盈缩原本不足为奇，若以芸芸平庸者的势利之举便一言骂倒天下布衣士子,人间何来风尘英雄?然则,尽管吕不韦看得开,若数千门客走得只剩一两个,那定然也是东公待士之道有差,抑或德政不足服人。从内心深处说,吕不韦将战国四大公子的养士之道比作秦法——势强则大盈,但有艰危困顿,则难以撑持。其间根本,在于战国四大公子与寻常权臣是以势(力)交士,而不是以德交士,此于秦法何其相似乃尔!吕不韦不然,生平交往的各色士子不计其数,而终其一生,鲜有疏离反目者。

吕不韦坚信,即或自己被问罪罢黜,门客也决然不会寥寥无几。

公示《吕氏春秋》的同时,吕不韦便开始了最后的筹划,秘密地为可能由他亲自送别的门客们准备了大礼。每礼三物:一箱足本精刻的《吕氏春秋》,一只百金皮袋,一匹阴山胡马。反复思忖,吕不韦将这三物大礼只准备了一百份。他相信,至少会有一百个门客留下来。主事的女家老莫胡说,三十份足够了,哪里会有一百人留下?西门老总事则说,最多五六十份,再多便白费心了。吕不韦却坚持说一百份,还加了一句硬邦邦的话,世间若皆市道交,宁无人心天道乎!那日,离开举发他罪行的大朝会,心如秋霜的吕不韦没有回府,却拖着疲惫的身躯去了文信学宫,又去了聚贤馆。时当晚汤将开,他要亲自品咂一番,看看这最是"以市道交"的门客世事能给他何等重重一击?

"晚汤开得几案?"吕不韦稳住自己,淡淡一笑。

"几案?已经三百案了,还有人没回来哩!"

总炊执事亢奋的话语未曾落点,吕不韦已经软倒在了案边。片时,吕不韦在总炊执事的忙乱施救中醒来,一脸舒展的笑意。老执事不胜唏嘘,竟不知如何应对了。当晚,吕不韦一直守候在聚贤馆,亲自陪着陆续回来的门客们晚汤,

可见吕不韦平时为人确实不错,即使失势,还能留住一些人。

直到最后一个人归来吃饭。沉沉丑时，吕不韦方回到丞相府。虽然已经是三更之后，吕不韦还是立即吩咐总执事：再另备两百六十份三物之礼，一马、百金、一匹蜀锦。吩咐一罢，呵呵笑着蒙头大睡去了。

"天人之道，大矣！"三日之后醒来，吕不韦慨然一叹。

今夜善后，吕不韦是坦然的，也是平静的。

他亲自会见了最后的三百六十三名门客，亲自将不同的三礼交到了每个人手上，末了笑叹一声："诸位襄助老夫成就《吕氏春秋》，无以言谢也！老夫所愧者，未能将《吕氏春秋》躬行践履。今日，诚托诸位流布天下，为后世立言，吕不韦死则瞑目矣！"门客们感慨唏嘘不能自已，参与《吕氏春秋》主纂的三十多个门客更是大放悲声。将及五更，每个门客都对吕不韦肃然一躬辞行，举步回头间都是昂昂一句："吕公若有不测，我闻讯必至！"

次日暮色降临之时，一行车马辚辚出了丞相府。

三日之后，吕不韦抵达洛阳。意料不到的是，蔡泽带着大群宾客迎到了三十里之外。宾客中既有六国使臣，也有昔日结识的山东商贾，更有慕名而来的游学士子，簇拥着吕不韦声势浩荡地进了洛阳王城的封地府邸。陈渲、莫胡、西门老总事等不胜欣喜，早已经预备好了六百余案的盛大宴席。吕不韦无由推托，只好勉力应酬。

席间，山东六国使臣纷纷邀吕不韦到本国就任丞相。趁着酒意，各色宾客们纷纷嘲笑秦国，说老秦原本蛮戎，今日却做假圣人，竟将一件风流妙曼之事坐了文信侯罪名，当真斯文扫地也！六国特使们一时兴起，争相叙说本国权臣与王后曾经有过的妙事乐事，你说他补，纷纷举证，争执得面红耳赤不亦乐乎。吕不韦大觉不是滋味，起身朗声答道："敢请列位特使转禀贵国君上：吕不韦事秦二十余年，对秦执一不二。今日解职而回，亦当为秦国继续筹划，决然无意赴他国任相。老夫此心，上天可鉴。"

吕不韦言之凿凿，山东使臣们大显难堪，一时没了话说。虽则如此，在蔡泽与一班名士的鼎力斡旋下，大宴还是堂皇风光地持续了整整三日。宾客流水般进出，名目不清的贺礼堆得小山也似，乐得老蔡泽连呼快哉快哉。

倏忽冬去春来，三月启耕之时，秦王王书又到洛阳。

特使蒙武将王书念得结结巴巴："秦王书曰：文信侯吕不韦以罢相之身，与六国使臣法外交接，诚损大秦国望也。君何功于秦，封地河南十万户尚不隐身？君何亲于秦，号秦王本想饶吕不韦一命，但吕不韦不善明哲保身，迁于河南之后，"岁馀，诸侯宾客使者相望于道，请文信侯。秦王恐其为变，乃赐文信侯书曰：'君何功于秦？秦封君河南，食十万户。君何亲于秦？号称仲父。其与家属徙处蜀！'吕不韦自度稍侵，恐诛，乃饮酖而死"(《史记·吕不韦列传》)。

称仲父而不思国望？着文信侯及其眷属族人，立即徙居巴蜀，不得延误。秦王政十一年春。"

"届时矣！"吕不韦轻轻叹息了一声。

"文信侯，何……何日成行？"蒙武艰难地吭哧着。

"国尉稍待一时。"吕不韦淡淡一笑，进了书房。

良久悄无声息，整个大厅内外如空谷幽幽。突闻一声轻微异响，蒙武心头突兀大动，一个箭步推门而入，里间景象却教他木桩般地愣怔了——书案前，肃然端坐着一身大红吉服的吕不韦，白发黑冠威严华贵，嘴角渗出一丝鲜红的汁液，脸上却是那永远的一团春风……

蒙武深深三躬，飞马便回了咸阳。

三　人性之恶　必待师法而后正

嬴政没有料到，吕不韦之死激起了轩然大波。

三川郡守紧急密报：文信侯突兀饮鸩而死，散去门客纷纷赶赴洛阳，早年与吕氏商社过从甚密的大商巨贾也闻讯奔丧，不便公然出面的六国君主与权臣则派出各式名目的密使私使前来吊唁；那个奄奄一息的卫国最是不可思议，竟派出了首席大臣宗卿①为特使，率濮阳吏员百余人身着麻衣丧服，打着"祖国迎葬文信侯"的大幡旗进入洛阳，公然叫嚷卫国要将吕不韦尸身迎回濮阳安葬！旬日之间，吕不韦的洛阳封地已经云集了数千人之众。

可见吕不韦生前势大。

原来，秦王特使赴洛阳之事，三川郡守一无所知，本打算在宣书后再拜会郡守的特使蒙武又星夜回了咸阳。三川郡

① 宗卿，卫国执政大臣，权力同他国丞相。

守对吕不韦之死大觉意外，得到消息立即亲赴文信侯府邸查勘虚实。一见吕不韦尸身，郡守深为惊愕，当即派定郡都尉与郡御史①率两百步卒甲士，昼夜守护文信侯府邸与尸身所在的书房，同时飞报咸阳定夺。这是秦国法度：大臣猝死，须待廷尉府勘验尸身确定死因，再经秦王书定葬礼规格，方可下葬；高爵君侯死于封地，地方官须守护其府邸与尸身，并立即报咸阳如上决事。

郡守依法处置之际，情势却发生了意外的突变。

依照久远成俗的丧葬礼仪，无论死者葬礼规格将如何确定，死后都有必须立即进行的第一套程式。这套程式谓之“预礼”，主要是四件事：正尸、招魂、置尸、奠帷。四件事之后，死者家族才能正式向各方报丧，而后继续进行确定了规格的丧葬礼仪。正尸，是立即将死者尸身抬回府邸的正房寝室，谓之寿终正寝死得其所。移尸正寝之后，立即请来大巫师依照程式招魂。大巫师捧着死者衣冠，从东边屋檐翘起的地方登上府邸最高屋脊，对着北方连呼三遍：“噢嗬——某某归来也！”而后将死者衣冠从屋前抛下，家人用特备木箱接住，再入室覆盖在死者身上，魂灵方算回归死者之身。招魂之后的置尸，是对死者尸身做最初处置，为正式入殓预为准备。一宗是楔齿：为了防止尸体僵硬时突然紧闭其口，一旦确认人死，立即用角质匙楔入死者牙齿之间，留出缝隙，以便按照正式确定的葬礼规格入殓时在死者口中放置珠玉；再一宗是缀足：将死者双足并拢扶正，用死者生前用过的燕几（矮几）压住双足并以麻线绳捆缚固定，拘束双足使之正直，以便正式入殓时能端端正正穿好皮靴。置尸就绪，家人立即设干肉、肉酱、醴酒做简朴初祭，并用帷幕将死者尚未正式入殓的尸身围隔起来，帷幕之外先行设置供最先奔丧者们哭祭的灵室（尸身正式入殓棺椁之后，始设与葬礼规格相应的大灵堂），此为奠帷。如此这般第一套程式完成之后，家主方正式向各方报丧，渐次进入正式的丧葬程式。

然则，奔丧者们看到的，却是对死者的大不敬。

山东各方人士赶赴洛阳，原本只是为奔丧而来。也就是说，只是要参加由秦国操持的葬礼，对吕不韦做最后的送行。奔丧者们一腔伤痛一路唏嘘地赶到洛阳，非但没有大型丧事对于宾客下榻、服丧、祭奠、守灵等诸般事宜的有序安置，且连预设的灵室也没有一个，淤积压抑的哀伤竟没了喷涌的去处。络绎纷纭聚来的奔丧者们，在文信侯府邸内

---

① 郡御史，秦国郡署官吏，职掌一郡监察。

外相互探听，方知吕不韦死在了书房，夫人陈渲与老总事西门也绝望饮鸩，先后死在了吕不韦尸身之旁，此时连尸身还冷冰冰原样搁置原地，预礼四事竟一事未行！对此，秦国郡守的文告宣示的理由只有一个：护持尸身，依法勘验，一应葬礼事宜报王待决。

吕不韦曾食洛阳十万户，受拥戴并不出奇。

"如此秦法，禽兽行也！"奔丧者们愤怒了。

自远古以来，葬礼从来都是礼仪之首，最忌擅改程式，最忌省俭节丧。古谚云，死者为尊。又云，俭婚不俭葬。说的便是这种已经化为久远习俗的葬礼之道。到了战国，丧葬程式虽已大为简化，然其基本环节并没有触动，人们对葬礼的尊崇也几乎没有丝毫改变。时当战国中晚期的大师荀子有言："礼者，谨于治生死者也。生，人之始也。死，人之终也。终始俱善，人道毕矣！故，君子敬始而慎终……事生不忠厚，不敬文（程式礼仪），谓之野。送死不忠厚，不敬文，谓之瘠（刻薄）……送葬者不哀不敬，近于禽兽矣！……丧礼者，以生者饰死者也，大象其生以送其死也。故，如死如生，如亡如存，终始一也！"[①]荀子亦法亦儒，理论之正为当世主流所公认，其葬礼之说无疑是一种基于习俗礼仪的公论——葬礼的基本程式是必须虔诚遵守的，是不能轻慢亵渎的。

却说奔丧者们愤慨哀痛之心大起，一时群情汹汹，全然不顾三川郡守的禁令，径自在文信侯府邸外的长街搭起了一座座芦席大棚，聚相哭祭，愤愤声讨，号啕哭骂之声几乎淹没了整个洛阳。六国各色密使推波助澜，卫国迎葬使团奔走呼号，大洛阳顿时一片乱象。纷乱之际，与吕不韦渊源甚深的齐国田氏商社挺身而出，秘密聚集奔丧者们商议对策。奔丧各方众口一词：秦王嬴政诛杀假父、扑杀两弟、囚居生母、

① 见《荀子·礼论》。

逼杀仲父，其薄情残苛亘古罕见，若得候书处置，文信侯必是死而受辱不得善终。一夜聚议，多方折冲，卫国使团放弃了迎葬主张，赞同了奔丧者们的义愤决断：同心合力，窃葬文信侯！

窃葬者，不经国府发丧而对官身死者径自下葬也。一旦窃葬，意味着死者及其家族从此将永远失去国家认可的尊荣。寻常时日，寻常人等，但有三分奈何，也不愿出此下策。然则，吕不韦终生无子，夫人陈渲与西门老总事又先后在吕不韦尸身旁饮鸩同去。吕府一片萧瑟悲凉，只留下一个女总管莫胡与一班仆役执事痛不欲生地勉力支撑，对秦王恨得无以复加，谁信得秦王嬴政能厚葬吕不韦？自然对众客密议一拍即合。于是，阖府上下与奔丧各方通力同心，竟在尸身停留到第六日的子夜之时，用迷药迷醉了郡都尉、郡御史及两百甲士，连夜将吕不韦尸身运出了洛阳。及至三川郡守觉察追来，吕不韦已经被下葬了。虑及掘墓必将引起众怒公愤而招致事端，郡守只得快马飞书禀报咸阳。

吕不韦的墓地，是奔丧者们一致赞同的大吉之地。

仓促窃葬，奔丧者们无法依据公侯葬礼所要求的程式选择墓地，而吕不韦这样的人物，又绝不能埋葬在被阴阳家堪舆家有所挑剔的地方。就在一切议定、唯独在墓地这个最实在的事项上众口纷纭莫衷一是的时候，鲁国名士淳于越高喊了一声："北邙！"众人闻声恍然，顿时一口声赞同，立即通过了公议：在洛阳北邙山立即开掘建造墓地。

北邙者，北邙山也。之所以人人赞同，根由在这北邙大大的有讲究。

洛阳，是西周灭商后由周公主持营建起来的东部重镇，西周时叫作洛邑。洛邑在当时的使命，主要是统御镇抚东部由殷商旧部族演变成的新诸侯。正是基于如此重大的使命，洛邑修建得器局很大，城方七百二十丈，几乎与西周在关中的都城镐京不相上下。论地利，洛邑南临洛水，北靠巍巍青山，是天下公认的祥瑞大吉之地。这道巍巍青山，当时叫作郏山，东周时随着洛邑更名为洛阳①，郏山也更名，叫作了邙山。这道邙山，东西走向，西起大河三门（峡），东至洛阳之北，莽莽数百里一道绿色屏障。邙山虽长，其文华风采却集中在东部洛阳一段。洛阳这段邙山，时人呼为"北邙"。从东周都城迁入洛阳

① 洛阳更名，几经反复，从头为：西周"洛邑"，东周至战国、秦为"洛阳"，西汉改名"雒阳"（东汉同），曹魏再改回"洛阳"。据《水经注》引《魏略》，更名原因在五行国运之说，其云："汉火行忌水，故去其'氵'而加'隹'；魏为土德，土水之牡也，水得土而流，土得水而柔，除'隹'加'氵'。"

开始，历代周王及公侯大臣以及外封的王族诸侯，死后几乎都葬在了北邙。周人最重葬礼，选定的安葬地肯定是天下堪舆家尊奉的上吉之地了。于是，春秋战国时期许多匆忙死去而来不及仔细堪舆墓地的中原诸侯，便纷纷葬在了北邙山。风习浸染，流传后世，“北邙”已经成了墓葬之地的代称。

唯其如此，北邙山得享赫赫大名，安葬吕不韦自然是毫无争议。

一番秘密操持，数千宾客在洛阳北邙山隆重安葬了吕不韦夫妇主仆，一座大冢起得巍巍然山陵一般。为迷惑秦国，主葬的田氏商社与卫国使团宣称：大墓只葬了吕不韦夫人陈渲一人，文信侯已经被迎回卫国安葬了。消息传开，洛阳民众便将这座大墓呼为“吕母冢”，以至传之后世，吕不韦陵墓仍然被叫作吕母冢。

裴骃《史记·吕不韦列传·集解》：“徐广曰：‘十二年。’骃按：《皇览》曰‘吕不韦冢在河南洛阳北邙道西大冢是也。民传言吕母冢。不韦妻先葬，故其冢名‘吕母’也’。”

“山东士商可恨！六国诸侯可恶！”

嬴政接报震怒不已。以法度论，纵然自裁，吕不韦也还是秦国有封地的侯爵重臣。山东士子商贾竟与列国合谋，公然在秦国郡县以非法伎俩窃葬秦国大臣，岂非公然给秦国抹黑，置他这个秦王于耻辱境地？盛怒之下，嬴政飞车东来，路过蓝田大营，亲点了六千铁骑连夜赶赴洛阳，决意依法查究窃葬事件，洗刷秦国耻辱，以正天下视听。

“我王留步——”

将出函谷关之时，蒙武、王绾飞马赶来了。

身为特使，亲见吕不韦惨烈死去的蒙武说得很是痛心：“君上初政，此举有失鲁莽。文信侯人望甚重，不期而死，老臣亦戚戚不胜悲切，况乎吕氏旧人？门客故人愤激生疑，以致窃葬，情可鉴也。人去则了矣！我王亲政已无障碍，若执意查究违法窃葬之罪，诚愈抹愈黑，王当三思也。”

年轻的王绾更是坦然相向：“臣原为文信侯属吏，本不当就此事建言，然谋国为大，臣又不得不言：目下秦国朝局半瘫，吏治未整，百事待举，徒然纠缠文信侯丧葬之事，分明因小失大，臣以为不妥。”说罢垂手而立，一副听候处置的模样。

嬴政脸色铁青，却终于一挥手回车了。

毕竟，就本心而论，嬴政没有赐死吕不韦之意，更无威逼吕不韦自裁之心。只是在得到山东名士贵胄流水般赶赴洛阳，策动吕不韦移国就相的密报时，嬴政有了一种直觉，必须对这个曾经的仲父有所警示，也必须使吕不韦离开中原是非之地；否则，他仍然可能对秦国新政生出无端骚扰，甚至酿出后患亦未可知。基于此等思虑，嬴政才派出了与吕不韦世交笃厚的蒙武，下了那道有失厚道的王书。有意刻薄，也是嬴政从少年时便认定这个仲父阔达厚实，很少能被人刺痛说动，不重重刺上几句，只怕他听罢也是淡淡一笑浑不上心。及至蒙武星夜赶回禀报，业已悔之晚矣！嬴政这才觉得，自己显然低估了吕不韦在嫪毐事变中遭受的深深顿挫，更没有想到，这个曾经的仲父会将自己的几句刻薄言辞看得如此之重。

就实而论，以吕不韦的巨大声望，纵然迁徙到巴蜀之地，完全可能依旧是宾客盈门。吕不韦若坚执无休止地传播《吕氏春秋》，嬴政纵然不能容忍，又能奈何？以战国之风，这几乎是必然可能发生的未来情势。一个力图完全按照自己的意志推行新政的国王，岂能没有顾忌之心？若得全然没有顾忌，除非这个享有巨大声望以致嬴政不能像处死嫪毐那样轻易问他死罪的曾经的仲父死了。然则，吕不韦心胸豁达，体魄厚实，岂能说死便死？吕不韦若是活得与曾祖父昭襄王一般年岁，嬴政的隐忧极可能还要持续二十余年。恰恰此时，吕不韦却自己去了，使嬴政的未来隐忧以及有可能面对的最大麻烦顿时烟消云散，可谓想也不敢想的最好结局。

这，是天意么？

乍接吕不韦死讯，嬴政可谓百味俱生。如释重负，歉疚自责，空荡荡若有所失，沉甸甸忧思泛起，痛悔之心，追念之情，乱纷纷纠葛在心头无以排解。是吕不韦以死让道，使他能够大刀阔斧地亲政领国么？果真此心，因由何在？恍惚之间，嬴政心头电光石火般闪过一个从来没有过的念头——莫非流言是实，吕不韦当真是我生父？不！不可能！果真如此，母亲岂能那般匪夷所思地痛恨吕不韦，将狂悖的嫪毐抬出来使吕不韦永远蒙羞？但无论如何，对他这个秦王而言，吕不韦之死，这件事本身都是难以估价的“义举”。

吕不韦之死，对秦王政是有利的。但想必秦王政也曾受流言所困，彼时无法鉴认亲子，有此传言，就必是永远解不开的疑案。《史记》虽有诸多文学手法，亦采道听途说之史料，但《史记》仍然是最主要的秦汉史依据，太史公写得够明白了。以秦王当时处境，不可能不知道这个传言。

身为秦王，唯有厚葬吕不韦，方可心下稍安。若是没有山东奔丧者们的窃葬事件，在法度处置之后，嬴政原本是要为曾经的仲父举行最隆重的葬礼的。

然则，窃葬之报犹重重一捶，嬴政顿时清醒了过来。

事关国家，唯法决之。这是嬴政在近十年的"虚王"之期锤炼出的信念，更是在与《吕氏春秋》周旋中选择的治国大道。吕不韦既然长期执掌秦国大政，吕不韦便不是吕不韦个人，而是关联天下的秦国权力名号，是秦国无法抹去的一段极为重要的历史；对吕不韦丧葬的处置，也不是对寻常大臣的个人功过与葬礼规格的认定，而是关联秦国未来大局的国事政事。若非如此，山东奔丧者们岂能如此上心？

百年以来，秦国大臣贵胄客死山东者不可胜数。秦国每次都是依照法度处置，何以山东人士没有过任何异议？嬴政很熟悉国史，清楚地记得：当年秦昭王立的第一个太子，也就是嬴政的祖父孝文王嬴柱的哥哥出使魏国，吐血客死于大梁，随行副使不敢对尸身做任何处置，立即飞报咸阳。那时候，山东六国朝野非但没有咒骂秦国，反倒是一口声的赞颂："秦国之法，明死因，消隐患，防冤杀，开葬礼之先河，当为天下仿效矣！"这次，吕不韦尸身搁置得几日，如何突然便成了不能容忍的罪孽？山东士商与六国官府是针对葬礼还是秦国？若是旁个大臣客死洛阳而依法处置，山东诸侯会有如此大动静么？其中奥秘不言自明，是可忍，孰不可忍！听任山东奔丧者们窃葬，秦国何以立足天下？

尽管思绪愤激，连夜东出，嬴政终究还是忍下了这口气。

面对蒙武与王绾的拦路强谏，多年磨炼出的冷静秉性，使嬴政心头立即闪出了第一个念头：两位都是敦诚大臣，不妨想想再说。回到函谷关幕府，蒙武王绾又是各自陈说备细，嬴政终于从愤激中真正摆脱出来。君臣三人计议了整整一宿，决意大度地处置震动天下的窃葬事件。处置方略是：第一步，秦王对朝野颁行紧急王书，以“文信侯猝死，实出本王意外，亦致各方多生错解，情可鉴也”为根基说辞，承认对吕不韦的窃葬，申明对预谋各方不予追究；第二步，蒙武再度为秦王特使，赶赴洛阳北邙山，以公侯大礼隆重祭奠吕不韦，并以秦国王室名义，为被草草窃葬的吕不韦修建壮阔的文信侯陵园。

“此事如此告结，我心亦安矣！”嬴政长吁了一声。

此事告一段落，恩怨以体面的方式结束。

“王有大度，宣泄人心，事端自平。”蒙武宽慰地笑了。

“余波一平，整肃国政便可着手。”王绾也是精神大振。

次日，君臣三人赶回咸阳，立即分头行事。三日之后，秦王王书颁行秦国各郡县，并同时知会山东六国；特使蒙武则率领着隆重的国葬仪仗车马，辚辚出了大咸阳奔赴洛阳。诸事妥当，嬴政立即召来王翦、蒙恬、王绾三位新朝干员，开始商议如何着手整肃吏治理清国政的大计。然则，谁也没有想到的是，这次小朝会尚未结束，大咸阳便乱了。

窃葬余波不仅没有完结，反而弥漫为举国乱象。

特急王书颁行之后，朝野议论不但没有体察秦王，反倒是传闻纷纷流言丛生。一说秦王“着意赐死”文信侯，一说秦王“威逼”文信侯自裁。与此等流言相连，秦王嬴政的种种“劣迹暴行”也在巷间乡野流传开来。最为神秘惊人的传闻是：太后原本是文信侯钟爱的歌伎，嫁给庄襄王嬴异人时已有身孕，目下秦王原本是文信侯亲子，子逼父死，天理不容！流言纷纭之时，咸阳尚商坊的六国商旅与游学名士同声相应，搭起了一座高大肃穆的灵棚，昼夜祭奠文信侯。老秦人感念吕不韦宽政缓刑，流水般麻衣哭临，在灵前虔诚匍匐。一时间祭吕之风大起，咸阳城麻衣塞道，哭声竟日不断，比国丧有过之而无不及。

正在小朝会之时，奉命大祭并督造吕不韦陵园的蒙武从洛阳赶回，忧心忡忡地禀报了洛阳事态。山东六国及一班诸侯，非但不体察秦国处置举措，反倒处处借机滋事。在蒙武以王使之身代秦王祭奠吕不韦时，山东人士却大举赶来公祭，还要与蒙武争夺主祭。不仅如此，山东人士又散布种种恶毒流言蛊惑洛阳民众，以致三川郡人心浮动，已经有民众开始悄悄逃往三晋。更有甚者，洛阳老王城的周室遗族与魏韩两国通谋，声言三晋乃周室宗亲诸侯，三川郡该当“回归”三晋！目下，三川郡守业已对各方谋划探察清楚，深感洛阳有脱秦之危，大为不安，特意敦请蒙武速回咸阳，禀报秦王定夺。

蒙武心绪沮丧之至，说到末了，一声沉重的叹息：“老臣原主从宽处置，然则，树欲静而风不止。老臣惭愧，无话可说矣！”当初同样主张大度安抚，以尽早使国事进入正轨的长史王绾，在旁边也是面色通红，一时默然无对。

“两位将军以为如何？”嬴政没有发作，反倒笑了。

王翦眉头锁成了一团：“国人心乱，六国觊觎。此等局面，螳螂捕蝉黄雀在后，万不可造次处置。我等宜待大局清楚，再定处置之策。”

“等不起！”蒙恬一拍案站了起来，“此等乱象得寸进尺，岂能容忍？说到底，全然是吕氏门客与在秦山东士商内外勾连，再加六国多方策应所致！我若静观等待，分明便是示弱，后果难以预料。”

“足下之见，该当如何？”老成厚重的王翦认真追了一句。

“我……尚未想好。”年轻的蒙恬一时语塞。

蒙武瞪了儿子一眼，一拱手道：“老臣赞同王翦之见。”

“长史以为该当如何？”嬴政轻轻叩着书案。

王绾沉吟着：“两说各有其理，臣一时无断。”

“也好。本王断之。”嬴政拍案而起，“事有此变，天赐良机。国府善意在先，却得恶意回报。本王无愧于庶民，无愧于天下。善举不能了，自有法治了。荀子曾说：人性之恶，必待师法而后正。斯言大哉！”喟然一叹，嬴政些许缓和，“等是不能等。与此等卑劣猥琐之事做旷日持久纠缠，何事可为？须得当下便断。”

“王有良策？”蒙武有些惊愕了。

“长史书令。”嬴政双目炯炯精神分外振作，对王绾一挥手，清晰口授，“其一，王翦将军率三万铁骑，兼程进入三川郡，驻扎洛阳通往三晋之要道，杜绝山东诸侯进出洛阳，着力护持三川郡守依法查究叛秦罪犯，限期一月，务必结案；其二，咸阳令官署将国中祭吕始末、往祭之人以及诸般流言，旬日内备细查实，禀报廷尉府；其三，行人署于旬日之内，将在秦山东士商之诸般谋划、举措及参与之人，一一查勘确凿，禀报廷尉府；其四，廷尉府会同执法六署，依据各方查勘报来的事实凭据，依法议处。”略一喘息，嬴政轻轻问了一句，“如此四条，诸位可有异议？”

“合乎法度，臣无异议！”王翦蒙恬王绾异口同声。

“老国尉以为不妥？”

“老秦人往祭吕不韦，也要查究治罪？”蒙武皱起了眉头。

“国法不二出。老秦人违法，不当治罪？”

“老臣尝闻：法不治众。老秦人受山东士商蛊惑，往祭文信侯并传播流言，固然违法。然人数过千过万，且大多是茫然追随，若尽皆治罪，伤国人之心太甚也。老臣以为，此等无心违法之众，宣示训诫可也，不宜生硬论法。”

嬴政略一沉吟，淡淡笑道：“诸位谁可背得《商君书》？”

“法家典籍，臣等不如君上精熟。”多才好学的蒙恬先应了一句。

“也好，我给老国尉念几句。”嬴政一摆手，大步转悠着铿锵吟诵起来，“知者而后能知之，不可以为法，民不尽知。贤者而后能知之，不可以为法，民不尽贤。故圣人行法，必使之明白易知。”略一停顿，嬴政解说道，“商君是说，国府立法行法，须得教庶民百姓听得懂，看得明。今日秦国有法在先，人人明白，若国府放纵违法言行，罚外不罚里，罚重不罚轻，百姓岂不糊涂？天下岂不糊涂？”说罢，嬴政又铿锵念诵起来，“法枉治乱。任善言多，言多国弱。任力言息，言息国强。政做民之所恶，民则守法。政做民之所乐，民则乱法。任民之所善，奸宄必多。仁者能仁于人，而不能使人仁。义者能爱于人，而不能使人爱。是以，仁义不足治天下也！故，杀人不为暴，宽刑不为仁。”秦人特有的平直口音，将每个字咬得又重又响，一如钉锤在殿堂敲打。末了，嬴政一声粗重的叹息，“商君之道，说到底，大仁不仁。”

“我王崇尚商君，恪守秦法，老臣原本无可非议。”

蒙武沉吟踌躇一句，终是鼓勇开口：“老臣只是觉得，老秦人往祭文信侯，细行也，民心也。当年，国人大举私祭武安君白起。昭襄王非但不责，反倒允准官民同祭。今日譬如当年，老臣唯愿我王念及民心，莫将国人往祭与山东士商同等论罪。老臣前议有差，本不当再言。然事关国家安危,老臣不敢不言。"

"辩驳国事,自当言无不尽,我等君臣谁也无须顾忌。"

年轻的秦王笑了笑,又沉下了脸色:"老国尉前议,无差。长史前议,同样无差。若无国尉长史赶赴函谷关劝阻,本王之举,必然有失激切褊狭。事态有如此一个反复,不是甚坏事。它使我等体味了商君对人心人性之洞察,也说明,只有法治才是治国至道。"嬴政喘息一声放缓了语调,又倏忽凝重端严起来,"然则,老国尉以文信侯比武安君,却是差矣!武安君白起有功无罪,遭先祖昭襄王无由冤杀,其情可悯。国人虽是私祭,却是秉承大义之举。文信侯不然,伪做阉宦,密进嫪毐,致生国乱,使大秦蒙受立国五百余年前所未有之国耻,其罪昭然!况其业经执法六署勘审论罪,而后依法罢黜,既无错罚,更无冤杀,何能与武安君白起相提并论?秦法有定:有功于前,不为损刑;有善于前,不为亏法。文信侯纵然有功于秦,又何能抵消此等大罪?至于念及民心,枉法姑息,正是文信侯宽法缓刑之流风,本王若亦步亦趋,吕规我随,必将国无宁日,一事无成。老国尉啊,治国便是治众,法若避众,何以为法也!"

默然良久,蒙武深深一躬:"老臣谨受教。"

半月之后,老廷尉领衔的联具上书呈进了东偏殿。

清晨时分,嬴政进了书房,依着习惯,先站在小山一般的文案前,仔细打量了迭次显露在层层卷宗外的白字黑布带,一眼瞥见廷尉卷,只一注目,悄无声息地跟在身后的赵高便立即将廷尉卷抽出来,摊开在了旁边书案的案头。待嬴政在宽大的书案前落座,那支大笔已经润好了朱砂架在了笔山,一盅弥漫着独特香气的煮茶也妥帖地摆在了左手咫尺处。一切都是细致周到的,目力可及处却没有一个人影。

"长史可在?"嬴政头也不抬地叩了叩书案。

"臣在。"

外厅应得一声,王绾踩着厚厚的地毡快步无声地走了进来,依着嬴政的手势捧起了王案上的文卷。虽是掌管国君事务的长史,对于大臣上书,王绾的权力却只是两头:前头接收呈送——督导属吏日每将上书分类登录,夹入布标摆置整齐,以三十卷为一案送王室书房;后头录书督行——国君阅批之后,立即由两名书吏将批文另行抄出两份,一份送各相关官署实施,一份做副本随时备查,带批文的上书做正本存入典籍库。也就是说,在国君批示之前,他这个长史是无权先行开启卷宗的。这卷廷尉上书昨夜子时收到，王绾以例归入今日文卷呈送，也料到了必是秦王今日披阅的第一要件，自然早早守候在了东偏殿外厅等待录书分送。如今见秦王未做批示便召唤自己，心下一怔，料定是这个铁面老廷尉又"斟酌"出了令秦王犯难的题目。然捧卷浏览，王绾却颇觉意外。

老廷尉将窃葬之后的事件定为"外干秦政，私祭乱法，流言惑国"三罪，分为五种情形论定处罚：其一，在秦山东客商与吕氏门下的山东门客、舍人①，无论发动、参与私祭或传播流言，皆以"外干秦政"论罪，一律逐出秦国；其二，秦国六百石（禄米）以上官员哭临者，以"私祭乱法"论罪，夺爵位，举族迁房陵②；其三，秦国六百石以下官员哭临私祭者，同前罪，削爵两级，举家迁房陵；其四，凡吕氏门客中的秦国吏员士子，只散布流言而未哭临六国客商所设之灵棚者，以"流言惑国"论罪，保留爵位，举家迁房陵；其五，举凡秦国庶民，哭临私祭并传播流言者，两罪并处，罚十金，并为城旦、鬼薪③一旬。

手段强硬，杀一儆百，谣言自止。说什么"谣言止于智者"，多为自欺欺人之语。

"并无不妥。臣以为可也。"王绾明朗回话。

"可在何处？"

"刑罚适当：官吏重罚，庶民轻治。"

"只要依法，轻重无须论之。"

"君上以为不可？"

"不，大可也！"嬴政大笑拍案，"照此批下，一字不改。"摇了摇手，又轻松地长吁了一声，"我是说，老廷尉行法之精

① 舍人，古代官名，始见《周礼·地官》，职掌各种具体事务。春秋战国时，舍人为大臣府吏之通称，多为亲信门客担任，寻常称门客舍人。唐宋之后，舍人成为贵公子的别称，不再是实职官吏。

② 房陵，今湖北房县地带，当时为秦国之险山恶水地区。

③ 鬼薪，秦国刑罚，自带衣食为王室太庙打柴。

妙,不仅在轻重适当,那是法吏当有之能罢了。难在既全大局,又护法制,治众而不伤众,堪称安国之断也。只可惜也,铁面老廷尉年近七旬,秦国后继行法,大匠安在哉!"

"君上远忧,臣深以为是。"王绾一点头,稍许沉吟又道,"臣还得说,此次受罚者涉及官民众多,实乃立国以来前所未有,似当颁行一道特书,对国人申明缘由并晓以利害。否则,太得突兀,国人终有疑窦。"

"好谋划。"嬴政欣然拍案,"这次不劳长史,我试草一书。"

"王之文采必独具风韵,臣拭目以待。"

"只怕长史失望也。"嬴政哈哈大笑一阵,又肃肃淡淡道,"嬴政不善行文,却有一说与长史参酌:王书论政,重质不重文。质者,底蕴事理之厚薄也。文者,章法说辞之华彩也。遍观天下典籍,文采斐然而滔滔雄辩者,非孟子莫属。然我读《孟子》,却觉通篇大而无当,人欲行其道,却无可着力。本色无文,商君为甚。《商君书》文句粗简,且时有断裂晦涩,却如开山利器,刀劈斧剁般料理开纷繁荆棘,生生开辟出一条脚下大路。人奔其道,举步可行,一无彷徨。长史却说,效商君乎?效孟子乎?"

默然良久,王绾深深一躬:"臣为文职,谨受教。"

次日黎明,王绾匆匆赶到了王城东偏殿。当值的赵高说,秦王刚刚入睡,叮嘱将拟就的王书交长史校订,如无异议,立即交刻颁发。王绾捧起摊在案头的长卷浏览一遍,心头竟凛然掠过一股肃杀之风——

告国人书

秦王政特书:自文信侯罢相自裁,天下纷扰,朝野不宁。秦立国五百余年,一罪臣之死而致朝野汹汹不法者,未尝闻也!文信侯吕不韦自于先王结识,入秦二十余年,有定国之功,有乱国之罪。唯其功大,始拜相领国,封侯封地,破秦国虚封之法而实拥洛阳十万户,权力富贵过于诸侯,而终能为朝野认定者,何也?其功莫大焉!秦之封赏,何负功臣?然则,文信侯未以领国之权不世之封精诚谋国,反假做阉宦,私进宫闱,致太后陷身,大奸乱政。其时也,朝野动荡,丑秽迭生,秦国蒙羞于天下,诚为我秦人五百余年之大耻辱也!究其本源,文信侯吕不韦始作俑矣!秦法有定:有功于前,不为损刑;有善于前,不为亏法。吕不韦事,业经廷尉府并执法六署查勘论罪,依法罢黜者,何也?

其罪莫大焉！纵如此，秦未夺文信侯爵位，未削文信侯封地，秦王何负功臣？其时也，文信侯不思深居简出闭门思过，反迎聚六国宾客于洛阳，流播私书，惑我民心，使六国弹冠相庆，徒生觊觎大秦之图谋。为安朝野力行新政，秦王下书谴责，迁文信侯于巴蜀之地，何错之有也？今有秦国臣民之昏昏者，唯念吕不韦之功，不见吕不韦之罪，置大秦律法于不顾，信山东流言于一时，呼应六国阴谋，私祭罢黜罪臣，乱我咸阳，乱我国法，何其大谬也！若不依法惩戒，秦法尊严何存？秦国安定何在？唯其如此，秦王正告臣民：自今以后，操国事不道如嫪毐吕不韦者，籍其门[①]，其后世子孙永不得在秦国任宦。秦王亦正告山东六国并一班诸侯：但有再行滋扰秦国政事者，决与其不共戴天，勿谓言之不预也！秦王政十二年春。

不仅言辞锋利，重在说理透彻。

王绾一句话没说，将竹简装入卷箱，匆匆到刻简坊去了。

当日午后，秦王的《告国人书》与廷尉府的处罚文告，便同时张挂到了咸阳四门。谒者署的传车快马也连连飞出咸阳，将处罚文告与王书送往各郡县，送往山东六国。随着文书飞驰，咸阳沉寂了，关中沉寂了，秦国各郡县沉寂了，山东六国也沉寂了。秦王将道理说得如此透彻痛切，杀伐决断又是如此严厉果决，激扬纷纭的公议一时萧疏，无话可说了。

让庶民知道害怕，这事就完结了。流言都是一阵风，过去了就烟消云散。

客居咸阳的山东士商们始则惊愕，继而木然，连聚议对策的心思都没有了，只各人默默打点，预备离开秦国。若在山东六国，如此汹汹民意，任何一国都不敢轻易处置。唯一的良策，只能是恢复死者尊荣，以安抚民心公议。磋商跌宕，

① 籍其门，秦国刑罚，谓将罪人财产登记没收，家人罚为苦役奴隶。

各方周旋，没有一年半载，此等几类民变的风潮决然不能平息。洛阳窃葬吕不韦，压迫秦国服软默认，恰好印证了秦国与六国在处置汹汹民意上一般无二。唯其如此判断，才有了山东客商士子们发动的公祭风潮。六国士商们预料：祭吕风潮一起，秦国至少得允许吕氏门客在秦公开传播《吕氏春秋》；若风潮延续不息，吕不韦之冤得以昭雪亦未可知；若山东六国借机施压得当，逼秦国订立休战盟约，也不是没有可能。如此这般种种谋划，虽不是人人都明白自觉，但六国密使与通联主事的几家大商巨贾，却是胸有成算的。

然则，谁也没有料到，秦国反应竟是如此迅雷不及掩耳，公祭风潮发端未及一月，便断然出手。事前没有任何征兆，更没有六国士商们熟悉不过的反复折冲多方斡旋，全然迎头棒喝，将涉祭者全数赶出秦国。如此严密，如此快捷，令习惯于朝事预泄的六国士商们如遇鬼魅，不禁毛骨悚然！但是，真正令山东士商们无言以对处，却在于：秦国依法处置，本国官吏庶民都概莫能外，违背秦法的外邦客商士子能叫喊自己冤枉么？再说，秦国已经对山东六国发出了恶声，再行滋扰不共戴天，哪国还敢出头吭声？作为商旅游士后盾的邦国尚且畏缩，一群商人士子又能如何？更有一层，商旅入秦，原本宗旨只是占据大市以生财聚财，鼓荡议论乃至涉足秦国朝局，一则是本国密使纵容，二则是山东士商风习使然，实非商旅本心所愿。及至鼓荡未成而遭驱赶，商旅们才蓦然明白，自己将失去天下最具活力的最大商市，岂非舍本逐末大大的得不偿失？发端主事的巨商大贾还则罢了，左右在其他国家还有商社根基。一班随波逐流卷入风潮的中小商人们，便是切肤之痛了：一店在秦，离开咸阳没了生意，回到故国重新开张，却是谈何容易，单是向官府市吏行贿的金钱便承受不起，哪有在秦国经商这般省心？

严法、守规矩，倒是有利于行商坐贾，不用到处交买路钱。

种种痛悔之下，谁还有心再去聚会商议鼓捣秦国？

一时寒凉萧瑟，偌大尚商坊死沉沉没了声息。

老秦人则是另一番景象。王书文告流传开来，庶民们始则默然，继而纷纭，思前想后，邻里们相互一番说叨，竟纷纷生出了悔恨之意。平心而论，吕不韦宽政缓刑固然好，可也并没有带来多少实在好处，老百姓还不照样得靠耕耘靠打仗立身？反倒是吕不韦宽刑的年月里，乡里又渐渐滋生出了不务耕稼专说是非的"疲民"，什伍连坐制也渐渐松懈了，豪强大户也开始收容逃刑者做黑户隶农了。长此以往，必得回到商君变法之前的老路上去，对寻常庶民有甚好处？商君之法虽然严厉，却是赏罚分明贵贱同法，对贵胄比对老百姓处罚更严，百余年下来，老秦人已经整肃成习，极少有人触犯法度了。只说监狱，当今六国哪国没有十数八座大狱？而偌大秦国，却只有一座云阳国狱，你能说秦法不好么？哭临灵棚，祭奠吕不韦，究竟为个甚来？还不是受人惑乱，心无定见，希图争回个宽政缓刑？仔细想去，果真宽政缓刑，大多也只能宽了贵胄，缓了王公，能宽缓几个老百姓？那《吕氏春秋》要行王道，王道是甚？是刑不上大夫，是礼不下庶人，对我等百姓有何好处？秦王要行商君之法，贵胄大族们不高兴，是因为他们非但没了封地，还要与民同法。百姓庶民有得无失，何乐而不为，起哄个甚！当真起哄，便是不识相了。

法严则人心正。法治比人治高明，就在于法有定规，而人心易变。

这一段分析确能自圆其说。法纪严明，只要不违法，还是能过安稳日子。顺从的日子，比不顺从的日子更安稳、更安全。这是奴性之秘密所在。

议论滋生流传，老秦人板结的心田发酵了，蓬松了。

倏忽便是四月，田野一片金黄，眼看便是大忙在即。咸阳老秦人不待官府张挂处罚名册，便纷纷自带饭食、被褥、铁锹，络绎到了官署，自报曾经哭临私祭，非但立交罚金，还要自请官府派定城池，立服城旦鬼薪苦役。咸阳令蒙恬大感意外，立即飞车进入王城禀报，请秦王定夺：民既悔悟，能否宽缓到忙后再行处罚？

"法教正，人心正。"默然良久，年轻的秦王才突然冒出一句话来。随即，嬴政断然拍案："民既守正，国府不能再开疲民侥幸之心。如期如数处罚。精壮减少，农事大忙，举国官署全力督夏，本王巡查关中。"

蒙恬一句话没说，转身赳赳出了王城。

在诸多精壮离家，奔了苦役之地的时候，秦王亲政后的第一个夏忙到了。

关中原野一派前所未有的气象。男女老幼尽皆下田，官署吏员悉数入村，官府车辆被全部征发，咣当轰隆地驶往亭、里[①]。田间大道上，装载得小山一般晃悠的运麦牛车连绵不断。金黄的麦田，在酷暑之下的无垠原野上一片片消失，比往年夏忙刈麦还热闹快捷了许多。每日清晨，秦王嬴政必出咸阳，乘着一辆轻便轺车，带着一支轻骑马队，沿着渭水北岸的大道一路东驰，正午抵达函谷关；在关城下歇息打尖半个时辰，立即回车，再沿着渭水南岸的田间车道一路巡视回来，准定在暮色时分回到咸阳原野。不入城池，不下田塍，年轻的秦王只在秦川原野的大道小路上反复地穿梭着，察看着。说也奇了，每每那支百人马队拥着那辆青铜轺车驶过眼前，田间烈日下的百姓官吏们，便不约而同地停下手中活计驻足凝望，眼见年轻的秦王挥汗如雨，却始终神色从容地挺立在六尺伞盖之下，不禁遍野肃然。没有希图热闹的万岁呐喊，没有感恩戴德的沿途跪拜，热气蒸腾的原野凝固了一般。

五月末，纳粮的队队牛车络绎上道，紧绷绷的夏抢终于告结了。

秦国朝野堪堪喘息了一阵，不想却是连月大旱，田间掘坑三尺不见湿土，夏种根本无从着手。关中仅有的两条老渠，只能浇灌西部几个县而已，如何解得这前所未有的大旱？紧邻河湖的农人们，昼夜担挑车拉一窝窝浇水抢种，分明杯水车薪，只能眼看着出土绿苗奄奄死去，直是欲哭无泪。秦王嬴政紧急下书，郡县官吏一体督水督种，抢开毛渠引水，依然是无济于事。

直到七月，秦国腹地滴雨皆无，山东六国也开始了连月大旱。

炎阳流火，三晋饥民潮水般涌入了秦国。一则令人心惊胆战的占星预言，随着饥民潮弥漫开来：今年彗星，春见西方，夏见北方，从斗以南八十日，主秦王倒行逆施，招致上天惩罚，带累天下大旱。

---

① 亭、里，秦时乡村行政单元，县辖亭，亭辖里。里为村的行政称谓，有时比自然村大。

占星家预言:秦有大饥,死人无算,国将乱亡!

赢政即位后,灾祸特别多。

四 旷古大旱 老话题突然重现

水,第一次成了秦国朝野焦灼议论的共同话题。

治水成为头等大事。

旱,第一次使风调雨顺的关中成了秦国的软肋。

曾几何时,水患尚是华夏部族的最大威胁。“洪水滔天,浩浩怀山襄陵”的恐怖传说,还长久地留在人们的记忆里。直到战国之世,华夏大地的气候山水格局,仍然是湿热多雨河流纵横水量丰沛林木葱茏。其时,洪水之害远远大于缺水之灾。唯其如此,天下便有了“益水”之说。益水者,可用之水也。盖大川巨泽浩洋不息,水患频仍,耕耘渔猎者常有灭顶之灾。是故,大水周边人烟稀少,遂成蛮荒山林。显然,在人口稀少的农耕时代,水太多是没有益处的。譬如楚国,大泽连天江川纵横,仅仅一个云梦泽,便相当于中原几十个诸侯国。吞并吴越两国之后,楚国广袤及于岭南,国土之大几乎与整个北中国相差无几。然则,楚国虽大,富庶根基之地却只在江淮之间,国力反倒不如中原大国。究其因由,高山层叠阻隔水道,江河湖泊聚相碰撞,以致水患多发,人力远不足以克之,水乡泽国遂多成荒僻渔猎之地,能够稳定聚集财富的农耕沃土倒是很少很少。反之,当时的大河流域却已经是益水之地了。自大禹治水疏河入海,大河水系便相对平稳下来。百川归河,河入大海,没有出路的横冲直撞的盲流大水不复见矣。由此水患大减,航道开启,沃野可耕之地大增。于是,大河流域才有了井田铺排,城池多建,村畴连绵,成了华夏文明的生发凝聚之地。

但是,尽管大河流域已成益水之地,水患却依然多发,各抑六国扬秦国之写法。战国兴修水利的技术实已比较成熟，并非只是“防川”。其中魏国与秦国兴修水利，最为突出。

国想得最多的仍然是“防川”。天下水家水工，终生揣摩效力者，依旧是如何消除水患。所谓治水，依旧是以消弭河流泛滥为第一要务，灌溉与开通航运尚在其次。截至战国中期，无论是楚国的汉水过郢，还是魏国的引漳入邺、引河通淮（鸿沟），或是秦国的蜀中都江堰，其起始宗旨无一不是防备江河泛滥。

也就是说，对缺水灾难的防备，尚远远没有引起天下关注。

抗御干旱，还远远没有成为战国之世的水利大题目。

其时也，秦人最是笃信“益水”之说。举凡老秦人，都念得几句《易》辞：“天以一生水，故气微于北方，而为物之先也。”战国之世，盛行金木水火土的五行国运说。秦人自命水德水运，色尚黑。其间，固然有阴阳家的推演论证，但究其根本，无疑是老秦人的益水崇拜所生发。就天下水势而言，秦国之益水丰盛冠绝一时，实在是得利大焉。战国中期，秦国领土已有五个方千里①，大体是当时整个华夏的四五分之一。以地理形势论，这五个方千里大体由六大块构成：关中平原、陇西山地、河西高原、巴蜀两郡、汉水南郡、河东河内。在当时，这六大区域都是土地肥沃水流合用林木茂密草原肥美之地，可耕可采，可渔可猎，没有一地水患频仍民不聊生。

秦国腹地的关中平原，更是得天独厚的益水区域。老秦人谚云：“九水十八池，东西八百里。”说的便是关中益水之丰饶，山川之形胜。所谓九水：渭水、泾水、沣水、洛水、灞水、浐水、滈水、潏水、涝水。这九水，都是带有支流的滔滔大水，

① 方千里，先秦计算国土之单位。以现代方式换算，一个方千里为二十五万平方公里，五个方千里便是一百二十五万平方公里。

若是连同支流分流在内，秦川的大小河流无论如何在五七十条之多。秦国划县，素有“县各有山有水”之说，可见秦川河流湖泊之均衡丰盛。所谓十八池，是分布在八百里秦川的十八片大小湖泊，由西而东数去：牛首池、西陂池、鹤池、盘池、冰池、滈池、兰池、初池、麋池、蒯池、郎池、积草池、当路池、洪陂池、东陂池、苇埔、美陂、樵获池。唯其河流如织湖泊点点，秦川自古便有“陆海”之名。直到西汉，尚有名士司马相如作《上林赋》云：“荡荡乎八川分流，相背而异态。东西南北，驰骛往来：出乎椒丘之阙，行乎洲淤之浦……”活画出河流湖泊在关中村野城池间交织出的一幅山水长卷，况乎秦时？

益水丰厚，沃野可耕，被山带河，兵戈难侵。这便是秦川。

唯其得天独厚，故自三皇五帝以来，关中便是天下公认的形胜之地。这里悠悠然滋生了以深厚耕稼传统为根基的创造礼制文明的周人，也轰轰然成长了半农半牧最终以农战法制文明震慑天下的秦人。在中国文明的前三千年历史上，一地接连滋生出中华两大主流文明，实在是绝无仅有，天地异数。拜天地厚赐，秦川本该早成为天下一等一的大富之区。然则，及至战国后期的秦王嬴政即位，秦川还远远不是天下首富之地。东，不及齐国临淄的滨海地区。南，不及楚国的淮水两岸。中，不及魏国的大梁平原。若非秦国多有战胜，从山东六国源源不断地夺取财富人口，仅靠自身产出，实不足以称雄称富于天下。

其间因由，在于秦川还有两害：白毛碱滩，近水旱田。

河流交错，池陂浸渍，秦川的低洼积水地带往往生成一片片奇特的盐碱地。终年渍水，久湿成卤，地皮浸出白生生碱花，夏秋一片汪洋，冬春白尘蔽日，种五谷不出一苗，野草蓬蒿芦苇却生得莽莽连天。此等五谷不生的白毛地，老秦人呼为“盐碱滩”。这盐碱滩，有害田之能，毗邻良田但有排水不畅，三五年便被吞噬，转眼便成了见风起白雾的荒莽碱滩。良田一旦变白，农夫们纵然费尽心力，修得毛渠排水，十数八年也休想改得回来。老秦人自来有农谚云：“水盐花碱，有滩无田，白土杀谷，千丈狼烟。”说的便是这年年有增无减吞噬良田的害人碱滩。秦川西部地势稍高，排水便利，此等碱滩很少生出。然一进入逐渐开阔的秦川中部，从大咸阳开始直到东部洛水入渭之地，此等白毛碱滩便频频生出，小则百亩千亩，大则十数二十里，绿野之中片片秃斑，丑陋得令人憎恶，荒芜得令人痛惜。

平原不平，山塬起伏，秦川又有了无数的塬坡地带。渭水南岸，平原远接南山，其间多有如蓝田塬一般的高地，有南山生发的若干小河流北来关中，水势流畅，尚可利用。况且，其时渭南之地多石山密林，可垦耕地相对狭小，故长期被秦国作为王室苑囿，多有宫室台阁与驻军营地，农耕渔猎人口相对稀少。一言以蔽之，关中渭南（渭水之南）纵然有旱，对秦国也不会构成多大威胁。

关中之旱，要害在于人口聚集的渭北地带。

渭水北岸的平原，向北伸展百余里后迭次增高，直达河西高原，形成了广袤的土山塬坡地带。此等塬坡，说高不高，说低不低，土峁交错，沟壑纵横，濒临河池。农人望水而居，说起来是可垦可耕，却偏偏是临水而旱，瘠薄难收。即便正常年景，塬坡地也不足平原良田的三四成收成。若遇少雨之年，则可能是平原良田之一成，甚或颗粒无收。老秦人谚云："勤耕无收，望水成旱，有雨果腹，无雨熬煎。"说的便是这塬坡地人家的苦楚艰辛。盖平地临水，一村一里尚可合力开出几条毛渠，于少雨之时引水灌田，至少可保正常年成。塬坡地不然，眼看三五里之内便有河流池陂，却只能望水兴叹。要将河流池陂之水引上塬坡，却是谈何容易！不说一村数村，便是合一县数县之民力，也未必能在三五年内成渠用水。更有一样，其时战事多发，精壮男子多入军旅，留耕男女则随时可能被征发为辎重民夫。郡县官署得应对战事征发，根本不可能筹划水利，即便有筹划，也挤不出集中民力修渠引水的大段时日。

地理清晰。

有此两害，当时的关中只能是完全的靠天吃饭。

秦强六世，蹉跎跌宕，两害如斯。

从秦孝公商鞅变法开始，秦国的历任丞相都曾殚精竭虑，力图解决秦国腹地两大害，却终因种种突发事变而连番搁浅。商鞅方立谋划，遇孝公英年猝死，自己也在朝局突变中惨遭车裂，大兴水利遂成泡影。秦惠王张仪一代，迭遇六国遏制秦国崛起而屡屡合纵攻秦，大战连绵内外吃紧，关中水利无暇以顾。秦昭王前中期，秦国与山东合纵与赵国生死大决，几乎是举国为兵，完全无暇他顾。秦昭王后期，计然家蔡泽为丞相，对关中渭北地带做了翔实踏勘，上书提出应对之策："渭北临水旱田计四万余顷，白毛碱滩两万余顷。该当引泾出山，居高临下南灌关中，解旱情，排盐碱，良田大增，则秦川之富无可限量也！"正在蔡泽一力筹划的关中水利将要上马之际，却逢秦国低谷，内外交困，秦昭王不得不奉行"守成固国"方略，小心翼翼地处置王储大事，治水又不得不束之高阁。孝文王庄襄王两代四年，吕不韦领国，欲展经济之长以大富秦国，却又连逢交接危机，稳定朝局成为第一要务，始终不能全力解决关中经济之病根。其间秦王政年少，太后掣肘，嫪毐乱国，内外政事法度大乱。吕不韦艰难斡旋捉襟见肘，虽一力使泾水工程艰难上马，却无法大举民力，只能是有一搭没一搭地吊着，八九年中时动时停时断时续，始终不见功效。

猝遇亘古大旱，秦国第一次惶惶然了。

秦人心里第一次没底了。自诩天下形胜膏腴的秦川，原来这般不经折腾，一场大旱未了，立见萧疏饥荒。如此看去，秦国根基也实在太脆弱了。说到底，再是风调雨顺之地，老天也难免有打盹时刻，雨水但有不济，立马便是年馑，庶民谈何殷实？此等大旱不说三五年来一次，十年数十年来一次，秦国也是经受不起，遑论富强于天下？

朝野惶惶，关中的水情水事，以及长期搁置而不死不活的河渠谋划，都在一夜之间突然泛起。经济大臣们火急火燎，各署聚议，纷纷上书，请立即大开关中水利。此时，吕不韦已经罢黜，没有了开府丞相全盘筹划，一应上书都潮水般涌到了王城。月余之间，长史署的文卷房满当当堆了二十六案。有封地的王族老贵胄与功勋大臣们更是忙乱，既要抚慰风尘仆仆赶来告急的封地亭长里正族长等，还要敦促封地所在县设法赶修毛渠引水，还要奔波朝议呼吁统筹水利。

官署忙作一团，村野庶民更是火急。眼看赤日炎炎禾苗枯焦，农耕大族便纷纷邀集本亭农人到县城官署请命，要官府准许各里自行开修毛渠。县令不敢擅自答复，只有飞报咸阳，庶民们便汹汹然拥挤在官署死等，没有回话硬是不走。更有新入关中的山东移民村落，对秦国法制尚无刻骨铭心的体察，依着山东六国天灾自救的老传统，索性不报官府，便在就近湖泊开渠引水。临近老秦人聚居的村落，自然不满其抢占水源，纷纷自发聚众阻挠,多年绝迹的庶民私斗,眼看便要在流火七月纷纷攘攘地死灰复燃了。

关中因旱生乱,年轻的秦王政最是着急。

还在五月末旱情初发之时,嬴政便紧急召来大田令(掌农事)、太仓令(掌粮仓)、大内令(掌府库物资)、少内令(掌钱财)、邦司空(掌工程)、俑官(掌徭役)、关市(掌市易商税)等经济七署会商,最后议决三策:其一,大田令主事,领邦司空与俑官三署吏员全数赶赴关中各县,筹划紧急开挖临水毛渠灌田抢种,并着力督导大小渠道分水用水,但有抢水械斗事复发,可当即会同县令迅即处置。其二,大内令少内令两署,全力筹划车水、开渠所需紧急物资,征发咸阳官车运往各县,不得耽误任何一处毛渠开挖。其三,太仓令会同关市署,对大咸阳及关中各县的粮市紧急管辖,限定每日粮价及交易量;山东粮商许进不许出,严禁将秦国大市的粮谷运出函谷关。

"诸位,可有遗漏处?"时已三更,嬴政依然目光炯炯。

大田令振作精神一拱手道:"老臣以为,引泾工程蹉跎数年,徒聚民力二十余万之众,致使渭北二十余县无力抢修毛渠缓解旱情。老臣敢请我王紧急下书:立即停止引泾工程,遣民回乡,各克其旱。"

"臣等附议。"经济大臣们异口同声。

"臣有异议。"旁案书录的长史王绾突然搁笔抬头,"引泾工程上马多年,虽未见功效,然兹事体大,臣以为不当遣散。"

"长史之言,不谙经济之道也。"大田令冷冷一笑,分明对这个列席经济朝会的年轻大臣不以为然,"经邦之策如烹小鲜,好大喜功,必致国难。引泾出山,秦国六世未竟,因由何在?工程太大,秦国无法承受。唯其太大,须得长远缓图。目下大旱逼人饥馑将起,聚集民力紧急开挖毛渠克旱,方为第一急务。徒然贪大,长聚数十万民力于山野,口粮一旦告急,必生饥民之乱,其时天灾人祸内外交困,秦国何安矣!"

"大田令言之有理。"经济大臣们又是异口同声。

见王绾还欲辩驳,嬴政摇了摇手:"此事莫要再争,稍后两日再定。诸位大臣先行回署,立即依方才议决行事。"待大臣们匆匆去了,嬴政一气饮下赵高捧来的一大碗凉茶,这才静下心来向整理案头文卷的长史招招手,"王绾啊,你方才究竟想说甚?如何个兹事体大?小高子,再拿凉茶来。"王绾本来想将吕不韦对引泾工程的总谋划以及最后带给郑国的口信禀报秦王,片刻思忖间却改变了主意,只说得一句:"臣以为,此事关乎秦国长远大计，当召回河渠令李斯商议。”

“也是，该召李斯。”一句说罢，嬴政已经精神抖擞地起身，“你拟书派使，召李斯回咸阳等候。再立即派员知会国尉蒙武、咸阳令蒙恬，连夜赶赴蓝田大营。小高子，备车。”厅外廊下一声应诺，一身单层皮甲手提马鞭的赵高大步进来，说六马快车已经备好。嬴政斗篷上身，从剑架取下随身长剑，一挥手便出了东偏殿。

李斯因吕不韦之故，得见秦王，后日渐为秦王所重。

“君上……”

眼见嬴政快步匆匆消失在沉沉夜幕，王绾本想劝阻，一开口却不禁心头发酸热泪盈眶，终于没有再说。只有他这个近王长史与中车内侍赵高知道，年轻的秦王太敬事了，太没有节制了。自旱情生出夏种无着，年轻的秦王犹如一架不知疲倦的水车，昼夜都在哗啦啦急转。紧急视察关中缺水各县，县县紧急议事，当下立决；回到咸阳，不是召大臣议事便是大臣紧急求见；深夜稍安，又钉在书房埋头批阅文书发布书令，案头文书不完，年轻的秦王绝不会抬头；寻常该当有的进餐、沐浴、卧榻，都如同饮茶闲步投壶游猎饮酒一般，统统被当作琐碎细务或嬉闹玩物，生生被抛在了一边。

这次回到咸阳王城，年轻的秦王已经是整整三夜没有上榻，四个白日仅仅进了五餐。王绾文吏出身，又在吕不韦的丞相府做过迎送邦交使节的行人署主官，那是最没有昼夜区分的一个职事，人人皆知他最长于熬夜，陪着秦王昼夜当值该当无事。事实却不然，非但他在昼夜连轴转中几次迷糊得撞了书案，便是那个猴精的夜猫子赵高，有一次也横在书房外厅的地毡上打起了呼噜。只有年轻的秦王，铁打一般愈见精神，召见大臣，批阅公文，口授王书，一个犯迷糊式的磕绊都没有打过。王绾曾经有过一闪念，秦王虚位九年，强毅秉性少年意气，蓄之既久，其发必速，一朝亲政，燃得几把烈火也就过劲了。谁想大大不然，平息嫪毐之乱，再经吕不韦事变，至今已是两年有余，年轻的秦王依然犹如一支浸透了猛火油的巨大火把，时日愈长，愈见烈火熊熊。如此王者，已经远远超出了宵衣旰食的勤政楷模，你能说他是一时心性？是长期虚位之后的发泄而已？不，决然不是。除了用"天赋异禀"这四个字，王绾实在想不出更为满意的理由来解释。精灵般的赵高曾悄悄对王绾说过，秦王得有个人管管，能否设法弄得太后脱罪，也好教他过过人的日子？王绾又气又笑又感慨，偏你小子神叨，太后管得住秦王，能到今日？你小子能事，上心照拂秦王起居，便是对国一功，其余说甚都是白搭。赵高连连点头，从此再也没有这种叨叨了。然则，王绾却上心了。身为长史，原本是最贴近君王的中枢大臣，年轻的秦王无节制疯转，理当建言劝阻，可危局在前，他能做如此建言么？说了管用么？可听任秦王如此空乏其身，后果岂非更为可怕？

秦王后来英年而逝，恐怕与劳累过度有关。

心念每每及此，王绾心头都是怦怦大跳。

五更将尽，六马王车和着一天曙色飞进了蓝田大营。

晨操长号尚在悠扬飘荡，中军幕府的司马们尚在忙碌进出，统军老将桓齮尚未坐帐，嬴政已经大步进了幕府。中军司马连忙过来参见，君上稍待，假上将军正在冷水浇身，末将即刻禀报。嬴政摇摇手笑道，莫催老将军，王翦将军何在？中军回答，王翦将军司晨操，卯时即来应帐。嬴政吩咐一句，立即召王翦将军来幕府议事。

中军司马刚刚出得幕府，隔墙后帐一声响亮的咳嗽，老桓齮悠然进了大帐。嬴政不禁瞪大了眼睛——面前老人一头湿漉漉的雪白长发散披肩头，一身宽大的粗织麻布短衣，脚下一双蓝田玉拖板履，活生生山野隐士一般。

"老将军,好闲适也。"嬴政不无揶揄地笑了。

"君上?!"

骤然看见秦王在帐,老桓齮满面通红大是尴尬,草草一躬连忙转身进了后帐,玉板履在青砖地面打出一连串清脆的当当声。片刻出来,老桓齮已经是一身棕皮夏甲,一领绣金黑丝斗篷,头上九寸矛头帅盔,脚下长腰铜钉战靴,矍铄健旺与方才判若两人。

老桓齮大步过来一个带甲军礼,红着脸道:"君上恕罪:老臣近年怪疾,甲胄上身便浑身瘙痒,如甲虱遍体游走,非得冷水热水轮番泼浇三五遍,再着粗布短衫方才舒坦些许。近日无战,老臣多有放纵,惭愧之至。"

"想起来也。"嬴政恍然一笑走下了将案,殷殷看着窘迫的老将军,"曾听父王说过,老将军昔年在南郡之战中伏击楚军,久卧湿热山林,战后全身红斑厚如半两铁钱,经年不褪,逢热必发……说起来,原是嬴政疏忽了。"转身便对帐口赵高吩咐,"小高子替我记住:回到咸阳立即知会太医令,赶制灭虱止痒药,送来蓝田大营分发将士,老将军这里要常备。"又回身挥手一笑,"自今日始,许老将军散发布衣坐帐。"

"君上……"老桓齮不禁一声哽咽。

正在此时,大汗淋漓的王翦匆匆到来,未曾落座,又闻战马连番嘶鸣,蒙武蒙恬父子接踵赶到。中军司马已经得赵高知会,吩咐军吏整治来四案晨操军食:每案一大块红亮的酱牛肉、三大块半尺厚的硬面锅盔、一盘青葱小蒜、一大碗稀溜溜热乎乎的藿菜疙瘩酸辣汤。嬴政食欲大振,来,咥罢再说!四人即刻就案上手,撕开大块牛肉塞进皮焦黄而内松软的厚锅盔,大口张开咬下,再抓起一把葱段蒜瓣丢入口中,一阵呱嗒咯吱大嚼狼吞虎咽,再呼噜噜喝下绿菜羹,喷喷香辣之气顿时弥漫幕府。未及一刻收案,除了年长的蒙武一案稍有剩余,嬴政蒙恬赵高三案盘干碗净不留分毫,人人额头涔涔渗汗。桓齮王翦及帐中一班司马,看得心头酸热,一时满帐肃然无声。

"目下事急,天灾大作,人祸未必不生。"大将们一落座,嬴政开门见山,"本王今日前来,要与诸位议出妥善之策:如何防止六国兵祸危及关中?"

国尉蒙武第一个开口:"老臣以为,秦国腹地与中原三晋一齐大旱,实在罕见。当此之时,荒年大饥馑必将蔓延开来。目下第一要务,立即改变秦国传统国策,不能再奖励流民入秦。要关闭所有进入秦国的关隘、渡口及山林密道,不使中原饥民流入关中争食。否则,关中庶民存粮有限,又没有可采山林度荒,老秦人极可能生出意外乱象。"国尉辖制关隘要塞，盘查流入流出人口是其天然的连带职责，显然，蒙武提出此策，既是职司所在，又是大局之虑。大将们纷纷附议。只嬴政若有所思，良久没有拍案。

“敢问君上何虑?”蒙武有些惶惑。

“国尉所言，不无道理。”嬴政轻轻叩着那张硕大的将案，沉重缓慢地说，“然则，当世人口稀缺，吸纳流民入秦，毕竟大秦百年国策。骤然卡死，天下民心作何想法?”沉吟犹豫之相，大臣将军们在这位年轻的秦王身上还从来没有见过。

“君上所虑，末将以为大是。”前将军王翦一拱手，“大旱之年不许流民入秦，或可保关中秦人度灾自救。然则，丰年招募流民，灾年拒绝流民，秦国便将失去对天下庶民的感召力，似非大道之谋。”

“国人不保，大道安在！”老蒙武生气了，啪啪拍着木案，“将军只说，关中人口三百余万，若许流民入秦，仅韩魏两国，半年之内便可能涌入关中数十万饥民！若赵国饥民再从河东平阳流入，北楚流民再从峭山武关流入，难保不过百万！秦国法度，素来不开仓赈灾，只对流民划田定居分发农具耕畜，激发其自救。其时，秦国纵然有田可分，然大旱不能耕耘下种，饥民又无粮果腹，必得进入山林采摘野菜野果。到头来，只怕是剥光了关中树皮，也无法使三五百万人口度荒！若再加上新老人口相互仇视，私斗重起，更是大乱不可收拾。将军既谋大道，便当谋划出个既能安秦、又能不失天下人心的大道出来！”

“在下只是隐忧，实无对策。”王翦宽厚歉疚地笑了笑。

蒙武一通火暴指斥，毫无遮掩地挑明了秦国允许流民继续入境的危局，实在是无可反驳的事实。偌大幕府一时肃然默然，都没了话说。良久，一直思忖沉默的嬴政拍案道：“老国尉与王翦将军所言，各有其理。流民之事，关涉甚多，当与关中水利河渠事一体决之。目下，先定大军行止，不能使六国抢占先机。”

“鸟！这才吞到点子上！”老桓龁精神大振。

“老将军胸有成算?”嬴政不禁一笑。

“嘿嘿，也是王翦与老夫共谋。”老桓龁笑得一句霍然起身，吩咐中军司马从军令室抬来一张立板中原地势图，长剑“嗒”地打上立板，“我等谋划：大军秘密出河东，一举攻克平阳，恢复河东郡并震慑三晋。秦国纵然大灾，六国也休想猖狂！”

“选定平阳[①]，理由何在？”嬴政也到了立板前。

老桓龁大手一挥：“要掰开揉碎，老夫口拙，王翦来说。”

王翦一拱手，过来指点着立板大图道：“禀报君上，选定平阳作战，依据有三：其一，大势所需。长平大战后秦军三败，撤出河东河内，河东郡复为赵国所夺，河内郡则被魏国夺回。后又逢蒙骜上将军遭逢六国合纵伏击，东进功败垂成。若非文信侯灭周而夺得洛阳，设置三川郡，秦军在大河南北将一无根基。而洛阳孤立河外平原，易攻难守，实非遏制山东之形胜要地。形胜要地者，依旧是河东，是上党。今上党、河东皆在赵国，直接压制我函谷关守军，又时时威胁洛阳三川郡。若非赵国疲软，只怕大战早生。唯其如此，我军急需重新夺回河东，为函谷关立起一道屏障，在山东重建进军根基。其二，时机已到。目下，三晋与我同遭大旱，民有菜色，军无战心，举国惶惶忙于度荒。此时一举出关东，定可收事半功倍之效。其三，军情有利。平阳乃河东咽喉要塞，赵国驻守十五万步骑大军，可谓重兵。然统兵大将却用非其人，是曾经做过秦国人质的春平君。此君封地不在平阳，既无民治根基，更没打过大仗，能驻守河东要地，纯粹是赵王任用亲信。我若兴兵，当有七八成胜算。”

虽常有内忧，但秦国扩张之势未停。

“赵国大将军，可是名将李牧？”嬴政目光一闪。

“君上无须多虑。”王翦自信地一笑，“李牧虽为天下良将，然始终与赵王亲信不和，故长期驻守云中雁门，而不能坐镇邯郸以大将军权力统辖举国大军。邯郸将军扈辄，还有这河东春平君，各拥重兵十余万，李牧从来都无法统一号令。再说，纵然李牧南下救援，其边军骑兵兼程南下，进入平阳也在两旬之后；其时，我军以逸待劳，河谷山地又有利于我重甲

① 平阳，黄河以东汾水流域要塞，战国秦置县，在今山西省临汾市西南。

步兵,赵军绝非对手。”

“好！能想到这一层,此战打得。”嬴政很是兴奋。

老桓龁慨然一步跨前:“君上,此战许老臣亲自统兵!”

“大热流火,老将军一身斑疹如何受得?”

“不碍事！老夫不打仗浑身痒痒,一打仗鸟事没有!”

幕府中哄然一片笑声。片刻平息,王翦道:“此战预谋方略为:两翼隔断援军,中央放手开打。王陵老将军率步军三万出武关,隔断楚国北上兵道;末将率三万铁骑出洛阳,隔断齐国救援兵道。此为两翼。老将军率主力大军二十万猛攻平阳,力克河东赵军。”

“老国尉以为如何?”

“周密稳妥。老臣以为可行。”蒙武欣然点头。

老桓龁嘿嘿笑了:“蒙恬,你小子吭哧个鸟,有话便说!”

“仲大父,又粗话骂人。”

因了老蒙骜在世时与桓龁交谊甚深,情同兄弟,蒙恬便成了老桓龁的义孙,呼桓龁为仲大父。老秦民谚,爷爷孙子老弟兄。爷孙间最是没有礼数顾忌,老桓龁粗话成习,蒙恬纵然文雅也是无奈,每每便红着脸瞪起眼嘟哝一句,说到正事更是毫不谦让。此刻,蒙恬见桓龁逼问,倏然起身指点着大板图道:“蒙恬唯有一议:目下楚韩两国不足为虑,能援赵军者,唯有魏齐两国。王翦将军所部卡在洛阳,虽能照应两路,终究吃力。王陵老将军所部,似应改出野王,隔断魏军更为妥当。”

“如何?”王翦对老桓龁一笑。

桓龁大手一挥:“鸟事！这原本也是王翦主张。偏王陵老兄弟犟牛,说楚国必防。君上,这小子既与王翦共识,老夫教王陵老兄弟北上野王!”

“艰危之时,战则必胜。此战有失,雪上加霜。”一直凝神思忖的嬴政抬头,“既是一场大仗,宁可缜密再缜密,确保胜算。依目下之势,除了燕国遥远,中间隔着赵国,可以不防外,其余四国援军都得防。我意:王陵断楚军,王翦断齐韩,再出一军断魏。”

“君上明断!”桓龁蒙武当即赞同。

“君上所虑极是,然目下却有难处。”分明已经在事先想透全局的王翦沉稳道,“天下遭逢大旱,各国饥民汹汹流动,秦国关隘守军不宜调出作战。此战兵力,仅以蓝田大营二十八万大军做战场筹划，只留两万军马驻守根基督运辎重。若要另出一军断魏，须得另行调遣。在下不知何军可动？"

"再调不出三五万人马？"嬴政一时茫然。

"三五万，还真难。"老蒙武也一时沉吟。

"君上，"蒙恬赳赳请命，"臣请率咸阳守军断魏！"

"小子扯淡！"老桓齮黑了脸，"关中最当紧，咸阳守军岂能离开！"

"冒险过甚，下策。"蒙武也绷着脸摇头。

"我看倒是可行。"嬴政一笑，"咸阳四万守军，留五千足矣！关中纵然吃紧，也是流民之事而已。只要老秦人不作乱，何虑之有？"

"只是，谁做咸阳大将？"桓齮显出少见的犹豫。

"本王有人，老将军只管全力开战。"嬴政分外果断。

大计妥当，蒙武蒙恬父子留在了蓝田大营续商战事细节。嬴政没有停留，六马王车在午后时分飞出了蓝田大营。一车飞驰，黄尘蔽日。大旱之下，从来都是凉爽洁净的林荫大道，此时却是黄尘埋轮绿树成土，燥热的原野脏污不堪。到得咸阳王城车马场，靠枕酣睡的嬴政骤然醒来，一脸一身泥汗，一领金丝黑斗篷黄土唰唰落下，车厢内尘土竟然埋住了双脚，一个哈欠未曾打出，竟呛得一阵猛烈咳嗽。倏忽车门拉开，一具泥人土俑矗在面前，一张口一嘴森森白牙，恍然出土怪物一般。小高子？嬴政看得一激灵，分明想笑，喉头一哽却又是咳嗽连连，泪水汗水一齐涌出，一张土脸顿时泥路纵横，抬头之间，赵高却哇的一声哭了。

"禀报君上……"疾步冲出殿廊的王绾愣怔了。

"看甚！旱泥土人也稀奇？说事。"

"君上……元老们齐聚大殿，已经等候整整一日了。"

"再有急事，也待我冲洗了泥土再说。"嬴政淡淡一笑。

王绾摇摇头："此事急切，王须先知……"

"端直说！"嬴政突然烦躁了。

"廷尉府查获：水工郑国是韩国间人，为疲秦，而入秦……"

"岂有此理！"

骤然，嬴政脸色铁青地吼叫一声，带鞘长剑猛然砸向殿廊石兽，火星飞溅，剑鞘脱格郑国原来是间谍。

飞出,轰隆打在泥土包裹的青铜王车上,惊得六匹泥马一阵嘶鸣骚动。赵高连忙喝住骏马捡起剑鞘,跑了过来哭兮兮喊道:“长史!君上没吃没睡一身泥,甚事不能缓啊!”

其实也没什么好哭的。春秋战国时期,间谍多如牛毛,防不胜防,算不得什么大事。

“哭个鸟!滚开!”

嬴政勃然大怒,一脚踹得赵高骨碌碌滚下石级,提着长剑大步匆匆冲向正殿。

五 韩国疲秦计引发出惊雷闪电

旬日之间,李斯直觉一场噩梦。

原本人声鼎沸的三十里峡谷,沉寂荒凉得教人心跳。李斯背着一个青布包袱,立马于东岸山头,一腔酸楚泪眼蒙眬。行将打通的泾水瓠口变成了一道死谷,谷中巨石雪白焦黑参差嵯峨地矗满峡谷,奇形怪状直如鬼魅狰狞。两岸山林的干黄树梢上,处处可见随风飘曳的破旧帐篷与褴褛衣衫。一处处拔营之后的空地累累狼藉,犹如茂密山林的片片秃斑,触目可见胡乱丢弃的各式残破农具与臭烘烘的马粪牛屎。天空盘旋着寻觅腐肉的鹰鹫,山谷飘荡着酸腥浓烈的热风。未经战事,三十里莽莽峡谷却活似仓皇退兵的大战场。

极目四望,李斯怅然一叹:“亘古荒谬,莫如秦王也!”

半月之前,李斯接到长史王绾的快马密书,召他急回咸阳。王绾叮嘱,经济七署一口声主张泾水工程下马,秦王要他陈说泾水工程之利害而做最后定夺,望他上心准备,不能大意。李斯立刻掂出了其中分量,知道此行很可能决定着这个天下最大水利工程的命运,一定要与郑国妥善谋划周密准备。不意,密书到达之日,正逢开凿瓠口的紧要之时。郑国连日奔波中暑,昏迷不能下榻。李斯昼夜督导施工,须臾不能离开。五日之后，郑国勉力下榻照应工地，李斯才一骑快马直奔咸阳。万万想不到的是，他尚未下得泾塬官道，便有大队甲士迎面开来，尘土飞扬中，旗面一个“腾”字清晰可见。战国传统，王族将军的旗帜书名不书姓。一个“腾”字，来将显然是他所熟悉的咸阳都尉嬴腾。李斯立马道边遥遥拱手，正要询问军兵来意，却不防迎面一马冲来，一将高声断喝，两名甲士飞步过来将他扯下马押到了将旗之下。

“我是河渠令李斯！腾都尉无理！”

“拿的便是你这河渠令！押赴瓠口，一体宣书！”

不由分说，李斯被塞进了一辆牛拉囚车。刹那之间，李斯看见还有一辆囚车空着，心下不禁一沉，摇晃着囚笼猛然高喊：“河渠事大，不能拘押郑国，我要面见秦王！”嬴腾勃然大怒，啪的一马鞭抽打在李斯抓着囚笼的两只手上，咬牙切齿骂道：“六国没得个好货色！尽害老秦！再喊，老夫活剐了你！”那一刻，嬴腾扭曲变形的狰狞面孔牢牢钉在了李斯心头。李斯百般不得其解，平素厚重敬士的嬴腾，如何骤然之间变成了一头怒火中烧不可理喻的野兽，竟然卷起山东六国一齐恶狠狠咒骂？

李斯本与郑国无关，小说写其有关，是要引出李斯的《谏逐客书》。小说环环相扣，不能全照史实，还要照顾故事的连续性。

到了泾水瓠口，牛角号一阵呜呜回荡，大峡谷数万民夫聚拢到了河渠令幕府所在的东塬。李斯清楚地记得，郑国是被四个青壮民夫用军榻抬回来的。刚到幕府前的那一小块平地，郑国便跳下杆榻，挥舞着探水铁杖大喊起来：“瓠口正在当紧，何事要急召工役？李斯你给老夫说个明白！”正在嚷嚷之间，郑国猛然看见了幕府前的囚车，也看见了囚车中的李斯，顿时愣怔得张着口说不出话来。嬴腾大步过来冷冷一笑：“嘿嘿，你这个韩国老奸，装蒜倒是真！”李斯同样记得清楚，这句话如冬雷击顶，囚车中的他一个激灵，浑身顿时冷冰冰僵硬。郑国却是特异，虽面色灰白，却毫不慌乱，不待甲士过来，便点着铁杖走到了那辆空囚车前，正要自家钻进去，却又大步过来，对着旁边囚车中的李斯深深一躬："河渠令，阴差阳错，老夫带累你也。"说罢淡淡一笑，气昂昂钻进了囚车。

嬴腾恶狠狠瞪了一眼："老奸休得做戏，刑场万刀剐你！"转身提着马鞭大步登上幕府前的土令台，对着整面山坡黑压压的人群高声大喊，"老秦人听真了！国府查实：水工郑国，是韩国间人，得吕不韦庇护，行疲秦奸计，要以浩大工程拖垮秦国！秦王下书，尽逐六国之客出秦，停止劳民工程！引泾河渠立即散工，工役民夫各回乡里赶修毛渠，克旱度荒！"

山坡上层层叠叠的人群毫无声息，既没有怒骂间人的吼声，也没有秦王万岁的欢呼，整个峡谷山塬沉寂得死水一般。此时，嬴腾又挥着马鞭高喊起来："本都尉坐镇瓠口，全部人等三日内必须散尽！各县立即拔营，逾期滞留，依法论罪！"

李斯记得很清楚，直至人山人海在赤红的暮色中散尽，三十里瓠口峡谷都没有声息。人群流过幕府，万千老秦人都是直瞪瞪地瞅着囚车，没有一声唾骂，没有任何一种老秦人惯有的激烈表示，只有一脸茫然，只有时不时随着山风飘来的一片粗重叹息。在人流散尽峡谷空空的那一刻，死死扒着囚车僵直愣怔的郑国突然号啕大哭，连呼上天不止。李斯心头大热，不禁也是泪眼蒙眬。

次日过午，两辆囚车吃着漫天黄尘到了咸阳。

一进北门，郑国的囚车单独走了。李斯的囚车，却单独进了廷尉府。又是意料不到，没有任何勘问，仅仅是廷尉府丞出来知会李斯：秦王颁了逐客令，李斯乃楚国士子，当在被逐之列；念多年河渠辛劳，国府赐一马十金，限两日内离秦。

李斯说："我有公务未了，要面见秦王。"府丞冷冷一笑："秦国公务，不劳外邦人士，足下莫做非分之想。"李斯无奈，又问一句："离秦之前，可否向友人辞行？"府丞摇头皱眉说："本府便是许你，足下宁忍牵累无辜？"李斯长叹一声，不再做任何辩驳，在廷尉府领了马匹路金，只好径自回到了自家府邸。

小小三进庭院，此刻一片萧疏冷落。李斯原本是无爵试用官员，府邸只有三名官府分派的仆役，此刻早已走了。只有一个咸阳令官署的小吏守在府中，说是要依法清点官宅，待李斯处置完自己的私财，他便要清户封门。看着空荡荡一片冷清的庭院，李斯不禁庆幸自己的妻室家人尚未入秦，否则岂非大大难堪？进得书房，收拾好几卷要紧书简背在身上，李斯出来对小吏淡淡笑道："在下身无长物，些许私物也没一样打紧货色，足下任意处置便了。"举步要走之间，小吏却低低说了声且慢，顺手塞过来一方折叠得手掌般大小的羊皮纸。李斯就着风灯打开，羊皮纸上一行小字："斯兄但去，容我相机行事。"李斯心头一热，说声告辞，径自出门去了。

为免撞见熟识者两相难堪，饥肠辘辘的李斯没有在长阳街的老秦夜市吃饭，而是专拣灯火稀疏的小巷赶到了尚商坊。这尚商坊，是名动天下的咸阳六国大市，李斯却从来没有光顾过，只听说这里夜市比昼市更热闹，又寻思着在这里撞不见秦国熟识官吏，便赶来要一醉方休，泄泄郁闷之气。不想转出两道街巷，到了尚商坊，眼前却是灯火零落，宽阔的长街冷清清黄尘飞扬，牛马粪尿遍地横流，脏污腥臭得无法下脚。仅有几家店铺亮着风灯，门前还是牛马混杂，人影纷乱进出，直如逃战景象。要在别国城池，李斯自然不以为意，可这是连弃灰于道都要施以刑罚的秦国，如此脏污混乱，岂能不令人震惊？

凝望片刻，李斯蓦然醒悟。显然，这逐客令也包括了驱逐六国商贾。否则，支撑秦国商市百年的富丽豪阔的尚商坊，何以能在一夜之间狼狈若此？一声长叹，李斯顿时没有了饮酒吃饭的心思，只想尽快离开秦国。牵马进市，再穿过尚商坊，李斯便能直出咸阳东门奔函谷关去了。

"客官歇店么？"一个脆亮的声音陡然飘来。

李斯抬头一看，一个红衣童仆笑盈盈矗在面前，与街中情形万分地不和谐，不禁噗地一笑："你小子会做生意？也不怕小命丢在这里？"红衣童仆却乐呵呵笑道："我东家是齐国田氏商社。主东说了，走主不走仆，人走店不歇，逐客令挨不得几日。这不，才派小子几个守店。先生要是赏光，小子不收分文，还保先生酒足饭饱睡凉快，小子只图个守业有客，领一份赏金。"当啷啷一串说来，流畅悦耳，分明一个精明厚道的少年人物。

李斯家境贫寒，少时曾经在楚国上蔡县的官库做过仓工，后来又做了官库小吏，深知少年生计的辛苦处。听少年一说，不禁喟然一叹："难为你小子有胆色也！我便住得一夜。"红衣童仆高兴得双脚一跳，接过了李斯手中马缰，说声客官跟我来，便一溜碎步进了前方四盏风灯的大铜门。李斯跟着走进，只见大店中空荡荡黑沉沉一片，借着朦胧月光与只有回廊拐弯处才有的一盏风灯，隐约可见一座座小庭院与几排大屋都封了门上了锁，幽静萧疏得山谷一般。少年指点说："那一座座小庭院，都是齐国商社的上乘客寓，平日要不预先约定，有钱也没有地方。那一排排大屋，是过往商旅与游学士子最喜欢的,平日天天客满。最后那一片高大房屋,是仓储库房,所有搬不走或能搬走而得不偿失的物事,都封在了库房。守店期间,能待客的寓所,只留了一坊。"

"保本看店,留下的定是最差的一坊。"李斯突然有些厌烦。

"不。最好一坊!"少年好像受了侮辱,满脸涨红。

"好好好,看看再说。"李斯不屑争辩。

少年再不说话,领着李斯穿过一片胡杨林,到了一片大水池边。池边有四座小庭院沿湖排开,每座庭院门前都是两盏斗大的风灯与一个肃立的老仆,与沿途黑沉沉空荡荡的沉闷与萧疏,全然另一番天地。少年笑吟吟指点说:"客官,这是商社的贵客坊。平日里,只有齐国的使节大臣入秦才能住的。这里距离庖厨、马棚、车场,都最近最方便,所以才留做守店客寓的。"

"逆境有常心,难得。"

"先生不说我店势利,小可便高兴。"

"小哥,方才得罪,见谅。"

少年咯咯一笑:"哪里话来,先生是逐客令后的第一个客人,小可高兴都来不及呢。走! 先生住最好的院子。"说罢,少年领着李斯走到了第二座庭院门前。这座庭院与相邻三座不同,门口矗立着一座茅亭,池边泊着一只精巧的小船,显然是最尊贵的寓所了。门口老仆见客人近前,过来深深一躬,接过了少年手中的马缰便去了。少年领着李斯进院,转悠介绍一番,便将李斯领进了正房大厅。大厅西面套间立即飘出一名轻纱侍女,又是迎客又是煮茶,厅中顿时温馨起来。李斯没有丝毫消遣心情,对少年道:"大店待客名堂多,你小哥给我都免了。我只要一案酒饭,一醉方休。"少年说声晓得了,站起身便轻步出厅去了。

片刻之间,少年领着两个侍女进来,利落地摆置好了食案,却是一案大菜一坛赵酒,四只大鼎热气蒸腾香气弥漫,分明样样精华。生计之心李斯素来精细,一打量皱起眉头道:"你小子别过头,我只有十金,还得一路开销。"少年咯咯一笑:"先生说笑了,原本说好不收分文的,先生只管吃喝舒适便是。"李斯恍然一笑:"既然如此,一起痛饮。"少年连忙摇手:"小可陪先生说话可以,吃喝不敢奉陪,这是商社规矩。"李斯不再说话,立即开吃,吧嗒呼噜咀嚼声大作,只消片刻,四只大鼎的鱼羊鸡鹿与一盘白面饼一扫而光。

"先生真猛士! 好食量。"少年看得目瞪口呆。

“教你当半年河渠工，一样。”李斯一笑。

“河渠工？啊，先生是河渠吏！”

李斯连连摇头，一边擦拭去额头汗水，一边开始大饮赵酒。少年不再问话，只一爵一爵地给李斯斟酒。连饮九大爵，李斯黝黑干瘦的脸膛一片通红。少年笑说：“先生不能多饮了。”李斯拍案：“你个小子晓得甚，这是饭后酒，不怕！”少年笑说：“只怕先生明日晕路，不好走。”李斯哈哈一笑：“不走了！你小哥不要钱，我何不多住他几日？”少年咯咯直笑：“先生若是不走，不说不收钱，我商社还倒贴你钱！每日一金如何？”李斯大奇：“这是为何？”少年又笑：“我东主说了，秦国逐客，其实是逐贤逐钱，蠢之又蠢！被逐之客，凡来齐国商社者，一律奉为上宾！”

少年一言，李斯心头不禁一震。良久默然，李斯问店中可有秦国《逐客令》？少年连说有有有，转身出去便拿来一张羊皮纸，先生请看，这是咸阳令官署发下的，尚商坊每家一份。李斯接过摊在案头，却见这《逐客令》只有短短不到两百字：

逐客令

秦人兴国，唯秦人之力也。六国之客，窃秦而肥山东，坏秦而利六国。若嫪毐、蔡泽、吕不韦者，食秦之禄，乱秦之政，使秦蒙羞，诚可恶也！更有水工郑国，行韩国疲秦奸计，入秦与吕不韦合流，大兴浩浩河渠工程，耗秦民力，使秦疲弱，无力进兵，无力克旱，以致天怒人怨酿成大灾。是可忍，孰不可忍！唯六国之客心有不轨，行做间人，国法难容。是故，秦国决意驱逐山东之客。自逐客令发之日，外邦士商并在秦任官之山东人士，限旬日内离开秦国。否则，一律以间人论罪。

因嫪毐之事，秦王盛怒，“大索。逐客”（《史记·秦始皇本纪》）。

“睡觉!”李斯突然烦躁,甩开羊皮纸躺倒在了地毡上。

少年却笑了:“客官大哥,闷酒闷睡准伤身。教小可说,不如趁着月色在池中漂荡一时半时,回来再睡,管保你明日上路精神。”

“小子有理。”李斯翻身坐起,“走!”

少年咯咯笑着,扶着摇摇晃晃的李斯出门。门口肃立的老仆一见客人出来,立即大步走到池边吩咐:“轻舟预备,客官酒意游池。”但闻池中一声答应,船头两盏风灯当即亮起。老仆回身,少年扶着李斯已经到了岸边。李斯虽有酒意,借着月光却是看得清楚,这池堤用石条砌成,一道三尺宽的石梯直通水面,恰恰接住小船船头,比寻常的船桥可是要方便多了。李斯心下感叹,若不是可恶的逐客令,这齐国商社还真是个古风犹存值得常来玩味的好地方。李斯要推开少年独自下梯上船。少年却是一笑:“酒人不经高低,客官只跟我走。”说话间,少年驾着胳膊托住腰身,将李斯稳稳扶到了船头。两人堪堪站定,小船便悠悠荡开,平稳得教人没有丝毫觉察。

李斯随着少年手势在船头坐定,蒙眬醉眼打量,只见这小船船头分外宽敞,几乎占了一半船身,船板明光锃亮,中间铺一方厚毡摆三张大案,三面围起一尺多高的板墙,分明一间舒适不过的露天小宴间,比秦王那乌篷快船还妙曼了几分。正在打量,一个侍女已经捧来了一只红木桶与三只大陶碗。李斯大笑一阵:“小哥好主意,老酒对明月,度咸阳最后一夜!”少年笑得可人:“只要客官大哥哥高兴,咸阳夜夜如此。”说话间,侍女已经将三只陶碗斟满。李斯再不说话,举起一碗汩汩大饮,一连串三碗下肚,直觉甘美沁凉清爽无比,仿佛一股秋风吹拂在五脏六腑之间,全身里外每个毛孔都舒坦得通透。

“好!这是甚酒?”

“这不是酒,是酒妹。”少年哧哧笑了。

“哧哧笑了”“咯咯笑了”,这少年莫非又女扮男装?

“酒妹不是酒？甚话!”

“哎呀客官,酒妹是醒酒之酒。”

李斯大笑:“好啊！你小子怕老哥哥掉到水里淹死,只赶紧教我醒来是么?”

笑着笑着,李斯没了心劲声气,盯着粼粼水面一声长吁。此时小船正到湖心,夜半凉风掠过,在这连续赤日炎炎的闷热夜晚爽得人浑身一抖。李斯再也没有了酒意,船头临风伫立,一腔郁闷又在心头燃烧起来。连日事变迭生,莫名其妙被夺职驱逐,自己却始终没有机会看到那个《逐客令》。方才一看《逐客令》,发端虽然是郑国,却是上连嫪毐吕不韦,下涉所有山东人士,连蔡泽这个已经辞官归隐者都牵连了进来;举凡外邦人士,《逐客令》一体斥为奸佞,举凡六国之客,《逐客令》一体看作间人;更为荒诞者,凡在秦国做官的外邦人士,竟全部成了“食秦之禄,乱秦之政”！如此算去,被驱逐的外邦人士少说也有十几万。秦国疯了么？秦王疯了么？想起被“劫上”渭水快船的那一夜畅谈,李斯无论如何不能相信,英气勃发的年轻秦王会做出如此荒诞的决断。然则,白纸黑字书令凿凿,这场风暴已经刮了起来,还能作何解释,只能看作天意了。

远看此事,李斯至少有一个最直接的评判——《逐客令》一发,秦国人才必然凋零,秦国强盛势头必然衰减,年轻秦王的远大抱负则必然化为泡影。仅仅如此,还则罢了,毕竟是老秦人自家毁自家,你能奈何？最令李斯揪心的是,这个荒诞得无以复加的《逐客令》,将彻底铲除他刚刚生出的功业根苗,彻底埋葬他辉煌的梦想。放眼天下,当今能成大业者唯有秦国,任何一个名士,只有将自己的命运与秦国融为一体,才会有自己的璀璨,否则,只能是茫茫天宇漂泊无定的一颗流星。倏忽二三十年过去,自己的一生也就完结了。

若真实行逐客令,秦国就无人了。没有多少人是纯正的嬴秦出身,尤其是智谋之士。

即便秦国再出一个英明君主,天下再出一个强大战国,自己也无可挽回地在灰蒙蒙的生涯中倒下了。人生苦短,上天给你的机遇只有这一次,绝不会有第二次……这一次,真的完结了?

李斯一个激灵,猛然转过身来。

“小哥,船上有无笔墨?”

“有！还有上好的羊皮纸。”

“好！摆案。”

“先生大哥,船头有风无灯,要写字得进船舱。”

“那得看谁写。我写！月光尽够!”

“唉！我去拿。”

片刻之间,少年将一应文案家什摆置停当,对着底舱一声吩咐:“桨手听令:先生写字,湖心抛锚,稳定船身!”李斯连连摇手:“这点儿颠簸算甚?船照行不误,有风更好,走!”少年大是惊讶:“先生大哥,这般晃悠着,你能写字?”看着少年的眼神,李斯哈哈大笑:“老哥哥别无所能,只这写字难不倒我。马上都能写！船上算甚?尽管快船凉风!”少年唉地答应一声,立即兴奋地喊起来:“先生号令,快船凉风！起——”

话音落点,便闻桨声整齐开划,小船箭一般飞了出去。湖风扑面,白浪触手,教人分外的凉爽舒适。李斯肃然长跪案前,提起大笔略一思忖,笔锋便沉了下去。风摇摇,水滔滔,浪花时不时飞溅扑面。少年一手扶着船帮,一手压着羊皮纸边角,嘴里叨叨不断:“我说大哥,这船晃水溅的,没个人能写字,我看还是回书房,要不靠岸在茅亭下写也行……”李斯一声断喝:“给我闭嘴！只看着换纸!”少年惊讶噤声,连连点头。

李斯石雕一般岿然跪坐船头,任风鼓浪花扑面,一管大笔如铁犁插进泥土,结结实实行走着,黑枣般的大字一个个一行行撒落,不消片刻,一张两尺见方的羊皮纸眼看便要铺满。此时一片浪花哗地掠过船头,惊讶入神的少年恍然大悟,连忙站起就要换纸,不意脚下一个踉跄,恰恰跌在了李斯右胳膊上。少年大惊,跪地哭声连连叩头,脸色白得连话也说不出来。李斯回头不耐地呵斥一声:“我都没事,你哭兮兮个甚！快换纸!”少年长身凑过来一看,羊皮纸上的字迹果然个个清晰,竟没有一个墨疙瘩,不禁高兴得跳起来脆声喝了一彩,利落地换好一张羊皮纸,跪在李斯身旁殷殷打量,直如侍奉守候着一尊天神。

月亮挂在了西边树梢，快船堪堪绕湖一周，李斯终于搁笔。

“先生大哥，你不是人，你是神！”少年扑到李斯面前咚咚叩头。

李斯没了笑声，喟然一叹，一手扶住少年：“小兄弟，先拿信管泥封来。”

少年忙不迭答应一声，在船舱拿来一支铜管一匣封泥。李斯将两张羊皮纸卷好，装进铜管，又做了泥封，这才郑重其事地问少年：“小哥，能否帮我送出这件物事？在下毕生不忘小哥大德。”少年惶恐得红着脸便是一个响叩：“先生大哥只说，送到哪里？小可万死不辞！”李斯一字一顿：“送到咸阳令官署，亲交蒙恬将军，敢么？”少年顿时顽皮地一笑：“咸阳送信，小可的本事不比先生大哥写字差，怕甚！大哥只等着，日内我给你拿到回字！”

“只送出就好，不要回字。”

“不要回字？”

“收者回了字也没用。这，只是一桩心事罢了。”

“先生大哥，你要走么？”

“对。天亮便走。”

“好！我立即送信。”

“四更天能送信？不急不急，我走了你送不迟。”

“先生大哥放心！我在咸阳熟得透透，你等我回来再走。”

小船正到岸边，少年飞身纵跃上岸，倏忽不见了身影。

六　振聋发聩的《谏逐客书》

嬴政昏昏病卧，直觉堕入云雾一般。

那一日，从蓝田大营飞车归来，一身泥土心绪焦躁，嬴政本想一番沐浴之后平心静气地会见等候他的李斯，商议泾水河渠究竟是继续还是停工的事。嬴政确信，干练而有全局气度的李斯，会给他一个恰如其分的依据。想不到的是，王绾的消息，尤其是“间人疲秦”四个字，如同一支火把突然扔进了四处流淌猛火油的心田，他莫名其妙地突然爆发了。郑国是间人疲秦，对山东六国了如指掌的吕不韦不知道？肯定知道！明知郑国是间人，还要委以河渠重任，吕不韦意欲何为！正是这电光石火的思绪联结，使他突然觉得吕不韦一党的势力仍然牢牢盘踞在秦国，仍然是压在他头上的一座大山；他们，在他的脚下已经事先挖好了深深的陷阱，只等他盲人瞎马地落入陷阱，这座大山再轰然压下，将他与秦国彻底埋葬！这个"他们"不是别人，正是吕不韦及其身边的山东人士！殿廊到殿堂，也就是百步之余而已。短短的一箭之地，嬴政几乎是一阵飓风般刮进去的。当他一脸一身泥土汗污，手提长剑呼呼大喘着冲到王座前时，所有的元老大臣都惊得站了起来，目瞪口呆地看着他，竟然没有一个人说话。

"郑国间人，吕不韦可知！"

嬴政记得，他脱口冲出的第一句话是对着老廷尉去的。

老廷尉当时似乎有些犹豫，打量着泥猴般的嬴政说："此事重大，望王清醒之时再行会商。"嬴政勃然大怒，一连声吼叫着："廷尉据实禀报！否则以误国罪论处！"老廷尉一拱手说："郑国间人之说，是一个秦国商人义报。此商人从韩王近臣口中探听得来，还没有得到直接凭据证实。然则，大体可信可靠。至于吕不韦是否知情，尚未勘问各方，不能判定。"嬴政正在急怒攻心之时，对老廷尉事事不确定大是恼火，当时便一声大喝："吕案已经查清，如何能叫无法判定！"

"老臣有证据，吕不韦确实知道此事！"一位王族元老挺身而出。

嬴政嘶声下令禀报。元老说，年前勘吕时，他辅助国正监查抄吕不韦府邸与文信学宫，曾亲自查到吕不韦五年前得到的秦使密报，密报明确禀报说：韩国实施疲秦奸计，已经派水工郑国入秦，吕不韦不可能不看密报，当然也不可能不知道此事。嬴政大怒，问当年这个秘密使节是谁？元老说已经查清，是吕不韦的一个赵国门客，后来跟着吕不韦回了洛阳，也跟着吕不韦自杀了。嬴政又问，当年议定泾水河渠上马，都有何人参与？元老回报说，没有一个秦人参与，全是吕不韦与在秦做官的外邦人士商定，骨干是燕国的纲成君蔡泽与楚国的门客舍人李斯；为了隐瞒郑国间人底细，吕不韦才擢升那个门客李斯做了河渠令。另一个元老立即慷慨激昂地补报：他有个族侄做河渠吏，曾对他说过，李斯与郑国情谊笃厚，经常在一起彻夜密议，分明有不可告人之密。其余元老大臣也纷纷开口，诉说各自当初觉察到的诸多疑点。被元老们怀疑之人，无一不是六国人士。当时，除了老廷尉与王绾没说话，大臣元老们人人愤激，一口声怒骂山东人士。

反正吕不韦死了，死无对证。

一番纷嚷越扯越深，嬴政不耐地喝问一句："你等聚在这里议论一日，究竟甚个主张，明说！"元老们异口同声："驱逐山东之客，还我清明秦政！"嬴政心头突然一亮，对也！秦国多年纷纭纠葛，根子都在六国人士，不将这些人尽行驱逐，秦国永无宁日！嬴政也还记得，当时一绺泥汗正弥漫到眼角，猛然一揉，双目生疼钻心……

"王绾！下逐客令！"嬴政一声怒喝，重重跌倒在了王案前的石级上。

……

三日后醒来，嬴政已经浑身酥软得不能动弹了。

太医说，这是急火攻心又虚脱过甚，若不能静心养息数日，完全可能引发虚痨大病。嬴政原本不是平庸之人，此时更是清醒，自然掂得孰轻孰重，对老太医只点了点头，第一次开始了不见大臣不理国事的卧榻日子。旬日之中，只有一个赵高与一个老太医进出。偌大寝室，清静得连嬴政自己都觉得怪异起来。这日吃过中饭，嬴政自觉神清气爽，对老太医笑道："药可服，再卧榻不行了。"老太医皱着眉头轻声说："依着医理，王体至少得休养一月，否则还有后患。"嬴政脸色顿时一沉："你说，后患是甚？"老太医吭哧得满脸通红，却只是说不出来。嬴政又气又笑："无非折我十年寿数，怕个鸟！小高子，教王绾整好文卷等候，我即刻便进书房。"说罢端起大碗，将满满一碗黑红黏稠的药汁咕咚咚喝下，又利落地沐浴更衣，不消片刻，嬴政便精神抖擞地出了寝宫。

时当入秋，日光分外明亮，树林中蝉鸣阵阵，天气闷热得有些异乎寻常。嬴政一出回廊突然止步愣怔，不对，甚味儿？林下湿气？对！没错！嬴政蓦然回身，盯住了身后举着伞盖的小侍女问："下过雨么？"侍女被嬴政的眼神吓得张口结舌,只胡乱点头,却说不出话来。嬴政高兴得嗷了一声,一阵狂风般卷进了书房。

“王绾！几时下的雨?”

“昨夜三更。半锄雨。”

“还下不下?”

“天象台已经报来,月内有透雨。”

“天也!”嬴政眼前金星乱舞,烂泥一般倒在了地上。

片刻醒来,王绾赵高老太医三人都围在身边忧心忡忡。嬴政忍不住笑意,一挺身站起,乐呵呵一挥手:“老太医去了,没事没事,高兴而已。”老太医想说什么,终究还是吭哧着走了。嬴政精神大振,立即吩咐赵高抬来文卷大案,王绾依照着日期顺序,逐一禀报积压下来的紧急事务。说话间,赵高抱来了一摞竹简摆在案头,惶恐地低着头不说话。嬴政眉头一皱,赵高吓得扑地跪倒:“君上,没有了,这几日没有文卷。”嬴政很是诧异,目光凌厉地盯住了王绾。王绾面无表情地一拱手:“臣启我王,目下最要紧的公务只有一件:补齐官吏空缺,尽快使各官署恢复运转。”

“岂有此理！秦国官署瘫痪了?”嬴政骤然蒙了。

王绾有些木然地禀报着:秦国官员,三四成是山东人士;秦国吏员,七八成是山东人士;逐客令下,山东人士全部被驱逐出秦国,咸阳各官署都成了瘸子瞎子,公务大多瘫痪,许多事乱得连个头绪都没处打问了;连日以来,在朝大臣们要办事,只有聚集在吕不韦的废丞相府,翻腾与各自相关的昔日公文,谁都无法阻挡,丞相府的典籍库已经被翻腾得一团乱象了;要不是昨夜一场大雨,旱情稍稍缓解,大臣们只怕又要没头苍蝇般乱飞乱扑了。

“六国官吏,有那么多?”嬴政惊讶得难以置信。

王绾说,要不是逐客令,他也不知道山东士子究竟占了秦国官吏多大分量？这次逐客,才真正体察到了山东六国人士与秦国融会得有多深。百年以来,秦国从来都是设法吸引山东人士入秦。举凡山东六国的士农工商官,只要入秦,定居也好,客居也好,一律当作上宾对待。除了商旅,进入秦国的士农工官,绝大部分都成了定居秦国各地的新秦人。除了农夫,入秦的山东人士大都是能事能文,他们大多来自已经灭亡了的昔日的文明风华之邦,譬如鲁国、宋国、卫国、越国、吴国、薛国、唐国、陈国等。这些人进入秦国,大才名士虽少,能事干员却极多,他们奋发事功,不入军旅便入仕途,多年来大多已经成为秦国官署的主事大吏。老秦人耕战为本,不是农夫工匠,便是军旅士卒,识文断字而能成为精干吏员者很少,而新秦人正好填补了这个空白。

这便是山东人士成为秦国官府主力军的缘由。

王绾还说,这几日他大体统计了一番,结果吓了一大跳。百年以来,入秦的山东人士已经超过两百三十多万,几乎占秦国人口的四分之一;如蒙恬家族已经繁衍三代以上者,便有一万余户;秦国官署的全部官吏,共有一万六千余人,若再算上军中头目,大体是两万三五千人,其中山东人士占了一大半,仅仅是李斯这般当世入秦者,至少也在五七千人……

再细算下去,人人都要被逐出秦国了。

“不说了!”嬴政突然烦躁。

王绾顿时默然。本来,他也没想对大病初愈的年轻秦王翻腾这些压在心头的大石。可秦王一问,他却忍不住,口子一开,自己连自己也管不住了。王绾知道年轻秦王的秉性,一旦烦躁起来便到了发作的边缘,而一旦发作,则每每是霹雳怒火不计后果。这时候,最好的应对便是沉默,教这个年轻的王者自己平息自己。

嬴政铁青着脸一句话不说,只在书房大厅来回转悠,第一次生出了一种抓不着头绪的茫然。逐客令引出如此严重的后果,这是他无论如何没有预料到的。元老们群情愤激,自己盛怒攻心,跳跃在眼前的六国人士只有嫪毐吕不韦郑国一班奸佞,哪里想到还有如此盘根错节的层层纠缠?昏昏卧榻数日,一朝醒来,逐客令的事几乎都要忘了,今日乍听王绾一番禀报诉说,嬴政实实在在地蒙了。

一个水工,一个间人,引发出朝局骤然瘫痪,这却如何收拾?

突然,嬴政口干舌燥,一伸手,却没有那随时都会递来的凉茶热茶温茶。蓦然回头,嬴政一眼瞥见了大屏后垂手低头的赵高的衣角,心下不禁一动:“小高子,你蔫嗒嗒藏在背后做甚!病了?”赵高小心翼翼走出来,一抬头的刹那之间,嬴政恰恰捕捉到了这个少年内侍惊恐闪烁的目光,心头猛然掠过一道阴影,脸色倏忽一沉:“小高子,你有甚事?说!”赵高突然跪倒在地,哇的一声哭了:“君上,小高子想说,不敢说啊!”嬴政一股怒火骤然蹿起,大步过去一脚踹得赵高一个翻滚,咝咝喘息冷笑着:“你小子也有奸心了?说!不说将你心挖出来看!”赵高翻滚过去,又立即翻滚过来,趴在地上大哭:“君上!不要赶小高子走啊!小高子跟了你十三年,小高子不走啊!”嬴政不禁又气又笑:“你小子疯了!谁个赶你走?你想走放你便是,咧咧咧哭个鸟!”赵高依旧呜呜地大哭着:“君上!王城正在清人逐客,说小高子是赵人!三日前,中车令便要小高子离开,小高子赖着没走啊!”

国之大策,常变于小事。赵高之语,反而可直接点醒秦王。

“!”嬴政的心猛然一沉。

一个“赵”字,冰冷结实地砸上嬴政的心田。

赵高是赵人,太后赵姬呢,他这个“赵政”呢?在赵国做过人质的父王呢?秦国不是要连根烂么?猛然,当年立太子的旧事电光石火般掠过嬴政心头。那时候,秦国元老们骂他是甚?是赵国孽种!甚至说他“虎口,日角,大目,隆鼻,身长八尺六寸,没有一样像秦人,活生生一个胡种”!如今,被逐客令激活的元老们连跟随自己十三年的身边小内侍都想到了,安知没有重新琢磨他这个亲政不到两年的新王?倏忽之间,一团乌云漫过心头,嬴政直觉自己放出了一头吞噬整个秦国的怪物;而这个怪物,自己已经无法控制了,它正在轰隆隆翻滚着怪叫着,向自己的头顶笼罩过来……嬴政通身冰凉,默默扶起了赵高,用自己的汗巾为小赵高拭去了脸颊泪水,却一句话也没有说出来。

连坐制的弊端——到最后,没有一个人是干净的。秦王政把自己也套进去了。

突然,急骤的马蹄声在东偏殿外响起。

王绾霍然起身，尚未走出书房大厅，便惊讶地站住了。

一个手提马鞭风尘仆仆的大将冲进殿来，脸色阴沉得可怕。

"蒙恬?"嬴政心头又是一紧。

"君上，臣从河东兼程赶回，有件大事禀报。"

"快说！小高子，凉茶！"

赵高一抹泪水，嗨的一声飞步去了。

蒙恬没有了惯常的明朗诙谐，默默地从披风下的皮袋中摸出了一支黄澄澄的泥封铜管，又默默地递了过来。嬴政对蒙恬的反常有些不悦，沉声问了一句，这是甚?蒙恬说，这是李斯紧急送到我府的密件，说明要我亲交秦王；当时我不在咸阳，我弟蒙毅连夜送到河东军营；我没有打开，兼程赶回咸阳，做一回信使而已。嬴政板着脸说，既然送给你的，为何不打开？蒙恬粗重地叹息了一声说，若是往常，臣自要打开，可目下不能。为甚来？嬴政仿佛盯着一个从来不认识的陌生人，脸色分外阴沉。蒙恬也冷冰冰地说，我没有想到秦国也有这一日，人人自危，举国猜疑，而因由竟然只有一个，蒙氏来自齐国！

嬴政眼前猛然一黑，踉跄一步站稳，有人疑你蒙恬？疑蒙氏?

蒙恬再不说话，只捧着那支铜管，木然地站着。

嬴政默默接过铜管，猛然打上王案，当的一声，泥封啪啦震开，连铜帽也震飞了。嬴政拉出一卷羊皮纸展开，打眼一瞄，神情便是骤然一变，未曾看得一页便高声一喊："小高子！"嗨的一声，精灵似的赵高便矗到了眼前。嬴政转身急促吩咐："快！驷马王车赶赴函谷关，截住李斯！给我请回！追到天边，也要给我追回来！"

一声脆亮应答，赵高不见了人影。

"蒙恬，你，你看……"嬴政软软地倒在了王案旁。

"长史！快来看！"蒙恬捡起两张飘落在地的羊皮纸，眼前猛然一亮。

"好字！"王绾快步走来一打量，先高声赞叹了一句。

"我，还没看完，念。"靠着案头的嬴政粗重地喘息着。

见蒙恬仍在神不守舍，王绾答应一声，捧起羊皮纸高声念诵起来：

谏逐客书①

臣李斯上书：尝闻人议逐客，王下逐客令，此举治国之大过矣！秦之富强，实由用才而兴。穆公称霸而统西戎，在用由余、百里奚、蹇叔、丕豹、公孙支五人。孝公强秦，在用商鞅。惠王拔三川并巴蜀破合纵，在用张仪、司马错。昭王强公室杜私门大战六国，在先用穰侯，再用范雎。孝文、庄襄两王，安度危机稳定大局，使秦国于守势之时不衰颓，在于任用吕不韦蔡泽也。秦自孝公以来，历经六世蒸蒸日上，何也？用客之功也。山东之才源源入秦，食秦之禄，忠秦之事，建秦之功，客何负于秦？而秦竟逐出国门哉！向使六世秦君却客而不纳，疏士而不用，秦国岂有变法之功，强大之实也！

依臣入秦所见，秦国取财纳宝不问敌我，昆山之玉、随和之宝、太阿之剑、纤离之马，秦不生一物而秦取之者，何也？物为所用也。秦国之乐，击瓮、叩缶、弹筝、搏髀长歌呜呼而已，而今秦宫弃粗朴之乐而就山东雅乐者，何也？快意当前，雅乐适观而已矣！财货如此，声乐如此，何秦国取人则不然，不问可否，不论曲直，非秦者去之，为客者逐之，岂非所重者财货，所轻者人民也！果然如此，非跨海内、制诸侯之气象也。

臣尝闻：地广者粟多，国大者才众。是以泰山不让抔土，故能成其大。河海不择细流，故能就其深。王者不却众庶，故能明其德。今逐客弃才以资敌国，驱商退宾以富山东，使天下之士退而不敢西向，裹足不敢入秦，何异于借兵于寇，资粮于敌也。夫物不产

本篇是改写后的版本。

① 此《谏逐客书》非李斯原文，小说做了灵活处理。

于秦，可宝者多。士不产于秦，而愿忠者众。秦今逐客以资敌国，内空虚而外积怨，损民而益仇，求国无危，不可得也！秦王慎之思之，莫为人言所惑也。

偌大厅堂，良久沉寂着。

“完了？”嬴政终于问了两个字。

“完了。”王绾也只答了两个字。

靠着案头的嬴政站了起来，在厚厚的地毡上悄无声息地来回走着。

方才，因逐客令引发的官署瘫痪，以及有可能再度生出无限牵连的各种迹象，使嬴政直觉到了这头怪物的阴森可怖。目下，李斯的《谏逐客书》，却使他明明白白地看到了逐客令的荒诞与可笑，也第一次觉察到了自己的偏执，甚至狭小。一想到这个字眼，嬴政脸上不期然一阵发烧。从少年发蒙起，嬴政便严酷地锤炼着自己的才能见识与心志，他是自信的，也是桀骜不驯的。八岁归秦，十二岁立太子，十三岁即位秦王，可谓步步艰难而又坦途荡荡。只有他自己最清楚，不论有多大的天意运气，如果没有自己的才能见识与强韧心志，一切都是白说。如果不是自己自幼刻苦读书习武，母亲会带他归秦么？如果归秦之后的他不再勤苦锤炼，而只满足做个平庸王子，他一个来自秦国世仇之地的“赵国孽种”能被立为太子么？做了太子的他，如果不是离开王城惕厉奋发，能在继位并不过分看重嫡庶的秦国继承王位么？不能，肯定不能。之后的九年虚位，吕不韦、嫪毐、太后，犹如三座大山，压着他挤着他，他只能在强大而又混乱的权力夹缝里，顽强地寻觅出路。虽然说，这九年给了他从容旁观国政，也从容锤炼才能的岁月，使他没有过早卷入权力旋涡而过早夭折。然则，更要紧的是，九年“四驾马车”的惊涛骇浪的锤

分析到位。秦王之优与缺，皆一一道出。急火攻心弄出来的政策，总是诸多漏洞。

炼,无疑使他迅速地成熟了。否则,加冠亲政后对吕不韦的第一仗,不会胜得那般利落。可是,这第一场大胜之后,自己竟突然栽了重重一跤,弄出了个亘古未闻的逐客令来,说怪诞也好,说可笑也好,都迟了。

要紧的是,因由何在……

"这李斯,好尖刻也!"看看沉重的嬴政,王绾突然一句指斥。

"也是。"回过神来的蒙恬淡淡一笑,"李斯竟说老秦人没有歌乐,只会敲着大瓮瓦罐,弹着破筝,拍着大腿,大呼小叫。这教那般元老知道,还不生吃了他?"王绾也点头呼应着说:"还说秦国没有人才,没有财货,甚都是从山东六国学来的。老秦人知道了,还不得气个半死!"蒙恬目光瞄着依旧转悠的年轻秦王,揶揄地笑了:"李斯素来持重慎言,这次也是兔子咬人,给逼急了。"王绾立即跟上:"他急甚来?拿了郑国问罪,放了他这个河渠令,够宽宥他了。"蒙恬摇摇头淡淡一笑:"李斯不是平庸人物,只怕是将他与郑国同样下狱,反比放了他好受些。"王绾惊讶道:"怪哉!会有这等人?"蒙恬肃然道:"一个人弃国弃家,好容易选定了一个值得自己献身效命的国家,到头来,却被这个国家当作狗一般一脚踢出,譬如你我,心下何堪?"

"聒噪!长史,还有没有人上书谏逐客?"嬴政突然站定了脚步。

"没有。"

"军中将士如何?"嬴政转身问蒙恬。

"正在打仗,军营还没来得及颁发逐客令。"

"好!"嬴政长吁一声,"两位说,李斯能回来么?"

"难。李斯走到哪国,都是可用之才。"王绾摇着头。

"不。只要赵高追得上,李斯一定回来。"蒙恬一脸忧郁却不失自信。

嬴政黑着脸:"好!我三人在此等候,李斯不回不散!"

王绾不禁愣怔:"君上,急事多了,干等么?"

"等!"嬴政坐了下来,敲打着王案,"已经是烂摊子了,头疼医头脚疼医脚能行?得想清楚,如何一揽子整治。你先将各官署全部卷宗搬来,将缺额官员数额归总列出。我等三人先大体商议个法子,李斯回来一并说。来人,茶。慢慢说。"

蒙恬目光一闪:"君上,要废除逐客令?"

"你说呢?"嬴政忽然不高兴了。

蒙恬很明白，年轻的秦王从来都将自己看作同心知己，自己也从来都是直话直说实话实说。可这次，自己却一直没有公然申明对逐客令的可否之见。秦王何其聪明，心里一定很清楚自己的想法，也一定很不高兴自己的吭哧游移。然则，蒙恬还是不敢贸然。这件事干系太重大了，重大到关乎蒙氏整个部族三代人能否在秦国坚实立足。事实是，已经有嬴氏元老在聚议举发蒙氏了，最大的罪行，便是已经过世的大父蒙骜与吕不韦私交笃厚，相互庇护又共同实施宽政缓刑，大坏秦国法制；延伸出的罪行，是父亲蒙武力主厚葬吕不韦，多用六国人士为军吏，泄露了秦国机密；最后的清算，必然要落到自己头上，罪名是蛊惑秦王，依据只有一句可怕的老说辞：非我族类，其心必异！当此情势，他如何敢贸然直言？假如秦王不是清醒地果决地废除逐客令，他的任何直言，便都可能成为日后"其心必异"的罪证。更何况，他目下想说的是一桩更为重大的事件，他不得不审慎再审慎。

"臣有一事，须待秦王明断而后报，尚望君上见谅。"

"待我何断？"嬴政沉着脸。

"秦王，是否决意废除逐客令？"

嬴政嘴角猛然一抽搐，内心一股无名火蹿起，几乎便要指着蒙恬鼻子怒骂一通。倏忽之间，嬴政还是硬生生忍住了。蒙恬不是平庸之士，更不是没有担待见风使舵的懦夫，今日这般反常，必定有其难言之隐。在李斯的《谏逐客书》之前，不说蒙恬，便是自己也被这股邪风吹得心头阴森森的，又如何能责怪祖籍齐国的蒙恬？

"咸阳将军，本王明告。"嬴政第一次对这个少年挚友郑重其事地说话，"逐客令必要废除！卿若疑我，尽可不说。卿若不疑，直话直说！"

"君上……"蒙恬突然扑拜在地，"秦国吏员，尚未大流失！"

"噢！"嬴政霍然起身扶住了蒙恬，"快说，究竟甚事？"

"君上，"蒙恬起身一拱手，"逐客令下，军中大将多有疑虑，深恐动摇军心。桓齮老将军、王翦将军与我一起密商，做了两个秘密部署：一，以大战期间不宜多事为名，暂且封冻逐客令；二，由臣带领一千飞骑，驰骋巡视出秦的三条主路，专一拦阻离秦的官吏士子。目下在函谷关、武关、河西少梁三处，已经拦下了两千余人……"

"好好好！"不待蒙恬说完，嬴政连连拍案叫好。

"君上，"蒙恬又道，"我等原本商定，以军粮养士，以军吏之身护士，一月之后若不见蒙恬抗旨，实对秦王政有信心。私交在前，事情还有回旋余地，所以，兵行险着。

秦王政回过神来，方觉险酿大祸。

逐客令废除，扮作军吏的六国士子们便得秘密放行。今日，君上既然决意废除逐客令，臣请兼程赶回河东，一定军心，二定士心！”

“蒙恬……”嬴政猛然拉住了蒙恬的手。

“君上，告辞！”蒙恬一拱手赳赳出厅，与来时颓势天壤之别。

七　欲一中国者　海纳为本

晚霞似火，沉沉暮霭中的函谷关吹起了悠扬的晚号。

垛口士兵的喝城声长长回荡在两山之间：“落日关城喽，行人车马最后进出——”随着晚号声喝城声，络绎不绝的车马行人满载满驮，犹如一道色彩斑斓的游牧部族迁徙的大河，匆匆流出高大的石条门洞，丝毫没有断流的迹象。而进入函谷关的车马人流，却只是零零碎碎断断续续，还都是清一色的黑衣老秦人。这些老秦人黑着脸站在道边，茫然地看着山东商旅们汹涌出关，没有一个人说话，也没有一个人试图抢道进关。即使暮色降临，老秦人们还是愣怔怔地打量着这不可思议的逃秦风景。

正在此时，城头喝声又起：“关门将落！未出城者留宿，鸡鸣开城！”呼喝之间，悬吊的铁门开始轧轧落下。正在此时，一个骑在高头大马上的红衣商人高声嚷了起来：“秦国好没道理！又逐客又关城，还不许人走夜路了！我等不想住店，只要出关！”随着红衣商人的喊声，人流纷纷呼喊只要出关，悬在半空的大铁门竟是无法切断这汹涌呼喝的车马人流。城头一位带剑都尉连连挥手，高声大喊：“秦法严明！闭关有时！城下人流若不断开，守军便得执法论罪！”

“秦法严明么？老早的事了！”

“今日秦法嘛，也就那样！”

随着城下人流的呼喝嘲笑，都尉发怒了，一挥手，城头凄厉的牛角号短促三响，立即便闻关外号声遥相呼应。谁都知道，秦军马队就要开来了。正在此时，一辆四马轺车激荡着尘烟从关内如飞而来，残阳下可见轺车金光闪耀，分明不是寻常官车。随着烟尘激荡，遥遥传来一声尖亮的长呼：“王车出关，且莫关城——！”城头都尉一挥手连声断喝：“城门吊起！行人闪开！王车放行！”

片刻之间，四马轺车冲到城下，驭手控缰缓车仰头高声：“河渠令李斯可曾出关？”

城头都尉一拱手：“查验照身，李斯刚刚出关。”

驭手一抖马缰，四马轺车从人流甬道中隆隆驶出关门。

一出关门，驭手尖亮的嗓音便在车马人流中荡开：“河渠令李斯，先生何在？”刚刚喊得两三声，道边一个商人在车上遥遥挥手：“方才一个黑袍子上了山，马在这里。”驭手驱车过去一看，一匹红马正拴在道边大树下，马鞍上搭着一个青布包袱。驭手跳下车，跑过来抓过包袱端详，才翻弄得两下，看见一个包袱角绣着“河渠署”三个黑字。驭手高兴得一跺脚：“赵高没白跑！”再不问人喊话，拔腿便往山上追去。

这赵高正在十八九岁，非但年轻力壮，更有两样过人技能：一是驾车驯马，二是轻身奔跑。知道赵高的几个少年内侍都说，赵高是驾车比造父，腿脚过孟乌。造父是周穆王的王车驭手，驯马驾车术震古烁今；孟乌则是秦武王的两个步战大力士，一个叫孟贲，一个叫乌获，两人从不骑马，每上战场只一左一右在秦武王的驷马战车旁奔跑如飞，绝不会拉下半步。若非如此两能，年轻的秦王如何能派赵高驾着驷马王车追赶李斯？此刻赵高提气发力，避开迂回山道，只从荆棘丛生的陡坡直冲山顶。片刻之间，赵高登顶，峰头犹见落日，却没有一个人影。赵高喘息了几声，可力气一声尖亮的呼喊：“李斯先生，可在山上——”

“山顶，何人呼我？”山腰隐隐飘来喘吁吁的喊声。

“万岁！”赵高一声欢呼，飞步冲下山来。

山腰一个小峰头上，李斯正在凝望暮霭沉沉的大河平原。他要在这空旷冷清的高山上好好想想，究竟是回楚国还是去魏国齐国？《谏逐客书》送出去了，李斯胸中的愤激之情也过劲了。从咸阳一路东来，亲眼见到山东商旅流水般离开秦国，李斯觉得怪诞极了，心绪也沮丧极了。若不是走走看看，还在函谷关内一家秦人老店吃了一顿蒸饼，与打尖的商人们打问了一些想早早知道的事，他早已经走远了。

“先生！赵高拜见！”

李斯蓦然回头，见一个黝黑健壮的年轻人一躬到底尖嗓赳赳，这才相信方才的声音不是幻觉。李斯猛然想起，秦王的近身内侍叫作赵高，心下不禁突然一跳，镇静心神一拱手高声问：“在下正是李斯，敢问足下何事相寻？”

赵高的办事能力不容置疑。以内侍之身份，能至人之极，一定有特异之处。

“赵高奉秦王之命，急召先生还国！”

“可有王书？”

“事体紧急，山下王车可证。”

“可是那辆青铜车盖的四马王车？”

“正是！”

“秦王看了李斯上书？”

“在下离开时，秦王只看了一半。秦王说，追到天边，也要追回先生！”

“不说了。”李斯突然一挥手，“走！下山。”

赵高一拱手：“先生脚力太差，我来背先生下山！”

李斯还没顾得说话，赵高已经一蹲身将他背起，稳稳地飞步下山。因了背着李斯，赵高便从早已被行人踩踏成形的山道奔下。山道虽迂回得远些，却比荆棘丛莽的山坡好走得多，对于赵高直是如履平地，尽管背着一个人也还是轻盈快捷，不消顿饭辰光便到了山脚下。

“先生，这是王车！”赵高擦拭着额头汗珠。

李斯下地，大为赞叹：“足下真猛士也，秦王得人哉！”

赵高谦恭一笑：“秦王得先生，才是得人！”

李斯没有想到，一个被士子们看作粗鄙低下的年轻内侍，应答却是这般得体，正要褒奖几句，赵高已经大步过去，牵来了李斯红马。赵高将马鞍上的青布包袱解下，放进王车车厢，又将红马拴在了车后，对着李斯便是一躬：“先生，请登车。”

李斯心头一热，便要跨步上车。

正在此际，一个红衣商人突然冲过来，拉住李斯高声嚷嚷：“先生分明山东人士，且说说这成何体统！王车能日落出城，我等为何不行？都说秦法严明，举国一法，这是一法么？分明是两法！欺侮山东人士不是！既然已经多开了半个时辰，为何不能教我等出城完了再关城！”随着红衣商人高声大嚷，城外商人们也都纷纷聚拢过来，嚷嚷起来，非要教李斯给个评判不可。李斯已经听得明白：函谷关城门都尉为了等候王车入城，没有关城，商旅人流多出关了许多；如今城门都尉见王车准备进关，便重新喝城，要真正闭关；许多商旅家族一半在关内，一半在关外，自然急得嚷嚷了起来；而此前赶来执法的秦军铁骑也是严阵以待，只待王车进城，便要拘拿这些敢于蔑视秦法的奸人。

商人也以法说事，可见秦法确实深入人心。

嚷嚷之间，赵高已经急得火烧火燎，低声骂一句鸟事，扬鞭便要驱车。

“兄弟且慢。”李斯对赵高一拱手，“这是大事，稍等片刻。”

此时天色已经暮黑，商旅们已经点起了火把，汹汹之势分明是不惜与秦军铁骑对峙了。李斯已经斟酌清楚，转身对着人群挥了挥手，高声道：“在下李斯，原是秦国河渠令，楚国人士，与诸位一样，也在被逐之列！诸位见容，听我说几句公道话。”

“对！我等就是讨个公道，不怕死！”红衣商人大喊了一声。

“死在函谷关也不怕！先生说！”商旅们跟着呼喝。

李斯一圈拱手，高声道：“诸位久居秦国经商，该当知道秦法之严。函谷关守军，只是执法行令，无权夜间开关城门。百年以来，都是如此，当年连孟尝君都被挡在关外野营，我等

借此机会，向天下士子宣告逐客令的废止。

有甚不解？诸位愤愤者，逐客令也！然则，诸位须知，怪诞之事，必不长久。在下明言，我李斯是上书非议逐客令的。秦王看了我的《谏逐客书》，便令王车紧急前来接我回秦！在下今日只说一句：旬日之内，秦国必然废除逐客令！诸位若信得李斯，还想在秦国经商，便在函谷关内外，住店等候几日，不要走！咸阳，还是山东商旅的第一大市！”

“先生，此话当真？”火把人群一片嚷嚷。

“王车在此，当然当真！”赵高也尖着嗓子喊了一声。

“尖着嗓子”是作者笔下宦人的标志性特征。赵高究竟是不是阉人，有争议。

红衣商人大喊：“先生说得在理！我等便住下来如何？”

“好！住下来！等！”

“不走了！没出关才好！”

田横，齐人，风云人物，曾自立为齐王。此为后话。

红衣商人对李斯一拱手：“在下田横，多谢先生指点！”

李斯也是一拱手：“齐国田氏，在下佩服，告辞！”

赵高一圈马缰，驷马王车便从火把海洋中辚辚进关。关城铁门隆隆落下，关内外却没有了愤怒吼喝之声，倒是一片轻松笑声在身后弥漫开来。一出函谷关内城，赵高说声先生坐稳了，四条马缰一抖，王车哗啷啷飞上了官道，疾风般卷向西来。五更鸡鸣时分，王车堪堪抵达咸阳王城。

启明星在天边闪烁，王城中一片漆黑，只有东偏殿的秦王书房闪烁着灯光。青铜轺车刚刚驶入车马场停稳，便见一个高大的身影快步走了过来，遥遥一声急促问话：“小高子，接到先生没有？”赵高兴奋得喊了声：“接到了！”车上李斯早已经看见了嬴政身影，飞身下车，一阵快步迎了过来。

“先生！”

“君上……”

嬴政深深一躬：“若无先生上书，嬴政已成千古笑柄也！”

李斯也是深深一躬：“渭水泛舟夜谈，臣未尝一刻敢忘。

臣若不知我王之志，何敢鼓勇上书？臣坚信，逐客令与我王大志不合，必是受人所惑。”

“先生此心，为何不在上书中写明？”

“大法，未必上书。”

“先生教我。”

“欲一中国者，海纳为本。”李斯一字一顿。

此语，可得王心。

“得遇先生，方知天地之广阔，治道之博大也！”默然良久，嬴政长吁了一声。

“原是秦王明断。”

“走！为先生接风洗尘。”

嬴政拉起李斯，大步走进了书房。

李斯一纸《谏逐客书》，“秦王乃除逐客之令，复李斯官，卒用其计谋。官至廷尉”（《史记·李斯列传》）。另据裴骃《史记·李斯列传·集解》：“《新序》曰：‘斯在逐中，道上上谏书，达始皇，始皇使人逐至骊邑，得还。’”说起来，这一过程还颇惊险。善纳谏，堪称王之道。总是“不听”者，难成大器，譬如楚怀王，不善纳谏，幽死于秦，为楚人怜，但为天下人笑。此史之鉴也。

蒙　恬

第二章　大决泾水

一　治灾之要　纲在河渠

泾水多沙，容易堵塞，极难治理。

八月末，一场半锄雨刚过，泾东渭北大大地热闹了起来。

关中各县的民众络绎不绝地开进了泾水瓠口，开进了泾水河谷，开进了渭北的高坡旱塬。从关中西部的泾水上游山地，直到东部洛水入渭的河口，东西绵延五百余里，到处都是黑压压的帐篷，到处都是牛车人马流动，到处都是弥漫的炊烟与飘舞的旗帜，活生生亘古未见的连绵军营大战场。老秦人都说，纵是当年的长平大战百万庶民出河东，也没有今日这铺排阵势，新秦王当真厉害！新秦人则说，还是人家李斯的上书厉害，若是照行逐客令，连官署都空了，还能有这海的人手？老秦人说，秦王不废除逐客令，他李斯还不是干瞪眼？新秦人说，李斯干瞪眼是干瞪眼，可秦王更是干瞪眼！不新不老的秦人们便说，窝里斗吵吵甚，李斯说得好，秦王断得好，离开一个都不成！他不说他不听，他说了他不听，还不都是狼虎两家伤！于是众人齐声叫好喝彩，高呼一声万岁，各个抄起铁锹钻锤，又闹嚷嚷地忙活起来。

总之是“万岁”！

这片辽阔战场的总部，设在泾水的咽喉地带——瓠口。

瓠口幕府的两个主事没变，一个郑国，一个李斯。所不同者，两人的职掌有了变化。原先是河渠令抓总的李斯，变成了河渠丞，位列郑国之后，只管征发民力调集粮草修葺工具协理后勤等一应民政。原先只是总水工只管诸般工程事务的郑国，变成了河渠令兼领总水工，掌印出令，归总决断一切有关河渠的事务。

至秦王政时，天下强弱，实大势已定。以治水耗人力物力，亦无损于秦强。兴修水利，反而让秦国更强大。郑国的思路是凿泾水自中山西邸瓠口为渠，“并北山东注洛三百馀里，欲以溉田”（《史记·河渠书》）。

这个重大的人事变化，李斯原本也没有想到。

那一夜，李斯从函谷关被赵高接回，秦王嬴政在东偏殿为李斯举行了隆重的接风小宴，除了长史王绾，再没有一个大臣在座。李斯没有想到的是，一爵干过，秦王便吩咐王绾录写王书，当场郑重宣布：立即废除逐客令，所有被逐官吏恢复原职，农工商各归所居，因逐客令迁徙引发的财货房产折损，一律由王城府库折价赔偿；此后，官府凡有鄙视六国移民，轻慢入秦之客者，国法论罪！李斯原本已经想好了一篇再度说服秦王的说辞，毕竟，要将一件已经发出并付诸实施的王令废除，是非常非常困难的，更不说这道逐客令有着那般深厚的“民意”支撑，年轻的秦王该需要多大的勇气？如今秦王如此果决利落，诏书处置又是如此干净彻底，李斯一时心潮涌动，又生出了另外一种担心——电闪雷鸣，会不会使元老大臣们骤然转不过弯来而生发新对抗，引起秦国动荡？嬴政见李斯沉吟，便问有何不妥？李斯吭哧吭哧一说，嬴政释然一笑：“如此荒诞国策，举国无人指斥，若再有人一意对抗，老秦人宁不知羞乎！”李斯感奋备至，呼哧喘息着没了话说。但更令李斯想不到的是，王书录写完毕，年轻的秦王又召来了太史令。须发雪白的老太史一落座，嬴政便站了起来："老太史记事：秦王政十年秋，大索咸阳，逐六国之客，是为国耻，恒以为戒。"

以示秦王善纳谏。

"君上！丢城失地，方为国耻也！"老太史令昂昂亢声。

嬴政额头渗着亮晶晶汗珠："驱士逐才，大失人心，更是国耻之尤。写！"

那一刻，东偏殿安静得了无声息。王绾愣怔了，李斯愣怔了，连须发颤抖的老太史令都愣怔得忘记了下笔。在秦国五百多年的历史上，有过无数次的乱政误国屈辱沉浮，只有秦孝公立过一次国耻刻石，可那是秦国丢失了整个河西高原与关中东部、六国卑秦不屑与之会盟的生死关头。如今的秦国，土地已达五个方千里，人口逾千万之众，已经成为天下遥遥领先的超强大国，仅仅因为一道错误法令，便能说是国耻么？然则仔细想来，秦王又没错。秦强之根基，在于真诚招揽能才而引出彻底变法，逐客令一反争贤聚众之道而自毁根基，何尝不是国耻？"驱士逐才，大失人心，更是国耻之尤"，秦王说得不对么？对极了！然则无论如何，大臣们对年轻的秦王如此自责，还是心有不忍的。毕竟，一个奋发有为的初政新君，将自己仅有的一次重大错失明确记入青史，又明明白白定为"国耻"，这，即或是三皇五帝的圣贤君道，也是难以做到的。可是，天下人会如此想么？后世会如此想么？天下反秦者大有人在，秦国反新君者大有人在，安知此举不会被别有用心者作为中伤之词？不会使后世对秦国对秦王生出误解与诟病？可是，这种种一闪念，与秦王嬴政的知耻而后勇的作为相比，又显得渺小苍白，以至于当场无法启齿。

秦王不掩其过，有好处，亦有坏处。明白事理者，心服口服；居心不良者，可就此大做文章。

大厅一阵默然。嬴政似乎完全明白三位大臣的心思，撇开王书国史不说，先自轻松转开话题，一边殷殷招呼李斯饮酒吃喝，一边叩着书案："先生已经回来，万幸也！还得烦劳先生说说，如何收拾这个被嬴政踢踏得没了头绪的烂摊子？"年轻秦王的诙谐，使王绾李斯也轻松了起来。李斯大饮一爵，一拱手侃侃开说："秦王明断。目下秦国，确实头绪繁多：河东有大战，关内有大旱，官署不整顺，民心不安稳，新人未大起，元老不给劲。总起来说，便是一个'乱'字。理乱之要，在于根本。目下秦国之根本，在于水旱二字。水旱不解，国无宁日，水旱但解，万事可为！"

治水得宜，旱涝皆能保收。必须治水。

"先生是说，先上泾水河渠？"王绾一皱眉头。

"生民万物，命在水旱。治灾之要，纲在河渠。"

嬴政当即决断："好！先决天时，再说人事。"

"重上泾水河渠，臣请起用郑国。"李斯立即切入了正题。

嬴政恍然拍案："呀！郑国还在云阳国狱……长史，下书放人！"

王绾一拱手："是。臣即刻拟书。"

"不用了。"嬴政已经霍然起身，"先生可愿同赴云阳？"

李斯欣然离座："王有此心，臣求之不得！"

君臣两人车马兼程，赶到云阳国狱，天色已经暮黑了。

嬴政一见老狱令，开口便问郑国如何？老狱令禀报说，郑国不吃不喝只等死，撑不了三五日了。李斯连忙问，人还清醒么？能说话么？老狱令说，秦法有定，未决罪犯不能自裁，狱卒给他强灌过几次汤水饭，人还是清醒的。嬴政二话不说，一挥手下令带路。老狱令立即吩咐两名狱吏打起火把，领道来到一间最角落的石窟。

嬴政来得及时。

冰冷的石板地上铺着一张破烂的草席，一个须发雪白的枯瘦老人面墙蜷卧着，没有丝毫声息。要不是身边那支黝黑的探水铁尺，李斯当真不敢断定这是郑国。见秦王目光询问，李斯凑近，低声说了四个字，一夜白发！李斯记得很清楚，年轻的秦王猛然打了个寒战。

“老哥哥，李斯看你来了，醒醒！”

“李斯？你也入狱了？”郑国终于咝咝喘息着开口了。

“老哥哥，来，坐起来说话。”李斯小心翼翼地扶起了郑国。

“李斯入狱，秦国完了，完了！”郑国连连摇头长叹。

“哪里话？老哥哥看，秦王来了！”

郑国木然抬头：“你是，新秦王？”

年轻的秦王深深一躬：“嬴政错令，先生受苦了。”

郑国端详一眼又摇头一叹：“可惜人物也。”

“嬴政有失，先生教我。”

“你没错。老夫确是韩国间人。”郑国冷冰冰点着铁尺，“可老夫依然要说，你这个嬴政的襟怀，比那个吕不韦差之远矣！当年，老夫见秦国无法聚集民力，疲秦之计无处着力，几次要离开秦国，都是吕不韦软硬兼施，死死留住了老夫。直到罢相离秦，吕不韦还给老夫带来一句话：好自为之，罪亦可功。哼！老夫早已看穿，给秦国效力者，没人善终。吕不韦不是第一个，老夫也不是第二个。说！要老夫如何个死法？”

郑国称，修渠虽能延长韩国数年寿命，但能为秦国建万世之功。所以，秦王政免去郑国之罪，实际上，秦王一时之间，也找不到更合适的人选，倒不如让郑国将功补过。

李斯见郑国全然一副将死口吻，将吕不韦与年轻的秦王一锅煮，心知秦王必然难堪，诸多关节又一时无法说得清楚，便对秦王一拱手：“君上，我来说。”一撩长袍坐到草席上，“老哥哥，李斯知道，泾水河渠犹如磁铁，已经吸住了你的心。你开始为疲秦而来，一上河渠早忘了疲秦，只剩下一个天下第一水工的良知，引水解旱而救民！老哥哥当年说过，引泾河渠是天下第一大工程，比开凿鸿沟难，比李冰的都江堰难，只要你亲自完成，死不足惜！老兄弟今日只问你一句话：秦王复你原职，请你再上泾水河渠，老哥哥做不做？”

天下第一水工的良知，何其珍贵！

“然则，逐客令？”

“业已废除！”

“老夫间人罪名？”

“据实不论！”

“你李斯说话算数？”

李斯骤然卡住，有秦王在，他不想回答这一问。

“先生听嬴政一言。”年轻的秦王索性坐到了破烂的草席上，挺身肃然长跪①，“先生坦诚，嬴政亦无虚言。所谓间人之事，廷尉府已经查明：先生入秦十年，自上泾水河渠，与韩国密探、斥候、商社、使节从无往来信报，只醉心于河渠工地。就事实说，先生已经没有了间人之行。若先生果真有间行，嬴政也不敢枉法。唯先生赤心敬事，坦诚磊落，嬴政敬重先生。先生若能不计嬴政荒疏褊狭，重上泾水，则秦国幸甚，嬴政幸甚！”

嬴政分得清间人之行、间人之心，何其睿智！

郑国痴愣愣打量着年轻的秦王，良久默然。

李斯一拱手道：“君上，臣请将郑国接回咸阳再议。”

嬴政霍然起身：“正是如此，先生养息好再说。来人，抬起先生。”

秦王是有容人之心，纳李斯，赦郑国，皆是证据。

郑国被连夜接回了咸阳，在太医院专属的驿馆诊治养息了半个月，身体精神好转了许多。其间李斯来探视过几次，郑国始终都没有说话。两旬之日，秦王亲自将郑国接出了驿馆，送到了亲自选定的一座六进府邸，殷殷叮嘱郑国说，先生只安心养息，甚时健旺了想回韩国，秦国大礼相送，愿留秦国治水，秦国决然不负先生。说完这番话，郑国依旧默然，秦王也便走了。李斯记得清楚，那日夜半，郑国府邸的一个仆人

① 长跪，古人尊敬对方的一种坐姿：双膝着地，臀部提起，身形挺直（正常坐姿为臀部压在脚后跟）。此种长跪，多见《战国策》《史记》等史料中，后世多有人将长跪误解为扑地叩头的跪拜。

请了他去。郑国见了李斯，当头便是一句："老兄弟，明日上泾水！"李斯惊讶未及说话，郑国又补了一句，"老夫只给你做副手，别人做河渠令不行，老夫不做窝囊水工。"

李斯高兴非常，但对郑国的只给他做副手的话却不好应答。在秦国用人，可没有山东六国那般私相意气用事的。再说治水又不是统兵打仗，不若上将军有不受君命之权。这是经济实务，水工能挑选主管长官？但不管如何想法，李斯也不能当面扫兴。于是李斯连夜进宫，禀报了秦王。依李斯判断，秦王必定是毫不犹豫一句话："郑国如此说，便是如此！"毕竟，李斯原本便是河渠令，秦王不需要任何斡旋即可定夺。

不想，秦王却是良久思忖着不说话。

李斯大感困惑，一时忐忑起来，秦王若是再度反悔，秦国可就当真要麻烦了。谁知年轻的秦王却突然问了一句："若是郑国做河渠令，先生可愿副之？"李斯完全没有想到秦王会有如此想法，毕竟，河渠令是他的第一个正式官职，骤然贬黜为副职，李斯一时还回不过神来。李斯正在愣怔，不想年轻的秦王又突然冒出一句："庙堂格局要重来，先生暂且先将这件大事做完如何？"李斯何等机敏，顿时恍然自责："臣有计较之心，惭愧！"秦王哈哈大笑道："功业之心，何愧之有！只要赤心谋国，该要官便要，怕甚！"说得李斯也呵呵笑了，一脸尴尬顿时烟消云散。

这一节写得妙，秦王试探李斯的胸襟，同时又给郑国大派定心丸。

那夜四更，年轻的秦王与李斯立即赶到了郑国府邸，君臣三人直说到清晨卯时，方才将几件大事定了下来。第一件，明确两人职司的改变。郑国起先不赞同，秦王李斯好一番折辩，才使郑国点了头。第二件，确定泾水河渠重开，需要多少民力？郑国说，民力不是定数，需要多少，得看秦国所图。若要十年完工，可依旧如文信侯之法，不疾不徐量力而行，三五万民力足矣；若要尽快竣工，便得全程同时开工，至少得五六十

郑国是实干家，不谋虚名。

万民力。如何抉择，只在秦王定夺。李斯深知河渠情形，自然完全赞同郑国之说。但李斯不同于郑国之处，在于李斯更明白秦国朝野情势。要数十万民力大上河渠，那可不是秦王一句话所能定夺的，得各方周旋而后决断。所以，李斯只点头，想先听听秦王的难处在哪里，而后再相机谋划对策。

不料，年轻的嬴政大手一挥，非常果决地说："关中大旱，已成秦国最大祸患，泾水河渠不能拖！若有民力上百万，一年能否完工放水？"李斯尚在惊愕，郑国却点着探水铁尺霍然起身："引泾之难，只在瓠口开峡。老夫十年摸索，已经胸有成算。秦王果能征发百万民力，至多两年，老夫便给秦国一条四百里长渠！"秦王回头看着李斯："征发民力，河渠署可有难处？"李斯稍一思忖，奋然拱手答："倾关中民力，征发百万尚可。"郑国却是连连摇头叹息："只怕难也！自大禹治水，几千年老规矩，都是河渠引水庶民自带口粮。目下正是大旱之后，民众饥肠辘辘，哪里还有余粮出工？没有粮食，有人等于没人。民人饿着肚子上渠，上了也白搭，弄不好还要出乱子。"

郑国几句话，症结骤然明确：泾水河渠能否大上，要害在于粮食。

嬴政目光一闪："秦国官仓，有几多存粮？"

李斯皱着眉头："六大仓皆满。可，秦法不济贫，官粮济工不合法。"

处处讲法，秦安能不强？

嬴政一阵焦灼地转悠思忖，突然又问："长平大战之时，昭襄王大起关中河内百余万民力赴上党助战，如何解决口粮？"李斯说："那是打仗，民力一律编做军制，吃的是军粮。"嬴政意味深长地一笑："水旱两急，谁说治水不是打仗？"李斯心头一动，恍然拍掌："君上是说，以军制治水，以官仓出粮？"嬴政目光大亮："对！只要揣摩个办法出来，小朝会议决，教那些迂阔元老没话说便是。"愁眉深锁的郑国顿时活泛

好计！可治水，可解饥荒问题，又不违秦法。

起来，君臣三人交互补充，天亮时终于敲定了大计。

三日之后，废除逐客令的特急王书已经飞到了秦国所有郡县，也通过长驻咸阳的六国使节飞到了山东各国。老秦人仇视山东人士的风浪开始回落，移居秦国的新秦人，也不再惶惶谋划离秦了。被河东秦军秘密拦截下来的被逐官吏，也全部回到了原先官署，各个官署都开始重新运转起来。朝野欣然，一时呼为"复政"。山东商旅与游学士子，也陆续开始回车。尚商坊又开市了，学馆酒肆又渐渐活过来了。只有嬴秦部族的一班元老旧臣还是满腔愤激，天天守在王城汹汹请命，要秦王"维护成法，力行逐客令"！呼应者寥寥，嬴政也一时没工夫周旋，这些老臣子便日日聚在东偏殿外的柳林中，兀自嚷嚷请命不休。虽则如此，大局终是稳定了下来。

可见逐客也能危及社稷。不能小看"士"的能量。

八月中，咸阳王城举行了复政之后的第一次小朝会。

王权虽逐步加强，但权臣的意见不能不听。

参与朝会者，除了任何朝会都不能缺席的廷尉府、国正监、长史，全是清一色的经济大臣：大田令、太仓令、大内令、少内令、邦司空；还有次一级的经济大吏：俑官、关市、工师、工室丞、工大人。除了这经济十署，便是郑国、李斯两名河渠官员。

清晨卯时，小朝会准时开始。嬴政一拍案，开宗明义说："诸位，今日朝会，只决一事：如何重上泾水河渠，根治关中大旱威胁？各署有话但说，务必议出切实可行之策。否则，秦国危矣！"殿中一时肃然，面面相觑无人说话。过得片刻，首席经济大臣大田令吭哧开口："老臣，原本主张河渠下马，民力回乡抢挖毛渠。几月大旱，老臣自觉毛渠无力抗旱，似，似乎还得上马泾水河渠。只是，兹事体大，民人饥馑，老臣尚无对策。"大田令一说完，殿中哄嗡一片议论开来。与会者都是经济官吏，谁都被这场持续大旱搞得狼狈不堪，已经深知其中利害，只碍着原先主张河渠下马，一时不知道如何改口，故而难以启齿。如今大田令率先改弦更张，经济官员们心结打开，顿时便活泛起来。没说两个回合，原先主张放弃泾水工程的老臣人人欣然改口，一口声拥戴重新上马泾水河渠。

李斯见情势已到火候，便以河渠事务主管的身份，陈述了重上河渠工程的缓急两种选择。没说一轮，经济臣僚们又是异口同声赞同“全力以赴，两年完工”的急工方略。于是，要害关节迅速突出：粮食来路何在？

一说粮食，举殿默然，看着老廷尉的黝黑铁面，谁也不敢碰这个硬钉子。

年轻的秦王慨然拍案，一口气毫无遮掩地说出了民工军制、官仓出粮的应对之策，并特意申明，这是效法成例，并非坏秦法制。秦王说罢，举殿目光一齐聚向老廷尉——这个只认律法不认人的老铁面要是依法反对官仓出粮，只怕秦王也要退避三舍。嬴政却是谁也不看，一拍案点名，要老廷尉第一个说话。不想，老廷尉似乎已经成算在胸，站起身一拱手铿锵作答：“秦法根本，重农重战。农事资战，战事护农，农战本是一体。关中治水灭旱，民力以军制出工河渠，一则为农，二则为战，资以军粮，不同于寻常开仓济贫，臣以为符合秦法精要，可行也！”群臣尚在惊讶，国正监已经跟着起身，慨然附议：“聚国家之力，开仓治水灭旱，正是秦法之大德所在！老臣以为可行！”经济大臣们见执法大臣、监察大臣这两个执法门神如此说法，不待秦王询问，便是同声一应：“臣等赞同，军粮治水！”嬴政没有任何多余话语，欣然点头拍案，大计于是底定。各署振奋，当殿立即核定民力数额，议决开仓次序、车辆调集、各色工匠数目、工具修葺等诸般事项。

一语中的。秦廷确有能人！

时到正午，一切已经就绪。

次日，秦王王书飞抵渭北各县，整个关中立即沸腾起来。

开官仓治水，这步棋正中要害。其时正在大旱饥馑之后，庶民存粮十室九空。开官仓治水，无疑给了老百姓一条最好的出路。最要紧的一条，这次的民力征发，破例地无分男女老幼。如此，庶民可举家齐上工地，放开肚皮吃饭，岂非大大好事？其次，河渠出工又算作了每年必须应征的徭役期限。而历来的老规矩是：民众得益的治水工程，从来不算在官定徭役之列。其三，这次河渠工程正在秋冬两季，大体上不误农时，民众心里也没有牵挂。更有一层，秦国历来将农事之功与战功等同，庶民劳作出色者还能争得个农爵，何乐而不为！如此等等，民力大上河渠，简直是好处多多。这还只是未来不受河渠益处的“义工县”的民众想法，若说受益县的民众，更是感奋有加，不知该如何对官府感恩戴德了。

唯其如此，秦国腹地的河渠潮骤然爆发。连职司征发民力的李斯也没有想到，原本谋划的主要征发区，只在泾水河渠受益的渭北各县，对关中其余各县只是斟酌征发义工，能来多少算多少。不想王书一发，整个秦川欢声雷动，县县争相大送民工，一营一营不亦乐乎。旬日之间，渭北塬坡便密匝匝扎下了一千多个营盘，一营一千人，整整一百多万！如此犹未断流，东西两端十几个县的民工，还在潮水般地涌来。不到一个月，整整一千六百多座民工营盘黑压压摆开，东西四百多里、南北横宽几十里的渭北塬坡，整个变成了汪洋人海。

面对汹汹人流，李斯原本要裁汰老弱，只留下精壮劳力。可郑国一句话，却使他心里老大不是滋味，不得不作罢。郑国板着黑脸说：“饥馑年景，你教那些老弱妇幼回去吃甚？年轻精壮都走了，老弱妇幼进山采猎走不动，还不得活活饿死？老夫看，只要河渠不出事，多几个闲人吃饭，睁一眼闭一眼也就是了。”依着李斯对秦法的熟悉，深知郑国这种怜悯

由此看出郑国与李斯的性格差异，归根结底，郑国是实干家，李斯是政客（或者说，嬴政时代，李斯是政治家，二世时代，李斯是政客）。

之心是不允许的，既违“大仁不仁”之精义，又偏离秦法事功之宗旨，自己只要提出反对，秦王一定是会支持自己的。可是，郑国说出的，却是一个谁也无法回避的严峻事实：如果因此而引起民众骚乱，岂非一切都是白说？反复思忖，李斯只有苦笑着点头了。如此一来，老百姓便看作了“泾水工地啥人都要，来者不拒”，对官府感激得涕泪唏嘘，处处一片震天动地的万岁之声。

也是秦国百年积累雄厚，仅仅是关中六座大仓打开，各色粮食便有百万斛之多。无疑，如此巨额支撑河渠工程绰绰有余。向河渠运送“军粮”的大任，秦王交给了老国尉蒙武。蒙武调集了留守蓝田大营的三万步军，组成了专门的辎重营，征发关中各县牛车马车六万余辆，昼夜川流不息地向渭北输送粮草。

至此，泾水瓠口骤然成了天下瞩目之地。

李斯与郑国，也骤然感到了无可名状的强大压力。

李斯的压力，在于对全局处境的洞察。秦国腹地的全部民力压上泾水，意味着秦国没有了任何回旋余地，只许成不许败。河渠不成，则举国瘫痪。当此之时，山东六国一旦联兵攻秦，秦国连辎重民力都难以支应。这是最大的危险。为了防止这个最大的危险，年轻的秦王已经兼程赶赴河东大军，与一班大将们商议去了。第二个危险，便是工地本身。目下民心固然可贵，然则，如此庞大的人力紧密聚集在连绵工地，任何事端都有可能被无端放大。县域偏见、部族偏见、家族偏见、里亭村落偏见以及各种仇恨恩怨，难免不借机生发。但有骚乱械斗或意外事件，纵然可依严明的秦法妥善处置，可只要延误了河渠工期，便是任谁也无法承担的罪责。郑国虽是河渠令，可秦王显然将掌控全局的重担压在了李斯肩上。事实上，要郑国处置这些与军政相关的全局事项，实

几乎全员动员，秦国经过多年积累，储备充足，此时即使有外敌，也不足为患。

李斯此时理治水之事，其实也如同理国。

在也非其所长，只能自己加倍小心了。好在李斯极富理事之能，看准了此等局面只有防患于未然，便带着一个精干的吏员班子日日巡视民工营地，事无大小一律当下解决，绝不累积火星。如此几个月下来，李斯便成了一个黝黑精瘦的人干。

郑国的压力，却在于河渠工程本身。

作为天下著名水工，郑国面临两大难题：第一是如何铺排庞大劳力，使引水瓠口与四百多里干渠同时完工。第二，是如何最快攻克瓠口这个瓶颈峡谷。就实说，年轻秦王亘古未闻的决断，确实激励了郑国，万千秦人对治水的热切，也深深震撼了郑国。治水一生，郑国从来没有梦想过有朝一日能率领一百六十余万之众叱咤天下治水风云。亘古以来，除了大禹治水，哪一代哪一国能有如此之大的气魄？只有秦国！只有这个秦王嬴政！面对如此国家如此君王，郑国实实在在地觉得，不做出治水史上的壮举，自己这个老水工便要无地自容了。

能征服仁人志士的，永远是帝王的才干和襟怀。

还在民力开始征发的时候，郑国便生出了一个大胆的谋划：若能在今年秋冬与来年春夏开通泾水河渠，赶在明年种麦之前放水解旱，方无愧于秦国，无愧于秦王。要得如此，便得将全部工程的全部难点事先理清，事先做好施工图，否则，几百名领工的大工师便无处着手。可是，四百多里大渠，有一百六十三座斗门、三十处渡槽、四十一段沙土渠道，要全部预先成图，却是谈何容易！然则，这还仅仅是伏案劳作之难。毕竟，十年反复踏勘，郑国对全部河渠的难点是心中有数的。

真正的难点，是引出泾水的三十里瓠口。这瓠口，实际上是穿过一座青山的一道大峡谷。这座青山叫作中山，中山背后（西麓）便是泾水，打通中山将泾水引出，再穿过这道峡谷，泾水便进入了干渠。当初，郑国在泾水踏勘三年，才选定了中山地段这个最近最难而又最理想的引水口，并给这道引水峡谷取了个极其象形的名字——瓠口。中山不高不险，却是北方难觅的岩石山体，一旦凿开成渠，坚固挺立不怕激流冲刷，渠首又容易控制水量，堪称最佳引水口。十年之间，中山龙口已经凿通，只有过水峡谷还没有完全打通。这道峡谷，原有一条山溪流过，林木丛生，无数高大岩石巍巍似巨象般矗立于峡谷正中，最是阻碍水流。而今要尽快开通峡谷，难点便在一一凿碎这些巨大的“石象”。若没有一个碎石良策，只凭石匠们一锤一凿地打，那可真是遥遥无期了。

所需人力物力之巨，无法想象。

李斯忙，郑国忙，偌大一座幕府，整日只有几个司马坐镇。

“老哥哥，事体如何？”深夜回营，李斯总要凑过来问一句。

“只要你老兄弟不出事，错不了。”

“瓠口几时能打通？”

“十月开打……”郑国只要靠榻，准定呼噜一声睡了过去。

烛光之下，李斯惊讶地发现，郑国的满头白发没有了，不，是白发渐渐又变黑了！虽说黝黑枯瘦一脸风尘，可分明结实了年轻了许多。李斯感喟一阵，本想沐浴更衣之后再看看郑国赶制出来的羊皮施工图，可刚刚走到后帐入口，便一步软倒在地呼噜了过去。

二　雪原大险　瓠口奇观

启耕大典之后，年轻的秦王决意到泾水河渠亲自看看。

自泾水河渠重新上马,秋冬两季,嬴政的王车车轮一直昼夜不息地飞转着。嬴政的行动人马异常精干:一个王绾,一个赵高,一支包括了三十名各署大吏、二十名飞骑信使的百人马队。王绾与他同乘驷马王车,其余人一律轻装快马,哪里有事到哪里,立即决事立下王书,之后风一般卷去。嬴政的想法与李斯不谋而合,泾水河渠一日不完工,便不能教一个火星在秦国燃烧起来。

嬴政的第一步,是化解山东六国的攻秦图谋。逐客令之前,君臣们原本已经在蓝田大营谋划好了进兵方略。那时候的目标,是预防六国借大旱饥馑趁乱攻秦。可大军刚刚开出函谷关,却突然生出了谁也无法预料的逐客令事件。这逐客令一出,形势立变。原本已经悄无声息的山东六国顿时鼓噪起来,特使穿梭般往来密谋,要趁机重新发动六国合纵,其中主力便是实力最强的赵国与魏国。

而此时的秦军,则由于后方官署瘫痪,整个粮草辎重的输送时断时续不顺畅,驻扎在函谷关外不动了。如今逐客令已经废除,却又出现了泾水河渠大上马的新局面,粮草输送依然不畅。当此之时,大军究竟应该如何震慑山东,军中大将们一时举棋不定了。

年轻的秦王来到关外大营,与桓龁、王翦、蒙恬一班大将连续商讨一昼夜,终于定出了对付山东六国的方略:两路进兵,猛攻赵魏,使山东六国联兵攻秦的密谋胎死腹中。最后,嬴政给了大将们一个最大的惊喜:三月之内,本王亲自督导粮草!事实是,仅仅九、十两个月,年轻的秦王便将大军所需的半年粮草,全部运到了河东战地。秦王的办法是,从民力富裕的泾水河渠紧急调来二十万民力,同样地以军粮拨付民工口粮,车拉担挑昼夜运粮,硬是挤出了一个月时间。

军粮妥当,嬴政立即马不停蹄地巡视关中各县。此时关中民力全部压上泾水,县城村落之中,除了病人与实在不能走动的老弱,真正是十室九空。当此之时,嬴政所要督察的只有两件大事:第一件,各县留守官吏是否及时足量的给留居老弱病人分发了河渠粮,各县有无饿死人的恶政发生?第二件,留守县尉是否谨慎巡查,有没有流民盗寇趁机掳掠虚空村落的恶例?巡查之间,年轻的秦王接连得到河东战报:王翦将兵猛攻魏国北部,连下邺①地九城!桓龁、蒙恬将兵突袭赵国平阳,一举斩首赵军十万,击杀大将扈

---

① 邺,战国魏地,西门豹曾为邺城令治水,今河南省安阳境内。

辄！两战大捷，中原震撼，楚燕齐三国的援兵中途退回，韩国惶恐万状地收缩兵力，六国联兵攻秦之谋业已烟消云散。嬴政接报，立即下书将蒙恬调回镇守咸阳，自己则带着马队直奔了北方的九原。

冰天雪地之时巡视北部边境，王绾是极力反对的。

王绾的理由只有一个："此时要害在关中，北边无事，轻车简从驰驱千里，其间危险实在难料。"可年轻的秦王却说："河渠已经三月无事，足见李斯统众有方。目下急务，恰恰是上郡九原。北边不安，秦国何安？嬴政也是骑士，危险个甚来！"王绾大是不安，途中派出信使急告蒙恬，请蒙恬火速前来，务必劝阻秦王放弃北上。蒙恬接信，立即带领一个百人飞骑马队昼夜兼程一路赶到北地郡，才追上了秦王马队。蒙恬只有一句话："坚请秦王回咸阳镇国，臣代秦王北上九原！"年轻的秦王一笑："蒙恬，你只说，九原该不该去？匈奴的春季大掠该不该事先布防？"蒙恬断然点头："该！臣熟知匈奴，老单于若探知关中忙于水利不能分身，完全有可能野心大发，若再与诸胡联手，来春南下，便是大险。"嬴政听罢，断然一挥手："好！那你便回去。对匈奴，我比你更熟！"说罢一跺脚，赵高驾驭的驷马王车已哗啷啷飞了出去。蒙恬王绾，谁都知道这个年轻秦王的强毅果决，事已至此，甚话都不能说了。蒙恬只有连夜再赶回去，王绾只有全副身心应对北巡了。

这一去，事情倒是顺利。秦王将所有涉边地方官全部召到九原郡，当场议定了粮草接应之法，下令北地郡：必须在开春之前，输送一万斛军粮进入九原；又特许边军仿效赵国李牧之法，与胡人相互通商，自筹燕麦马匹牛羊充做军用。在一排大燎炉烤得热烘烘的幕府大厅，嬴政拍案申明宗旨："诸位，总归一句话：边军粮草不济，本王罪责！边军来春抗

《史记·秦始皇本纪》，"十一年，王翦、桓齮、杨端和攻邺，取九城。王翦攻阏于、橑杨，皆并为一军。翦将十八日，军归斗食以下，什推二人从军。取邺、安阳，桓齮将。十二年，文信侯不韦死，窃葬"，"十三年，桓齮攻赵平阳，杀赵将扈辄，斩首十万。王之河南"，此间有国不安宁之象，譬如秦国大旱，"六月至八月乃雨"，同时，彗星现。

不住匈奴南下,边军罪责！何事不能决,当场说话!”大将们自然也知道秦国腹地吃紧,满厅一声昂昂老誓:“赳赳老秦,共赴国难!”五万秦军铁骑,得知秦王亲自主持九原朝会解决粮草辎重,又得知关中大上河渠,父老家人吃喝不愁,不禁大是振奋,因腹地大旱对军心生出的种种滋扰,立即烟消云散。

等到年轻的秦王离开九原南下时,秦军将士已经是嗷嗷叫着人人求战了。

可是,回来的路上,却出事了。

跟随嬴政的马队,无论是五十名铁鹰骑士,还是五十名大吏信使,一律是每人两匹马轮换。饶是如此,还是每每跟不上那辆飓风一般的驷马王车。每到一处驿站,总有几名骑士留下脚力不济的疲马,重新换上生力马。可拉那辆王车的四匹马,却是千锤百炼相互配合得天衣无缝的雄骏名马,换无可换,只有天天奔驰。虽然赵高是极其罕见的驾车驯马良工,也不得不分外上心,一有空隙便小心翼翼地侍奉这四匹良马,比谁都歇息得少。从九原回来的时候,少年英发的赵高已经干瘦黝黑得成了铁杆猴子。嬴政也知道王车驷马无可替代,回程时便吩咐下来:每日只行三百里,其余时间一律宿营养马。战国长途行军的常态是:步骑混编的大军,日行八十里到一百里;单一骑兵,日行二百里到三百里。对于嬴政这支精悍得只有一百零三人的王车马队而言,只要不是地形异常,日行七八百里当是常态,如今日行三百里,实在是很轻松的了。

如此三五日,南下到关中北部的甘泉[①]时,一场鹅毛大雪纷纷扬扬飘了下来。

冬旱逢大雪,整个车马队高兴得手舞足蹈,连喊秦王万岁丰年万岁。可是,大雪茫茫天地混沌,山间道路一抹平,没有了一个坑坑洼洼,行军便大大为难了。赵高吓得不敢上路,力主雪停了再走。年轻的秦王哈哈大笑:“走！至多掉到雪窝子,怕甚?”王绾心知不能说服秦王,便亲自带了十个精干骑士在前边探路,用干枯的树枝插出两边标志,树枝中间算是车道。如此行得一日,倒也平安无事。第二日上路,如法炮制。可谁也没想到,正午时分,正在安然行进的青铜王车猛然一颠,车马轰然下陷,正在呼噜鼾睡的秦王猛然被颠出车外,重重摔在了大雪覆盖的岩石上。赵高尖声大叫,拢住受惊蹿跳嘶鸣不已的四匹名马,一摊尿水已经流到了脚下。王绾闻声飞扑过去,正要扶起秦王,一身鲜血的嬴政却已经踉跄着自己站了起来。

---

① 甘泉,古地名,在今陕西北部,属洛河流域。

秦王勇猛。

“看甚？没事！收拾车马。”嬴政笑着一挥手。

万分惊愕的骑士们，这才清醒过来，除了给秦王处置伤口的随行太医，全部下马奔过来抢救王车名马。及至将积雪清开，所有骑士都倒吸了一口凉气！原来，这是一段被山水冲垮的山道，两边堪堪过人，中间却是一个深不见底的森森大洞。要不是这辆王车特别长大，车身又是青铜整体铸造，车辕车尾车轴恰恰卡住了大洞四边，整个王车无疑已经被地洞吞没了。

赵高瞄得一眼，一句话没说便软倒了。

“天佑秦王！”

“秦王万岁！”

马队骑士们热泪纵横地呼喊着，齐刷刷跪在了嬴政面前。

年轻的秦王走过来，打量着风雪呼啸翻飞的路洞，揶揄地笑了：“上天也是，不想教嬴政死，吓人做甚？将我的小高子连尿都吓出来了，真是！”

“君上！”瑟瑟颤抖的赵高，终于一声哭喊了出来。

“又不怨你，哭甚！起来上路。”

“君上，不能走！”

“小高子！怕死？”

“马惊歇三日。再走，小高子背君上！”

“你这小子，谁说坐车了？”

“君上有伤，不坐车不能走啊！”

又是一个不要命的。

嬴政脸色顿时一沉：“老秦人谁不打仗谁不负伤，我有伤便不能走路？”

王绾过来低声劝阻：“君上，北巡已经完毕，没有急事，还是谨慎为是。”

嬴政还是沉着脸：“谁说没有急事？”

赵高知道不能改变秦王,挺身站起大步过来,一弓腰便要背嬴政上身。嬴政勃然变色,一把推开赵高,马鞭一挥断然下令:“全都牵马步行,日行八十里。走!”王绾赵高还在愣怔,嬴政已经拽起一根插在雪地中的枯枝,探着雪地径自大步去了。

正月末,秦王马队穿过一个又一个冷清清没有了社火的村庄,艰难地进入了关中。蒙恬得报迎来的那个晚上,嬴政终于病倒了。回到咸阳,太医令带着三名老太医,给嬴政做了仔细诊治,断定外伤无事,因剧烈碰撞而淤积体内的瘀血,却需要缓慢舒散。老太医说,要不是厚雪裹着山石,肋骨没有损伤,这一撞便是大险了。如此一来,整整一个月,嬴政日日都被太医盯着服药,虽说也没误每日处置公文,却不能四处走动,烦躁郁闷得见了老太医与药盅便是脸色阴沉。此刻,嬴政最大的心事是泾水河渠的进境,虽然明知李斯不报便是顺利,却始终是忧心忡忡,轻松不起来。毕竟,他从来没有上过泾水,这道被郑国李斯以及所有经济大臣看作秦国富裕根基的河渠,究竟有多大铺排?修成后能有多大效益?他始终没有一个眼见的底子,不亲自踏勘,总觉心下不实。按照李斯原先的谋划,秦王要务是稳定大局,至于河渠,只要在行水大典时驾临便行了,其余时日无须巡视。嬴政知道,李斯之所以不要他巡视河渠,也是一片苦心。一则是李斯体察他太忙,不想使他忧心河渠;二则是他要去巡视,便会有诸多额外的铺排滋扰,反倒对工期不利。

有此补充,才有说服力。否则,嬴政便成神了。

可是,反复思忖,嬴政还是下了决断:行水大典之前,一定要去泾水。

三月初的启耕大典一过,嬴政立即秘密下令:轻车简从,直奔泾水河渠。王绾操持行程,要派出快马信使知会李斯。嬴政却说,不用惊动任何人,碰上碰不上听其自然,要紧的是自家看。王绾一思忖，此行在秦国腹地，各方容易照应，也便不再坚持。调集好经常跟随巡视的原班人马，王绾将行期定在了三月初九北上。临行之时，嬴政还是嫌人马太多太招摇，下令只要王绾赵高并五名铁鹰骑士跟随，不乘王车，全部骑马。王绾心下忐忑，却不能执拗，只好叮嘱一名留下的骑士飞报咸阳令蒙恬相机接应，这才匆忙上马去追秦王一行。

清晨，八骑小马队出了咸阳北门。一上北阪，放马飞驰大约半个时辰，便看见了清亮澄澈的滔滔泾水。顺着泾水河道向西北上游走马前行，一个多时辰后，泾水的塬坡河段便告完结，进入了苍苍莽莽的山林上游。王绾指点说，泾水东岸矗立的那一道青山便是中山，中山东麓便是瓠口工地。山林河谷崎岖难行，嬴政吩咐留下马匹由一名骑士照看，其余六人跟他徒步上山。

嬴政此来早有准备，一身骑士软甲，一口精铁长剑，一根特制马鞭，没有穿招人耳目又容易牵绊脚步的斗篷，几乎与同行骑士没有显然区别。一路上山，长剑拨打荆棘灌木寻路，马鞭时而甩上树干借借力，不用赵高搭手，也走得轻捷利落。片刻上到半山，林木中现出一大片帐篷营地，飘着几面黑乎乎脏兮兮的旗帜，却空荡荡难觅人影。穿营走得一段，才见五七个老人在几座土灶前忙碌造饭，林中弥漫出阵阵烟雾，有一股呛人的奇特味道。王绾过去向一个老人询问。老人说，这里是瓠口山背后，上到山顶便能下到瓠口峡谷；营地是陈仓县的一个千人营，活计是留守照应早已经打通的引水口；烟雾么？你上去一看自然知道，当下说不清。老人呵呵笑得一阵，自顾忙碌去了。

“怪！酸兮兮烟沉沉，酿酒么！”赵高嚷嚷着。

“走！上去看。”嬴政大步上山。

到得山顶，眼前顿时另一番景象。左手一片被乱石圈起的山林，里面显然是已经打开而暂时处于封闭状态的引水口；东面峡谷热气腾腾白烟阵阵，间或还有冲天大火翻腾跳跃在烟气之中，扑鼻的酸灰味比方才在半山浓烈了许多。烟雾弥漫的峡谷中，响彻着叮当锤凿与连绵激昂的号子，一时根本无法猜测这道峡谷里究竟发生着何等事情。王绾打量着生疏的山地说：“要清楚瓠口工地，找个河渠吏领道最好。君上稍待，我去找人，不告知李斯便是。”嬴政一摆手：“不要。又不是三山五岳，还能迷路不成？往下走走，自家看最好。”

突然，山腰飞出一阵高亢的山歌，穿云破雾缭绕峡谷：

泾水长，泾水清　我有泾水出陇东
益水空流千百年　茫茫盐碱白毛风
大哉秦王一声令　郑国开渠瓠口成
灌我良田满我仓　富民富国万世名

“好歌!”王绾不禁一声赞叹。

嬴政目光大亮,没有说话,径自匆匆下山。走得大约一箭之地,便见半山一棵烟雾缭绕的大树,树下站着一个须发雪白的老人,一个黝黑秀美的村姑,老少两人正指点着峡谷高声笑谈,快活得世外仙人一般。嬴政大步走过去,一拱手问:“方才可是这位小姐姐唱歌?”村姑回身一阵咯咯笑声:“对呀,唱得不好么?”嬴政说:“好! 是大姐编的歌么?”村姑又是咯咯笑声:“我管唱。编词爷爷管。”须发雪白的老人呵呵一笑:“将军,老夫也不是乱编,是工地老哥哥们一堆儿凑的。实在说,都是老百姓心里话。”嬴政连连点头:“那是了,否则他们能教你唱?”老人欣然点头:“将军是个明白人也!”嬴政笑问:“唱歌也算出工么?”老人感慨地说:“将军不知,我爷孙原是石工。唱歌,只是歇工时希图个热闹。偏偏凑巧,李斯大人天天巡视工地,有一回听见了我孙女唱歌,大是夸奖,硬是将我爷孙从工营里掰了出来,专门编歌唱歌,说是教大家听个兴头,长个精神!”嬴政大笑:“好! 李斯有办法,老人家小姐姐都有功劳。”

见证历史时刻。

老人突然一指峡谷:“将军快看,要破最后三柱石了!”

村姑一拉嬴政:“将军过来,这里看得最清。爷爷,自个小心。”

“好! 我也见识一番。”嬴政大步跟着村姑,走到了崖畔大树下。

老人感喟地一笑："将军眼福也！若不是今日来，只怕你今辈子也看不上这等奇观。"

嬴政与村姑站脚处，正是大树下一块悬空伸出的鹰嘴石。嬴政粗粗估摸，距谷底大约两箭之地。虽有阵阵烟雾缭绕，鸟瞰峡谷也还算清楚。从高处看去，一条宽阔的沟道已在峡谷中开出，雪白雪白，恍如烟雾青山中一道雪谷。沟道中段，却矗立着灰秃秃三座巨石，如三头青灰大象巍巍然蹲踞。此时，一群赤膊壮汉正不断地向巨石四周搬运着粗大的树干与粗大的劈柴。不消片刻，赤膊壮汉们已经围着巨石垒成了三座高大的柴山。柴山堆成，便有三队壮汉各提大肚陶罐穿梭上前，向柴山泼出一罐罐黑亮黑亮的汁液。嬴政知道，这一定是秦国上郡特有的猛火油[①]，但不明白，浇上猛火油如何能碎了这巨大的"石象"？

"举火——"沟道边高台上一声长喝。

随着喝令声，高台下一阵战鼓声大起，一队赤膊壮汉各举粗大的猛火油火把包围了柴山。再一阵鼓声，赤膊壮汉们的猛火油火把整齐三分：一片抛上柴山顶，一片塞入柴山底，一片插进柴山腹，快捷利落得与战阵军士一般无二。突然之间，大火轰然而起，红光烟雾直冲山腰。山嘴岩石上，嬴政与小村姑都是一阵猛烈咳嗽。峡谷中烈火熊熊浓烟滚滚，大火整整燃烧了半个时辰。及至大火熄灭，厚厚的柴灰滑落，沟道中的三座青色巨石倏忽变成了三座通红透亮的火山，壮观绚烂得教人惊叹。

"激醋——"沟道高台上，一声沙哑吼喝响彻峡谷。

"最后通关，河渠令亲自号令！"村姑高兴得叫了起来。

嬴政凝神看去，只见沟道中急速推出了十几架云车，分别包围了三座火山；每架云车迅速爬上了一队赤膊壮汉，在车梯各层站定；与此同时，车下早已排好了十几队赤膊壮汉，一只只陶桶陶罐飞一般从壮汉们手中掠过，流水般递上云车；云车顶端的几名壮汉吼喝声声，将送来的陶罐高高举起，便有连绵不断的金黄醋流凌空泼上赤红透亮的火山；骤然之间，浓浓白烟直冲高天，白烟中一阵霹雳炸响，直是惊雷阵阵；霹雳炸响一起，云车上下的壮汉们立即整齐一律地举起一道盾牌，抵挡着不断迸出的片片火石，队伍却是丝毫不乱；渐渐地白烟散去，红亮的巨石竟变成了雪白的山丘！

---

① 猛火油，先秦石油称谓。战国时，秦国上郡高奴（今延安地区）出产天然石油，天下仅见。

“大木碎石——”

随着高台上一声喝令，几十支壮汉大队轰隆隆拥来，各抬一根粗大的渗水湿木，齐声喊着震天的号子，步兵冲城一般扑向沟道中心，一齐猛烈撞击雪白的山丘。不消十几撞，雪白的山头轰然坍塌，一片白尘烟雾顷刻弥漫了整个河谷。随着白雾腾起的，是峡谷中震耳欲聋的欢呼声浪。山腰的小村姑高兴得大呼小叫手舞足蹈，只在嬴政身上连连捶打。嬴政不断挨着小村姑的拳头，脸上却笑得不亦乐乎。

“清理河道——”

写得壮观。修渠之事，《史记》《汉书》等史籍记载得简单。如何修成，只能凭想象，炸石开山、疏通洪流，在所难免。

随着沟道红旗摆动，喝令声又起。峡谷中的赤膊壮汉们全部撤出，沟道中却拥来大片黑压压人群，个个一身湿淋淋滴水的皮衣皮裤，一队队走向坍塌的白山。峡谷中处处响彻着工头们的呼喊：“搬石装车！小心烫伤！”

山腰的嬴政兴奋不已，索性坐在树下与老人攀谈起来。

老人说，秦王眼毒，看准了郑国这个神工！要不，泾水河渠三大难，任谁也没办法。嬴政问，甚叫三大难？老人说，当年李冰修都江堰，从秦国腹地选调了一大批工匠，其中便有老夫。老夫略懂治水，今日也高兴，便给将军摆摆这引泾三难。老人说，第一难在选准引水口。千里泾水在关中的流程，统共也就四百多里，在中山东面便并入了渭水。寻常水工选引水口，一定选那易于开凿的土塬地段，一图个水量大，二图个容易施工；可是果真那样办，修成了也是三五年渠口便坏，实在是一条废渠。李冰是天下大水工，都江堰第一好，便是选地选得好。郑国选这引泾水口，比李冰选都江堰还难，整整踏勘了三年，才选定了这座天造地设的中山！中山是石山，激流再冲刷也不会垮塌走形，一道三尺厚的铁板在龙口一卡，想要多大水便是多大水；更有一样好处，又隐秘又坚固，但有一营士兵守护，谁想坏了龙口，只怕连地方都找不到,纵然找到了地方,也很难摸上来,你说神不神？神！第二难,打通瓠口。将军也看了瓠口开石,这火烧、醋激、木撞的三连环之法,当真比公输般还神乎其技！更有一绝,由此得来大量的白石灰,还是亘古未闻的上好泥料,加进麻丝细沙砌起砖石,结实得泡在水里都不怕！你说神不神？神！第三难,便是那四百多里干渠了。开渠不难,难在过沙地、筑斗门、架渡槽、防渗漏、灌盐碱这五大关口。此中诀窍多多,老夫却是絮叨不来了,有朝一日,将军自己请教河渠令便了。

这个老人好口才,好见识！由他来补充说明修渠之难,耳闻目睹,秦王可谓心服口服。

一番叙说,嬴政听得感喟不已。

直到逐客令废除,决意重上泾水河渠之时,嬴政内心都一直认定:泾水工程之所以十年无功,除了民力不足,一定是与吕不韦及郑国之间的种种纠葛有关。听老人说了这些难处,嬴政才蓦然悟到,这十年之期,原本便是该当的酝酿摸索之期,若没有这十年预备,他纵然能派出一百多万民力,只怕泾水河渠也未必能如此快速地变成天下佳水。

"老人家,你说这大渠几时能完工啊?"嬴政高兴得呵呵直笑。

"指定九月之前!"老人一拍胸脯,自信的神色仿佛自己便是河渠令。

"老人家,这泾水河渠,叫个甚名字好啊?"

"不用想,郑国渠！老百姓早这样叫了。"

嬴政大笑:"好好好！大功勒名,郑国渠!"

说话之间,暮色降临。王绾过来低声说,最好在河渠令幕府歇息一夜,明日再走。嬴政站起来一甩马鞭,不用,立即出山。转身又吩咐赵高,将随行所带的牛肉锅盔,全部给老人与小姐姐留下。老人与小村姑刚要推辞,赵高已经麻利地将两个大皮囊搁在了老人面前,说声老人家不客气,便一溜快步地追赶嬴政去了。老人村姑感慨唏嘘不已,一直追到山

《汉书·沟洫志》:"其后韩闻秦之好兴事,欲罢之,无令东伐。乃使水工郑国间说秦,令凿泾水,自中山西邸瓠口为渠,并北山,东注洛,三百馀里,欲以溉田。中作而觉,秦欲杀郑国。郑国曰:'始臣为间,然渠成亦秦之利也。臣为韩延数岁之命,而为秦建万世之功。'秦以为然,卒使就渠。渠成而用(溉)注填阏之水,溉舄卤之地四万馀顷,收皆亩馀一钟。于是关中为沃野,无凶年,秦以富强,卒并诸侯,因名曰郑国渠。"《汉书·沟洫志》与《史记·河渠书》的记载,无大的差异。

头，殷殷看着嬴政一行的背影消逝在茫茫山林。

三　法不可弃　民不可伤

嬴政一行出得中山背后的民工营地，正遇兼程赶来的蒙恬马队。嬴政没有多说，一挥手吩咐出山，连夜回到了咸阳。一进书房回廊，嬴政撂下马鞭一阵快捷利落地吩咐："长史立即召大田令太仓令前来议事。蒙恬不用走，留下参酌。小高子快马赶赴泾水河渠，讨李斯一句回话：今夏赋税，该当如何处置？我去冷水冲洗一下，片刻便来书房。蒙恬等我。"

国家要运作，赋税可以减，但不能断。

一连串说完，嬴政的身影已经拐过了通向浴房的长廊。

蒙恬独坐书房，看着侍女煮茶，心头总是一动一动地跳。

在秦国朝野的目光中，王翦、蒙恬、王绾、李斯是年轻秦王的四根支柱，其中尤以蒙恬被朝野视为秦王腹心。王翦是显然的上将军人选，被秦王尊以师礼，是新朝骨干无疑。可王翦秉性厚重，又有三分恬淡，加以常在军营，所以很少与闻某些特异的机密大事。朝野看去，王翦便多了几分外臣意味。王绾执掌王室事务，是国君政务行止的直接操持者，自然也是最多与闻机密的枢要大臣。可是，王绾长于理事，见识谋略稍逊一筹，对秦王的实际影响力不大。更有一样，王绾执掌过于近王，有些特异的大事反倒不便出面，其斡旋伸展之力，自然便要差得些许。李斯出类拔萃，可新入秦国不久，又曾经是吕不韦门客舍人，正在奋力任事的淘洗之中，堪托重任而决断长策，一时却不太适宜与闻机密。只有蒙恬，论根基论才学论见识论胆魄论文武兼备，样样出色。甚至论功劳，目下的蒙恬也是以"急国难，息内乱"为朝野瞩目。而这两样，恰恰都是邦国危难的特异时刻的特异大事，事事密谋，处处历险，必得堪托生死者方得共事。譬如消解吕不韦权力这样的特异大事，谁都不好对吕不韦公然发难，只有蒙恬可担此重任。更有一处别人无法比拟，蒙恬是秦王嬴政的少年挚友，两小无猜，互相欣赏互相激励，说是心贴心也不为过。年轻的秦王见事极快，决事做事雷厉风行，自然便有着才士不可避免的暴躁激烈。可是，秦王从来不屈士，对才学见识之士的尊崇朝野有目共睹。只有对蒙恬，秦王可以不高兴便有脸色，时不时还骂两句粗话。当然，蒙恬也不会因为年轻秦王的脸色好坏而改变自己的见解，该争者蒙恬照争，该说者蒙恬照说。因由只有一个，自从蒙恬在大父蒙骜的病榻前自承"决意与他相始终"的那一日起，蒙恬的命运，甚至整个蒙氏家族的命运，便与嬴政的命运永远地不可分割地连在了一起。但遇大事，蒙恬不能违心，不能误事。

今日，蒙恬却犯难了。

赋税之事，是邦国第一要务。秦王方从泾水归来，一身风尘便提起此事，分明是秦王对今岁赋税刻刻在心。秦王在泾水不见李斯，回来后却立即派赵高飞马讨李斯主意，除了不想干扰正在紧急关头的李斯，分明便是秦王对今岁的赋税如何处置，心下尚没有定见。那么，蒙恬有定见么？也没有。蒙恬只明白一点，今岁赋税处置不当，秦国很可能发生真正的动荡，泾水河渠工程中途瓦解也未可知。

今岁赋税之特异，在于三处。

一则，荒年无收，秦国腹地庶民事实上无法完赋完税。二则，秦法不救灾，自然也不会在灾年免除赋税；以往些小零碎天灾，庶民以赋（工役）顶税，法令也是许可的；然则，今次天下跨年大旱，整个秦川与河西高原的北地、上郡几十个县都是几乎颗粒无收，庶民百余万已经大上泾水河渠，赋役顶税也在事实上成为不可能；也就是说，秦国法令所允许的消解荒年赋税的办法，已经没有了，除非再破秦法。三则，中原魏赵韩也是大旱跨年，三国早早都在去冬已经下令免除了今岁赋税，之后都汹汹然看着秦国；而秦国，在开春之后还没有关于今岁赋税的王令，对国人，对天下，分明都颇显难堪。

三难归一，轴心在秦法与实情大势的冲突。也就是说，要免除赋税，得再破秦法；不免除赋税，又违背民情大势；而这两者，又恰恰都是不能违背的要害所在。更有一层，年轻的秦王嬴政与一班新锐干员，其立足之政略根基，正是坚持秦法而否定吕不韦的宽刑缓政。要免除赋税，岂不恰恰证明了《吕氏春秋》作为秦国政略长策的合理性？岂不恰恰证明了吕不韦宽政缓刑的必要性？假如秦王嬴政与一班新锐干员自己证明了这一点，先前问罪吕不韦的种种雄辩之辞，岂非荒诞至极？用老秦人的结实话说，自己扇自己耳巴子！可是，不这样做而执意坚守秦法，庶民汹汹，天下汹汹，秦王新政岂不是流于泡影？六国若借秦人怨声载道而打起吊民伐罪的旗号，重新合纵攻秦，秦国岂不大险？纵然老秦人宽厚守法，不怨不乱，可秦王嬴政与一班新锐未出函谷关便狠狠跌得一跤，刚刚立起的威望瞬息一落千丈，秦王新政举步维艰，秦国再度大出岂不是天下笑柄？

蒙恬所虑极是。秦法太重，遇有非常情况，便左右为难。

……

“蒙恬，想甚入神？”嬴政裹着大袍散着湿漉漉的长发走进书房。

“难！天下事，无出此难也！”蒙恬喟然一叹。

“天下事易，我等何用？”嬴政端起大碗温茶一口气咕咚咚饮下，大袖一抹嘴笑了。

蒙恬心事重重，嬴政反不觉得是大问题。

“君上，你有对策了？”

“目下没有，总归会有。”

“等于没说。”蒙恬嘟哝一句。

一阵急促的脚步声从外廊传来，嬴政一挥手：“坐了，先听听两老令说法。”

两人堪堪就座，王绾与大田令太仓令三人已经走进。两大臣见礼入座，王绾随即在专门录写君臣议事的固定大案前就座，嬴政叩着书案说了一句：“赋税之事，两老令思忖得如何？”两位老臣脸憋得通红，几乎是同时叹息一声，却都是一脸欲言又止的神色。嬴政目光炯炯，脸上却微微一笑：“左右为难，死局，是么？”大田令是经济大臣之首，不说话不可能，在太仓令之后说话便显然地有失担待，片刻喘息，终于一拱手道：“老臣启禀君上，今岁赋税实在难以定策。就实而论，上年连旱夏秋冬，担水车水抢种之粟、稷、黍、菽，出苗不到一尺，便十有八九旱死。池陂老渠边的农田稼禾，虽撑到了秋收，也干瘪可怜得紧。从高说，有十几个县年景差强两成，其余远水各县，年景全无。若说赋税，显然无由征收。老臣思虑再三，唯一之法是免赋免税……赋税定策，原本老臣与太仓令职责所在，本该早有对策。然则，此间牵涉国法，老臣等虽也曾反复商讨，终未形成共识，亦不敢报王。犹疑蹉跎至今，老臣惭愧也！”嬴政倒是笑了：“谋事敬事，何愧之有？”随即目光转向太仓令。太仓令素来木讷，言语简约，此时更显滞涩，一拱手一字一字地说：“赋税该免，又不能免。难。秦国仓廪，原本殷实。泾水河渠开工，关中大仓源源输粮，库存业已大减，撑持一年，尚可。明年若不大熟，军粮官粮，难。”

这些老臣子，只知道按规章办事，从来想不出可行之法。好处是忠直，坏处是不知变通。但若关键时刻得其支持，行事则畅通无阻。为政之道，忠与奸都要团结。

“老太仓是说，秦国所有存粮只够一年？”蒙恬追了一句。

“民工一百六十万大吃仓储，自古未尝闻也！”

“明年若不丰收，仓储可保几多军粮？”蒙恬又追了一句。

“至多供得十万人马。”太仓令脸色又黑又红。

“郡县仓储如何，边军粮草能否保障？”

“秦国储粮，八成关中。关中空仓，郡仓县仓都是杯水车薪。”

蒙恬一时默然，显然，太仓令所说的仓储情势他没有料到。果然明年军粮告急，那秦国可真是陷进泥潭的战车了。要不要立即将此事知会桓齮王翦，以期未雨绸缪，蒙恬一时拿捏不准。便在此时，嬴政拍案开口：“先不说军粮官粮，大田令只说，明年果真还是荒旱之年，王室禁苑连同秦川全部山林，能否保得关中秦人采摘狩猎度过荒年？”大田令道：

“去岁大旱，关中秦人全力抗旱抢种，入冬又大上河渠，秦国民众没有进山讨食，只有山东流民入秦进山，关中山林倒是没有多大折损，野菜野果还算丰茂。然则，秦法不救灾，灾年历来不开王室禁苑……”嬴政似乎有些不耐，插话打断：“老令只说，若是开放禁苑，可否保关中度荒？”大田令思忖道：“若是开放王室禁苑，大体可度荒年。”嬴政一拍案：“这就是说，老天纵然再旱一年，老秦人也不至于死绝！”

偌大书房，一时肃然。

寡言木讷的太仓令却破例开口：“老臣以为，目下秦国之财力物力存粮，尚有周旋余地。所以左右为难者，法令相左之故也。老臣斗胆，敢请秦王召廷尉、国正监等执法六署会议，于法令斟酌权变之策。法令但顺，经济各署救灾救荒，方能放开手脚。”

大田令立即跟上：“老臣附议！”

蒙恬正在担心秦王发作，不想嬴政却叩着书案一笑：“也好，长史知会老廷尉，教他会同执法六署先行斟酌，但有方略，立即会议。”王绾答应一声，立即快步走了出去。两位老令见长史离座秦王无话，知道会议已罢，也一拱手告辞去了。

蒙恬立即走到秦王案前，低声道：“君上明知老廷尉等反对更法，何出此令？”

嬴政淡淡一笑：“秦国万一绝路，安民大于奉法。”

“君上是说，秦法无助于国家灾难？”蒙恬大为惊讶。

见蒙恬惊讶的神色，嬴政不禁哈哈大笑：“不是我说，是更法者说也！”

“那，君上信么？”

“你个蒙恬，嬴政是信邪之辈？”年轻的秦王脸色很不好看。

“君上方才说，万一绝路，安民大于奉法。”蒙恬只看着灯说话。

嬴政不耐地一摆手：“长策未出，不能先做万一之想么？”

“纵然万一，也不能往更法路子上走。”

嬴政默然片刻，一声喘息，终于冷静地点点头：“蒙恬，提醒得好。”

蒙恬转过身来：“会议已罢，只待决断，只怕没有更好谋划了。”

“不！一定会有。”

“君上是说，李斯？”

“对！李斯说法未到，便不能说没有更好谋划。”

“君上确信，李斯会有解难长策？”

“蒙恬，你疑李斯经纬之才？”

蒙恬默然，硬生生吞进了一句跳到口边的话，以蒙恬之才而束手无策，王何坚信李斯？当然，蒙恬还有一句话，以秦王决事之快捷尚且犹疑不能拍案，李斯不可能提出恰当谋划。然则，王者毕竟是最后决断，有成算暂且压下也未可知，此话终究不能说。嬴政见蒙恬神色有些古怪，不禁揶揄地一笑：“蒙恬啊，人各有能，李斯长策伟略之才，我等还得服气也。”一句话说得蒙恬也呵呵笑了，服服服，我也只是把不准说说而已。秦王一阵笑声，好好好，估摸赵高天亮也就回来了，你回去歇息片刻，卯时再来。

蒙恬不再说话，一拱手走了。

且看李斯的解决办法。

老内侍正好将食车推进书房旁厅。嬴政匆匆吃了一只羊腿两张锅盔，喝了一盆胡地苜蓿汤，又进了书房正厅。暮色降临，铜灯掌起，嬴政精神抖擞地坐在了堆满文卷的书案前，提起蒙恬为他特制的狼毫大笔，展开一卷卷竹简批点起来。嬴政早早给王绾立下了法度：每日公文分两次抬进书房——白日午时一次，夜间子时末刻一次；无计多少，当日公文当日清，当夜一定全部批阅完毕；天亮时分，长史王绾一踏进书房，便可依照批示立即运转国事。

去岁大旱以来，几乎每件公文都是紧急事体。嬴政又变为随时批阅，几乎没有片刻积压，即或短期出巡，在王车上也照样批阅文书。开春之后的公文，则大多涉及泾水河渠，不是各方重大消息，便是请示定夺的紧急事务。为求快捷，王绾将属下专司传送文书的谒者署紧急扩展，除了将十余辆谒者传车增加到三十辆，又专设了一支飞骑信使马队，凡紧急事务的公文，几乎是从来不隔日隔夜便送达各方，没有一件耽搁。而快速运转的源头，便在嬴政的这张硕大书案。批示不出来，国事节奏想快也是白搭。年轻的秦王亲政两年余，这种快捷利落之风迅速激荡了秦国朝野,即便是最为遥远的巴蜀两郡,文书往返也绝不过月。关中内史署直辖的二十多个县,更是文书早发晚回。秦国官员人人惕厉敬事,不敢丝毫懈怠。

咸阳箭楼四更刁斗打起,嬴政还没有离开书房。王绾知道,不是文书没批完,是赵高还没有回来。依着日常法度,王绾在王书房掌灯半个时辰后便可回府歇息,其余具体事务,由轮流当班的属吏们处置。两年多来,虽然王绾从来没有按时出过王城,可也极少守到过四更之后。今日事情特异,王绾预料秦王定然要等李斯回话,随后必然有紧急事务,所以王绾也守在外厅,一边梳理文卷一边留意书房内外动静。

五更时分,夜色更见茫茫漆黑,料峭春风呼啸着掠过王城峡谷,弥漫出一股显然的尘土气息。书房正厅隐隐传来嬴政的一阵咳嗽声,王绾不禁便是一声叹息。山清水秀的秦川,被大旱与河渠折腾得烟尘漫天,也实在是旷古第一遭了。王绾轻轻咳嗽了几声,正要进书房劝说秦王歇息,便闻王城大道一阵马蹄声急雨般敲打逼近,连忙快步走出回廊,遥遥急问一声:“可是赵高?”

“长史是我! 赵高!”马蹄裹着嘶哑的声音,从林荫大道迎面扑来。

王绾大步下阶:“马给我,你先去书房,君上正等着。”

赵高撂下马缰,飞步直奔王书房。

王绾吩咐一个当班属吏将马交给中车署,自己也匆匆进了书房。

“李斯上书。”嬴政对王绾轻声一句,目光却没有离开那张羊皮纸。

赵高浑身泥土大汗淋漓,兀自挺身直立目光炯炯一副随时待命模样。王绾看得心下一热,过来低声一句:“赵高,先去歇息用饭,这里有我。”赵高却浑然无觉,只直挺挺石雕一般矗着,连一脸汗水也不擦一擦。片刻,嬴政抬头:“小高子,没你事了,歇息去。”赵高武士般嗨的一声,大步赳赳出厅,步态身姿竟没有丝毫疲惫之像。

“干练如赵高者,难得也!”王绾不禁一声赞叹。

“这是李斯之见,你看看如何?”嬴政将大羊皮纸一抖,递了过来。

王绾飞快浏览,心下不禁猛然一震。李斯的上书显然是急就章,羊皮纸上淤积一层擦也擦不掉的泥色汗水,字迹却是一如既往的工稳苍健,全篇只有短短几行:“法不可弃,民不可伤。臣之谋划:荒年赋税不免不减,然则可缓;赋税依数后移,郡县记人民户,许丰年补齐;日后操持之法,只在十六字:一歉二补,一荒三补,平年如常,丰年补税。”

门外脚步急促，蒙恬匆匆走进：“君上，李斯回书如何？”

“自己看。”正在转悠的嬴政淡淡一句。

“咸阳令如此快捷？”王绾有些惊讶，立即递过那张大羊皮纸。

“我派卫士钉在宫门，赵高回来便立即报我。”蒙恬一边说话，一边飞快浏览。

“李斯谋划如何？”嬴政转悠过来。

“妙！绝！”蒙恬啪啪两掌拍得山响。

“我等只在免、减两字打转，如何便想不到个缓字？”王绾也笑了。

“是也！如此简单，只要往前跨得一步……服！”蒙恬哈哈大笑。

嬴政却没有笑，拿过黑乎乎脏兮兮的羊皮纸，手指掸着纸角喟然一叹：“风尘荒野，长策立就，李斯之才，天赋经纬也！”见蒙恬王绾只是点头，嬴政一笑，“天机一语道破，原本简单。可便是这简单一步，难倒多少英雄豪杰？不说了，来，先说说如何下这道王书？”三人围着嬴政的大案就座，王绾先道：“李斯已经明白确定法程，若君上没有异议，王书好拟。”嬴政微微摇头：“不。这道王书非同寻常，不能只宣示个赋税办法。蒙恬，你先说说。”蒙恬盯着摊在青铜大案中央的那张黑乎乎脏兮兮的羊皮纸，一拱手肃然正色道：“以臣之见，这道王书当分三步：一，论治道，轴心便是李斯的八个字，法不可弃，民不可伤，昭示秦法护民之大义，使朝野些许臣民的更法之心平息，使山东六国攻讦秦国法治的流言不攻自破！二，今岁赋税的缓处之法；三，日后年景的赋税处置之法，分歉年、平年、丰年三种情形，确定缓赋补齐之法。”王绾立即点头：“若能如此，则这道王书可补秦法救灾不周严

不违秦法，又可安抚人心，此乃上策。以秦王之智，亦可想出。但若由李斯提出，秦王首肯，这分工就对了：一个负责举手，一个负责点头，君臣各司其职。

之失，堪为长期法令。”嬴政点头拍案：“好！王绾按此草书，午时会商，若无不当，立即颁行。”

“君上歇息，我留下与长史参酌。”

“不用。有你这个大才士矗在边上，我反倒不自在。”王绾笑了。

嬴政站起一挥手：“咸阳事多，蒙恬赶紧回去，午时赶来便是。”

王绾也跟着站起：“君上也赶时歇息片刻，我到自己书房去。”

嬴政原本是要守在书房等王绾草书，可王绾却不等他说话便大步匆匆去了。情知长史疼惜自己没日没夜，嬴政只有摇摇头，硬生生憋住了唤回王绾的话语，跟着蒙恬的身影出了书房，向寝宫庭院大步赶去。

天色蒙蒙欲亮，浩浩春风又鼓荡着黄尘弥漫了咸阳。

嬴政狠狠地对天吐了一口：“天！你能憋得再旱三年，嬴政服你！”

嬴政在位期间，并非太平盛世。灾祸及战祸太多，虽平天下，但难及盛世。秦王先后解决了治水所遇人力、财力和法律上的大难题。

四　天夺民生　宁不与上天一争乎

二月中到三月初，是秦国启耕大典的时日。

启耕大典，是一年开首的最重大典礼。定在哪一日，得由当年的气候情形而定。但无论司天星官将启耕大典选在哪一日，往年正月一过，事实上整个关中便苏醒了。杨柳新枝堪堪抽出，河冰堪堪化开，渭水两岸的茫茫草滩堪堪泛绿，人们便纷纷出门，趁着启耕大典前的旬日空闲踏青游春。也许，恰恰是战国之世的连绵大战，使老秦人更为珍惜一生难得的几个好春，反倒是将世事看开了。总归是但逢春绿，国人必得纵情出游，无论士农工商，无论贫富贵贱，都要在青山绿水间徜徉几日。若恰逢暖春，原野冰开雪消，灞水两岸的大片柳林吐出飞雪般飘飘柳絮，渭水两岸的茫茫滩头草长莺飞，踏青游春更成为秦川的一道时令形胜。水畔池畔山谷平川，但有一片青绿，必有几顶白帐，炊烟袅袅，歌声互答，活生生一片生命的欢乐。一群群的老秦人遥遥相望，顶着蓝天白云，踩着茸茸草地，敲打着瓦片陶罐木棒，弹拨着粗朴宏大的秦筝，可劲拍打着大腿，吼唱着随时喷涌的大白话词儿，激越苍凉淋漓尽致。间有风流名士踏青，辞色歌声俱各醉人，便会风一般流传乡野宫廷，迅速成为无数人传唱的《秦风》。俄而暮色降临，片片帐篷化为点点篝火，热辣辣的情歌四野飘荡，少男少女以及那些一见倾心的对对相知，三三两两地追逐着嬉闹着，消失在一片片树林草地之中。篝火旁的老人们依旧会吼着唱着，为着意野合的少男少女们祝福，为亘古不能消磨的人伦情欲血脉传承祝福。岁月悠悠，粗朴少文的老秦人，竟在最为挑剔的孔夫子笔端留下了十首传之青史的《秦风》，留下了最为美丽动人的情歌，留下了最为激荡人心的战歌，也留下了最为悲怆伤怀的挽歌。仅以数量说，已经与当时天下最号风流奔放的“桑间濮上”的《卫风》十首比肩了。不能不说，这是战国文明的奇迹之一。

然而今岁春日这一切，都被漫天黄尘吞噬了。

老秦人没有了踏青的兴致，人人都锁起了眉头嘟嘟囔囔骂骂咧咧。去岁干种下去的小麦大麦，疏疏落落地出了些青苗，而今非但没有返青之象，反倒是一天天蔫蔫枯黄。曾经有过的两三场雨，也是浅尝辄止，每次都没下过一锄墒。须根三五尺的麦苗，在深旱的土地上无可奈何，只能不死不活地吊搭着。要不是年关时节的一场不大不小的雪，捂活了些许奄奄一息的麦苗，今岁麦收肯定是白地一片了。人说雪兆丰年，人说秦国水德，可启耕大典之后，偏偏又是春旱。绵绵春雨没有降临，年年春末夏初几乎必然要来的十数八日的老霖雨也没有盼来。天上日日亮蓝，地上日日灰黄。昔年春日青绿醉人的婀娜杨柳，变得蔫嗒嗒枯黄一片。天下旅人叹为观止的灞柳风雪，也被漫天黄尘搅成了呛人的土雾。秦川东西八百里，除了一片蓝天干净得招人咒骂，连四季常青的松柏林都灰蒙蒙地失了本色。老秦人谚云：人是旱虫生，喜干不喜雨。可如今，谁也不说人是旱虫了，都恨不得老天一阵阵霹雳大雨浇得三日不停，哪怕人畜在水里扑腾，也强过这入骨三分的万物大渴。眼看着四月将至，老秦人心下惶惶得厉害了。上茬这茬，两料不天下大旱，再收赋税，那就是逼人造反了。与其收不到，倒不如缓收。

收，下茬要再旱，泾水河渠秋种要再不能放水，秦国便真的要遭大劫了。

人心惶惶之际，秦王两道王书飞驰郡县大张朝野。

老秦人又咬紧了牙关："直娘贼！跟老天撑住死磕，谁怕谁！"

这两道王书，非但大出秦人意料，更是大出山东六国意料，不能不使人刮目相看。第一道王书依法缓赋，许民在日后三个丰年内补齐赋税，且明定日后赋税法度：小歉平年补，大歉丰年补；开宗明义一句话："法不可弃，民不可伤。"老秦人听得分外感奋。这道王书抵达泾水河渠时，郑国高兴得一蹿老高，连连呼喝快马分送各营立即宣读。瓠口工地的万余民力密匝匝铺满峡谷，郑国硬是要亲自宣读王书。当郑国念诵完毕，嘶哑颤抖的声音尚在山谷回荡之际，深深峡谷与两面山坡死死沉寂着。郑国清楚地看见，他面前的一大片工匠都哭了。郑国还没来得及抹去老泪，震天动地的吼声骤然爆发了："秦王万岁！官府万岁！赳赳老秦，共赴国难！"郑国老泪纵横，连连对天长呼："上天啊上天！如此秦王，如此秦人，宁不睁眼乎！"没过片时，不知道哪里的消息，整个一千多座营盘都风传开来：缓赋对策，李斯所出！其时，李斯刚刚带着一班精干吏员飞马赶回，要与郑国紧急商议应对第二道王书。不想刚刚进入谷口幕府，李斯马队便被万千民人工匠包围，黑压压人群抹着泪水狂喊李斯万岁，硬是将李斯连人带马抬了整整十里山道。及至郑国见到李斯，黝黑干瘦的李斯已经大汗淋漓地软瘫了。郑国从马上抱下李斯，李斯泪眼蒙眬地砸出一句话："秦人不负你我，你我何负秦人！"便昏了过去。

生死关头，定军心，安民心。

入夜李斯醒来，第一句话便是："秦王要亲上河渠，老令以为如何？"

这便是秦王嬴政的第二道王书：本王欲亲上河渠，举国大战泾水。

郑国这次没有犹豫，探水铁尺一点："秦王善激发，河渠或能如期而成！"

李斯忽地翻身坐起："秦王正等你我决断，回书！"

两人一凑，一封上书片刻拟就，幕府快马信使立即星夜飞驰咸阳。

清晨，嬴政一进书房便看到了摆在案头的郑国李斯上书，浏览一罢，立即召来蒙恬与王绾共商。嬴政第二道王书的本意，便是安定民心之后亲自上河渠督战，举国大决泾水河渠。王书宣示了秦王"或可亲临，大决水旱"的意愿，却没有明确肯定是否真正亲临，当然，更没有宣示具体行止。在朝野看来，这是秦王激励民心的方略之一。毕竟，国家中枢在国都，国君显示大决水旱的亲战壮志是必要的，但果真亲临一条河渠督工，从古到今没有过，目下秦国处处吃紧，更是不可能的。因此，事实上无论是朝野臣民还是河渠工地，谁都没有真正地认为秦王会亲临河渠。但是，真正的原因却不是这般寻常推理，而是嬴政的方略权衡。

那日，会商王绾草拟的王书之后，嬴政便提出了亲统河渠的想法。王绾明确反对，理由只有一个："秦国里外吃紧，必须秦王坐镇咸阳，总揽全局。河渠固然要紧，李斯郑国足当大任！"蒙恬没有明确反对，提出的理由却很实在："君上几次欲图巡视河渠，李斯郑国每每劝阻。因由只有一个：秦王亲临，必得铺排巡视，民众也希图争睹秦王风采，无论本意如何，都得影响施工。方今水旱情势加剧，秦王亲临似无不可。然则，若能事先征得李斯郑国之见，再做最后决断，则最好。"嬴政思忖片刻，立即拍案："缓赋王书之后，立即加一道秦王特书，申明本王决意与国人同上泾水之心志。征询郑国李斯之书，快马立即发出。究竟如何上渠，而后再做决断。"如是，才有了那两道令国人感奋的王书。

今日上书打开，一张羊皮纸只有短短三五行："臣郑国李斯奏对：秦国旱情跨年，已成大险之象，秋种若无雨无水，则秦国不安矣！当此之时，解旱为大。秦王长决事，善激发，若能亲统泾水，河渠民众之士气必能陡长。唯其如此，臣等建言，秦王若务实亲临，则事半功倍矣！"传看罢羊皮纸上书，王绾只一句话："郑国李斯如此说，臣亦赞同。"蒙恬却皱着眉头摇着羊皮纸："这'务实亲临'四个字，颇有含糊，却是何意？"嬴政不禁哈哈大笑："我说你个蒙恬也！人家李斯还给我留个面子，你装甚糊涂？非得我当场明言，不铺排不作势！你才称心？"蒙恬王绾一齐大笑："君上明断明断，服气！"

"服气甚？今岁河渠不放水，嬴政纵然神仙，也只是个淡鸟！"嬴政笑骂一声，离座站起一挥手，“李斯郑国想甚，我明白。蒙恬，留镇咸阳，会同老廷尉暂领政事。王绾，立即遴选行营人马，务求精干。三日之后，进驻泾水瓠口。”

“嗨！”王绾将军领命般答应一声，匆匆去了。

“蒙恬，愣怔甚来？”

“君上……蒙恬领政，不，不太妥当……”

“你说谁妥当？将王翦搬回来？”

“那，也不妥……臣请与李斯换位，李斯才堪大任！”

嬴政突然沉下脸来：“蒙恬，你想害李斯么？”见蒙恬惊愕神色，嬴政一口气侃侃直下，显然早已思虑成熟，“镇国领政，从来就不仅仅是才力之事。要根基，要人望，要文武兼备！李斯是楚人入秦，在秦国朝野眼中还没淘洗干净，骤然留国领政，还不把人活活烤死！再说，留国领政，也就是稳住局面不出乱子，你蒙恬应付不来？换了李斯，大大屈才！河渠虽小，聚集民力一百余万，日每千头万绪，突发事件防不胜防；此等民治应变之才，不说你蒙恬，连我也一样，还当真不如李斯！换位换位，你换了试试？”

不磨炼李斯，不能担大任。

“好好好，不换了！”

“担着？”

蒙恬猛然挺身拱手：“赳赳老秦，共赴国难！”

“蒙恬！好兄弟！”嬴政大张双臂，突然抱住了蒙恬。

竹马之交，兄弟之情。

蒙恬又突兀一句：“君上，蒙恬误事，提头来见！”

嬴政哈哈大笑：“那可不行！嬴政不能没有蒙恬。”

次日，紧急朝会在咸阳宫东偏殿举行。

嬴政就座，开宗明义：“今日只议一事。大旱业已两年，秦国民生陷入绝境。本王决意亲统河渠，决战泾水，咸阳国事如何安置？都说话。”大臣们大觉突兀，殿中一时默然。终于，大田令鼓勇开口：“老臣以为，日前王书出秦王督渠之说，原是激励朝野克旱之心，不可做实。谚云：国不可一日无君。秦国多逢大战，孝公之后，历代秦王尚无一人离国亲征。今秦国无战无危，秦王为一河渠离国亲统，似有过甚，望王三思。”话音落点，大臣们纷纷附议，尤其是经济十署，几乎异口同声地不赞同秦王亲统河渠。

嬴政有些烦躁。他先行宣明决断，便是不想就自己要不要亲上河渠再争，只想将蒙恬坐镇摄政之事定下来，朝会便算结束。谁知一上来便绕在了这个根本上，还是没有回避得开。嬴政沉着脸正要说话，老廷尉却开了口：“诸位议论，老夫以为没有触及根本。根本者何？秦国灾情旱情也。秦王是否亲统河渠，决于秦国灾害深浅。今诸位不触灾情，一说国君不离都城之传统，二说怕六国耻笑，三说无战无危，言不及义也，不足为断也。”老廷尉话音落点，大臣们便哄嗡开来，眼见便要对着老廷尉发难了。论战一开，定然又是难分难解。嬴政断然拍案，话锋直向一班经济大臣：“大田令，你等执掌经济民生，至今仍然以为国家危难只在外患么？”殿中骤然安静，大田令心有不甘地拱手一答：“启禀秦王，当然还有内忧。”嬴政冷冷一笑：“内忧何指？”大田令一时愣怔：“启禀君上，这，这内忧可有诸多方面，一句两句，老臣无从说起。”嬴政拍案而起：“国家之忧患，根本在民生。千年万年，无得例外。民生之忧患，根本在水旱。千年万年，无得例外。大旱之前，不解忧国之本，情有可原。大旱两年，诸位仍不识忧患之根本，以己之昏昏，焉能使人之昭昭！”

不离都城之说，实胡编乱造。春秋战国期间，诸侯王亲征乃家常便饭，秦王要到瓠口泾水现场，无须大惊小怪，即并天下之后，嬴政也是四处巡视，离开都城，并非违背什么传统规矩。自嬴政即位，小说便努力打造王权之权威，稍显刻意。

“天害人，不下雨，自古无对。”大田令忧心忡忡地嘟哝了一句。

“天害人，人等死？！”嬴政勃然变色。

经济大臣们正附和着大田令摇头叹息，被骤然怒喝震得一个激灵。

嬴政直挺挺矗在案前，铁青着脸大手一挥："本王如下决断，不再朝议，立即施行：其一，本王行营立即驻跸泾水工地，大决水旱，务必在夏种之前成渠放水。其二，咸阳令蒙恬会同老廷尉，留镇咸阳，暂领政事；其三，经济十署之大臣，留咸阳官署周旋郡县春耕夏忙，经济十署之掌事大吏，随本王行营开赴泾水。"嬴政说完，凌厉的目光扫过大殿，虽说不再朝议，可还是显然在目光询问：谁有异议？

"赳赳老秦，共赴国难！"举殿齐声一吼。

见秦王振作决意，原先异议的大臣们人人羞愧尴尬。毕竟，无论大臣们如何以传统路子设定秦王，对于如此一个不避危难而勇于决战的国王，大臣们还是抱有深深敬意的。当秦王真正地拍案决断之后，所有的犹豫所有的纷扰反而都烟消云散了。大臣们肃然站起，齐齐一声老誓，便铁定地表明了追随秦王的心志。王绾知道，秦王此刻尚未真正烦躁，连忙过来一拱手道："君上且去早膳，臣等立即会商行营上渠事宜。"蒙恬与老廷尉也双双过来："臣等立即与各署会商，安定咸阳与其余郡县。"王绾眼神一示意，大屏旁侍立的赵高立即过来，低声敦请秦王早膳。嬴政没有说话，沉着脸大步匆匆去了。蒙恬老廷尉一班人，挪到咸阳令官署会商去了。王绾与一班年轻的经济大吏，则留在了东偏殿会商。堪堪午时，一切筹划就绪。大吏们匆匆散去，咸阳各官署立即全数轰隆隆动了起来。

次日清晨，秦王一道王书飞往关中各县与泾水工地，简短得如同军令：

秦王政特书：连岁大旱，天夺民生，秦人图存，宁不与上天一争乎！今本王行营将驻跸泾水，决意与万千庶民戮力同心，苦战鏖兵，务必使泾水在秋种之时

治水不亚于打仗。

灌我田土。举凡秦国官民，当以大决国命之心，与上天一争生路。河渠如战，功同军功晋爵，懈怠者以逃战罪论处。秦国存亡，在此水旱一战！

王书发下，举国为之大振。非但关中各县的剩余民力纷纷赶赴泾水，连陇西、北地、巴蜀、三川等郡也纷纷请命，要输送民力粮草援助秦川治水。嬴政将此类上书一律交由蒙恬与老廷尉处置，定下的回复方略只是十二个字：各郡自安自治，关中民力足够。咸阳政事一交，嬴政便全副身心地扎到泾水工地去了。

三月中，秦王行营大举驻跸泾水瓠口。

黄尘飞扬得遮天蔽日的泾水工地，骤然间成了秦国朝野的圣地。行营扎定的当夜，嬴政没见任何官员大吏，派出王绾去河渠幕府与李斯郑国会商明日事宜，便提着一口长剑，带着赵高，登上了瓠口东岸的山顶。此地正当中山最高峰，举目望去，峡谷山原灯火连绵，向南向东连天铺去，风涛营涛混成春夜潮声弥漫开来，恍如隆隆战鼓激荡人心。若不是呼啸弥漫的尘雾将这一切都变成了无边无际的朦胧苍茫，这远远大过任何军营的连天灯海，直是亘古未有的壮阔夜景。

嬴政伫立山冈，静静凝望，几乎半个时辰没有任何声息。

"君上？"赵高远远地轻轻一声。

"小高子，眼前这阵势，一夜能用多少灯油火把？"嬴政的声音很平静。

赵高暗自长吁一声走到秦王侧后："君上，这小高子说不清楚。"

"咸阳书房的大铜人灯，一夜用几多油？"

"这小高子知道。大灯一斤上下，小灯三五两上下，风灯一个时辰二三两。"

"王城一夜，用灯油多少？"

"小高子听给事中说过，王城一夜，耗油两千斤上下。"

"连绵千余座营盘，顶得几个王城？"

"这，这，总顶得十数八个了。"赵高额头汗水涔涔渗出。

"估摸算算，河渠一夜，耗油多少？"

"君上，小高子笨算，大体，两三万斤上下。"

"一月多少？"

"君上，百万斤上下。"

“一年多少?”

“君上,一千五六百万斤上下。不对,过冬还要加。该是,两千万斤上下。”

“这些油从何处来,知道么?”

“君上,除了牛油羊油猪油树脂油,秦国还有高奴猛火油,不怕。”

嬴政再也没有说话。赵高轻声地喘息着,远远地直挺挺站着,当然绝不会饶舌多嘴。如此石雕般伫立,直到硕大的启明星悄悄隐没,嬴政还是石雕般伫立着。

“君上,黎明风疾……”

“回行营。”嬴政突然转身,大步匆匆地下了山。

一进行营,赵高立即到庖厨唤来晨膳。嬴政呼噜噜喝下一鼎太医特配的羊骨草药汤,又咥下两张厚锅盔,脸色顿时红润冒汗,冰冷僵直的四肢也温热起来,站起正要出帐,王绾轻步走了进来。

“君上,一夜不眠,三日难补……”王绾打量着秦王。

“我又不是泥捏的,没事。说,都行动没有?”

“君上,各方人马已经到齐,只地方改在了幕府。”

“噢?”

“行营辕门太小,幕府有半露天大帐。”

“好。走。”嬴政挥手举步,已经将王绾撂在了身后三五步外。

五　碧蓝的湖畔　抢工决水的烈焰轰然激发

首次泾水行营大会,嬴政要明确议定竣工放水期限。

依照初议,李斯郑国力争的期限是秋种成渠放水,距今大体还有五个月上下。果能如期完成,已经是令天下震惊了。可是,自从北地巡视归来,眼见春旱又生,嬴政无论如何按捺不住那份焦虑。反复思忖,他立即从泾水幕府调来了全部河渠文卷的副本,埋首书房孜孜揣摩。旬日之后,一个新的想法不期然生出——泾水工期,有望抢前!这个紧上加紧的想法,源于嬴政揣摩泾水文卷所得出的一个独有判断:泾水河渠之技术难点,已经全部攻克,郑国与工师们画出的全部施工图精细入微,任谁也没有担心的理由;泾水河渠剩余之难点，在施工，在依照这些成型工图实地做工；也就是说，最难而又无法以约期限定的踏勘、材料、技术谋划等等难题，已经被郑国与一班工师在十年跌宕中全部消磨攻克了；如今泾水河渠的进展，全部取决于民力施工的快慢。果真如此，依着老秦人的苦战死战秉性，这工期，就不是没有提前的可能。可是，嬴政有了如此评判，却没有透露给任何人。毕竟，李斯郑国都是罕见大才，原定工期已经够紧，更何况是否还有其他未知难点一时也不能确证，自己未曾亲临踏勘，便不能做最后判定；在举国关注水旱的紧要关头，王者贸然一言施压催逼进度，是足以毁人毁事的。嬴政很清楚，若不实地决事，纯粹以老秦人秉性为依据改变工期，在李斯郑国看来定然是一时意气，往下反而不好说了。嬴政反复揣摩思忖，最后仍然确认自己的评判大体不差，这才有了“亲统河渠，大决泾水，为秦人抢一料收成”的暗自谋划。这则谋划的实施方略是由微而著，逐步彰显：先发王书，再沟通会商，再亲上河渠；只有到了河渠工地，嬴政才能走出最后一步棋，最终议决泾水工期。

嬴政直觉地认定，夏种前成渠，有可能。

大旱太久，秦王着急。

然则究竟如何，还得看今日的行营大会。

因为事关重大，嬴政昨日进入泾水的第一件事，便是派王绾与李斯郑国会商今日行营大会如何开。嬴政只有一个要求：各县、亭、乡统领民工的“工将军”全部与会。王绾知道，秦王不召见李斯郑国而叫自己出面会商，为的是教李斯郑国没有顾忌，以常心对此事。唯其如此，王绾一进幕府就实话实说，将秦王对与会者的要求一说，便没话了。王绾很清楚，有国王驾临的朝会如何程式，完全不需要会商，要会商的实际只有这一件事。果然，郑国李斯谁也没说议事程式，便不约而同地皱起了眉头。郑国是惊讶：“河渠决事，历来不涉民力。民力头领两百余人，闹哄哄能议事？只怕不中。”李斯片刻思忖，却舒展起来，对郑国一拱手道：“老令哥哥，此事中不中我看两说。秦王既想教工将军与会，必有所图。左右对工期有利，无须忧虑。”郑国连连摇头：“有所图？甚图？秋种放水，工期已经紧巴紧。治水不是打仗，不能大呼隆，得有章法。老夫看，不中！”李斯呵呵一笑：“老令哥哥，你也曾说，秦王善激发。忘了？只要没人动你施工图，一切照你谋划来，快不比慢好？怕他何来？”王绾连忙补上：“对对对！秦王就是想听听看看，施工法程决不会触动。”郑国黑着脸转了两圈，嘟哝了一句：“善激发也不能大呼隆，添乱。”便不再执拗。李斯对王绾一点头：“好了好了，其余事我来处置。行营事多，长史回去便了。”王绾一走，李斯立即派出连串快马传令。赶天亮，散布在东西四百余里营盘的民工头目们，已经全部风尘仆仆地聚集到了泾水幕府。

嬴政第一次来泾水幕府，方进谷口，惊讶地站住了脚步。

天方麻麻亮。幕府所在的山坳一片幽暗，游走甲士的火把星星点点。幕府前的黄土大场已经洒过了水，却仍然弥漫着蒙蒙尘雾。场中张着一大片半露天的牛皮帐篷，帐下火把环绕，中间黑压压伫立着一排排与会工将军。早春的料峭晨风啪啪吹打着他们沾满泥土的褴褛衣衫，却没有一个人些微晃动，远远看去，恍如一排排流民乞丐化成的土俑。

年轻的秦王心头猛然一热，站在帐外便是深深一躬。

“秦王驾到——”王绾连忙破例，王未达帐口便长长一呼。

帐下土俑们呼啦转头，秦王万岁的呼喊骤然爆发，小小山坳几乎被掀翻了。

士气大受鼓舞。坐在宫里，与亲临现场，效果当然大不一样。

一般干瘦黝黑的郑国李斯匆匆迎出：“臣郑国（李斯）参见秦王！”

嬴政只一点头，一句话没说大步赳赳进帐。

年轻的秦王堪堪在小小土台站定，帐中便呼喊着参拜起来。匆忙聚集，李斯没有来得及统一教习礼仪，这阵参见便乱纷纷各显本色。除了前排县令颇为整齐，那些由亭长乡长里长兼任的工将军与纯粹是精壮农夫的工将军，便纷纷依着自家认为该当的称谓吼喝一声，或躬身或拱手，有的还扑在地上不断叩头，带着哭声喊着拜见秦王。一阵乱象，看得郑国直摇头，低声对旁边李斯嘟哝一句："这能议事？大呼隆。"李斯也低声一句："怪我也，忘记了教习礼仪。"年轻的秦王嬴政却是分外激动，站在土台上拱着手殷殷环视大帐一周，嘶哑着高声一句："父老兄弟们劳苦功高！都请入座。"

秦人质朴粗犷，不拘礼节，倒是对秦王的胃口。从侧面反映出秦人喜法鄙儒。

嬴政一句话落点，帐下又是一阵纷纭混乱。

李斯原以为此等大会不可能太长，于是设定：与会工将军以县为方队站立，队首是县令，既容易区分又便于行动；除了秦王与郑国王绾三张座案，举帐没有设座，所有与会者都站着说话。之所以如此，一则河渠幕府没有那么多座案，二则农夫工将军们也不大习惯像朝臣一般说话间起坐自如，有座案反倒多了一层绊磕。所以，地上连草席也没有。可秦王大礼相敬，呼工将军们为父老兄弟且激赏一句劳苦功高，又请入座，慷慨恭敬使人感奋不已。商鞅变法以来，秦人最是看重国家给予的荣誉。秦王一礼，工将军们顿时大感荣耀，人人只觉自己受到了秦王对待议事大臣一般的隆遇，安能不恭敬从命？想都不想，满帐一阵感谢秦王的种种呼喊，人人一脸肃然，便呼啦啦坐了下去，地上纵然插着刀子也顾不得了。春旱又风，地上洒水早已干去，两百余人一齐坐地，立即便是黄土飞扬尘雾弥漫。可是，令人惊讶的是，整个大帐连同秦王在内，人人神色肃然，没有一个人在尘雾飞散中生出

秦王稍施恩德，秦人便感激不尽，这在一定程度上也反映出王权之权威日趋加强。

秦王虽年轻，但城府极深，臣下摸不准他的心思，所以场面严肃。

一声咳嗽。连寻常总是咳嗽气喘的郑国，也庄重地伫立着，连些许气喘也没有了。

“上茶！”李斯略一思忖，向帐外司马一挥手。

不添乱，稳住场面。

这是李斯的精到处。土工又逢旱，人时时念叨的都是水。昨夜快马一出，李斯派定幕府工役的活计便只有两桩：一拨搭建半露天帐篷，一拨用粗茶梗大煮凉茶，将帐外八口大瓮全部注满。以李斯原本想法，凉茶主要用在会前会后两头。如今满帐灰尘激荡，几乎无法张口说话，李斯心思一动，便命立即上茶。及至大陶碗流水般摆好，工役们提着陶罐利落斟茶，工将军们人人咕咚咚牛饮一阵，帐中尘土已经渐渐消散了。

牛饮一番，气氛缓和不少。

嬴政始终站在土台王案前，没有入座，也没有说话，扫视着一片衣衫脏污褴褛的工将军们，牙关咬得铁紧。年轻的秦王很清楚，依目下秦人的日子，不是穿不起整齐衣服，而是再好的衣服在日夜不休的土活中也会脏污不堪。虽然如此，嬴政还是不敢想象，所有的工将军会是如此衣衫褴褛泥土脏污。他至少知道，这些人都是吏身，在山东六国便是庄园成片车马华贵衣饰锦绣的乡间豪士，这些人能滚打成这般模样，寻常民工之劳苦可想而知。果真如此，工期还能不能再抢，该不该再抢？

秦王心里也打鼓。

终于，帐中尘雾消散。

郑国还是咳嗽了一声才开口：“诸位，秦王亲临泾水，今日首次大会。老夫身为河渠令，原该司礼会议。然老夫不善此道，唯恐丢三落四，今日便请河渠丞代老夫司礼会议。”短短几句话说完，郑国已经是满脸涨红额头出汗了。

郑国不善官场周旋。

嬴政一摆手：“老令坐着听便是，事有不妥，随时说话。”

郑国谢过秦王，又对李斯一拱手，便坐到了自己案前。

李斯跨前一步高声道：“行营大会第一事，自西向东，各县禀报工地进境。”

郑国嘶哑地插了一句：“诸位务必据实说话，秋种之前完工，究竟有无成算？”

前排一个石礅子般的汉子挺身站起：“云阳县令禀报：瓠口工地定提前完工！”

王绾插进一句：“光县令说不行，各县工将军须得明白说话。”

云阳县令一转身未及开口，十几个汉子唰地站起：“瓠口工地，两月完工！”

又一粗壮汉子站起：“甘泉县与云阳县共战瓠口，两月完工！”

县令身后十几个汉子站起齐声一喊：“甘泉县两月完工！”

郑国摇摇手：“瓠口开工早，不说。要紧是干渠。”

话方落点，其余县令纷纷高声：“瓠口两个月能完工，我县再赶紧一些，两个月也该当完工！”立即有人跟上道：“要能抢得夏种！脱几层皮也值！”工将军们立即一片呼喝，话语多有不同，其意完全一样：跟上瓠口，加紧抢工，两个月可能完工！一片昂昂议论，连禀报各县施工情形也忘记了。郑国完全没有料到，本来是会议究竟能否确保秋种完工，如何竟突然扯到夏种完工？这是治水么，儿戏！便在郑国呼哧呼哧大喘着就要站起来发作时，李斯过来低声一句：“老令哥哥莫急，我来说。”

比喝了酒还兴奋。秦王亲临现场，各将皆有邀功之心。

不等郑国点头，李斯转身一拱手高声道：“诸位县令，诸位工将军，秦国以军制治水，这幕府便是军帐，军前无戏言。诸位昂昂生发，声称要赶上瓠口工期，抢在夏种完工，心中究竟有几多实底？目下瓠口虽然打通，可四百多里干渠才刚刚开始。河渠令与我谋划的预定期限：瓠口扫尾之同时，九个月开通干渠，三个月开通支渠毛渠，总共一年完工。如此之期，已经是兼程匆匆，史无前例。去岁深秋重上河渠，今岁深秋完工，恰恰一年。若要抢得夏种，在两个多月内成渠放水，旷古奇闻！四百多里干渠、三十多条支渠、几百条毛渠，且不说斗门、渡槽、沙土渠还要精工细作，便是渠道粗粗成型，也是比秦赵长城还要大的土方量。两个多月，不吃不喝不睡，只怕也难！治水之要，首在精细施工。诸位，还是慎言为上。"

县令工将军们素来敬重李斯，大帐之下顿时没了声息。

李斯职任河渠丞，尚只是大吏之身，寻常但有郑国在场，从不就工程总体说话。今日李斯一反常态，又是一脸肃杀，王绾便觉得有些蹊跷。再看秦王，却平静地站着，平静地看着，丝毫没有说话的意思。

"老臣有话说。"郑国黑着脸站了起来。

郑国要发作。

无论李斯如何眼神示意，郑国只作浑然不见。

秦王慨然点头："老令有话，但说无妨。"

郑国对秦王一拱手，转身面对黑压压一片下属，习惯性地抓起了那支探水铁尺，走近那幅永远立在幕府将台上的泾水河渠大板图，嘶哑的声音昂昂回荡："李丞替老夫做黑脸，老夫心下不安。话还得老夫自己说，真正不赞同急就工的，是老夫，不是李丞。诸位且看，老夫来算个粗账。"郑国的探水铁尺啪地打上板图，"引水口与出水瓠口，要善后成型，工程不大，却全是细活。全段三十六里，至少需要两万人力。四百六十三里干渠，加三十六条支渠，再加三百多条毛渠，谁算过多长？整整三千七百里！目下能上渠之精壮劳力，以一百万整数算，每一里河渠均平多少人？两百多人而已！筑渠不是挖壁垒，开一条壕沟了事，渠身渠底都要做工，便是铁人昼夜不歇，两个多月都难！"探水铁尺重重一敲，郑国也粗重地喘息了一声，“河渠是泥土活，却更是精细活。老夫还没说那些斗门、渡槽与沟沟坎坎的工匠活。这些活路，处处急不得。风风火火一轰隆上，能修出个好渠来？不中！渠成之日，四处渗漏，八方决口，究竟是为民还是害民？老夫言尽于此，诸位各自思量。”

治水不是儿戏，要建万世之功，就不能只顾眼前利益。

满帐人众你看我我看你，一时尴尬，谁也没了话说。

亭乡里的工将军们显然有所不服，可面对他们极为敬重的河渠令，也说不出自己心下不服的话来，只有涨红着脸呼哧呼哧大喘气。县署大员们则是难堪憋闷，个个黑着脸皱眉不语。

事实上，这些统率民力上渠的县署大员，大多是县令、县长，至少也是县丞。秦法有定：万户以上的大县，主官称县令；万户以下的小县，主官称县长；县令年俸六百石，县长年俸五百石。六百石，历来是战国秦汉之世的一个大臣界标，六百石以上为大臣，六百石以下为常官。县令爵同六百石大臣，只有战国、秦帝国以及西汉初期如是。后世以降，县令地位一代一代日见衰落。就秦国而言，秦统一之前县的地位极其重要。秦孝公商鞅变法时，秦国全部四十一县，只有一个松散的戎狄部族聚居的陇西称作郡，事实上也不是辖县郡。后来收复河西，秦国又有了北地郡、九原郡，郡辖县的郡县制才形成定制。但郡守的爵位，与县令是一般高下。随着秦国疆域的不断扩张，郡渐渐增多，郡辖县的法度彻底确立，郡守爵位才渐渐高于县令爵位。但是，县令县长依然被朝野视作直接治民的关键大臣。秦昭王之世，关中设内史郡，统辖关中二十余县，郡守多由王族大臣担任，县令却是清一色的能臣干员，且历来由秦王直接任命。猝遇旷古大旱，县令县长们亲率本县民力大上河渠。嬴政虑及县令县长地位赫赫，为了李斯郑国方便管辖，以“军制治水”为由，将县令县长们一律改作了“县工将军”。虽然如此,县令县长们事实上依然是大臣,哪一个都比李斯郑国的爵位高。当此之时,李斯郑国两桶冷水当头浇来,实在教这些已经被秦王王书激发起来的县令县长们难堪憋闷,想反驳又无处着力,只有黑着脸直愣愣坐着。

不好反驳。

“老令啊,个个都是泥土人,能否找个地方见见水?”嬴政笑了。

眼见为实。

郑国还没回过神,李斯已经一拱手接话:“瓠口试水佳地,最是提神!”

“对对对,那里好水。”郑国一遇自己转不过弯,便只跟着李斯呼应。

郑国不精于周旋。

嬴政一挥手:“好!老令说哪里便哪里。走!先洗泥再说话。”

一言落点,嬴政已经大步出帐。李斯对郑国一个眼神,郑国立即跟着王绾出帐领道。李斯对满帐工将军一拱手:“秦王着意为诸位洗尘,有说话时候,走!”帐中顿时一片恍然笑声,呼啦啦跟着李斯出了大帐。

瓠口佳地,是一片清澈见底的湖泊。

这是中山引水口修成后试放泾水,在瓠口峡谷中积成的一片大水。因为是试水,引水口尚需不断调整大小,峡谷两岸与沟底也需多方勘验,更兼下游干渠尚未修成,这片大水便被一千军士严密把守着两端山口。否则,整日黑水汗流的民工们川流不息地涌来洗衣净身,水量渗漏便无法测算。唯其不能涉足,河渠上下人等便呼这片大水为“老令禁池”。不说秦王嬴政与咸阳大臣,便是鏖战河渠的一班县令工将军们也没有来过。

一过幕府山头,蓝天下一片碧波荡漾,松涛阵阵,谷风习习,与山外漫天黄尘竟是两个天地。工将军们不禁连声喊好。秦王却看着郑国一拱手：“老令据实说话，下水会否搅扰渗漏勘验？”郑国一拱手：“不会。军士看守，那是怕口子一开万千人众拥来，踩踏得甚也看不得了。这点子人，没事。”嬴政哈哈大笑，向工将军们一挥手：“诸位都听见了，老令发话没事！都下水，去了一身臭汗再说！”

“秦王万岁！”

县令工将军们一片雀跃欢呼，却没有一个人下水。

嬴政一挥手：“不会游水无妨，边上洗洗也好！”

李斯过来低声道：“君上，秦人敬水，再说还有君上在场……”

嬴政恍然，不待李斯说完便开始脱衣，斗篷丢开甲胄解去高冠撤下，三两下便显出贴身紧衣。王绾赵高见状，情知不能阻拦，连忙也开始解带脱衣。此时嬴政已经大步走向岸边，挥手高声喊着：“水为我用！用水敬水！都下！”几句喊完，一纵身钻进了水里，碧蓝的水面便漂起了一片白衣。赵高身手灵动，几乎同时脱光衣服，一个猛子便扎到了嬴政身旁，还在水边的王绾这才喘了一口气。岸边的县令工将军们一边高声喝彩欢呼万岁，一边纷纷脱衣二话不说光身子扑通扑通入水。蓝幽幽的峡谷湖泊中浪花翻飞，顿时热闹起来，岸上便有一阵牛角号悠扬响起。

通渠辛苦，这一下水，当是回报。

岸边李斯有些着急，走过来对郑国低声道：“老令，我去安置些会水军士，以防万一。”郑国摇摇手：“不用。方才号声已经安置妥当。守水一千军士都会水，池中还有巡查水情的二十多只小船。不会有事。”李斯大是惊讶：“一片废水，老哥哥竟派二十多只船巡查？”郑国苦笑着摇头：“这片池陂可不是废水，是勘验瓠口峡谷有无渗水暗洞的必须用水。若有一个暗洞，泾水再多也是枉然。放水积水以来，老夫一日三次来这里探水，你说为甚？”李斯更是惊讶：“开凿峡谷之时，我等会同工师备细踏勘过三遍，不是没有发现暗洞么？”郑国喟然一叹：“这便是治水之难也！眼见不能信，踏勘也须得证实，只能试水知成败。再高明的水工，无法预知九地之下也！”李斯一阵默然，又一声感叹：“老哥哥如此扎实，李斯服膺！”郑国低声道：“给你老兄弟说，那李冰建造都江堰，开凿分水峡谷时，放活水看漩涡，动辄便亲自下水踏勘。后来自己游不动了，便教二郎亲自下水。为甚来？还不是怕万一误事？都江堰修成，李冰便多病缠身了……治水治水，水工操的那份心，世人难知也！”李斯一阵唏嘘，突然低声问：“老令哥哥，你说秦王中止会商，有甚想头？”郑国似有无奈地笑了笑：“不管如何想法说法，只要秦王神志清明，便能说理。”

人命关天，良知与责任密不可分。没有良知、没有责任，郑国治不好水。

李斯摇摇头想说话，最终还是默然了。

约莫半个时辰，年轻的秦王上岸了，县令工将军们也陆陆续续地呼喝着爬了上来，人人精神抖擞，纷纷叫嚷泡饿了。李斯大步迎过来一拱手：“臣请君上先更衣，再用饭。”嬴政水淋淋地大手一挥：“好！诸位先换干爽衣服，再咥饭，再说话。”极少见到秦王的亭长乡长里长工将军们分外痛快，入水出水，不管秦王说甚都是一声万岁喊起。目下又是一声万岁，呼啦啦散开换衣，欢畅得直跳脚。

李斯确有首辅之才。

原来，李斯方才已经安排妥当，派幕府器械司马带一队兵卒从工地仓库搬来了两百多件衬甲大布衫，一片摆开；再派军务司马置办饭食，也搬来岸边。君臣吏员们原本个个一身汗臭，湖中洗得清爽，脱下的衣甲再上身，定然是黏糊糊极是不适。虽然如此，毕竟泥土滚惯了，这些官吏也没指望换干爽衣服。如今一见有粗布大衫，人人不亦乐乎，二话不说便人各一件裹住了身子，三三两两凑着圈子高声呼喝谈笑。堪堪此时，军务司马带着一队军士运来了军食老三吃：厚锅盔、酱牛肉、藿菜羹。岸边一声秦王万岁，顿时呼噜吸溜声大起，风卷残云般消灭了三五车锅盔一两车牛肉两三车藿菜羹。

吃喝完毕，李斯过来一拱手："启禀君上，臣请继续会商工期。"

"好。"年轻的秦王只一个字。

郑国也是一拱手："臣等已经直言，敢请秦王示下。"

"好。我便说说。"嬴政显得分外随和。

李斯一声高呼："诸位聚拢，各找坐地，听王训示！"

夕阳将落，秦国最重要的一次治水朝会，在参差的山石间开始了。

年轻的秦王与所有臣工一样，一头湿漉漉的散发，一件宽大干爽的粗布短衫，坐在一方光滑的巨型鹅卵石上，竭力轻松地开始说："清晨会商，县令工将军们虽未禀报完毕，情形大体也是明白，秋种完工都有成算。河渠令丞也已据实陈明工地境况，以为不当抢工，最大担忧，便是急工毛糙，反受其害。本王教诸位换个地方说话，便是想诸位松下心，多些权衡，再来会商，当能更为清醒。"几句开场白说完，场中已经一片肃然。年轻秦王举重若轻的从容气度，实在使所有臣工折服。不说别的，单是这行营大会僵局时的独特折冲，你便不得不服。事实上，目下以如此奇特的大布裹身方式坐在旷野乱石上会商大事，所有人都有了一种心心相向的慷慨，恍然又回到老秦人游牧西部草原时的简朴实在，浑身热血都在可着劲奔涌。

"虽则如此，本王还是要说一句：河渠虽难，工期还是有望抢前！"

嬴政激昂一句又突然停顿，炯炯目光扫过场中，裹着大布袍已经站了起来："不是嬴政好大喜功，要执意改变河渠令丞原定工期。所以如此，大势使然，河渠实情使然。先说河渠实情。郑老令与李丞之言，自然有理。然其担忧却只有一个：怕毛糙赶工，毁了河渠！也就是说，只要能精准地依照老令法度图样施工，快不是不许，而是好事！河渠令、河渠丞，嬴政说得可对？"

郑国李斯慨然拱手："秦王明断！"

"再说大势。"嬴政脸色一沉，"去岁夏秋冬三季大旱，任谁也没想到今年开春还会大旱。开春既旱，今岁夏田定然无收。一年有半，两料无收，关中庶民已经是十室九空。老天之事，料不定。天象家也说，三月之内无大雨。靠天，夏种已经无望。果真三料不收，秦国腹地何等景象，诸位可想而知。更有一则，本王派三川郡守翔实踏勘，回报情势士气一振,便能完成"不可能完成的任务"。

是:关外魏赵韩三国及楚国淮北之旱情,已经缓解,夏收至少可得六七成;夏种若再顺当,山东六国便会度过饥荒,恢复国力。也就是说,秦国若今岁夏种无望,便会面临极大危局。其时关中大饥,庶民难保不外逃。加之国仓屯粮已经被治水消耗大半,秦国仓储已经难以维持一两场大战。届时山东六国合纵攻秦,十之八九,秦国将面临数百年最大的亡国危局……嬴政不通治水,然对军国大势还算明白。诸位但说,此其时也,秦国何以处之?"

秦国连丧三君,逢大旱、蝗虫等天灾,初平嫪毒之乱,难得太平。秦王内心焦躁,在所难免。天下大乱,常始于人祸天灾,为政者不得不防。

夕阳衔山春风料峭,布衣散发的臣工们却一身燥热,汗水涔涔而下。

虽然嬴政刻意说得淡缓,全然没有寻常的凌厉语势,但谁都听得出,这是年轻秦王濒临绝境时的真正心声。无论是经济十署的大吏,还是县令县长县丞与工将军,谁都知道秦王说的是实匝匝真话,没有半点矫饰,没有丝毫夸大。"此其时也,秦国何以处之?"正是这淡然一问,工将军们如坐针毡,郑国李斯与县令县长们则如芒刺在背。假如说,此前与会者还都是就河渠说河渠,此刻却是真正地理会到秦王以天下大势说河渠,以邦国存亡说河渠,其焦虑与苦心绝不仅仅是一条泾水河渠了。

"臣启我王。"下邽[①]县令毕元倏地站了起来,一拱手声如洪钟,"天要秦人死,秦人偏不死!水旱夺路之战,臣代受益二十三县请命:我等各县精壮民力,愿结成决水轻兵[②],死战干渠!若工程毛糙不合老令法度,甘愿以死谢罪!"

下邽是秦川东部大县,受盐碱地危害最烈,对泾水河渠的期盼也最切,与泾阳、云阳、栎阳、高陵、骊邑、郑县等历来

---

① 下邽,战国秦县,今陕西渭南市地带。

② 轻兵,秦军敢死之师。其起源演变见第四部《阳谋春秋·合纵回光》。

被视为“急水二十三”，拼劲最足。在整个四百多里泾水工地，二十三县营盘最是声威显赫。下邽县令一起身，所有县令县长都瞪大了眼。

“轻兵决水！死战干渠！”二十三县令齐刷刷起身，一声吼。

“轻兵决水！死战干渠！”二十三县工将军们一齐站起，一声吼。

“赳赳老秦，共赴国难！”所有县令与工将军们唰地起立，秦人老誓震荡河谷。

年轻的秦王站了起来，对着县令工将军们深深一躬：“国人死战之心，嬴政心感之至。然则，治水毕竟不是打仗，我等须得议个法程出来，才能说得死战。”

“秦王明断！”众人一声吼。

嬴政走到郑国李斯面前，又是深深一躬。李斯欲待要扶，见郑国木桩一般矗着没动，也只好难堪地受了秦王一拜。年轻的秦王却浑然无觉，挺直身板看住了郑国：“河渠令乃天下闻名水工，嬴政今日只有一句话：我虽急切，却也不能要一条废渠。河渠令尽管说工程难处，老秦人若不能克难克险，便是天意亡秦，夫复何言！”

“治水无虚言。目下最难，大匠乏人。要害工段无大匠，容易出事。”

嬴政一挥手：“长史，禀报预备诸事。”

王绾大步过来，一拱手高声道：“禀报河渠令、河渠丞：日前，巴郡丞李涣从蜀郡还都述职，秦王特意征询李涣治水诸事，又令经济十署会商并通令相关各方，为泾水河渠署预为谋划了三件事：其一，当年参与都江堰工程的老工匠，无论人在巴蜀还是关中，一律召上泾水河渠统归河渠署调遣；其二，咸阳营造工匠无分官营民营，一律赴河渠署听候调遣；其三，蓝田大营之各色工匠急赴泾水瓠口，悉数归河渠署调遣。前述三方技能工匠，皆可依图施工，粗计一千三百余人。旬日之内，工匠可陆续到齐。”

“好！”县令工将军们齐声吼了一句。

“老令，够不够？”嬴政低声问了一句。

“君上，”郑国粗重喘息着，“李三郎还都了？”

“对。我向他借粮，他问我要钱。”

“李三郎能否不走？”

“河渠令何意？”

“呀！秦王当真不知么？”郑国有些着急，“李冰这个三公子，工技之能比那个二郎还强，只是水中本事不如二郎，若有李三郎帮衬老夫，大料工程无差！”

“好！只要前辈张口，我对李涣说。”

“天也！王怕老夫容不得三郎？”

秦王细心。

“水家多规矩，我得小心也。”年轻的秦王笑了。

李斯一步过来：“君上，郑老令最是服膺李冰父子了。”

“好！天意也。”嬴政双手猛然一拍，“李涣何在？”

“臣在！”白花花人群中，一个粗布短衫的黝黑汉子大步走了过来。

“你是，三郎……”郑国愣怔地端详着。

“郑伯不识我，我却见过郑伯。”黝黑汉子对着郑国深深一躬。

“噢？你见过老夫？”

“三郎五岁那年，郑伯入蜀，在岷江岸边挥着探水铁尺与家父嚷嚷。”

“啊！想起来也！小子果然少年才俊，好记性！”

“郑伯，家父弥留之际还在念叨你。他说，身后水家胜我者，唯郑国也。”

“李冰老哥哥，郑国惭愧也！”骤然之间，郑国两行老泪夺眶而出，“目下秦王也在，这话能说了。当年老夫入蜀，本来是助你老父修造都江堰去的。不期韩王派密使急急追到老夫，指斥老夫不救韩国反助秦国，是叛邦灭族之罪。也是老夫对秦韩内情浑然不知，只知报国为大，便有意与你父争执分水走向，以‘工见不同，无以合力’为由头，回了韩国。而今想来，一场噩梦也……”

间接为郑国脱罪。故事不放松，有头必有尾，有果必有因。李冰父子主持修都江堰，对成都平原贡献甚大，李冰父子，多指李冰及其子二郎，所以，二郎可信，三郎可疑。

“老令无须自责。”嬴政高声道，“我看诸子百家，水农医三家最具天下胸襟。李冰、郑国、许行、扁鹊，哪一个不是追着灾害走列国，何方有难居何方！与公等如此胸襟相比，嬴政的逐客令才是笑柄！秦国朝野，永为鉴戒。”

“秦王，言重也！”郑国悚然动容了。

“老伯，”黝黑精瘦的李涣连忙变回了话题，“秦王要我一起来看看泾水河渠，我便跟了来。晚辈已经看过了中山引水口与三十里瓠口，其选址之妙，施工之精，教人至为感叹。三郎恭贺郑伯成不世之功，泾水河渠，天下第一渠也！”

“泾水河渠规制小，不如都江堰。”郑国连连摇头。

“不！都江堰治涝，泾水河渠治旱，功效不同，不能比大小。”

“好！不说了。”郑国转身一拱手，“君上，有三郎襄助，或可与上天一争。”

“老令万岁！”满场一声高呼，精神陡然振作。

嬴政对着郑国深深一躬：“老令一言，政没齿不忘。”转身对臣工人群一挥手，“大决泾水，夏种成渠，可有异议？”

“没有——！”所有人都可着牛劲吼出一声。

“好！河渠抢工，要在统筹。本王决意重新整纳河渠人事，以利号令统一。”

“臣等无异议！”

“长史宣书。”

王绾踏上一方大石，展开一卷竹简高声念诵：“秦王特书：河渠事急，重新整纳职事如左：其一，擢升河渠丞李斯为客卿，总揽军民各方，统筹决战泾水；其二，郑国仍领河渠令官署，总掌泾水河渠施工；其三，擢升李涣为中大夫兼领河渠丞，襄助河渠署一应事务；其四，擢升下邽县令毕元为内史郡郡守，统领关中民力决战四百里干渠！本王行营驻跸瓠口，决意与秦国臣民戮力同心，大决泾水！此书。大秦王嬴政十二年春。”

片刻寂静，峡谷中突然腾起一阵秦王万岁的震天呐喊。

李斯郑国等人的领书谢恩之声，完全被呼啸的声浪淹没了。

这些吏员工将军最是粗朴厚重不尚空谈，平日远离国府王城，许多人甚至连秦王都没见过。今日泾水瓠口的治水朝会，教他们实实在在地亲自感知了这位年轻秦王的风采。秦王说理之透彻，决事之明锐，勇气之超常，胸襟之开阔，对臣下之亲和，无一不使这些实务吏员与亭长乡长里长感慨万端。然则，更要紧的还是，这些实务吏员看到了秦王决战泾水的胆魄，看到了秦王不拘一格大胆简拔能事干员的魄力。有李斯、郑国、李涣、下邽县令这些毫无贵胄靠山而只有一身本事的干员重用在前，便会有我等事功之臣的出路在后！多难兴邦，危局建功，这是所有能事之士的人生之路。既入仕途，谁不渴望凭着功劳步步晋升？然则，能者有志，还得看君王国府是否清明，是否真正地论才任事论功晋升,君王国府昏聩乱政,能事布衣纵有千般才能万般功劳,也是白说,甚或适得其反。这些实务吏员,十有八九都是山东六国士子,当初过江之鲫一般来到秦国,图的便是伸展抱负寻觅出路。多年勤奋,他们终于在秦国站稳了根基,进入了最能展现实际才干的实务官署。可就在此时,有了那个突兀怪诞的逐客令,他们竟被莫名其妙地一杆子打出了秦国。那时候,这些实务吏员真是绝望了,要不是蒙恬王翦一班大将,将他们拦阻屯扎在桃林高地的秘密峡谷,又不断传送变化消息,不知有多少人当时便要自裁了。唯其如此,实务吏员们对这个年轻的秦王是疑惑的,捉摸不定的,甚至在内心是不相信的。然则,今日亲见诸般事体,亲耳听到了秦王对逐客令的斥责,谁能不怦然心动,谁能不意气勃发?

年轻的秦王向李斯肃然一躬:"秦国上下,悉听客卿调遣。"

"君上……"

李斯喉头一哽,慨然拱手,转身大步跨上一方大石,盈眶泪水已经化成灼热的火焰:"诸位同僚,秦王以举国重任相托我等,孰能不效命报国!秦人与天争路,泾水河渠大战,自今夜伊始!本卿第一道号令:目下臣工三分,经济十署一方,合议河渠外围事务;全部县令工将军一方,合议民力重新部署;河渠署一方,合议诸般施工难点与工匠配置。本官先行交接河渠署事务,一个时辰后三方合一,重新决断大局部署。天亮之前,全部赶回营盘。明日正午,河渠全线开战!"

分工明确,赏罚分明。

"赳赳老秦,共赴国难!"一声秦誓震荡峡谷。

有热血,就可干大事。

六　松林苍苍　老秦人的血手染红座座刻石

春尾夏头的四月，烘烘阳光明亮得刺人眼目。

一天碧蓝之下，整个秦川在鼓荡的黄尘中亢奋起来。一队队牛车连绵不断地从四面八方赶向渭北，一队队挑担扛货的人流连绵不断地从关中西部南部赶向泾水塬坡，粮食草料砖头石头木材草席牛肉锅盔，用的吃的应有尽有。咸阳城外的条条官道，终日黄尘飞扬。咸阳尚商坊的山东商旅们，终于被惊动了。几家老辣的大商社一聚首，立即判定这是一次极大的财运。二话不说，山东商旅们的队队牛车出了咸阳城，纷纷开到渭北山坡下的民工营地，搭起帐篷摆开货物，挂起一幅宽大的白布写下八个大字——天下水旱山东义商，做起了秦国民众的河渠生意。随着山东商人陆续开出咸阳，各种农具家什油盐酱醋麻丝麻绳布衣草鞋皮张汗巾陶壶陶碗陶罐铁锅，以至菜根茶梗等一应农家粗货，在一座座营盘外堆得小山也似。可山东商旅们没有想到，连绵营盘座座皆空，连寻常留营的老工匠女炊兵也踪影不见，即便是各县的幕府大帐，也只能见到忙得汗流浃背的一两个守营司马。山东商旅们转悠守候几昼夜，座座营盘依然人影寥寥，生意硬是不能开张。后有心思灵动者突然明白，各处一声大喊："不用揣摩，人在渠上！走！"山东商旅们恍然大悟人人点头，立即赶起一队队牛车，纷纷将商铺又搬上河渠工地。

一上河渠，山东商旅们惊愕得一句话也说不出来了。

商人之能吃苦，其实不亚于农工。这么大的事，商人没理由不赶场。

逶迤伸展的塬坡黑旗连绵战鼓如雷，人喊马嘶号子声声，铺开了一片亘古绝今的河渠大战场。触目可及，处处一片亮晃晃黑黝黝的光膀子,处处一片铁耒翻飞呼喝不断。无边无际的人海,沿着一道三丈多宽的渠口铺向东方山塬。担着土包飞跑的赤膊汉子,直似秦军呼啸的箭镞密匝匝交织在漫山遍野。五六丈深的渠身渠底,一拨拨光膀子壮汉舞动锹耒,一锹锹泥土像满天纸鹞飞上沟岸,沟底呼呼的喘息如同地底一道硕大无比的鼓风炉。渠边仅有的空地上,塞满了女人孩童老人。女人和面烙饼,老人挑水烧水,孩童穿梭在人群中送水送饭。人人衣衫褴褛,个个黑水汗流,却没有一个人有一声呻吟一声叹息……

一个"疯"字,可知一国之气象。

"秦人疯了！秦国疯了!"

这里正是泾水干渠,正是受益二十三县的轻兵决战之地。

却说那日客卿李斯接手决战泾水,连夜谋划,拿出了"大决十分兵"的方略:其一,四百多里干渠是泾水河渠的轴心硬仗,全数交给受益二十三县分兵包揽;其二,三十多条支渠与过水(干渠引入小河流的地段),分别由关中西部与陇西、北地的义工县包揽;其三,进地毛渠三百余条,由受益县留守县吏统筹留村老弱妇幼就近抢修;其四,咸阳国人编成义工营,专一驰援无力完成进地毛渠的村庄;其五,瓠口峡谷的收尾工程,由郑国大弟子率三千民力包揽;其六,郑国率十名大工师坐镇河渠署幕府,专一应对各种急难关节;其七,李涣率二十名水工师,人各配备快马三匹,专一飞骑巡视,就地决难;其八,各方聚来的工匠技师,交李涣分派各县营地,均平每百人一个工匠,专一测平测直,并随时解决各种土工疑难;其九,李斯自己亲率十名工务司马,昼夜巡视,统筹进度,掌控全局;其十,秦王带王绾,每日率百骑护卫东西巡视,兼行执法:但有特异功勋,立地授爵褒扬,但有怠工犯罪,立地依法处置。

分工细致,取不得半点巧。

部署完毕，李斯说了最后一句话："立即裁汰老弱，三日后一体开战！"

晨曦初上时分，阵阵骤雨般的马蹄声飞出了瓠口。

三日之后的清晨，随着瓠口幕府的长号呜呜吹动，泾水大决全线开战。

部署得当，上下同心，秦国关中民力百余万奋力抢工，却是秩序井然丝毫不乱。经过裁汰，病弱者一律发给河渠粮返乡，加入各县抢修进地毛渠的轻活行列。留在干渠者，纵然是烧火起炊的妇幼老人，也全都是平日里硬杠杠的角色。李斯在三昼夜间飞马查遍二十三县营盘，家家都是一口声："但有一个软蛋，甘当军法！"及至大决开始，旬日之内，不说犯罪，连一个怠工者也没有。秦王嬴政的巡视马队日日飞过山塬，黑压压的光膀子们连看也不看了，常常是秦王马队整肃穿过一县十余里工地，连一声万岁呼喊也不会起来。眼看万千国人死活拼命，王绾与骑士们唏嘘不止，遇见县营大旗每每不忍心查问违法怠工情形，对县令与工将军们多方抚慰，只恨不得亲自光膀子下渠挖土。每遇此际，嬴政便勒马一旁黑着脸不说话。旬日过去，嬴政终于不耐，将王绾与全部随行吏员骑士召到了行营。

"诸位且说，吏法精要何在？"嬴政冷冰冰一句。

"各司其职，敬事奉公。"帐下整齐一声。

"河渠大决，秦王行营职司何在？"

"执法赏功，查核奸宄！"

"长史自问，旬日之间，可曾行使职责？"嬴政这次直接对了王绾。

"臣知罪。"王绾一躬，没做任何辩驳。

嬴政拍案站起："商君秦法，大仁不仁！身为执法，热衷推恩施惠，大行妇人之仁，安有秦国法治？今日本王明告诸

秦王不讲仁。大梁人尉缭对秦王的评价很有代表性，"秦王为人，蜂准，长目，挚鸟膺，豺声，少恩而虎狼心，居约易出人下，得志亦轻食人。我布衣，然见我常身自下我。诚使秦王得志于天下，天下皆为虏矣。不可与久游"，于是尉缭便逃之夭夭（《史记·秦始皇本纪》）。

位:做事可错可误,不可疏忽职守。否则,泾水执法,从行营大吏开始!”

行营大帐肃然无声。嬴政大袖一拂,径自去了。

次日巡视,秦王马队迥异往日。但遇县营大旗,马队勒定,王绾便与两名执法大吏飞身下马,一吏询问一吏记录,最后王绾核定再报秦王,座座营盘一丝不苟。开始几个县令不以为然,如同往日一样擦拭着满头汗水只说:“没事没事!都死命做活,哪里来的疲民也!”可王绾丝毫不为所动,硬邦邦一句便迎了上去:“如何没事?说个清白。误工?怠工?违法?一宗宗说。”县令一看阵势气色,立时省悟,一宗宗认真禀报再也不敢怠慢了。如此一月,到了最最要紧的决战当中,整个四百多里干渠依旧是无一人违法,无一人怠工。

这一日司马快报:“下邽轻兵劳作过猛,再不消火,定然死人!”

李斯犯难了。虽说是轻兵大决,他也清楚秦人的轻兵便是敢死之士的死战冲锋。可是在李斯内心看来,这只是全力以赴抖擞精神免除懒惰怠工的激励之法。赶修河渠毕竟不是打仗,还能当真将人活活累死?再说,秦军轻兵也极少使用,只在真正的生死存亡关头才有敢死轻兵出现;而且,自秦孝公之后,秦国奖励耕战新军练成,轻兵营作为成建制的传统死士营已经在事实上消失了,此后秦人但说轻兵决战,也往往是一种慷慨求战的勇迈之心;孝公之后百余年大战多多,除了吕不韦当政时年轻的王翦为了抢出落入峡谷重围的王龁所部而临场鼓勇起一支轻兵冲杀之外,连最惨烈的长平大战也没有使用过轻兵。如今是抢水决旱,情势固然紧,可要出现挣死人的事情,李斯还从来没有认真想过。反复思忖,李斯以为不能太过,立马飞奔下邽营盘,黑着脸下令:“下邽轻兵当劳作有度,以不死人为底界!”回到幕府,李斯又下令十名司马组成专门的巡视马队,每日只飞驰工地,四处高呼:“轻兵节制劳作,各县量力而行!”

饶是如此,进入第二个月刚刚一旬,各县决水轻兵已经活活累死一百余人。

李斯浑身绷得铁紧,飞赴秦王行营禀报。

秦王沉着脸一句话:“轻兵轻兵,不死人叫轻兵?秦人军誓,不是戏言。”

李斯一声哽咽,却不知道该如何应对了。

“走!下邽。”秦王大手一挥,二话不说出了行营。

与东南华山遥遥相对的北洛水入渭处,是下邽、频阳两县的决战地。

下邽、频阳两县,都是秦川东部的大县,其土地正在泾水干渠末端地带。泾水干渠从这两县的塬坡地带穿过，再东去数十里汇入北洛水再进入渭水，便走完了全程。下邽、频阳两县的三十多里干渠，难点在经过频阳境内的频山南麓的一段山石渠道。两县多塬坡旱地，平川又多盐碱滩，对泾水河渠的“上灌下排，旱碱俱解”尤其寄予厚望，民众决战之心也尤为激切。已经是内史郡守的原下邽县令毕元，亲自坐镇两县工地，亲自督战这段山石渠道，日日鏖战，已经进入了第四十三天。

这才是秦王本色。尚法之人，无人情可讲。

两县轻兵，全数是十八岁至四十岁的身强力壮的男子。这些精壮以“亭”为队，亭长便是队长。每亭打出一面绣有“决死轻兵”四个斗大白字的黑色战旗，昼夜凿石死战，号子声此起彼伏浪浪催涌，看得山东商旅们心惊肉跳。李斯天天飞马一趟赶来巡视，见两县山石渠道确实艰难，连烧水治炊送饭的老人女人少年都累得瘫倒在地了，于是破例与国尉署管辖的蓝田大营紧急磋商，由蓝田大营的炊兵营每日向频山工地运送锅盔牛肉等熟军食，确保这段最艰难的干渠鏖兵奋战。如此一来万众欢腾，两县轻兵不再起炊，饿了吃，吃了拼，拼不动了睡，睡醒来再拼。队队人人陀螺般疯转，完全没有了批次轮换之说。谁醒来谁拼，昼夜都是叮叮当当的锤凿声，时时都是撬开大石的号子声。

“懒汉疲民绝迹，虽三皇五帝不能，秦人奇也！”

偷懒是死，不偷懒还可能立功，孰轻孰重，自掂量。

令山东商旅们浩叹者，不仅如此。下邽县渭北亭的轻兵营有一百零六名憨猛后生，开渠利落快速，一直领先全线干渠，是整个泾水河渠大名赫赫的“轻兵渭北营”。自从遭遇山石渠道，渭北营精壮不善开石，连续五六日进展不过丈。渭北营上下大急，亭队长连夜进入频山，搜罗来六名老石工，无分昼夜，只教老石工坐在渠畔呼喝指点，全部轻兵死死苦战。如此旬日，一套凿石诀窍悉数学会，进境又突兀超前，几乎与挖土渠段的进展堪堪持平。郑国开始不信随营工匠的消息禀报,连番亲自查勘,见所开渠道平直光洁无一处暗洞疏漏,愣怔间不禁大是惊叹:"老夫治水一生,如此绝世渠工,未尝闻也!"

秦王嬴政的马队风驰电掣般赶到时,正是晨曦初上时分。

渭北轻兵营的二十六名后生率先醒来,猛咥一顿牛肉锅盔,立即开始奋力挖山。堪堪半个时辰,轻兵营精壮陆续醒来,又全部呼喝上阵。渠畔幕府,嬴政李斯正向已经是内史郡守的老县令毕元询问轻兵情形,遥遥听得一阵震天动地的号子声,一阵如滚木礌石下山的隆隆雷声,一片欢呼声刚刚响起又戛然而止,随即整个工地骤然沉寂。

"出事了?"李斯脸色倏忽一沉。

营司马跌跌撞撞扑进幕府:"郡守!渭北轻兵营……"

"好好说话!"毕元一声大喝。

营司马哭嚎着喘息着瘫倒在地,喉头哽咽泪流满面,一句话也说不出来。

"上渠!"嬴政一挥手大步出了幕府。

河渠景象,令人欲哭无泪。成千上万的光膀子都聚拢了过来,黑压压站在渠岸,静得如同深山幽谷。当君臣三人穿过人众甬道,下到渠底,目光扫过,嬴政三人不禁齐齐一个激灵!石碴参差的渠身渠底,茫茫青灰色中一汪汪血泊,一具具尸身光着膀子大开肚腹,一副副血糊糊的肠子肚子搭在腰身,一双双牛眼圆睁死死盯着渠口……

惊心动魄。

"娃们等着!生死一搭!"矗在渠心的光膀子壮汉嘶吼一声猛撞向青森森石碴。

"亭长!"李斯一个箭步过去,死死抱住了这个轻兵队长。

匆忙赶来的新下邽县令断断续续地禀报说,渭北轻兵营刚刚凿开最坚硬的五丈岩,撬开了山石干渠最艰难的青石嘴段,厚厚的石板刚刚吊上渠岸,最先赶活的二十六名精

死士。

壮便纷纷倒地，个个都是肚腹开花。

"君上，后生们挣断了肠子，当场疼死……"毕元已经泣不成声。

嬴政身子猛然一抖，手中马鞭啪嗒掉在地上。赵高机警灵敏，早已经寸步不离地跟在秦王侧后，几乎便在马鞭落地的同时立即捡起了马鞭，又轻轻伸手扶在了秦王腰际。便在这刹那之间，嬴政稳住了心神，走到渠心，对着茫茫青灰中一片血泊深深三躬。

动人心难，动帝王心更难。此情此景，秦王也难以自抑。

渠岸万千人众恍如风过松林，一齐肃然三躬。

"父老兄弟们！决水轻兵还要不要！"嬴政突然一声大吼。

"要——！"茫茫松林山摇地动。

"老秦人怕死么！"

"不怕——！"万众齐吼山鸣谷应。

"大决泾水，与天争路！"嬴政一声嘶吼。

"赳赳老秦！共赴国难！"漫山遍野都呼喊起来。

李斯第一次喊哑了声音。那天夜里，嬴政在下邽幕府请教李斯如何褒奖渭北轻兵时，李斯只能比画着写字了。回到瓠口行营，嬴政召李斯、王绾、郑国、李涣一夜商议，次日便有《轻兵法度》颁行河渠：各县轻兵，每昼夜至少需歇息两个时辰，饭后一律歇息半个时辰开工，否则以违法论处！紧接着，又有一道秦王特书颁下：举凡轻兵死难河渠，各县得核准姓名禀报秦王行营，国府以斩首战功记名赐爵，许其家人十年得免赋税；并勒石以念，立于频山松林塬渭北轻兵死难地，以为永志！

凡事立法，已成秦之国风。

旬日之后，第一座巍巍刻石在频山南麓松林坡矗立起来。丈六石身镌刻着由李斯书写的一行雪白大字——渭北亭二十六锐士决水石，石后镌刻着二十六锐士的姓名与秦王

亲赐的爵位。消息传开,举国感念,一首秦风歌谣便在三百里河渠传唱开来:

我有锐士　决水夭亡
舍生河渠　断我肝肠
勒石泾水　魂魄泱泱
上也上也　大秦国殇

五月将末,鼓荡关中的漫天黄尘终于平息了。

工程全部勘验完毕的那一日,李斯郑国李涣三人来到行营,不期蒙恬与老廷尉也来了。两方意愿一致,都是敦促秦王早日移驾还都,处置两个多月积压的诸多急务,放水大典宁可专程再来。嬴政却说:"秦国万事,急不过解旱。不眼见成渠放水,我这个秦王脸红。再说,我还要到频山松林塬去,要走了,看看那些烈士。"听着精瘦黝黑的年轻秦王的沉重话语,几个大臣没有了任何异议,人人都点头了。

次日清晨,秦王嬴政率行营及瓠口幕府的臣工出了瓠口,沿着宽阔的渠岸辚辚走马奔赴频阳。君臣们谁也没有料到,一出瓠口,便见茫茫干渠上黑压压人群成群结队络绎不绝地匆匆赶赴东边,如同开春赶大集一般。李斯勒马一打问,才知道这是即将拔营归乡的民众依着秦人古老的丧葬习俗,要赶往频山松林塬,向长眠在那里的轻兵锐士做最后的招魂礼。

"这,这是谁约定的?"郑国大为惊讶。

"人群相杂,不约而同。"

"怪也！一个巫师就行了,还人人都去?"郑国不解地嘟哝了一句。

嬴政凝望着满渠岸的黑压压人群,略一思忖道:"下马,步行频阳。"赵高立即哭声喊了出来:"君上,大热天几百里路,不能走啊!"嬴政突然大怒,扬手狠狠一马鞭,抽得赵高陀螺般转着圈子扑在地上。不等赵高爬起,嬴政已经沉着脸大步走了。一班臣工人人感奋纷纷下马,撩开大步便融进了黑压压无边无际的光膀子人群。

是老秦人都知道,秦人自古便有烈士招魂礼:士兵战死沙场,尸身不能归乡,大军撤离之日无论战况多么危急,都要面对战场遥遥高呼:"兄弟！跟我归乡——"若是战胜后的战场,便要就地安葬好战死者尸身,尽可能地立起一座刻石、木牌甚至枯木树桩,绕着坟茔呼唤几遍，再在石上结结实实地摁下自己的血手印，而后才挥泪班师。老秦人原本是游战游牧游农兼而有之的古老族群，居无定所，死无定葬，便将这抚慰死者告慰遗属的招魂礼看得分外上心。历经春秋战国，秦人渐渐成为有国有土的大国族群，然则这古老的招魂风习却没有丝毫改变。后来秦国变法，移风易俗，有新入秦国的变法士子建言要革除此等陋习。商鞅却批下个断语：“生者激哀，磨砺后来，慷慨赴死，闻战则喜，固秦人哉！何陋之有？”于是，秦人安魂礼便依然如初地延续了下来。嬴政少年在赵，早早便从“赵秦”（早期流入赵国的秦人）部族的习俗中知道了招魂礼对老秦人的要紧，自然不同于来自楚国韩国的李斯郑国，他立即明白了河渠民众其所以不约而同地匆匆赶赴频阳的缘由。

兼程行走，昼夜不停，第三日清晨，嬴政君臣终于到了频山。茫茫松林塬，二十三座大石依着各县在干渠的决战次序东西排开。石林之后，是六百六十三座轻兵死士的新土坟茔。各县民众各自聚集在本县轻兵死士的刻石前，绕着圈子捶胸踏步，三步一呼：“兄弟！跟我归乡了——”呼唤完毕，各自散开，各寻一方粗糙石头，瘦骨嶙峋的大手压上粗石猛搓，直至手掌渗出血珠；而后大步走到刻石前，在石上结结实实一摁，一个血手印摁在了石身或石背；罢了肃然一躬，便赳赳去了。

嬴政君臣一行风尘仆仆赶到，松林塬万千人众大出意外，各自伫立在墓石坟茔前凝望着秦王不知所措了。年轻的秦王也不说话，对着一齐朝他凝视的茫茫人众深深一躬，大步走到一柱显然是有心者特意立起的粗糙巨石前，大手猛然搓下，顿时血流如注。

万千黑压压光膀子的秦人悚然动容，寂静得只听见一片喘息。

嬴政举着血掌，大步走过刻石，一石一掌，结结实实地摁

写得悲壮。相当于一个祭祀仪式。

在碑身大字上。未过三五石，光膀子人群感奋不已，争相到粗石柱下搓出血手，呼喝着唏嘘着纷纷跟了上来，完成与兄弟烈士同心挽手的最终心愿。及至嬴政走到最后一座大石前，摁罢最后一个血手印，回头看去，一片二十三座大石，座座鲜血流淌，一片血红的刻石在夏日的阳光下惊心动魄。

嬴政绕着下邽刻石踏步一圈，突然昂首向天，一声长呼。

"泾水锐士，频山为神！守我河渠，富我大秦！"

万千人众唏嘘慷慨，跟着秦王阵阵长呼，整个频山都在烈日下颤抖起来。

七　泾水入田　郑国渠震动天下

堪堪夏种，泾川瓠口举行了隆重的成渠放水大典。

两岸青山，一条白石大沟从峡谷穿过。东西山塬挤满了成千上万的男女老幼，旌旗招展鼓乐喧天。瓠口幕府前的云车将台下，嬴政君臣们人人都在可着嗓子说话，尽管谁也听不见谁，依旧是乐呵呵地高声诉说着。将近午时，水司马来报：瓠口之外的所有斗门、渡槽、跌水、过水、干渠、支渠、毛渠的交接口再次查勘完毕，无一差错；干渠两岸的迎水民众井然有序，只待放水。嬴政得报，向李斯挥手高喊了一句。李斯立即会意，转身利落地走上将台，一劈令旗，将台前云车上的大纛旗左右三摆，漫山遍野的鼓乐喧哗便渐渐平息。

秦王嬴政率领着全体大臣，整齐地在将台后站成了一个方阵。

"吉时已到，秦王击鼓告天！"李斯洪亮嘶哑的声音回荡开来。

年轻的秦王走上将台，走到鼓架前，接过幕府司马递过的一双长长鼓槌，拱手向天，奋然高声道："秦王嬴政祷告上天：引泾入洛，开渠灌田，秦国庶民生计之根本。天公旱秦，逼我秦人与天争路，以血肉之躯奋力死战，方引得泾水东下。秦人不负上天，上天宁负秦国乎！愿上苍护佑秦国，保我泾水滔滔，长流不断，关中沃野，岁岁丰年！今泾水渠成，依国人心愿，依天下通例，泾水河渠定名——郑国渠！"

嬴政的鼓槌用力打上牛皮大鼓，隆隆之声震荡峡谷。

"秦王定名，引泾河渠为郑国渠——！"李斯正式宣呼了河渠名号。

“郑国万岁！郑国渠万岁！”呐喊声浪顿时淹没了峡谷山塬。

一时平息，李斯声音复起：“河渠令开渠放水——！”

宣呼落点，四名军士抬着一张军榻出了幕府，山塬人众立即肃静下来。

三日之前，全部渠道验收完毕，回程未及到秦王行营交令，郑国便昏倒在了瓠口峡谷的山道上。待嬴政领着太医赶来，郑国已经被先到一步的李斯与吏员们抬进了河渠署幕府。太医一把脉，说这是目下官吏人人都有的“泾水病”，一色的操劳奔波过甚以致脱力昏迷，河渠令病症之不同，在于诸般操劳引发了风湿老寒腿，悉心静养百日后可保无事。嬴政当即吩咐，老太医从秦王行营搬进河渠署幕府，专门守着郑国诊治。嬴政还重重撂下一句话：“有难处随时报我，便是要龙胆凤肝，也给你摘来！没了郑国，本王要你人头！”

秦王虽武断，但确实爱才。

郑国卧榻，这放水大典便缺了一个最当紧的人物，虽说不关实务，却有说不出的缺憾。李斯反复思忖，主张秦王亲自号令放水，只要激励人心完满大典，似可不必因一人而耽延放水日期。年轻的秦王却断然摇头：“主持成渠放水，是水工最大尊荣，纵是本王也不宜取代。走，与郑国去说。”来到幕府，刚刚服下一大碗汤药的郑国，疲惫得连笑一下的力气都没有了，苍白的嘴唇动了动，幽幽目光闪烁着一丝难得的光焰。年轻的秦王站在榻前，眼中便是一眶泪水。郑国只愣怔怔看着秦王，嘴角抽搐着说不出话来。嬴政高声说：“老令啊，没有你，没有泾水河渠！放水大典，谁也不能取代你！到时抬你出去，老令只需摇摇号令，行么？”李斯看得很清楚，那一刻，郑国沟壑纵横的黝黑脸膛骤然间老泪纵横，喉头咕的一声昏了过去。也就是在那一刻，李斯深深感悟了年轻秦王“赏功不欺心”的罕见品性，一时也是止不住热

平常一语，却感人、慰人。

泪盈眶。自后三日，眼看大典在即，李斯每日都要去探视几趟郑国，可每次都见郑国在昏昏大睡。今日，郑国行么？

万千人众的灼热目光之下，神奇的事情发生了。

郑国从军榻上坐了起来，站了起来，撑持着那支探水铁尺，缓慢地沉重地一步一步地向将台走来。司礼的李斯惊愕得不知所措，疾步迎来想扶郑国，又觉不妥，便亦步亦趋地跟着郑国走上将台，竟是先自一头大汗淋漓。

此时，中山峰顶的大旗遥遥三摆，表示引水口已经一切就绪。只见伫立在将台上的郑国像一段黝黑的枯树，凝目远望峰顶龙口，缓缓举起了细长的探水铁尺，猛然奋力张臂，砸向了牛皮大鼓。鼓声一响，李斯立即飞步过去，张开两臂揽住了摇摇欲倒的郑国。

“水！过山了……”郑国黝黑的脸猛然抽搐了。

是哭，也是笑。

“老令醒来！水头来了！”李斯摇着郑国，说不清是哭是笑。

此际遥闻中山峰顶一阵号角一阵轰鸣，隆隆沉雷从天而降，瓠口峡谷激荡起漫天的白雾黄尘，一股浓烈而又清新的土腥水汽立时扑进了每个人的鼻中。两岸万千人众的忘情呐喊伴着龙口喷激飞溅的巨大雪浪，轰轰隆隆地跌入了瓠口，冲向了峡谷。

郑国猛然醒转，忽地起身一吼：“水雷如常！泾水渠成——！”

一句未了，郑国又摇摇欲倒。李斯堪堪扶住，赵高已经飞步抢来，双手一抄要托起郑国去行营救治。郑国却倏地睁眼：“不！老夫还要走水查渠！”一句话没说完，人已经直挺挺从赵高臂弯挣脱出来。此时嬴政大步赶来，听李斯一说立即高声下令：“小高子，驷马王车！”说罢一蹲身背起郑国大步便走。

嬴政可与布衣交。

九尺伞盖的青铜驷马王车辚辚驶来堪堪停住，嬴政恰恰大步赶到，不由分说将郑国扶上了宽大的车厢。车中少年内侍扶住郑国坐靠妥帖，嬴政便是高声一句：“老令，你坐在车上听水。但有纰漏，只敲伞盖铜柱！”郑国满脸通红连连摇手：“秦王秦王，大大不妥，老臣能走……”嬴政哈哈大笑：“妥妥妥！老令纵然能走，今日也得坐车！”

说话间李斯赶到，嬴政匆忙一挥手：“我去赶水头，客卿后边查渠。”

秦人好久没有赶水头了！

李斯还没来得及答话，年轻的秦王已经风一般去了。

李斯笑着摇摇头，对王车上的郑国一拱手高声道：“老令哥哥，秦王赶水头去了，你也先走，我带大工们后边查渠。”郑国黑红脸上汪着涔涔汗水，探水铁尺当当敲打着车厢：“好！老夫先走，赶不上水头也赶个喜庆！”一言落点，驷马王车哗啷启动，山坡赶水人众立即闪开了一条大道。及至王绾带一班青壮吏员疾步赶来，秦王已经没了人影。

王绾顿时大急，二话不说飞步追赶下去。

赶水头，是敬水老秦人的又一古老风习。盖秦人老祖伯益部族，是与大禹并肩治水的远古英雄族群，自来对“水头”有着久远的仰慕情结。那时候，秦人部族经年累月在三山五岳间疏导天下乱水。但有新的水道开辟，汪洋大水激荡着流入水道，水头昂首飞扑倒卷巨浪激起尘雾溅起雪白浪花，一条巨龙飞腾呼啸在峡谷水道。两岸秦人欢呼着追逐水头，直是治水者的最大盛典。这种久远的记忆，化成了无数传说掌故，流传在所有的秦人部族中。即或后来游牧躬耕于陇西草原群山，偶尔开得些许短渠，渠成放水之日，老秦人也一定是倾巢而出追逐着水头欢腾不断。立国关中数百年，秦人开渠寥寥无几，数得上的大渠，只有秦穆公时百里奚在关中西部开出的那条百里渠，赶水头的盛大庆典便也渐渐淡出了老秦

这段赶水头的闲笔，穿插得好。

人的风习。纵然如此,那条百里渠每年春季放水,还是有黑压压人群在渠岸追逐着水头欢呼,不吃不喝一直追到尽头。

如今,这条铺满秦人鲜血的四百多里的泾水大渠,已经巍巍然成为真正的天下第一渠。一朝放水,岂能不唤起老秦人久远的记忆与风习？除了不得不提前回乡照应渠水入田的一家之长,几乎家家都有人留下赶水头。老秦人期盼着昂昂龙头的飞腾之象,能随着赶水头的家人带来光耀的岁月。大典前一日,所有民工都清理了营盘,打好了包袱,收拾得紧趁利落,预备好今日追赶着水头回乡。

当中山峰顶巨大的龙口开启,清澈的泾水翻卷着巨浪扑入瓠口峡谷,漫漫人群便开始了由渠首渐次发动的欢呼奔跑,不疾不徐,一浪一浪地伸展到山外,伸展到茫茫干渠。水头一入干渠,赶水头人群便有了种种乐事,欢笑喧嚷声连绵不断。这郑国渠是漫漫四百多里的长渠,赶水头事实上便成为一种脚力竞技。虽说因不断分水于一些主要支渠,干渠水头的流速并不是太急。然则,终究也得人紧步追随才能追得上。干渠两岸的大多人,都是赶水头赶到自己家乡田园的地界,便回归乡里赶渠水入田的喜庆去了。只有非受益区的义工县的精壮,与家在渠水下游的精壮,才是专心一志的长途赶水者。战国之世人人知兵,都说这是兼程行军,一边追逐着水头欢呼,一边嚷嚷评点着不断变换的领跑者。即或是那些体力不济者,呼呼大喘着坐在新土渠岸上吃喝歇息一番,也看着纷纭流过的人群,拍着大腿可着嗓子嚷嚷得不亦乐乎。

水头赶到云阳地界,渠岸突然一阵欢呼:“秦王赶水头！万岁！”

赶水头又遇君王,吉庆再吉庆,老秦人顿时兴奋了。

全程亲自赶水头,这是嬴政在会商放水大典时执意坚持的一件事。

秦王的说法是,亲自赶水头,眼见四百多里干渠不渗不漏,心下才算踏实。对于秦王这个主张,李斯是反对的,大臣们也是反对的。在李斯与大臣们看来,这件事多多少少有几分秦王的少年心性,有几分赶热闹意味。当然,最要紧的理由是堂堂正正的:旬日之前,秦王赶赴频山为轻兵烈士招魂,已经步行了两百多里;这次再一昼夜步行四百多里,事实上是最大强度的兼程行军,若有意外,秦国何安？再说,决战泾水两个多月,这个年轻的秦王眼看着瘦成了人干,所有寻常合身的袍服都变成了包着“竹竿”晃荡的水桶,谁不心痛有加？虽然,几乎人人都变成了人干,但谁都明白,这个杀伐决断凌厉无匹的年轻秦王真要出了事,目下的秦国便注定要乱得不可收拾了。唯其如此,谁能赞成秦王一路疾步四百多里？于是上下一口声，都说秦王这次大可不必，要查渠也得乘坐王车，高处看水才清楚。可嬴政却说得斩钉截铁："连续兼程三五日，是秦军老规矩，老秦精壮谁都撑得住，不用商议！客卿只管部署沿渠事务，我只带十名铁鹰剑士、十名年轻工匠赶水头，老臣一个不要跟。"

李斯眼见无法说动秦王，便在夜里单独来到行营。李斯先与王绾说了一阵，而后两人一起来到了秦王的寝室书房。李斯王绾反复陈说了理由，年轻的秦王却好长一阵没有说话。便在两人以为秦王已经默认而预备告辞时，年轻的秦王却拍案开口："人要有气！国要有气！长平大战之后，昭襄王收敛固本，之后两代秦王无所作为，秦人之精气神业已低落数十年。我上泾水，原本便不仅仅是抢渠抢水，更是要鼓荡秦人雄风！只要秦人长精神，嬴政纵然两腿跑断，也值！"

那一夜，李斯彻夜未眠。

次日，总揽河渠的李斯与王绾一番谋划，立即分头部署：先私下说服所有大臣，将秦王赶水纳入大典程式；再从王城禁军中遴选出十多名善奔走的锐士，由王绾带领，专司联络接应；又特意找到形影不离秦王左右的赵高，叮嘱了诸多应急援助之法。可无论如何周密谋划，李斯王绾也没有想到秦王亲自将郑国背上王车这一桩。赵高一离开秦王，李斯王绾心下便不踏实。两人都曾多次见识赵高的过人艺能，几乎是本能地相信，只要这个赵高在秦王身边，秦王便不会发生意外。今日赵高驾车，李斯查渠，追赶秦王的王绾便分外焦灼。

闻得前方阵阵欢呼，王绾立即吩咐善走锐士飞奔急追。正在此时，却听身后一阵秋风过林般的沙沙声。王绾转头之间，一道黑影正从身边掠过，同时飞来一句尖亮的话音："长史莫急，小高子追君上去了！"

"赵高！王车谁驾？"王绾急忙一喊，毕竟，郑国也不能出事。

"王车驭手有三人，长史放心！"黑影没有了，尖亮的声音却飘荡在耳边。

长吁一声，王绾呼哧呼哧刚刚放缓了脚步，却被身边一群一群欢呼奔跑的光膀子裹进了茫茫人流。原来，两边渠岸的老秦人一听秦王赶水头，精神陡然大振，后行弱者们纷纷一片呼啸呐喊："丢膊了！豁出去！赶秦王老龙头了！"呐喊之间，人们纷纷脱下专门为大典穿上的簇新长袍顺手一丢，撩开光膀子狂喊着潮水般追了上来。王绾也是老秦人，自然知道老秦人这声"丢膊了豁出去"意味着何等情形。丢膊者，光膀子猛干也。

豁出去，拼命也。无论是做工赶活还是战场厮杀，秦人但喊一声丢膊了豁出去，立时便是拼命死战之心。今日不是战场，老秦人要丢膊了豁出去，心里话显然便是一句："秦王做龙头，老秦人死也要紧紧追随！"身处狂热人流狂热呐喊，王绾心头大热一身汗水，只觉特意预备的轻便官服也变得累赘。兴起之下，王绾也大喊一声："丢膊了！豁出去！"扯掉官服撂在路边，便大步飞奔起来。

与天斗，果然其乐无穷。

日落时分，嬴政堪堪赶着水头到达高陵县[①]地界，正好是郑国渠一半水程。

嬴政虽然没有光膀子，却也早早丢了斗篷冠服，一身紧趁利落的短衣汗湿得水中捞出来一般。铁鹰剑士与精壮吏员二十人，原本在两边护持着秦王。可在王绾一班人赶上后，嬴政硬是下令，只许剑士吏员跟在后边，不许遮挡两厢人众。

确能鼓荡秦人雄风！

如此一来，渠岸顿成奇观。无边无际的黝黑闪亮的光膀子人群没有了呐喊，只咬着牙关看着秦王看着水头，唰唰唰大步撩开赶路。及至水程过半，赶水头人群已经渐渐形成了默契规矩：但有后来者赶上，秦王两侧的人群便自行让道退开；前方但有等水头的老人妇幼群，秦王两侧的光膀子人群便整齐一致地落到秦王身后紧紧跟随，好教父老们一睹秦王风采。

眼看暮色降临，渠岸有了万千火把，浩浩荡荡在几百里高坡山塬展开，恍如一道红光巨龙在天边蜿蜒翻飞。此等壮观奇景，深深震撼了平川夜间灌田的农人与查水的官吏，遥遥呐喊呼应，连绵起伏不断。有脱得开身的精壮农夫，便纷纷举着火把呐喊着向北塬赶来。一片片火把弥漫了无数的

① 高陵县，秦县名，在今陕西西安市北部，泾河下游。

田间小道，一阵阵呐喊此起彼伏，整个秦川都被搅翻了。

曙光再现时，被赶水者一口声呼为“秦王老龙头”的水头，哗啦啦抵达频山。经过那片依然闪烁着血红光芒的刻石松林时，嬴政向着北岸遥遥一声长呼：“兄弟！赶水归乡了——”一声未罢，无边无际的光膀子人群立时一阵阵山呼海啸：“兄弟！跟紧秦王，赶水归乡！”夏日清晨的阳光映照着石林松林的血光，映照着万千老秦人的泪光，吼喝着呼啸着，一路奔向遥遥在望的洛水入口。

将及正午，赶水头的茫茫人群终于定在了北洛水的山塬河谷。

嬴政站住脚步，只说了一句话：“赶水人众，俱赐战饭……”

这赶水头虽是风习，却没有定规。诸如关中西部的百里渠短途赶水，不吃不喝者多。四百多里赶水头，不吃不喝不可能。一过云阳，王绾已经吩咐吏员军士沿途不断呼喊：“长路赶水，吃喝自便！”饶是如此，许多人还是死死盯着秦王，秦王不吃不喝，我也不吃不喝！王绾一路看得清楚，年轻的秦王一昼夜又一半日，只在脚步匆匆中喝了十三次水，吃了两张干肉夹锅盔。如此也就是说，大多赶水者在四百多里兼程疾走中只吃了两饭，此刻人人都是饥肠辘辘。王绾已经软得不能挪步了，只看着赵高摇了摇令旗。赵高二话没说，过来接了令旗，便飞步张罗去了。

大约小半个时辰，赶水头人众陆续抵达，一辆辆牛车拉着锅盔干肉也络绎不绝地赶到了渠水洛水交汇地。山塬水口，两边渠岸，到处都涌动着黝黑闪亮的光膀子，人人亢奋个个激昂，大笑大叫不绝于耳。一句最上口的话处处山响着：“秦王硁实活！攒劲！”人群处处喧哗，对开在龙尾之地专门等着这一日大市的山东商旅的帐篷商铺，却没有一个人光顾。

山东商社的执事们纷纷出门，站在饭铺酒铺货栈前惊讶莫名，一口声惊呼：“怪也！四百里赶水没一个人趴下！没一个人买饭买酒！老秦人铁打的不成！”

正在一片热汗腾腾裹着喧哗笑语的时刻，年轻的秦王过来了。嬴政一身汗淋淋短身布衣，提着一条宽大的白布汗巾，大步赳赳地走上了山坡一方大石。不知谁喊了一声秦王来了，万千光膀子们立即军旅甲士一般肃然噤声昂首挺胸，活生生一片森森然黝黑闪亮的森林。

“父老兄弟们！四百里赶水，没一个趴下！好！”秦王当头喊了一句。

“秦王万岁！”黝黑闪亮的胳膊唰地一齐举起，吼声隆隆震荡天际。

赶水头，亦有祈福之意，求得一个好意头。

“郑国渠成，泾水入田。秦人好日子已在眼前！父老兄弟们，咥饱喝足再归乡。回到乡里整治农田，抢灌夏种，使秦人粮仓早早堆满！人无神气，一事无成！国无神气，一事无成！秦国该强大！秦国该富庶！秦人，更该有精神！”

秦人精神低迷已有时日了，急需鼓舞。

“万岁！秦人精神！”弥天吼声夹着轰隆隆水声，淹没了洛水山塬。

片刻之间，万千光膀子老秦人人人变成了浸透猛火油的火把，火焰呼呼直蹿。绷着脸大步赳赳到牛车前领一份锅盔干肉，蹲在地上狼吞虎咽猛咥干净，大腿一拍：“走！”立即三五成群地风风火火离开洛水口。不消片时，满山遍野黝黑闪亮的光膀子便消失在无边无尽的田野里。

“疯子秦王！疯子秦人！”

守着始终没有一个秦人光顾的商铺，山东商旅们又一次惊愕了。

晚霞满天时分，李斯郑国带着一班水工吏员终于赶到了洛水口。

秦王扶着赵高的肩膀站在洛水岸边，迎头先问了一句：“客卿老令，后水如何？”李斯郑国双双一拱手：“全线坚固顺畅，支渠毛渠全部进水！”嬴政听罢没有来得及说话，便一头碰在赵高身上软了过去。李斯一转身断然下令：“行营中止政事，全部人马歇息彻夜！”

终于放下心来。

当夜，行营大帐的灯火早早熄灭，整个营地一片雷鸣般鼾声。

直到次日将近正午，夏日的太阳已经火辣辣挂在当头，行营的聚将号才呜呜地吹动起来。人喊马嘶中，一顿结结实实的锅盔夹干肉战饭下肚，大臣吏员们便踏着号声赶赴行营大帐了。对于秦国官吏，多少昼夜不睡少睡不吃不喝少吃少喝都是家常便饭，而能一夜无事地从天黑酣睡到次日正午，实在是绝无仅有的奢侈了。有如此一夜酣睡，臣工吏员们聚到行营大帐时个个精神抖擞，许多人说不上名目的怪病也都神奇地烟消云散了。

精神的力量是无穷的。

李斯进帐，一见清新矍铄的郑国，揉着眼睛直呼："奇也奇也！"郑国一阵哈哈大笑："佳水灌枯木而已，客卿何奇之有也！"寻常间永远皱着眉头的郑国一笑，一班臣工不禁人人大乐，一时满帐笑声。

午时末刻，查水查渠之各方汇聚渠情水情，结果是：全线无断无裂无渗无漏，所有支渠毛渠都顺利进水，无一县报来故障。郑国归总，点着探水铁尺硬邦邦撂下一句话："泾水河渠四百六十三里，全线坚实通畅，入田顺当，泾水渠成！"郑国说完，连同嬴政在内，所有人都不约而同地长长松了一口气。李涣与几个经年奔波的老水工啧啧感叹不已，连说这郑国渠快得匪夷所思，好得匪夷所思，教人如在梦里一般。

嬴政叩着书案："李涣，你报个大账，郑国渠究竟灌田几多？"

李涣掰着指头高声道："郑国渠，直接受益者二十三县，间接受益者全部秦川；关中缺水旱地四百六十余万亩，可成旱涝保收之沃野良田！另有两百余万亩盐碱滩，三五年之后，也大体可变良田！若以盐碱滩地接纳山东移民，可容五六万户之多！如此，秦国腹地可增加人口五十余万。寻常年景之下，每亩可产粮一钟①，每年国库至少可积粟三十万斛②。五六年后，关中之富，甲于天下！"

郑国渠修成后，大大改善了盐碱地的状况。

"老令，果真如此么？"

"这是老臣最低谋算。"

---

① 钟，先秦量词。2400粒谷子为一合，十合为升，十升为斗，十斗为斛，六斛四斗为钟。

② 斛(hú)，见注①。

郑国渠全长三百余里，引泾水注洛水，灌溉舄卤之地四万余顷。关中因此变沃野。秦国并天下，与此有密切关系。

“旱涝保收，根基何在？”

“君上，”郑国一拱手，“关中从此旱涝保收，根基在于：泾水河渠不仅仅是一条干渠，而是三千多条支渠毛渠织成的水网。水网之力，在于将关中平川之大多数池陂河流连接沟通，旱天水源丰厚，渠不断水，涝天排水畅通，水无滞留。此所谓旱灌涝排之渠网也！秦法严整，若能再立得一套管水用水之法度，秦川无疑天府之国！”

“还有上灌下排。”李斯插了一句。

“那是独对盐碱滩地之法，得另修排水沟。”李涣答了一句。

“好！”嬴政当即拍案，“河渠管用法度，便由老令草拟。”

“嗨！”郑国第一次学着老秦人的模样挺身应命，引得满帐一片笑声。

嬴政一拍大腿起身：“好！从塬下回咸阳，一路再看看盐碱滩。”

王绾一拱手：“河渠已成，君上回咸阳要紧，盐碱滩事各县自有切实禀报。”

“不。”嬴政摇摇手，“左右顺路，一次揣摩清楚，不能光听禀报。”

“秦王明断！”举帐不约而同地喊了一句。

片刻之后，行营拔帐南下，一行车马辚辚下了洛水山塬。西行四十余里，进入下邽县地界，便见一条条支渠毛渠伸入到白茫茫盐碱滩，清清之水汩汩浇灌着一片片白森森的盐碱花。盐碱滩中散布着一群群农人，显然在紧急开挖通向南边渭水的排水毛渠。嬴政二话不说下了马，大步走进了道边一片盐碱滩。

一条毛渠刚刚挖成，渠底已经渗出清亮亮的水流。一个赤膊壮汉满头大汗跳进渠中，笑着喊着：“都说盐碱滩水咸，我偏不信清亮亮的水老天能撒盐？尝尝！”俯身捧起渠底清水一口大喝，刚刚入口又噗地一口吐出，龇牙咧嘴地笑着叫着："呀！咸！咸死人也！"渠边赤膊挥汗的农夫们一片大笑。一个白发老人道："这渠不是那渠，那渠是泾水，这渠是盐碱汤。上冲下排，几年后这盐碱地就变肥田了，那时才有甜水喝，懂么？瓜（傻）娃子！"赤膊壮汉一边点头一边爬上渠来，紧跑几步伏在泾水毛渠中一阵牛饮，又跳起来大喊："好甜水！不信赶紧喝！"众人一阵嚷嚷："谁不信了，只你个瓜子不信！"于是一片大笑。

"老伯，"嬴政走过来一拱手，"你说这盐碱滩果然能变成良田？"

"能！"白发老人的铁耒噗地插进泥土，"盐碱滩又不是天生的，长年积水排不走，地不病才怪！泾水最清，天生治地良药。上边灌药，下边排脓，两三年准保好地，不好才怪！"

农人语言，形象。

"那老伯说，这地官分，有人要么？"

"不要才怪！老夫想要三百亩，官府给么？"

"若是给山东移民，村人愿意么？"

一个光膀子后生凑近老人低声说了一句什么，老人顿时瞪大了老眼："你，你是秦王？"嬴政呵呵一笑："秦王也是秦人，一样说话。"老人猛然扑地拜倒，两手抓着湿乎乎的泥土又哭又笑："天！赶水头老朽没赶上，在这见到秦王了！天啊天，老朽命大也！"嬴政连忙扶起老人，四野人众已经纷纷赶来，秦王万岁的呐喊又弥漫了茫茫盐碱滩。老人站起来摇摇手，身边人众便静了下来。老人对嬴政一拱手，转身对着四面人众高声道："秦王问我，若是将这盐碱滩分给山东移民，我等老秦人是否愿意？都说，愿意不愿意？"

"愿意——"四野黑黝黝光膀子们一片奋力呐喊。

"为甚愿意？"老人一吼。

"种地靠人！打仗靠人！人多势大！"

人多力量大。

老人慨然拱手:“老朽乃东白氏族长,老秦人决不欺负山东新人!”

“对!老秦新秦都是秦!”四野一片奋然呼喝。

连同嬴政在内,所有后边赶来的臣工吏员们的眼睛都湿润了。尤其是李斯郑国以及那些近年入秦的山东士子更是感奋有加,几乎是不约而同地大喊了一声:“秦国万岁!”一时之间,秦国万岁秦王万岁秦人万岁的呼喊声此起彼伏,夕阳下的原野又燃烧起来。

嬴政对着光膀子农夫们深深一躬,一句话没说便上马去了。大臣吏员们也是深深一躬,纷纷摇着手出了盐碱滩。行营人马在道边聚齐,嬴政凝望着田野中久久不散的黑黝黝人群,猛然回身一句:“换驷马王车,星夜赶回咸阳!”

在秦王万岁的呼喊中,马队王车辚辚启动,风驰电掣般向西而去。

行至栎阳城外官道,恰遇蒙恬飞马赶来。在宽大的王车中,蒙恬禀报了一则紧急消息:郑国渠成放水,山东六国倍感震撼,纷纷派出特使谴责韩国将如此赫赫水工派进秦国,直是蓄意资秦;韩国君臣倍感压力,已经拘押了郑国全族人口,声称郑国若不回韩谢罪,立即将郑氏全族处斩!蒙恬担心韩国已经派出刺客,怕郑国有失,是以连夜东来禀报。

郑国既然是以间谍身份入秦,这事的后续就应该有个交代。

“狗彘不食!”嬴政狠狠骂了一句。

第三章　乾坤合同

一　功臣不能全身　嬴政何颜立于天下

蓦然醒来，郑国眼前的一切都变了。

现在是功臣身份。

宽大敞亮的青铜榻，宁静凉爽的厅堂。铺榻竹席编织得异常精致，贴身处却挨着一层细软惬意的本色麻布，老寒腿躺卧其上既不觉冰凉又不致出汗。不远处，一面蓝田玉砌成的石墙孤立厅中，恍若一道大屏，渗着细密光亮的水珠。显然，这是墙腹垒满了大冰砖的冰墙。榻边白纱帷帐轻柔地舒卷，穿堂微风恍若山林间的习习谷风，夹着一种淡淡的水草气息，虽不若瓠口峡谷的水汽醇厚，倒也清新自然。如此考究的厅堂寝室，令他这个经年奔波高山大川过惯了粗粝生活的老水工很有些不适。一抬眼，阳光隔着重重门户纱帐明亮得刺人眼目。

“有人么？”郑国猛然坐起，一打晃立即扶住了凉丝丝的铜柱。

“大人醒来了?”纱帐打起,面前一张明媚的女子笑脸。

“你!是何人?”

“小女是官仆,奉命侍奉大人。”

“这是何地?”

“这是大人府邸。”侍女过来搀扶郑国。

“岂有此理,老夫何来府邸?”郑国推开侍女,黑着脸下地嘟哝了一句。

“大人初醒不宜轻动,小女去唤太医。”

“不用。谁是此地管事,带老夫去见。”

“大人稍待,小女即刻唤家老前来。”侍女飞快地去了。

“这是人住的地方么?不中不中。”郑国烦躁地嘟哝着转悠着。

正当此际,一个中年男子大步进门,迎面深深一躬:“禀报大人,在下奉大内署之命暂领府务。一俟大人觅得得力家老,在下便原路回去。”郑国正要说话,一个须发雪白的老者背着药箱又进了厅堂,身后正跟着那个明媚的侍女。郑国顿时烦躁:“老夫没病,谁也不用管!这里有没有车马?老夫要见李斯,不行就见秦王!”家老一拱手道:“李斯大人原本叮嘱好的,大人醒来立即报他。在下这便去请李斯大人。”话一落点人已大步出门。郑国看惯了秦人风风火火,知道不会误事,也不去管了。

侍女轻步过来,低声道:“大人,这是长史署派下的住府太医。大人病情,住府太医要对太医署每日禀报。查脉换方,不费事也。”郑国无奈,只好皱着眉头坐在案前,听任老太医诊脉。认真地望闻问切一番,老太医开好一张药方,又正色叮嘱道:“大人卧榻多日,老寒腿未见发作,足证大人根基尚算硬朗。只是大人触水日久,风湿甚重,日后家居宜干宜燥宜暖爽,避水尤为当紧,切切上心为是。”郑国苦笑着点点头:“好好好,老夫知道。”离座起身便去了。

郑国已经习惯了秦国吏员仆役的规程:但遇法度明定的职责,纵然上司或主人指责,也得依照法度做事。譬如郑国病情,老太医叮嘱不到,日后一旦出事,太医署便得依法追溯。如此,老太医岂能不认真敬事?可在郑国听来,这番叮嘱却荒唐得令人啼笑皆非。叫一个老水工不去触水,还要长年干燥爽暖,简直就是教一只老虎不要吃肉而去吃草!想归想,涉及法度,老太医尽职尽责,你说甚都是白说,只有点头了事。

午后时分，李斯匆匆来了。

“你个老兄弟！塞我这甚地方？老夫活受罪！”郑国当头直戳戳一句。

“哎呀老哥哥！你可是国宝也，谁敢教你受罪！坐下坐下，听我说。”

李斯一番叙说，郑国听得良久默然。

原来，一出频阳盐碱滩，郑国就发起了热病。行营马队只有秦王一辆王车，郑国与大臣们一样乘马，昏沉沉几次要从马上倒栽下来。李斯总揽河渠，照应郑国与一班水工大吏是其职司所在，自然分外上心。一见郑国状况不对，李斯觉得郑国不能再在马上颠簸，欲报秦王，可王绾说秦王正在车中与蒙恬密谈。李斯稍一思忖，给王绾说了一声，便立即带一班吏员护持着郑国下了官道。进入栎阳，调来一辆四面垂帘的篷车教郑国乘坐，又请来一个老医士随车看护，这才上道疾行赶上了大队。将到咸阳，前队驷马王车突然停住，秦王带着蒙恬匆匆下车，找到李斯低声吩咐了一番这才离去。依照秦王叮嘱，李斯将郑国乘坐的篷车交给了蒙恬。蒙恬也不对李斯多说，立即带着自己的马队护送着郑国车辆离开行营大队，飞上了向南的官道。当时，李斯也是一肚子疑惑，不明就里。

回到咸阳，李斯因尚无正式官邸，原居所又没有仆役照应，骤然回去难以安卧，被长史署安置在了咸阳驿馆的最好庭院。李斯沐浴夜饭方罢，正要上榻歇息，蒙恬却大步匆匆来了。蒙恬对李斯说了韩国问罪郑国的消息，并说斥候已经探查到韩国刺客进入秦国的蛛丝马迹，他奉秦王之命，已经将郑国送到一个该当万无一失的地方去了，教李斯不要担心。李斯一时惊愕默然，这才明白了秦王中途停车，教他将郑国交给蒙恬的原因。李斯也有些后怕，假若在自己护持郑国出入栎阳时陡遇韩国刺客，后果岂非难料？

次日小朝会，秦王的第一道王书，便是擢升郑国为大田令，爵位少上造，府邸由长史署妥为遴选，务求护卫周全。王书颁布之后，秦王沉着脸说了一句话：“郑国是大秦国宝，是富民功臣。韩国敢加郑氏部族毛发之害，教他百倍偿还！”朝会之后，蒙恬陪同李斯去了那个“该当万无一失”的地方。一过渭水进入南山官道，一进茫茫树林中护卫森严的山林城堡，李斯立即明白，也不禁大为惊讶。李斯无论如何想不到，秦王能教郑国住在章台行宫治病。而护卫郑国者，竟然是蒙恬的胞弟——少修成后才想到要暗杀。蒙毅守护，住章台行宫治病，这是最高礼遇。

年将军蒙毅。

旬日之后，郑国高热已退。老太医说章台过于荫凉，不宜寒湿症者久居。秦王这才亲自下令，将郑国移回咸阳官邸。李斯说，目下这座大田令官邸，地处王城之外的重臣坊区，蒙毅又专门做了极为细致的护卫部署，完全不用担心。末了，李斯兴奋地说，回到咸阳将近一月，夏田抢种已经完结，诸般国事也已摆置顺当；秦王早已经说好，大田令何时痊愈，何时便行重臣朝会，铺排日后大政方略。

“这个秦王……难矣哉！”良久默然，郑国一声长叹。

“老哥哥，这是何意？”李斯有些意外。

“你我都是山东客，老夫可否直话直说？”

“当然！”李斯心下猛然一跳。

“你老兄弟有所不知也。”郑国很平静，也很麻木，盯着窗外明亮的阳光眯缝着一双老眼，灰白的眉毛不断地耸动着，“当年韩王派老夫入秦，曾与老夫约法三章：疲秦不成渠，死封侯，活逃秦。老夫答应了。那时，山东六国不治水，六国又有盟约，严禁水工入秦。老夫对天下水势了若指掌，知道只有秦国不受山东六国牵制，可自主治水。入秦治水，大有可为，是当时天下水家子弟的共识。然则，老夫若不答应韩王约法三章，便要老死韩国，终生不能为天下治水……”

“老哥哥且慢，”李斯一摇手，“先说说这韩王约法。疲秦，是使命？”

“对。使秦民力伤残于河渠，疲惫不能东出，是谓疲秦策。”

“那，不成渠，便是不能使秦国真正成渠？”

“对。只能是坏渠，渗漏崩塌，淹没农田，使渠成害。”

“死封侯？”

“假若秦国识破，老夫被杀，韩国封我侯爵，食三万户。”

“活逃秦？”

“若老夫完成使命而侥幸未死，当逃离秦国，到他国避祸。”

“到他国？为何不能回韩国？”

“韩国弱小，不能抵挡秦国问罪。老夫不在韩，韩国便能斡旋开脱。”

这个韩王，也是用心良苦。

“这便是说，只有老哥哥死，韩国才认你是韩人，是功臣？”

“大体如此。”

“厚颜！无耻！”素有节制的李斯勃然变色。

郑国长长一叹：“老夫毕竟韩人，既负韩国，又累举族，何颜在秦苟活也！”

“老哥哥！你要离开秦国？”李斯霍然站起。

“老夫回韩领死，才能开脱族人。”郑国认真点头。

“不能！那是白白送死！”

“死则死矣，何惧之有？郑国渠成，老夫死而无憾！”

“老哥哥……”

忠义难两全。郑国以间谍身份入秦，但修渠之事假不了。良知不容郑国毁渠，舍忠取义，郑国成就了秦国万世功业，但愧对韩国。

生平第一次，李斯的热泪涌出了眼眶，扑簌簌落满衣襟。

在与郑国一起栉风沐雨摸爬滚打的几年里，李斯只觉郑国是一个认死理的倔强老水工。郑国的所有长处与所有短处，都可以归结到这一点去体察。工程但有瑕疵，郑国可以几天几夜不吃不喝地守在当场，见谁都不理睬，只围着病症工段无休止地转悠。但有粮草短缺民力冲突，李斯找郑国商议，郑国便黑着脸一声吼：“你是总揽！问我何来？”吼罢一声扭头便走，且过后从来没有丝毫歉意。前期，李斯是河渠令，郑国说他是总揽而不愿共决或不屑共决，李斯也无话可说。可后来郑国做了河渠令，李斯是河渠丞了，郑国还是如此吼叫，李斯心下便时时有些不耐。然则，李斯终究是李斯，一切不堪忍受的，李斯都忍受了。李斯有自己的抱负，以名士当有的襟怀容纳了这个老水工颇有几分迂腐的顽韧怪诞秉性，诚心诚意地襄助郑国，毅然承揽了郑国所厌烦的所有繁剧事务。李斯没有指望郑国对自己抱有感恩之心，更没有指望这样一个秉性怪诞的实工派水家大师与自己结交为友人。李斯只有一个心思，泾水河渠是自己的第一道功业门槛，必须成功，不能失败，为此必须忍耐，包括对郑国这样的怪诞秉性的忍耐。

郑国这样的人，有铮铮铁骨。郑国渠修成，个人生死即置之度外。但李斯不一样，其心志不少，要成其心志，行事须有如履薄冰之谨慎。

郑国寡言。除了不得不说，且还得是郑国愿意说的河渠事务，两人共宿一座幕府，竟从来没有议论过天下大势与任何一国的国事。偶有夜半更深辗转难眠，听着郑国寝室雷鸣般的鼾声，李斯便想起在苍山学馆与韩非共居一室的情形。韩非比郑国更怪诞，可李斯韩非却从来都是有话便说，指点天下评判列国，那份意气风发，任你走到哪里想起来都时时激荡着心扉。两相比较，李斯心下更是认定，郑国只是个水工，绝不是公输般那种心怀天下的名士大工。然则郑国也怪，不管如何对李斯吼喝，也不管如何对李斯经常甩脸子，但说人事，便死死咬定一句："泾水河渠，老夫只给李斯做副手！"纵然在秦王面前，郑国也一样说得明明白白。李斯记得清楚，秦王王书命定郑国做河渠令的那天夜里，郑国风尘仆仆从工地赶回，只黑着脸说了一句话："不管他给老夫甚个名头，老夫只认你李斯是泾水总揽，老夫只是副手！"李斯摇着头还没说话，郑国却已经大步进了自己寝室……

今日郑国和盘托出如此惊人的秘密，李斯才电光石火般突然明白，郑国既往的一切怪诞秉性与不合常理的烦躁，都源于这个生死攸关的命运秘密。一个心怀天下水势，毕生以治水为第一生命的水家大师，既想报国又无以报国，既想治水又无从治水,既想疲秦又不忍疲秦,不疲秦则背叛邦国,疲秦则背叛良知,如此日日忧愤,该当忍受何等剧烈之煎熬?在秦国治水,郑国最终选择了水家应有的良知,宁愿背负叛国恶名;面对邦国问罪,族人命悬一线,郑国又平静地选择了回国领死,生生抛弃了一个他历经艰难深深融入其中的生机勃勃的新国家,生生抛弃了他刚刚在这方土地上建立的丰功伟业……

郑国有其无法解开的心结。

如此际遇,人何以堪?如此情怀,夫复何言?

"秦王驾到——"庭院中传来长长一呼。

"老哥哥……"李斯有些茫然了。

"老夫之事,与你老兄弟无涉。"郑国平静地站了起来。

年轻的秦王大步匆匆地进来,郑国李斯一拱手还没说话,秦王便焦急问道:"老令自感如何?甘泉宫干爽,我看最好老令搬到甘泉去住一夏。"郑国喟然一叹,深深一躬:"秦王待人至厚,老夫来生必有报答……"嬴政骤然愣怔,一时竟口吃起来:"老老老令,这是是是何意?"李斯见秦王急得变了脸色,连忙一拱手道:"禀报君上,郑国要离秦回韩,以死谢罪,解脱族人。"嬴政恍然点头,呵呵一笑道:"此事已经部署妥当,王翦已派出军使抵达新郑,我料韩王不致加害老令一族。"李斯正要说话,嬴政已经皱起了眉头:"不对!老令纵然离秦回韩,谈何以死谢罪?老令何负韩国?"郑国摇头一叹:"泾水渠成,老夫将功抵罪,该是自由之身矣!余事不涉秦国,秦王何须问也。"嬴政的炯炯目光扫视着郑国,断然地摇摇头:"老令差矣!果真老令无事,无论回归故国还是周游天下,嬴政纵然不舍,也当大礼相送,使老令后顾无忧。今老令分明有事,嬴政岂能装聋作哑?"李斯深知这个秦王见事极快,想瞒也瞒不住,更没必要瞒,便一拱手道:"臣启君上,郑国方才对臣说过:当年老令入秦,韩王与老令约法三章，老令自感违约韩王，是有以死谢罪之说。”嬴政一点头：“老令，可有此事？”郑国长叹一声点头：“老夫惭愧也！”嬴政又倏地转过目光：“客卿，敢问何谓约法三章？”李斯便将方才的经过说了一遍。

“鼠辈！禽兽！”嬴政黑着脸恶狠狠骂了两句。

“秦王，容老夫一言。”

“老令但说。”

知我罪我，唯在春秋！

郑国平静淡然地开口：“老夫一水工而已，以间人之身行疲秦之策，负秦自不必说。韩王约法三章，老夫终反其道而行之，负韩亦是事实。族人无辜，因我成罪，老夫更负族人。负异国，负我国，负族人，老夫何颜立于天下？若秦王为老夫斡旋，再使秦韩两国兵戎相见，老夫岂非罪上加罪？老夫一生痴迷治水，入秦之前，毕生未能亲领民力完成一宗治水大业。幸得秦王胸襟似海，容得老夫以间人之身亲统河渠，并亲自冠名郑国渠，使老夫渠成而业竟，老夫终生无憾矣！老夫离秦回韩，领死谢罪以救族人，心安之至，无怨无悔，唯乞秦王允准，老夫永志不忘！”

郑国已成就其事业，虽死无憾。

“老令……”嬴政的眼眶溢满了泪水。

李斯心下猛然一跳——秦王要放郑国走？！

嬴政长吁一声：“老令初醒，体子虚弱，且先静养几日可否？”

“秦王，老夫行将就木，不求静养，唯求尽速回韩。”

“好！旬日为期，嬴政亲送老令回韩！”

“老夫……谢过秦王。”眼见李斯目光示意，郑国终于没有再说。

嬴政大步赳赳地走了。李斯郑国送到廊下，亲眼看见嬴政在门厅唤过少年将军蒙毅叮嘱了一阵，王车才辚辚出了官邸。郑国皱着眉头，埋怨李斯不该说出约法三章事。李斯却说，你老哥哥当真糊涂也，韩国如此没有担待，韩王又如此歹毒，李斯不说还算人么？郑国苦笑摇头，再不说话了。李斯一时把不准秦王决断，觉得如此送郑国回韩，分明便是害了郑国害了郑氏一族。心下老大过意不去，李斯便没有急着离开。李斯知道郑国不善打理，二话不说开始铺排：先唤来侍女，吩咐庖厨治膳，不要夏日生冷，只要热腾腾的秦地炖肥羊与兰陵老酒；再吩咐住府老太医的小徒煎药，到时刻便送来，他亲自敦促郑国服药；而后又亲自将冰墙与寝室诸般物事检视一遍，该撤则撤该换则换，直到合乎李斯所熟悉的郑国喜好为止。李斯按捺着重重心事，一直留在这座大田令官邸陪着郑国吃饭、服药、说话，直到暮色降临，郑国老眼蒙眬地被侍女扶上卧榻。

此事未决。

便在此时，少年将军蒙毅快步走来，说秦王急召李斯议事。

李斯赶到王城书房，蒙恬、王绾与一个厚重威猛的将军已经在座了。

李斯向厚重威猛的将军看了一眼，不期正与将军向他瞄来的炯炯目光相遇，心下一动正要说话，却见秦王恍然拍案起身笑道："对也！两大员还没见过。来，认认，这位客卿李斯，这位前将军王翦。"

李斯庄重谦恭地拱手作礼："久闻将军大名，今日得见，幸何如之！"

王翦赳赳拱手："先生总揽河渠，富国富民，富我频阳。王翦景仰先生，后当就教！"

君臣各自就座。嬴政笑意倏忽消失，叩着书案道："近日原当谋划长远大计，不期郑国之事意外横出，是以急召四位会商。前将军先说，韩国情形如何？"

"臣启君上，韩王可恨！"

作者将计就计，续写郑国修成郑国渠之后的下文，让阴谋延续。秦国先灭韩国，原因未明。小说借郑国身份及经历，贯串起秦国灭韩国的因果。虽韩使郑国为间，激怒秦王，但究其实际原因，乃因为韩国处于秦国包围之中，秦国要取韩国，再容易不过。《史记·苏秦列传》载，"秦之行暴，正告天下"，"秦正告韩曰：'我起乎少曲，一日而断大行。我起乎宜阳而触平阳，二日而莫不尽繇。我离两周而触郑，五日而国举。'"无十足把握，秦王不会夸口几日可打败韩国。秦国取韩国，实先易后难之举。

王翦愤愤然一句，皱着眉头禀报了出使新郑的经过。

原来，嬴政从泾水河渠回到咸阳，深感郑国之事牵涉甚多，不能小视，立即派快马特使给关东大营的桓齮发出了一件密书：迅速派一军使赶赴新郑，向韩王申明秦国意愿——韩国向秦国派出间人疲秦，罪秦在先；韩王若能开赦郑国族人，并许郑氏族人入秦，秦国可不计韩国疲秦之恶行，否则，秦韩交恶，后果难料。桓齮接到密书，连夜与王翦商议。王翦一番思忖，觉得军中大将、司马适合做这个使节者一时难选，决意亲自出使新郑。桓齮原本也为使节人选犯愁，王翦自请，自然大是赞同。毕竟，关东一时无战，王翦又是文武兼备声望甚高的大将，王翦做军使，也能给韩王些许颜面，有利于此事顺当解决。

然则，谁也没有料到，王翦对韩国君臣竟是无处着力。王翦车马进入新郑，先是硬生生在驿馆被冷落三日，非但无法见到韩王，连领政丞相韩熙也是闭门谢客。直到第四日午后，韩王才召见了在王城外焦灼守候的王翦。及至王翦将秦国意愿明白说完，年轻的韩王却阴阴笑着一直不说话。王翦按捺住怒气正色询问："韩王究竟意欲如何，莫非有意使秦韩交恶？"韩王却呵呵一笑："秦为大国，韩为小邦，本王安敢玩火？"王翦冷冰冰一句："既然如此，韩王是允诺秦国了？"韩王又阴柔一笑："将军当知，韩国不若秦国，老世族根基深厚，本王即便允诺也是不中。果真要郑国一族离韩入秦，本王亦当与老世族商议一番，而后方能定夺。"王翦问："韩国定夺，须要几多时日？"韩王皱着眉头一脸苦笑："王室折冲老世族，至少也得三个月了。"王翦不禁厉声正色："韩国若要三月之期，便得先教本将军面见郑氏一族，并得留下一支秦军甲士看护郑氏族人，否则不能成约！"韩王却只哭丧着脸："拘押郑氏族人，乃老世族所为也。本王尚且不知郑氏族人拘押在谁家封地，如何教将军去见？"王翦眼见韩王成心推诿搪塞，本欲以大军压境胁迫韩王，又虑及因一人用兵而影响秦国对山东之整体方略，便重重撂下一句话："果真秦韩交恶，韩国咎由自取！"愤然出了王城。此后王翦留新郑旬日，韩国君臣硬是多方回避，任谁也不见王翦。直至离开新郑，王翦只有一个收获：探察得郑氏一族拘押在上大夫段延的段氏封地。

"欺人太甚！岂有此理！"年轻秦王一拳砸在青铜大案上，

"这个韩王，可是刚刚即位两年多的韩安？"李斯问了一句。

"正是。"王翦黑着脸一点头。

“这个韩安阴柔狡黠，做太子时便有术学名士之号。”王绾补充一句。

要写韩国灭亡原因。

“小巫见大巫。”蒙恬冷笑，“韩安不学韩非之法，唯学韩非之术。”

“若非投鼠忌器，对韩国岂能无法！”王翦显然隐忍着一腔怒气。

李斯一拱手：“将军是说，目下整体方略未就，不宜对韩国用兵？”

“正是。先生好见识。”王翦显然很佩服李斯的敏锐洞察。

“这是实情。”王绾的语气很平稳，“大旱方过，朝野稍安。当此之时，秦国内政尚未盘整，外事方略尚未有全盘谋划，骤然因一人动兵，牵一发而动全身，只怕对大局有碍。”

“然则，果真一筹莫展，也是对秦国不利。”蒙恬显然不甘心。

“郑国倒是丝毫不怨秦国，将回韩看作当为便为之行。”李斯叹息了一声。

“郑国是郑国！秦国是秦国！”年轻的秦王突然爆发，一拳砸案霍然站起，大步走动着脸色铁青着，一连串怒吼震得大厅嗡嗡作响，“郑国固然无怨，秦国大义何存！郑国是谁？是秦国富民功臣！是韩国卑鄙伎俩的牺牲品！是舍国舍家心怀天下的大水工！是宁可自己作牺牲上祭坛，也不愿修一条害民坏渠的志士义士！韩国卑劣，郑国大义！韩国渺小，郑国至大！郑国不是韩国一国之郑国，是天下之郑国！更是秦国之郑国！郑国为秦国富庶强大，而使族人受累，秦国岂能装聋作哑？功臣不能全身，秦国何颜立于天下！嬴政何颜立于天下！秦国果真大国大邦领袖天下，便从护持功臣开始！安不得一个功臣，秦国岂能安天下！”

秦王安功臣，志在安天下。

偌大厅堂，寂静得深山幽谷一般。

四位大员个个能才，可在年轻秦王这一连串没有对象的怒吼中都不禁有些惭愧了，一则为之震撼，二则为之感奋。一个国王能如此看待功臣，能如此掂量国家大局与保全功臣之间的利害关联，天下仅见矣！与如此国王共生共事，生无后顾之忧矣！

“臣等听凭王命决断！”四人不约而同，拱手一声。

年轻的秦王喘息了一声平静下来：“此事交李斯王翦，要旬日见效。”一句话说完，嬴政大踏步转身走了。蒙恬不禁呵呵一笑：“乱麻乱麻，快刀一斩，服！”王绾也红着脸一笑：“大局大局，究竟甚是大局，服！”李斯却对王翦一拱手：“此事看来只有从‘兵’字入手，将军以为如何？”王翦站起大手一挥：“有秦王如此根基，办法多得很，先生只跟我走！”一句话说完，两人已经联袂出了大厅。蒙恬对王绾一笑，都是一堆事，各忙各也。蒙恬也起身走了。只王绾坐在案前愣怔良久，仿佛钉在案前一般。

李斯主张武力统一天下。

却说李斯王翦出了王城上马，立即兼程赶赴函谷关外的秦军大营。

天色堪堪大亮，两骑飞进关外幕府。王翦将秦王一番话对主将桓齮一说，白发苍苍的老桓齮拍着大腿便是一嗓子：“鸟！好！韩安这小子，是得给他个厉害！你两个说办法，老夫只摇令旗便是！”一路之上，王翦与李斯断断续续已经谋好了对策。然王翦素来厚重宽和，更兼推崇李斯才具，此刻便一力要李斯对桓齮说出谋划对策，好教桓齮明白，是李斯奉秦王之命在主持目下这场对韩斡旋。短暂相处，李斯对王翦的秉性已经大有好感，便不再说奉王命介入之类的官话，一拱手便道：“李斯不通兵事，只一个根基：目下秦国对山东之整体方略未定，此次只对韩国，不涉他国。王翦将军与在下共谋，对策有二：其一，对其余五国明发国书，戳穿并痛斥韩国之猥琐，申明秦国护持功臣之大义，使列国无由合纵干涉；其二，三五日内猛攻韩国南阳诸城，但能攻下三五城，大事底定！”

秦国要取韩国，易如反掌。合纵之势已衰，韩国要向诸国求救，何其难矣。

老桓龁立即拍案：“好主意！李斯主文，王翦坐帐，老夫攻南阳！”王翦连忙一拱手：“上将军不可不可！此事是先生与末将之事，末将如何能坐在幕府？”老桓龁哈哈大笑：“老夫不打仗，浑身痒痒！不知道么？两年大旱没动兵，老夫只差没痒死人！幕府老夫不稀罕，不教老夫打仗，老夫便不摇令旗！你两个奈何老夫？”李斯与秦军大将从未有过来往，一见这威名赫赫的白发上将军如同少年心性一般，心下顿时没底，不知如何应对了。再看王翦，却是不慌不忙道：“老将军要抢我功劳，末将让给老将军便是。”老桓龁顿时红脸：“攻得三五城，算个鸟功劳！老夫是浑身痒痒。你小子！非得老夫脱光给你看么？老夫打仗，功劳记你，赖账是老鳖！”王翦依旧不慌不忙：“自秦王去岁下令特制草药入军，老将军一日一洗，甲痒病业已大有好转。末将看，老将军还是要夺末将功劳。”老桓龁无可奈何地挥挥手：“好好好，你小子小气！要挣功劳给你！那，老夫照应粮草总归可也。”王翦还是不慌不忙：“也不行。秦王不久将要巡视大军，大营军务堆积如山，上将军岂能做辎重营将军？”老桓龁脸色一阵红一阵白，终究又是无可奈何地呵呵一笑：“你小子老夫克星也！好好好，老夫离得远远便是。”

入夜，李斯草拟好国书，正好王翦进帐来商定两方如何文武协同。李斯多少有些担心老桓龁掣肘，却又不好明说，只好沉吟着一句：“此事宜速决，全在文武步伐协同，上将军果真发令不畅……”王翦不禁哈哈大笑：“先生多虑也！秦人闻战则喜，个个如此。全军呼应配合，只怕老将军比你我还要上心。"李斯自然知道,持重的王翦决然不会在邦国大事上嬉闹,一时心下大是宽慰。

次日,李斯在幕府军吏中选好五名干员,五道国书立即飞往赵魏燕齐楚。之后,李斯自带几名得力干员,秘密出使韩国,一则与王翦双管齐下,二则要察看韩国虚实,三则还想会见韩非劝其入秦。

却说王翦亲率五万步骑精锐,同时猛扑南阳。旬日方过,李斯与五路特使尚未回程,王翦一旅已经连下南阳五城,将南阳最大的宛(县)城已经铁桶般围定。多年来,韩国非但对秦屡屡败绩,便是在山东六国的争战中也是多有战败屡屡割地,腹地已经支离破碎互不连接,几成一张千疮百孔的破网。南阳之地,是韩国最后风华尚存的富庶地带,一旦失守,韩国便只有新郑孤城了。秦军一攻南阳,韩国立即派出飞车特使向五国求援。奈何秦国国书在先,五国顿时气短,觉得韩国在郑国之事上太过龌龊。普天之下,哪有个不许本国间人逃回本国的黑心约法?再说,秦军关外大营距南阳近在咫尺,五国纵然有心合纵发兵,至少也得一月半月会商,纵然不会商立即发兵,至少也得旬日之后赶到,韩国一片南阳之地撑得了十天半月么?大势如此,五国只有摇头叹息了。求救无望,韩王安立即慌了手脚,当即派出特使请求秦军休战。可王翦根本不理睬,只挥动大军包围宛城,声称韩国若不送郑氏族人入秦,秦军立即灭韩!

李斯回程之日,韩国丞相韩熙已经亲自将郑氏族人数百口送到了秦军幕府。

万般感慨之下,李斯立即知会王翦退兵。

秦王接到快报,下书内史郡郡守毕元:在郑国渠受益县内,任郑氏族长选地定居,一应新居安置所需全部由国府承担。李斯将一应事务处置完毕,遂星夜赶回咸阳,尚未晋见

安善解决郑国之事。为一水工大动干戈,作势要打,可知秦王确实求贤若渴,赏罚分明。据《史记》载,这一大动干戈,实为韩非而非为郑国。

秦王，先赶到了大田令府邸。李斯将诸般经过尚未说完，郑国已经是老泪纵横了。当夜，李斯还是没有回驿馆，陪着郑国整整说叨了一夜。郑国反复念叨着一句话：“老夫治水一生，阅人多矣！如秦王秦国这般看重功臣者，千古之下不复见矣！”次日清晨，李斯要陪郑国到下邽县抚慰族人，郑国却断然摇头：“不！老夫立即到官署任事，立即草拟水法。既为秦国大田令，老夫岂能尸位素餐！”

正在此时，家老匆匆进来禀报：中车府轺车在车马场等候，专门来接李斯。中车府是专司王室车马的内侍官署，派车接送官员自然是奉秦王之命。李斯当即向郑国告辞，疾步出府，在车马场上了高高伞盖的青铜轺车辚辚而去。

轺车出了官邸坊区，没上王城大道，却绕过王城直向北门驶去。李斯不便公然询问，心下却不禁溢出些许郁闷。轺车向北，不是去北阪，必是去太庙。便是说，此行未必定然是秦王召见，纵然是秦王召见，也多半不是大事正事。毕竟，秦王只要在咸阳，议政从来都是在王城书房的。李斯目下最上心者，是自己这个客卿之身究竟落到哪个实在官职上？河渠事完，后续事务已经移交相关官署，李斯这个客卿便虚了起来。回咸阳两月有余，上下忙得风风火火，除了擢升并安置郑国，朝会始终没有涉及人事。虽然李斯明白，郑国已经做了大田令，秦王绝不会闲置自己于客卿虚职，然真章未见，心便始终悬着。

“客卿，敢请下车。”

驾车内侍轻轻一声，李斯蓦然回过神来。

二　嬴政第一次面对从来没有想过的大事

太庙松柏森森，幽静凉爽，嬴政的烦躁心绪终于平复下来。

夜来一场透雨，丝毫没有消解流火七月的热浪。太阳一出，地气蒸腾，反倒平添了三分湿热，王城殿堂书房处处挥汗如雨，直是层层叠叠的蒸笼。按照法度，每逢酷暑与夏日葬礼，王城冰窖都要给咸阳城所有官署分赐冰块以镇暑，如同冬日分赐木炭一般。分冰多少冰砖大小，以爵位官职之高低为主要依据，同时参照实际需求。譬如昼夜当值的城防、关市等官署，职爵低也分得多；经常不当值的驷车庶长官署，职爵虽高,也分冰很少。国君驻地的王城殿堂、书房、寝宫,自然是处处都有且不限数量。唯其如此,王城历来不惧酷暑,任你烈日高照,王城殿堂却处处都是凉丝丝的。可自从嬴政亲政,咸阳王城便与天地共凉热,再也没有了那种酷暑之中的清凉气息。因由只有一个:冰块镇暑要门窗紧闭,否则纵是冰山在前也无济于事,而嬴政最不能忍受者,恰恰是门窗紧闭的憋闷。寻常时日,嬴政无论在书房还是在寝宫,历来都是门窗大开,至少也是两对面的窗户大开,时时有穿堂清风拂面,心下才觉得安宁。每逢夏日,嬴政宁可吹着热风,也不愿关闭门窗教那凉丝丝的冷气毫无动静地贴上身来。事情不大,可历来的规矩法度却是因此而大乱。第一桩,嬴政昼夜多在书房伏案,无论赵高叮嘱侍女们如何轮流小心打扇送风,酷暑时节都是汗流终日,终致嬴政一身红斑痱子。打扇过度,又容易热伤风,实在难杀!第二桩,所有的内侍侍女与流水般进出王城的官吏,都热得气喘如牛,大臣议事人人一条大汗巾,不消片刻满厅汗臭弥漫,人人都得皱着眉头说话。执掌王城起居事务的给事中多次建言,请秦王效法昭襄王,夏季搬到章台避暑理政。可嬴政每次都黑着脸断然拒绝,理由只有一个:章台太远,议事太慢。

赵高精明过人,将这种无法对人言说的尴尬悄悄说给了蒙恬,请蒙恬设法劝秦王搬到章台去。蒙恬原本没上心,只看作赵高唠叨而已。

直到一日进入王城书房,眼见年轻的秦王热得光膀子伏案浑身赤红,痱子红斑半两钱一般薄厚,悚然动容之下,蒙恬留心了。也是蒙恬天赋过人,对器物机巧有着特异的感知之能,在王城着意转悠了几次,便给秦王上了一道特异文书——请于王城修筑冰火墙以抗寒暑。

嬴政对此等细务历来不上心,呵呵笑着将蒙恬上书撂给了赵高:“小高子,蒙恬改制了秦筝,改制了毛笔,又要在王城做甚个墙。你去给他说,想做甚做甚,只不要聒噪我。”赵高一看蒙恬上书与附图,高兴得一跳三尺高,忙不迭一溜烟去了。

旬日之后,嬴政走进书房,只觉凉风徐徐分外舒畅,看看窗外烈日,不禁连声惊诧。旁边赵高窃窃一笑:“君上,不觉书房多了一件物事?”嬴政仔细打量,才蓦然发现眼前丈余处立起了一道高高的蓝田玉石屏,石屏面渗着一层细小晶亮的水珠,使原本并不显如何夺目的蓝田玉洁白温润苍翠欲滴,竟是分外的可人。

“蒙恬的冰火墙?”嬴政心头猛然一亮。

“是！整玉镂空，夏日藏冰，冬日藏火，是谓冰火墙。”

蒙恬天赋过人，能造出冰火墙不奇怪。

“门窗都可开？”

“门不能开，只可开窗。”

“能开窗便好，比铜箱置冰强出许多。”嬴政不禁赞叹一句。

“君上，冰火墙一丈高，顶得好几个铜箱藏冰！”

“那，寻常官署没法用？”

“咸阳令说了，石墙大小随意做，寻常官署都能用！”

“费工么？”

“石料比铜料省钱多了，还留冷留热，比铜箱实受。”

“好好好！蒙恬大功一件，王城官署，都立冰火墙！”

“嗨！”赵高一个蹦跳，不见了人影。

此后一个多月，嬴政身上的红斑渐渐消退，王城的殿堂书房也渐渐恢复了井然有序宁静忙碌的气象。然则，无论冰火墙多么惬意，只要一烦躁，嬴政立时觉得只能开窗的书房闷热难耐，痱子老根也便立时瘙痒，恨不得撕扯开衣冠将浑身挖得流血。今日便是如此。清晨刚进书房，嬴政没有想到久病卧榻的老驷车庶长却在书房等候。老庶长言语简约，一拱手便说：“太后专书，请见秦王，说有大事申明。”嬴政惊讶莫名，接过老庶长递来的一卷竹简，看过便沉默了。

这驷车庶长，是专掌王族事务的大臣，历来不问军国常事，除非王族内乱之类的大事，寻常在王城几乎看不到这个老人的身影。今日，他竟捧着太后的“专书”来了，当真不可思议。更令人不解的是，太后自从被嬴政重新迎回咸阳宫，恢复了母子名分，便一直不问国事。当然，这也是嬴政的期望，是恢复太后名分时的事先约法。如今的太后，能有何等大事？更有奇者，太后纵然曾经有失，毕竟还是恢复了名分的太后，果真有事，直接到王城见他这个秦王也是无可非议，

李　牧

如何要专书请见，而且还要经过执掌王族事务的驷车庶长传递？经过这个关口，分明意味着大大贬低了太后的至尊名分。灵慧的母亲，岂能不明白此中道理？一番思忖，嬴政觉得很不是滋味。

终于，嬴政对老庶长迸出一句话："明日，本王亲到太后宫。"

驷车庶长一走，嬴政便烦躁起来。一想到不知母亲又将生出何种事端，心口憋闷得直喘大气。这个母亲最教嬴政头疼，冷不丁生出个事来便是天翻地覆。寻常人家还则罢了，母亲偏偏是一国太后，他嬴政偏偏是一国国王，一旦出事，必惹得天下纷纭列国窃笑。每念及此，嬴政便愤怒不能自已。当初母亲若堂堂正正下嫁了吕不韦，以嬴政之特异秉性还当真不会计较。不合母亲自贱，与那个活牲畜嫪毐滚到了一起，将好端端秦国搅成了一摊烂泥，令王族深觉耻辱，令秦人深为蒙羞。更教嬴政血气翻涌的是，母亲竟然与那个活牲畜生下两个私生子，还公然宣称要去秦王而代之！那时候，他已经立定主意，只要平息嫪毐之乱，立即永远地囚禁这个母亲，教她再也不能横生事端。嬴政深切明白，纵然他不囚禁母亲，王族法度也要处置母亲。嬴氏王族可以容忍君臣私通，但决然不能容忍王族太后与乱臣贼子生出非婚孽子而大乱血统，更不能容忍取嬴氏而代之的野心图谋。

嫪毐与太后私乱之后，生子二人，藏起来。"与太后谋曰：'王即薨，以子为后'"(《史记·吕不韦列传》)，事已至今，秦王不得不怒。

不想见母亲。秦王的身世疑案，小说隐去不谈。

后来，嬴政派赵高率改装甲士趁乱进入雍城，秘密扑杀两个孽子，又断然囚禁母亲于萯阳宫，整个嬴氏王族都是没有一个人异议的。这便是历经危难磨炼的嬴氏王族——只要没有异议，便是承认国君做得对；一旦异议，则意味着王族要启动自己的法则。可偏有一班从赵燕入秦的臣子士子愤愤然，说秦王已经扑杀两子，再囚禁太后实在有违人伦。如此议论之下，这些慷慨之士纷纷来谏，请求秦王开赦太后以复天道人伦。嬴政怒火中烧，连杀劝谏者二十七人，并下令不许任何人收尸，以告诫后来者不要再效法送死。

那一刻，整个王族与秦国臣民，没有一个人指责嬴政违背秦法杀人过甚。

嬴政明白，这是老秦人蒙羞过甚，对这个太后已经深恶痛绝了。

赵姬也是一个悲剧人物。

在殿阶尸身横陈的时候，那个茅焦来了。

茅焦是齐国一个老士子，半游学半经商住在咸阳。听得王城杀人盈阶，赵燕士子一体噤声，茅焦二话不说，赳赳大步地奔往王城。路人相问，茅焦只一句话："老夫要教秦王明白，天下言路不是斧钺刀锯所能了断也！"其时，嬴政正在东偏殿与老廷尉议事，宫门将军进来一禀报，嬴政冷冷回道："问他，可是为太后事而来？"宫门将军疾步出去倏忽即回，报说正是。嬴政脸色铁青地拍案："教他先看看阶下死人！"宫门将军出而复回，禀报说茅焦看过尸身，只说了一句话："天有二十八宿，茅焦此来，欲满其数也！"嬴政又气又笑，却声色俱厉地喝令左右："此人敢犯我禁，架起大镬煮了他！"镬是无脚大鼎，与后世大铁锅相类。甲士们一声呼喝，在王座下架好了铁镬，片刻间烈火熊熊鼎沸蒸腾。老廷尉不闻不问恍若不见，起身一拱手也不说话便告辞去了。嬴政情知老廷尉身为执法大臣，不能眼看此等非刑之事起在眼前，有意回避而已，也不去理睬。

民不畏死，奈何以死惧之！

老廷尉一出殿口，嬴政便一声大喝："茅焦上殿！"

殿口一声长呼，一个须发灰白布衣大袖的老士进了东偏殿，小心翼翼步态萎缩，还时不时东张西望地打量一眼。嬴政觉得此人实在滑稽，不禁大笑："如此气象，竟来满二十八宿之数，当真气壮如牛也！"茅焦闻言，站定在大镬丈余之外，一拱手道："老朽靠前一步，离死便近得一步，秦王固狠,宁不肯老朽多活须臾乎?”说话间老泪纵横唏嘘哽咽,看得将军甲士们一片默然,一时竟没了原先的杀气声威。嬴政实在忍俊不禁,又气又笑地一挥手道:“好好好,有话你说,说罢快走!”不想茅焦陡然振作,一拱手清清楚楚道:“老夫尝闻人言:有生者不讳死,有国者不讳亡;讳死者不可得生,讳亡者不可存国。此中道理,秦王明白否?”嬴政天赋过人,目光一闪摇摇头:“足下何意?”茅焦平静地说:“秦王有狂悖之行,岂能不自知也?”嬴政冷冷一笑:“何谓狂悖?愿闻足下高见。”茅焦正色肃然道:“君王狂悖者,不计邦国声望利害,徒逞一己之恩仇也。秦国堪堪以天下为事,而秦王却有囚母毁孝之恶名,诸侯闻之,只恐人人远秦国而惧之。天下亲秦之心一旦瓦解,秦纵甲兵强盛,奈何人心矣!”

茅焦劝秦王之事,《史记·秦始皇本纪》以及《战国策·秦策》皆有记载,《战国策》为顿弱,两相对照,应确有此事。对此情节,《东周列国志》有夸张的文学描述。

嬴政二话没说,起身大步下阶,恭敬地扶起了茅焦。

旬日之后,嬴政经过驷车庶长与王族元老斡旋,终于恢复了母亲的太后名分,将母亲迎回了咸阳王城。母亲万般感慨,设宴答谢茅焦。

席间,母亲屡屡称赞茅焦是“抗枉令直,使败更成,安秦之社稷”的大功臣。那日嬴政也在场,对母亲的热切絮叨只是听,一句话也不应。

后来,母亲趁着些许酒意,拉着嬴政的手感慨唏嘘:“茅焦大贤也!堪为我儿仲父,襄助我儿成就大业……”

母亲还没说完,嬴政霍然起身,对侍女冷冰冰一挥手:“太后酒醉,该醒了说话,扶太后上榻。”说完,铁青着脸色径自去了。

老茅焦尴尬得满面通红,连忙也站起来跟着秦王去了。

在嬴政看来,母亲在大政国事上糊涂得无以言说。但反复思忖,还是找来国正监排了排官吏空缺,下书任命茅焦做了太子左傅。茅焦入府之日，嬴政特意召见，郑重叮嘱："先生学问儒家居多，今日为太子左傅教习王族子弟，只可做读书识字师，不得教授儒家误人之经典。日后但有太子，其教习归太子右傅，先生不必涉足。"嬴政心下想得明白：茅焦因谏说秦王"不孝"而彰显，给茅焦大名高位，是向天下昭示秦国奉孝敬贤，以使天下亲秦；然茅焦这般儒家士子，不可使其将秦国的王族学馆当作宣扬儒家人治之道的壁垒，更不能使他做未来太子的真正老师，只能限定其教习王族子弟读书识字；茅焦若是不认同，嬴政便要依原先谋划好的退路，改任茅焦做一个治学说话都没人管的客卿博士，任他去折腾。

然则，茅焦没有异议，而且很是欣然。

茅焦只说了一句话："儒家虽好，不合时势。秦行法治，老夫岂能不明！"

也就是从茅焦事开始，母亲再也没有说过有关国事有关王室的一句话。

既然如此，母亲这次郑重其事地上书请见，究竟何事？

……

"客卿李斯，见过秦王。"

"啊，先生到了，好！进去说话。"

进了太庙跨院的国君别居，嬴政立即吩咐侍女上茶。松柏森森罩住了庭院，门窗大开穿堂风习习掠过，李斯顿时觉得清爽了许多，不禁便是一句赞叹："先祖福荫，佑我后人哉！"嬴政大觉亲切，慨然笑道："先生喜欢便好！日后三伏酷暑，先生可随时到此消夏。"李斯连忙一拱手："君上笑谈，社稷之地，臣下焉敢轻入？"嬴政一笑："只要为国操劳，社稷也是人居，怕甚来？小高子，立即到太庙署给先生办一道令牌，随时进出此地。"赵高嗨的一声，便不见了人影。李斯心下感动，不禁肃然一躬："君上如此待臣，臣虽死何当报之！"嬴政哈哈大笑："先生国家栋梁，便是秦国也有先生一份，进出社稷，何足道哉！"骤然之间，李斯心下怦怦大跳，一句话也说不出来了。

君臣坐定，嬴政看着李斯喝下一盅凉茶，这才叩着书案道："今日独邀先生到此，本欲商定一件大事。可不知为甚，我今日心绪烦躁得紧，先生见谅。"李斯微微一笑："大事须得心静，改日何妨。烦躁因何而起，君上可否见告？"嬴政道："太后召我，说有大事，不知何事？"李斯沉吟少许一点头："太后不问国事，必是君上之事。"嬴政不禁惊讶："我？我有何事？"李斯平静地一笑："是大事，又不是国事，便当是君上之终身大事。"嬴政恍然拍案："先生是说，太后要问我大婚之事?"李斯点头："男大当婚，女大当嫁，该当如此。"嬴政长吁一声紧皱眉头，一阵默然，突兀开口："果真此事，先生有何见教?"惶急之相，全然没了决断国事的镇静从容。李斯不禁喟然一叹："臣痴长几岁，已有家室多年，可谓过来人矣！婚姻家室之事，臣能告君上者，唯有一言也。"

终身大事，母亲过问，天经地义。

"先生但说。"嬴政分外认真。

"君王大婚，不若庶民，家国一体，难解难分。"

"此话无差，只不管用也。"

"唯其家国难分，君王大婚，决于王者之志。"

"噢？说也。"

"君上禀赋过人，臣言尽于此。"

李斯终究忍住了自己，却不敢正视年轻的秦王那一双有些凄然迷离的细长的秦眼。嬴政凝望着窗外碧蓝的天空，一动不动地仿佛钉在了案前。良久默然，嬴政突兀拍案："小高子备车，南宫!"

对母亲是又恨又爱。

冬去春来，太后赵姬已经熟悉了这座清幽的庭院。

咸阳南宫，是整个咸阳王城最偏僻的一处园林庭院。这片园林坐落在王城东南角，有一座山头，有一片大水，有摇曳的柳林，有恰到好处的亭台水榭，可就是没有几个人走动。在车马穿梭处处紧张繁忙的王城，这里实在冷清得教人难以置信。赵姬入住南宫后，一个跟随她二十多年的老侍女，一脸忧戚而又颇显神秘地说给她一个传闻：阴阳家说，咸阳南宫上应太岁[①]星位，是太岁土；当年商鞅建咸阳太匆忙，未

---

① 太岁，古代星名，亦称岁星，即当代天文学中的木星。先秦堪舆家认为：在与太岁对应的土地上(俗称太岁土)建房，不吉。

曾仔细堪舆便修了这座南宫；南宫修成后，第一个住进来的是惠文后，之后便是悼武王后、唐太后，个个没得好结局；从此，不说太后王后，连夫人嫔妃们都没有一个愿意来这里了。老侍女最后一句话是："南宫凶地，不能住。太后是当今秦王嫡亲生母，该换个地方也！"赵姬却淡淡一笑："换何地？"老侍女说："甘泉宫最好，比当年的梁山夏宫还好哩！"赵姬却是脸色一沉："日后休得再提梁山夏宫，这里最好。"说罢拂袖去了。老侍女惊愕得半天说不出话来。

梁山夏宫，是赵姬永远的噩梦。

没有梁山夏宫，便没有吕不韦的一次次"探访会政"，更不会有吕不韦欲图退身而推来的那个嫪毐。没有嫪毐，如何能有自己沉溺肉欲不能自拔而引起的秦国大乱？狂悖已经过去，当她从深深上瘾以致成为荒诞肉欲癖好者的深渊里苦苦挣扎出来的时候，秦国已经发生了翻天覆地的变化。儿子长大了，儿子亲政了，短短两三年之中，秦国又恢复了勃勃生机。回首嬴柱、嬴异人父子两代死气沉沉奄奄守成的三年，不能不说，自己这个儿子实在是一个非凡的君王。不管他被多少人指责咒骂，也不管他曾经有过荒诞的逐客令，甚或还有年轻焦躁的秉性，他都是整个秦国为之骄傲的一个君王。赵姬不懂治国，儿子的出类拔萃，她是从宫廷逐鹿的胜负结局中真切感受到的。假如说，嫪毐这个只知道粗鄙肉欲的蠢物原本便不是儿子的对手，那么吕不韦便完全是另一回事了。无论是才能、阅历、智慧、学问、意志力，吕不韦都是天下公认的第一流人物，且不说还有二十多年执政所积成的深厚根基。当年，谁要是用嬴政去比吕不韦，一定是会被人笑骂为失心疯的。当年的赵姬，能答应将自己与嫪毐生的儿子立为秦王，看似荒诞肉欲之下的昏乱举动，其深层原因，却实在基于赵姬对儿子嬴政的评判。赵姬认定，儿子嬴政永远都不能摆脱仲父吕不韦的掌心，只要吕不韦在世，嬴政永远都只能听任摆布；以吕不韦的深沉远谋，秦国的未来必定是吕不韦的天下。假如吕不韦还是那个深爱着自己的吕不韦，赵姬自然会万分欣然地乐于接受这个归宿，甚或主动促成吕不韦谋国心愿亦未可知。吕不韦本来就应该是她的，既然最终还是她的，那么自己的儿子也就是他的儿子，谁为王谁为臣还不都是一样？

可是，那时的吕不韦已经不是她的吕不韦了。

吕不韦对她的情意，已经被权力过滤得只剩下暧昧的体谅与堂而皇之的君臣回避了。既然如此，她与吕不韦还有何值得留恋？事后回想起来，赵姬依然清楚地记得，开始她对吕不韦并没有报复之心,只一种自怜自恋的发泄。后来,牲畜般的嫪毐催生了她不能自已的肉欲,也催生了昏乱肉欲中萌生的报复欲望——你吕不韦不是醉心权力么,赵姬偏偏打碎你的梦想！你要借着我儿子的名分永远掌控秦国么？万万不能！所以,嫪毐才有了长信侯爵位,秦国才有了“仲父”之外的“假父”,嫪毐才有了当国大权,终于,嫪毐也有了以私生儿子取代秦王的野心……然则,赵姬没有想到,在秦国乱局中不是她和嫪毐打碎了吕不韦的梦想,而是吕不韦打碎了她与嫪毐的梦想。当她以戴罪之身被囚禁冷宫时,她又一次在内心认定,吕不韦是不可战胜的权力奇人。那时,沉溺于肉欲之中的她根本没有想到,毁灭嫪毐与自己野心梦想的,恰恰是儿子嬴政！那时,对国家政事素来迟钝的她,只看到了结局——儿子并没有亲政,吕不韦依旧是仲父丞相文信侯,既然如此,秦国必然属于吕不韦。

那时候,她真正地伤心绝望了,为平生一无所得身心空空。

那时候,赵姬想到过死。

然则没过一年,秦国就发生了难以置信的突变。

儿子嬴政亲政！吕不韦被贬黜！接着吕不韦自裁！

任何一桩,在赵姬看来都是不可思议的,也绝不是儿子的才具所能达到的。她宁肯相信,这是吕不韦在毁灭了赵姬之后良心发现而念及旧情,在她的儿子加冠之后主动归隐,又将权力交还给了她的儿子。赵姬依然清楚地记得,那个想法一闪现,她枯涩干涸的心田竟骤然重新泛起了一片湿润！可是,没过半年,吕不韦死了,自裁了！消息传来,赵姬的惊愕困惑是无法言状的。她不能相信,强毅深厚如吕不韦者,何等人物何等事情,能教他一退再退,直至自己结束自己的生命？也就是从那个时候起,赵姬才开始认真起来,不断召来老内侍老侍女,不断询问当年的种种事体。

渐渐地,赵姬终于明白过来。赵姬知道,人们口中的秦王故事不是编造得来的,只有真实的才具,真实的业绩,才能被老秦人如此传颂。儿子嬴政的种种作为与惊人才具,使她心头剧烈地战栗着。第一次,她在内心对自己的儿子刮目相看了。第一次,她为自己对儿子的漠视失教深深地痛悔了。恰在此时,吕不韦私葬事件又牵连出了天下风波,秦国大有重新动乱之势。依着秉性,赵姬从来不关心此等国事风云。可这次,冷宫之中的她,却莫名其妙地心动了,每日都要那个忠实的老侍女向她备细诉说外间消息 。她也第一次比照着一个秉政太后的权力,思忖着假若自己当国,此等事该当如何处置？令她沮丧的是，每次得到消息，自己看去都是无法处置的大险危局，根本无法扭转。可是，没过几多时日，一场场即将酿成惊天风雨的乱局，在秦国都干净利落地结束了。那时候，她的惊讶，她的困惑，她的兴奋，简直无以言传。那一夜，在空旷寂寥的咸阳南宫，赵姬整整转悠到了天亮。之后又是天下跨年大旱，秦国该乱没乱，还趁机大上泾水河渠，一举将关中变成了水旱保收的天府之国。逐客令虽然荒诞，可没到一个月便收了回去，终究没误大事。

至此，赵姬终于相信，儿子决然是个不世出的天纵之才。

借赵姬的心理活动，讲述嬴政的成王之路。

赵姬心头常常闪出一丝疑问，儿子的祖父孝文王嬴柱窝囊自保一生，儿子的父亲庄襄王嬴异人心志残缺才具平庸，如何自己便能生出如此一个杀伐决断凌厉无匹的儿子来？与儿子相比，自己的"太后摄政"简直粗浅得如同儿戏。也许因了自己是个女人，也许因了自幼生在大商之家，聪明的赵姬见多了爷爷父亲处置商社事务的洒脱快意，从来以为权力就是掌权者的号令心志，只要大权在手，想用谁用谁，想如何摆弄国家便如何摆弄，甚主张甚学说，一律都没用，只能是谁权大听谁的。在赵姬看来，这是任何人都无法改变的世事。所以，她敢用人所不齿的畜生嫪毐，敢应允教全然没有被王族法度所承认的"乱性孽子"做秦王。直至气势汹汹的嫪毐被连窝端掉，自己还不知所以然。想起来，自以为美貌聪慧，其实一个十足的肉女人，实足的蠢物。

赵姬想得很多。自己的愚蠢，不能仅仅归结为自己是个女人。儿子的能事，也不能仅仅归结为他是个男人。宣太后是女人，为何将秦国治理得虎虎生气？嬴柱、嬴异人是男人，为何秦国两代一团乱麻？说到底，赵姬终归不是公器人物，以情决事，甚至以欲决事，是她的本色心性，根本不是执掌公器者的决事之道。公器有大道，不循大道而玩弄公器，到头来丢丑的只是自己。

再也折腾不出什么事了。

两三年清心寡欲,赵姬渐渐平静了。

毕竟,她还不到知天命之年,还有很多年要活。对于一个太后,她自然不能有吃有穿有安乐了事,总得有所事事。否则,她会很快地衰老,甚至很快地死去。对于曾经沧海的她,死倒不怕,怕的是走向坟墓的这段岁月空荡荡无可着落。自然,赵姬不能再干预国事,也不想再以自己的糊涂平庸搅闹儿子。赵姬已经想得清楚,自己所能做的,便是在暮年之期帮儿子做几件自己能做该做的事,以尽从来没有尽过的母职。可是,虽然是母亲,自己与儿子却是生疏得如同路人,想见儿子一面,却连个由头都找不出来,更不说将自己的想法与儿子娓娓诉说了。

生嬴政的时候,赵姬还不到二十岁。那时候,她正在日夜满怀激情地期盼着新夫君嬴异人,期盼着吕不韦大哥早早接她回到秦国,对儿子的抚养根本没有放在心上。也是卓氏豪门巨商,大父卓原闲居在家,便亲自督导着乳母侍女照料外重孙,从来没有叫赵姬操过心。赵姬记得清楚,嬴政五岁的那一年秋天,爷爷对她很认真地说起儿子的事。爷爷说,昭儿,你这个儿子绝非寻常孩童,很难管教,你要早早着手多下功夫,等他长大了再过问,只怕你连做娘的头绪都找不着了。那时,漫漫的等待已经在她的心田淤积起深深的幽怨,无处发泄的少妇骚动更令她寝食难安。爷爷的话虽然认真,她却根本没上心。直到儿子八岁那年母子回秦,赵姬对儿子,始终都是朦胧一片。儿子吃甚穿甚,她不知道。儿子的少年游戏是甚,她不知道。儿子的喜好秉性,她也不知道。赵姬只知道儿子一件事,读书练剑,从不歇手。那还是因为,她能见到儿子的那些时日里,儿子十有八九都在读书练剑。

回到咸阳,嬴政成了嫡系王子。尽管儿子与她一起住在王后宫，却是一个有着乳母侍女仆人卫士的单独庭院。母子两人，依然是疏离如昔。赵姬也曾经想亲近儿子，督导儿子，教他做个为父王争光的好王子。可是，她每次去看儿子，都发现儿子比自己想象的还要刻苦奋发，便再没了话说。关心衣食吧，乳母侍女显然比自己更熟悉儿子，料理得妥帖至极，她想挑个毛病都没有，也还是无话可说。后来，目睹了儿子在争立太子中令人震惊的禀赋，赵姬才真切地觉得，儿子长大了，长得自己已经不认识了。后来，儿子做了太子，搬进了太子府，赵姬认真地开始了对儿子的关照。可是，已经迟了。儿子我行我素，经常不住王城，却在渭水之南的山谷给自己买下了一座猎户庄院，改成了专心修习的日常住所。赵姬想关照，还是无从着手。及至嬴异人病体每况愈下，赵姬才真正生出了一丝疏离儿子的恐慌。将吕不韦定为儿子的仲父，实际上是她对将死的秦王夫君提出的主张。赵姬当时想得明白，她这个母亲对儿子已经没有了任何影响力，要约束儿子，成全儿子，必须给儿子一个真正强大的保护者。这个人，自然非吕不韦莫属。

可是，最终，吕不韦对儿子还是没有影响力。

漫漫岁月侵蚀，连番事件迭起，母子亲情已经被搜刮得荡然无存了。

母子疏离，成年之后，已难弥补。

春秋战国之世，固然是礼崩乐坏人性奔放，可那些根本的人伦规矩与王族法度以及国家尊严，依然还是坚实的，不能侵犯的。身为公器框架中的任何一个男人女人，可以超越公器框架的法度制约，依着人性的驱使去寻找自由快乐的男欢女爱。公器权力可以对你在人伦节操的评判上保持沉默，也可以对你的男女肉欲不以律法治罪。也就是说，作为个人行为，春秋战国之世完全容纳了这种情欲的奔放，从来不以此等奔放为节操污点。那时候，无论是民间还是宫廷，男欢女爱踏青野合夫妇再婚婚外私情几乎比比皆是，以致弥漫为诸如“桑间濮上”般的自由交合习俗。对这种风习，尽管也有种种斥责之说，但从来没有被公器权力认定为必治之罪。然则，春秋战国之世也是无情的，残酷的。当一个人不顾忌公器框架的基本尺度而放纵情欲，并以情欲之乱破坏公器与轴心礼法，从而带来邦国动乱时，公器法度便会无情地剥去你所拥有的权力地位与尊严，将你还原为一个赤裸裸的人而予以追究。

曾经是王后，曾经是太后，赵姬自然是邦国公器中极其要害的轴心之一。

是儿子嬴政，将嫪毐案情公诸天下，撕下了母亲作为一国太后的尊严。

是儿子嬴政，将母亲还原成了一个有着强烈情欲的淫乱女人。

可是，赵姬也很清楚，儿子还是给她保留了最后一丝尊严。

若公告于天下，秦始皇自身的合法性也会动摇。

廷尉府始终没有公示她与吕不韦的私通情事。虽然，吕不韦罪行被公布朝野，其中最重罪行便是“私进嫪毐，假行阉宦”的乱国罪。然则，无论是廷尉府的定刑文告，还是秦王王书，都回避了吕不韦这番作为的根基因由。也就是说，赵姬与吕不韦的情事，始终没有被公然捅破。不管儿子如何对待自己，在此一点上，赵姬还是感激儿子的。在赵姬内心深处，不管秦国朝野如何将自己看作一个淫乱太后，可赵姬始终认定，她与吕不韦的情意不是奸情。因为，终其一生，她只深爱一个人。这个人，便是吕不韦。如果吕不韦更有担当一些，她宁肯太后不做，也会跟吕不韦成婚。如果秦国将她与吕不韦的情意，也看作私通奸情而公诸天下，她是永远不会认可的。最有可能的是，她也会同吕不韦一样，自己结束自己,随他的灵魂一起飘逝。

儿子默认了她心底最深处的那片净土,她的灵魂便有了最后一片落叶的依托。

作者的仁慈,于此可见一斑。

没有亲情的母子是尴尬的,如果儿子果真答应见她,她该如何启齿呢?

……

"太后太后。"忠实的老侍女气喘吁吁跑了过来。

"甚事,不能稳当些个?"赵姬有些生气。

"太后太后,秦王来了!"老侍女惊讶万状地压低着嗓子。

"!"

"太后!快来人,太后……"

就在老侍女手忙脚乱,想喊太医又想起南宫没有太医只有自己掐着太后人中施救时,身后一阵脚步声,一个年轻的内侍风一般过来推开了老侍女,平端着太后飞到了茅亭下的石案上。及至将太后放平,一名老太医也跟了上来,几枚细亮的银针利落地插进了太后的几处大穴。惊愕的老侍女木然了,看着身披黑丝斗篷的伟岸身影疾步匆匆地走进茅亭,既忘了参拜,也忘了禀报,只呆呆地大喘着粗气说不出话来。

"你是,是,秦,王?"赵姬睁开雾蒙蒙的双眼,梦魇般地嘟哝着。

多年未见。

"娘……我是嬴政。"

"你?叫我娘……"一句话没说完,赵姬又昏了过去。

嬴政清楚地看见,母亲的眼睛涌出了两行细亮的泪水。

他心头猛然一酸,二话不说俯身抱起母亲,大步进了寝室庭院。及至老侍女匆匆赶来,给母亲喂下一盅汤药,母亲睁开眼怔怔地看着自己,嬴政还是久久没有说话。对望着母亲的眼神,嬴政的心怦怦大跳。在他的少年记忆里,母亲曾经是那样的美丽，母亲的眼睛是澄澈碧蓝的春水，写满了坦然，充溢着满足，荡漾着明澈。可是，目下的母亲已经老了，鬓发已经斑白，鱼尾纹在两颊延伸，迷蒙的眼神婴儿般无助，分明积淀着一种深深的哀怨，一种大海中看见了一叶孤舟而对生命生出的渴望，一种对些微的体察同情的珍重，一种对人伦亲情的最后乞求……

“娘老矣！”嬴政内心一阵惊悚，一阵战栗。

多少年了，嬴政没有想过这个母亲。在他的心灵里，母亲早早已经不属于他了。在他的孩童时期，母亲属于独处，属于烦躁，属于没有尽头的孤独郁闷。在他的少年时期，母亲属于王城宫廷，属于父亲，属于快乐的梁山夏宫。当他在王位上渐渐长大，母亲属于仲父吕不韦，属于那个他万般不齿的粗鄙畜生。在嬴政的记忆里，母亲从来没有属于过自己。母亲对他没有过严厉的管教，没有过寻常的溺爱，没有过衣食照料，没有过亲情厮守，疏疏淡淡若有若无，几乎没有在他的心田留下任何痕迹。他已经习惯了遗忘母亲，已经从心底里抹去了母亲的身影。甚至，连“母亲”这两个字，在他的眼中都有了一种不明不白的别扭与生疏。嬴政曾经以为，活着的母亲只是一个太后名号而已，身为儿子的他，永远都不会与母亲的心重叠在一起了。然则，今日一见母亲，一见那已经被细密的鱼尾纹勒得枯竭的眼睛，嬴政才蓦然体察，自己也渴望着母亲，渴望着那牢牢写在自己少年记忆里的母亲。

“娘！我，看你来了。”终于，嬴政清楚地说出了第一句话。

赵姬一声哽咽，猛然死死咬住了被角。

“娘要憋闷，打我！”嬴政硬邦邦冒出一句连自己也惊讶的话来。

到底是母子。

“政儿……”赵姬猛然扑住儿子，放声大哭。

嬴政就势坐在榻边紧紧抱住母亲，轻轻捶打着母亲的肩背，低声在母亲耳边亲切地哄弄着。娘，不哭不哭，过去的业已过去，甚也不想了，娘还是娘，儿子还是儿子。赵姬生平第一次听儿子如此亲切地说话，如此以一个成熟男人的胸襟体谅着使他蒙受深重屈辱的母亲，那浑厚柔和的声音，那高大伟岸的身躯，那结实硬朗的臂膊，无一不使她百感交集。一想到这便是自己的亲生儿子，赵姬更是悲从中来，哭得一发不可收拾。

旁边老侍女看得惊愕又伤痛，一时全然忘记了操持，也跟着哭得呜呜哇哇山响。赵高眼珠子瞪得溜圆，过来在老侍女耳边低声两句，老侍女这才猛然醒悟，抹着眼泪鼻涕匆匆去了。片刻间，老侍女捧来铜盆面巾，膝行榻前，低声劝太后止哀净面。嬴政又亲自从铜盆中绞出一方热腾腾的面巾，捧到了母亲面前。赵姬这才渐渐止住了哭声，接过面巾拭去泪水，怔怔地看着生疏的儿子。

“政儿，这，这不是梦……”赵姬双眼蒙眬，一时又要哭了。

“不是梦。”嬴政站了起来，“娘，过去者已经过去，别老搁心头。”

母子血缘，无法割断。

“娘没出息也。”赵姬听出儿子已经有些不耐，叹息了一声。

“娘，”嬴政皱起了眉头，“我没有多余的时光。”

“知道。”赵姬离榻起身，抓过了一支竹杖，“跟我来，娘只一件事。”

看着母亲抓起的竹杖，嬴政心头顿时一沉。

母亲老了。青绿的竹杖带着已经显出迟滞的步态，以及方才那蒙眬的眼神与眼角细密的鱼尾纹，一时都骤然涌到嬴政眼前，母亲分明老矣！刹那之间，嬴政对自己方才的急躁有些失悔，可要他再坐下来与娘磨叨好说，又实在没有工夫。不容多想，嬴政扶着母亲出了寝宫，来到了池畔茅亭下。毕竟，是娘要上书见他。嬴政最关心的，还是娘要对他说的大事。嬴政来时已经想好，只要娘说的大事不关涉朝局国政，他一定满足娘的任何请求。他已经想到，娘从来没有喜欢过咸阳王城，或者是要换个居处安度晚年。若是寻常时日的寻常太后，这种事根本不需要秦王定夺，太后自己想住哪里便住哪里，只需对王城相关官署知会一声便了。可母亲不是寻常太后，她的所有乱行都是身居外宫所引发的。为了杜绝此等事体再度复发，处置嫪毐罪案的同时，嬴政便给王城大内署下了一道王书：日后，连同太后在内的宫中嫔妃夫人，除非随王同出，不得独自居住外宫！这次，母亲着意通过驷车庶长府上书请见，嬴政对自己的那道严厉王书第一次生出了些许愧疚。来探视母亲之前，他已经下书大内署：派工整修甘泉宫，迎候太后迁入。嬴政想给郁闷的母亲一个惊喜。嬴政相信，母亲一定会喜出望外。至于李斯说的大婚之事，嬴政思忖良久，反倒觉得根本不可能。理由只有一个：母亲从来没有管过他的事，立太子，立秦王，以及必须由父母亲自主持的成人加冠大礼，母亲都从来没有过问过；而今母亲失魂落魄满腔郁闷，能来管自己的婚事？不可能！

“政儿，你已经加冠三年了。”

“娘，你还记得？没错。”嬴政多少有些惊讶，母亲竟然没有说自己的事。

“政儿，既往，娘对你荒疏太多。”母亲叹息一声，轻轻一点竹杖，“然则，娘没有忘记你的任何一个关节。你，正月正日正时出生，八岁归秦，十二岁立太子，十三岁继任秦王，二十一岁加冠亲政……二十多年，娘给你的，太少太少也！”

“娘……娘没有忘记儿子，儿知足。”

“政儿不恨娘，娘足矣！”

“我，恨过娘。然，终究不恨。”

“你我母子纵有恩怨，就此泯去，好么？”

“娘说的是，纵有恩怨，就此泯去！”

“好！”母亲的竹杖在青石板上清脆一点，“娘要见你，只有一事。”

“娘但说便是。”嬴政一大步跨前，肃然站在了母亲面前。

“娘，要给你操持大婚。”母亲一字一顿。

“！”嬴政大感意外，一时惊愕得说不出话来。

“你且说，国家社稷，最根本大事何在？”

“传，传承有人。”嬴政喘息一声，很有些别扭。

“然则，你可曾想过此事？”

“……”

“驷车庶长府，可曾动议过？”

“……”

“你那些年轻栋梁，可曾建言过？”

“……”

“政儿，你这是灯下黑。”

赵姬看着木然的儿子，点着竹杖站了起来，“娘不懂治国大道，可娘知道一件事：邦国安稳，根在后继。你且想去，孝公唯后继有人，纵然杀了商鞅，秦国还是一路强盛。武王临死无子，秦国便大乱了一阵子。昭王临终，连续安顿了你大父你父亲两代君王，为甚来？还不是怕你爷爷不牢靠，以备随时有人继任？你说，若非你父亲病危之时决然立你为太子，秦国今日如何？你加冠亲政，昼夜忙于国事，好！谁也不能指责你。至于娘，更没有资格说你了。毕竟，是娘给你揽下了个烂摊子……可是，娘还是要说，你疏忽了根本。古往今来，几曾有一个国王，二十四五岁尚未大婚？当年的孝公，在二十岁之前便有了一个儿子，就是后来的惠文王嬴驷。政儿，娘在衣食、学业、才具上，确实知你甚少。可是，娘知道你的天性。娘敢说，你虽然已经二十四岁，可你连女人究竟是甚滋味，都不知道……”

“娘！”嬴政面色涨红，猛然吼叫一声。

母子之间，始终有神秘的亲密。

看着平素威严肃杀的儿子局促得大孩童一般，母亲第一次慈和地笑了。

赵姬重新坐下，拉着儿子胳膊说，你给我坐过来。嬴政把秦王政写得如此“纯情”，实不足信。张守节《史记·秦始皇本纪·正义》称，“《三辅旧事》云：‘始皇表河以为秦东门，表汧以为秦西门，表中外殿观百四十五，后宫列女万余人，气上冲于天。’”另据《史记·李斯列传》，“始皇有二十馀子，长子扶苏以数直谏上，上使监兵上郡，蒙恬为将”，若算上被秦二世处死的十公主等，秦始皇至少有三十余子女，由此看出，秦始皇绝非“守身”之人。小说写到嬴政羞涩，大概要借此解开母子二人的心结。

三个提议皆好。

坐到母亲身边，仍然不知道该说什么。母亲说的这件事，实在太出意料，可是听罢母亲一席话，嬴政却不得不承认母亲说得对。只有母亲，只有亲娘，才能这样去说儿子，这样去看儿子。谁说母亲从来不知道自己，今日母亲一席话，哪件事看得不准？历数五六代秦王，子嗣之事件件无差。自己从来不知道女人的滋味，母亲照样没说错。这样的话谁能说？只有母亲。生平第一次，嬴政从心头泛起了一种甜丝丝的感觉，母亲是亲娘，亲娘总是好。可是，这些话嬴政无法出口。二十多年的自律，他已经无法轻柔亲和地倾诉了。嬴政能做到的，只有红着脸听娘絮叨，时不时又觉得烦躁不堪。

“政儿，你说，想要个何等样的女子？”娘低声笑着，有些神秘。

“娘！没想过，不知道。”

“好，你小子厉害。”母亲点了点儿子的额头。

“娘，说话便是了。”嬴政拨开了赵姬的手。

“好，娘说。”赵姬还真怕儿子不耐一走了之，多日心思岂非白费，清清神道，“娘已经帮你想了，三个路数，你来选定：其一，与山东六国王族联姻。其二，与秦国贵胄联姻。其三，选才貌俱佳的平民女子，不拘一格，唯看才情姿容。无论你选哪路，娘都会给你物色个有情有义的绝世佳人。你只说，要甚等女子？”

嬴政默然良久，方才的难堪窘迫已经渐渐没有了。母亲一番话，嬴政顿时清醒了自己大婚的路数。蓦然想到李斯之言，也明白了自己这个秦王的婚姻绝非寻常士子那般简单。

“娘，若是你选，哪路中意？”嬴政突兀一句。

“娘只一句。”赵姬认真地看住了儿子。

“娘说便是。”

“男女交合，唯情唯爱。”

“无情无爱，男女如何？”

“人言，男欢女爱。若无情意，徒有肉欲，徒生子孙。”

嬴政愣怔了，木然坐亭凝望落日，连娘在身边也忘记了。

“娘，容我想想。”将及暮色，嬴政终于站了起来：

“政儿，娘说得不对么？”赵姬小心翼翼。

“娘，容我再想想。”

赵姬长长一声叹息：“政儿，无论如何，你都该大婚了。”

“娘，我知道。我走了。”嬴政习惯地一拱手，转身大步去了。没走几步，嬴政又突然回身，“娘，你不喜欢咸阳王城，我已经派人整修甘泉宫，入秋前你便可搬过去住。”

赵姬惊讶地睁大了眼睛，蓦然一眶泪水又淡淡一笑：“噢，你小子以为，娘要说的大事是搬家？不，娘没那心劲了。娘要对你说，娘哪里也不去。”

“娘！这是为甚？”这次，嬴政惊讶了。

赵姬点着竹杖：“甚也不为，只为守着我的秦王，我的儿子。行么？”

嬴政对着母亲深深一躬，却没有说一句话。

“为君者身不由己。你事多，忙去。”

“娘，我会常来南宫的。”

“来不来不打紧，只要你年内大婚。”

“娘，我得走了。”

看着母亲强忍的满眼泪光，嬴政咬着牙关大步出了南宫。

赵姬诉说自己的人生遗憾。史官愿意称赵姬淫，而不愿写赵姬与嫪毐之事，还是顾及其太后的身份，嫪毐终归是个宠臣，不是后人所说的爱人。所以，嫪毐身败名裂，其名也几乎成为“淫”的同义词。赵姬与嫪毐之间，有无真情，无从考证了。

没有赵姬给嬴政身份血统，哪来嬴政的不可一世？茅焦能说服秦王政迎太后回咸阳，说明这个“孝”字在当时还是有很大的影响力。秦王虽尚法、尚阴阳家，但对孝道，也不可任意妄为。

三　王不立后　铁碑约法

三更时分，蒙恬被童仆唤醒，说王车已经在庭院等候，秦王紧急召见。

轺车刚刚驶进车马场堪堪缓速，蒙恬已经跳下车，疾步走向正殿后的树林。蒙恬很明白，这个年轻秦王每夜都坚持批完当日公文，熬到三更之后很是平常，但很少在夜间召见臣下议事。用秦王自己的话说："一君作息可乱，国之作息不可乱。天地时序，失常则败。"今夜秦王三更末刻召见，不用想，一定是紧急事体。

"王翦将军到了么？"蒙恬首先想到的是山东兵祸。

"没有。"紧步赶来的赵高轻声一句，"只有君上。"

夜半独召我，国中有变？倏忽一闪念，蒙恬已经出了柳林到了池畔，依稀看到了那片熟悉的灯火熟悉的殿堂。刚刚走过大池白石桥，水中突兀啪啪啪三掌。蒙恬疾步匆匆浑没在意。身后赵高却已经飞步抢前："将军随我来。"离开书房路径便沿着池畔回廊向东走去。片刻之间，到了回廊向水的一个出口，赵高虚手一请低声道："将军下阶上船。"蒙恬这才恍然，秦王正在池中小舟之上，二话不说踩着板桥上了小舟。身后赵高堪堪跳上，小舟已经无声地划了出去。"将军请。"赵高一拱手，恭敬地拉开了舱门。船舱没有掌灯，只有一片明朗的月色洒入小小船舱。蒙恬三两步绕过迎面的木板影壁，便见那个熟悉的伟岸身影一动不动地伫立在船边，凝望着碧蓝的夜空。

"臣，咸阳令蒙恬，见过君上。"

"天上明月，何其圆也！"年轻伟岸的身影兀自一声慨然叹息。

"君上……"蒙恬觉察到一丝异样的气息。

"来，坐下说话。"秦王转身一步跨进船舱，"小高子，只管在池心漂。"

赵高答应一声，轻悄悄到船头去了。蒙恬坐在案前，先捧起案上摆好的大碗凉茶咕咚咚一气饮下，搁下碗拿起案上汗巾，一边擦拭着额头汗水嘴角茶水，一边默默看着秦王。年轻的秦王目不转睛地瞅着蒙恬，好大一阵不说话。蒙恬明慧过人，又捧起了一碗凉茶。

"蒙恬，你可尝过女人滋味？"秦王突兀一句。

"君上……"蒙恬大窘，脸色立时通红，"这，这也是邦国大事？"

"谁说邦国大事了？今夜，只说女人。"

"甚甚甚？几(只)说，女，女人?!"蒙恬惊讶得又口吃又咬舌。

若是平日，蒙恬这番神态，嬴政定然是开怀大笑还要揶揄嘲笑一通。今日却不一样，不管蒙恬如何惊讶如何滑稽，嬴政都是目不转睛地看着蒙恬，认真又迷蒙。素来明朗的蒙恬，竟被这眼神看得沉甸甸笑不出声来了。

“说也，究竟尝没尝过女人滋味？”嬴政又认真追了一句。

“君上……甚，甚叫尝过女人滋味？”蒙恬额头汗水涔涔渗出。

“我若知道，用得着问你？”嬴政黑着脸。

“那，以臣忖度，所谓尝，当是与女子交合，君上以为然否？”

“国事应对，没劲道！今夜，不要君君臣臣。”

“明白！”蒙恬心头一阵热流。

“蒙恬，给你说，太后要我大婚。”嬴政长吁一声，“太后说的一番大婚之理，倒是看准了根本。可太后问我，想要何等女子？我便没了想头。太后说，我还不知道女人滋味。这没错！你说，不知道女人滋味，如何能说出自己想要的女子何等样式？你说难不难，这事不找你说，找谁说？”

“原来如此，蒙恬惭愧也！”

“干你腿事，惭愧个鸟！”嬴政笑骂一句。

“蒙恬与君上相知最深，竟没有想到社稷传承大事，能不惭愧？”

“淡话！大事都忙不完，谁去想那鸟事！”嬴政连连拍案，“要说惭愧，嬴政第一个！李斯王翦王绾，谁的家室情形子孙几多，我都不知道。连你蒙恬是否还光秃秃矗着，我都不清楚！身为国君，嬴政不该惭愧么？”

“君上律己甚严，蒙恬无话可说。”

“蒙恬啊，太后之言提醒我：夫妻乃人伦之首也，子孙乃传承根基也。”

“正是！这宗大事，不能轻慢疏忽。”

“那你说……”

“实在话，我只与一个喜好秦筝的女乐工有过几回，没觉出甚滋味。”

“噢！”嬴政目光大亮，“那，你想娶她么？”

“没，没想过。”

“每次完事，过后想不想？”

“这，只觉得，一阵不见，心下一动一动，痒痒的，只想去抓一把。”

嬴政红着脸笑了：“痒痒得想抓，这岂不是滋味？”

“这若是女人滋味，那君上倒真该多尝尝。”

“鸟！”嬴政笑骂拍案，“不尝！整日痒痒还做事么？”

“那倒未必，好女子也能长人精神！”

秦王非常宠爱蒙恬两兄弟。宫闱之事，找蒙恬商量，再合适不过。

李斯的地位日渐重要。

“你得说个尺度，甚叫好女子？”

蒙恬稍许沉吟，一拱手正色道：“此等事蒙恬无以建言，当召李斯。”

“李斯有过一句话，可着落不到实处。”

“对！想起了。”蒙恬一拍案，“那年在苍山学馆，冬日休学，与李斯韩非聚酒，各自多有感喟。韩非说李斯家室已成，又得两子，可谓人生大就，不若他还是历经沧海一瓢未饮。李斯大大不以为然，结结实实几句话，至今还砸在我心头——大丈夫唯患功业不就，何患家室不成子孙不立！以成婚成家立子孙为人生大就者，终归田舍翁也！韩非素来不服李斯，只那一次，韩非没了话说。”

嬴政平静地一笑：“此话没错。李斯上次所说，君王婚姻在王者之志，也是此等意涵。然则，无论你多大志向，一旦大婚有女，总得常常面对。且不说王城之内，不是内侍便是女人，想回避也不可能。没个法度，此等滋扰定然是无时不在。”

“也就是说，君上要对将有的所有妻妾嫔妃立个法度？”

“蒙恬，殷鉴不远，在夏后之世①也！”嬴政喟然一叹。

蒙恬良久默然。年轻的秦王这一声感叹，分明是说，他再也不想看到女人乱国的事件了。而在秦国，女人乱国者唯有太后赵姬。秦王能如此冷静明澈地看待自己的生身母亲，虽复亲情而有防患于未然之心，自古君王能有几人？可循着

① 殷鉴不远，在夏后之世，见《诗经·大雅·荡》。原谓殷人灭夏，殷的子孙应以夏的灭亡为鉴戒，后泛指可作借鉴的往事。

这个思路想去，牵涉的方面又实在太多。毕竟，国王的婚姻，国王的女人，历来都是朝政格局的一部分，虽三皇五帝不能例外。秦王要以法度限制王室女子介入国事，可是三千多年第一遭，一时还当真不知从何说起。然则，无论如何，年轻秦王的深谋远虑都是该支持的。

“君上未雨绸缪，蒙恬决然拥戴！”蒙恬终于开口。

“好！你找李斯王翦议议，越快越好。”

“君上，王后遴选可以先秘密开始。此事耗费时日，当先走为上。”

“不！法度不立，大婚不行。从选女开始，便要法度。”

“蒙恬明白！”

一声嘹亮的雄鸡长鸣掠进王城，天边明月已经融进了茫茫云海，一片池水在曙色即将来临的夜空下恍如明亮的铜镜。小舟划向岸边。嬴政蒙恬两人站在船头，谁也没有再说话。小舟靠岸，蒙恬一拱手下船，大步赳赳去了。

蒙恬已经想定路数。李斯目下还是客卿虚职，正好一力谋划这件大事。王翦、王绾与自己都有繁忙实务，只需襄助李斯则可。路数想定，立即做起。一出王城，蒙恬便直奔城南驿馆。李斯刚刚离榻梳洗完毕，提着一口长剑预备到林下池畔舞弄一番，却被匆匆进门的蒙恬堵个正着。蒙恬一边说话，一边大吞大嚼着李斯唤来的早膳。吃完说完，李斯已经完全明白了来龙去脉，一拱手道：“便以足下谋划，只要聚议一次，其余事体我来。”说罢立即更衣，提着马鞭随蒙恬匆匆出了驿馆。

暮色时分，两骑快马已经赶到了函谷关外的秦军大营。

吃罢战饭大睡一觉，直到王翦处置完当日军务，三人才在初更时分聚到了谷口一处溪畔凉爽之地，坐在光滑的巨石上说叨起来。王翦听完两人叙说，宽厚地嘿嘿一笑：“君上也是，婚嫁娶妻也要立个法程？我看，找个好女人比甚法程都管用。”李斯问：“将军只说，何等女人算好女人？”王翦挥着大手：“那用说，像我那老妻便是好女人。能吃，能做，榻上能折腾，还能一个一个生，最好的女人！”蒙恬红着脸笑道：“老哥哥，甚叫榻上能折腾？”王翦哈哈一笑：“你这兄弟，都加冠了还是个嫩芽！榻上事，能说得清么？”蒙恬道：“有李斯大哥，如何说不清？”王翦道：“那先生说，好女人管用，还是法度管用？”李斯沉吟着道：“若说寻常家室，自然好女人管用。譬如我那老妻，也与将军老妻一个模样，操持家事生儿育女样样不差，还不扰男人正事。然则，若是君王家室，便很难说好女人管用还是法度管用。我看,大约两者都不能偏废。"蒙恬点头道:"对也！老哥哥说,太后算不算好女人?"王翦脸色一沉:"你小子！太后是你我背后说得的么?"蒙恬正色道:"今日奉命议君上之婚约法度,自然说得。殷鉴不远,在夏后之世。这可是秦王说的。"王翦默然片刻,长吁一声:"是也！原本多好的一个女子,硬是被太后这个名位给毁了。要如此看去,比照太后诸般作为对秦国为害之烈,还当真该有个法度。"李斯点头道:"正是。君王妻妾常居枢纽要地,不想与闻机密都很难。若无法度明定限制,宫闱乱政未必不在秦国重生。太后催婚之时,秦王能如此沉静远谋,李斯服膺也！"王翦慨然道:"那是！老夫当年做千夫长与少年秦王较武,便已经服了。说便说！只要当真做,一群女人还能管她不住!"

秦王所虑深远,确为一代雄君。

三人一片笑声,侃侃议论开去,直到山头曙色出现。

入秋时节,传车给驷车庶长书送来一道特异的王书。

王书铜匣上有两个朱砂大字——拟议。这等王书大臣们称为"书朝",也叫作"待商书"。按照法度,这种"拟议"的程式是:长史署将国君对某件事的意图与初步决断以文书形式发下,规格等同国君王书;接到"拟议"的官署,须得在限定日期内将可否之见上书王城;国君集各方见解,而后决断是否以正式王书颁行朝野。因为来往以简帛文书进行,而实际等同于小朝会议事,故称书朝。因为是未定公文,规格又等同于王书,故称待商书。

"甚事烧老夫这冷灶来了。"老驷车庶长点着竹杖嘟哝了一句。

"尚未开启,在下不好揣测。"主书吏员高声回答。

"几日期限?"

"两日。"

“小子，老夫又不能歇凉了。”老驷车庶长一点杖，“念。”

主书吏员开启铜匣，拿出竹简，一字一句地高声念诵起来。老驷车庶长年高重听，却偏偏喜好听人念着公文，自己倚在坐榻上眯缝着老眼打盹。常常是吏员声震屋宇，老驷车庶长却耸动着雪白的长眉鼾声大起，猛然醒来，便吩咐再念再念。无论是多么要紧的公文，都要反复念诵折腾不知几多遍，老驷车才能说出个子丑寅卯来。如此迟暮之年的大臣，在秦国原本早该退隐了。可偏偏这是职掌王族事务的驷车庶长署，要的便是德高望重的王族老臣。此等人物既要战功资望，又要公正节操，还要明锐有断，否则很难使人人通天的王族成员服膺。唯其如此，驷车庶长便很难遴选。就实而论，驷车庶长与其说是国君遴选的大臣，毋宁说是王族公推出来的衡平公器。老嬴贲曾经是秦军威名赫赫的猛将，又粗通文墨，公正坚刚，历经昭襄王晚期与孝文王、庄襄王两世及吕不韦摄政期，牵涉王族的事件多多，件件都处置得举国无可非议，便成了不可替代的支柱。好在这驷车庶长署平日无事，老嬴贲一大半时日都是清闲，不在林下转悠，便是卧榻养息，便也撑持着走过来了。

“不念了。”老嬴贲霍然坐起。

“这，才念一遍……”主书捧着竹简，惊讶得不知所措。

“老夫听清了。”老嬴贲一挥手，“一个时辰后你来草书！”

“两日期限，大人不斟酌一番？”

“斟酌也得看甚事！”老嬴贲又一挥手，“林下。”

一个侍女轻步过来，将老嬴贲扶上那辆特制座车，推着出了厅堂，进了池畔柳林。暑期午后的柳林，蝉声阵阵连绵不断，寻常人最不耐此等毫无起伏的聒噪。老嬴贲不然，只感清风凉爽，不闻刺耳蝉鸣，只觉这幽静的柳林是消暑最惬意的地方，每有大事，必来柳林转悠而后断。秦王这次的拟议书，实在使他这个嬴族老辈大出所料，听得两句他便精神一振，小子有心！及至听完，老嬴贲已经坐不住了。秦王要给国君婚姻立法，非但是秦国头一遭，也是天下头一遭，若是当真如此做了，究竟会是何等一个局面，老嬴贲得好好想想。尽管是君臣，秦王嬴政毕竟是后生晚辈，其大婚又牵涉王族声望尊严，也必然波及诸多王族子孙对婚姻的选择标杆，必然会波及后世子孙，决然不是秦王一个人的婚事那般简单。

暮色时分，老嬴贲回到书房，主书已经在书案前就座了。

"写。"老嬴贲竹杖点地,"邦国大义,安定社稷为本,老臣无异议!"

"大人,已经写完。"主书见主官没有后话,抬头高声提醒了一句。

"完了。立即上书。"一句话说罢,厅堂鼾声大起。

主书再不说话,立即誊抄刻简,赶在初更之前将上书送进王城。

当晚,李斯奉命匆匆进宫。秦王指着案上一卷摊开的竹简道:"老驷车至公大明,赞同大婚法度。先生以为,这件事该如何做开?"李斯道:"臣尚不明白,此次法度只对君上,还是纳入秦法一体约束后世秦王?"嬴政一笑:"只对嬴政一人,谈何大婚安国法度?"李斯有些犹疑:"若做秦法,便当公诸朝野。秦国不必说,只恐山东六国无事生非。"嬴政惊讶皱眉:"岂有此理!本王大婚,与六国何干?"李斯道:"春秋战国以来,天下诸侯相互通婚者不知几多。秦国王后多出山东,几乎是各国都有,而以楚赵两国最盛。以君上大婚法度,从此不娶天下王公之女,山东诸侯岂能不惶惶然议论蜂起?"嬴政恍然大笑:"先生是说,山东六国争不到我这个女婿,便要骂娘?"李斯也忍不住笑了:"一个通婚,一个人质,原本是合纵连横之最高信物。秦国突兀取缔通婚,山东六国还当真发虚也。"嬴政轻蔑一笑:"国家兴亡寄于此等伎俩,好出息也,不睬他。"李斯略一思忖道:"臣还有一虑,君上大婚人选,究竟如何着手?毕竟,此事不宜再拖。"嬴政恍然一笑:"先生不说,我倒忘记也。太子左傅茅焦前日见我,举荐一个齐国女子,说得如何如何好。先生可否代我相相?"李斯愕然,一脸涨红道:"臣岂敢代君上相妻?"见李斯窘迫,嬴政不禁哈哈大笑一阵,突然压低了声音道:"先生也,那茅焦说,这个女子入秦三年,目下便住在咸阳。先生只探探虚实,

李斯日后将是首辅,皇帝的家务事,当然也要管。

我是怕茅焦与太后通气骗我，塞我一个甚公主！”李斯第一次见这个年轻的秦王显出颇为顽皮的少年心性，心下大感亲切，立即慨然拱手：“君上毋忧，臣定然查实禀报！”

白露时节，一道特异王书随着谒者署的传车快马，颁行秦国郡县。

咸阳南门也张挂起廷尉府文告，国人纷纭围观奔走相告，一时成为奇观。

却说国人惊叹议论之时，分布在秦国各地的嬴氏支脉都接到了驷车庶长署的紧急文书，所有支脉首领都星夜兼程赶赴咸阳。半月之后，嬴氏王族的掌事阶层全部聚齐，驷车庶长老嬴贲又下号令：沐浴斋戒三日，立冬之日拜祭太庙。自秦孝公之后，秦国崛起东出，战事连绵不断，王族支脉的首领从来没有同时聚集咸阳的先例。目下王族支脉首领齐聚，拜祭太庙便是当然的第一大礼。

终身大事要向祖宗交代，所以，王室成员要到场。作者清楚家国仪式的区别，将王室成员“召集”至此，实顺理成章。

这日清晨，白发苍苍的老嬴贲坐着特制座车到了太庙，率众祭拜先祖完毕，便命王族首领们在正殿庭院列队。首领们来到庭院，有祭过太庙的首领立即注意到了正殿前廊的新物事。这太庙正殿之前廊不是寻常府邸的前廊，入深两丈，横阔等同大殿，十二根大柱巍然矗立，实际上便是祭拜之时的聚散预备场所。宏阔的前廊，原本只有两只与洛阳九鼎之一的雍州鼎一般伟岸的大铜鼎。昭襄王晚年立护法铁碑，大鼎东侧多了一道与鼎同高的大铁碑。今日，大鼎西侧又有一宗物事被红锦苫盖，形制与东侧铁碑相类。首领们立即纷纷以眼神相询，此次赶赴咸阳，事由是否便要落脚到这宗物事上？

“驷车庶长宣示族令——”

司礼官一声宣呼，老嬴贲的座车堪堪推到两鼎之间。

“诸位族领，此次汇聚咸阳，实事只有一桩。”军旅一生的老嬴贲，素来说话简约实在，点着竹杖开门见山，“秦王将行大婚，鉴于曾经乱象，立铁碑以定秦王大婚法度。至于如何约法，诸位一看便知。开碑。”

“开碑——”

两位最老资格的族领揭开了西侧物事上苫盖的红锦，一座铁碑赫然显现眼前——碑身六尺，碑座三尺，恰与秦昭襄王立下的护法铁碑遥相对应。

“宣示碑文——”

随着主书大吏的念诵，族领们的目光专注地移过碑身的灰白刻字——

据目前的史料来看，秦始皇是没有立后的。其后宫美人据说有万余人，但始皇行事隐秘，其后宫之事，流传至坊间的并不多。若没有立后一说，那么，创伤说就有道理——母亲对秦王政的伤害太大。秦王政害怕王后及太后专权，于是防患于未然，干脆不立后，这也说得过去。此说似有根据，胡亥夺位没有遇到来自后宫的障碍，说明可能确实无皇后或太后，若始皇帝有皇后，胡亥可能没有那么顺利，公子扶苏也不至于丝毫不生疑。始皇帝无皇后之说，有一定的可信度。

秦王大婚约法

国君大婚，事涉大政。为安邦国，为定社稷，自秦王政起，后世秦王之大婚，须依法度而成。其一，秦王妻女，非天下民女不娶。其二，秦王不立后，举凡王女，皆为王妻。其三，王女不得涉国事，家人族人不得为官。其四，举凡王女，所生子女无嫡庶之分，皆为王子公主，贤能者得继公器。凡此四法，历代秦王凛遵。不遵约法，不得为王。欲废此法者，王族共讨之，国人共讨之！

主书大吏念完，太庙庭院一片沉寂，族领们一时蒙了。

这座铁碑，这道王法，太离奇了，离奇得教人难以置信！就实说，这道大婚法度只关秦王，对其余王族子孙没有约束力，族领们并没有利害冲突之盘算，该当一口声赞同拥戴。然则，嬴氏族领们还是不敢轻易开口。作为秦国王族，嬴氏部族经历的兴亡沉浮坎坷曲折太多了。嬴氏部族能走到今日，其根基所在便是举族一心，极少内讧，真正的同气连枝人人以部族邦国兴亡为己任。目下这个年轻的秦王如此苛刻自己，连王后正妻都不立，这正常么？夫妻为人伦之首。依当世礼法，王不立后便意味着没有正妻，而没有正妻，无论妾妇多少，在世人看便是无妻，便是没有大婚。秦国之王无妻，岂非惹得天下耻笑？更有一层，不立王后，没有正妻，子女便无法区分嫡庶。小处说，王位继承必然麻烦多多。大处说，族脉分支也会越来越不清楚。嬴氏没了嫡系，又都是嫡系，其余旁支又该如何梳理？不说千秋万代，便是十代八代，便会乱得连族系也理不清了。用阴阳家的话说，这是乾坤失序，是天下大忌。凡此等等，秦王与驷车庶长府没想过么？

“诸位有异议？”老嬴贲黑着脸可劲一点竹杖。

“老庶长，这第四法若行，有失族序。”陇西老族领终于开口。

“对对对，要紧是第四法。”族领们纷纷呼应。

“诸位是说，其余三法不打紧，只第四法有疑？”

“老庶长明断！”族领们一齐拱手。

“第四法不好！族系失序，非同小可！”陇西老族领奋然高声。

“失序个鸟！”老嬴贲粗口先骂一句，嘭嘭点着竹杖，“王室嬴族历来独成一系，与其余旁支不相扰。这第四法只是说，谁做秦王，谁的子女便没有嫡庶之分！所指只怕堵塞了庶子贤才的进路！其余非秦王之家族，自然有嫡庶。任何一代，只关秦王一人之子女，族系乱个甚？再说，驷车庶长府是白吃饭？怕个鸟！”

“啊！也是也是！”族领们纷纷恍然。

“我等无异议！”终于，族领们异口同声地喊了一句。

“好！此事撂过手。”老嬴贲奋力一拄竹杖站了起来，“眼看将要入冬，关中族领各归各地，陇西、北地等远地族领可留在咸阳窝冬，开春后再回去。散！”

“老庶长，我有一请！”雍城族领高声一句。

“说。”

“秦王大婚在即，王族当大庆大贺，我等当在亲王大婚之后离国！”

“对也！好主意！秦王大婚酒能不喝么？”族领们恍然大悟一片呼喝。

老嬴贲雪白的长眉猛然一扬：“也好！老夫立即呈报秦王，诸位听候消息。”

族领们各回在国府邸，立即忙碌起来。最要紧的事只有一件，立即拟就秦王大婚喜报，预备次日派出快马飞回族地，知会秦王即将大婚之消息，着族人预备秦王大婚贺礼，明智，可保族人全身而退。

帝王家无私事，要说寻常，也不寻常。

并请族中元老尽速赶赴咸阳参加庆典。谁料，各路信使还没有飞出咸阳，当夜三更，驷车庶长府的传车便将一道秦王特急王书分送到各座嬴族府邸。王书只寥寥数行，语气却是冰冷强硬："我邦我族，大业在前，不容些许荒疏。政娶一女，人伦寻常，无须劳国劳民。我族乃国之脊梁，更当惕厉奋发，安得为一王之婚而举族大动？秦国大旱方过，万民尚在恢复，嬴氏宁不与国人共艰危乎！"

一道王书，所有族领都没了话说。

年轻秦王的凛凛正气，使这些身经百战的族领脸红了。举族大庆秦王婚典，也是从古至今再正常不过的习俗，放在山东六国，只怕你不想庆贺君王还要问罪下来。可这个年轻的秦王却断然拒绝，理由又是任谁也无法辩驳，尤其是最后一句："秦国大旱方过，万民尚在恢复，嬴氏宁不与国人共艰危乎！"谁能不感到惭愧？不以王者之喜滋扰邦国，不以王者之婚紊乱庙堂，宁可牺牲人伦常情而不肯扰国扰民，如此旷世不遇之君王，除了为他心痛，谁还有拒绝奉命的心思？

当夜五更之前，咸阳嬴族府邸座座皆空。

嬴氏支脉的族人们全部离开了咸阳，只留下了作为王族印记的永远的咸阳府邸。驷车庶长老嬴贲来了，坐在宽大的两轮坐榻上，被两名仆人推到了咸阳西门。面对一队队络绎不绝的车马人流火把长龙，老嬴贲时不时挥动着那支竹杖，可劲一嗓子大喊："好后生！嬴氏打天下！不做窝里罩！"老嬴贲这一喊，立时鼓起阵阵声浪。"嬴氏打天下！不做窝里罩！"的吼声几乎淹没了半个咸阳。倏忽晨市方起，万千国人赶来，聚集西门内外肃然两列，为嬴氏出咸阳壮行，直到红日升起霜雾消散，咸阳国人才渐渐散开。酒肆饭铺坊间巷间，询问事由，聚相议论，老秦人无不感慨万端。一时间，“秦人打天下，不做窝里罩”广为流传，竟变成了与“赳赳老秦，共赴国难”同样荡人心魄的秦人口誓。

四 架构庙堂 先谋栋梁

大雪纷飞，一辆垂帘辎车辚辚出了幽静的驿馆。

从帘栊缝隙看着入冬第一场大雪，李斯莫名其妙地有些惆怅。泾水河渠完结已经半年，他还是虚任客卿，虽说没有一件国事不曾与闻，但毕竟没有实际职事，总是没处着落。别的不消说，单是一座像样的官邸便没有，只能住在驿馆。说起来都不是大事，李斯也相信秦王绝不会始终让他虚职。然则，李斯与别人不同，妻小家室远在楚国上蔡，离家多年无力照拂，家园已经是破败不堪，两个儿子已近十岁却连蒙馆也不能进入，因由便是交不起先生必须收的那几条干肉。凡此等等尴尬，说来似乎都不是大事，但对于庶民日月，却是实实在在的生计，一事磕绊，便要处处为难。这一切的改变，都等着李斯在秦国站稳根基。依着秦王对郑国的安置，李斯也明白，只要他说出实情，秦王对他的家室安置定然比他想得还要好。可是，李斯不能说。理由无他，只为走一条真正的如同商鞅那般的名士之路——功业之前，一切坎坷不论！李斯相信，只要进入秦国庙堂，他一定能蹚出一条宽阔无比的功业之路，其时生计何愁。然则，这一步何时才能迈出，李斯目下似乎看不清了……

李斯多年困厄，入秦后，也难一步登天。难免心里有想法。

“先生，秦王在书房。”

李斯这才恍然回身，对恭敬的驭手点头一笑，出车向王城书房而来。

硕大的雪花盘旋飞扬，王城的殿阁楼宇园林池陂陷入一片茫茫白纱,天地之间平添了三分清新。将过石桥,李斯张开两臂昂首向天,一个长长的吐纳,冰凉的雪花连绵贴上脸颊,猛然一个喷嚏,李斯顿时精神抖擞,大步过了刚刚开始积雪的小石桥。

“先生入座。”嬴政一指身旁座案,“燎炉火小,不用宽衣。”

“君上终是硬朗,偌大书房仅一只燎炉。”李斯入座,油然感喟。

“冷醒人,热昏人。”嬴政一笑,“小高子,给先生新煮酽茶。”

不知哪个位置答应了一声,总归是嬴政话音落点,赵高已经到了案前,对着李斯恭敬轻柔地一笑:“堪堪煮好先生便到,又烫又酽先生暖和暖和。”面前大茶盅热气腾起,李斯未及说一声好,赵高身影已经没了。

“先生还记得太庙聚谈么?”嬴政叩着面前一卷竹简。

“臣启君上,太庙有聚无谈。”李斯淡淡一笑。

“先生好记性。”嬴政大笑,“今日依然你我,续谈。”

“但凭君上。”

“小高子,知会王绾,今日任谁不见。”

待赵高答应一声走出,嬴政回头目光炯炯地看住了李斯:“今日与先生独会,欲计较一桩大事,嬴政务求先生口无虚言,据实说话。”

“臣有虚心,向无虚言。”李斯慨然一句。

“好！先生以为,秦国目下头绪,何事为先?”

“头绪虽繁,以架构庙堂为先。”

“愿闻先生谋划。”

“秦国庙堂之要,首在丞相、上将军、廷尉、长史四柱之选。”

“四柱之说,先生发端,因由何在?”嬴政很感新鲜,不禁兴致勃勃。

“丞相总揽政务,上将军总领大军,廷尉总司执法,长史执掌中枢,此谓庙堂四柱。四柱定,庙堂安。四柱非人,庙堂晦暝。”

“四柱之选,先生可否逐一到人?”

“君上……遴选四柱,臣下向不置喙!”李斯大为惊愕。

“参酌谋划,有何不可?”嬴政淡淡一笑。

“如此,臣斗胆一言：丞相,王绾可也;上将军,王翦可也;廷尉须知法之臣,一时难选，可由国府与郡县法官中简拔，或由国正监改任；长史，唯蒙恬与君上默契相得，可堪大任。”李斯字斟句酌说完，额头已经是细汗涔涔了。

一阵默然，嬴政喟然一叹：“先生之言，岂无虚哉！”

试探李斯。

“君上，臣，何有虚言？”李斯擦拭着额头汗水，几乎要口吃起来。

嬴政面无喜怒平静如水：“先生如此摆布，将自己安在何处？”

“臣，岂，岂敢为自己谋，谋官，谋，谋职？”李斯第一次结巴了。

“但以公心谋国，先生不当自外于庙堂。”年轻的秦王有些不悦。

“臣……臣惭愧也！”突然，李斯挺身长跪，面红过耳。

“嬴政鲁莽，先生何出此言？快请入座。”秦王连忙扶住了李斯。

“君上，臣虽未自荐，然绝无自外庙堂之心！”李斯兀自满脸涨红。

“先生步步如履薄冰，他日安得披荆斩棘？”嬴政深浅莫测地一笑。

“臣……”李斯陡然觉察，任何话语都是多余了。

“先生只说，目下秦国，先生摆在何处最是妥当？”

“以臣自料，”李斯突然神色晴朗，“臣可任廷尉，可任长史。”

“好！”嬴政拍案大笑，“先生实言，终归感人也！”倏忽敛去笑容，嬴政离案站起，不胜感慨地转悠着，“先生不世大才也！若非目下朝局多有微妙，先生本该为开府丞相总领国政。果真如此，国事有先生担纲，嬴政便可放开手脚盘整内外大局。奈何庙堂元老层层，先生又尚在淘洗之中，骤然总

“淘洗”一词用得好。

升得太快，一定会不断树敌。不让李斯一步登天，也是秦王吸取教训之举，不轻易"养"权臣，王权可更趋权威。

领国政，实则害了先生也。嬴政唯恐先生不解我心，又恐低职使先生自觉委屈，是以方才逼先生自料自举，先求先生之真心也。先生毕竟明锐过人，自举之职恰当至极。然则，嬴政还要再问一句：廷尉与长史，目下何职更宜先生？"

"长史！"李斯没有任何犹豫。

"为何？"

"长史身居中枢而爵位不显，既利谋国，又利立身淘洗。"

"廷尉何以不宜？"

"廷尉位高爵显，执掌却过于专一，宜大政之时，不宜离乱之期。"

"不谋而合！好！"嬴政拍掌大笑。

眼看暮色降临，窗外大雪茫茫弥天，君臣两人却是浑然忘我，一路直说到初更方才用饭。饭罢又谈，直至五更鸡鸣，李斯才出了王城。回到驿馆，李斯又疲惫又轻松，想睡不能安卧，想动又浑身酸软，眼睁睁看着窗外飞雪化成一片日光这才大起鼾声，开眼之时，庭院一片雪后晚霞分外绚烂。李斯猛然坐起，打了个长长的哈欠，正欲起身沐浴，忽闻庭院车声辚辚，随即一声长呼："客卿李斯接王书——"

李斯尚在愣怔，特使已经大步进入正厅。

"三日之后，正殿朝会，客卿李斯列席。"

"臣，李斯奉命！"

大寒朝会，天下罕见。

时令对人世活动之节制，春秋之世依然如故。这种节制的最鲜明处，便是天下所形成的春秋出而冬夏眠的活动法则。"春秋"之所以得名，便在于记录春秋两季发生的大事，实际便是记录了历史。原因在于，冬窝藏，夏避暑，两季皆为息事之时，向无大事发生，邦国大政亦然。古人之简约洒脱，之与自然融为一体，由此可见。时至战国，多事之时，大争之世,一切陈规陋习尽皆崩溃,时令节制也日渐淡化。最实在的变化是,冬夏两季不再是心照不宣共同遵守的天下休战期,反倒成了兵家竭力借用的"天时"。由是,天下破除时令限制,渐渐开始了冬夏之期的运转。及至战国末期,冬夏大举早已司空见惯,当为则为遂成为新的天下准则。虽则如此,邦国冬日朝会,依然是少见的。根本原因,还是在时令限制。朝会须外臣聚国,冰天雪地酷暑炎炎,外臣迢迢赶路毕竟多有艰难。是以,勤政之国,春秋两朝,便成为不约而同的天下通例。当此之时,年轻的秦王要举行冬日朝会,朝野自然分外瞩目。

秦王持重、大气,在臣子眼中,其实不再觉得"年轻"。

这是一次极为特殊的小朝会。

所谓特殊,是与会者除了李斯一个客卿,全数为实职大臣。也就是说,三太(太史、太庙、太卜)之类的清要大臣均未与会,大吏之类的实权低职主官(譬如关市)也未与会。战国末期的秦国,在国(中央)实职大臣有五个系列:其一为政务系列,其二为军事系列,其三为执法监察系列,其四为经济系列,其五为京都系列。就其职位而言,政务系列之主官大臣为丞相、长史,军事系列之主官为上将军、国尉,执法监察系列之主官为廷尉、国正监、司寇,经济系列之主官为大田令、太仓令、邦司空,京都系列之主官大臣为咸阳令、内史郡郡守。目下,秦国大政尚未理顺,丞相职位虚空,上将军职位有"假"(代理)无实,其余若干大臣职位则大多是元老在位。依照职位,小朝会当与会者十二人,连同秦王、李斯,统共十四人。因丞相无人,今日与会者只有十三人。

朝会人数很少,地点却在咸阳宫正殿。

更显隆重。

咸阳宫正殿很少启用。寻常朝会,多在东西两座相对舒适的偏殿举行。新秦王亲政以来迭遇突发事件,政事紧张忙碌而求方便快捷,从来没有在这座正殿举行过任何朝议。许多新进大臣在职多年,还根本没有踏进过这座聚集最高权力的王权庙堂。今日,当大臣们踩着厚厚的红地毡,走上高高的三十六级白玉台阶,穿过殿台四只青烟袅袅的巨大铜鼎,走进穹隆高远器局开阔的咸阳宫正殿时,庄重肃穆之气立即强烈地笼罩了每一个人。九级王阶之上,矗立着一座九尺九寸高的白玉大屏,屏上黑黝黝一只奇特的独角法兽獬豸[①]瞪着凸出的豹眼,高高在上,炯炯注视着每一个大臣。屏前一台青铜王座,横阔过丈,光芒幽幽。阶下两只大鼎,青烟袅袅。鼎前六尺之外,十二张青铜大案在巍巍石柱下摆成了一个阙口朝向王座的三边形。每张大案左角,皆竖着一方刻有大臣爵次名号的铜牌。案心一张尚坊精制羊皮纸,一方石砚,一支蒙恬新笔。案旁,一只木炭火烧得恰好通红又无烟的大燎炉。

“足下以为如何?”郑国低声问了一句。

“简约厚重,庄敬肃穆,天下第一庙堂也!”李斯由衷赞叹。

“秦王驾到——”白发苍苍的给事中快步从屏后走出,站在王台一声长呼。

“见过秦王!”大臣们整齐一拱手,不禁都有些惊讶了。

年轻的秦王今日全副冠冕,头戴一顶没有流苏的天平冠,身披金丝夹织烁烁其光的黑斗篷,内则一身软甲,腰悬一口特制长剑,凛凛之气颇见肃杀。身为秦王,此等装束原不足奇。然在这个素来不看重程式而讲求实效的年轻秦王身上,此等礼仪装束便实在罕见了。

“诸位入座。”嬴政一挥手,自己也坐进了王案。

李斯是没有职掌没有爵位的客卿,位居西南角的最末席次。遥遥看去,秦王似乎展开了一卷竹简看得片刻才又抬起了头,接着便是浑厚清晰而又咬字极重的秦人口音回荡开来。

“诸位,秦国饥荒之危业已度过,郑国渠大见成效,秦国元气正在一步步恢复。当此之时,整肃朝局便成第一要务。”说得几句,嬴政似乎觉得大臣们听得不太清楚,摘下长剑站了起来,走到王阶前,目光炯炯地扫视着正襟危坐的大臣们,“本王亲政三年有余,先逢动荡余波之乱局,再遭跨年大旱之饥馑,内外大政,均未整饬。目下秦国大局稳定,本王整饬国政,自今日伊始。”

---

① 獬豸(xiè zhì),传说中的异兽名,能辨曲直,见人斗,即以角触不直者;闻人争,即以口咬不正者。见《异物志》。

"君上明断！"十二名大臣异口同声。

"谋事在人，成事亦在人。诸位既无异议，今日先定枢纽人事如何？"

"臣无异议！"十二名大臣又是异口同声。

"好！本王先行申明：要职遴选，须当以功业为根基；然则，秦国未曾大举，臣下大功一时无从确立，而繁剧国事又得有人担责；唯其如此，本王之意，初定要职人选，俱以假职代署，一俟功业立定，而后正位定爵。其间，若假职者连续三番大错，而证实才不当其位，立即离职。此法，诸位以为如何？"

以假职代署，亦可见秦王之智。

"臣无异议！"十二名大臣异口同声。

"如此，本王宣示大位人选。"

嬴政话未落点，赵高便从王案上捧起那卷竹简恭敬地递了过来。秦王接过竹简，又递给肃立一边的给事中。这个白发苍苍的执掌王城事务的内侍总管深深一躬，接过竹简便清晰缓慢地念诵起来——

秦王政特书：欲立庙堂，先谋栋梁。业经各方举荐，元老咨议，今立大政如左：其一，原长史王绾，擢升假丞相，署理丞相府总领国政。其二，原前将军王翦，擢升假上将军，专司整军经武；原咸阳令蒙恬，擢升假上将军，襄助王翦整军经武；原假上将军桓龁，专司关外大营；但有军争大计，三假上将军会商议决。其三，原客卿李斯，擢升假长史，署理秦王书房并襄助秦王政务。其四，原内史郡守毕元，擢升假廷尉，总司执法各署。其五，原咸阳都尉嬴腾，擢升假内史郡郡守，兼领咸阳令咸阳将军。其六，原大田令郑国大功烁烁，职掌拓展，得总领经济十署，议决一切经济大计。秦王政十三年冬。

论功行赏，公道。

“诸位若有异议，当下便说。”嬴政目光扫过，高声一问。

“臣等无异议！”殿中整齐一声。

嬴政微微一笑：“老国尉有话说？”

蒙武离座站起，一拱手：“老臣无异议，只是有话说。”

立即，大臣们的目光一齐聚向这个须发灰白的老国尉，几乎是人人不明所以。方才王书，在座大臣除老国尉蒙武、老廷尉嬴謬、老太仓令嬴寰原职未动，其余几乎人人擢升。更不说长公子蒙恬擢升假上将军，父亲蒙武能有甚话可说？

“老国尉但说无妨。”嬴政分外平静。

“老臣才具平庸，年事渐高，今日请辞，以让后生。”蒙武一副坦然神色。

“老国尉体魄强健，毫无老相，宁终日闲居乎？”

“老臣虽非军政之才，然驰骋疆场自信尚可。老臣一请，入军为将！”

“既然如此，老国尉资望甚重，便做假上将军，与桓老将军共掌关外大营。”

“君上差矣！”老蒙武陡然红脸，“老夫不做假上将军，只求一军之将沙场建功！老夫少小入军，总是奉命纠缠军政，终未领军征战，身为将门之后，军旅老卒，老夫愧杀！”

“好！老国尉壮心可嘉！但有接任人选，许老国尉入军为将。”

“老夫举荐一人！”老蒙武昂昂一声。

“噢？老国尉有人？”

老蒙武一说，不独秦王惊讶，这些新锐大臣也无不惊讶。谁都知道，国尉之才历来难选。其根本原因，在于这国尉的实际执掌牵涉实在太多，一面不通便是梗阻多多。粮草征集、兵员征发、大本营修建、兵器甲胄之制造维修、关隘要塞之工程布防、郡县守军之调度协调，还有与关市配合收缴外邦商旅关税、与司寇配合抓捕盗贼等等等等。一言以蔽之，举凡大军征战之外的一切军务防务，通归国尉署管辖，涉军涉政又涉民，头绪之多令寻常将军望而生畏。当年赵国之名将赵奢，封马服君后不任大将军而任国尉，便在于赵奢有过田部令阅历，军政兼通。唯其如此，历来朝野对国尉府有个别号，叫作“带甲丞相”。此等人物，大军将领要认，各官署也要认，否则摩擦多多。所以，国尉之选，既要军旅资望，又要政才资望，单纯将领或单纯政务官都不能胜任。蒙武其所以任国尉多年，便在于他少年入军，秉性大有乃父蒙骜的精细缜密，又因与庄襄王及吕不韦之特异交谊，多有周旋秦国政务之阅历。放眼秦国朝野，如蒙武这般军政兼通者还当真难觅。今日蒙武声言有人，却是何人？

“老臣所举之人，已在函谷关外。”

“那，是山东入秦之士？”

“正是！”

“此人与蒙氏世交？”

“非也。”

“那，老国尉如何判定其人有国尉之才？”

“此人三世国尉之后，连姓氏都一个‘尉’字，只一个天生国尉！” 尉缭子。

嬴政不禁大笑，一挥手道：“此等人物，诸位谁有耳闻？”

李斯霍然起身：“臣知此人！只是……”

“散朝。”嬴政一挥手，“新老长史留宫，尽速交接。”

五 李斯的积微政略大大出乎新锐君臣预料

年轻的秦王在那道合抱粗的石柱前整整站了一日，偌大东偏殿静如幽谷。

石柱上新刻了一篇文字。这也是王城大大小小不知多少石柱木柱中，唯一被刻字的一道大柱。字是李斯所写，笔势秀骨峻拔，将笔画最繁的秦篆架构得法度森严汪洋嵯峨，令人不得不惊叹世间文字竟有如此灵慧阳刚之美境！然则，年轻的秦王所瞩目者，却不是文字之美。他对字写得如何向无感觉，只知道李斯的字人人赞许，好在何处，他实在不知所以。他之所以久久钉在石柱之下，是对这篇文字涌流出的别样精神感慨万端。 李斯善书。

积微,月不胜日,时不胜月,岁不胜时。凡人好敖慢小事,大事至,然后兴之务之。如是,则常不胜夫敦比于小事者矣!是何也?则小事之至也数,其悬日也博,其为积也大。大事之至也希,其悬日也浅,其为积也小。故善日者王,善时者霸,补漏者危,大荒者亡!故,王者敬日,霸者敬时,仅存之国危而后戚之。亡国至亡而后知亡,至死而后知死,亡国之祸败,不可胜悔也。霸者之善著焉,可以时托也。王者之功名,不可胜日志也。财物货宝以大为重,政教功名反是,能积微者速成。诗曰:"德輶如毛,民鲜能克举之。"[①]此之谓也。

嬴政读过《荀子》的若干流传篇章,却从来没有读过如此一篇。

那夜书房小宴,当李斯第一次铿锵念完这段话,并将这段话作为他入主中枢后第一次提出的为政方略之根基时,嬴政愣怔良久,一句话也没说。那场小宴,是在王绾与李斯历经三日忙碌顺利交接后的当晚举行的,是年轻的秦王为新老两位中枢大臣特意排下的开局宴。主旨只有一个:期盼新丞相王绾与新长史李斯在冬日预为铺排,来春大展手脚。酒过数巡,诸般事务禀报叮嘱完毕,嬴政笑问一句:"庙堂大柱俱为新锐,两卿各主大局,来年新政方略,敢请两位教我。"王绾历来老成持重,那夜却是赳赳勃发,置爵慨然道:"君上亲政,虚数五年,纠缠国中琐细政事太多,以致大秦迟迟不能东出,国人暮气多生。而今荒旱饥馑已过,庙堂内政亦整肃理顺,来年便当大出关东,做他几件令天下变色的大事,震慑山东六国,长我秦人志气!"嬴政奋然拍案:"好!五年憋闷,日日国中琐事纠缠,嬴政早欲大展手脚!两位但说,从何处入手!"王绾红着酒脸昂昂道:"唯其心志立定,或大军出动,或邦交斡旋,事务谋划好说!"嬴政大笑一阵,突然发现李斯一直没说话,眉宇间似乎还隐隐有忧虑之相,不禁揶揄:"先生新入中枢,莫非怕嬴政不好相与乎!"

"臣所忧者,王有急功之心也。"李斯坦然地看着嬴政。

"先生何意?欲做大事便是急功?"议政论事,嬴政从来率直不计君臣。

"臣所忧者,王之见识有差也。"李斯很平静。

"怪矣哉!何差之有?"嬴政一旦认真,那双特有细眼分外凌厉。

---

① 见《诗经·大雅·烝民》,该句的意思是,德行看来轻如毫毛,却很少有人能把它举起来。荀子引这两句诗以说明积微的功效。

“长史,你不明不白究竟要说甚?”王绾显然有些不悦。

“臣启君上。”李斯没有理会王绾,一拱手径直说了下去,“强国富民一天下,世间最大功业也。欲成此千秋功业,寻常人皆以为,办好大事是根基所在。其实不然,大功业之根基,恰恰在于认真妥当地做好每件小事。臣所谓君上见识有差,便在于君上已经有不耐琐细之心,或者,君上对几年之间的邦国政务评判有差。此等见识弥漫开去,大秦功业之隐忧也。臣之所忧,唯在此处,岂有他哉!”

“大业以小事为本?未尝闻也!”王绾第一次拍案了。

“新说……先生说下去。”嬴政似乎捕捉到了一丝亮光。

“臣请念诵一文。”

嬴政点了点头,思绪还缠绕在李斯方才的新说中。

李斯咳嗽一声,竭力用略带楚音的雅言念诵了那篇短文。

嬴政默然良久。

“此文何典?”王绾皱起了眉头。

“我师荀子《强国》篇之一章。”

“怪也!大事不成王业,小事速成王业?这说得通么?”王绾兀自嘟哝。

李斯很认真地回答了王绾的困惑:“丞相,此论主旨,非是说大事无关紧要,实是说小事最易为人轻慢疏忽。对于庙堂君臣,大事者何?征伐也,盟约也,灭国也,变法也,靖乱也。凡此大事,少而又少,甚或许多君主一生不能遇到一件。小事者何?法令推行、整饬吏治、批处公文、治灾理民、整军经武、公平赏罚、巡视田农、修葺城防、奖励农工、激发士商、移风易俗、衣食起居等等等等。凡此小事日日在前,疏忽成习,必致荒政而根基虚空。其时大事一旦来临,必是临渴掘井应对匆匆,如何能以强国大邦之气象成功处置?是故,欲王天下,积微速成。不善小政而专欲大政者,至多成就小霸

李斯本质上是趋利者、目的论者。李斯虽师从于荀子,但为政旨趣实异于荀子。《荀子·议兵》载,“李斯问孙卿子曰:‘秦四世有胜,兵强海内,威行诸侯,非以仁义为之也,以便从事而已。’孙卿子曰:‘非女所知也。女所谓便者,不便之便也;吾所谓仁义者,大便之便也。……秦四世有胜,諰諰然常恐天下之一合而轧己也,此所谓末世之兵,未有本统也。……今女不求之于本而索之于末,此世之所以乱也。’”由此也能解释为什么李斯会叛秦始皇、依从赵高之计。

之业，不能一天下也！”

“依你所言，新局为政方略何在？”王绾又皱起了眉头。

嬴政没有说话，却猛然盯住了李斯，显然，这也是他要问的。

“五年之期，专务内政。”

“内政要旨何在？”

“整饬吏治，刷新秦国，仓廪丰饶，坚甲利兵。”

“而后？”

“东出函谷，势不可当，必一天下！”

嬴政肃然站起向李斯深深一躬：“敢请先生大笔，赐我积微篇章。”

次日午后，李斯在一幅绢帛上写成了那篇大论。嬴政立即吩咐赵高宣来尚坊令，遴选一名最好的石工，将这篇文字刻在了日常处置政务的东偏殿斜对王座的石柱上。嬴政特意为这篇大论取了个名目——事也政也，积微速成。柱石刻就，嬴政便钉在柱下不动了。

积微速成。

暮色降临，铜灯亮起，嬴政一如既往地坐到了大案前开始批阅公文。提起那支蒙恬大管，嬴政自觉心头分外平静。这种临案心绪的变化，只有嬴政自己清楚。既往临案，同样认真奋发，但他的内心却是躁动不安的。不安躁动的根本，是对终日陷溺琐细政务而不能鲲鹏展翅的苦苦忍耐，只觉得竟日处置政务小事，对一个胸怀天下大志的君王简直是一种折磨。假如不是他长期磨砺的强毅精神，也许他会当真摔下大笔赶赴战场的。今日不同了。荀子的高远论断，李斯的透彻解析，使嬴政心头的盲点豁然明朗——这日复一日的琐细政务，实际是一步步攀上大业峰巅的阶梯！何谓见识？发乎常人之不能见，这便是见识。荀子的“积微速成”说，不是寻常的决事见识，而是一种方法论，一种确立功业路径的行进法则。纵观历史成败，可谓放之四海而皆准也。思谋透彻，见识确立，嬴政突然觉得自己成熟了。嬴政清醒地知道了自己是谁，自己每日在做甚。这种对人生况味的明白体察，使年轻的秦王实实在在地处于前所未有的身心愉悦之中。

提出“五年刷新秦国，而后东出天下”的为政方略后，李斯马不停蹄地走遍了所有官署。年关之前，李斯开出了一卷长长的整饬内政清单，分为农事、工商、执法、关防、新军、仓廪、盐铁、吏治、朝政、王室十大方面一百六十三项具体实务。也就是说，各个大口该当整肃的事务以及该当达到的法度目标，全数详细开列。

虽还不是丞相，但做的事却是丞相之事。

会商清单时王绾脸红了：“君上，臣请换位，李斯当任开府丞相！”

“丞相何出此言！”李斯也红脸了。

嬴政笑了：“自知之明，好事。然则目下丞相，还是王绾最宜，无须礼让。”

“君上明断！”李斯长吁一声。

“君上，臣忝居高位，终究不安矣！”王绾面有愧色地摇着头。

年轻的秦王慨然拍案：“重臣高位，既在才具，又在情势，丞相何须不安也！目下之要，需我等君臣合力共济同心谋事，一天下而息兵戈，职爵之分何足道哉！”

“正是！职爵之分，只在做事便捷。”李斯坦然呼应了秦王。

“好！此话撂过。臣定依先生清单铺排，全力督导。”王绾也坦然地笑了。

那日，君臣三人将所有事项都做了备细分工，其中要害事项一一落实到最佳人选。落到嬴政头上的只有一件大事，此事非秦王出面无从着手。嬴政目下所看的公文,恰恰便是这件棘手的事情。

“小高子,羽阳宫之事如何了?”嬴政突然抬起头。

惶恐得不知所措,恐怕是后宫之事。

“好好好,好了。”看着秦王罕见的舒畅面容,赵高惶恐得不知所措了。

冰雪消散,启耕大典方过,沉寂多年的羽阳宫热闹起来了。

这是陈仓山地南麓的一片王室苑囿,占地三百余亩,南临滔滔渭水,北靠苍莽高原,与南山群峰遥遥相望,堪称形胜之地。从关防要塞说,这座宫室正在大散关、陈仓关、陇西要道之交会处,一旦有事,这座宫室便是处置三方危机的枢纽之地。羽阳宫是秦武王时期的丞相甘茂选址建造的,其目的便在于上述关防思虑。唯其如此,这羽阳宫不大,却极是坚固厚重,砖石大屋黑顶白墙直檐陡峭,很是简洁壮美。直到后世宋代,大学问家欧阳修的《研谱》还记载着长安民献来“羽阳千岁万岁”字样瓦当的故事,“其瓦犹今旧瓦,殊不朽腐”。后人之《渑水燕谈录》亦有记载云:“秦武王作羽阳宫……其地北负高原,南临渭水,前附群峰,形势雄壮,真胜地也!”

苍翠的山径,碧绿的池畔,到处游荡着白发皓首的老人。他们或徜徉踏青,或泛舟池陂,或聚相议论,或遥望南山,啧啧赞叹山水形胜之时又透出隐隐不安。池畔十多个老人更是守着茶炉无心品尝,人人两手握着一只早已经变冷的陶盅转悠着,有一搭没一搭地议论着,虽则言语简约,却也你问我答地断续着。

“我说诸位,我等到底为甚而来?”

“为甚?奉王书而来,等候西畤郊祀也。”

“然则，西畤郊祀便撂下国事了？”

“啊呀，抚慰元老，赏宫踏青，有何不可！”

“非也！老夫之见，秦王要与我等会商大事。”

“会商个鸟！逐客令废除之后，他听谁？”

“依你说，将我等一班王族元老搬弄到此，意欲何为？”

“总归说，没好事！”

“不然不然。我等嬴姓子孙，秦国不靠我等靠谁？”

“对也，不靠我等靠谁？”终于，有了一片呼应。

“做梦！他连王后都不立，有了个夫人还不宣姓名，谁能左右？”

“未必也。王后太后，惹事老虎。老夫看，秦王此事没错。”

纷纷嚷嚷之际，一声尖亮的长宣突兀而起：“秦王驾临，列位大人回宫——”也是奇怪，内侍这种特异的声音总能破众而出直贯每个人耳膜。老臣们相互看看，各自嘟哝着只有自已听得懂的牢骚感慨，终于摇开老迈的双腿向那座唯一的殿堂走来。

嬴政此来，长史李斯没有随同。

按照规矩法度，长史几乎是秦王的影子，外出政事尤其如此。这次却不然，秦王执意独自前来羽阳宫。理由有两个：一则是李斯须得尽快回北楚，接出妻小来咸阳；二则是王族元老之纠葛，年轻的秦王不想教李斯陷入其中。后一点，嬴政是从先祖孝公的为政之风中学来的。孝公处置王族事务，从来不牵涉商君，为的便是要商君全力以赴应对变法大局。无数的历史证实，新锐大臣一旦卷入王族纠葛，往往都要埋下巨大隐患。孝公巡视不在国，商君毅然处置了太子违法导致的民变，刑治公子虔，不得已介入王族纠葛。便是这唯一的一次，使法圣商君在孝公之后惨遭车裂。对于秦国的

大臣如卷入后宫之争斗，容易自伤。

王族势力过大，既得利益多，臣子要严格依秦法行事，总有一天会惹祸上身。李斯之祸，实也缘于王子之争。

这段历史，嬴政历来有不同见识。这个不同，便是不像寻常秦国臣民那般，以秦惠王之功忌谈杀商鞅之过。嬴政从来不讳言，商君之死于非命，是秦国的最大国耻！一个大君主面对复辟风暴，不是决然铲除复辟势力，而是借世族之压力杀戮自己心有忌惮的功臣，而后再来铲除复辟势力，实在当不得一个“大”字。嬴政无数次地在内心推演过当时情势，设想假如自己是秦惠王该当如何？结果，他每次的选择都是义无反顾——与商君同心，一力铲除世族复辟势力，而后一人主内政，一人专事大军东出。以商君之强毅公心，以惠王之持重缜密，秦国断不致在秦惠王初期那般吃紧，几乎被苏秦的六国合纵压得透不过气来。

“此次正好不用长史，空闲难得，先生安置好家事便是大功！”

嬴政慨然一句，李斯一时热泪盈眶。

李斯没有再推辞，带着秦王的特颁兵符，连夜赶赴关外大营去了。老桓龁一见兵符哈哈大笑：“秦王也是！老夫提兵关外，楚国敢来滋事？只怕它巴结先生还来不及也！铁骑之外五十辆牛车，先生看够不够？”李斯红了脸：“不须不须，李斯家徒四壁，三辆牛车足矣！”老桓龁却是不由分说，牛车一辆不少，还坚持亲自率领五千精锐铁骑护送李斯回到上蔡。李斯不赞同也没用，只好浩浩荡荡地回到了汝水东岸的老家。果然不出老桓龁所料，楚国上蔡郡守以“昔年旧交”的名义，率一班吏员迎出十里。当年举荐李斯出任小吏的老亭长更是上心，呼喝着四乡八村的民众聚在村头道口，鼓乐一片声浪阵阵，硬是将李斯的轺车抬着进了李氏小庄园。李斯很清醒，也很实在，既牵挂秦王离开后的中枢政务，又很不喜欢与楚国官员应酬，更不想学苏秦那般锦衣归乡散金乐民的豪举。路途之上，李斯已经对老桓龁说定，大队铁骑十里外歇息等候，他只带一个百人队并牛车十辆进庄，接出妻小当夜便回咸阳。老桓龁也笑呵呵答应了。及至官吏庶民纷纷来迎，老桓龁却立时改了主意，说是不能给秦国丢脸，不能悄没声地进出楚国。老桓龁一定要李斯风风光光地周旋几日，一应恩仇了却干净！不由分说，老桓龁立即下令五千铁骑在汝水河谷扎营，立即派司马飞骑转回，火速送来三十车秦酒肉菜。老桓龁给李斯只一句话：“鸟！撂开整！该当！不能教楚人说秦人不知乡情！”

接到老桓龁的快马急书时，嬴政正要动身西来。他给老桓龁的回书也只一句话：“务求长史平安返秦，余事老将军斟酌。”嬴政车马方到雍城，又得老桓龁快马急报：李斯只周旋了两日，流水酒宴昼夜不停，楚官与乡人全数与宴，赠老亭长五十金，庄园桑田捐入族产；目下长史已经回程，老桓龁亲自护送进入函谷关，三日后定可安然抵达咸阳。嬴政长长地出了一口气，立即给假内史兼领咸阳令的嬴腾一道王书："长史家室初安咸阳，府邸修葺、官仆选派等一应事务，务求以北楚风习安置妥当，不使其家人有隔涩之感。"

嬴政这次要处置的，是一件新锐大臣们无法插手的棘手事。

在李斯开列的一百多项积微政事中，只有这件事无法由任何官署完成。这就是，从官署中裁汰王族元老。裁汰冗员，本是整肃吏治的一个细目。裁汰王族元老，更是这一细目中的细目。然则，恰恰是这一细目中的细目，构成了整肃吏治的最大难点。商鞅变法之后，天下王族之中，秦国王族可说是最没有特权的王族了。然则，王族领袖国家，毕竟是全部族群的轴心。历史积累，邦国传统，无论法令如何限制，王族终究有着其余臣民无法比拟的诸多根基特权。便以秦国的官吏任职期限说，秦法没有明定退隐年岁，却有裁汰力不胜任者的种种法度。具体说，但凡秦官，寻常五旬以上年岁者便进入了暮年之期，便进入了国正监的裁汰视野；其时若有困顿之相或某种老疾，是一定要被裁汰的。当然，这种正常裁汰不是治罪，自然不能削官为民，而是退隐闲居薪俸照旧。若是精神体力健旺超常，则可照常任事。譬如老将桓龁与军中一班老将，个个老当益壮，则谁也不会以其年高为由而生出异议。

因了此种法度传统，秦国官署的力不胜任者很少，病弱者更少。但是，此次五年积微，李斯仍然将裁汰老弱冗员列进了重点细目之内。李斯说："兵在精，不在多，官亦同理。一官无力，百事艰难。大出天下，贵在官吏精干也！"

嬴政与一班新锐大臣无不赞同。

但是，秦国的王族官员却有所不同。不同者一，王族子弟但有军功政绩，所任多为要害官署之实职大员，至少是各官署的领班大吏。目下的秦国官署，六成的领事之"丞"（官署副职）都是王族子弟。不同者二，王族官吏年高不退隐者居多。除了明显的伤残大病不能理事者，王族官吏极少有因年高体弱而退隐的先例。其间因由有三：一则，王族子弟都有本来的家族封地与王室苑囿每年拨付的"例谷"进项，尽管是虚封不领民治，但所分赋税还是能在加冠之后人人拥有一座府邸；如此，王族子弟任官之后不须另建官邸，各方都觉得俭省物力。二则，王族官吏熟悉政务通晓各官署人事，办事利落快捷，无论其主官上司还是其属下吏员，都喜欢有个王族子弟做署丞。三则，秦国王族子弟向有传统,守法奉公,不贪不奢不争功。甚至多有王族子弟更换姓名隐匿出身而从军,直到高年,军中依然不知其为王族子弟。唯其如此,朝野对王族任官从来没有作为事端提出过。

王子虽身份显赫,但存活风险亦大。

因了秦国王族的奋发自律,也因了给官署带来的种种便利,各官署裁汰冗员,便极少列入王族官吏。只要不是显然病弱,王族子弟寻常都是老来依然在官在职。依据李斯与国正监的共同查勘,军中王族将士除外,在咸阳并各郡县任职的王族高年官吏百余人。此等高年老吏除了坚持每日应卯会事,迟暮懵懂者大有人在。而这些高年大吏的职司,恰恰又都是最需要能昼夜连轴转且机敏精干的要害职位。

反复思忖,嬴政登门探视了驷车庶长老嬴贲,会商出一则移势之策:以西畤郊祀为名,将在位的王族元老与年高大吏,全数高车驷马送到西畤左近的羽阳宫,而后由文火化之。西畤,是秦人立国之初在秦川兴建的第一座祭坛城堡,建成于秦襄公八年。西畤落成之时,东来秦人在西畤举行了盛大的祭祀白帝礼。此后六代一百余年,秦人一直奉上天白帝为秦人正神。后来,秦宣公在关中渭南地带兴建密畤,改祭青帝,同时奉上天青帝为秦人正神。及至秦献公东迁都城于栎阳,恰逢栎阳"雨金"祥瑞,建成畦畤又行大祭,再次祭祀白帝正神。其间,虽也有秦灵公祭过华夏始祖神黄帝、炎帝,但从此之后,秦人尊奉的上天正神,便始终是白帝青帝并存,直到嬴政在统一天下后经阴阳家论证而正式尊奉水德,奉青帝,色尚黑。这是后话。目下之秦国,西畤是秦人东进的最早祭坛,具有无可争议的发端地位,与早期都城雍城一起成为秦人的立国圣地。在西畤郊祀,老秦部族的任何成员能够被邀参与,都是一种很高的荣耀,断没有拒绝的理由。

王族元老们匆匆赶到大殿,秦王却没有临殿会事。

羽阳宫总管老内侍宣读了一道王书:秦王进入沐浴斋

戒,着所有与祭者从即日开始沐浴斋戒三日,而后行西畤郊祀大礼,祈祷白帝护佑秦国。王书读罢,老臣们一片肃然,异口同声地奉书领命。目下朝野无人不知,这个年轻的秦王日夜勤政惜时如命,他能三日沐浴斋戒脱开政事,实在是破天荒也!秦王如此看重郊祀大典,王族臣子夫复何言?

三日之后,曙色未显,队队车马仪仗辚辚开赴十多里之外的西畤。及至太阳高高升起的辰时,郊祀大典圆满成礼。所有与祭者都分得了一份祭肉,无不感慨唏嘘。依照郊祀礼仪,与祭君臣三百余人,各自肃立在原有的祭祀位置虔诚地吃完各自分得的祭肉,祭礼方算圆满告结。这日也是一样,吃完具有神性的祭肉,盛大的车马仪仗轰隆隆开回了羽阳宫。将到宫门,与祭元老们接到王书:歇息两个时辰,午后赴殿,秦王会事。

午后的庭院春阳和煦。秦王说大殿阴冷,不利老人,不妨到庭院晒着太阳说话。元老们分外高兴,纷纷来到庭院各自找一处背风旮旯舒坦地坐了下来。年轻的秦王也在池畔一方大石坐了下来,看看这个问问那个,一时还没说到正事。谁知这一到太阳地儿不打紧,不消片刻,便有几个老人在暖和的阳光下眯起老眼扯起了鼾声。更有许多老臣,急匆匆站起离开,归来片刻又急匆匆离开,额头汗水脸色苍白呼哧呼哧大喘不息。嬴政眼见不对,一边询问究竟何事一边紧急召来太医巡视。三位老太医巡视一圈,回禀说没有大事,瞌睡者是连日斋戒今日奔波,体子发虚的老态;来去匆匆者是吃了祭肉消化不动,内急;服得三两服汤药再调养几日,当无大事。

“王叔,我吃的祭肉最多,如何没事?”嬴政声音大得人人听得清楚。

“王叔能与你比?”做大田丞的元老气喘吁吁摇手,“你虎狼后生也,我等花甲老朽也。那祭肉,都是肥厚正肉,大块冷吃,倒退十年没事。今日,不行也……”

“是也是也,不行了。”周遭一片纷纷呼应。

“三日斋戒,腹内空虚,突遇祭肉来袭,定然内急。”

国尉丞的兵法解说,引来一片无奈的咳嗽喷嚏带出鼻涕的苦笑。

年轻的秦王强忍着笑意站起,拱手巡视着四周高声道:“此乃嬴政思虑不周,致使诸位尊长受累。嬴政之过,定然弥补。太医方才说过,诸位尊长需要调养始能恢复。嬴政以为,这羽阳宫乃形胜之地,诸位不妨在此多住几日,一则缅怀先祖功业,二则游览形胜,三则调养元气。诸位尊长,以为如何?”

“君上,只是,只是国事丢弃不得也!”大田丞勉力高声一句。

新陈代谢功能有异，不认老都不行。

一元老伸展腰身一个激灵："噫！老夫如何梦见周公也。"

在元老们一片难堪的笑声中，嬴政正色道："诸位尊长与闻国事之心可嘉。本王之意，诸位尊长集居羽阳宫，亦可与闻国事。实施法程，由老驷车庶长宣示。"

一辆座榻两轮车推了出来，一直没露面的老嬴贲点着竹杖说话了："诸位都是王族子孙，该将秦国功业放在心头。然则，掌家日久，尚知家事传于后生。在座诸位，还有执掌家族事务的么？没有！因由何在？年高无力，老迈低能。家事尚且明白，国事如何糊涂？说到底，公心不足，奉公尚差！今次郊祀，三日斋戒、一顿祭肉、片刻春阳，诸位便老态尽显，谈何昼夜轮值连番奔波？以老夫之意，该当全数退隐，老夫也一样！奈何秦王敬老敬贤，着意留诸位与闻国事参酌谋划，老夫方谋划出一个法程，诸位听听。"

"愿闻老庶长谋划。"元老们一片呼应。

驷车庶长署的府丞展开竹简，备细陈述了元老与闻国事之法。这个法程是三个环节：其一，驷车庶长府会同王室长史署，每旬日向羽阳宫送来一车公文副本，供元老们明白国政大要。其二，元老们可据国事情势论争筹划，每有建言，交羽阳宫总管内侍快马禀报咸阳王室。其三，建言良策若被采纳，视同军功，建言者照样晋升爵位。

就是要让这些王族不添乱。不杀，也不重用，王族们衣食无忧，"级别"不减，皆大欢喜。

老嬴贲一点竹杖："诸位既能建言立功，又可颐养天年，如何？"

元老们异口同声地说了没有异议。之后一阵默然，老臣们似乎有某种预感，又相继提出了几个实实在在的心事。一是咸阳家人可否搬来同住？嬴政笑答，诸位家人尽可一并搬来，羽阳宫不够还可拓展。二是老臣若念咸阳，能否还国小住？嬴政笑答，所有王族老臣在咸阳的府邸都长久保留，谁想还国，随时可回可居。三是日后若无建言之功，爵位禄米是否便没有了？嬴政笑答，诸位既往之功不能抹杀，且日后依然谋国，无非虚职而已；元老原本爵位禄俸依旧，若有建言新功业，仍依大秦律法论功晋爵。如此这般一一明定，元老们再也没有话说了。全场默然良久，白发苍苍的一群王子王孙忽然都哽咽了，涕泣念叨最多的一句话便是，只要能为秦国效力，挂冠去职怕个鸟。

了结此事的当晚，年轻的秦王大宴元老。正在酒酣耳热之际，咸阳快马传车飞到，李斯密书急报：关外秦军开始大举攻赵，国尉蒙武已经亲自赶赴函谷关坐镇粮草。嬴政接报没有片刻犹豫，留下驷车庶长老嬴贲善后，自己连夜赶回了咸阳。

六　以战示形　秦军偏师两败于李牧

关外秦军对赵国的战事，是嬴政君臣共同谋划的一着大棋。

虽不能一击即破，秦国还是到处点火，先是威胁了韩国，接着对赵国又虎视眈眈。这也是策略，时而来一个动作，令山东六国不敢轻举妄动。

依照李斯"五年积微，刷新秦国"之政略，秦军似乎不该在专务内政之时大举出兵。然则五年不战，在刀兵连绵的战国之世，在目下秦国，则完全可能形成另一种局面。一则，秦国威慑收敛，山东六国压力大减，立即便会孜孜不倦地多方骚扰秦国，甚或可能重新结成合纵遏制秦国。二则，秦法奖励耕战，秦人昂扬奋发闻战则喜，果真五年不战而听任山东六国恢复元气滋生事端，秦国朝野既有可能怨气大增，也有可能暮气大增，内政是否会生出新的变局实难预料。当沉静的王绾说出这种担心时，嬴政君臣无不默默点头。基于此等天下大势战国传统以及秦国实情，嬴政与四位新锐栋梁反复计议，才有了架构庙堂时的“假上将军者三”的奇特布局。历来军权贵在专一，秦国一次出三个上将军，且个个都是假(代理)上将军，实在是天下唯一了。蒙武得知谋划，不禁大皱眉头：“一国三帅，徒惹山东六国耻笑耳。”嬴政却道：“唯其有效用，我便是我，何在他人一笑哉！”

王翦蒙恬谋划的五年军争方略是：关外有常战，关内大成军。

王翦说，此一方略之实施，图谋主要在四处：其一，给天下以秦国无将之表象，使山东六国松懈对秦军的戒备；其二，以攻势作战使山东六国自顾不暇，不明秦国内事作为，更对秦国行将“一天下”的长策大计无所觉察，以收未来出其不意之效；其三，使国人不忘战事，同心振作；其四，使大数额招募兵员与训练精锐新军，有不用解释的正当理由。蒙恬将这一方略归结为八个字：以战示形，乱敌强国。

“此谓瞒天过海，六国醒来，为时晚矣！”李斯一语点题。

“好！方略实施，由三位上将军谋划。”嬴政奋然拍案。

王翦蒙恬星夜赶赴关外大营，与老桓龁商议三日，一卷详尽的实施之法摆上了嬴政的王案：其一，五年之内秦军实行两军制，分成关外关内两支独立大军；关外大军名为主力，实则偏师；关内大军以蓝田大营为根基扩充整训，实则是未来东出的主力大军。其二，三大将明定职司：老将桓龁统率关外大军，专司对山东常战；王翦执掌蓝田大营，专司练兵练将；蒙恬通联各方，专司招募兵员与军器衣甲改制。其三，将士分营：举凡四十五岁以上之将军，四十岁以上之校、尉、千夫长、百夫长，三十五岁以上之头目与兵士，一律划归关外大营；其余年轻将军头目与年轻士兵，一律划归蓝田大营做新军骨干。其四，两军五年内达成目标为：关外大军至少一年两战，关内大营扩充整训为一支四十万员额的精锐大军。

嬴政与李斯会商，当即批下八个大字：“内外协力，着即实施。”

一月之内，秦军三十余万主力大军两分完毕，关外大军十三万余，蓝田大营十八万余。两军相比，蓝田大营留下的头目兵士多，关外大军划走的将军校尉多。

“鸟！老夫率老师，教它山东六国火烧猴尻子！”

在关外幕府，老桓龁一句粗豪，聚将厅哄然大笑。点卯之后，老桓龁慷慨拍案的正经说辞是：“诸位将士，我等的兄弟子侄都撂到蓝田大营了，父子兵、兄弟兵都分开了！我关外大军，清一色能征惯战之锐士！一句结实话：秦国即将大出天下，但我等老兵老将等不到那一天了。我等老兵老将,打仗的日子不多了!这五年之期,便是我等老卒的最后军旅,最后征程!老军打得好,关内大营的后生便能从容成军,五年之后东出函谷泰山压顶,秦国便能一六国,天下从此无战事!老军打得不好,关内后生不能全力练兵,反要来为我等擦屁子收拾摊子,羞也羞死人!说到底,仗仗都要干净利落,不能松屁子拉稀!老夫只有一句话:抛下白头,马革裹尸,最后一战!”话音落点,大将们一口声齐吼震得聚将厅砖石缝的土屑唰唰落下。

久没有大战,秦军闻战则喜。

开春之后,桓齮老军猛扑赵国平阳。

选定赵国作为首战,理由只有一个:赵国为目下山东六国唯一的强兵之国,只要对赵作战有成效,便能震慑天下。两年前大旱方起,为使六国不敢趁天灾合纵攻秦,桓齮王翦曾猛攻平阳,杀赵将扈辄,斩首十万,随后即撤出平阳退守关外大营。后来,赵国新王即位,为防秦军再次东进,从阴山草原调来边军五万防守平阳。此次老桓齮再攻平阳,目标便是这五万精锐赵军,若能一鼓歼之,对赵国朝野无异于当头棒喝。桓齮的部署是:前军大将樊於期率五万主力大军正面攻城,老将麃公、屠睢各率一万铁骑两翼游击,阻截有可能出现的赵国援军。桓齮则自率五万铁骑,千里奔袭邯郸东北的武城①,以使赵国虚实不辨精锐边军不敢轻易南下。

及至嬴政赶回咸阳,第一道快马战报已经送来:秦军攻克平阳,击溃五万赵军,斩首两万余。次日战报再来,说樊於期已经率军北上奔袭,从西路深入赵国腹地。嬴政询问了军使,得知东路桓齮一军业已奔袭武城,心中有些不安,便留下李斯与王绾处置政务,自己连夜赶赴蓝田大营与王翦蒙恬会

① 武城,战国赵地,赵孝成王封平原君于此,在今山东武城西北。

商关外军情。

“三地开战,两路奔袭,赵国必乱阵脚也!”蒙恬很是兴奋。

王翦却皱起了眉头:“一班老将如此战法,力道太过。平阳距关外大营近便,若能集聚大军一战斩首五万,既可稳妥大胜,又可歼灭赵军一支主力,本是上上战法。如今两路奔袭,声势虽大,然一旦照应不周……”

“可能出事?”嬴政脸色有些不好。

“如今的赵军统帅,是李牧。”王翦一字一顿。

“想起来也!”蒙恬突然拍案。

“甚?”王翦有些惊讶。

“当年君上立太子时,便说赵将李牧将成秦军劲敌!”

“李牧做了大将军。看来,赵王迁不是平庸之辈。”嬴政脸色阴沉。

“我意,立即急书老将军:着两路奔袭大军星夜回师!”蒙恬见事极快。

“老军初战,君命过早干预,也有弊端。”持重的王翦显然还在思忖。

嬴政在幕府大厅转悠着,一时实在难以决断。若以目下山东六国之军力军情,老辣的秦军两路奔袭,似乎也不该有多大危险。唯一顾忌者,便是这个李牧与他统率的赵国边军。可李牧初接赵国军权,一时照应不及亦未可知。当此之时,君王强令回师,定然挫动一班老将慷慨赴战之锐气。毕竟,分兵常战是既定方略,将在外君命有所不受更是战国传统。如此数万兵力的小战刚刚开打,便要以王命干预,将来动辄数十万大军出动的灭国大战又当如何,一个君主岂能照应得过来?再说,桓龁、樊於期、麃公、屠雎等历来都是独当一面的沙场老将,所率秦军又是能征惯战之老师,纵然李牧边军南下,凭甚说一定打不赢?反复思忖,嬴政转悠过来摇了摇头。

“君上何意,不管了?”蒙恬有些着急。

“李牧边军与我秦军从未交过手,可是?”

“这倒是。李牧久驻阴山,没有南下打过仗。”

“李牧果然出兵,便是与秦军第一战,不妨试试成色。”嬴政从容一笑。

“君上言之有理。既定方略,不宜多变。”王翦立即赞同了。

“桓龁东路该当无虞,樊於期西路令人担心。”蒙恬转了话题。

“何以见得?”嬴政问了一句。

“樊老将军求胜心切，攻克平阳后深入赵国，不在桓齮军令之内。”

“樊於期老将坚刚多谋，该当无事。王翦以为如何？”

“当下，臣不好论断。”

“好！我在蓝田大营住几日，等两路战胜军报。”

旬日之后，关外奔袭的第一道战报终于抵达：桓齮一军攻克武城，斩首赵军万余，夺粮草辎重千余车，业已顺利回师关外大营。嬴政很是高兴，与王翦蒙恬聚酒小宴以示庆贺。在君臣三人各自揣测李牧迟钝不出之因由时，第二道战报飞来了：樊於期大军兼程急进连下两城，回军时被李牧亲率边军飞骑截杀，秦军战死三万余，余部突围散战正在渐渐聚拢，樊於期将军下落不明！君臣三人深为震惊，留下蒙恬镇守蓝田大营，秦王与王翦立即率五千铁骑兼程赶赴关外大营。

汇集各方消息，战败经过终于清楚了。

当秦破杀赵将扈辄于武遂，并斩首十万后，赵拜李牧为大将军，“击秦军于宜安，大破秦军，走秦将桓齮。封李牧为武安君。居三年，秦攻番吾，李牧击破秦军，南距韩、魏”《史记·廉颇蔺相如列传》。《史记·赵世家》：“三年，秦攻赤丽、宜安，李牧率师与战肥下，却之。封牧为武安君。四年，秦攻番吾，李牧与之战，却之。”两处记载，时间间隔不一致。有李牧在，秦军始终很头痛。

攻克平阳之后，老军将士嗷嗷求战。樊於期也是意犹未尽，立即与麃公、屠睢会商，主张从西路北上奔袭赵国恒山郡，策应东路桓齮。樊於期的奔袭主张理由有三，都很坚实：其一，桓齮东路奔袭是孤军，不能说没有被赵军伏击的可能，需要策应；其二，若从西路再出奇兵北上，则赵军必然不明虚实而迟疑，不敢轻易对任何一路动手；其三，我军已克平阳，枯守原地徒然窝了兵力，两军齐出事半功倍！樊於期本来就是仅仅次于主帅桓齮的前军大将，此次又是平阳战事的主将，西路奔袭的主张尽管在桓齮预先部署之外，然从大局看却无疑是主动策应主力的积极之举，完全符合秦军传统，老将们二话不说便齐声赞同了。樊於期立即部署：屠睢率两万步军留守平阳，自己与麃公率五万铁骑北上奔袭。

樊於期选定的奔袭路径是：沿汾水河谷秘密北上，于晋阳要塞外突然东折，从远离井陉要塞的南部山道进入恒山郡，攻克赤丽、宜安①两城后，若东路无事便立即回师。就长平大战后的秦赵情势说，这条路径确实是赵国的一道软肋。长平大战后，赵国对秦国的防御部署历来集中在三坨：河东一坨，以平阳为根基与秦国做最前沿对峙；中央一坨，以上党山地为纵深壁垒，使秦军不能威慑邯郸；北部一坨，以晋阳、狼孟②的长期拉锯争夺战为缓冲地带，以井陉要塞为防守枢纽，不使秦军以晋阳为跳板突破赵国西部北大门。如此三大坨之间，南北千余里东西数百里，疏漏空缺处原本很多。尤其是平阳至晋阳之间的汾水河谷，没有一处重兵布防的要塞。之所以如此，也是形势使然。长平大战后，魏国韩国的实力在整个河东与汾水流域大大衰減，说全部退出也不为过。也就是说，连同上党在内的整个河东与汾水河谷，都在事实上变成了两方四国哪一边也无法牢固控制的拉锯地带，赵国能扼守住如上三要害，已经是万分地不容易了。唯其如此，秦军歼灭河东平阳的赵军主力后，赵国在整个汾水河谷的南大门便洞开了，只要不东进上党，沿汾水谷地北上几乎没有阻力。

樊於期五万铁骑秘密行军，果然未遇一支赵军，直到在晋阳郊野东折，进入赵国恒山郡，一路都出奇地顺当。作为老军老将，此等顺当原是异常。然在目下樊於期庶公一班老将眼里，这却是完全该当的。赵国新王即位两年，第一年便被秦军攻克平阳斩首十万杀大将扈辄，赵国已成惊弓之鸟全然在意料之中，再说赵国精锐也就是那二十万边军，要赶到恒山郡，最快也得半月上下，纵然赵国察觉了又能如何？

欺赵国无人。

攻克赤丽，是顺利的。攻克宜安，也是顺利的。

---

① 赤丽、宜安，均为战国地名，具体位置不详，当在今河北、河南和山东交界一带。

② 狼孟，战国时赵国西北部要塞，在今山西阳曲一带。

秦军战心愈加炽热，上下嗷嗷叫，索性南下奇袭邯郸大门武安，打一个大胜仗！樊於期很是清醒，不为众议所动断然下令回师，军令理由只有一句话：“深入赵国腹地，策应东路震慑赵人之使命已成，回师！”秦军战心炽烈，军法却更是严明，主将一声令下，立即将战胜财货装车回军。暮色时分经过滋水南岸的肥下之地，谁也想不到的灾难突然降临了。

广阔舒缓的青苍苍山塬上，突然四面冒出森林般的红色骑兵，夕阳之下如漫天燃烧的烈焰轰轰然卷地扑来，雪亮的弯刀裹挟着急风骤雨的箭镞，眨眼之间便狠狠铆进了黑色的铜墙铁壁。秦军将士没有慌乱，却实实在在地措手不及……麃公身中三箭死战不退，被护卫骑士拼命夹裹着杀出重围，绑在一辆轻车上一路拼杀西来。堪堪望见晋阳城，麃公大吼几声，奋然拔出钉在前胸的三支长箭，便失血死了。一个千夫长说，麃公临死的吼叫是，李牧！记住李牧！血仇！

……

幕府聚将厅一片沉寂，如同战场后的血色幽谷。

幕府外黑压压站满了校尉头目，他们是为战场失帅而自请处罚。天下军法通例：主帅战死，将佐与护卫无过；主帅被俘抑或失踪，将佐治罪，护卫斩首。目下主将樊於期活不见人死不见尸，突围将士岂能安宁？老桓龁回师途中突闻战报，先是暴跳如雷，之后大放悲声，若非两个司马死死抱住，那口精铁长剑眼看便插进了肚腹。从战报传来，截至秦王与王翦赶到，整个关外大军三日三夜不吃不喝地漫游在幕府营地，搜寻接应突围逃生者、救治伤残者、埋葬有幸逃回而死在军营者，残兵将佐痛悔请罪，未遇劫难者激昂请战，整个营地既如死寂的幽谷又如焦躁的山火，愤激混乱不知所措。秦王来到，将士闻讯云集而来，却都死死地沉寂着。尽管有待处置的紧急军务太多太多，但有秦王亲临，大将们谁也不好先说如何如何。不是不敢说，而是谁都清楚，这是秦王亲政之后的第一次败绩，敌方是与秦军试手的神秘的李牧，秦军大将则是备受秦王器重的老将樊於期，牵涉多多干系重大，骤然之间谁也不好掂量这次败绩对目下秦国秦军的影响以及对于未来的分量。

“将士都在辕门外？”嬴政终于开口了，似乎刚刚从沉睡中醒来。

须发散乱面色苍白的老桓龁默默地点了点头。

“走！本王要对将士说话。”秦王举步便走。

眼看老桓齮懵懂不知所以，王翦低声急迫地提醒："号令全军聚集！"

老桓齮如梦方醒，拳头一砸白头赳赳出帐。片刻之间长号大起，军营各方默默忙碌的兵士们轰隆隆聚来，辕门外的大军校场倏忽大片茫茫松林。没有号令，没有司礼，黑压压的甲胄丛林肃然静寂，唯有千人将旗在丛林中猎猎风动。

走出幕府，年轻的秦王没有与任何一个大将说话，也制止了中军司马将要宣示的程式礼仪，径自稳健地踏上了一辆只升高到与幕府顶端堪堪平齐的云车，高亢结实的秦音便激昂地回荡起来："将士们，我是秦王嬴政！本王知道，大军首战大败，将士们都想知道我这个秦王如何说法，否则人人不安。唯其如此，本王今日畅明说话，归总只有三句。第一句，胜败乃兵家常事！当年没有胡伤的对赵阏与之败，宁有举国协力的长平大捷？本战，大将谋划无差，兵士协力死战，不依无端战败论罪。第二句，秦军有了劲敌，大好！李牧边军能在我军全无觉察之下突袭成功，堪为秦军之师也！秦军要师李牧而后胜李牧，便是天下无敌！第三句，秦国既定方略不变，关外大军还是关外大军，哪里跌倒，哪里爬起来！"

遇上劲敌，倒是能挫一挫秦军的骄气。

黑色丛林沉寂着，秦军将士们热泪盈眶地期待着秦王继续说下去。嬴政却戛然而止，大步走下了云车。便在秦王举步之间，十万大军的老誓吼声骤然爆发了，如滚滚沉雷如隆隆战鼓如茫茫呼啸，士兵将佐们几乎喊哑了嗓子，久久矗在校军场不愿散去。

战败之师，振作士气最为重要。

夜幕降临，幕府聚将厅的君臣会议开始了。

李斯是在接到战报后快马兼程赶来的，心绪沉重得无以复加。在辕门口外，李斯恰恰听到了秦王对三军将士的慷慨之说，心下虽然长吁一声，却一直没有说话。老桓齮是被愤激悲怆羞愧折磨得有些懵懂，铁板着脸紧咬着牙不知如何。王翦与左军大将屠雎倒是沉稳如常，矗在赵国板图前一动不动，却也一直没有说话。

“上将军，肥下之地宜于伏击么？”嬴政一阵转悠，终于打破沉默。

“不，不宜。”王翦显然还沉溺在深深思虑之中。

“你说不宜，李牧为何就宜了？”

“臣所谓不宜，是以兵法而言。”王翦已经回过神来，指点着板图道，“君上且看，这是恒山郡，滋水从西北向东南流过，滹池水从西向东流过，两水交汇处的滹池水南岸，便是肥城，肥城之南统称肥下。此地方圆百里，尽皆低缓山塬，多是说平不平说陡不陡的小山丘，除了寻常林木，一无峡谷险地，二无隘口要道。依据兵法，实在不足谓奇险之地。然则，偏偏在这般寻常地带，李牧却能隐藏十余万大军发动突袭，其中奥秘，臣一时难于道明。”

“老将军以为如何？”嬴政平静地坐进了大案。

“咳！肥下实在没甚稀奇，阴沟翻船！”老桓龁的生铁拳头砸得将案咣当大响，“但凡秦军老将老卒，谁都将赵国蹚得熟透。邯郸城门有几多铁钉，老兵都数得上来！那肥下山地非但无险，还是个敞口子四面不收口。谁在肥下做伏击战场，直一个疯子！李牧就是疯子！老夫看，他定然是凑巧带兵路过！老夫不服！不信他神！”

“左将军以为如何？”

“臣启君上，”屠雎一拱手，“上将军所言，老军将士无不赞同。”

“关外大营还想攻赵？”

“正是！三万余将士战死，岂能向李牧低头！”屠雎慷慨激昂。

“启禀君上，老臣请战，再攻赵国！”老桓龁立即正式请命。

嬴政看看李斯又看看王翦，叩着大案沉吟不语。李斯自入关外大营，见秦王已经知晓军情，便一直没有说话。最要紧的原因是，李斯当初一力赞同内外分兵的方略，也从来不怀疑秦军战力，根本没有想到偏师小战竟会大败，更没有想过如果关外战败又当如何？身为长史，又是国策总谋划者，李斯不能不从全局思忖。目下局部失利，翻搅在李斯心头的便是：是否因这一局部失利而改变全局谋划？具体说，五年刷新秦国的谋划之期是否短了？秦军兵力以及将才，是否不足以分为两支大军？如果继续对赵作战，是继续由关外大军独当还是合兵全力赴战？思虑看似对赵战事，实际却牵涉着“一天下”的长策伟略如何实现的全局。李斯之短,在于对军事不甚通晓。当年在苍山学馆,荀子评点弟子才具,对李斯的评语是:“斯之政才,几比商君也。然兵家之才纵横之能,与苏秦张仪尚不及矣!”也就是说,苏秦张仪尚算知兵,李斯连“尚算知兵”亦不能。法政名士之所谓知兵,非指真正具有名将之能,而是指对军旅兵争有没有一种感觉。这种感觉,可能学而知之,然更多的却是基于一种天赋直觉。若就兵家学问言,以李斯之博学强记,寻常之谈兵论战自不待言。然要真正地肩负万千军士之性命而全局谋划军争,李斯总觉得没有如同透彻的政事洞察一样的军事见识。譬如目下,李斯实在没有看出原先方略有何不妥,然则,在该不该对赵继续作战这个具体事项上便觉头绪颇多,无法一语了断。但无论如何,作为中枢主谋,他不能不说话。

“以臣之见,若对赵战事无胜算,可改向他国,或中止关外用兵。”

“何以如此?”秦王追了一句。

“其一,关外战事,意在示形,并非定然咬紧赵国。”

“也是一理。”

“其二,即或关外停战,亦不影响关内整训新军,于大局无碍。”

“王翦以为如何?”秦王沉吟地叩着大案。

“臣之评判,有所不同。”王翦慨然一句,显然已经是深思熟虑,“老军东出,初战失利,并非全然坏事。最要紧处,是扯出了赵国李牧的边军。李牧威震匈奴,已经是天下名将。然其才具、战力究竟如何?秦军极为生疏。若果真李牧此时不出,而在五年之后陡然与秦军相遇,战局难料。肥下之战逼出李牧,臣以为是最大好事。然则,此战仅为李牧边军的独有战法,若李牧仅仅如此一种战法,不足虑也。臣所虑者,李牧用兵之能我军依然没底……”

“且慢!”老桓龁一拍案,“李牧独有战法?是甚!”

“善藏飞骑,善开阔决战。此为李牧边军之独有战法。”

“鸟!这也叫战法?有地谁不会藏兵,你说个明白。”

“中原各国战法,以地藏兵,开阔之地不阻敌。”见老桓龁点点头,王翦指点着板图又道,“可大草原不同,险山恶水极少,大军难以隐藏,只能依靠剽悍骑兵的急剧飞驰追歼敌军。然则,李牧大败匈奴,却不是死追匈奴决战。当然,也是匈奴聚散无定来去如飞,无从追歼。李牧之法是长期麻痹匈奴,而后在匈奴大军南下时以飞骑大军合围痛击。

老将军且想,在一望无垠的大草原,能使数十万骑兵隐藏下来而匈奴毫无察觉,这不是善藏飞骑么?开阔山原,四面敞口,最不宜包围战,李牧却恰恰能做到。这不是善开阔决战么?一句话,李牧长期对匈奴作战,业已形成了一套迥然不同于中原的独特战法。"

李牧沉得住气,且善摆阵,难得的将才,可惜遇不上有为的诸侯王。

"狗日的!草原狼!刁!"桓齮算是承认了李牧。

"老将军说得好!李牧边军确实是草原狼,剽悍狡诈。"

"往下说。"嬴政叩着大案目光炯炯。

"王翦之见,为摸清李牧边军实力与战法,对赵战事不能中止。"

"有血气!老夫赞同!"老桓齮拳头砸得咚咚响。

"若再战失利,又当如何?"嬴政追问一句。

"只要不是主力决战,一战数战失利,不足畏也。"

李斯霍然站起:"不能!至多只能再败一次。否则六国合纵必要死灰复燃!"

"长史也,老夫能教他再胜一次么?真是!"老桓齮拍案高声。

"长史所虑,不无道理。"嬴政也站了起来,"天下格局之变化,一大半在秦赵战场之胜负。当年赵奢第一次战胜秦军,赵国始成山东砥柱。如今李牧第二次战胜秦军,山东五国尚不明就里,不敢贸然合纵。然则,若是再给赵军两次战胜秦军的战绩,天下大局必然生变。在秦而言,绝不允许合纵抗秦之六国同盟再次结成!唯其如此,以再败一战为限,对赵战事仍当继续。"

"适可而止。臣无异议。"王翦明朗一句。

"臣等无异议!"桓齮李斯屠睢异口同声。

"赵王迁若不许李牧再次出战,又当如何?"嬴政皱起了眉头。

老桓龁一脸茫然:“这,这,君上这是从何说起?”

“君上所虑,是将赵王迁做明君看也。”李斯一笑,“肥下一战胜秦,业已证实李牧边军足以抗衡秦军。若是明君,便有可能下令李牧全力对秦备战而避免小战,只在秦军主力大军东出之时决战。”李斯转身对嬴政一拱手,“然据种种消息,赵王迁绝非明断君主,不可能有此定力!我军再攻,赵王迁必定会敦促李牧尽快出战。”

暗示之笔,君臣离心,难成大事。李牧终被赵王微捕杀之,可叹。

“臣等赞同长史。”桓龁王翦屠雎异口同声。

天色微明,秦军晨操号起。君臣会议方罢,正在狼吞虎咽锅盔干肉战饭之时,一骑快马飞到,送给李斯一支密封铜管。李斯打开一看,过来对秦王低语几句。嬴政目光一闪便离案起身:“王翦可留下两三日,商定对赵部署后再回。我与长史先回咸阳!”

一语落点,嬴政已经大步出帐。

第四章　风云三才

一　尉缭入秦　夜见嬴政

一辆垂帘辎车飞进了灯火稀疏的大咸阳。

正是午夜时分，辎车进入东门内正阳街，径直向王城而来。堪堪可见两排禁军甲士的身影，辎车突然向北拐进了王城东墙外一片坊区。这片坊区叫作正阳坊，是最靠近王城的一片官邸，居者大多是日夜进出王城的长史署官吏。最靠前的一座六进府邸，是长史李斯的官邸，府门面对王城东墙，南行百步是王城东门，进出王城便捷至极。因了最靠近王城，所居又是中枢吏员，这片坊区自然成为王城禁军的连带护卫区，寻常很少有非官府车马进出此地。这辆辎车一进正阳街，便引来了王城东门尉的目光。辎车不疾不徐，驶到长史府前的车马场停稳。骏马一阵嘶鸣，一领火红的斗篷向府门飘去。随即，朦胧的对答隐隐传入东门尉的耳畔。

"敢问先生，意欲何干？"

"有客夜来，寻访此间主人而已，岂有他哉！"

"长史国事繁剧，夜不见客。"

疑有两位尉缭子,一位是梁惠王时期的尉缭子,一位是《史记》所载秦始皇时期的尉缭子。至于《尉缭子》这一兵法,到底是前者所作还是后者所为,没有定论。秦始皇之时,需不需要这兵法宝典,是个疑问。各代秦公或秦王,各代丞相或上将军,皆有一"宝典",这是小说的惯用写法。

"家老只告李斯一言,南游故人缭子来也!"

"如此,先生稍候。"

片刻之间,一阵大笑声迎出门来:"果然缭兄,幸何如之!"

"果然斯兄,不亦乐乎!"

"一如初会,一醉方休! 缭兄请!"

"好! 能如当年,方遂我心也!"

一阵笑声隐去,正阳坊又没在了灯火幽微的沉沉夜色中。

李斯与尉缭的相识,全然是一次不期遇合。

兰陵就学的第四年深秋,李斯第一次离开苍山学馆回上蔡探视妻儿。李斯家境原本尚可,父亲曾经是楚国新军的一个千夫长,在汝水东岸有百余亩水田与一片桑园。母亲与长子辛苦操持,父亲在没有战事时也间或归乡劳作。李斯是次子,自幼聪颖过人,被父母早早送进了上蔡郡一家学馆发蒙。不想,李斯十五岁时,父亲在与秦军的丹水大战中阵亡。那具无头尸身抬回来时,母亲一病不起,没有两年也随父亲去了。安葬了母亲,李斯的哥哥立誓为父报仇,昂昂然从军去了。三年之后的一个秋日,亭长捧着军书来说,李斯的哥哥在水军操练时不慎落水溺亡,官府发下六金以作抚恤。至此,尚未加冠的李斯成了一个十八岁的孤子。幸得李斯少学有成,识文断字,得亭长举荐,在郡守官署做了一个记录官仓出入账目的小吏。两年后,在族长主持下加冠的李斯,已经是一个精明练达的吏员了。倘若长此以往,李斯做到郡署的钱啬夫(掌财货)之类的实权大吏,几乎是指日可待的。

然则,李斯不甘如此。事务之暇刻苦自学,李斯读完了眼前能够搜罗到的所有简策书文,知道了天下大势,也大体明白了楚国是内乱不息的危邦,纵然做得一个实权大吏,也随时可能被无端风浪吞没，如同自己的父亲兄长一样无声无息消失。然最令李斯感触的，却是老鼠境遇带给他的人生命运之感悟。李斯每日进出官仓，常常眼见硕大的肥鼠昂然悠然地在粮囤廊柱间晃荡，大嚼官粮吱吱嬉闹，其饱食游乐之状令人欣羡。而进入茅舍厕下，其鼠则常在人犬之下狼狈窜突，奋力觅食而难得一饱，终日惊恐不安地吱吱逃生。两相比较，李斯深有感喟："人之贤不肖，譬如鼠矣，在所自处耳！"①从那时起，李斯有了一个最质朴的判断：要改变自己的命运，必须脱离自己的处身之地，离开上蔡，甚至离开楚国。

李斯微时有大志。

终于，在加冠后娶妻的那一年，李斯听到了一个消息：大师荀子入楚，得春申君之助，虚领兰陵县令而实开学馆育人。李斯没有片刻犹豫，辞去了小吏，以父兄用血肉性命换来的些许抚恤金以及自己清苦积蓄的六千铁钱，安置好了年轻的妻子，千里迢迢地寻觅到了兰陵苍山，拜在了荀子门下。

用时人话语说，李斯从此开始"乃从荀卿，学帝王之术"②。

对比仓中鼠与厕中鼠之后，李斯决意改变自己的处境，"乃从荀卿学帝王之术"（《史记·李斯列传》）。出身王公世族可致显达，拜名师亦可致显致——师出名门是改变出身的重要路径，仅次于血统出身，古今无别。

自入荀子门下，李斯刻苦奋发，四年没有归乡。荀子明察，屡次在弟子们面前嘉奖李斯云："舍家就学，李斯堪为天下布衣楷模矣！寻常士子少年就学，既无家室之累且有父母照拂，犹多惶惶不安也。李斯孤身就学，既无尊长照拂，又忍人伦之苦，难矣哉！"唯其如此，四年后李斯归乡，荀子破例以兰陵县令的名义给了李斯一道通行官文。李斯凭此官文，在兰陵县署领得一匹快马，以官差之身南下，大体可在立冬前抵达上蔡的汝水家园。

① 见《史记·李斯列传》。
② 同上。

这日行至陈城郊野,李斯不想进商旅云集风华奢靡的陈城,在城外官道边的驿站住了下来。生计拮据,李斯得处处计较。既有官身之名,又有兰陵官文,自然是住进官府驿站合算。驿站有两大实惠:一是食宿马料等一应路途费用,不须自家支付,离站上路之时,还配发抵达下站之前的干肉干粮;二是没有盗贼之扰,住得安生实在。这一点,对李斯很是要紧。毕竟,抚慰妻儿的些许物事一旦丢失,李斯归家的乐趣便会了然无存。驿站也有一样不好:入住者的食宿皆以官爵高低分开,使诸如李斯这般有志布衣者常感难堪。然则,李斯是不能去计较这些的。

进了驿站,李斯被官仆领到了最简陋的县吏庭院。寻常官吏住在驿站,往往有不期而遇的同僚须得应酬。李斯没有这等应酬,也无心与任何人做路遇之谈,吃罢官仆送到小屋的一鱼一饭,自己提来一桶热水擦洗,然后上榻大睡,天亮立即上路。走进榻侧隔墙后的小小茅厕里擦洗时,李斯一瞥石墩上那窝成一团的粗织汗巾,不禁眉头一皱。依着规矩,驿站房屋无论等次高低,沐浴擦洗的器物都是新客换新物。这方汗巾显然是前客用过的,官仆却没有及时更换。李斯若唤来官仆,更换新汗巾也是很快当的,但李斯没有这般心情,况这方汗巾虽窝成一团却也没有过甚的汗腥龌龊,用了也就用了。

李斯拿起那方汗巾一抖,啪啦一声,一宗物事掉在了地上。

"书卷!"李斯听到这种再熟悉不过的竹简落地声,不禁大奇。

打量四周,李斯立即断定:此书必是前客须臾不离其身之物,在擦洗之时放在了石墩上,走时却懵懂忘记了。李斯忘记了擦洗,捡起地上套封竹简,眼前陡然一亮!卷册封套是棕色皮制,两端各有锃亮光滑的古铜帽扣,皮套之皮色已经隐隐发白起绒,显然是年代久远之物。再仔细打量,两端铜帽上各有两个沟槽,还有两个已经完全成为铜线本色的隐隐刻字——缭氏!显然,这是一卷世代相传的卷册。

李斯没有打开封套,回身立即擦洗起来。便在此时,急促的叩门声啪啪大响。李斯喊了一声:"门开着!自己进来。"立即有重腾腾脚步砸进小厅,浑厚嗓音随即响起:"在下鲁莽入室,先生见谅。"李斯隔墙答道:"足下稍待,我便出来。"墙外人又道:"足下衣物尚在榻间,我在廊下等候便了。"李斯隔墙笑道:"也好!赤身见客毕竟不宜。"片刻之后,李斯光身子绕过隔墙穿好袍服,这才走到廊下。庭院寂寂,只有一个长须红衣人的身影在树下静静站着。李斯一拱手笑道:"足下可是方才叩门者?"长须红衣人快步走来一拱手道:"在下大梁缭子,秋来入楚游历,不意丢失一物,一路找来未曾得见。思忖曾在此间住过三日，是故寻来询问一声，不知足下在室可曾得见多余之物？”李斯道：“足下所失何物？”长须红衣人道：“一卷简册，牛皮封套，铜帽刻有两字。”李斯从袖中捧出道：“可是此物？”长须红衣人双手接过稍一打量，惊讶道：“足下没打开此书？”李斯道：“此乃祖传典籍，我非主人，岂能开卷？”长须红衣人当即肃然一躬：“足下见识节操，真名士也！缭敢求同案一饮。”李斯慨然一笑：“路有一饮，不亦乐乎！足下请进，我唤官仆安置酒菜。”长须红衣人大笑：“足下只需痛饮，余事皆在我身！”转身啪啪拍掌，驿丞快步而来。长须红衣人对驿丞一拱手道：“敢求驿丞上佳酒菜两案，与这位先生痛饮。”驿丞恭敬如奉上命：“公子有求何消说得，片刻即来。”一转身风一般去了。李斯颇有迷惑，此人住县吏小屋，却能得驿丞如此恭敬，究竟何许人也？

显示李斯的节操。

不消片刻，两案酒菜抬进。除了兰陵酒，菜肴是李斯叫不出名目的两案珍馐。长须红衣人一拱手笑道：“兄勿见笑，此间驿丞原是家父故友之后，世交。你我放开痛饮便是！”李斯不善饮酒，对兰陵果酿酒却是独有癖好，一时分外高兴。及至大饮三五爵，两人俱感快意，话题滔滔蔓延开来。红衣人笑云：“足下博学之士，何无开卷之心哉！”李斯笑答：“我固有心，只恐开得一卷生意经，岂不扫兴也？”红衣人哈哈大笑：“兄有谐趣，大妙也！人云，得物一睹，其心可安。兄有古风，得物而视若无睹。我便开卷，请兄一观生意经！”说罢拉开封套，展开那卷竹简已经变得黑黄的卷册，双手捧起道：“百余年来，此书非缭氏不能观也。然人生遇合，兄于我缭氏有护书之恩，该当一观，至少可印证天下传言非虚。”李斯本当推辞，然见其人情真意切蕴含深意，不觉接过了那卷黑黄的竹简。

“尉缭子？！”一看题头，李斯惊讶得连酒爵也撞翻了。

“人云尉缭子子虚乌有，兄已眼见矣！”红衣人大是感慨。

“尉缭子兵法久闻其名，不见其书，李斯有幸一睹，心感之至！”

尉缭子兵法，一说为战国时期成书，一说为前汉时期成收。此书最早见于《汉书·艺文志》，含天官、兵谈、制谈、战威、攻权、守权、十二陵、武议、将理等。作者是谁，难有定论，《史记》所载尉缭子与《尉缭子》所载尉缭子，年龄上对不上，梁惠王时尉缭子作兵法更为可靠。

“足下，苍山学馆大弟子李斯？”

“正是。得见经典，不敢相瞒。”李斯不问对方如何知晓，慨然认了。

“我乃第四代尉缭，见过先生。”红衣人郑重起身肃然一躬。

“学子之期，李斯不敢当先生称谓。”李斯连忙还以大礼。

“好！你我兄弟交，干！”尉缭子分外爽朗。

“得遇缭兄，小弟先干！”李斯慨然一爵。

那一夜，两人直饮到天亮意犹未尽。尉缭子力邀李斯到他的陈城别居小住，李斯毫不犹豫地去了，一住旬日，几乎忘记了归乡……此后倏忽十年，李斯再也没有见过尉缭子。那日蒙武举荐尉缭子，李斯实在有些意外。本心而言，李斯早该举荐尉缭子，使秦国设法搜寻这个大才。可李斯心中的尉缭子，始终是一个刚硬反秦的六国合纵派，不可能入秦效力。当年两人初交论天下，尉缭子将秦国看作天下大害，认为只有六国合纵最终灭秦才是天下出路。如此之人，何能入秦？纵然在蒙武举荐之后，李斯心下仍在疑惑蒙武的秘密消息。在关外大营，蒙武又快马密报，说尉缭子已经进入函谷关。李斯大是惊喜，当时禀报秦王，君臣立即兼程赶回了咸阳。可是，旬日过去，尉缭子还是没有踪迹，李斯又把持不准了——当年的尉缭子是决然反秦的合纵派，十年之后，尉缭子会以秦国为出路么？

有这一段因缘，李斯与尉缭子之间有了一个“信”字。

趋利之人，总要权衡利害关系。

月下竹林旁，李斯与尉缭子正在对坐畅饮。

兰陵酒依然如故，那是李斯迎接家室时楚国故吏着意送的一车五十年老酒，一开坛便引得尉缭子耸着鼻头连声赞叹。菜却是一色秦式，炖肥羊、蒸方肉、藿菜羹、厚锅盔等等满当当一大案。尉缭子直呼秦人本色实在，甚话没说，与李斯先干了三大碗兰陵老酒。撂下大碗，李斯这才笑问一句："缭兄神龙见首不见尾，多年何处去了？"尉缭子慨然一叹："天下虽大，立锥难觅，离群索居而已！"李斯奋然拍案："缭兄大才，何出此言？来秦便是正途！"尉缭子淡淡一笑却转了话题："斯兄，还记当年那卷简册否？"李斯大笑道："你我因简册而遇合，刻刻在心耳！"尉缭子道："十年之期，它终究编修成型了。"李斯大是惊喜："如此说来，天下又有一部兵法大作问世！来，贺缭兄大功，干！"两人干罢，李斯又道："缭兄兵书既成，以何命名？"尉缭子笑道："就以世风，算是《尉缭子》便了。这部兵法起于先祖，改于大父，再改于父亲。我，又加进了数十年以来的用兵新论，算是四代人完成了这部兵法。"李斯不禁感慨中来："人言将不过三代。缭氏四世国尉，又成不世兵法，以至人忘其姓氏而以官位为其姓氏，天下绝无仅有也！"尉缭子哈哈大笑："斯兄谐趣也！以官为姓，远古遗风而已，安敢以此为荣哉！"李斯笑得一阵，突然转向方才被尉缭子绕开的话题："缭兄此次入秦，总非无端云游了？"尉缭子没有正面可否，却道："愿闻斯兄对秦国之评判。"

以代际相传的方式解决尉缭子兵法的作者疑案，也说得通。《荀子》里面有孙荀子之说，荀为孙，避讳而改。尉缭无论是不是复姓，都可称为尉缭子。

"民众日富，国力日强，一统天下，根基已成！"

"当今秦王如何？"

"当今秦王，不世君主也！怀旷古雄心，秉天纵英明，惕厉奋发，坚刚严毅，胸襟博大。一言以蔽之，当今秦王，必使秦国大出天下！"

"斯兄不觉言过其实？"

"不。只有不及。"李斯庄重肃然。

“我闻秦王,与斯兄之说相去甚远矣!”

“愿闻缭兄之说。”李斯淡淡一笑。

“我闻秦王,蜂准,长目,挚鸟膺,豺声,少恩而虎狼心,居约易出人下,得志亦轻食人![1] 如此君王,斯兄何奉若神明?”

“缭兄何其健忘,此话十年前说过一次也!”

又扯上唐举,作者几乎不肯放过任何一个有趣的史料。

“此说非我说。人云乃相学大师唐举之说。”

“任谁也是邪说! 山东流言,假唐举之名而已。”

“阴阳家如此说,总归不是空穴来风。”

“一别十年,缭兄何陷荒诞不经之泥沼?”

“我,可否见见这个秦王?”尉缭子颇显神秘地一笑。

机心重,是春秋战国时期的普遍人性,秦国实不例外。小说为显示“大秦”,总是抑六国扬秦国。

“缭兄也!”李斯慨然一叹,“山东士子入秦,初始常怀机心。缭兄试探李斯,李斯夫复何言! 据实说话,李斯当初入秦也曾瞻前顾后机心重重。多年体察下来,李斯方觉机心对秦之谬也! 奉告缭兄:秦国非山东,唯坦荡做事,本色做人,辄怀机心者,自毁也!”

“如此说来,老夫更要见见这个秦王了。”

“该! 自家评判,最为妥当。”

“使天下归一者,果然嬴政乎?”

“疑虑先搁着。走! 夜见秦王。”李斯一拍案霍然起身。

“斯兄笑谈,月已西天,何有四更见王之理。”

李斯大笑:“这便是秦国! 月已西天何足论也,只跟我走!”

两人大步出来,李斯问尉缭子是走路还是乘车? 尉缭子笑说走路好,王城看得清楚些免得一个人出来迷路。李斯也不纠缠这些隐隐讽喻,只说声走便大步出门。尉缭子惊讶连

---

① 见《史记·秦始皇本纪》。

声，哎哎哎，你老弟都是长史了，半夜出门也不带护卫甲士？李斯大笑，这是秦国，哪个官员在咸阳行路带护卫了？李斯自豪自信俨然老秦人，引得尉缭子一阵啧啧连声，似感叹又似揶揄。一路走来，李斯指点着王城殿阁庭院的处处灯火，说亮灯处都是官署值夜，沉沉黑灯处都是内宫。尉缭子似惊讶又似感慨地一叹，渐渐地却不再说话了。

王城书房的灯火在幽深的林木中分外鲜亮。

秦王嬴政正与丞相王绾会商蓝田大营报来的裁汰老军书。王翦蒙恬的实施方略是：五年之内，秦军四十岁以上之兵士、四十五岁至五十五岁之千夫长以下头目，全数解甲归田；五十五岁以上之将军，全数改任文职官吏，以使秦军确保超强战力。这个方略谋划已早，朝会无人异议。然一旦面临实施，却有一个实实在在的难点：安置老军将士所需的金钱数额是多大？秦国府库能否一次承受？秦人素有苦战传统，将士几乎不计较军俸高低。自然，此间前提是秦国以奖励耕战为国策，历来不亏征战沙场的将士。纵然在变法之前，秦国朝野爱惜将士也是天下闻名的。否则，以秦献公时期秦国的穷困，根本不可能屡屡以强兵苦战对强盛魏国保持攻势。如今郑国渠修成，关中眼看日渐大富，再加蜀中盆地之都江堰成就的米粮沃土，秦国拥有两个天府之国，对待解甲将士自然更不能抠掐。

精简秦军，使其更具战斗力。

王绾与丞相府大吏们反复计议，初定：兵士无论战功高下，每人以十金归乡；千夫长以下头目无论战功高下，每人三十金归乡；将军改任，每人十金以为抚慰。归乡不计战功，是因为秦军之战功历来单独赏赐，每战一结，从不延误。如此算计，秦军归乡总人数大体在十万余，所需金钱总额在百万余金。若一次支付，府库颇是吃紧。若不能一次支付，王绾则有愧对将士之虑。

"老军归乡,大数可在关外大营?"嬴政听完禀报叩着书案。

"关外大军七成,其余关塞三成。"

"金钱该当不难,一定要一次发放归乡金!"

"军备器械,王翦蒙恬还要百万余金……"

嬴政站了起来,狠狠大展了一下腰身道:"关外大军目下有战,解甲至少在三年之后。丞相且与王、蒙两位先会商出一个办法。总归一点:五年之内老军逐步归乡,每次都要干净了结安置事宜;若有老军在归乡之前战死伤残,抚恤金还得加倍。如此算去,总金则可能达三百万上下,须得预为绸缪。"

解决后顾之忧。卸甲归田的士兵,安置得不好,会成为地方骚乱之源。

"正是。臣立即在会商后拟出实施方略。"

正在此时,赵高轻步走进,在秦王耳畔轻声几句。嬴政目光一亮,霍然站了起来。王绾知道秦王事多,一声告辞立即去了。嬴政整整衣冠,随即大步走出书房,方到廊下,便见两人身影从对面白石桥联袂而来。年轻的秦王快步走下石级,遥遥便是一躬:"大宾夜来,嬴政有礼了。"

"对面便是秦王。"李斯低声一句。

尉缭子一直在悠悠然四面打量,根本没有想到秦王会亲自出迎。无论李斯如何自信,他都铁定地认为秦王早已安卧,之所以欣然跟随李斯进入王城,也是想看看秦国王城的深夜光景。兵家出身的尉缭子坚信,一国王城的夜色足以看出该国的兴衰气象。临淄王城夜夜笙歌,声闻街市。大梁王城入夜则前黑后亮:处置国事的前城殿阁官署灯火全熄,后城则因魏王与嫔妃诸般游乐而夜夜通明。新郑王城则内外灯火幽微,夜来一片死气沉沉。赵楚燕三国也大体如此,蓟城如临淄,郢都如大梁,邯郸如新郑。尉缭子从来没有进过秦国王城，李斯特意领他穿行了整个前城。一路看来，官署间间灯火明亮，时有吏员匆匆进出，正殿前的车马场也是车马纷纭时进时出。尉缭子不禁万般感慨。虽则如此，尉缭子依然将夜见秦王这件事没有放在心上。毕竟，君王四更不眠几乎是不可能的，至少山东六国没有一个君王能够如此勤政。尉缭子只抱着一个心思，看看秦王书房，看看李斯因失言而生出的尴尬，提醒他切莫言过其实。尉缭子相信，一切都将在他妙算之中，绝不会有丝毫差池。

"如何如何，秦王！"尉缭子惊讶了。

"缭兄重听么？秦王大礼迎你。"

此刻，对面那个高大的身影又是一躬："大宾夜来，嬴政有礼了。"

尉缭子颇感手足无措，连忙一拱手："大梁尉缭，见过秦王！"

"自闻先生将来，嬴政日日期盼，先生请！"

嬴政侧身虚手，那份坦诚那份恭敬那份喜悦，任谁也不会当作应酬。尉缭子心下一热，不禁看了看李斯。李斯慨然一拱手："先生请。"尉缭子再不推辞，向秦王一拱手，大步先行了。堪堪将上石级，早已经等在阶前的赵高恭敬一礼，双手伸出，似搀扶又似引路地领扶着尉缭子上了高高石级，又走进了灯火通明的大书房。

"小高子，小宴，为先生接风！"嬴政没走进书房便高声吩咐。

"小高子"这种称呼，放到秦国及秦朝，似乎有点不合适。

"启禀秦王，缭不善两酒，已饮过一回了。"

"臣与先生饮了一坛老兰陵。"李斯补了一句。

"好！那便饮茶消夜。煮茶。先生入座。"

不待尉缭子打量座席，嬴政便虚扶着尉缭子坐进西首长案，自己坐进了东首偏案，李斯南案陪坐，北面正中的王案便虚空起来。如此座次，是战国之世宾朋之交的礼仪，主人对面为大宾尊位。尉缭子很明白，若秦王坐进原本的中央面南王案，今日便是臣民晋见君王。如此座次，今日则是嘉宾来会，双方皆可自在说话。仅此一点，尉缭子心头便是一跳——秦王如此敬士而又通权达变，天下绝无仅有！

秦王爱才。

一时茶香弥漫，三人执盅各饮得几口品评几句，嬴政一拱手道："先生兵家名士，政愿闻先生评判天下大势，开我茅塞。"尉缭搁下茶盅悠然道："若说天下大势，缭只一句：战国之世，正在转折之期。"

"何谓转折？先生教我。"嬴政显出听到最高明见解时的独特专注。

"三晋分立，天下始入战国。"尉缭淡淡一笑侃侃而下，"战国之世，大势已有三转折矣！第一转，魏国率先变法，而成超强大国主宰天下。此后列国纷纷效法魏国，大开变法潮流，天下遂入多事之时大争之世。第二转，秦国变法深彻，一朝崛起，大出山东争雄天下，并带起新一波变法强国潮流。其间合纵连横风起云涌，一时各国皆有机遇，难见真山真水也！第三转，赵国以胡服骑射引领变法，崛起为山东超强，天下遂入秦赵两强并立之势。其间几经碰撞，最终以长平大战为分水岭，赵国与山东诸侯一蹶不振，秦国独大天下矣！此后，秦国历经昭襄王暮政，与孝文王、庄襄王两代低谷，前后几三十余年纷纭小战，天下终无巨大波澜。然则，唯其沉寂日久，天下已临再次转折矣！"

"本次转折，意蕴何在？"

"要言不烦。根本在于人心思定，天下'一'心渐成！"

"先生此言，凭据何在？"

"其一，天下变法潮流终结。其二，列国争雄之心衰减。"

“天下将一，轴心安在？”

“华夏轴心，非秦莫属。”

秦王拍案大笑：“先生架嬴政于燎炉，安敢当之也！”

尉缭冷冷一笑：“燎炉之烤尚且畏之，安可为天下赴汤蹈火也！”

秦王面色肃然，起身离座深深一躬：“嬴政谨受教。”

便是这倏忽之间的应对，傲岸而淡泊的尉缭子心头震颤了——天赋如秦王嬴政者，亘古未闻也！能在如此快捷的对话中迅速体察言者本心，不计言者仪态，唯敬言者之真意，此等人物，宁非旷世圣王乎？尉缭子为方才的着意讥讽却被秦王视为针砭砥砺而深感意外，竟对面前这个年轻的君主生出一种无可名状的歆慕与敬佩——此人若是布衣之士，宁非同怀刎颈之交也？

尉缭默然离座，生平第一次庄重地弯下了腰身。

天色蒙蒙见亮，隐隐鸡鸣随着凉爽的晨风飘荡在王城。从林下小径徜徉出宫，尉缭始终默然沉思，与来时判若两人。李斯笑问一句：“缭兄得见虎狼之相，宁无一言乎？”尉缭止步，长吁一声：“天下不一于秦，岂有天理哉！”

尉缭看到秦王确实有希望“得志于天下”（《史记·秦始皇本纪》）。

二　傲岸两布衣　论战说邦交

大雪纷飞，一辆厚帘篷车飞出王城，穿过长阳街向尚商坊辚辚而来。

尉缭入秦，给秦国庙堂带来了一股新的冲力。从根本上说，尉缭的战国四大转折论第一次明晰地廓清了天下演变大势，将一统华夏的潮流明白无误地揭示出来，使嬴政君臣原本秘密筹划的大业豁然明朗。此前，尽管嬴政君臣大出天下的谋划也是明确的,但其根基点却仍然在天下争霸。也就是说,嬴政君臣此前的方略立足点是实力称霸而一天下,准备硬碰硬地完成一统大业,并未明晰地想到这个"一"是否已经成为潮流所向?至于这个一潮流与秦国一天下的大略有无契合?影响何在?更加没有明确想法与应对之策。尉缭大论将天下转折大势明朗化,秦国庙堂重臣人人有恍然大悟之感。其带来的第一效应,是新锐君臣人人都生出了一种大道在前只待开步的紧迫感。其次效应,是嬴政君臣不约而同地觉察到,原先的实施方略需要某种修正。一番思忖一番会商,嬴政见到尉缭的旬日之后,在东偏殿举行了重臣小朝会,特召尉缭与会。依据秦国传统,这是对山东名士的最高礼遇——许布衣之士于庙堂直陈。除了在咸阳的王绾李斯郑国等,蓝田大营的王翦蒙恬也赶回来与会。这次小朝会,尉缭提出了"将一天下,文武并重"的八字方略。

尉缭的解说,始终萦绕在嬴政心头。

"一天下者,非霸业也,实帝业也。霸业者,强兵鏖战而使天下俯首称臣也。帝业者,文武并重恩威兼施,而使天下浑然归一也。方今六国虽弱,毕竟皆有百余年乃至数百年之根基,皆有强兵称霸之史迹。便是目下,六国虽强弩之末,兵力土地人口犹存,若拼力重结合纵而一体抗秦,天下之势犹难逆料也!终不能成合纵者,潮流之势也。潮流者何?天下归一之心也!然百足之虫,死而不僵。当此之时,若仅凭重兵鏖战,可能适得其反,甚或激活合纵抗秦。若能文武并战,则事半功倍也!文战,使人心向一,使民不以死战之力维护裂土邦国也。如此釜底抽薪矣!文战实施之策,以邦交大才率精干吏员长驻山东,一则大宣天下合一潮流,瓦解朝野战心;二则结交权臣为我所用,使六国不能相互为援,更不能重结合纵;三则探究六国民情民治,以为日后整肃天下之根基。

实际上,尉缭献了一条"毒计"给秦王政,"以秦之强,诸侯譬如郡县之君,臣但恐诸侯合从,翕而出不意,此乃智伯、夫差、湣王之所以亡也。愿大王毋爱财物,赂其豪臣,以乱其谋,不过亡三十万金,则诸侯可尽"(《史记·秦始皇本纪》)。行贿,离间各国君臣,然后乘乱攻之。秦王政依计行事。

缭以为，若能有两支邦交锐师出山东，力行文战，则六国不难平定也！”

嬴政记得清楚，那日殿堂没有一个人提出异议。

至此，一个欲待实施的方略清晰地呈现出来：秦国必须有一个长于邦交且专司邦交的班底，能持之以恒地在山东长期斡旋，方可收文战功效。嬴政慨然拍案：“立即下书各官署，留心举荐邦交能才，国府不吝赏赐！”

次日中夜，嬴政正在书房与王绾李斯议事，赵高轻步进来禀报说客卿姚贾求见。蓦然之间，嬴政有些愣怔，姚贾？姚贾何许人也？王绾笑云，姚贾是行人令，以客卿之身领邦交事务多年了。李斯也跟着笑道，我查吏员文档，此人乃大梁监门子，当年被魏国官场冷落排斥，愤而入秦。嬴政恍然醒悟：“想起来也！有人举发……教他进来！”赵高答应一声飞步出去，片刻便闻脚步匆匆之声进来。

“你是姚贾？”瘦削精悍的中年人尚未说话，嬴政突兀一句。

“客卿姚贾，见过秦王！”

“姚贾，你知罪么？”

“臣不知罪。”姚贾倏忽愣怔，昂然抬头。

“国府以重金资你出使，你却挥霍国财结交六国权臣，你做何说？”

“举发之言非虚！姚贾确实以国金结交诸侯。”

“噢？”嬴政大感意外脸色顿时一沉，“损公营私，公然触法？”

“敢问秦王，特使若不结交六国重臣，安能拆散其盟？其盟不散，秦国威胁何以解之？出使之臣犹如出征之将，若无临机布交之权，犹如大将不能自主部署兵力，谈何邦交长效？姚贾怀报效秦国之心而涣散六国，若做营私罪举发，秦国邦

姚贾，似乎是亦正亦邪之人。姚贾为秦之间谍使四国，收买权臣，为秦立下大功。后与李斯合谋，谋杀韩非。姚贾非常善于审时度势。《战国策·秦策五》：“四国为一，将以攻秦。秦王召群臣宾客六十人而问焉，曰：‘四国为一，将以图秦，寡人屈于内，而百姓靡于外，为之奈何？’群臣莫对。姚贾对曰：‘贾愿出使四国，必绝其谋而安其兵。’乃资车百乘、金千斤，衣以其衣冠，带以其剑。姚贾辞行，绝其谋，止其兵，与之为交以报秦。秦王大悦，贾封千户，以为上卿。”

姚贾被拜为上卿之后，韩非子在秦王面前说他的坏话，称其为“梁之大盗、赵之逐臣”（《战国策·秦策五》），试图达到弱秦的目的。

交无望矣!”

“姚贾!人言你出身卑贱,辄怀野心,欲结六国以谋退路。”

“秦王之辞,与大梁官场流言何其相似乃尔!”姚贾竟大笑起来。

“说!何笑之有?”

“姚贾笑秦王一时懵懂也!”姚贾坦然得如同驳斥大梁游学士子,“天下流言骂秦王豺狼者多矣,果如是乎!姚贾确实是大梁城门老卒之子,市井布衣也。然古往今来,卑贱布衣大才兴邦者不知几多,何姚贾尚在区区客卿之位,便遭此中伤?不说太公、管仲、百里奚,也不说吴起、商鞅、苏秦、张仪,秦王之侧,便有关西布衣王绾、楚之布衣李斯。出身卑贱者皆有野心,天下流言者诚可笑也!王若信之,姚贾愿下廷尉府依法受勘,还我布衣清白。如此而已,夫复何言!”

韩非子打了小报告之后,秦王质问姚贾,称,“吾闻子以寡人财交于诸侯,有诸?”姚贾回答说有这回事,王曰:“有何面目复见寡人?”姚贾举了一堆的例子反驳这些谗言,“曾参孝其亲,天下愿以为子;子胥忠于君,天下愿以为臣;贞女工巧,天下原以为妃。今贾忠王而王不知也,贾不归四国,尚焉之?使贾不忠于君,四国之王尚焉用贯之身?桀听谗而诛其良将,纣闻谗而杀其忠臣,至身死国亡。今王听谗,则无忠臣矣。”一番辩论之后,秦王“乃复使姚贾而诛韩非”。(《战国策·秦策五》)

“好辞令!邦交大才也!”嬴政拍案大笑。

“秦王……”愤激的姚贾一时转不过神来,迷惘地盯着嬴政。

“举发者本意,本王心下岂不明白!”嬴政叩着书案,揶揄的声调颇似廷尉府断案老吏一般,“查客卿姚贾者,府邸不过三进,官俸不过十金,虽居官而长着布衣,常出使而故居犹贫。如此大才入秦国不得其位,焉得不为小人中伤乎?”

“君上!”姚贾猛然一哽咽,长跪在地失声痛哭。

秦王明察秋毫。

“嬴政不察,先生屈才也……”嬴政肃然扶起姚贾入座。

“我猜客卿之意,绝非夜半归案来也。”

李斯一句诙谐,君臣都笑了起来。王绾持重,虽居假丞相之位却依旧是长史的缜密秉性,在李斯之后补充一句:“我等事罢,该当告辞了。”姚贾却一拱手道:“我非密事,只为举荐一个邦交大才!”如此一说,君臣三人兴趣顿生,异口同声催促快说。

姚贾说，他来向秦王举荐一个齐国名士，此人在稷下学宫修学六年，学问渊博机敏善辩，论战之才大大有名，且走遍天下熟悉列国；只是此人历来桀骜不驯，公然宣示从来不参拜君王。姚贾还没有说完，嬴政便笑着插断："先生只说，此人何名？目下何处？"姚贾说这个人叫顿弱，目下正在咸阳游学，已经在尚商坊名声大噪了。

顿弱，秦人，恃才自傲，为秦弱六国立下大功，秦王见了他也得客客气气。

"好！他不拜王，王拜他！"嬴政朗声大笑。

厚帘篷车辚辚驶进车马场，两个身裹翻毛皮袍者扶轼下车。

"小高子，你只守候，不许生事。"

一声低沉吩咐，两个皮袍人随着飞扬的雪花融进了灯火煌煌的门厅。

渭风古寓的争鸣堂，正是每日最具人气的晚场论战时刻。

这渭风古寓原本是秦孝公时期开设在栎阳的一家老店，主事者是大梁人侯嬴，背后的东主是名动天下的白氏商社。随着秦国迁都咸阳，渭风古寓也迁入了咸阳。其后魏国衰落，白氏商社也因其女主白雪随商鞅殉情而进入低谷。侯嬴等一班老人不甘白氏商社式微，将魏国故都安邑的经营根基全部迁入了生机勃勃的秦国，数十年认真操持，渭风古寓便成了山东六国在咸阳最为显赫的大酒肆。其间，六国士人入秦游学已经渐渐成为当世时尚。吕不韦建立学宫大收门客修编大书之后，入秦时尚一时蔚为大观。其后吕不韦被治罪，嬴政又下逐客令，入秦风潮一时衰减。然则，郑国渠修成之后，关中大见富庶，风华渐起，秦国又再度对山东敞开了关隘，鼓励各色人口入秦，士人游学秦国便再度蓬蓬勃勃酿成新潮。渭风古寓应时而变，仿效当年安邑洞香春老店之法，专一开辟了游学士子的低金寓所坊区，又恢复了争鸣堂，专一供游学士人论战切磋。一时之间,渭风古寓声名大噪,成为咸阳尚商坊夜市最惹眼的去处。

两个翻毛皮袍人进来时,争鸣堂的入夜论战刚刚开始。

台上一人散发长须身材高大,一领毛色闪亮的黑皮裘敞着胸怀,显出里层火红的贴身锦袍,富丽堂皇又颇见倨傲,若非沟壑纵横的古铜色面庞与火焰般的炽热目光流露出一种独有的沧桑,几乎任谁都会认定这是一个商旅公子。

"我者,即墨顿弱,就学于稷下学宫公孙龙子大师,名家之士也!"

台上士子一开口,台下一排排就案士子们立即中止了哄嗡议论,目光一齐聚向三尺余高的宽阔木台。黑裘士子继续道:"顿弱坐台论战旬日,未遇败我之人!故此,本人今日总论名家之精要,而后离秦去楚,再寻荀子大师论战于兰陵苍山。"台下有人高声一句:"顿子若胜荀子大师,成就公孙龙子心愿,便是天下第一辩才!"众人一齐侧目,却没有一人响应喝彩。台上顿弱浑然无觉,傲然一笑开说:"世人皆云,名家之学多鸡零狗碎辩题,谋不涉天下,论不及邦国,学不关民生,于法老墨儒之显学相去甚远矣!果真如此乎?非也!名家之学,探幽发微,辨异驳难,于最寻常物事中发乎常人之不能见,无理而成有理,有理而成无理,其思辨之深远,非天赋灵慧者不能解,虽圣贤大智不能及!如此大学之道,何能与邦国生民无关?非也!名家之学,名家之论,天下大道也,唯常人不能解也!唯平庸者不能解,名家堪为上上之学也,阳春白雪也!"

"顿子既认名家之学关涉天下,吾有一问!"台下有人高声发难。

"但说无妨。"

"何种人有其实而无其名?何种人无其实而有其名?何种人无其名又无其实?"

"问得好!"台下一片鼓噪。

顿弱轻蔑一笑,叩着面前书案一字一顿清晰开口:"有其实而无其名者,商贾是也。有财货积粟之实,而天下皆以其为贱,是故有其实而无其名也。无其实而有其名者,农夫是也。日出而作,日落而息,暴背而耕,凿井而饮,终生有温饱之累!然则,天下皆以农为本,重农尚农,呼农夫为天,此乃无其实而有其名者也!"

"无名无实者何种人?"有人迫不及待追问。

"无其名而又无其实者,当今秦王是也。"顿弱悠然一笑。

"秦法森严,顿子休得胡言!"有人陡然高声指斥。

"此乃秦国,休得累及我等!"台下一片呼应。

“诸位小觑秦国也！”一个身着褪色布袍的瘦削士子霍然站起，“天下论战，涉政方见真章。秦法虽密，不嵌人口。秦政虽严，不杀无辜。何惧之有也？”

“说得好！咸阳有这争鸣堂，便是明证！”呼应者显然秦人口音。

“然则，顿子据何而说秦王无名无实？”布袍士子肃然高声。

“强国富民而有虎狼之议，千里养母而负不孝之名。岂非无名无实哉？”

“我再加一则：铁腕护法而有暴政之声。”布袍士子高声补充。

“好！破六国偏见，还秦王本色！”台下的秦人口音火辣辣一片。

“论战偏题！我另有问！”一蓝袍士子显然不满。

“足下但说。”

“顿子说名家关乎大道，敢问白马非马之类于天下兴亡何干？”

“正是！名家狡辩，不关实务！”台下立即一片呼应。

“我出一同义之题，足下或可辩出名家真味。”顿弱镇静自若。

“说！”

“六国非国。”顿弱古铜色脸庞掠过一丝诡秘的笑。

台下顿时一片哗然，有人惊呼一声：“此人鬼才！此题大有玄奥！”

“顿弱，此论不能成立！”

“是也是也，论题不能成立！”台下一片喧嚷。

“岂有此理！诸位不解，如何便是不能成立？”方才瘦削的布袍士子又霍然站起，一指台上道，“此题意蕴显而易见，足下休做惊人之论！”

“噢？愿闻高见。”顿弱一拱手。

“好！破他论题！”台下士子们异口同声，显然要促成这两人论战。

“国，命形之词也。六，命数之词也。形、数之词不相关，国即国，六即六。确而言之，不能说六国是国，只能说六国非国。是故，六国非国也。”瘦削士子口齿极是利落。

“六国非国，能与天下无关？”顿弱又是诡秘一笑。

“此等命题，徒乱天下而已！”布袍士子冷冷一句。

“何以见得？”顿弱紧追不舍。

“若作谶语，或作童谣，宁非邦交利器哉！”

“如此说来，名家之学堪为纵横家言？”

"惜乎邦交之道,不藉雕虫小技耳!"

"足下之见,邦交大道者何?"

"夫邦交者,鼓雄辩之辞,破坚壁之国,动天下之心也!"

"动天下之心者何?"

"明大势以改向背,说利害以溃敌国,宣大政以安庶民。"

"三方根基安在?"

"大势之根在人心,人心之根在大势。人心动,万物动。"

士子论战,顿弱借此机会道出对秦王的看法。《战国策·秦策四》载,秦王欲见顿弱,顿弱还诸多规矩,称,"臣之义不参拜,王能使臣无拜即可矣,不即不见也",结果,"秦王许之"。顿弱见了秦王,又把秦王气得半死,顿弱说,"天下有有其实而无其名者,有无其实而有其名者,有无其名又无其实者。王知之乎?"秦王说不知道,顿子于是说,"有其实而无其名者,商人是也。无把铫推耨之势,而有积粟之实,此有其实而无其名者也。无其实而有其名者,农夫是也。解冻而耕,暴背而耨,无积粟之实,此无其实而有其名者也。无其名又无其实者,王乃是也。已立为万乘,无孝之名;以千里养,无孝之实",明指秦王冷对太后之事,秦王气得怒发冲冠,但又不好发作。亦有学者指这一段顿弱之语,实为茅焦所说,茅焦劝秦王,秦王迎太后回咸阳。

"人心动于何方?"

"天下人心,纷纭求一,此动向也!"

"人心非心,何可一之?"

"人心不可一,天下之心独可一。"

"何也?"

"天下之心,皆具人形,是故可一。"

"一于何?"

"一于人也。"

"人者何?"

"古今圣王也!"

顿弱一阵大笑:"论战旬日,始见真才!愿闻足下高名上姓。"

"在下大梁贾姚。"布袍士子慨然拱手。

"稷下顿弱!彩——"

"大梁贾姚!彩——"

台下士子们在两人连番对答中屏神静气,一时不能咀嚼其中意味,此刻回过神来大为敬服,不禁一阵哄然喝彩。依照论战传统,这是认可了两人的才具,日后便是流传天下的口碑了。大厅纷纭议论之时,一个身材伟岸的着翻毛皮袍者走过来肃然一拱手："我家主东欲邀两位先生聚酒一饮，敢请屈尊赐教。"顿弱傲然一笑："你家主东何许人也？只会教家老说话么？"翻毛皮袍者谦恭一笑："方才未报家门，先生见谅。我家主东乃北地郡胡商乌氏倮后裔，冬来南下咸阳，得遇中原才俊，心生渴慕求教之心，故有此请。"顿弱目光连连闪烁："胡商多本色，饮酒倒是快事一桩也！只是你家主东人未到此，如何便将我等作才俊待之？"旁边贾姚不禁一笑："顿子不愧名家，掐得好细！"翻毛皮袍者一拱手谦和地笑道："该当该当。我家主人古道热肠，方才论战听得痴迷一般。便依着胡风先去备酒了，吩咐在下恭请先生。"顿弱不禁哈哈大笑："未请客先备酒，未尝闻也！"贾姚朗然笑道："胡风本色可人，在下也正欲与兄台一饮，不妨一事罢了。"顿弱慨然道："游秦得遇贾兄，生平快事也！但依你说，走！"说罢拉起贾姚大步便走，对翻毛皮袍者看也不看。

翻毛皮袍者连忙快步抢前道："先生随我来，庭院有车迎候！"

片刻之后，一辆宽大的驷马垂帘篷车驶出了尚商坊。

马蹄沓沓车声辚辚，这辆罕见的大型篷车穿行在石板大道，透过茫茫雪雾街边灯火一片片流云般掠过，马车平稳得觉察不出任何颠簸。顿弱不禁揶揄笑道："一介商贾有如此车马，乌氏商社宁比王侯哉！"贾姚高声附和道："如此驷马高车生平仅见，商旅富贵，布衣汗颜耳！"后座翻毛皮袍者一拱手笑道："先生不知，当年祖上于国有功，此车乃秦王特赐。我家主东，不敢僭越。"顿弱一阵笑声未落，大车已经稳稳停住了。

"先生请。"车辕驭手已经飞身下车，恭敬地将两人扶下。

"顿兄请！"贾姚慨然一拱。

"噫！家老如何不见？"

"那还用问，必是通报主人迎客去了。"贾姚大笑。

"好！今夜胡庐一醉，走！"

道边一片松林，林中灯火隐隐，大雪飞扬中恍若仙境。驭手恭谨地引导着两人踏上一条小径，前方丈余之遥一盏硕大的风灯晃悠着照路。小径两边林木雪雾茫茫一片，甚也看不清楚。走得片刻，前方硕大风灯突然止步，朦胧之中可见一道黑柱矗立在飞扬的雪花之中，恍然一柱石俑。贾姚对顿弱低声道："看！主人迎客了。"

"先生驾临，幸何如之！"黑柱遥遥一躬。

"足下名号何其金贵也！"顿弱一阵揶揄的大笑。

依着初交礼仪,无论宾主都要自报名号见礼。面前主人遥相长躬,足见其心至诚。然则顿弱素来桀骜不驯,又有名家之士的辩事癖好,一见主人只迎客而不报名号,当即嘲讽对方失礼。

"顿兄见谅……"贾姚正要说话,对面黑斗篷却摆了摆手。

"咸阳嬴政,见过先生。"黑斗篷又是深深一躬。

"你?你说如何!"顿弱声音高得连自己也吃惊。

"酒肆不便,嬴政故托商旅之名相邀,先生见谅。"

"你?你是秦王嬴政!"

"顿兄,秦王还能有假?"旁边贾姚笑了。

"噫!你知秦王?你是何人?"

"客卿姚贾,不敢相瞒。"同来的瘦削布衣深深一躬。

"搅乱山东之秦国行人令,姚贾?!"

"姚贾不才,顿兄谬奖。"

顿弱纵是豁达名士,面对同时出现的秦王与秦国邦交大吏,一时也有些手足无措。身着黑斗篷的秦王却浑然无觉,恭敬地拱手作请亲自领道,将顿弱领进了松林深处的庭院。一路行来,顿弱一句话不说,只左右打量两人,恍若梦中一般。

及至小宴摆开,饮得几爵,顿弱的些许困窘一扫而去,滔滔对答遂不绝而出。秦王求教也直截了当:"欲一天下,邦交要害何在?"顿弱的论断明快简洁,与名家治学之琐细思辨大相径庭:"欲一天下,必从韩魏开始。韩国者,天下咽喉也。魏国者,天下胸腹也,韩魏从秦,天下可图!"秦王遂问:"何以使韩魏从秦?"顿弱对云:"韩魏气息奄奄,以邦交能才携重金出使,文战斡旋,使其将相离国入秦,君臣相违不得聚力,功效堪抵十万大军!"秦王笑问:"重金之说,大约几多?"顿弱慨然:"周旋灭国,宁非十万金而下哉!"秦王笑云:"秦国穷困,十万金只怕难凑也。"顿弱大笑:"秦王惜金,天下何图?秦王不资十万金,只怕顿弱便到楚国鼓噪六国合纵也!合纵若成,楚国王天下,其时秦王纵有百万重金,安有用哉?"

"倨傲坦荡,顿子名不虚传也!"嬴政一阵大笑。

姚贾一直饶有兴致地听着秦王与顿弱问对,既不插话也不首肯,一副若有所思神色。不料顿弱却突然直面问道:"足下语词犀利,敢问修习何家之学?"姚贾一拱手道:

“在下修习法家之学。入秦之先，尝为魏国廷尉府书吏。”顿弱尚未说话，秦王嬴政先大感意外：“客卿法家之士，如何当初进了行人署？”姚贾道：“我入秦国之时，适逢王绾离开丞相府，文信侯吕不韦便留我补进行人署……诸般蹉跎，也就如此了。”嬴政一笑：“先生通晓魏国律法？”姚贾慨然一拱手道：“天下律法姚贾无不通晓，然最为精通者，当数秦法也！”顿弱哈哈大笑道：“魏人精于秦法，异数也！”姚贾道：“商君秦法，法家大成也，天下之师也！数年十数年之后，安知秦法不是天下之法？有识之士安得不以秦法为师焉？”秦王兴致勃勃：“秦法可为天下法，其理何在？”姚贾不假思索地回答：“秦法三胜：一胜于法条周延，凡事皆有法式；二胜于举国一法，庶民与王侯同法，法不屈民而民有公心；三胜于执法有法，司法审案不依官吏之好恶而行，人心服焉。如此三胜，列国之法皆无。是故，秦法可为天下之法也！”顿弱不禁又是大笑：“足下之言，实决秦国邦交根基也，妙！”

姚贾与顿弱，实为一路人，都主张斥巨资贿赂权臣，以弱六国。顿弱倨傲，气场盛于姚贾。《战国策·秦策四》载，秦王暴跳如雷之后，顿弱开始讲他的外交政策，“山东战国有六，威不掩于山东而掩于母，臣窃为大王不取也”。秦王曰：“山东之建国可兼与？”顿子曰：“韩，天下之咽喉；魏，天下之胸腹。王资臣万金而游，听之韩、魏，入其社稷之臣于秦，即韩、魏从。韩、魏从，而天下可图也。”秦王曰：“寡人之国贫，恐不能给也。”顿子曰：“天下未尝无事也，非从即横也。横成则秦帝，从成即楚王。秦帝，即以天下恭养；楚王，即王虽有万金，弗得私也。”秦王称善，“乃资万金，使东游韩、魏，入其将相。北游于燕、赵而杀李牧”，“齐王入朝，四国必从，顿子之说也”。

“顿子何有此断？”嬴政一时有些迷茫。

“素来邦交，多关盟约立散争城夺地。以邦交而布天下大道者，鲜矣！今秦之邦交，若能以秦法一统天下为使命，大道之名也，潮流之势也，宁非根基哉！”

秦王离案起身，肃然一躬：“嬴政谨受教。”

如此直到天亮时分，顿弱才被姚贾领到驿馆最好的一座庭院。顿弱兴犹未尽，又拉住姚贾饮酒论学。清晨时分，两人站在廊下看着纷纷扬扬的雪花，还是都没有睡意。默然良久，姚贾颇显诡秘地笑道：“顿子素不拜君，可望持之久远乎！”顿弱道：“天下无君可拜，宁怪顿弱目中无君？”姚贾笑道：“今日秦王，宁非当拜之君？”顿弱不禁喟然一叹：“天下之君皆如秦王，中国盛世也！”姚贾也是感慨中来：“唯天下之君不如秦王，中国可一也！”

三　驱年社火中尉缭突然逃秦

岁末之夜,大咸阳变成了一片灯火之海。

这是天下共有的大节,年。在古老的传说里,年是一种凶猛的食人兽,每逢岁末而出,民众必举火鸣金大肆驱赶。岁岁如此,久远成俗。夏商两代,天下只知有岁有祀,不知有年。及至周时,驱年成为习俗,天下方有岁末“年”节之说。其意蕴渐渐变为驱走年兽之后的庆贺,是谓过年。及至春秋战国,驱年已经成为天下度岁的大节,喜庆之气日渐浓厚,恐惧阴影日渐淡化。人们只有从“过年”一说的本意,依稀可见岁末驱害之本来印迹。唯其如此,战国岁末的社火过年通行天下。社火者,村社举火也。驱年起于乡野,是有此说。以至战国,社火遂成乡野城堡共有的喜庆形式,但遇盛大喜事,皆可大举社火以庆贺,然终以岁末社火最为盛行。天下过年之社火,犹以秦国最为有名。究其实,大约是秦国有天下独一份的高奴天然猛火油,其火把声势最大之故。驱年社火时日无定,但遇没有战事没有灾劫的太平年或丰收年,连续三五日也是寻常。但无论时日长短,岁末之夜的社火驱年都是铁定不移的,否则不成其为过年。

今岁社火,犹见热闹。郑国渠成,关中连续三季大收。秦王新政,吏治整肃,朝野一片勃勃生机,堪称民富国强之气象。老秦人大觉舒畅,社火便更见气势了。岁末暮色方临,大咸阳的街巷涌流出一队队猎猎风动的火把,铜锣大鼓连天而起,男女老幼举火拥上长街,流出咸阳四门,轰轰然与关中四乡的驱年社火融会在一起,长龙般飘洒舞动在条条官道,呐喊之声如沉沉雷声,火把点点如遍地烁金,壮丽得教人惊叹。

临近王城的正阳坊,却是少见的清静。

李斯本欲携带妻儿去赶咸阳社火。毕竟,今岁是家室入秦的第一个年节,家人还没有见过闻名天下的秦国年社火。正欲出行,却有偏院老仆匆匆赶来,说先生有请大人。李斯恍然,立即吩咐家老带两个精壮仆人领着家人去看社火,自己转身到了偏院。

尉缭入秦三月,坚持不住驿馆,只要住在李斯府邸。秦国法度:见王名士一律当作客卿待之,若任职未定而暂未分配府邸,入住驿馆享国宾礼遇。顿弱、姚贾,皆如这般安置。尉缭赫赫兵家,虽布衣之士而名动天下,又与李斯早年有交,李斯自感不便以法度为说辞拒之，便禀报了秦王。嬴政听罢豁达地笑了，先生愿居府下，难为也，开先例何妨！如此，尉缭便在李斯府邸的东偏院住了下来。虽居一府，李斯归家常常在三更之后，两人聚谈之机却是不多。

"缭兄，李斯照应不周，多有惭愧。"

"斯兄舍举家之乐来陪老夫，安得不周哉?"尉缭一阵笑声。

"好！岁末不当值，今日与缭兄痛饮！"

"非也！今日老夫一件事两句话，不误斯兄照应家人。"

不管李斯如何瞪眼，尉缭径自捧起案上一方铜匣道："此乃老夫编定的祖传兵书，呈献秦王。"李斯惊讶道："呈献祖传兵书乃至大之举，李斯何能代之?"尉缭朗然一笑道："秦王观后，老夫再与之论兵可也，斯兄倒是拘泥。"李斯恍然道："如此说倒是缭兄洒脱。也好，我立即进宫呈进，转回来与缭兄做岁末痛饮。"

作者要写兵书。

李斯匆匆走进王城，那一片难得的明亮静谧实在教他惊讶。

秦法有定：臣民不得贺君，官吏不得私相庆贺。无论是年节还是寿诞，臣民自家欢乐可也，若是厚礼贺君或官吏奔走庆贺上司，是为触法。秦惠王秦昭王都曾惩治过贺寿臣民，而被山东六国视为刻薄寡恩。可秦国的这一法度始终不变，朝野一片清明。大师荀子入秦，将其见闻写进《荀子·强国篇》曰："观其风俗，其百姓朴，其声乐不流污，其服不佻，甚畏有司而顺古之民也。及都邑官府，其百吏肃然，莫不恭俭敦敬忠信而不楛（低劣），古之吏也。入其国，观其士大夫出于其门，入于公门，出于公门，归于其家，无有私事也。（官吏）不比周，不朋党，倜然莫不明通而公，古之士大夫也。观其朝廷，其朝闲，听决百事不留，恬然如无治者，古之朝也。

故四世有胜,非幸也,数也!”如此纯厚气象,实在是当时天下之绝无仅有。此等清明传统之下,每遇年节或君王寿诞,咸阳王城自然是一片宁静肃然,与寻常时日唯一的不同,便是处处灯火通宵达旦。当然,之所以宁静还有另一缘由:王城之内凡能走动而又不当值的王族成员与内侍侍女,都去赶社火了。秦法虽严,王城一年也有两次自由期:一是春日踏青,一是年节社火。

秦王嬴政,从来没有在岁末之夜出过王城。

这便是嬴政,万物纷纭而我独能静。岁末之夜,独立廊下,听着人潮之声,看着弥漫夜空的灯火,嬴政的心绪分外舒坦。身为一国之君,能有何等物事比远观臣民国人的喜庆欢闹更惬意?正在年轻的秦王沉醉在安宁美好的心绪中时,李斯匆匆来了。嬴政有些惊讶:“咸阳驱年社火天下第一,长史不带家人观瞻,如何当值来也?”李斯摇头道:“老妻儿子自家去便了,臣有一宝进王。”嬴政不禁大笑:“年关进宝,长史有祥瑞物事?”李斯颇显神秘地一笑:“臣所进者,非阴阳家祥瑞之宝,乃国宝一宗。”说罢从大袖中捧出一方铜匣,“此乃尉缭兵书,托臣代进。”嬴政双手接过,惊喜的目光中有几分疑惑:“尉缭可随时入宫,何须如此代进?”李斯道:“尉缭说,待王观后再进见论兵。或是名士秉性也,臣亦不甚了了。”嬴政笑道:“尉缭入秦,天下瞩目,魏国不会轻易罢休。长史多多上心,不能教尉缭又做一回郑国。”李斯一拱手道:“君上明断!魏国老病甚深,臣不敢大意。”

李斯一走,嬴政立即急不可待地打开了《尉缭子》。

方翻阅片刻,嬴政便起身离开了书房。及至赵高一头汗水地回到王城当值,嬴政已经不在大书房了。赵高机敏异常,也不问当值侍女,立即找到了东偏殿后的密室,秦王果然在案前心无旁骛地展卷揣摩。赵高一声不响,立即开始给燎炉添加木炭,并同时开始煮茶。片刻之后,两只大燎炉的木炭火红亮红亮,酽茶清香也弥漫开来,春寒愈显阴冷的密室顿时暖和清新起来。一切就绪,赵高悄没声地到庖厨去了。又是片刻之后,赵高又悄没声回来。燎炉上有了一副铁架,铁架上煨着一只陶罐,铁架旁烤着两张厚厚的锅盔。赵高估量得分毫不差,秦王一直没出密室,昼夜埋首书案一口气读完了《尉缭子》。直到合卷,嬴政才狼吞虎咽地咥下了一罐肥羊炖与两张烤得焦黄的锅盔。

“天下第一兵书!唯肥羊锅盔可配也!”

听着秦王酣畅的笑声,赵高也嘿嘿嘿不亦乐乎。

“笑甚!”嬴政故意沉下脸,“立即知会长史,今夜拜会尉缭。”

嗨的一声，赵高不见了人影。

一部《尉缭子》，在年轻的秦王心头燃起了一支光焰熊熊的火把。

自少时开始，嬴政酷好读书习武两件事。论读书，自立为太子，嬴政便是王城典籍库的常客。及至即位秦王虚位九年，嬴政更是广涉天下诸子百家，即或是那些正在流传而尚未定型的刻本，嬴政也如饥似渴地求索到手立马读完。对于天下兵书，嬴政有着寻常士子不能比拟的兴味。春秋战国以来的《孙子》《吴子》《孙膑兵法》，更是他最经常翻阅的典籍。昔年，上将军蒙骜多与年轻的嬴政谈论天下兵书。蒙骜尝云："孙吴三家，世之经典也，王当多加揣摩。"嬴政却感喟一句："三家精则精矣，将之兵书也！"蒙骜讶然："兵书自来为将帅撰写，秦王此说，人不能解矣！"嬴政大笑云："天下大兵，出令在王。天下兵书，宁无为王者撰写乎！"蒙骜默然良久，拍了拍雪白的头颅："论兵及王，兵家所难也。王求之太过，恐终生不复见矣！"嬴政又是一阵大笑："果真如此，天下兵家何足论耳！"

这部《尉缭子》令嬴政激奋不能自已者，恰在于它是一部王者兵书。

自来兵书，凡涉用兵大道，不可能不涉及君王。如《孙子·始计篇》《吴子·图国篇》等，然毕竟寥寥数语，不可能对国家用兵法则有深彻论述。《尉缭子》显然不同，全书二十四篇，第一卷前四篇专门论述国家兵道，实际便是君王用兵的根基谋划；其后二十篇具体兵道，也时时可见涉及庙堂运筹之总体论断，堪称史无前例的一部王者兵书。嬴政读书历来认真，边读边录，一遍读过，几张羊皮纸已经写满。《尉缭子》的精辟处已经被他悉数摘出归纳，统以"王谋兵事"四字，所列都是《尉缭子》出新之处：

王谋兵事第一：战事胜负在人事，不在天官阴阳之学。

这是《尉缭子》不同于所有兵书的根本点——王者治军，必以人事为根基，不能以占卜星相等神秘邪说选将治兵或预测胜负。其所列举的事例，是第一代尉缭与魏惠王的答问。嬴政在旁批曰："笃信鬼神，谋兵大忌也。君王以鬼神事决将运兵而能胜者，未尝闻也！恒当戒之。"嬴政认定，这一点对于君王比对于将领更为重要。将领身处战场，纵然相信某些望气相地等等征候神秘之学，毕竟只关乎一战成败。君王若笃信天象鬼神之说，则关乎根本目标。譬如武王伐纣，天作惊雷闪电，太卜占为不吉，臣下纷纷主张休兵；其时太公姜尚冲进太庙踩碎龟甲，并慷慨大呼："吊民伐罪，天下大道，何求于朽骨！"武王立即醒悟，决然当即发兵。若非如此，大约"汤武革命"便要少去一个武王了。唯其如此，君王一旦笃信神秘之学，一切务实之道都将无法实施。所以，立足人事乃君王务兵之根基。

王谋兵事第二：兵胜于朝廷。

《尉缭子》反复陈述的邦国兵道是：治军以富国为先，国不富而军不威。“富治者，民不发轫，甲不出暴，而威制天下。故曰，兵胜于朝廷。不暴甲而胜者，主胜也；阵而胜者，将胜也。”显然，这绝不是战阵将军视野之内的兵事，而是邦国成军的根本国策，是以君王为轴心的庙堂之算。也就是说，朝廷谋兵的最高运筹是：国富民强，不战而威慑天下，不得已而求战阵。故此，一国能常胜，首先是朝廷总体谋划之胜。

王谋兵事第三：不赖外援，自强而战。

春秋战国多相互攻伐，列国遇危求援而最终往往受制于人，遂成司空见惯之恶习。《尉缭子》以为，这种依赖援兵的恶癖导致了诸多邦国不思自强的痼疾。是以，尉缭提出了一个寻常兵家根本不会涉及的论断：量国之力而战，不求外援，更不受制于人。嬴政特意抄录了《尉缭子》这段话：“今国之患者，以重金出聘，以爱子出质，以地界出割，而求天下助兵。名为十万，实则数万。且（发兵之先）其君无不嘱其将：‘援兵不齐，毋做头阵先战。’其实，（援兵）终究不力战……（纵然）天下诸国助我战，何能昭吾士气哉！”而求援与否、援兵出动之条件及对援兵的依赖程度，也是庙堂君王之决策，并非战场将领之谋划。嬴政在旁批下了大大十六个字：“量力而战，是谓自强，国不自强，天亦无算！”

王谋兵事第四：农战法治为治兵之本。

嬴政读《尉缭子·制谈第三》，连连拍案赞叹：“此说直是商君治兵也！大哉大哉！”嬴政所赞叹的，是尉缭子明确拥戴商鞅的农战法治论。嬴政自己是《商君书》与商君秦法的忠实追随者，对尉缭的论说自然大大生出共鸣。《尉缭子》云：“吾用天下之用为用，吾制天下之制为制。修我号令，明我刑赏，使天下非农无所得食，非战无所得爵，使民扬臂争出农战，而天下无敌矣！”尉缭之论，明确两点：一是依法治军，是为形式；一是重农重战，是为治军基础。天下自有甲兵，便有军法，任何国家任何大军皆然。但是，自觉地将军法与邦国变法融为一体推行者，寥寥矣！至少在战国兵家著述中，尉缭子史无前例。嬴政感喟不已，在旁批下两行大字：“如此国策，将军不能也，唯庙堂朝廷能行也，宁非君道哉！”

王谋兵事第五：民为兵事之本，战威之源。

自有兵家，鲜有将民众纳入战事谋划视野者。这一点，也是尉缭子开了天下先河。

“审法制，明赏罚，便器用，使民有必战之心，此威胜也……夫将之所以战者，民也。民之所以战者，气也。气实（旺盛）则斗，气夺则走。”基于将民众看作战胜之本，尉缭子提出“励士厚民”为国家治军之本，并据以划分出国家强盛的四种状态：“王国富民，霸国富士，仅存之国富大夫，亡国富仓府。”嬴政读之奋然，大笔批曰：“秦不赖民，安得长平之战摧强赵乎！秦不赖民，安得一天下乎！王国富民，而民能为国战，君王谋兵之大道也！”

秦王苦读兵书。小说之常用写法。

“醍醐灌顶，尉缭子也！”嬴政一次又一次拍案赞叹着。

“君上君上，尉缭子逃秦，长史去追了！”赵高风一般飞进密室。

“！”嬴政霍然起身，愣怔着说不出话来。

“君上，尉缭逃！”

“快！驷马王车，追！”蓦然醒悟，嬴政一声大吼。

“嗨！”赵高脆亮一应，身影已经飞出。

李斯实在没有料到，兵家妙算的尉缭竟能出事。

岁末之夜，李斯出王城回到府邸，立即到偏院与尉缭聚饮过年。两人海阔天空，两坛兰陵老酒几乎见底。尉缭说了许许多多在秦国的见闻感慨，反反复复念叨着一句话，尉缭无以报秦，惜哉惜哉！李斯想去，此等感慨只是尉缭报秦之心的另一种说法而已，浑没在意，只与尉缭海说天下，竟是罕见的自己先醉了。蓦然醒来，守在榻边的妻子说他已经酣睡了一个昼夜了。李斯沐浴更衣用膳之后天已暮色，便来到偏院看望尉缭酒后情形。尉缭不在，询问老仆，回说先生于一个时辰前被两个故人邀到尚商坊赶社火去了，今夜未必回来。李斯当时心下一动，尉缭秘密入秦，何来故人相邀？走进书房，不意却见案头一支竹板有字，拿起一看，只草草四个字——不得不去。

骤然之间,李斯浑身一个激灵!

几乎没有片刻犹豫,李斯立即派出家老知会国尉蒙武,而后跳上一匹快马飞出了咸阳。尉缭肯定是遇到了前所未有的麻烦。魏国目下这个老王叫作魏增,太子时曾经在秦国做过几年人质,秉性阴鸷长于密谋。魏增即位,魏国在咸阳的“间人”数量大增,许多山东商贾都被“魏商”裹挟进了间人密网。所谓故人相邀,定然是魏国间人受命所为。李斯来不及多想,心下只有一个念头:一定要在函谷关之内截住尉缭!只要不出函谷关,不管魏国秘密间人有多少隐藏在尉缭四周,他们都不敢公然大动干戈。只要李斯能追赶得上,拉住尉缭磨叨一时,蒙武人马也许就能赶到;若形势不容如此,便可先行赶到函谷关知会守军拦截。李斯谋划得没错,可没有想到残雪夜路难行,官道又时有社火人流呼喝涌动,非但难以驰马,更难辨识官道上时断时续的火把人群中有没有尉缭。如此时快时慢,出得咸阳半个时辰,还没有跑出三十里郊亭,李斯不禁大急。

“长史下道!上车!”

身后遥遥一声尖亮的呼喊,李斯蓦然回头,隐隐便见一辆驷马高车从官道下的田野里飓风一般卷来。没错,是赵高声音,是驷马王车!没有片刻犹豫,李斯立即圈马下道。秦国官道宽阔,道边有疏通路面积水的护沟,沟两侧各有一排树木。李斯骑术不佳心情又急,刚刚跃马过沟便从马背颠了下来,重重摔在残雪覆盖的麦田里晕了过去。正在此时,驷马王车哗啷啷卷到,稍一减速,一领黑斗篷飞掠下车两手一抄抱着李斯飞身上了王车。

“小高子!快车直向函谷关!”

李斯被掐着人中刚刚开眼,听得是秦王嬴政声音,立即翻身坐起。嬴政摁住李斯高声道:“长史抓住伞盖,坐好!”李斯摇着手高声道:“我已告知蒙武,君上不须亲临,魏国间人多!”嬴政长剑指着官道火把高声道:“他间人多,我老秦人更多,怕他甚来!”说话间驷马王车全力加速,赵高已经站在了车辕全神贯注地舞弄着八条皮索,四匹天下罕见的雪白骏马大展腰身,宽大坚固的青铜王车恍若掠地飞过,一片片火把便悠悠然不断飘过。

“间人狡诈,会不会走另路?”李斯突然高声一句。

“蒙武飞骑已经出动,赶赴潼山小道与河西要道,我直驰函谷关!”

鸡鸣开关之前,驷马王车终于裹着一身泥水飞到了函谷关下。王车堪堪停在道边,嬴政立即吩咐赵高宣守关将军来见。将军匆匆赶到，嬴政一阵低声叮嘱，将军又匆匆去了。过得片刻，雄鸡长鸣，关内客栈便有旅人纷纷出门，西来官道也有时断时续的车马人流相继聚来关下，只等关门大开。

"长史，那群人神色蹊跷！"眼力极好的赵高低声一句。

李斯顺着赵高的手势看去，只见西来车马中有一队商旅模样的骑士走马而来，中间一人皮裘裹身面巾裹头，相貌很难分辨。寒风呼啸，路人裹身裹头者多多，原不足为奇。可这队骑士若即若离地围着那个裹身裹头者，目光不断地扫描着四周，确实颇是蹊跷。正在此时，函谷关城头号声响起，城门尉高喊："城门两道失修，今日只能开一道门洞，诸位旅人排序出关，切勿拥挤！"喊声落点，瓮城赳赳开出两队长矛甲士，由函谷关将军亲自率领，在最北边门洞内列成了一条甬道。出关车马人流只有从甲士甬道中三两人一排或单车穿过。驷马王车恰恰停在甲士甬道后的土坡上，居高临下看得分外清楚。好在王车已经一身泥水脏污不堪，任谁也想不到这辆正在被工匠叮当敲打修葺的大车是秦王王车。

"缭兄！你趁我醉酒而去，好无情也！"

李斯突然一声大呼，跳下泥车冲过了甲士甬道，拉住了那个裹头裹身者的马缰。前后游离骑士的目光立即一齐盯住了李斯。裹头裹身者片刻愣怔，冷冷一句飞来："你是何人？休误人路！"李斯一阵大笑："缭兄音容，李斯岂能错认哉！你要走也可，只需在这酒肆与我最后痛饮一回！"前后骑士一听李斯报名，显然有些惊愕。瞬息犹豫，不待裹头裹身者说话，一骑士便道："同路不弃，我等在道边等候先生。"一句话落点，前后十余名骑士一齐圈马出了甲士甬道。李斯哈哈大笑："同路等候，缭兄何惧也，走！"说罢拉起裹头裹身者便进了路边一家酒肆。

"先生受惊，嬴政来迟也！"

一进酒肆，一个一身泥斑的黑斗篷者便是深深一躬。裹头裹身者一阵木然，缓缓扯下面巾一声长叹："非尉缭无心报秦也，诚不能也！秦王罪我，我无言矣！"嬴政肃然道："先生天下名士，骤然离去必有隐情。纵然英雄丈夫，亦有不可对人言处。敢请先生明告因由，若嬴政无以解难，自当放先生东去。"尉缭木然道："魏王阴狠，我若不归，举族人口有覆巢之危。"李斯切齿骂道："魏增老匹夫！卑鄙小人！"嬴政似觉尉缭神色有异，目光一闪道："间人武士可曾伤害先生？"尉缭默然片刻，嘶哑着声音道："只路途一饭，此后尉缭连夜逃走，又是因为幕后有阴谋。《史记·秦始皇本纪》所载，尉缭亡去，乃因为尉缭觉得秦王可共微时不能共显时，"诚使秦王得志于天下，天下皆为虏矣。不可与久游"，"秦王觉，固止，以为秦国尉，卒用其计策"。此事实与阴谋关系不大。由吕不韦、李斯、尉缭等事，可看出秦王政并没有传说中那么残暴无常，论残暴无常，秦始皇帝不及缪公、昭王。

我便头疼欲裂，昏昏欲睡……"李斯不禁大惊："君上，定是间人下毒所致！"

骤然之间，嬴政脸色铁青一声怒喝："间贼首级！一个不留！"

守在门廊的赵高嗨的一声飞步而去。片刻之间，只听店外尖厉的牛角号连绵起伏，长矛甲士声声怒喝噗噗连声。函谷关将军大步来报："禀报君上，全部十六名间人首级已在廊下！"正在此时，随着李斯一声惊呼，尉缭软软地倒在了地上。嬴政顾不及说话，狠狠一跺脚抱起尉缭冲出了酒肆。

最黑暗的黎明，驷马王车又飓风一般卷回了咸阳。

四 春令定准直 秦国大政勃勃生发

冰雪消融，李斯草拟的王书终于摆在了嬴政案头。

这是开春后将要颁布的第一道王书，朝野呼为春令，亦呼为首令。历来战国传统：岁政指向看的便是开春之后的第一道王书。唯其如此，尽管国事千头万绪，开春之时都要审慎选择一方大事开手。《吕氏春秋》云，孟春之月，盛德在木，先定准直，农乃不惑。这先定准直，于国事便是开春首令。去岁隆冬大雪时一次议事，嬴政曾问与会大臣："来春首令，将欲何事开之?"丞相王绾答曰："整军财货稍嫌不足，当以关市赋税开之。"郑国答曰："泾水渠成而垦田不足，当以农事开之。"李斯独云："新政全局未就，当从用才开之。"嬴政当即拍案："长史所言甚是。兴国在人，从人事开之！"于是，草拟春令的职事自然而然地落到了李斯头上。年节期间突发尉缭事件，李斯谋划春令的脚步也不期中止了。

追救回来的尉缭在太医馆整整疗毒一月，剧烈的头疼才渐渐消失，然言语行动终见迟缓，须发也突然全白了。秦王嬴政怒火中烧，回咸阳次日立马派出内史将军嬴腾为特使，星夜赶赴大梁，以最郑重的国书狠狠威胁魏王增：若尉缭部族但有一人遭害，魏国入秦士子但有一人不安，秦国大军立即灭魏，决将魏国王族人人碎尸万段！本次为施惩戒，并确保魏国不再阴毒胁迫入秦臣民，魏国必须立即割让五城，否则关外大军立即猛攻大梁！老魏王眼见虎狼秦王大发威势，秦国关外大军又近在咫尺，吓得喉头咕的一声当场软倒在王案。次日，太子魏假代父王立约，旬日内便交割了河外五城。及至桓齮大军接收五城，嬴腾赶回咸阳复命，堪堪不过半月，可谓战国割地之最利落的一次。之后又有消息传来：老魏王魏增一病不起奄奄一息，已经不能理事了。

自此，秦王怒气稍减，政事方得入常，李斯方得入静。

邦国人事，历来是最大题目，也是最难题目。最大者，牵一发而全身动也。最难者，利害相关人人瞩目也。尽管秦国法政清明，个中利害冲突也不能说全然不须顾忌。李斯来自楚国，又有早年官场之阅历，自然更是审慎在心。秦王首肯人事开年，却也没有明定从何方用人开之。之所以没有申明，秦王实际上便是默认了李斯的路径。毕竟，李斯有此主张，不可能心下没有大体谋划。虽则如此，李斯还是没有草率从事。尉缭事大体安宁，他便立即在各大官署间开始奔走，备细查勘了官吏缺额与可能的人选来路，尤其对王绾丞相府的大吏余缺询问最细。如此之后，李斯开始草书，嬴政始终没有过问。

这日，嬴政一进书房坐进书案，立即挑开了赵高已经摆在案头的铜匣的泥封。拿出一看，竟是三卷，嬴政不禁有些惊讶。人事王书难则难矣，行文却最是简便，何等人事当得三卷之长？及至一卷卷摊开，嬴政这才长吁一声："李斯胆识兼具而不失缜密，大才也！"

第一卷，是李斯对春令的意图说明，很是简洁："臣遍察秦国官署，裁汰高年老吏之后各式吏员缺额虽大，然终非新政之要害，可在秦国郡县与入秦山东士子中专行招募少壮，考校而后任事；但有三年磨炼，官吏新局可成矣！唯其如此，臣以为秦国人事之要，仍在庙堂大臣之完备。是以，臣所拟春令，以新近之三才为要，王自定夺。"

第三卷是一个附件，备细罗列了各官署的吏员缺额。

第二卷，才是李斯拟定的春令定件，样式很是新鲜，嬴政看得颇有兴致：

秦王春令

大秦王书曰:兴国之本,尽在人才荟萃。大政之要,首在用人任事。尉缭顿弱姚贾三人,各以际遇先后入秦,各负过人之才,本王量才而取,任事如左:尉缭,拜任国尉。(臣斯察:尉缭者,三世兵家之后也,入秦辄疑,继对王推崇有加,将四代所成兵书献国,身遭胁迫而终思报秦,其赤忠之心足见矣!今其疗毒后虽见迟滞,然大智毕竟清醒,臣以为仍当大用,以为山东士人入秦之楷模也!)

顿弱,职任上大夫兼领行人署,执邦交事。(臣斯察:顿弱谙熟列国,辩才无双,堪领邦交以周旋山东。邦交须重臣,故以顿弱为高职。)

姚贾,擢升上卿,兼副行人署同领举国邦交。(臣斯察:姚贾者,大梁监门子也,贫贱布衣而不失其志,敏行锐辞而不失其厚,入秦跌宕而不渎其职,更兼精通秦法,后堪大任矣!)

重用姚贾、顿弱。

"小高子,请长史。"嬴政轻轻叩着硕大的青铜书案。

李斯本来便在外室等候,见赵高遥遥一拱手,立即进了书房。嬴政开门见山道:"长史春令甚当,去'臣察'之语,即可定书颁发。另有一事,可并行发书。"李斯一拱手道:"但请君上示下。"嬴政拿起那卷附件道:"吏员补缺,长史查勘得极是时机,所提之法也大体得当,该当立即着手。我意,长史与王绾议出一个章法,做一书两文同时颁发。"李斯大是欣然:"君上明断!臣即赴丞相府会商,两日内定书。"

启耕大典之日,秦王的春令正式颁行朝野。

所有官署都忙碌起来,遴选考校、简拔能才、安置新吏职司、梳理既往政务,朝野一片勃勃生机。秦王不涉具体政务,只将目光盯在新任三才身上。对尉缭与蒙武的国尉署交接，嬴政分外上心，每遇大事必亲临决之。尉缭原本不欲就任国尉，在春令颁发之后正式上书秦王，以“病体虚弱，心绪恍惚，谋不成策，无以为大军做坚实后盾”为由，辞谢国尉高职。嬴政读罢上书立即赶到已经移居驿馆的尉缭庭院，坚请尉缭出任国尉。嬴政的说辞很简单，也很结实：“嬴政固有一天下之志，然天下大势与一统方略不明。先生入秦，明转折大势，一举奠定秦国一统天下之文武伟略，使秦一天下立定可行也！更兼先生之兵书，使政大明君王运兵治军之道。仅此两事，未操实务而定秦国根基，先生功绩何敢忘也！今先生遭间人毒手，虽体弱心迟而大智在焉！秦国若弃先生，天下正道何在？先生若弃秦国，人心转折何在？唯两不相弃，一心共事，阴谋间人不能得逞，一统大业可成也。先生大明之人，宁执迂腐退隐之心而不任事乎！”尉缭满目含泪，喟然一叹道：“得秦王肺腑之言，老夫死而无憾矣！老夫非无报效大业之心，诚恐心力不足误事也。”嬴政又是结结实实一句：“先生只把定舵向，国尉府事务不劳先生。”尉缭心感无以复加，终于点头，搬进了国尉的六进府邸。

之后，嬴政又立即着手为新国尉府物色副手大吏。

多方查勘遴选，嬴政看准了年轻的蒙毅。蒙毅，蒙武之子，蒙恬之弟，文武兼通刚严沉稳，敏于行而讷于言，深具凛然气度。更有两样别人无法比拟的长处：一是蒙毅自幼便对父亲的国尉府事务了如指掌；二是蒙毅与尉缭一样，也算得上国尉世家，在边防要塞府库大营的各式吏员中口碑极佳，颇具门第少年之资望。蒙毅若任国尉丞，还可以同时解决一个难题，这便是成全老国尉蒙武久欲为将之志，可许蒙武入军为偏师大将。嬴政拿定主意，立即造访蒙氏府邸，开首便是一句：“本王欲任仲公子为国尉丞，老国尉应我么？”蒙武愕然默然，及至嬴政将一番话说完，蒙武当即慨然拍案：“老夫但能入军为将驰骋疆场，万事好说！”于是，蒙毅立即接手国尉府事务，尉缭尚未正式入主国尉府堂，国尉府的一应事务已经井然有序地运转起来。

国尉府安置妥当，正是灞柳风雪之时，嬴政邀顿弱姚贾进了灞水南岸山林。

顿弱虽游学秦国有年，却从来没有进入过渭水以南的山林地带，一路行来大是感慨。一条大河从终南山流出，滚滚滔滔涌入渭水，这便是秦中九流之一的灞水。灞水与渭水交汇处，林木葱茏覆盖旷野，绵延数十里莽莽苍苍。柳絮漫天飞舞，白莹莹恍如飞雪飘洒绿林，令人心醉不知天上也人间也。马队渐入大森林深处，时有短而直的灰色白

韩 非

色屋顶隐隐显现城堡气象，荒莽中颇显几分神秘。走马片刻，遥见一处林中高地耸立着一座白石筑成的城堡，一圈有小城楼小垛口的白石城墙，粗简厚重而又雄峻异常。高地坡前矗着一道丈余高的石柱，上刻两个斗大红字——灞宫。

“两位以为此地如何？”嬴政扬鞭遥指笑问。

“坚城形胜，邦交密地，好！”顿弱高声赞叹。

“近在咸阳肘腋，隐蔽便捷，好！”姚贾也由衷赞叹一句。

“这灞宫也叫灞城，乃关中二十七离宫之一，穆公所筑。”

嬴政一挥手。赵高利落下马，飞步走到一棵枝杈虬张的古老大树后，推下了一枚合抱圆石。随着一阵幽深的地雷隆隆滚动声，巨大厚重的城堡石门轧轧开启。随之便闻门内哄然众声：“恭迎君上！”城堡前却了无人迹。及至君臣一行下马步入城堡，又闻哄然雷鸣般一声：“黑冰台十六尉恭迎君上！”幽深的庭院依旧空无人迹。嬴政哈哈大笑：“将士们显身，你等征程要开始了！”笑声落点之间，城堡天井骤然现出两排面具黑衣人，森森然整齐排列两面石廊。

“两位，黑冰台恢复有年，利剑尚未出鞘也。”

“谢过君上！”顿弱姚贾异口同声。

“黑冰台移交行人署，两位以为要旨何在？”

“匕首之能！”顿弱慨然一句。

“威制奸佞！”姚贾立即补充。

嬴政突然转身高声道：“诸位将士，黑冰台职司何在？”

“保护特使！死不旋踵！”

“好！黑冰台使命正在此处！”嬴政慷慨高声，“秦国行将大举东出，两位特使便是开路前军。此等邦交，非寻常邦交可比，危机四伏，险难重重，特使时有性命之忧！照实说，若非尉缭子突遭暗算，本王还想不到要黑冰台当此大任。将士们切记：你等出山之根本，在于护卫两位特使不能出事！本王要特使活生生出关，活生生回来！你等将士出使山东，便是勇士身赴战场。本王之军令只有一道：用你等的利剑，用你等的热血，保护特使！”

“赳赳老秦！共赴国难！”古老的誓言哄然回荡在城堡山林。

那一日从灞城回来，顿弱姚贾聚酒对饮通宵达旦。顿弱说：“生遇秦王，虽死何憾！”姚贾说："入秦方知布衣之重，宁做烈士不负秦国！"两人唏嘘感喟有之，慷慨激昂有之，奋发议论有之，缜密谋划有之，一夜未眠便立即在蒙蒙曙色中开始了事务奔走。到立秋之时，两人已经将行人署整合得井井有条，两路使团人才济济，只等开赴山东的最佳时机了。

黑冰台护驾，阴谋、阳谋并行。

五　清一色的少壮将士使秦国大军焕然一新

秦王政十六年立秋时节，一支马队风驰电掣般飞向蓝田大营。

王翦蒙恬受命整军已经四个年头，嬴政还从来没有进过蓝田大营。今春大朝会时，王绾李斯尉缭提出五年整备之期将到，请各方重臣禀报政情军情以决东出时机。整整三日朝会，各方官署的禀报无不令人感奋有加。关中、蜀中两地在郑国渠都江堰浇灌下农事大盛，秦国仓廪座座皆满。咸阳已经成为天下第一大市，山东商旅流水般涌入。关市税金大增，大内少内两府财货充盈。朝廷与郡县官吏业经三次裁汰，老弱尽去，吏无虚任，国事功效之快捷史无前例。法治清明，举国无盗无积案，道不拾遗夜不闭户，朝野大富大治，国人争相从军求战。唯独两则军情消息令人不快：一是关外大军二次攻赵，又在番吾①被李牧边军击败，折损老军五万余；二是败军大将樊於期莫名其妙投奔燕国，谁也说不清因由。尤其是樊於期投燕，嬴政既悲又愤，咬牙切齿大骂贼子叛秦不可理喻，立即下令拘拿樊於期全族下狱。若不是桓齮蒙武等一班老将军力主必有他情，坚请查勘清楚再论罪，只怕暴

① 番吾，战国地名，今河北灵寿县地带。

怒的秦王当时便要杀了樊於期全族。两则不利皆是军方,在秦国实在是罕见。王翦与蒙恬心绪不好,一直没有在朝会作军情禀报。朝会最后一日,秦王暴怒有所平息,遂听从众议,改任蒙武为关外大营统帅,桓齮降职为副将;关外老军暂时中止对六国作战,以待蒙武整备,而后在主力大军东出时作策应偏师。诸般事罢,嬴政也没有教王翦蒙恬禀报,只拍案一句,立秋蓝田阅兵。便散了朝会。

马队飞上蓝田塬,隐隐可闻遍野杀声。及至马队飞上前方一座山头,遥见陵谷起伏的原野上烟尘大作,一片片黑旗红旗时进时退。王绾不禁大惊:“红旗!有赵国兵马!”旁边尉缭朗声笑道:“此练兵新法也!分兵契合,黑红两方对抗竞技,比单方操练更有实战成效!”嬴政扬鞭高声道:“走!看看战场操演。”一马当先冲下山头。

马队片刻之间轰隆隆卷到战场边缘,要穿过谷口奔向中央云车。正在此际,两支马队从两边树林剽悍飞出,宛如黑色闪电间不容发卡住了谷口。几乎同时,一声高喝迎面飞来:“来骑止步!”嬴政君臣骑术各有差异,陡遇拦截骤然勒马,除了后队护卫骑士整齐勒定,君臣前队的马匹声声嘶鸣吙吙喷鼻各自乱纷纷打着圈子才停了下来。

“何人敢阻拦秦王阅兵!”护卫将军一声大喝。

“飞骑尉李信参见秦王!”迎面一将在马背遥遥拱手。

“本王正欲战场阅兵,将军何以阻拦?”

“禀报秦王:战场操演,任何人不得擅入!”

“军令大于王命?”嬴政脸色沉了下来。

“将在外,君命有所不受!”

“你叫李信?”嬴政目光骤然一亮。

“正是!飞骑尉李信!”

“好!速报上将军,本王要入谷阅兵。”

“嗨!”李信一应,举剑大喝,“王号!”

谷口马队应声亮出一排牛角号,呜呜之声悠长起伏直贯云空。旁边尉缭低声道:“自来战场只闻金鼓,号声报事不知何人新创?”嬴政一笑:“有蒙恬在,秦军此等新创日后多了去也。”说话之间,又闻一阵高亢急迫的号声从谷中遥遥传来。李信一挥手,谷口马队的号声又起,也是短促急迫。号声同时,李信一拱手高声道:“禀报秦王:上将军令李信领道入谷,上将军整军待王!”嬴政大手一挥:“走!”显然便要纵马飞驰。李信又一拱手高声道："非战时军营不得驰马，王当走马入谷！"嬴政又气又笑："好好好！走马走马，走！"

嬴政马队进入谷口一路看来，人人都觉惊讶不已。这片远观平平无奇的谷地，实则是一片经过精心整修的战场式军营，沟壑纵横溪流交错，触目不见一座军帐，耳畔却闻隐隐营涛。若非在来路那座山头曾经分明看见烟尘旗帜，谁也不会相信这里便是隐藏着千军万马的蓝田新大营。一路时有评点的尉缭，入谷后一句话不说只专注地四面打量，末了一句惊叹道："如此气象，一将之才不可为！秦军名将，必成群星灿灿之势也！"旁边走马的嬴政不禁一阵大笑："国尉之言向不虚发，果真如此，宁非天意哉！"

拐过谷内一道山峁，眼前豁然开朗，大军方阵已经集结在谷地中央。王翦蒙恬赳赳大步迎来，将秦王君臣带到了方阵中央的金鼓将台之下。王翦蒙恬之意，请秦王先登云车阅兵，而后再回幕府禀报整军情势。嬴政欣然点头，吩咐王绾尉缭李斯三人同登云车。王翦带君臣四人刚刚踏进云车底层，车外蒙恬令旗劈下，一阵整齐号子声响起，车中五人悠悠然升起，平稳快速地直上十余丈高的云车顶端。尉缭惊叹："云车不爬梯，虽公输般未成，神乎其技也！"王翦笑道："蒙恬巧思善工，整日在军器营与工匠们揣摩，秦军各式兵器都有新改，尤其是机发连弩威力大增，可说今非昔比也。"秦国君臣都知道王翦素来厚重寡言话不满口，今日能如此说，只怕事实还要超出，不禁人人点头。

片言之间，云车已停。五人踏出车厢，遥见四面山岭苍翠茫茫，片片白云轻盈绕山，时而盘旋于云车周边触手可及，恍然天上。及至目光巡睃，谷地与四面山坡都整肃排列着一座座旌旗猎猎的步骑方阵，宛如黑森森松林弥漫山川，不禁人人肃然。王翦浑然不觉，一拱手道："臣启君上：大军集结，敢请君上一阅各军气象。"嬴政点头。王翦便对云车执掌大旗的军令司马一挥手："按序显军！"军令司马嗨的一声，轧轧转动机关，平展展下垂的大旗猛然掠过空中，云车下顿时战鼓如雷。

"铁骑方阵，十万！"王翦高声喝令，也算是对秦王禀报。

谷地中央突然竖起一片雪亮的长剑，万马萧萧齐鸣，铁甲烁烁生光。

"步军方阵，二十万！"

大旗掠过，东面山塬长矛如林，南面山塬剑盾高举。

"连弩方阵，五万！"

西面山坡一阵整齐的号子梆子声，万千长箭如暴风骤雨般掠过山谷飞过山头，直向山后呼啸而去。尉缭惊问:"一次发箭几多?射程几许?"王翦道:"大型弩机一万张,单兵弩机两万张,一次可连发长箭十五万支!射程两里之遥!"尉缭不禁惊叹:"如此神兵利器,天下焉得敌手矣!"

"大型攻城器械营,五万!"

云车下大道上一阵隆隆沉雷碾过,一辆辆几乎与云车等高的大型云梯、一辆辆尖刀雪亮的塞门刀车、一辆辆装有合抱粗铁柱的撞城车、一具具可发射胳膊粗火油箭的特制大型弩机、一辆辆装有三尺厚铁皮木板可在壕沟上快速铺开的壕沟车桥等等等等,或牛马拉动或士兵推行,连续流过,整整走了半个时辰。

"军器营、辎重营未能操演,敢请君上亲往巡视。"

"明日巡视。今日本王想点将。"

"降车!"

王翦一声令下,云车大厢隆隆下降,倏忽便到将台。君臣出车,王翦对蒙恬低声吩咐几句,蒙恬高声喝令:"聚将鼓!"将台鼓架上的四面大鼓一齐擂动,便见谷地中央与四面山坡旌旗飞动,一支支精悍马队连番飞到将台前。片刻之间,两排顶盔贯甲的大将整肃排列在将台之下。

"秦王点将!全军各将依次自报!"蒙恬高声喝令。

"且慢。"嬴政一扬手,"大战在即,本王想记住各位将军年岁。"

"嗨!各将加报年岁!"蒙恬一声喝令,跳下了将台。

"假上将军王翦!四十九岁!"王翦已经站在了大将队首。

"假上将军蒙恬!二十八岁!"

片刻之间,一声声自报在嬴政君臣耳畔声声爆开——

"前将军杨端和!三十岁!"

"前军主将王贲!二十六岁!"

"右军主将冯劫!二十八岁!"

"左军主将李信!二十九岁!"

"后军主将赵佗!三十岁!"

"弓弩营主将冯去疾!二十八岁!"

"飞骑营主将羌瘣!二十九岁!"

“铁骑营主将辛胜！二十八岁！”

“材官将军章邯！二十九岁！”

“水军营主将杜赫！二十七岁！”

“军器营主将召平！三十岁！”

“辎重营主将马兴！三十一岁！”

“国尉丞蒙毅！二十四岁！”

一声声报号完毕，嬴政咬着腮帮噙着泪光良久无言，数十万大军的山谷肃静得唯闻人马喘息之声。终于，嬴政嘶哑着声音开口了：“诸位将军皆在英华之年。全军将士皆在英华之年。这支新军，是秦国五百余年来，最年轻的一支大军！少壮之期身负国命，虽上天无以褒奖也。嬴政今岁二十有八，与尔等一般少壮英华，感喟之心，夫复何言！秦军之老弱孤幼，均已还乡。朝廷之功臣元老，均已告退。新军将士，尽皆少壮。朝廷官吏，尽皆盛年。秦国大命何在，便在我等少壮肩上！天下一统，终战息乱，需我等血洒疆场！千秋青史，重建华夏文明，需我等惕厉奋发！成则建功立业，败则家破国亡，大秦国何去何从，嬴政愿闻将士之心！”

就鼓舞军民士气论，嬴政真是一流的演说家。有理，有据，有情。

“赳赳老秦！共赴国难！”

“一统天下！终战息乱！”

山呼海啸般的誓言如滚滚雷声激荡，蓝田塬久久地沸腾着……

东取六国之前，举行重要的“阅兵式”。

立冬时节，第一场大雪覆盖了秦国，覆盖了山东。

便在万事俱缓的天下窝冬之期，秦国所有官署却前所未有地忙碌起来。王城灯火彻夜大明，郡守县令被轮番召进咸阳秘密会商。边塞关城的将军士兵频频调动，黑色长龙无休止地盘旋在茫茫雪原，一时蔚为奇观。这是嬴政君臣谋划的最大的一个冬季行动：向九原郡集结二十万大军，决意狙击匈奴在中原大战开始后的南下劫掠。

嬴政君臣秘密会商,已经决定来年大举东出。

李斯尉缭共同提出了一个补缺方略。尉缭云:“兵事多变,方略谋划务求万全。宁备而不用,勿临危无备。昔年,张仪鼓动楚国灭越而全军南下,却不防北边秦军,遂被我司马错率兵奇袭房陵,一举夺取楚国粮仓。今日匈奴已经统一草原诸胡,势力日盛,若在我东出灭国之时大举南下,只恐赵国李牧一支边军难以应对。”李斯云:“秦国以天下为己任,决然不能教匈奴大军践踏中原!若匈奴果真长驱直入,秦国纵然一统天下,亦愧对华夏!”此议一出,嬴政良久无言。

以军中大将本心,对赵国李牧恨之入骨,谁都盼匈奴大军扯住李牧边军不能南下,何曾想过要与赵军共同抵御匈奴?更要紧的是,秦赵燕三国历来是华夏抵御匈奴的“北三军”,传统都是各自为战,匈奴打到哪国便是哪军接战。匈奴久战成精,后来不再袭扰强大的秦国,而专拣赵燕两国开战,遂使赵国最精锐的边军始终被缠在草原不能脱身。燕国则在匈奴连番不断的袭击下几无还手之力,北疆国土日渐缩小,只有不断偷袭赵国以求颜面。如此形成的北边大势,秦军在九原河套地区一直只保持五万铁骑,与防守函谷关的军力相当,数十年没有增兵。而今要大举增兵,则必然牵涉全局——大将、兵种、器械、粮草等等之艰难尚且不论,关键是由此引起的全局变数难以预测。将军们想到的第一个事实是:秦军一支主力北上,赵军压力大减,若李牧趁此南下中原作战,秦军岂非自己给自己搬回一个劲敌?凡此种种思虑,尉缭李斯一说,连同嬴政在内的将军大臣们一时竟没人回应。

嬴政摆摆手散了朝会。之后一连三日三夜,嬴政一直在书房与文武大员连番密会,几乎每日只歇息得一两个时辰。三日之后,朝会重开,嬴政断然拍案:重新部署秦国大军,务求匈奴不敢南犯!嬴政拳头砸着青铜大案,狠狠说了一番话:“春秋齐桓公九合诸侯,所为者何?摒弃内争,保我华夏!今日便是打烂秦国,也不能打烂华夏!否则,我等君臣便是千古罪人!便是趁匈奴之威窃取天下!如此鸡鸣狗盗之小伎,纵然灭了六国,也扛不起重建华夏文明之重任!总归一句话,不抗匈奴之患,不堪统领天下!”

没有任何争论,没有任何异议,秦国庙堂立即做出了新的部署:

蒙恬(假)上将军兼领九原将军,开赴秦长城一线防守匈奴;

蓝田大营分铁骑五万开赴九原,与原先五万铁骑共为防守主力;

新征五万步卒在蓝田大营训练三月,开赴九原以为弩机兵;

破陇西戎狄部族不出兵之传统，联组骑兵五万开赴九原；

关外老军大营分兵三万开赴九原，专一饲养军马；

陈仓关大散关守军为后援，须在半年之内向九原输送粮草百万斛；

北地郡上郡为九原大军充足输送高奴猛火油，以为火箭之用。

如此调遣之下，秦国在九原大营的兵力空前增加到二十万，连同养马老军与各种工匠辎重兵士及军中劳役，足足三十余万。如此便有了秦国的冬季大忙气象。老秦人公战之心天下第一，王书一颁，朝野上下二话不说便风一般动了起来。青壮争相从军，农商争相捐车输送粮草，热气腾腾忙活了整整一冬。

说话间年关已过，雪消冰开。启耕大典之后的第三日，嬴政亲率几位重臣，在咸阳东门外的十里郊亭，为两支特使的邦交人马举行了隆重的郊宴饯行礼。顿弱、姚贾两人的邦交班底就绪后已经按捺了整整半年，今日将欲出关，不禁万分感慨。当秦王嬴政捧起一爵与两人痛饮之后，桀骜不驯的顿弱肃然整了整衣冠，挺身长跪在秦王面前激昂高声道："顿弱不才，决为华夏一统报效终生！今日拜王而去，死而无憾！"姚贾也是肃然长跪唏嘘高声："秦王用才不弃我监门之子，姚贾纵血染五步，决然不负使命！"嬴政扶起两人，一阵大笑道："两位声声言死，何其不吉也！但为大秦特使，只能教人死，不能教我死！"大臣们一片哄然大笑，顿弱姚贾也连连点头称是大笑起来。

两队人马，一支东进韩国，一支北上燕国。

一冬反复会商，秦国庙堂的最终决策还是：灭国自韩开始。其所以如此，既有着自范雎奠定的远交近攻的传统国

取韩国，易如反掌。韩国派郑国入秦弱秦，郑国"投诚"后又反被韩国追杀，正好有借口打。韩国休矣。

策,也有着目下关外的特定情势。一路北上燕国,则为樊於期投燕而燕国竟公然接纳之事。东路由熟悉三晋的姚贾出使,是为实兵。北路则由熟悉齐燕的顿弱出马,意在搅起另一方风云以转移山东六国之注意力,堪称邦交疑兵。

各方力量准备妥当,接下来,是要横扫天下。

随着两队车马辚辚东去,华夏历史掀开了新的铁血一页。

这是公元前231年、秦王政十六年春的故事。

是年,秦王嬴政二十九岁。

这时的六国年表是:韩王安八年,魏景滑王十二年,赵王迁五年,楚幽王七年,燕王喜二十四年,齐王建二十四年。

第五章 术治亡韩

一 幽暗庙堂的最后一丝光亮

韩王安大犯愁肠，整日在池畔林下转悠苦思。

“三十四年，桓惠王卒，子王安立”（《史记·韩世家》）。

不知从何时开始，韩国连一次像样的朝会也无法成行了。国土已经是支离破碎处处飞地：河东留下两三座城池，河内留下三五座城池，都是当年出让上党移祸赵国时在大河北岸保留的根基；西面的宜阳孤城与宜阳铁山，在秦国灭周之后，已经陷入了秦国三川郡的包围之中；大河南岸的都城新郑，土地只剩下方圆数十里，夹在秦国三川郡与魏国大梁的缝隙之中动弹不得，几乎完全是当年周室洛阳孤立中原的翻版；南面的颍川郡被列国连年蚕食，只剩下三五城之地，还是经常拉锯争夺战场；西南的南阳郡是韩国国府直辖，实际上便是王族的根基领地，也被秦国楚国多次拉锯争夺吞吐割地，所余十余城早已远非昔日富庶可比。如此国土从南到北韩国面对秦国，总是战战兢兢，地理位置使然。《史记·张仪列传》载张仪说韩王时的分析，“秦下甲据宜阳，断韩之上地，东取成皋、荥阳，则鸿台之宫、桑林之苑非王之有也。夫塞成皋，绝上地，则王之国分矣”。范雎曾说秦昭王收韩，“秦韩之地形，相错如绣。秦之有韩也，譬如木之有蠹也，人之有心腹之病也。天下无变则已，天下有变，其为秦患者孰大于韩乎？王不如收韩”，昭王担忧韩不听，范雎说，“韩安得无听乎？王下兵而攻荥阳，则巩、成皋之道不通；北断太行之道，则上党之师不下。王一兴兵而攻荥阳，则其国断而为三”（《史记·范雎蔡泽列传》）。

国势衰微，世族元老只顾各人眼前利益，韩王难当。

千余里，几乎片片都是难以有效连接的飞地。于是，世族大臣们纷纷离开新郑常驻封地，圈在自己的城堡里享受着难得的自治，俨然一方诸侯。国府若要收缴封地赋税，便得审慎选择列国没有战事的时日，与大国小国小心翼翼地通融借道。否则，即便能收缴些许财货，也得在诸多关卡要塞间被剥得干干净净。所幸的是，南阳郡距离新郑很近，每年总有三五成岁收赋税，否则韩国的王室府库早干瘪了。此等情势，韩王要召集一次君臣朝会，当真比登天还难。若不聚朝会而韩王独自决策，各家封地便会以“国事不与闻诸侯”的名义拒绝奉命，理直气壮地不出粮草兵员。纵然韩王，又能如何？

往昔国有大事，韩王特使只要能辗转将王书送达封地，多少总有几个大臣赶来赴会。可近年来世族大臣们对朝会丝毫没了兴致，避之唯恐不及，谁又会奉书即来？纵然王书送达，实力领主们也以各种各样的理由敷衍推托，总归是不入新郑不问国事为上策。这次，韩王安得闻秦使行将入韩，一个月前便派出各路特使邀集朝会。然则一天天过去，庙堂依然门可罗雀。偶有几个久居新郑的王族元老来问问，也是唏嘘一阵就踽踽而去。

“人谋尽，天亡韩国也！”韩安长长一声叹息。

即位八年，韩安如在梦魇，一日也没有安宁过。

韩安的梦魇，既有与虎狼秦国的生死纠缠，又有与庙堂诸侯的寒心周旋。从少年太子时起，韩安便以聪颖多谋为父亲韩桓惠王所倚重，被世族大臣们呼为“智术太子安”。那时，秦国是吕不韦当政。韩安被公推为韩国首谋之士，与一班奇谋老臣组成了轴心班底，专一谋划弱秦救韩之种种奇策。吕不韦灭周时，韩安一班人谋划了肥周退秦之策[1]。后

① 关于韩国之政治乌龙与肥周退秦策等故事，见本书第四部第十章。

来，韩安一班人又谋划了使天下咋舌的水工疲秦之策。虽结局不尽如人意，然父王、韩安及一班世族老谋者都说，此乃天意，非人谋之过也。那时，韩国君臣的说辞是惊人的一致："若非韩国孜孜谋秦，只恐天下早遭虎狼涂炭矣！韩为天下谋秦，山东诸侯何轻侮韩国也！"这是韩国君臣，尤其是韩桓惠王与韩安父子最大的愤激，也是韩国特使在山东邦交中反复陈述的委屈。可无论韩国如何愤激如何委屈，山东五大战国始终冷眼待韩，鄙夷韩国。

韩非子的一段话，也能说明韩国之屈辱。《韩非子·存韩》称："韩事秦三十余年，出则为扞蔽，入则为席荐。秦特出锐师取地而韩随之，怨悬于天下，功归于强秦。且夫韩入贡职，与郡县无异也。……夫韩，小国也，而以应天下四击，主辱臣苦，上下相与同忧久矣。"韩非劝说秦王存韩，这段话基本能反映出韩国生存之难。

韩安记得很清楚，父王将死之时拉着他的手说："天不佑韩，使韩居虎狼之侧矣！列国无谋，使韩孤立山东无援矣！父死，子毋逞强，唯执既往弱秦之策，必可存韩。秦为虎狼之国，可以谋存，不可力抗也！"韩安自然深以为是，即位之后孜孜不倦，夙夜邀聚谋臣冥思奇策。不想，正在酝酿深远大计之时，大局却被一个人搅得面目全非了。

这个搅局者，便是韩非。

韩安认定，秦国虎狼是韩非招来的。

当年，韩非从兰陵学馆归国，太子韩安第一个前往拜会。

在韩安的想象中，韩非该当与战国四大公子同样风采，烁烁其华，烈烈其神。不料，走进那座六进砖石庭院，韩安却大失所望。韩非全然一副落魄气象：骨架高大精瘦无肉，一领名贵的锦袍皱巴巴空荡荡恍如架在一根竹竿上，黝黑的脸庞棱角分明沟壑纵横直如石刻，散发无冠，长须虬结，风尘仆仆之相几如大禹治水归来。若非那直透来人肺腑的凌厉目光，韩安几乎便要转身而去。暗自失笑一阵，韩安礼仪应酬几句转身去了。韩非目光只一瞥，既没与他说话，更没有送他出门，仿佛对他这个已经报了名号的太子浑没看在眼里。韩非的孤傲冷峻，使韩安很不以为然。后来，韩非的抄刻文章在新郑时有所见，韩安不意看得几篇，心却怦怦大跳起来。

韩安再次踏进了城南那座简朴的松柏庭院。

“非兄大才,安欲拜师以长才学智计,兄莫弃我。”

素闻韩非耿介,韩安也开门见山。谁料韩非只冷冷看着他,一句话不说。韩安颇感难堪,强自笑云:“非兄乃王族公子也,忍看社稷覆灭生民涂炭乎!”冷峻如石雕的韩非第一次突兀开口:“太子果欲存韩,便当大道谋国也!”只此一句,韩安当时便一个激灵。韩非音色浑厚,底气犹足,因患口吃而吟诵对答抑扬顿挫明晰有力,竟是比常人说话反多了一种神韵。

韩非子口吃,不善言辞,但善著书立说。

“非兄奇才,韩安敬服!”

“言貌取人,猎奇而已也。”那具石雕似乎从来不知笑为何物。

韩安面红耳赤,第一次无言以对了。

此后与韩非交往,韩安执礼甚恭,从来不以太子之身骄人。时日渐久,闭门谢客终日笔耕的韩非,对这个谦恭求教的太子不再冷面相对,话也渐渐说得多了一些。几次叙谈,韩安终于清楚了韩非的来路去径:兰陵离学之后,韩非已在天下游历数年,回韩而离群索居,只为要给天下写出一部大书。

“非兄之书,精要何在?”

“谋国之正道,法治之大成。”

“既执谋国之道,敢请非兄先为韩国一谋。”

“韩非为天下设谋,一国之谋小矣!”

“祖国不谋,安谋天下?”

那一次,韩非良久无言,凌厉的目光牢牢钉住了年轻的韩安。此后,韩安可以踏进韩非的书房了,后来又能与韩非做长夜谈了。韩安坦诚地叙说了自己对天下大势的种种想法,也毫无保留地和盘托出了父王谋臣班底的“谋秦救韩”

之国策，期望韩非能够成为父王的得力谋士，成为力挽狂澜的功臣。不料，每逢此类话题，韩非便陡然变成冷峻的石雕，只铿锵一句："术以存国，未尝闻也！"便不屑对答了。

韩安不为所动，仍常常登门，涓涓溪流般盘桓渗透着韩非。韩安坚信，韩非纵然不为父王设谋，也必能在将来为自己设谋。但为君王，若无真正的良臣，是难以挽狂澜于既倒的。韩非乃王族公子，不可能叛逆韩国，也不可能始终不为韩国存亡谋划。身具大才而根基不能漂移，此韩非之能为韩国大用也。唯其如此，笃信奇谋的韩安要锲而不舍地使韩非成为同心救韩的肱股之臣。

一次，韩非突兀问："太子多言术，可知术之几多？"

"谋国术智，安初涉而已，非兄教我。"

"几卷涉术之书，太子一观再言。"韩非从铜柜中捧出了一方铜匣。

回到府邸，韩安立即展卷夜读，连连拍案叫绝。几卷《韩非子》，几乎将天下权术囊括净尽，八奸、六反、七术、五蠹等等等等，诸多名目连号为术士的韩安也是闻所未闻。韩安第一次夜不能寐，五更鸡鸣时兴冲冲踏进了韩非书房，当头便是一躬。

"非兄术计博大精深，堪为术家大师也！"

"术家？未尝闻也！"韩非显然惊愕了，又陡然冷峻得石雕一般。

"术为存国大谋，岂止一家之学，当为天下显学！"

"太子之言，韩非无地自容。"

"非兄何出此言？"

"百年大韩，奉术而存，不亦悲乎！"韩非满脸通红，哽咽了。

"非兄……"

韩非第一次声泪俱下："术之为术，察奸之法而已，明法手段而已！奉以兴国，何其大谬也！韩非本意，欲请太子一览权术大要，辄能反思韩非何以不奉权谋，进而走上兴韩正道！不意，太子竟奉权谋之道为圭臬，竟奉韩非为术家大师，诚天下第一滑稽事也！韩非毕生心血，集法家诸学而大成，却以术为世所误，悲哉——！"

眼见韩非涕泪纵横，太子韩安无言以对了。

此后，韩安不再提及权谋救韩，而是谦恭求教兴国之道，请韩非实实在在拿出一个能在目下韩国实施的兴韩之策。韩非极是认真，江河直下两日三夜，听得韩安一阵阵心惊肉跳。韩非先整个地回顾了春秋战国以来的大势演变，归总一句："春秋战国者，多事韩非子学说,将法、术、势三者结合,几近完美地诠释了君主集权的统治办法。只有中央集权的强国,才能实施。韩国国小,四面受敌,任秦国鱼肉,主辱臣苦,根本没有办法将法、术、势结合在一起。韩安推崇术,也无可厚非。法、术、势之法,后世有变法,因为儒家的介入,法之严苛有所缓解,但这术(驾御之术等)与势(君王独裁之权势等),后世实发扬"光大"。韩非子的统治术着实厉害,其术与势,不亚于儒家的"仁、义、礼、智、信"。

这更多地,是小说家的看法。

之时也,大争之世也。大争者何?实力较量也!五百余年不以实力为根基而能兴国者,未尝闻也!"

接着,韩非又整个地回顾了春秋战国的兴亡更替,归总云:"春秋之世,改制者强。五霸之国,无不先改制而后称霸。战国之世,变法者强。七大诸侯,无不因变法而后成为雄踞一方之战国!变法者何?革命旧制也!弃旧图新也!唯其如此,兴盛国家,救韩图存,只有一条路,变法!"

之后,韩非又整个地回顾了韩国历史,最后慷慨激昂地拍着书案说:"韩人立国百年,唯昭侯申不害变法被天下呼为劲韩,强盛不过二三十年矣!昭侯申不害惨死,韩国又回老路,此后每况愈下,不亦悲乎!韩拥最大铁山而不能强兵,韩据天下咽喉而毫无威慑,个中因由何在?便在不思强大自己,唯思算计敌国!敌国固须用谋,然必得以强大自身为根基!不强自己而算敌,与虎谋皮也,飞虫扑火也!图存之道,唯变法也,此谓求变图存!不求变法而求存国,南辕北辙也,揠苗助长也!"

心惊肉跳的韩安久久没有说话,只长长一声叹息。

"太子奉术,终究亡韩。"韩非冷冰冰一句。

"非兄之言不无道理。然则,皮之不存,毛将焉附?"

"太子是说,不存韩则无以变法?"

"非兄明断!"

"韩非以为,不变法无以存韩。"

"非兄差矣!"韩安这次理直气壮,"尊师荀子云,白刃加胸则不顾流矢,长矛刺喉则不顾断指,缓急之有先后也!今秦国正图灭周,后必灭韩。韩国若灭,变法安在哉!"

"太子差矣!目下韩国变法,正是最后一个时机。"

"秦国兵临周室,韩国还有时机?"韩安又气又笑。

"一叶障目,不见泰山也!"韩非一拳砸在案上,"四年之内，秦国连丧三王，已经进入战国以来最低谷。此时吕不韦当政，克尽所能，也只有维持秦国不乱而已，断无大举东出之可能。太子试想，只要韩国不儿戏般撺掇周室反秦攻秦，吕不韦便是出兵洛阳灭了周室，也不会触动韩国。非秦国不欲也，时势不能也！”

“非兄是说，秦国目下无力东出？”

“然也！”

“韩国或可无事？”

“太子，韩非乃王族子孙，何尝不想韩国强大也！”韩非痛心疾首，“当此之时，正是韩国最后一个变法机遇！十数年之后秦国走出低谷，韩国悔之晚矣！”

“非兄可否直接向父王上书？韩安一力呼应。”

“邦国兴亡，匹夫有责，何况韩非！”

“一言为定！”

“驷马难追！”

那次慷慨激昂之后，韩非说到做到，连续三次上书韩桓惠王，力陈天下大势与秦韩目下格局，力主韩国捕捉最后机遇，尽速变法强国。韩非上书如巨石入池，立即激起轩然大波，新郑庙堂大大骚动起来。世族大臣无不咒骂韩非，骂韩非是不娶妻不生子的老鳏夫，骂韩非是与当年申不害一般恶毒的奸佞妖孽，骂韩非折腾韩国当遭天谴！其攻讦之恶毒，使素称公允的韩安大觉脸红。无论如何，他是认真读了韩非上书的，尤其是韩非的最后一次上书，至今犹轰轰然回响在韩安耳畔：

强韩书

韩国已弱，不能算人以存，而当强已以存。谚云：长袖善舞，多钱善贾。是故，强国易为谋，弱邦难为计。智计用于秦者，十变而谋不失；用于燕者，一变而谋稀得。何也？非用于秦者必智而用于燕者必愚，固治乱强弱之势不同也。今韩国之弱尚不若燕，安得以智计谋秦而存焉！亘古兴亡，弱邦唯有一途：屏息心神，修明内政。此越王勾践所以成霸也！夫今韩国若能心无旁骛而力行变法，明其法禁，必其赏罚，削其贵胄，尽其地力，使民有死战之志，则韩自强矣！果能如此，敌国攻我则伤必大，虽万乘之国莫敢自顿于坚城之下。此，申不害变法而成劲韩之名也！此，韩国不亡之大法也！今，韩舍不亡之大法，取必亡之小伎，治者之过也！智困于内而政乱于外，则亡国之势不可振。

韩非涕血而书：谋人不如强己，谋敌不如变我。韩国若不能审时度势奋然变法，十数年之后，亡国之危虽上天不能救也！

写韩安与韩非的交流，大致是要表明韩非亦曾为韩国倾力谋事。韩国这座庙实在太小，韩非子无法施展。

韩安多次想劝说父王认真思谋韩非上书，可一看到父王的阴沉脸色，一想到韩非尖锐刺耳的词句，每每便没有话了。其时，父王正与一班谋臣全神贯注地秘密谋划协助洛阳周室合纵攻秦，要使洛阳成为拖住秦国后腿的绊虎索，使秦国不再“关注”韩国。韩桓惠王君臣很为这一谋划得意，将此举比作当年的冯亭出让上党移祸赵国之妙策，期望一举使韩国久安。因了如此，尽管老世族们对韩非骂骂咧咧，韩桓惠王却是大度一笑道：“诸位少安毋躁，韩非上书，士子一时愤激之辞而已，何足道哉！待秦军铩羽而归，再与竖子理论不迟。”在满朝一片骂声笑声中，太子韩安始终没有说话。

不是韩非子不为，而是韩非子无法为。

如此这般，韩非上书做了入海的泥牛，再也没有了消息。

也是奇怪。未过三月，一切都按照韩非的预言来了。

洛阳周室的“大军”在秦军面前鸟兽散，周室宣告正式灭亡。韩国非但丢失了此前割让给周室的八座城池，援军十二万也尽数覆灭！若非吕不韦适可而止，蒙骜秦军攻下新郑当真是指日可待。太子韩安万般感慨，期待父王与朝议悔悟改口，自己能支持韩非变法。可韩安万万没有料到，韩国世族元老们竟将种种惨败归罪于韩非，莫名其妙却又异口同声地处处大骂：“韩非妖巫邪说诅咒韩国，终致大韩之败！”

“韩非乃申不害第二！不杀不中！”

韩安心下不忍，一力来说父王，请求举行朝会认真会商韩非上书。

“韩非，书生也！”

韩桓惠王一副久经沧海的老辣神色："韩非不见谋秦之功，何其迂阔也！你去问他：若非韩国出让上党而引起秦赵大战，秦国能入低谷么？韩国不鼓动周室反秦，秦国能成为山东公敌么？谋秦弱秦，宁无功效乎！"一番斥责数落，韩桓惠王最后说，"韩非要变法，也好！先叫他交出承袭的祖上封地。能交出封地，算他大义真心！你说，他能么？"

韩安没了话说，只有踽踽去了韩非府邸。

"韩国若能变法，纵然血溅五步，韩非夫复何憾！"

听太子将前后因由一说，韩非大为愤激，当时拉起韩安便要去见韩王，愿当即交出那三十多里封地。韩安生怕出事，死死劝住了韩非，只自己立即进宫，对父王禀报了韩非决死变法之志，说韩非对交出封地没有丝毫怨言。

不料，父王又是一副老谋深算的神色："不中！韩非对祖宗封地尚不在心，能指望他将韩国社稷放在心头？"韩安愕然，可仔细掂量，觉得父王之言也不是没有道理，只好请求父王至少要任用韩非做大臣。韩安的说辞是："韩非为天下大家，身居韩国而白身，天下宁不责韩国轻贤慢士乎！"韩桓惠王思忖良久，方才低声道破玄机："子不知人也。韩国庙堂幽暗久矣！韩非若强光一缕，刺人眼目，慌人心神，举朝必欲除之而后快。果能用之，除非如昭侯用申不害，使其有生杀大权而能成事。今用而无生杀大权，宁非害此人哉！"父王的话使韩安心惊肉跳，但他还是不能赞同父王，力主任用韩非以存韩国声望。

韩非子在韩国不得志。

"子意用为何职？"

"御史，掌察核百官。"

"你去说，只要韩非做这个官，立即下书。"

果如父王所料，韩非冷冰冰地拒绝了。

"不能除旧布新，岂可同流合污！"

就这样，韩非始终没有在韩国做官，却始终都是韩国朝野瞩目的焦点。举凡庙堂会商,大臣们必以骂韩非开始,又以骂韩非终结。骂辞千奇百怪,指向却是不变:韩非与申不害一路妖孽,鼓动妖变,韩国劫难临头!若非韩非好赖有个王族公子之身,太子韩安又与其有交,只怕十个韩非也粉身碎骨了。在此期间,韩桓惠王与太子韩安及一班世族老臣又谋划出一则惊人奇计,这便是后来声名赫赫的疲秦策。这一奇计的实际章法是:派天下第一水工郑国入秦,鼓动秦国大上河渠,损耗秦国民力,使其无军可征而不能东顾。

《史记·老子韩非列传》:"韩非者,韩之诸公子也。喜刑名法术之学,而其归本于黄老。""其归本于黄老",太史公将其与老子放在一起列传,合理。韩非子屡次上书韩王,"非见韩之削弱,数以书谏韩王,韩王不能用。于是韩非疾治国不务修明其法制,执势以御其臣下,富国强兵而以求人任贤,反举浮淫之蠹而加之于功实之上。以为儒者用文乱法,而侠者以武犯禁。宽则宠名誉之人,急则用介胄之士。今者所养非所用,所用非所养。悲廉直不容于邪枉之臣,观往者得失之变,故作《孤愤》、《五蠹》、《内外储》、《说林》、《说难》十馀万言。"韩非子痛恨治国不修明法制,不借君王之势驾驭臣子,不以富国强兵求贤能之士。太平时君主宠信徒有虚名之人,情况危急时,就动用将士。养的尽是无用之人。韩非子悲叹时势,内心郁结,于是著书立说,后流传至秦王手中,秦王大为兴奋,间接为韩国招祸。

韩非闻之,白衣素车赶赴太庙,长笑大哭,昏死于祭坛之下。

"非兄,尝闻苏秦疲齐颇见功效,韩国何尝不能疲秦哉!"

韩安闻讯赶来,不由分说将韩非拉出太庙。陪着韩非枯坐一夜,临走时,他实在不能理会韩非的愤激之心,便小心翼翼地用苏秦疲齐的史实,来启迪这个在他眼里显得迂阔过甚的法家名士。不想,韩非苍白的刀条脸骷髅般狞厉,打量怪物一般逼视着困惑的韩安,良久默然,终于爆发了。

"东施效颦,滑稽也!荒谬也!可笑也!怪癖也!苏秦疲齐,是鼓噪齐王大起宫室园林,以开腐败之风,以堕齐王心志!韩国疲秦,是使不世水工大兴河渠,安能相比也!割肉饲虎,而自以为能使虎狼饥饿,何其怪癖也!先割上党,号为资赵移祸!再割八城,号为肥周退秦!而今又为秦国大兴水利,分明强秦,竟号为疲秦!亘古以来,何曾有过如此荒谬之谋!国将不国,怪癖尤烈!如此韩国,虽上天不能救也!韩国不亡,天下正道何在!"

"危言耸听!于国何益,于己何益?"韩安沉着脸拂袖去了。

那是韩安与韩非的最后一次夜谈。

从此之后,韩安再也没能走进韩非的书房。

二　韩衣韩车　韩非终于踏上了西去的路途

郑国渠成,一声惊雷炸响当头。

新郑君臣惊慌失措,朝会之日脸色青灰无言以对。韩国庙堂难堪的是,韩桓惠王虽然死了,可新王韩安与朝会大臣人人都是当年疲秦计的一力拥戴者,而今秦国河渠大成,还公然命名曰郑国渠,韩国显然是高高搬起石头狠狠砸了自己的脚,可偏偏没有一说可以开脱,岂非在天下大大丢脸！众皆默然之时,丞相韩熙铁青着脸吼叫了一声:"郑国奸佞！叛韩通秦,罪不可恕!"于是愤愤之声大起,一时将郑国骂得狗血淋头。末了举朝一口声赞同:立即拘押郑国全族,并派秘密间人入秦警告郑国:若不逃秦,便当自裁,否则立杀郑氏全族！

郑国这间谍,用得真是尴尬。韩国颜面全无。

韩安没有想到,那是自己的最后一次朝会。

此后不到一个月,秦韩形势发生了惊人变化。新秦王不可思议,将郑国当作富秦功臣并对韩国大动干戈。王翦、李斯接连胁迫韩国,秦国关外大军又跟着猛攻南阳郡。眼看南阳危在旦夕,韩国重臣纷纷逃回封地不出,新郑的老世族重臣只留下了一个封地在就近颍川郡的丞相韩熙。万般无奈,韩安只有服软,与丞相韩熙会商,将郑国族人送到了秦军大营,并承诺日后绝不滋扰郑氏与郑国方才了事。

其间,韩安登门求教,韩非只冷冷一句:"事已至此,夫复何言!"

后来李斯风风火火来韩,坚持要亲见韩非。韩安大为不悦,却又不能拒绝赫赫强秦的这个炙手特使,便密派老内侍告诫韩非:务必斡旋得秦国不攻韩国,若能建存韩之功,韩王便以韩非为丞相力行变法！老内侍回报说，韩非听罢只长叹一声，一句话也没说。韩安不禁狐疑，派出一个机敏的小内侍化身派给韩非的官仆，进入韩非府邸探听虚实。

李斯与韩非的会面是奇特的。

李斯坦诚热烈，韩非冷若冰霜。李斯滔滔叙说入秦所见，一个多时辰，韩非始终如石雕枯坐一言无对。李斯满怀渴望地邀韩非一起入秦，韩非却淡淡地摇了摇头。夜半之时，李斯怏怏告辞。韩非却说声且慢，从大柜中捧出一方竹匣郑重递给李斯，又肃然一躬道："此乃韩非毕生心血也，赠予秦王，敢请斯兄代转。"李斯惊愕愣怔地接过竹匣道："非兄！大作已成？"韩非点头道："正本足本，唯此一部。"李斯道："非兄不愿入秦，却将大作孤本呈献秦王，愿闻见教。"韩非道："我书非呈献也，赠予也。"李斯道："非兄不识秦王，却将秦王视作友人赠书，诚趣事也。"韩非冷冰冰道："韩非不识秦王其人，宁不识秦王之政乎！秦王为政，韩非引为知音。法行天下，韩非攘一臂之力，此天下大义也，识与不识何足道哉！"李斯不禁肃然一躬道："非兄胸怀见识，斯愧不能及矣！然我终不能解，非兄既引秦王为大道知音，又何敬而远之哉！"

韩非久久没有说话。

李斯只得告辞去了。

小内侍回报说，李斯走后，韩非孤魂般在后园林下游荡了整整一夜，一阵阵长哭一阵阵大笑，又一阵阵疯喊："天不爱韩，何生韩非于韩也！天若爱韩，何使术治当道也！天杀韩非，夫复何言！术亡韩国，夫复何言！"

凄然之下，韩安顾不得韩非冷脸，踏进了那座久违了的空旷庭院。

韩非已经没有气力拒绝韩安了，也没有气力对韩安做蔑视之色了。

相对终日，韩非只坐在草席上靠着书柜闭眼不言，苍白瘦削令人不忍卒睹。韩安一则唏嘘一则责难，非兄糊涂也！毕生大作拱手送与虎狼，岂是王族公子所为哉！韩非只哼了一声，连眼睛也没眨一下。韩安抹着眼泪追问韩非何以错失良机，不向李斯提说秦国罢兵存韩之大计？韩非依旧冷冷一哼，连眼睛也不眨。韩安情急，跺脚嚷嚷起来，非兄也非兄！非我即位不用你变法国策，用不了也！我欲用非兄为相，可宗室重臣勋旧元老家家死硬反对，教我如何是好？世族大臣有封地有钱粮，我能奈何！韩安的步子又碎又急，陀螺一般围着韩非打圈子。死死沉默的韩非终于爆发，甩着散乱的长发一阵吼叫，世族宗室里通外国！韩国耻辱！社稷耻辱！韩安拭泪叹息道，秦国挥金如土，三晋大臣哪个没受重金贿赂？

“蠹虫！一群蠹虫！”

韩非一声怒吼，颓然扑倒在案爬不起来了。

韩安急召太医救治。老太医诊脉之后禀报说，公子淤积过甚，肝火过盛，长久以往必致抑郁而死。韩安一阵唏嘘，抱着昏迷了的韩非大哭起来。其时，新郑的世族大臣已经寥寥无几，在国者也是惶惶不可终日，谁也顾不得咒骂追究韩非了，绕在韩安耳边聒噪的谋臣们也销声匿迹了。清冷孤寂的韩安闲得慌闷得慌，便日日看望韩非，指望韩非终究能在绝路之时为韩一谋。然则，韩非再也不说话了，连那忍无可忍的吼叫都没有了。

《史记·李斯列传》：“秦王乃拜斯为长史，听其计，阴遣谋士赍持金玉以游说诸侯。诸侯名士可下以财者，厚遗结之；不肯者，利剑刺之。离其君臣之计，秦王乃使其良将随其后。秦王拜斯为客卿。”秦人离间六国君臣之事干得不少，小说没有好好利用黑冰台这一题材。按此记载，拉拢诸侯名士，实是顺我者昌、逆我者亡的手法。小说爱写秦国阳谋，避写秦国阴谋，偏爱“大秦”。

“哀莫大于心死也。”

老太医一句嘟哝，韩安浑身一个激灵！

便在此时，可恶的秦国特使姚贾又高车驷马来了。姚贾向韩安郑重递交了秦王国书，敦请韩国许韩非入秦。韩安没有料到，秦王国书竟是前所未有的平和恭敬，说只要韩国许韩非入秦，秦韩恩怨或可从长计议。那一刻，韩安的心怦怦大跳起来，眼前陡然闪现一片灵光，韩国有救了！然则，韩安毕竟是天下术派名家，深知愈在此时愈不能喜形于色，遂淡淡一笑道：“敢问特使，若韩子不能入秦，又将如何？”

姚贾、顿弱四处活动。

“秦王有言：韩不用才便当放才，不放不用，有失天道！”

“秦王何知韩不用才？”

“韩国若能当即用韩子为相，另当别论。否则，暴殄天物！”

“也是秦王之言？”

“然也！”

秦国的胁迫是显然的。韩安的心下也是清楚的。韩安所需要的，正是胁迫之下不得已而为之的特定情势。韩国一不能用才，二不能变法，三又不能落下轻才慢士之恶名。更要紧者是韩国必须生存，而不能灭亡。当此之时，韩王安能有别一种选择么？一夜揣摩，韩安终于认定：韩非是挽救韩国的最后一根稻草，只要韩非力说秦王，必能使韩国安然无恙。如此思谋，韩安是有事实依据的：小小卫国之所以能在大国夹缝中安之若素，全部根基便在于秦国维护这个老诸侯；而秦国之所以维护卫国，根本原因便在于卫国是商鞅的故国，又是吕不韦的故国。韩安与六国君臣一样，虽然也常常百般咒骂秦王，可心下却都清楚秦王嬴政求贤若渴爱才如命，厚待功臣更为天下士人所渴慕。秦王敬仰商鞅，能将卫国置于秦国势力之下而不触动，何以不能因了韩非而维护韩国？对于韩非的分量，韩安还是明白的。韩安确信：只要韩非入秦，在秦王心目中定然是商鞅第二！韩非若能身居秦国枢要，秦王岂能不眷顾韩国？只要秦国眷顾韩国，岂不绝处逢生？如此存亡转机，父王一生求之不得，今日岂能放过？

韩安思谋清楚，一脸愁苦地走进了那座熟悉的庭院。

那间宽大清冷的寝室，弥漫着浓烈的草药气息。韩安一进屋便恭敬地捧起药盅，要亲手给韩非侍药。可那名衣衫破旧的老侍女却拦住了他，说公子一直拒绝用药，无论谁走到榻前都有大险。病人何险？分明你等怠慢公子！韩安一声怒斥，便要上前。吓得老侍女扑地跪倒抱住韩王连连叩头说，公子枕下有短剑，谁要他服药他便刺谁！韩安大惊，既然如此，何以满室药味？老侍女说，这是万不得已的法子，我等只有将草药泼洒地上，公子日日吸进药味，或能延缓公子性命。韩安一声长叹，搁下药盅轻步走近榻前，只见韩非双目微闭气息奄奄一副行将气绝之相，心下顿时冰凉。想到韩非若死韩国生路将断，韩安悲从中来，不禁扑地拜倒放声痛哭。

蓦然之间，韩非喉头咕的一声大响。

韩安没有抬头，哭得更是伤痛了。

“谁在哭，秦军灭韩了？”终于，韩非梦呓般说话了。

“韩国将亡！非兄救韩——”一声悲号，韩安昏倒过去。

及至老侍女将韩安救醒过来，韩非那双明澈的眼睛正幽幽扫视着韩安。韩安顾不得许多，又大声号啕起来，似乎立即又要哭死过去。韩非终于不耐，枯瘦的大手拍着榻栏愤愤然叹息道，自先祖韩厥立国，韩人素以节义闻名诸侯，曾几何时，子孙一摊烂泥也！可韩安依旧只是哭，无论韩非如何愤愤然讥刺，依旧只是哭。

“软骨头！有事说！哭个鸟！”韩非粗恶地暴怒了。

韩安心下大喜过望，抽抽搭搭止住哭声，万般悲戚地诉说了姚贾入秦胁迫韩国交出韩非的事，末了重重申明道：“非兄若去必是大祸，安何忍非兄入虎狼之口也！”说罢又是放声大哭。韩非却久久没有说话，对韩安的哭声浑然无觉。良久，韩非冷冷道：“我若入秦，韩国或可存之。”韩安猛然一个激灵，又立即号啕大哭道：“非兄不可！万万不可！韩国可以没有韩安，不能没有韩非也！安已决意，迁都南阳与秦军决一死战！”韩非淡淡一笑道：“危崖临渊，韩王犹自有术，出息也！”

韩安大是尴尬，止住了哭声却一时找不出说辞了。

“老韩衣冠，王室可有？”韩非突然一问。

“有！”

“老式韩车？”

“有！”

“好。韩非入秦。”

韩安实在没有料到，韩非答应得如此利落。当夜兴冲冲回宫，韩安立即下令少府、典衣、典冠[①]三署合力置备韩非车马衣饰。幸得韩国前代多有节用之君，老式物事多有存储，一日之间便整顿齐备。验看之时，少府却低声嘟哝了一句，又不是特使，如此老韩气象不是引火烧身么？韩安猛然醒悟，心下大是忐忑不安，遂连夜去见韩非，说老式衣车太过破旧有损公子气度。韩非却只冷冷一句，非韩衣韩车，不入秦！韩安只恐韩非借故拒绝，只好连连点头去了。

三日之后，韩安在新郑郊亭隆重地为韩非举行了饯行礼。

卯时，清晨的太阳跃出遥远的地平，照亮了苍茫大平原。一辆奇特的轺车辚辚独行，从新郑西门缓缓地出来了。这是韩国独有而战国之世已经很难见到的生铁轺车：车身灰黑粗糙，毫无青铜轺车的典雅高贵；生铁伞盖粗壮憨朴，恍如一顶丑陋的锅盖扣着小小车厢。韩国有天下最大的宜阳铁山，韩人先祖节用奋发，便以生铁替代本国稀缺的青铜造车，虽嫌粗朴，却是韩国一时奋发之象征。丑陋的铁片伞盖下挺身站着枯瘦高大的韩非，头戴一顶八寸白竹冠，身穿似蓝非蓝似黑非黑的一领粗麻大袍，与一身锦绣的

---

① 少府，韩官，掌国君私库。典衣，掌国君服饰。典冠，掌国君冠冕。

韩王人马几成古今之别。这般服饰,是最以节用闻名诸侯的韩昭侯的独创,也是老韩国奋发岁月的痕迹之一。如今韩非此车此衣而来,煌煌朝阳之下,直是一个作古先人复活了。

秦国特使姚贾已经早早等候在道边,不动声色地打量着奇特的轺车,丝毫看不出好恶之情。郊亭外的韩王安大觉刺眼,眉头皱成了一团,偷偷瞄得姚贾一眼,见这个倨傲的秦使并无特异怒色,这才快步迎了过来。姚贾微微一笑,也跟着迎了过来。

刮木嘎吱刺耳,笨重的生铁轺车终于咣当停稳。韩非下车,对要来殷殷搀扶的姚贾冷冷一瞥,大袖一挥径自走进了石亭。韩安尴尬地对姚贾一笑,作势请姚贾入亭。姚贾却一拱手爽朗道:"韩子离国,故人饯行,姚贾不宜,韩王自请可也。"韩安做出无奈的一笑,只好一个人走进了清冷的石亭。

韩安举起了铜爵:"非兄入秦,鲲鹏之志得偿也!干!"

韩非没有说话,一气猛然饮干。不待侍女动手,也不理会韩王,自己抱起酒坛咕咚咚斟满大爵又咕咚咚饮下。如是者三爵饮干,韩非长长一叹,看得韩安一眼,一拱手大步出亭。韩安面红耳赤,连忙赶上官道。韩非却连回望一眼也没有,嘭地一跺脚,那辆笨重的铁车已经咣当嘎吱地启动了。

韩非入秦,原为弱秦。因李斯向秦王建议,先取韩国以恐吓他国。于是派李斯出使韩国。韩王害怕,与韩非子共谋弱秦。韩非子之忠韩,天地可鉴。

三 《韩非子》深深震撼了年轻的秦王

"小高子,酒!"

赵高快步过来:"君上自律,夜来不饮酒的。"

"如此奇文,焉得无酒!"嬴政重重拍案。

旬日以来,书案旁堆起了五七只空荡荡的酒坛,大书房则始终弥漫着一片浓烈的酒香。嬴政就是这样时而拍案痛饮时而连连惊叹，昼夜不停如饥似渴地读完了厚厚三大本羊皮书。饶是如此，犹不尽兴。在读完羊皮书的当日暮色时分，嬴政漫步走进了那片胡杨林，在金红的落叶中徜徉一夜，时而高声吟诵时而冥思苦想，及至潇潇霜雾笼罩天地，嬴政才回到寝室扑上卧榻鼾声大起，直睡了三日三夜。

深深震撼嬴政者，是李斯带回来的《韩非子》。

嬴政博览群书，可没有一部书能给他如此说不清道不明的奇特感受。

读《商君书》，如同登上雄峻高峰一览群山之小，奔腾在胸中的是劈山开路奔向大道的决战决胜之心。读《吕氏春秋》，从遥远的洪荒之地一路走来，历代兴亡历历如在目前，兴衰典故宗宗如数家珍，不管你赞同也好不赞同也好，都会油然生出声声感喟。读《老子》，是对一种茫无边际的深邃智慧的摸索，可能洞见一片奇异的珍宝，也可能捞起一根无用的稻草；仿佛一尊汪洋中的奇石，有人将它看作万仞高峰，也有人将它看作舒心的靠枕，有人将它看作神兵利器，也有人将它看作清心药石；然则无论你如何揣摩，它的灵魂都笼罩在无边无际的神秘之中，使你生出一种面对智者的庸常与渺小。读《庄子》，一种玄妙一种洒脱一种旷远一种出神入化一种海市蜃楼一种生死浑然，随着心境变幻莫测地萦绕着你，你可以啧啧感叹万里高飞却不知去向的鲲鹏，也可以愤然鄙夷叽叽喳喳而实实在在的蓬间雀，然终归惶惶不知自己究竟为何物？读《墨子》，如同暗夜走近熊熊篝火，使人通身发热，恨不能立即融化为一团烈焰一口利剑，焚烧自己而廓清浊世。《孟子》是一种滔滔雄辩，其衰朽的政见使人窝心，其辞章之讲究却使人快意。《论语》是支离破碎而又诚实坦率的一则则告诫，一则则评点，若是你不欲复古，纵然全部精读完毕，你也不知道自己该当如何在这个大争之世立身。《荀子》是公允的法官，疑难者或可在其中找到判词，无事读之则很难领悟其真髓。《公孙龙子》是巧思奇辩，其说谐趣，其智过人，纵然不服亦可大笑清心不亦乐乎……

只有《韩非子》，使人无法确切地诉说自己、反观自己。

嬴政已经大体廓清了《韩非子》概貌，唯其如此，万般感慨。

年轻的秦王认定，《韩非子》无疑将成为传之千古的法家巨作。这部新派法家大书前所未有地博大渊深，初读之下难以揣摩其精华所在，精读之后方能领略其坚不可摧。从根本处着眼，《韩非子》最大的不同，是将法家三治（法治、术治、势治）熔于一炉而重新构筑出一个宏大的法家学阵。对于以商鞅为轴心的法治派，《韩非子》一如《商君书》明晰坚定,除了更为具体,倒看不出有何新创。这一点,很令景仰商鞅的年轻秦王欣慰,认定韩非是继商鞅之后最大的法家正宗。若非如此,很可能这个年轻的秦王是不会读完《韩非子》的。

《韩非子》才是秦王政的真正宝典。

韩非之出新,在于将术治、势治纳入了法家治道而重新锻铸,使法治之学扩大为前所未有的"三治法家",事实上成为战国新法家大师。法、术、势三说,此前皆有渊源:法治说以李悝商鞅为最显,术治说以申不害为最显,势治说以慎到为最显。在战国诸子百家的眼中,法、术、势三治说虽有不同,但其根本点是相同的,这便是以承认法治为根基。唯其如此,战国之世将法术势三说视为互联互生的一体,统呼之为法家。然则,这种笼统定名,却不能使法家群体认同。在法家之中,三说之区隔是很清楚的,谁也不会将法、术、势混为一谈。可以说,法家事实上有三个派别,而且是很难相互融合的三个派别。

唯其如此,韩非融三派为一家,使通晓法家的年轻秦王惊叹不已!

《韩非子》搭建的新法家框架是:势治为根,法治为轴,术治为察。

先说势治。势者,人在权力框架中的居位也。位高则重,位卑则轻,是谓势也。自古治道经典,无不将"势"明确看作权位。《尚书·君陈》云:"无依势作威。"这个势,便是权位。法家言势,则明确指向国君的权位,也就是国家最高权力。慎到之所以将势治作为法治精要,其基本理念推演是:最高权力是一切治权的出发点,没有权力运行,则不能治理国家;权力又是律法政令的源头,更是行法的依据力量;没有最高权力,任何治道的实施都无从谈起,是谓无势不成治。所以,运用最高权力行使法治,被势治派看作最根本的治道。

《慎子》云："尧为匹夫，不能治三人。而桀为天子，能乱天下。吾以此知势位之足恃，而贤智之不足慕也……尧教于隶属（治陶工匠）而民不听，至于南面而王天下，令则行，禁则止。由是观之，贤智未足以服众，而势位足以屈贤者也。"慎到之势说不可谓不透彻，但因不能透彻论证权力与法治的关系而大显漏洞。一个最大的尴尬便是，诸多堪称贤明勤政的国君权力在手，却依旧不能治理好国家。正是为此，李悝、商鞅等重法之士应时而生，将国家治道之根本定位为法治，认为法律一旦确立，便具有最高权力不能撼动的地位，所谓举国一法、唯法是从，皆此意也。韩非之新，在于承认"势"是法治之源头条件，却又清醒地认为，仅仅依靠"势位"不足以明法治国，必须将势与法结合起来，才能使国家大治。

《韩非子·难势》云："夫势者，非能必使贤者用己而不肖者不用己也。贤者用之，则天下治。不肖者用之，则天下乱……以势乱天下者多矣，以势治天下者寡矣！……势之于治乱，本末有位也，而语专言势之足以治天下者，则其智之所至者浅矣！"

嬴政很为韩非的评判所折服。

但是，嬴政最为激赏的，还是《韩非子》诘难势说的矛盾故事。

韩非说，专言势治者云：尧舜得势而治，桀纣得势而乱，故势治为本也。果然如此，其论则必成两端：尧舜拥势，虽十桀十纣不能乱；桀纣拥势，虽十尧十舜不能治。如此，究竟是凭人得治，还是凭势得治？凭势得治么，暴君拥势则圣贤不能治。凭人而治么，圣贤无势而天下照乱。诘难之后，《韩非子》说了一个故事：人有卖矛卖盾者，鼓吹其盾之坚"物莫能陷也"，俄而又鼓吹其矛之利"物无不陷也"；有市人过来说："以子之矛，陷子之盾，何如？"卖者遂尴尬不能应也。《韩非子》结论云："贤、势之不相容明矣，此矛盾之说也！"

"睿智犀利而谐趣横生，其才罕见矣！"嬴政拍案大笑。

"所言至当！势治过甚，与人治无异也！"嬴政批下了自己的评判。

再说术治。术者，寻常泛说之为技巧也方法也。然则，法家所言之术，却是治吏之道，是谓术治。战国之世，术治说由申不害执牛耳，被天下看作与商鞅法治说并立的法家派别。申不害术治说的理念根基在于：无论是势还是法，都得由人群来制定推行；这个人群，便是君王所统领的臣下；若君王驾驭群臣得法，律法政令便能顺利推行，否则天下无治；所以，治道之本在统领臣下之术治。显然，申不害术治说也是偏颇的，漏洞也很明显。一个最大的尴尬是:国家若不变更旧法(根基是不废除实封制),而唯重吏治整肃,便不能根除奸宄丛生腐败迭起的痼疾,国家始终不能真正强盛。齐国如此,韩国更如此。

《韩非子》严词诘难申不害的术治说及其在韩国的实践。

"韩国法令庞杂,故晋国之旧法与新法并行。申不害不擅其法,不一其宪令,故奸邪必多。贵胄之利在旧法,则以旧法行事;官吏之利在新法,则以新法行事;其利若在旧法新法之相悖(冲突),则巧言诡辩以钻法令之空隙。如此,申不害虽十使昭侯用术,而奸佞丛生也!故托万乘之劲韩,七十年而不至于霸王者,用术于上、法不勤修之患也!"①

基于申不害给韩国留下的术治传统危害极大,也基于韩非自己对术治的冷静评判,韩非对"术"作了严格定义:"术者,因任而授官、循名而责实、操杀生之柄、课群臣之能者也。"②用今人话语说,术治便是用人制度与问责制度的运用法则。所以,韩非倡导的术治绝不是简单的权谋之术,尽管它也包括了权谋之术。

嬴政最为赞叹的是,韩非没有因纳术入法而轻法,而是将术与法看作缺一不可的治国大道。有人问,法治术治何者更重?韩非答曰:"此犹衣食之孰重孰轻,不可无一也,皆养生之具也。人不食,十日则死。大寒之隆,不衣亦死……君无术则弊于上,臣无法则乱于下。此不可一无,皆帝王之具也!"③

从九岁起,嬴政便是秦国太子。从十三岁起,嬴政便是秦国之王。从二十二岁起,嬴政便成了天下第一强国的亲政君王。其间风雨险恶不可胜数,对君王不可或缺的正当权谋体味尤深,可谓烙印在心刻刻不忘。为此,嬴政对《韩非子》所阐释的术治新说深有同感。读《定法》之时,嬴政连饮三大爵凛冽老酒,慨然拍案道:"如此术治,宁非与法治共生也!韩子大哉!"

最令嬴政感奋不能自已者,还是韩非的《孤愤》篇。

韩非之《孤愤》,不是诉说自己的孤独,不是宣泄一己的愤懑,而是为天下变法之士的命运愤然呼号。嬴政记得,初读《孤愤》时一身冷汗,眼前梦魇般浮现出翻翻滚滚的惨烈场景,车裂商君的刑场尸骨横飞鲜血遍地,浑身插满暗箭的吴起倒在血泊灵堂,浴血城头将长剑插进自己腹中的申不害,刺客刀尖闪亮苏秦颓然倒地,形容枯槁的赵武灵王

①②③ 均见《韩非子·定法》,小说引用时做了归纳,而非原文。

正疯子一般地撕裂吞咽着掏来的幼鸟，嘴角还淌着一缕鲜红的血……

“昭昭《孤愤》，志士请命书也！”更深人静，嬴政慨然拍案。

《孤愤》没有罗列一个血案，却令人惊悚，令人惕然。根本处，在于《孤愤》以无与伦比的洞察力烛照了变法志士无法避免的悲剧命运，将血腥的未来赤裸裸铺陈开来给芸芸众生浏览，冷森森地宣示了变法家的血泊之路。行法牺牲者的命运，韩非是一层层揭开的：

首先，变法之士的秉性与使命，决定了必然与当道贵胄势成不共戴天。“智术之士，必远见而明察，不明察，不能烛私。能法之士，必强毅而劲直，不劲直，不能矫奸。……智术之士明察，听用（一旦任职），则烛重人（当道权臣）之阴情。能法之士劲直，听用，则矫重人之奸行。故智术能法之士用，则贵重之臣必在绳（朝纲）之外矣！是，智法之士与当道之人，不可两存之仇也！”

其次，当道旧势力拥有既成的种种优势，变法之士则是先天劣势。《孤愤》一一列出了当道者的基本优势，谓之四助五胜。四助是：诸侯之助，群臣之助，君王近臣之助，门客学士之助。之所以有此四助，根由是：“当道者擅枢要，则内外为之用。”有权力结交诸侯，有权力决定群臣利益分配，与君王之近臣内侍利害相关，有权力财力给士人门客以养禄，故有这四种助力。五胜是：一为官爵贵重，二为朋党众多，三为得朝臣多数，四为国人多趋于传统而一国为之讼（辩护）；五为得君王爱信。与当道者相比，变法之士却是五不胜：一官爵低（处势卑贱），二无党附（无党孤特），三朝野居少数（反主意与同好争，一口与一国争），四缺乏故交根基（新旅与习故争），五与君王及其亲信疏远（疏远与近爱信争）。

其三，如此态势之下，变法之士的命运结局必然是走上祭坛做牺牲。“资（根基）必不胜，而势不两存，法术之士焉得不危？其可以罪过诬者，以公法诛之！其不可以被以罪过者，以私剑（刺客）穷之！是明法而逆主上者，不戮于吏诛，必死于私剑矣！”这是韩非最为冷酷的预言。变法志士只要违背传统势力之利益（逆主上），只有两种结局——不死于公法（世族贵胄以祖制问罪），必死于私剑（刺客）。

其四，变法之士必为牺牲，然变法之士死不旋踵代有人出。韩非清醒地看到了变法之壮烈，揭示了这种壮烈的根本缘由。变法之士者，生命之大勇大智者也，宁变法而死，也不愿为腐朽将亡之邦殉葬。“与死人同病者，不可生也！与亡国同事者，不可存也！今袭迹于齐晋，欲国安存，不可得也！”

最后,《孤愤》对君王提出了冷峻的警告。变法之难,要在君主,君主不明,国之不亡者鲜矣!变法之士,孤存孤战。基于此,韩非告诫欲图变法之君王,该当如何认识并保护变法之士。其最要紧的有两条:一则,不与左右亲信议论变法之士,更不能凭亲信议论评判变法之士。“修士(人品高尚之士)不以货赂事人,恃其精洁,更不以枉法为治……人主左右求索不得,货赂不至,则精辩之功息而毁诬之言起矣!治乱之功制于近习,精洁之行决于毁誉,则修治之吏废。听左右近习之言,则无能之士在廷,而愚污之吏处官矣!”二则,君主与权臣的利害不同,君主一定要明察权臣朋党用私、杜绝贤路、惑主败法之罪行,否则无以变法。“主有大失于上,臣有大罪于下,索国之不亡者,不可得也!”

昭昭《孤愤》,变法家牺牲之祭文也!

烈烈《孤愤》,变法家命运预言书也!

皆引述《韩非子》,具体不赘述。法、术、势合而为一,正是秦王政梦寐以求的统治之道。

这便是韩非,在那剧烈动荡的大争时世,自囚深居而思通万里烛照天下,将鲜为世人所知的种种权力奥秘与政治黑幕化为皇皇阳谋,陈列于光天化日之下,成为权力场运行的永恒铁则。一部《韩非子》,使古往今来之一切权力学说与政治学说相形见绌,直是人类文明之绝无仅有也!即或后世西方极为推崇的马基雅维里之《君主论》,也远远不可与其比肩而立。其深刻明彻,其冷峻峭拔,其雄奇森严,其激越犀利,其狰狞诡谲,其神秘灵异,其华彩雄辩,其生动谐趣,无不成为那座文明高峰的天才丰碑,无不成为那个时代的学养旗帜。《韩非子》之命运,如同其《孤愤》所揭示的变法家的命运一样:在一个变法为主流的时代,他是焚毁黑暗的熊熊火把;在迂阔守成的时代,他却被传统学派一代又一代地诅咒着谩骂着,不能以公法灭其学,则必以口诛笔伐追诬其人,追诛其心。然则,不管如何咒骂,《韩非子》都始终是权力场中无以替代的法则，一切当道者都得悄悄地按照其法则运行。后世有学人冯振，曾云："《韩非子》乃药石中烈者，沉疴痼疾，非此不救；用之不当，立可杀人！虽知医者，凛凛乎其慎之！"这是后话。

那一夜，嬴政不能安眠，老酒一爵爵地饮，浑然不知其味。

五更鸡鸣，嬴政长吁一声："嗟乎！得见此人与之游，死不恨矣！"

《史记·老子韩非列传》："人或传其书至秦。秦王见《孤愤》、《五蠹》之书，曰：'嗟乎，寡人得见此人与之游，死不恨矣！'李斯曰：'此韩非之所著书也。'秦因急攻韩。韩王始不用非，及急，乃遣非使秦。秦王悦之，未信用。"秦王见了这个书，举兵讨之，"规格"之高，无几人能"享"。但秦王见了韩非子之后，"未信用"，可知韩非子未能让秦王一见"倾心"。但至少始皇帝是真正读懂了《韩非子》的帝王。韩非子之帝王术，何其霸道。

次日清晨，嬴政立即召来李斯与姚贾，事由只一句话："无论何法，务求韩非入秦。"两人一阵思忖，李斯提出自己出使韩国力邀韩非，姚贾却不以为然。姚贾说："韩非能否入秦，既在韩非，更在韩王。姚贾知韩甚深，对韩非亦有种种查勘。姚贾以为，若以求贤之心邀韩非，韩非必然拒绝；只有以威势压韩王，以韩王压韩非，韩非或可入秦。长史入韩，着力处只能是韩非，对韩王这般谋术成癖之小人国君，只怕力有不逮也！"李斯笑道："韩王固小人也，足下何以克之？"姚贾答曰："善术之小人，唯认威慑，岂有他哉！"李斯又笑道："足下安知李斯无威慑韩王之才？"姚贾道："尺有所短，寸有所长。我观长史，大才长策之士也，然对卑劣小人却不擅应对。如此而已。"李斯对秦王一拱手道："姚贾此说，臣无异议，但凭君上决断。"嬴政当即拍案决断：姚贾使韩，务求韩非尽快入秦。

四 天生大道之才 何无天下之心哉

李斯自知不如韩非子。善著书立说，并不代表善施政，韩非子即使不被李斯、姚贾设计害死，也未必能威胁到李斯的地位。

蓦然之间，李斯的心头很不是滋味。

得姚贾快报，秦王本欲亲自到函谷关隆重迎候韩非，可是被王绾劝阻了。王绾的理由很简单："秦为奉法之国。王迎三舍，为敬才之最高礼仪。今王为韩非一人破法开例，后续难为也！”嬴政虽被遏制了兴头，还是悻悻地改变了铺排，改派李斯带驷马王车赶赴函谷关迎接韩非，自己则在咸阳东门外三舍（三十里）之地为之洗尘。

李斯连夜东去，于次日清晨正好在关外接住了韩非。李斯记得很清楚，车马大队一到眼前，他立即嗅到了一种奇异的冷冰冰的气息。车马辚辚旌旗猎猎，出使吏员个个木然无声，全然没有完成重大使命之后的轻快奋发。姚贾下车快步赶来，眉头大皱一脸沮丧。韩非则是一身粗麻蓝袍，一辆老式铁车，冷冰冰无动于衷，怪诞粗土犹如鸡立鹤群。姚贾对李斯只悄悄说了一句：“此公难侍候，小心。”再没了话说。李斯并没在意姚贾的嘟哝，遥遥拱手大笑，兴致勃勃地过去请韩非换乘秦王的驷马王车。不料，韩非仿佛不认识他这个同窗学兄一般，只冷冰冰回了一句：“韩车韩衣，韩人本色。”便没了下文。李斯愣怔片刻，依旧朗声笑语，特意说明驷马王车可载四人，可在午时之前赶到咸阳，不误秦王三舍郊迎的洗尘大礼。韩非还是冷冰冰一句：“不敢当也。”又没了话语。素有理事之能的李斯，面对韩非这般陌生如同路人的冷硬同窗，一时手足无措了。李斯素知韩非善为人敌之秉性，他要执拗，任是你软硬无辙。思忖片刻，李斯与姚贾低声会商几句，姚贾飞马先回了咸阳。李斯这才放下心来周旋，邀韩非下车在关外酒肆先行聚饮压饥，可韩非只摇摇头说声不饿，便扶着锅盖般的铁伞盖柱子打起了鼾声。

韩非原为弱秦而来。以韩非子的这般性格，倒真不适合周旋之道，他著书立说就对了。

无奈之下，李斯只好下令车马起程。韩式老车不耐颠簸，只能常速走马。若还是当年苍山学馆，李斯治韩非这种牛角尖脾性的法子层出不穷。可如今不行，李斯身为大臣，非但不能计较韩非，还得代秦王尽国家敬贤之道。韩非不上王车，李斯自然也不能上王车。为说话方便，李斯也不坐自己的轺车,索性换骑一马在韩非铁车旁走马相陪。一路走来,李斯滔滔不绝地给韩非指点讲述秦国的种种变化。纵然韩非沉默如铁,李斯也始终没有停止勃勃奋发的叙说。韩非坚执要常行入秦,要晓行夜宿。如此四百多里地下来,走了整整四日有半。其间,姚贾派快马送来一书,说秦王已经取消三舍郊迎,教李斯但依韩非而行。李斯接书,心下稍安,那种不是滋味的滋味却更浓了。

暗藏杀机矣!

抵达咸阳,李斯声音已经嘶哑,嘴唇已经干裂出血了。

当晚,秦王嬴政本欲为韩非举行盛大的洗尘宴会,见李斯如此疲惫病态,立即下令延缓洗尘大宴。可李斯坚执不赞同,说不能因自己一人而有失秦国敬贤法统,当即奋然起身去接韩非。又是没有料到,韩非在走出驿馆大门踏上老式铁车的时候却骤然昏倒了。老太医诊脉,说此人食水长期不佳,久缺睡眠,又积虑过甚心神火燥,非调养月余不能恢复。于是,大宴临时取消,兴致勃勃聚来的大臣们悻悻散去,纷纷议论这个韩非不可思议。如此几经周折,大咸阳的韩子热渐渐冷却了下去。

在韩非医治期间,秦王嬴政特意召集了一次小朝会。

朝会的主旨是商讨《韩非子》。与会者仅有王绾、尉缭、李斯、郑国、蒙恬、姚贾等知韩大臣六人。蒙恬是被从九原边城紧急召回的。王绾、李斯本不赞同召回蒙恬。秦王却说,蒙恬善为人友,又与韩非有少年之交,或可有用;能使韩非真正融入秦国,无论付出何种代价都值得。王绾李斯没有话说了。朝会开始,嬴政开门见山:“韩非大作问世,韩非入秦,都是天下大事。今日先议韩非大作,诸位如何评判其效用,但说无妨。”

“韩非之事,在人不在书。”丞相王绾第一个开口,“韩非大作,新法家经典无疑也!然则臣观韩非,似缺法家名士之胸襟。是以臣以为,韩非其人,当与韩非之书做两论。”

“似缺法家名士之胸襟,此话怎讲?”嬴政皱着眉头问了一句。

王绾道:“法家名士之胸襟,天下之心也,华夏情怀也!华夏自来同种,春秋战国诸侯分治,原非真正之异族国家分治,其势必将一统。唯其如此,自来华夏名士,不囿于邦国成见,而以天下为己任,以推进天下尽速融会一统为己任。唯其如此,战国求贤不避邦国,唯才而用也!然,韩非似拘泥邦国成见太过,臣恐其不能脱孤忠之心,以致难以融入秦国。”

借各大臣之口评价韩非子。

“老夫赞同。韩非有伯夷、叔齐之相。”很少说话的尉缭跟了一句。

“能么!”嬴政颇显烦躁地拍着书案道,“伯夷、叔齐孤忠商纣,何其迂腐!韩子桀桀大才,若如此迂阔,岂非自矛自盾?”

“老臣原本韩人,似不必多言,然又不得不言。”老郑国笃笃点着那根永不离手的探水铁尺道,“韩非之书,老臣感佩无以复加。然则,韩非世代王族贵胄,自荀子门下归韩,终韩桓惠王腐朽一世而不思离韩,其孤忠一可见也!其间三上强韩书,皆泥牛入海,仍不思离韩,其孤忠二可见也!老臣被韩国谋术做牺牲,不得已入秦又不得已留秦,融合之艰难唯有天知。韩非在韩论及老臣,却是鄙夷之情有加……韩非之心,不可解也!”

郑国老水工之正直坦荡有口皆碑,偌大的东偏殿一时默然。

“说书不说人!”秦王又烦躁拍案,“其人如何,后看事实。”

李斯不得不说话了:“韩非与斯,同馆之学兄弟也。韩非才华盖于当世,臣自愧不如也。若以其文论之,李斯以为:韩非大作不可作治学之文评判高下,而须当作为政之道评判,方可见其得失。”

“两者兼评，有何不可？”嬴政又是莫名其妙地烦躁。

李斯道：“以治学之作论，《韩非子》探究古今治乱，雄括四海学问，对种种治国之学精研评判，对法家之学总纳百川而集为大成。自今而后，言法必读《韩非子》，势在必然。韩子之大作，将与《商君书》一道，成就法家两座丰碑。”

“以治国之道论，又当如何？”嬴政急切一问。

“臣三读《韩非子》，不如君上揣摩透彻。”李斯心知秦王必昼夜精读《韩非子》，且已经有了难以改变的定见，先谦逊一句而后道，“然则，以治国之道论，《韩非子》有持法不坚之疑，有偏重权谋之向。此点，与《商君书》大为不同也。《商君书》唯法是从，反对法外行权，权外弄术。此所以孝公商君两强无猜而精诚如一也，此所以大秦百余年国中无大乱也！《韩非子》书以权限法，以术为途，法典政令可能沦为权力之工具。如此，名为法术势相互制约，实则法治威力大大减弱。果真如此，法治堪忧也。”

“李斯之论，诸位以为如何？”嬴政叩着书案看了看蒙恬。

风尘仆仆的蒙恬已经变成了黝黑壮健的军旅壮士，昔年之俊秀风采荡然无存。迎着嬴政的眼神，蒙恬神色肃然地一拱手道：“臣读《韩非子》，只在昨日赶回咸阳之后，要说也只能是即时之感。臣夜读《韩非子》，其八奸、六反、七术，疑诏诡使、挟知而问、倒言反事、修枝剪叶等等，权术之运用细密，臣一时竟有毛骨悚然之感……韩非一生未曾领政，更未亲身变法，竟然能对权力政事如此深彻洞察，对诡谲权术如此精熟，种种论断如同巫师之预言，使人戒之惧之！蒙恬以为：君臣同治，唯守之于法，待之以诚。若如韩非兄所言，君臣之间机谋百出，国家岂有安宁之日？君臣岂有相得之情？至少，韩非兄看重权术，于韩国谋术传统浸染过甚，不可取也……”蒙恬说得很艰难，末了一声叹息道，“想昔年

蒙恬之语，最为中肯。《韩非子》读之，确实有毛骨悚然之感。若法、术、势真正合而为一，天下不仅皆为其虏，黔首再无喘气的可能。礼治是杀人不见血，韩非子是刀刀见血。国人深受术、势之害，至今未反省。

兰陵学馆之时，韩非兄何其诚朴天籁之性，不想今日一别未逢，其书竟使人惶惶不知所以也！”蒙恬性慧而端严，向不随意臧否人物。今日，蒙恬如此沉痛地评判韩非大作，可谓前所未见。大臣们不说话，嬴政也罕见地板着脸不说话，气氛一时颇显难堪。

尉缭不意一笑：“姚贾入韩迎韩，宁做哑口？”

“姚贾说话。”嬴政黑着脸拍案一句。

“臣……无话可说。”姚贾脸色更是难看。

“此话何意？”嬴政凌厉的目光突然直视姚贾。

“君上！臣窝囊也！”姚贾猛然扑拜在地失声痛哭。

“有事尽说，大丈夫儿女相好看么？”

“臣姚贾启禀君上。”姚贾猛然挺直身子，一抹泪水一拱手，“臣奉王命出使天下诸侯，无得受韩非之辱也！臣迎韩子，敬若天神，不敢失秦国敬士法度。一路行来，韩非处处冷面刁难，起居住行无不反其道而行之。纵然如此，臣依然恭敬执礼，顺从其心，以致路途耽延多日。更有姚贾不堪其辱者，韩非动辄当众指斥臣为大梁监门子，曾为盗贼，入赵被逐！一次两次还则罢了，偏偏他每遇臣请教起居行路，都是冷冰冰一句，‘韩非不与监门子语也！’臣羞愤难言，又得自行揣摩其心决断行止。稍有不合，韩非便公然高声指斥，‘贱者愚也，竟为国使，秦有眼无珠也！’……臣纵出身卑贱，亦有人之尊严！人之颜面无存，何有国使尊严！韩非如此以贵胄之身辱没姚贾，对姚贾乎！对秦国乎！”

韩非子说话估计也非常刻薄，据《战国策·秦策五》，“韩非短之，曰：‘贾以珍珠重宝南使荆、吴，北使燕、代之间三年，四国之交未必合也，而珍珠重宝尽于内，是贾以王之权、国之宝，外自交于诸侯，愿王察之。且梁监门子，尝盗于梁、臣于赵而逐。取世监门子、梁之大盗、赵之逐臣，与同知社稷之计，非所以厉群臣也。’”由这段话也可看出韩非子的性格，得理不饶人，刻薄少恩，骂姚贾之语，无异于破口大骂。难怪李斯与姚贾都不喜欢韩非子，害之，并不完全因为是嫉妒其才华。

姚贾是少有的邦交能才，利口不让昔年张仪，斡旋列国游刃有余，素为风发之士，今日愤激涕零嘶吼连声，其势大有任杀任剐之心，显然是积郁已久忍无可忍了。大臣们谁也想不到一个国使竟能在韩非面前如此境遇，一时人人惊愕无言了。

“散散散！”嬴政连连拍案，霍然起身拂袖而去。

谁也没见过年轻的秦王在朝会失态，几位重臣你看我我看你，一时不知所措了。最后还是李斯说话：“秦王看重韩非，我等亦为国谋。皆为秦也，无须上心。我意，上将军能否借探病为由，与韩非兄深彻一谈。毕竟，韩非兄融合于秦，国之大幸也！”几位重臣自然深知李斯之意：蒙恬与秦王与韩非皆有少交，两厢无碍，自然是说动韩非的最佳人选。所以，李斯话方落点，几位大臣一口声赞同。不想蒙恬却皱眉摇头道：“韩非此来，深谋之相，只怕他铁口不开，你却奈何？”尉缭笑道：“他开不开口不打紧，只要你说得进他心，其后形迹必见，何求其开口允诺？”众人连连点头，只有姚贾冷冷一笑道：“诸位大人，韩非之怪诞秉性世所罕见，上将军尽心而已，莫存奢望！”蒙恬默然良久，终于点了点头。

三日之后，蒙恬来见李斯，只长吁一声：“人心之变，宁如此哉！”

“他没开口？”

“何止没开口，直不认识蒙恬也！”

李斯的心，真正的不是滋味了。

一月之后，为韩非洗尘的国宴终于举行了。

嬴政历来厌恶繁文缛节，为一士而行国宴，可谓前所未有。那日，咸阳在国大臣悉数出席济济一堂，韩非座案与秦王嬴政遥遥相对，是至尊国宾位置。韩非还是那一身老式韩服，粗麻蓝布大袍，一顶白竹高冠，寒素冷峻不苟言笑。秦国官风朴实，大臣常衣原本粗简。然则今日不同，素有敬士国风的秦国大臣们都将最为郑重的功勋冠服穿戴上身，以对大贤入秦显示最高敬意，整个大殿皇皇华彩。如此比照，韩非又是鸡立鹤群，格格不入。虽则如此，嬴政还是浑然无觉，精神焕发地主持了国宴，处处对韩非显示了最大的恭敬。

诸般礼数一过，嬴政起身走到韩非座案前深深一躬道：“先生雄文烛照黑暗，必将光耀史册。今幸蒙先生入秦，尚望赐教于嬴政。”韩非目光一阵闪烁，在座中一拱手，奇特的吟诵之声便在殿中荡开：“韩非治学，二十年而成书，正本未布天下，唯赠秦王也。秦国若能依商君秦法为本，三治合一，广行法治于天下三代以上，则中国万幸，华夏万幸，我民万幸，法家万幸也！”

年轻的秦王深深一躬：“先生心怀天下，嬴政谨受教。”

“韩子心怀天下！万岁！”

举殿一声欢呼，开始的些许尴尬一扫而去。长平大战之后，秦人的天下情怀日渐凝成风气，评判大才的尺度也自然而然由秦孝公时的唯才是重演变为胸襟才具并重了。胸襟者，天下之心也。战国之世名士辈出，身具大才而其心囚于本国偏见者亦大有人在。楚国屈原是也，赵国廉颇蔺相如是也，齐国鲁仲连田单是也，魏国之毛公薛公是也，王族名士如四大公子者（信陵君、孟尝君、平原君、春申君）是也。唯其如此，身具大才而是否同时具有天下胸襟，便在事实上成为名士是否能够真正摒弃腐朽的本土之邦而选择天下功业的精神根基。当然，依据千百年的尚忠传统，秦人也极其推崇这些忠于本土之邦的英雄名士。然则，百年强盛之后，秦国朝野已经日渐清晰坚定地以天下为己任，自然更为期盼那些具有天下胸襟的大才名士融进秦国。明乎此，秦国大臣们不计韩非之种种寡合，而骤然为韩非感奋欢呼，便不足为奇了。

“韩子与秦王神交也！干！”尉缭兴奋地举起了大爵。

“足下差矣！韩非不识秦王，唯识秦政。”韩非冷冷一句。

“秦政秦王，原本一体，韩子谐趣也！”

素有邦交急智的姚贾一句笑语补上，大殿的倏忽惊愕冷清又倏忽在一片笑声中和谐起来，略显难堪的尉缭也连连点头。不料，韩非的冷峻吟诵又突兀而起：“韩非自有本心，无须姚贾以邦交辞令混淆也！”虽然只一句，整个大殿却骤然静了下来，大臣们的目光一齐聚向了韩非。以天下公认的礼仪，韩非此举大大失礼，不识人敬。名士大家如此计较，不惜给好心圆场者如此难堪，秦国大臣们不由不惊诧非常。

“先生有话，但说无妨。”年轻秦王在对面一脸笑意遥遥拱手。

“说难。”韩非淡淡两字。

“但怀坦诚，说之何难？”秦王拍案大笑。

“秦王乏察奸之术，任姚贾为邦交重臣，韩非深以为憾也！”

“姚贾何以为奸？先生明示。”

举殿如寂然幽谷，只回响着韩非的冷峻吟诵：“姚贾携重金出使，暗结六国大臣，名为秦国邦交，实则聚结私党。秦国一旦有变，安知其人不会外结重兵，压来咸阳？且姚贾者，大梁监门子也，屡在大梁为盗，后入赵国求官又被驱逐。卑贱者，心野。此等为山东所弃之不肖，秦王竟任为重臣，尝不计嫪毒之乱乎！”

韩非片言如秋风过林，整个大殿顿时萧瑟肃杀。且不说以山东流言公然指斥大臣，便是有违秦法，最令大臣们惊愕的是，韩非将出身卑微的布衣之士一律视作卑贱者心野。百余年来，山东入秦名士十之八九为平民布衣。便说目前一班新锐，王绾李斯王翦郑国姚贾顿弱以及数不清的实权大吏，哪个不是出身寒微的布衣之士？如此一言以蔽之，谁个心头不是冷风飕飕？更有甚者，韩非竟以人人不齿的嫪毐之乱比姚贾野心，非但寒众人之心，犹伤秦王颜面。秦国朝野谁人不知，秦王将嫪毐之乱视作国耻，还记载进了国史，韩非此举，岂非存心使秦王难堪？君受辱而臣不容，此乃千古君臣之道。蔺相如正是在秦昭王面前宁死捍卫赵王尊严而名扬天下，如今秦国大臣济济一堂而韩非如此发难，秦国大臣们焉能不一齐黑脸？

"韩子之言，大失风范！"老成持重的王翦第一个挺身拍案。

"少安毋躁。"年轻的秦王突然插断，大笑着离案起身，走到韩非案前又是深深一躬，"先生入秦初谋，即显铮铮本色，嬴政谨受教。"韩非不见秦王发作，一时竟愣怔无话。便在此际，秦王转身高声道，"今日大宴已罢，诸位各安各事，长史代本王礼送先生。"说罢又对韩非一拱手，"嬴政改日拜望先生。"径自转身大步去了。

一场前所未有的敬士国宴，如此这般告结了。

> 韩非子是学问家，不是政治家。能著书立说，但不能践于行。

将韩非送到驿馆，李斯心绪如同乱麻。韩非鄙视布衣之言使他倍感寒心，蓦然想到当年兰陵同居一舍时韩非的种种不屑之辞皆源出此等贵胄世俗之心，不禁更是愤愤酸楚。然则李斯已经是枢要大臣，不得不尽国礼，只好怦怦心跳着笑脸周旋，要与韩非做畅谈长夜饮。不料韩非却淡淡笑道："斯兄，韩非不得已也，得罪了……韩非入秦，你我同窗之谊尽

> 这段写得好。韩非子出身高贵，李斯出身低贱，李斯内心郁闷，确实在所难免。

矣！夫复何言？”说罢转身进了寝室，随手又重重地关了门。李斯分明看见了韩非眼中的莹莹泪光，心头又是一阵怦怦大跳，思绪乱得没了头绪。如此便走，韩非有事如何得了？守在这里，尴尬枯坐一夜，岂非传为笑谈？蓦然想起原本是姚贾安置接待韩非，便连忙派驿丞找来姚贾商议。姚贾一见李斯便一阵大笑道：“其实也，我早赶到驿馆了。长史只管去忙，一切有姚贾。”见姚贾全然没事反倒开心如此，李斯倒是疑惑着不敢走了。姚贾道：“长史但去，姚贾做的便是这号恶水差使，支应得了，保韩子无事。”李斯茫然道：“你，你当真不忌恨韩子？”姚贾又是一阵大笑道：“韩子暗中辱我一人，姚贾有恨！韩子今日明骂，姚贾只有谢恩之心，何有恨也！”李斯还是一片茫然，却也放心下来，终于踽踽去了。

那一夜，李斯心烦意乱，第一次没有在夜里当值。

不想旬日未过，韩非又大起波澜。

时逢秋种之际，秦王率一班重臣开上了泾水瓠口沿郑国渠东下，一边视察农事一边商讨国事。事前，秦王对李斯申明本意：此行之要，在于教韩非明白秦国殷实富强而韩国必不能存，使韩非弃其孤忠而真心留秦助秦。李斯见秦王依旧对韩非如此执着，便打消了劝谏之心，也没有说及自己近日对韩非的诸多疑虑。毕竟秦王是真心求贤，若能仁至义尽而使韩非成为秦国栋梁，原本也是李斯所愿。

韩非子的性格、李斯的心理活动，都写得很好。

及至上得郑国渠一路东来，秦国君臣抚今追昔无不万般感慨。当年的荒莽山塬，如今已经绿树成荫，两岸杨柳夹着一条滚滚滔滔的大渠逶迤东去，时有一道道支渠在林木夹持中深入茫茫沃野，昔日白尘翻滚的荒凉渭北盐碱地，已经是田畴纵横村庄相连鸡鸣狗吠的人烟稠密地带了。作为当年的河渠令，李斯在渠成之后一直没有登临郑国渠，今日眼见关中如此巨变，更是万般感慨。奋然之下，李斯便想找郑国说话。这才惊讶地发现，一路行来只有两个人默默不语，一个是郑国，一个是韩非。郑国是两眼热泪无以成言。韩非却是冷眼观望，陷入茫然木然的深思。

三日之后，秦国君臣在郑国渠进入洛水的龙口高地扎营了。

一夜歇息，次日清晨君臣朝会。大臣们原本想法，在郑国渠朝会定然是要计议农事。不想，秦王嬴政只在开首说了几句农事，而后便是一转："经济诸事有郑国老令总操持，本王放心，朝野放心。今日朝会只议一事：秦国新政之期已大见成效，大举东出势在必然；如此，东出之首要目标何在，便是今日议题。"李斯很是惊讶，这件大事秦王已经与几位用事重臣会商多次，历来不公诸大朝会，今日突兀提出却是何意？然一看秦王目光隐隐向韩非一瞥，李斯顿时恍然，这才静下心来。

"臣李斯以为，秦国东出，以灭韩为第一。"李斯已经明白秦王意图，决意第一个说话，尽速使议题明朗而逼韩非尽早说话，"韩为天下腹心。秦之有韩，若人有腹心之患也。先攻韩国，则秦对六国用兵便有关外根基之地。若越过韩国而先取他国，则难保韩国不作后方之乱。一旦灭韩，其他五国则可相机而动。此乃方略之要。"

"长史所言，老夫亦认同，灭韩第一。"尉缭第一个呼应。

王绾一拱手道："臣所见略同。"

"先兵灭韩，臣等赞同。"王翦蒙恬异口同声。

"韩国名存实亡，灭韩正是先易后难，上策！"姚贾声音分外响亮。

嬴政向韩非遥遥拱手："国事涉韩，尚望先生见谅。"

韩非却冷冷开言："韩国，不可灭也。"

"愿闻先生之教。"

"韩国，三不可灭也！"韩非苍白枯瘦的面庞骤然泛起了一片红晕，"其一，秦国灭韩，失信于天下。韩国事秦三十余年，形同秦国郡县。此等附属之国，秦尚不放过，赫然以大军灭之，既不得实利，又徒使天下寒心。从此，山东六国无敢臣服于秦，唯有以死相争。灭韩之结局，譬如白起长平杀降而逼赵国死战也！"

"愿闻其二。"嬴政分外平静。

"二不可灭者，灭韩不易也！"韩非的吟诵颇显激烈，"韩国臣服秦国，所图者保社稷宗室也。今社稷宗室不能存，韩国上下必全力死战也！韩人强悍，素称劲韩，秦国何能一战灭之？如数战不下而五国救援，则合纵之势必成。其时，秦国何以应敌于四面哉！"

见嬴政没有说话，韩非也没有停滞，“其三，灭韩将使秦为天下众矢之的也！顿弱、姚贾离间六国君臣，虽已大见成效，然则，安知六国再无良臣名将乎！邦国兴亡，匹夫有责。若有五七个田单再现，以作孤城之战，旷日持久之下，八方反攻，齐指咸阳，秦将何以自处也！”韩非戛然而止，行营大厅一片寂然。

姚贾突然高声道：“韩子言行，莫非视自己为韩国特使？”

“韩非入秦，原本便是出使。”韩非冷冷一句。

“韩子之见，秦国兵锋首当何处？”尉缭突兀一问。

“此秦国内事，韩非本不当言。然足下既问，韩非可参酌一谋。”韩非罕见地矜持一笑，已经没有了方才的激烈，“秦国东出，首用兵者只在两国：一为赵国，二为楚国。赵为秦国死敌世仇，灭之震慑天下。楚为广袤之国，灭之得利最大。弱小如韩国者，一道王书便举国而降，何难之有也！”

韩非子入秦，就是为了弱秦存韩。韩非子不同于李斯，李斯趋利，并没有想到要怎么忠于楚国，而韩非子则始终忠于韩国。

偌大行营静如幽谷，大臣们面面相觑，嬴政也一时显出困惑神色。

突然一阵大笑，姚贾直指韩非：“韩子荒诞，欺秦国无人哉！”

“岂有此理！”韩非声色俱厉，拍案而起。

“敢问上将军，灭楚大战，几年可定？”姚贾却不理睬韩非。

王翦冷冷一笑：“楚国辽阔旷远，山川深邃，大军深入，难料长短。”

“韩子欲将秦国数十万大军陷于楚地久战，以存韩国？”尉缭也冷笑一句。

姚贾一阵大笑道：“兵家疲秦计，韩子用心良苦也！”

蒙恬痛心疾首拍案道：“非兄铁心存韩，韩国害你不够么！”

李斯长长一叹道："秦国何负于非兄，非兄终究不为秦谋也！"

韩非昂然木然，冷峻傲岸地矗立在众目睽睽之下，再也不说话了。

"韩子心存故国，嬴政至为感佩！"

秦王突然一阵大笑，起身离案对韩非深深一躬，转身走了。

回到咸阳，事情依然没有完结。

三五日之后的一个深夜，李斯被秦王召进了大书房。秦王推过案头一卷，说这是韩子的正本上书，敢请长史上书以对。李斯不想再就韩非之事多说话，捧着韩非上书告辞去了。回到自家书房打开一读，李斯不禁愕然——《存韩书》！莫非韩非当真愚钝如此，竟没有觉察出行营朝会秦国君臣对他的失望，抑或韩非存韩之心过甚而致心神不清？秦王也是，韩非之论事实上已经被朝议一致评判为荒诞之谋，何以还要李斯上书以对？思忖良久，李斯终究还是公事公办，认真写下了一卷上书，赶在清晨送进了秦王书房。

秦王嬴政，此时的心绪更是如同乱麻。

韩非入秦，嬴政一心敬慕满腔热望地要大用韩非，期盼韩非能像商君与孝公一般与自己结为知音君臣，同心创建不世功业。然屡经努力，种种苦心都被韩非冷冰冰拒之千里，嬴政的满腔烈焰也在这一点一滴之下渐渐冷却了。心怀故国而不为秦谋，嬴政尚抱敬重之心。毕竟，孤忠如伯夷、叔齐不食周粟，也还是一种德行风范。然则，韩非已经到了不惜为秦国大军设置陷阱的地步，嬴政无法忍受了。心绪一变，嬴政立觉韩非迂腐得可笑——当众被群臣质疑竟不知觉，回到咸阳又立即呈送了《存韩书》。读罢韩非的《存韩书》，嬴政的心真正冰凉了。

以《韩非子·初见秦》观之："臣闻：'不知而言，不智；知而不言，不忠。'为人臣不忠，当死；言而不当，亦当死。虽然，臣愿悉言所闻，唯大王裁其罪。"虽韩非子是上书秦王，但这个"忠"字，恐怕还是针对韩王而言。至少可以看出韩非子对"忠"的重视，不忠即是死罪。

那一夜,嬴政在王城的商君指南车下徘徊到五更鸡鸣。月光朦胧,王城一片沉寂,嬴政的心如同层层叠叠的殿台楼阁在月光下混沌一片。仰望着指南车上的高高铜人遥指南天,嬴政一遍一遍地叩问着自己无比尊崇的法圣:商君啊商君,韩非究竟何种人也?其呕心沥血之作唯赠嬴政一人,显然是期望通过嬴政之手而实现他的法家三治,韩非与嬴政宁非神交知音哉!然则,韩非何以不能与嬴政同心谋国,却死死抱住奄奄一息的腐朽韩国?莫非以韩非之天赋大才,竟也不能摆脱故土邦国之俗见,竟也不能以天下为大道么?韩非知秦之政,嬴政何其感佩也!韩非误秦之术,嬴政何其心冷也!若说唯法是从,韩非有意误秦已是违法无疑。然则,嬴政何忍治其罪也。为一人而难以决断,生平未尝有也!今日之难,嬴政何堪?仰望西天残月,嬴政不禁长长一叹:"上天!既生其人广博之才,何不生其天下之心也!"

清晨时分,嬴政一如既往地走进了书房,眼前蓦然一亮。

李斯的上书很别致,分明是对秦王的上书,题头却是"答存韩书"。李斯显然是只对韩非之主张陈说己见,其余一切留给秦王自己决断。想到自韩非入秦后大臣们人人都多了几分顾忌的情形,嬴政眉头不禁皱作一团。打开李斯上书,嬴政的心境立即平静下来。

答存韩书

王以韩非之《存韩书》下臣斯,命臣以对。存韩之说,臣斯甚以为不然。

秦之有韩,若人有腹心之患。韩虽臣于秦,然终为秦病。此理,臣已多次陈说。今韩非上存韩书,其谋若用,则秦必有函谷关之大患也!存韩之说者,以存韩为重也。其辩说属辞,饰非诈谋,以钓利于秦,此存韩之术也,辩才惑人耳!其所图谋者,陷秦于楚赵泥沼而韩能借力斡旋,以图死灰复燃而已。昔年五国诸侯攻韩,秦发兵以救。而韩国未尝报秦,非但屡为山东攻秦前军,更以种种谋术疲秦弱秦,其心其术可见矣!所以然者,韩尚术治也。自韩昭侯申不害始,好听人之浮说而不权事实,故虽杀戮奸臣,不能使韩强也。今《存韩书》犹以术计存韩,存韩之根,在引秦误入泥沼。此犹水工疲秦之策也。水工疲秦,犹能将计就计者,河渠毕竟农事之大利也。然今之存韩术,误兵疲秦也。若行,则为害之烈后患之大,恐无以补救也。是故,存韩之说万不可取，愿君上幸察臣说，无忽！

点出韩非子弱秦存韩之术。

“小高子，立召长史。”

此刻李斯恰恰不在王城，而正在蒙恬府中与蒙恬计议如何能说服韩非融入秦国。蒙恬正在匆忙准备北上九原，听李斯说得几句便连连摇头苦笑说，韩非大哥能出此恶计，足见铁心也，莫存奢望，任谁也不行。李斯看着忙碌整装的年轻上将军，一时茫然得无话可说，只是连连叹息。正在此时，赵高飞马来召李斯。蒙恬一听事由，走过来对李斯低声说了几句，李斯大为惊愕，也只好点点头匆匆去了。

“长史拟书，着廷尉府将韩非下狱，依法勘问。”

嬴政只冷冷说了一句，拂袖去了。李斯惊愕当场，半日回不过神来。太突兀了！以李斯所想，韩非纵然不为秦国所用，毕竟有韩使之名，秦王对韩非更是崇敬有加，最后只能是放韩非回韩，如何便能下狱治罪？须知秦自孝公之后敬士敬贤蔚然成风，天下才士西行入秦如过江之鲫，但凡怀才不遇或遭受迫害者，首选之地无不是秦国。无论山东六国的庙堂如何咒骂秦国藏污纳垢窝藏罪犯，秦国的敬士口碑都无可阻挡地巍巍然矗立起来。目下秦国正欲东出，文战之要便是争取人心向一，当此之时，将韩非这般赫赫盛名的大师人物下狱治罪，秦王不怕背害贤之名么？

李斯杀韩非，也不算冤杀，韩非子难对秦王忠心。史籍将韩非之死归之于李斯的嫉妒，太过简单。

“长史愣甚？举朝惶惶不知所措，韩非能好？”赵高过来低声嘟哝了一句。李斯顿时一个激灵，板着脸森然一句：“你小子不守法度，敢议论国事？”赵高吓得连连打躬：“小人看大人愣怔，只怕大人误了拟书，故此提醒一句，安敢有他？只要大人不报君上，便是小人再生父母！”说罢又扑地拜倒连连叩头。李斯忍着笑意一挥手：“小子尚算明白，饶你这次也罢。”赵高诺诺连声，爬起来风一般去了。

五 韩非在云阳国狱中静悄悄走了

姚贾带着廷尉府吏员甲士开到驿馆时，韩非正在操琴而歌。

胡杨林金红的落叶铺满了庭院，叮咚的琴声沉滞得教人窒息。韩非语迟，歌声如惯常吟诵散漫自然，平静如说犹见苍凉："大厦将倾也，一木维艰。大道孤愤也，说治者难。吾道长存也，夫复何言！故国将亡也，心何以堪？知我罪我也，逝者如烟……"姚贾听得不是滋味，一拱手高声道："大道在前，先生何须作此无谓之叹！"

叮的一声锐响，琴弦断裂。韩非抬头，目光扫过姚贾与吏员甲士，缓缓起身，冷冷一笑，一句话不说向外便走。姚贾猛然醒悟，对廷尉府吏员一挥手，两排甲士便将韩非扶进了停在偏门内的囚车。姚贾径自走进住屋，收拾了韩非的一应随身物事出来交给押解吏员，而后对着囚车深深一躬，便匆匆离开了驿馆。

随着押解韩非的囚车驶出咸阳，一道秦王明书也在咸阳四门张挂出来。王书只有寥寥几行："韩非者，韩国王族公子也，天下名士也，入秦而谋存韩，尚可不计。然韩非又上《存韩书》，欲图秦国大军向楚向赵而陷入泥沼，此恶意也，触法也！是故，本王依法行事，拘拿韩非下狱。为明是非，特下书朝野并知会天下。秦王嬴政十四年秋。"

颁行特书，是李斯的主张。

下狱王书拟成未发之时，李斯便要晋见秦王。不想，整个长史署的吏员都不知秦王去了何处。李斯焦灼无奈，用羊皮纸写了一短札："韩非事大，非关一人，王当有特书颁行，以告朝野以明天下。"而后李斯找来赵高道："此事特急，足下务必立即送与秦王！李斯在王书房立等回音。"赵高一点头道："君上心烦，小高子知道去处，保不误事。"说罢飞步而去。大约半个时辰，赵高带回一札："韩非事长史酌处，无须再请。"李斯长吁一声，立刻草成一道秦王特书，与前书同时誊刻同时发出。

王书一发，李斯便到了廷尉府。

目下廷尉府是毕元代署，实际勘审案件者则是廷尉丞等一班老吏。李斯不见毕元，只找来廷尉丞询问："秦王将韩非下狱，依据秦法，韩非何罪何刑？"廷尉丞沉吟有顷道：

“韩非若作韩使待之，则无所谓误谋，秦法亦无律条依据。韩非若以秦国臣工待之，则为误谋之罪。误谋罪可大可小，处罚凭据是误谋之后果大小。”李斯默然良久，拿出秦王回札教廷尉丞看过，郑重吩咐道：“此案特异，不须以常法勘问，更不能妄动刑罚。如何处置，容我禀报秦王定夺。”廷尉丞正色允诺，李斯这才去了。

不料，次日清晨，秦王嬴政便到雍城郊祀去了。旬日之后传车送回王书：本王郊祀之后顺带巡视陈仓关大散关，立冬之日可回咸阳，寻常国事由王绾、李斯酌处。如此一来，李斯便大大不安起来。韩非下狱，秦国朝野一片错愕，外邦在秦士人尤其愤愤不平。虽有特书明告，终究议论纷纷。尚商坊的山东士子们已经在鼓噪，要上书秦王质询：秦王拘拿韩国使臣下狱，开天下邦交恶例，公道何在！此举若果然酝酿成行，秦国岂非大大难堪？当此之时，韩非之事不能立决，分明是将一团火炭捧在自己手里，秦王如何竟不理会？

秋月初上，李斯在后园徘徊不安时，姚贾来了。

“河汉清明，长史何叹之有？”姚贾似笑非笑遥遥拱手。

“云绕秋月，上卿宁不见乎！”

“但有天尺，何云不可拨之？”

“上卿何意？”

“王札在手，无须狐疑。”

“姚贾，你要李斯决断？”

“当断不断，反受其乱。长史宁不闻乎！”

“决亲易，决友难。上卿如我，果能决之哉！”

“姚贾果是长史，何待今日？”

“其理何在？”

“长史但想，我等布衣之士抛离故土入秦，赖以立身者，天下之心也。毕生所求者，一我华夏，止战息乱也。生逢强国英主，便当以大业为重，抛却私谊私友之情，岂可因一人而乱大计哉？韩非者，固长史之少学同窗也。然则，其人恒以王族贵胄居之，蔑视布衣之士不必说起；犹不可取者，韩非褊狭激烈，迂腐拘泥，欲图救腐朽害民之国于久远，为天下庶民乎！为一王族社稷乎！身为名士，韩非一无天下大义，反秉持才具而乱天下大计，宁非天下之害哉？”

“杀贤大罪,青史骂名也!”李斯拍栏一叹。

李斯与姚贾共谋之。

“毁却一统大计,宁不负千古骂名?”姚贾揶揄一笑。

“不报君上亲决,李斯终究不安也。”

“君上留札而不问,安知不是考校长史之胆气公心哉!”

李斯不禁一激灵!姚贾此话,使秦王多日不过问韩非之事的疑惑突然明朗,否则何以解释素来对人事极为认真的秦王的反常之举?然则,姚贾这一推测若是错解秦王之心,后果便是难以预料。一时之间,李斯有些茫然了。

“长史如此狐疑,不当与谋也,姚贾告辞。”

“且慢。”李斯追了上来,“足下可有适当之法?”

“自古良谋,非明断者不成。长史不断,良策何益?”

“我心已定!你且设法。”

姚贾低声说了一阵。李斯开始有些犹疑,最终还是点头了。

在云阳国狱的天井里,韩非看见了飘落的雪。

初进这座秦国唯一的大狱,韩非很是漠然。对于自己入秦的结局,韩非是很清楚的。存韩之心既不能改,又能期望秦国如何对待自己?在离群索居的刀简耕耘中,韩非透过历史的重重烟雾审视了古今兴亡,也审视了目下的战国大势,尤其缜密地审视了秦国。韩非最终的结论是:天下必一于秦,六国必亡于己。对于秦国,韩非从精读《商君书》开始,深入透彻地剖析了秦国的变法历史,最终惊讶地发现:秦国的变法实际上整整持续了六代君王一百余年,而绝不仅仅是商鞅变法!山东六国远观皮毛,误己甚矣!秦孝公商鞅变法,奠定了根基而使秦国崛起。秦惠王铲除世族复辟势力,导致国家多头的久远的封地制在秦国彻底完结,才完成了真正的法治转化。秦昭王遏制外戚势力的膨胀,使邦国权力的运行有了一套完备的法则，同时又将战时法治充分完善，以至秦国在与赵国惊心动魄的大决战中能够凝聚朝野如臂使指，以至秦国后来的三次交接危机都能够成功化解。吕不韦时期欲图以“王道为轴，杂家为辅”在秦更法宽政，毋宁说也是另一种形式的变法。然则吕不韦不擅势治，导致权力大乱，秦国真正地出现了第一次法治危机。秦王嬴政自亲政开始，立即着手理乱变法：其一整肃内政，先根除乱政叛逆的嫪毐太后党，再根除治道政见不同的吕氏党，一举使势治（权力结构）恢复到秦法常态；其二整肃内廷，在天下开创了不立王后的先例，根除了太后王后外戚党参政的古老传统；其三富国强民整军，使商君秦法中的奖励耕战更加完备也更为变通，一举成就关中天府之国的奇迹……

如此百余年变法，天下何能不一于秦国？

反观山东六国，无不是一变两变而中止。魏国，魏文侯一变之后变法中止而忙于争霸。韩国，韩昭侯申不害一变，其后非但中止且复辟了旧制。赵国，武灵王一变而止。燕国，燕昭王乐毅一变而止。齐国，齐威王与齐宣王、苏秦两变而止。楚国，吴起一变，楚威王变法中途人亡政息，可谓一变半而止。而且，六国变法的共同缺陷是封地制不变，或不大变，所以始终不能凝聚国力。大争之世，以六国之一盘散沙而抗秦国之泰山压顶，焉得不灭哉！求变图存，此战国之大道也。六国不求变而一味图存，焉得不灭哉！

唯其如此，韩非对六国是绝望的。

临死前再观天下。

身为躬行实践的新法家，韩非实现法治大道的期望在秦国。

然则，韩非是王族公子，韩非无法像布衣之士那样洒脱地选择邦国大展抱负。韩非唯一能做的，便是将自己的心血之作赠送给秦王。他相信，只有以秦国的实力、法治根基以及秦王嬴政的才具,才能真正地将《韩非子》的大法家理念实施于天下。可是,韩非自己却只能做个旁观者。不!甚至只能做个反对者,站在自己深感龌龊的韩国社稷根基上对抗法行天下之大道。身为王族子孙,他不能脱离族群社稷的覆灭命运而一己独存,那叫苟且,那叫偷生。既然上天注定要撕裂自己,韩非也只有坦然面对了。韩非清楚地知道,韩王要自己做的事是与自己的心志学说背道而驰的。韩非也清楚地知道,秦王有求于自己者,天下大义也,行法大道也,是自己做梦都在渴求的法治功业。可是,自己却只能站在最龌龊的一足之地,做自己最不愿意做的事。这便是命——每个人都降生在一定的人群框架里,底层框架贫穷萧疏却极富弹性,可以任你自由伸展;上层框架富丽堂皇却生硬冰冷,注定你终生都得优游在这个金铜框架里而无法体验底层布衣的人生奋发。上天衡平,冷酷如斯!天命预断,冷酷如斯,夫复何言!

这段写得甚好,写出了韩非子的"天下"之想。韩非子不能背韩,但赠书给秦王,已有借他人实现自己梦想的意思。小说是赠书,《史记》称其言其说传至秦国,有人献于秦王。

韩非的平静麻木,被不期然的一件小事打破了。

一日,狱吏抱来了一个绵套包裹的大陶罐。这是云阳国狱对特异人犯独有的陶罐炖菜,或牛骨肉或羊骨肉,与萝卜藿菜等混炖而成,有肉有菜有汤又肥厚又热乎,对阴冷潮湿的牢房是最好的暖身保养之物。待老狱吏打开陶罐,韩非木然一句:"可有秦酒?"老狱吏呵呵一笑:"有。先生左手。"韩非目光扫过,冷冷一笑,合上了眼皮打起了瞌睡。老狱吏依旧呵呵笑着,过来敲打了几下石板墙角,掀开了一面石板,搬出两只泥封酒坛道:"这酒是当年商君所留。若是别个,老朽不想拿出来,也不想说。先生看看,正宗百年老凤酒!"韩非惊讶地睁开了眼睛:"这,这,这间,商君住过之牢房?"老狱吏点着雪白的头颅一边叹息一边殷殷说叨:"听老人说,商君喜好整洁,当年在这里照样饮酒,照样写字。老人们便在墙角开了壁柜，专门放置酒具文具，好教脚地干净些个。一代一代，没人动过商君这些物事……得遇先生，商君也会高兴，也会拿出酒来也。”

韩非抚摩着沉甸甸的泥封酒坛，心头潮涌着没了话说。

孤傲非常的韩非，独对商鞅景仰有加。在韩非洞察历史奥秘的犀利目光中，商鞅是古往今来当之无愧的圣人——法圣。商鞅之圣，在其学说，在其功业，更在其光耀千古的人格精神。商鞅行法唯公无私，敢于刑上王族贵胄。商鞅护法唯公无私，决然请刑护法走上祭坛做牺牲。真正当得起“极心无二虑，尽公不顾私”这样的天下口碑。无论复辟者如何咒骂商鞅，这千古口碑都无可阻挡地巍巍然矗立于千古青史。商君若韩非，该当如何？韩非若商君，又当如何？韩非啊韩非，你可以褒贬评判商君之学说，可你能褒贬评判商君之大义节操么？扪心自问，你有这个资格么？商鞅如此节操，能说因为他是布衣之身无可顾忌么？果真如此看商鞅，韩非还有法家的公平精神么？

“商君节操，护法护学也！韩非节操，存韩存朽也！”

“韩非之于商君，泰山抔土之别也，愧矣哉！”

“有大道之学，无天下之心，韩非何颜立于人世哉！”

辗转反侧，自忖自叹，不知几日，韩非终于明白了自己。

治学的韩非，战胜不了血统的韩非。清醒的洞察，战胜不了与生俱来的族群认同。只要韩非继续活着，这种痛苦的撕裂便注定要永远继续下去。韩非赞赏自己，韩非厌恶自己。治学之韩非，屈从于血统之韩非，韩非便一文不值。血统之韩非，屈从于理性之韩非，韩非便没有了流淌在血液中渗透在灵魂中的族性傲骨。一个韩非不可能融化另一个韩非，何如同归于尽，使学说留世，使灵魂殉葬，使赞赏与厌恶一起灰飞烟灭……

韩非绝食了。

便在国狱令惶惶报上韩非绝食的消息时，姚贾匆匆来到了云阳国狱。姚贾没有见韩非，只教国狱令将李斯的密札交给韩非。大约一个时辰后，国狱令回报说，韩非自裁了。国狱令说，韩非看了密札，罕见地笑了笑，只说了一句话：敢请老令代韩非谢过李斯；说罢，韩非捧起酒坛大饮一阵，那支钩吻草①便抹进了嘴角……

“大冰镇尸，等待上命。”姚贾没有验尸，立即飞马回了咸阳。

---

① 《博物志》引《神农经》云：药物有大毒不可入口鼻耳目者，入即杀人，一曰钩吻。

《史记·老子韩非列传》:"李斯、姚贾害之,毁之曰:'韩非,韩之诸公子也。今王欲并诸侯,非终为韩不为秦,此人之情也。今王不用,久留而归之,此自遗患也,不如以过法诛之。'秦王以为然,下吏治非。李斯使人遗非药,使自杀。韩非欲自陈,不得见。秦王后悔之,使人赦之,非已死矣。"韩非子虽能集法、术、势于大成,但终难逃一死,术实能助其逃生,但韩非子未能用之,此其不如范雎(张禄)之处也。

秦王回到咸阳,先接韩非绝食快报,又得韩非自裁消息,甚事没问便吩咐李斯下书:以上卿之礼,将韩非尸身送回韩国安葬。李斯心中一方大石落地,立即亲自赶赴云阳国狱为韩非举行入殓大礼。旬日之后,在大雪飞扬的隆冬之时,护送韩非灵柩的特使马队从云阳国狱向函谷关去了。

六 濒临绝境 韩王安终于要孤城一战了

韩安想不到,姚贾这次如此强硬。

此处写得细致。

两年前,韩王没有召集任何大臣商议,更不敢向秦国追究韩非的死因,便下书将韩非安葬在了洛阳北邙山。这是天下最为堪舆家赞叹的陵墓佳地,韩国王族的公子大多都安葬在那里。其时,洛阳虽然已经成了秦国的三川郡,但对三晋的这方传统墓葬地还是不封锁的。葬礼之时,韩王安亲自执绋,所有韩国王族大臣不管平日如何咒骂韩非,都来送葬了,人马虽不壮盛,也算得多年未见的一次隆重葬礼了。毕竟,韩非是为韩国说话而死的,谁也没有理由反对此等厚葬。韩安原本以为,按照秦王的心愿隆重厚葬韩非,秦国必因感念韩非而体恤韩国,兵锋所指必能绕过韩国。唯存此心,那年冬天韩国君臣很是轻松了一阵,纷纷谋划使秦国继续疏忽韩国的妙策。谁料不到一年,韩国商人从咸阳送来义报:秦国即将大举东出,首战指向极可能是韩国!义报传开,韩国王族世族的元老大臣们又纷纷开骂韩非,认定韩非伤了秦王颜面,秦国才要起兵报复。丞相韩熙尤其愤愤然:"韩非入秦,心无韩国也!否则如何能一死了之!韩非不死,秦国尚有顾忌怜惜之情。韩非一死,秦国无所求韩,不灭韩才怪!"

若按《史记》的说法,韩非子确实算是招祸之人。

在一片纷纷攘攘的骂辞中,韩安也认同了韩非招祸的说法。在韩安看来,韩非若要真心存韩,便当忍辱负重地活在秦国,即使折节事秦也要为韩国活着,无论如何不当死。韩非既有死心,分明是弃韩国而去,身为王族公子,担当何在?若是韩非不死,秦军能立攻韩国么?秦军向韩,都是韩非引来之横祸。

如此情势之下,姚贾入韩能是吉兆么?

姚贾的说辞很冰冷,没有丝毫的转圜余地:"韩国负秦谋秦,数十年多有劣迹,今次当了结总账!韩国出路只有一途,真正成为秦国臣民,为一统华夏率先作为。否则,秦国大军一举平韩!"韩安心惊肉跳,哭丧着脸道:"特使何出此言?韩国事秦三十余年,早是秦国臣民也。秦王之心,过之也,过之也……"姚贾冷笑道:"三十年做的好事?资赵抗秦、肥周抗秦、水工疲秦,最后又使韩非兵事疲秦。秦国若认此等臣民,天下宁无公道乎!"旁边的丞相韩熙连忙赔着笑脸道:"韩国臣道不周,秦王震怒也是该当。老夫之意,韩国可自补过失。"姚贾揶揄道:"韩人多谋。丞相且先说个自补法子出来。"韩熙殷殷道:"老夫之见,两法补过:其一,韩王上书秦王,正式向秦国称臣;其二,割地资秦,以作秦国对他国战事之根基。如何?"姚贾冷冰冰道:"韩王主事。韩王说话。"韩安连忙一拱手道:"好说好说,容我等君臣稍作商议如何?"姚贾摇头道:"不行。此乃韩国正殿,正是朝议之地,便在这里说。今日不定,本使立即回秦!"

韩安心下冰凉,顿时跌倒在王案。

暮色时分,姚贾与韩王安及丞相韩熙终于拟好了相关文书。称臣上书,没两个回合便定了。姚贾只着重申明:称臣在诚心,若不谦恭表白忠顺之心,祸在自家。折辩多者,割地之选也。韩熙先提出割让大河北岸的残存韩地,被姚贾断然拒绝;又提出割让颍川十城,也被姚贾拒绝。韩熙额头渗着汗水,看着韩安不说话了。姚贾心下明白,韩国目下最丰腴的一方土地只有南阳郡,而南阳郡恰恰是王室直领,是王族根基;韩熙封地在颍川,既然秦国不受,剩下唯有南阳了;然则春秋战国以来,王族封地历来不会割让,否则与灭国几乎没有多大差异,韩熙如何敢说?姚贾也不看韩国两君臣,只在殿廊大步游走,看看红日西沉,便高声一句,姚贾告辞!大汗淋漓的韩安顿时醒悟,连忙出来拉住姚贾,一咬牙刚刚说出南阳郡三个字,便软倒在了案边。

秦王政十四年冬,韩王安的称臣书抵达咸阳。

丞相韩熙做了韩王特使,与姚贾一起西来。在接受韩王称臣的小宴上,秦王政脸色阴沉,丝毫没有受贺喜庆之情。韩熙惊惧非常,深恐这个被山东六国传得暴虐如同豺狼的秦王一言不合杀了自己。韩熙不断暗自念诵着那些颂词,生怕秦王计较哪句话不恭,自己好做万全解说。可是,韩熙毕恭毕敬地捧上的韩国称臣书,秦王嬴政却始终没有打开看一眼,更没有对韩熙举酒酬酢,只冷冰冰撂下一句话走了。

"作践不世大才,韩国何颜立于天下!"

嬴政凌厉的目光令韩熙脊梁骨一阵阵发冷。回到新郑,韩熙禀报了秦王这句狠话。韩王立时一个激灵,脸色白得像风干的雪。

从此之后,韩国君臣开始了黯淡的南阳郡善后事务。撤出南阳,无异于宣告韩国王室王族从此成为漂移无根的浮萍,除了新郑孤城一片便无所依凭了。韩安蓦然想到了当年被韩国君臣百般嘲笑的周天子的洛阳孤城,不禁万般感慨,赶到太庙狠狠哭了整整一夜,这才打起精神与韩熙商讨如何搬迁南阳府库与王族国人。奇怪的是,不管韩国撤离南阳何等缓慢迟滞,秦国都再没有派特使来催促过。有一阵,韩安怀疑秦国根本不在乎韩国这片土地,或许会放过韩国亦未可知。可是,当韩安将自己的揣摩说给韩熙时,韩熙却连连摇头:"秦王狠也! 愈不问愈上心,王万不可希图侥幸!"

韩安顿时惊出一身冷汗,立即催促司空[①]、少府两署:只尽速搬出南阳府库贵重财货与王族国人,寻常物事与寻常庶民都留给秦国。韩安很怕南阳民众汹涌流来新郑,届时南阳座座空城,新郑又人满为患,如何养活得了? 更要紧者,是怕留下十几座空城使秦国震怒。所以,韩安反复叮嘱司空、少府两臣,一定要秘密行事,尽可能地夜间搬迁。然则,结果却大出韩安所料,南阳民众非但没有一片惊恐地追随王室迁来,反而人人欣喜弹冠相庆,仿佛躲过了一场劫难一般。

"老韩人如此负我,民心何刁也!"韩安颇感难堪,很有些愤愤然。

"穷民又弃民,而欲民忠心,韩王滑稽之尤也!"

职司搬迁府库的少府丞禀报说,这是南阳郡一个老库吏的话。老库吏还说,新郑官多吏多无事做,用不上我等老朽了。他也留在了南阳城,预备做秦人了。少府吏员一番禀报之后,韩国君臣个个黑着脸鸦雀无声,韩国庙堂再也吵吵不起来了。

难堪也罢,尴尬也罢,入秋时节, 南阳郡的贵重财货与大部存粮以及王族国人终于

---

① 司空,战国韩官,掌工程。

搬迁完毕。冷清多年的新郑，一时热闹了许多。韩国君臣一番计议，上下一致认定：只要示弱于秦，显示出臣服忠心，秦国必能使韩国社稷留存。原因只有一个，秦国要使天下臣服，须立起善待臣服者的标杆，韩国最先称臣，便是天下标杆，秦国断然不会负了韩国。韩安很为这次绝境之下的谋划欣慰：唯其韩国率先称臣，所以韩国社稷必能长存，洞察时势而存韩于虎狼之侧，寡人可谓明矣！

于是，立冬之日，韩王安正式以臣下之礼上书秦王：请求早日接收南阳，以使秦韩君臣睦邻相处，以为天下效法之楷模。诸位看官留意，韩王安的上书特意申明"秦韩君臣睦邻相处，以为天下效法之楷模"，其实际含义是提醒秦国君臣：秦国要使天下臣服，便要从善待韩国开始。韩安很为这一措辞得意，用印之时慨然一叹："如此谋秦，神来之笔也！遍视山东，几人识我术哉！"御史[①]当即五体投地赞道："我王谋术存韩，虽越王勾践不能及也！必能留之青史，传之万世！"

不料，秦王回书只有寥寥五个字：来春受南阳。

韩安又是大觉难堪，长吁短叹终日郁闷异常。原本，韩安很为秦王谋划了一番天下胸襟，构想的秦王回复是："韩国称臣，天下大义也，今秦国归还韩国南阳郡，以为天下楷模矣！自此之后，列国当效法韩国而臣服，以期王道大行，四海同心也！"不想这个秦王嬴政如此不识相，竟是说要便要，硬是不给"臣下"颜面，如此虎狼匪夷所思也！然则无论如何，韩安这次是没辙了，自己称臣献地，如今宗主来收，你能说不给了？

韩王一点办法都没有。

如何灭韩，秦国君臣争论了整整一个冬天。

大概是冬不作战。但要灭韩，实在是没有必要争论"整整一个冬天"。

多次朝会的主旨，不是用兵之法。以秦韩目下实力对

① 御史，韩官，掌国君文书。

比,秦国本不需要为灭韩之战费心。反复商讨灭韩方略,其要旨在于:韩国为秦一天下之首例灭国,牵涉到日后秦国将以何种方式逐一对待,需要在开首注重何等因素等等,实际是总体方略的确定。议论开来,具体事宜一件件牵涉出来越议越多。如何对待韩国王族,如何处置韩国降臣贵胄,如何处置韩国都城宫殿,如何变更韩国律法,要不要立即在所灭之国推行秦法等等等等。举凡一事,皆涉示范作用,自然一时多有争议。这也是姚贾出使之后,秦国大军没有接踵而至的根本原因。可以说,一年之中,秦国君臣始终都在争论灭韩方略。进入窝冬之期,秦王嬴政下书:三日一朝会,务必在立春之前定下长策大计。于是,东偏殿的二十多只大燎炉竟日不熄,重臣小朝会一次又一次地绵绵不断。几次下来头绪日多,显然将陷入长期争辩而无法定论。

"如此陷于琐细,大计无法论定。"

第六次朝会,秦王嬴政终于拍案道:"六国情势不一,未必一式而灭,未必一式而定。目下先说灭韩方略,其余五国诸事,灭韩之后待情势再议再定。"

大臣们终于一致赞同,然歧见还是没有消除。

丞相王绾提出的对策是:效法武王灭商,存韩社稷而收韩国土。王绾老成持重又熟悉历代兴亡,话说得颇是扎实:"华夏三千余年,自有三皇五帝,便是天子诸侯制。自来灭国,必存该国王族之宗庙社稷以为抚慰,使其追随者聊有所托,而反抗之心大减。此武王灭商之道也。韩国业已称臣,当存其社稷,留其都城,其余国土与世族封地皆可纳入秦国郡县。臣以为,此为稳妥之法。"

李斯与尉缭反对王绾主张,一致认为:韩国是天下中枢,是秦国扫灭山东六国的根基枢纽之地,不能留下动乱根基。尉缭说:"武王灭商,不足效法。何也?若非留存殷商根基,何有管蔡武庚之大乱?若非周公鼎力平乱,安得周室天下!况历经春秋而战国,天下时势已经大不同于夏商周三代。不同者何?天下向一也!潮流既成,则成法不必守。若存韩社稷宗庙与都城,韩国何复言灭?假以时日,韩国王族必笼络韩人抗秦自立。其时也,战乱复起,天下裂土旧制复恶性循环不止,秦国一天下之大义何在哉!"

李斯说得很冷静:"秦一天下之要义,在于一治。何谓一治?天下一于秦法也。一于秦法之根本,在于治下无裂土自治,无保留社稷之诸侯,天下一体郡县制。若存韩国宗庙社稷并都城,与保留一方诸侯无异也。如此灭国,何如不灭?秦国称霸天下已经三世,要使六国称臣纳贡而秦国称帝,做夏商周三代天子,易如反掌耳,灭之何益?秦灭六国，其志不在做王道天子，而在根除裂土战乱之源，使天下一法一治。此间根本，不当忘也！”

两位上将军略有不同。蒙恬一力赞同李斯尉缭之方略，补充的理由是：“韩国素有术治癖好，其称臣绝非真心归秦，无非权宜之计也。若存韩社稷都城，一旦山东情势有变，举兵向秦之前锋，必韩国无疑也！”王翦不涉总体方略，只说了秦军目下状况，末了道：“以秦韩兵力之势，灭韩不当出动大军主力，偏师可也。秦军主力，只待灭赵大战！”

大寒那日，嬴政最终拍案道：“秦一天下，其要义已明，长史国尉所言甚当。灭韩大计，不存王族社稷，不存其国都城，韩地根基务必坚实！其余五国，视情势而定。”

秦王的决断，几位重臣皆无异议。王绾其所以赞同，是因为秦王已经申明韩地根基务求坚实，其余五国视情势而定。也就是说，六国很可能一国一个样，天下大计只能灭六国之后最终确定。如此且走且看，不失为目下最为得当的方略。王绾总揽国事，素来谋事最讲稳妥，自然不会再有异议了。如此之后进入兵事谋划，王翦主张不出动秦军主力，举荐内史将军嬴腾率内史郡并咸阳守军对韩作战。秦王首肯，大臣们没有异议。

王翦如此部署，形成的秦军态势便是：蒙恬一军驻屯九原御边，王翦主力大军驻屯蓝田大营备战灭赵，内史嬴腾率关中及咸阳守军对韩作战，桓齮蒙武之河外老军继续对赵袭扰以使赵国不能鼓噪山东合纵；其余关塞守军，只保留河西离石要塞、东部函谷关要塞、东南武关要塞、西部陈仓要塞四处，每关两万重甲步军，只防守偷袭之敌，不做任何出击。

韩王安八年秋风方起，内史嬴腾率领五万步骑隆隆开出了函谷关。

还是要打一打。

九月初,韩王安接到秦军统帅内史嬴腾军使传书:秦军将在中旬于南阳郡受地,韩王并丞相务必亲自交割。韩安大为惊恐,总觉得秦军是要借故拘拿自己,立即下令老内侍备车连夜出逃。恰在廊下登车之际,丞相韩熙匆匆赶来,一番苦苦劝阻才使韩安醒悟过来。韩熙毕竟老到,说:"秦军果欲拘拿我王,何待今日矣!王若弃国而逃,秦军纵然不入新郑,韩国亦无异于自灭也!内史嬴腾以特使明白召我君臣,若帐前拘我杀我,岂非自毁信誉于天下?我王与臣果能一死而使秦军失信于天下,何惧之有?"韩安低着头转悠着反复思忖了好大一阵,终于认定如此做法很是划算,至少比逃跑捉回再杀要更有颜面,终于点头了。

约定之日,韩安韩熙带着新郑残存的全部大臣,出动了全部王室仪仗,极为隆重地开进了宛城郊野的秦军大营。临行之时,少府不解大张旗鼓之缘由,劝韩王奉行一贯方略,轻车简从以示弱自保。韩安罕见地昂昂然道:"本王威仪隆重,方可使天下知我行止也!秦军要杀,怕他何来!"此话传开,随行护卫将士一片惊讶感奋,大觉韩王如此胆识方算秉承了老韩部族的大义本色,一时人人精神抖擞,仪仗车马之气象与往昔颓废萎靡大不相同。

"韩王鲜衣怒马,何其战胜之相也!"

幕府辕门外内史嬴腾一句揶揄大笑,韩国君臣大是尴尬。韩安一时难堪,红着脸应道:"大宾入境,没得穿着,无他无他。"一句话未了,秦军将士哄然大笑。韩国将士羞愧低头,顿时没有了来时那股轩昂气势。王车后的少府丞不禁低声嘟哝道:"威仪而来,几句邦交辞令也没个成算,真是。"好在丞相韩熙上前补道:"韩国虽臣,毕竟大国。礼数所在,将军幸勿见笑。"内史嬴腾一拱手大笑道:"秦人敬重节烈风骨,原无奚落之心,丞相见谅。若是韩王能整顿军马与我真正一战,成就嬴腾灭韩大战之功,嬴腾不胜荣幸!"韩安更是窘迫难耐,只红着脸连连摇手:"好说好说,正事罢了再说。"惹得秦军将士又是一阵哄然大笑。内史嬴腾笑得咳嗽不止,只好吩咐中军司马迎韩国君臣进入幕府。

交割事宜并不繁杂。韩安捧上南阳郡二十三城图册,韩熙一一指明府库所在,韩国的割地便告完结。依着韩安事先忖度,嬴腾必然穷究府库贵重财货被搬运一空之事,已经与丞相韩熙谋划好一套说辞。来时一路,韩安都在琢磨说辞有无漏洞,只等内史嬴腾查究询问。不想嬴腾连图册也不打开,只对中军司马吩咐一声照图接城,便下令上酒。韩安心下惴惴,终于不自觉道:"韩国所交城池,财货民众大体无缺,将军务必禀报秦王。”内史嬴腾大笑道：“有缺无缺管他何来，韩国想搬尽管搬，搬到天边都一样！”韩安脊梁骨一阵发凉，韩熙嘴角抽搐着说不出话来，谁也无心饮酒了。

当夜回到新郑，韩安韩熙一班大臣整整商议到五更方散。

这次，韩国君臣惊人地一致认定：内史嬴腾的种种言行，尽皆明白无误地传达着秦军灭韩之势已经不可变更，秦军长剑已经真正架到了韩国脖颈之上！然则如何应对，却是各有说法。封地尚在的段氏、侠氏、公厘氏几家大臣主张立即放弃新郑，王室移跸颍川郡或其他山河之地凭险据守。王族大臣如丞相韩熙等，大都没有了封地，则主张坚守新郑与秦军做最后一争，同时派出秘密特使兼程赶赴五国求援，或可保全韩国社稷。少府丞与王城将军等低爵臣子，封地极小且大多已经在多次割地中流失，莫衷一是地时而附和走，时而附和留。

韩王安看到了韩国这次是真正地濒临绝境了。痛定思痛，韩安反倒渐渐清楚起来：坚守新郑，固然未必守得住；求援五国，五国也未必出兵；然若果真逃出新郑进入大臣封地，其后果只能更惨；那些老世族早已经将封地整治成了家族部族的私家城堡，失势而进便是羊入虎口，其时奸党弑君，自己还不是身首异处？

“无须再争，三策救难！”

韩安终于拍案决断，说出了他的三策：其一，立即整军，坚守新郑；其二，立即派出特使，赶赴五国求援；其三，新郑国人悉数成军，府库兵器悉数发放，各家封地立即将历年所欠财货粮草运入新郑以作军用，举国人人抗秦！韩安说罢，几个王族大臣一口声赞同拥戴，几家封地大臣却都不说话，场中一时颇见难堪。

“臣以为，封地粮草可暂时不议。”

说话的是一个年轻人，瘦削白皙得女子一般，底气却很浑厚。尽管韩王安与王族大臣们都目光冰冷，这个年轻人却有条不紊道：“目下韩国情势，业已是人地皆失。目下山东情势，业已是人人自危。新郑当守，邦国大义也。然则，新郑能否守得长久，能否如田单孤城抗燕六年，却是两难相悖之势。唯新郑可守能守，韩军能力战秦军，五国方可救韩，韩之世族封地方可全力资国；若新郑一战而败北，五国必不来救，粮草财货纵然运入新郑，亦是资秦而已。况且，目下新郑尚有南阳郡搬回之财货粮草支撑，宜全力备战，不宜急于征集封地财货粮草。韩王若能激励国人死战，但能守得半年一年，各国救援必源源而来，粮草何难！”

“噫！你是何人?”韩安大是惊讶。

“臣名张良,新任申徒①。”

韩熙连忙道:“老申徒月前亡故,张良乃老臣举荐。”

“好！依张良之说,粮草不论,目下立即备战!”

韩安拍案决断。大臣们没有了眼下利害纠葛,第一次显出同心气象,分外利落地达成了部署:擢升王城将军申犰为新郑将军,立即征集各方军马开出新郑驻防;丞相韩熙总筹粮草军器,并筹划新郑城防事宜;张良草拟求援国书,并督导求援事宜;韩王安亲自督导整军激励将士。如此等等一番部署,韩国君臣立即匆匆忙忙大动了起来。

韩王安也不算窝囊。

多年死气沉沉的新郑,第一次喧闹了。

内史将军嬴腾接到斥候军报,得知韩国开始整军备战,顿时精神大振,一阵拍案大笑,下令中军司马将消息通晓全军,并立即草拟上秦王书。不消片时,秦军大营一片呼啸欢腾,快马特使也飞出了军营。

嬴腾原本王族公子,是秦国王族少壮中少见的军政兼通之才,既是内史郡守又是内史将军,统辖大关中军政,朝野呼其为“大秦第一郡守”。此次率关中守军对韩作战,嬴腾与将士们一样,既感奋然,又感失落。奋然者,首战灭国之重任秦军将士人人眼热而独落其身,为将而能建灭国之功,入军旅而能参战灭国,将士梦寐以求也！失落者,韩国奄奄一息国不成国军不成军,纵然偏师而出,也眼看没硬仗可打;秦人闻战则喜,灭国而无战,将士何其扫兴也！更有一则,秦军新锐主力四十万还从未开出,日后的灭国大战几乎肯定是没有他们这些郡县守军的份了,对韩一战很可能是他们军

① 申徒,战国韩官,同魏国之司徒,职掌土地劳役。据《史记·高祖功臣侯者年表》,张良曾任韩末申徒。

旅生涯的最后一战，再捞不着打仗，日后便没仗可打了。唯其如此，秦军将士的求战之心异乎寻常地浓烈。

嬴腾与几个将军及中军司马，已经为韩国反复算了几遍大账：论地千疮百孔，论人七零八落，论庙堂钩心斗角，论军力十万上下还是师老兵疲，如此韩国何堪一战？遍数韩国，可入账者只有软硬两则。硬者，定型之物也。有新郑的王室府库囤积与从南阳郡搬走的贵重财货粮草，粗略估算也可支撑新郑城防三五年。软者，不定型之人心传统也。韩人曾经剽悍善战，兵器制作精良，曾以多次血战而有“劲韩”之名。若是韩国民心民气凝聚而一心死战，再加上粮草财货支撑，灭韩便是一场恶战无疑。然则，这只能是韩国上下内外齐心协力时的一种可能。今日之韩国，庙堂龌龊民心涣散，连作为王族根基的南阳郡百姓都不愿追随韩王进入新郑，韩国如何能激励起朝野一心死战？如此反复盘算，嬴腾与一班大将都认定：韩国无大战，没劲！便是接到韩国备战消息，嬴腾与将士们也是哈哈大笑，鸟！韩王给吓得硬了！终归可打一仗！

偏师大营欢腾整备之时，秦王特使到了。

特使是年轻的国尉丞蒙毅。蒙毅带来了秦王严厉的王书：“对韩之战务求成功，不得轻忽！韩既有心抗秦，恶战亦未可知。内史嬴腾若无胜算，本王可增调蒙武部兵力为援，亦可换王翦锐师东来。究竟如何，与蒙毅论定后告。”

嬴腾这才悚然警悟，力邀蒙毅参与幕府会商。大将们一听秦王王书，立时觉得此战可能真有得大打，一片嗷嗷吼叫：“不能一战灭韩，我等甘当军法！”“内史军也曾是主力锐师，不会辱没秦军！”“不成！一仗没打，凭甚换兵换将！”嬴腾脸色一沉，拍案大喝道：“嚷嚷个鸟！都给我听着：不想换兵换将，便得给我拿出个战胜法子来上报秦王！一个一个说，各营备战情势如何？”大将们立时肃然，各营大将挨个禀报，倒是确实没有轻慢战事之象。最后议定战事方略，大将们大多主张立即猛攻新郑，趁韩军尚未开出新郑便一举灭韩！嬴腾已经冷静了许多，对大将们再次申述了秦王务求首战成功的苦心，提出“缓过冬季，明春攻韩”的方略。嬴腾对自己的方略这样解说：“眼下行将入冬，冬季战事历来多有奇变，或风或雪，都可能使战事时断时续或中途生变。与其如此，不如养精蓄锐全力备战，来春一鼓作气下韩！再者，韩国庙堂龌龊军民涣散，目下紧绷战心，战力必强。若假以时日，只能生变。新郑城外大军能否坚持一冬驻屯郊野，亦很难定。如此等等，明春作战对我军有利！”嬴腾末了叮嘱道，“目下须得向将士申明：我军之要，不能轻躁！不求个人军功大小，务求灭韩成功！一切预备，以此为要！”

年轻的蒙毅当即对嬴腾肃然一躬：“将军方略，正是秦王之心也。”

“秦王！也如此想?”嬴腾惊讶了。

“秦王有说，宁可缓战，务求必成。”

蒙毅话音落点，举帐大将吼出一声秦王万岁。此后蒙毅对将士们说，回咸阳复命之后他将返回三川郡亲自督运粮草辎重。大将们对这个年轻的国尉丞由衷地敬佩，又是一声万岁。如此方略一定，蒙毅立即连夜飞车回咸阳去了。

冬天过去，韩国的抗秦气象随着消融的冰雪流逝了。

先是驻屯新郑郊野的八万大军士气回落，吵吵嚷嚷要回新郑窝冬。由于土地民众流失太多，韩国这次紧急征召只能以新郑城内的国人为兵源。国人者，居住于国都之人也。在春秋时期，国人是相对于奴隶层的民众身份称谓。及至战国，奴隶制灭亡，国人称谓大大泛化，一国之民统曰国人。然在山东六国，尤其是韩国这种世族势力强大的国家，但说国人，其实际所指，依然是居住于都城的工匠商贾士人世族。当然，也包括一些在都城居住的富裕农户。此等人家各有生计来源，除了一些有志于功业的子弟从军，大多都早早承接了传统的家族谋生之道或特出技艺，入军旅者极少。加之韩国多年积弱，军争败绩又太多，国人从军更为罕见。此次兵临城下国难在即，新郑国人退无可退，只能骂骂咧咧又不清楚究竟骂谁地应召入军。一股备战救亡的飓风之下，新郑国人在旬日之内竟有五七万人穿戴起甲胄，做了武士。加上韩国仅存的八九万兵马，骤然有了一支十五六万人的大军。韩安君臣精神大振，立即下令申犺率八万余以新军为主的兵马开出新郑，在洧水南岸驻扎，六万余原来的韩军在城内布防。

自来城堡防御战的兵家准则，最佳方略无不是城外驻军御敌。真正退入城圈之内，凭借城墙固守，任何时候都是万不得已之法。韩国毕竟有大国兵争根基，对诸如此类的基本法程还是上下都明白的。申犺大军在洧水南岸驻扎，置新郑与洧水之后，实际便是为新郑增加了两道防线：一是大军，二是洧水本身。大军驻扎完成，申犺立即下令构筑壁垒做坚守准备。不到一个月，洧水河谷的各式壁垒已经修筑得颇具气象了。然则，秦军久久不来攻城，韩军便渐渐松懈了。先是有流言说，秦国并不想真正灭韩，是韩王割了南阳郡又反悔想夺回南阳郡，这才要与秦军开战。立冬之后大雪飞扬，新入韩军的国人子弟们不堪窝在冰天雪地苦耗，纷纷请命撤回新郑来春再出。申犺犹豫不决，连续三次上书韩王，偏偏韩王不允，说要防止秦军偷袭，不能撤军。正在其时，新郑的辎重输送莫名其妙地中断了，连续半月没有取暖木炭，没有粮草过河。新军怨声载道怒火流窜，成千上万的兵士天天围着幕府请命，大有哗变逃亡之势。申犰大为恐慌，只好下令撤回。不料，回到城下之时，守军大将却说未奉王命不敢擅自开城。城外新军顿时愤愤然骂声四起，不断有嗖嗖冷箭飞上箭楼。一番折腾直到天黑，城门才隆隆打开，新军兵士才高声怒骂着进入都城。申犰请见韩王，这才知道是丞相韩熙风寒卧病，没有亲自催促粮草输送；辎重营幕府又莫名其妙失火两次人心惶惶，故此一时中断粮草辎重。

求援特使倒是穿梭般往来驰驱，然带回的消息却都令人窝心。

魏国距韩最近，受秦国威胁与韩国大同小异。故此，魏王吭吭哧哧不敢利落说话，只说魏国不会忘记三晋一家，该出兵时一定会出兵。赵国强兵，大将军李牧却被北路秦军缠住不得脱身。赵王迁只说，一旦秦韩开战，只要韩军守得三个月，赵军必来救援。燕国正在孜孜图谋赵国，对韩国存亡根本不在心上。燕王喜幸灾乐祸地回答韩国特使说，劲韩劲韩，没劲道了？当年韩国若是多给燕国铁料，使老夫也成劲燕，能有今日？等着，只要韩军能胜秦国一战，老夫立马南下！齐国一片升平奢靡，齐王建与那个老太后都说，秦齐有约，中原事不关齐国。此后，不见韩国特使了。楚国倒是跃跃欲试，说可在秦韩交战时从背后偷袭秦军，却有两个条件：一是韩国至少要守城三月拖住秦军，否则楚军无法偷袭；一是战胜后将南阳郡、颍川郡一起割让给楚国。气得韩安连连大骂："楚人可恶！可恨！秦国虎狼尚且只割我南阳，他竟连我颍川都要！如此盟约，何如灭了韩国！"

职司求援的年轻大臣张良只好劝韩王息怒，他再修书求援。

新军骚动，求援无望，新郑的抗秦呼声一落千丈。

一个大雪纷飞的夜晚，段氏、公厘氏、侠氏三家大臣逃出新郑，躲回自家封地去了。消息传来，韩王安大为震怒，立即下令彻查并追捕三大臣。查勘的事实是：三家重金买通城门守军，携带新郑存储的全部贵重财货出逃，究竟是谁开的城门，却始终查不清楚。追捕的结局是：风雪漫天路途难辨，连三队车马的影子也没有看见。消息不胫而走，贵胄逃亡事件接二连三地发生了。追捕追不到，查勘查不清，件件都是没着落。韩安长吁短叹，韩熙卧病不起，韩国庙堂连正常运转也捉襟见肘了。

"天若灭韩，何使韩成大国！天不灭韩，何使新郑一朝溃散！"

无论韩安在太庙如何哭泣悲号，最后一个春天都无可避免地来临了。

韩王安九年春三月，内史嬴腾大军终于对新郑发动了猛攻。

冰雪消融，申犰全力凑集了五万新老兵士再度开进洧水南岸老营地。壁垒尚未修复完毕，秦军三万步军便在响彻原野的号角声中排山倒海地压了过来。连排强弩发出的长箭，密匝匝如暴风骤雨般倾泻扑来。韩军尚在壕沟中慌乱躲避，一辆辆壕沟车便轰隆隆压上头顶，剑盾长矛方阵立即黑森森压来，步伐整肃如阵阵沉雷，三步一喊杀如山呼海啸，其狞厉杀气使韩军还没有跃出壕沟布阵，便全线崩溃了。

踏过韩军营垒，秦国步军没有片刻停留。除了护卫两座韩军根本没有想到去拆除的石桥，秦军无数壕沟车一排排相连铺进河水，一个时辰在洧水又架起了三道宽阔结实的浮桥。各种攻城的大型器械隆隆开过，堪堪展开在新郑城下，步军马队呼啸而来，半日之间便将新郑四门包围起来。一阵凄厉的号角之后，内史嬴腾亲自出马向箭楼守军喊话："城头将军立报韩王：半个时辰之内，韩王若降，可保新郑人人全生！韩王不降，秦军立马攻城！其时玉石俱焚，韩王咎由自取！"

小说不厌其烦，要写得"热闹"。

城头死一般沉寂，只有秦军司马高声报时的吼声森森回荡。

就在内史嬴腾的攻城令旗高高举起将要劈下的时刻，一面白旗在城头树起，新郑南门隆隆洞开。韩王安素车出城，立在伞盖之下捧着一方铜印，无可奈何地走了下来。嬴腾昂昂然接过铜印，高声下令："铁骑城外扎营！步军两万入城！"

三日之后，韩王安及韩国大臣被悉数押送咸阳。只有那个年轻的申徒张良，莫名其妙地逃走了。旬日之后，内史嬴腾接到秦王特书：封存韩国府库宫室，以待后书处置；嬴腾所部暂驻新郑，等待接收官署开到。一月之后，秦国书告天下：韩国并入秦国，建立颍川郡。三月之后，韩王安被秦军押送到毗邻韩原的梁山囚居。十年之后山东六国逐一消失，韩安郁闷死于梁山。这是后话。

公元前230年春，秦王政十八年春，韩国正式灭亡。

“十七年，内史腾攻韩，得韩王安，尽纳其地，以其地为郡，命曰颍川。地动。华阳太后卒。民大饥。”（《史记·秦始皇本纪》）另，“王安五年，秦攻韩，韩急，使韩非使秦，秦留非，因杀之。九年，秦虏王安，尽入其地，为颍川郡。韩遂亡”（《史记·韩世家》）。俗话说，伴君如伴虎，韩国离秦国最近，处境最危险，欲称臣而不得，“遂亡”。始皇二十一年，韩王郁郁而终（据《云梦秦简》）。

此节为作者的补述，探讨韩国之兴亡。仁者见仁，智者见智。笔者不再赘论。

七 忠直族群而术治亡国 天下异数哉

韩国兴亡，是最为典型的战国悖论之一。

从公元前403年周威烈王“命”（正式承认）韩、魏、赵为诸侯，至公元前230年韩亡，历时一百七十三年。韩国先后十三位君主，其中后五任称王，王国历时一百零四年。史载，韩氏部族乃周武王后裔，迁入晋国后被封于韩原[①]，遂以封地为姓，始有韩氏。由韩氏部族而诸侯，而战国，漫长几近千年的韩人部族历史，有两个枢纽期最值得关注。这两个枢纽期，既奠定了韩国族性传统，又隐藏了韩国兴亡奥秘，不可不察也。

第一个枢纽期，春秋晋景公之世，韩氏部族奠定根基的韩厥时期。

其时，韩厥尚只是晋国的一个稍有实权而封地不多爵位不高的寻常大臣，与当时握晋国兵权的赵氏（赵盾、赵朔）、重臣魏氏（魏悼子、魏绛）之权势封地尚不可同日而语。韩厥公直，明大义，在朝在野声望甚佳。其时，晋国发生了权臣司寇屠岸贾借晋灵公遇害而嫁祸赵盾、剪灭赵氏的重大事变。在这一重大事变中，韩厥主持公道，先力主赵盾无罪，后又保护了赵氏仅存的后裔，再后又力保赵氏后裔重新得封，成为

① 《史记·韩世家·正义》引《括地志》云：“韩原在同州韩城县西南八里。又在韩城县南十八里，故古韩国也。”《古今地名》云：“韩武子食菜于韩原故城也。”今陕西韩城县境内。

天下闻名的忠义之臣。这便是流传千古的赵氏孤儿的故事。赵氏复出，屠岸氏灭亡，韩厥擢升晋国六卿之一，并与赵氏结成了坚实的政治同盟。韩氏地位一举奠定，遂成晋国六大部族之一。

韩厥此举的意义，司马迁做了最充分的估价："韩厥……此天下之阴德也！韩氏之功，于晋未睹其大者也（在晋国还没有看到比韩氏更大的功劳）！然（后）与赵魏终为诸侯十余世，宜乎哉！"太史公将韩之崛起归功于韩氏救赵之阴德所致，时论也，姑且不计。然则，太史公认定韩氏功勋是晋国诸族中最大的，却不能不说有着一定的道理。韩厥所为的久远影响，其后日渐清晰：韩氏部族从此成为"战国三晋"（韩赵魏）之盟的发端者，而后三家结盟诛灭异己，渐渐把持了晋国，又终于瓜分了晋国。看官须知，春秋之世晋国为诸侯最大，大权臣至少六家；及至春秋末期韩赵魏三家势成之时，晋国势力最大的还是智氏部族。韩赵魏三族之所以能同心诛灭智氏，其功盖起于韩氏凝聚三家也。而韩氏能凝聚三家结盟，其源皆在先祖的道义声望，此所谓德昭天下之功也。此后，韩氏节烈劲直遂成为部族传统，忠义之行为朝野推崇，以存赵之恩，以聚盟之功，对魏赵两大国始终保持着源远流长的道义优势。这也是春秋末期乃至战国初期"三晋"相对和谐，并多能一致对外的根基所在，也是天下立起"三晋一家"口碑的由来。

这个枢纽期的长期意义在于，它奠定了韩氏族群与韩国朝野的风习秉性，也赋予了韩国在战国初期以强劲的扩张活力。《史记·货殖列传》记载韩国重地颍川、南阳之民众风习云："颍川、南阳，夏人之居也。政尚忠朴，犹有先王之遗风。颍川敦厚……南阳任侠。故，至今谓之夏人。"太史公将韩国民风之源归于夏人遗风，应该说有失偏颇。战国大争之世，一国主体族群之风习，对国人风习有着决定性的影响。若无韩氏族群之传统及其所信奉的行为准则，作为韩国腹地的南阳、颍川两郡不会有如此强悍忠直的民风。

第二个枢纽期，是韩昭侯申不害变法时期。

韩氏立国之后多有征战，最大的战绩是吞灭了春秋小霸之一的郑国，迁都郑城,定名为新郑。此后魏国在李悝变法之后迅速强大,成为战国初期的天下霸主。三晋相邻,魏国多攻赵韩两国,三晋冲突骤然加剧。当此之时,韩国已经穷弱,在位的韩昭侯起用京①人申不害发动了变法。申不害是法家术派名士,是术治派的开创者。术治而能归于法家,原因在申不害的术治以承认国法为前提,以力行变法为己任。在韩非将“术治”正式归并为法家三治(势治、法治、术治)之前,术治派只是被天下士人看作法家而已。究其实,术治派与当时真正的法家主流派商鞅,还是有尖锐冲突与重大分歧的。分歧之根本,法家主流主张唯法是从,术治派主张以实现术治为变法核心。这种分歧,在秦韩两国的变法实践中鲜明地体现了出来。

《申子》云:“申不害教昭侯以驭臣下之术。”

《史记·韩世家》载:“申不害相韩,修术行道,国内以治,诸侯不来侵伐。”

术治者何?督察臣下之法也。究其实,便是整肃吏治并保持吏治清明的方法手段也。所以名之以“术”,一则在于它是掌握于君主之手的一套秘而不宣的查核方法,二则在于熟练有效地运用权术需要很高的技巧,故此需要传授修习。就其本源而言,术治的理念根基发自吏治的腐败与难以查究,且认定吏治清明是国家富强民众安定的根本。如此理念并无不当。此间要害是,术治派见诸变法实践之后的扭曲变形。所谓扭曲,是秘而不宣的种种权术一旦当作治理国家的主要手段普遍实施,必然扭曲既定法度,使国家法制名存实亡。所谓变形,是权术一旦普遍化,国家权力的运行法则,规定社会生活的种种法律,便会完全淹没在秘密权术之中,整个国家的治理都因权术的风靡而在事实上变形为一种权谋操控。

申不害的悲剧在此,术治悲剧在此,韩国之悲剧亦在此。

申不害主政几近二十年,术治大大膨胀。依靠种种秘密手段察核官吏的权术,迅速扩张为弥漫朝野的恶风。由是日久,君臣尔虞我诈,官场钩心斗

① 京,春秋战国地名,故郑国之地,今荥阳东南地带。

角，上下互相窥视，所有各方都在黑暗中摸索，人人自危个个不宁，岂能有心务实正干？权术被奉为圭臬，谋人被奉为才具，阴谋被奉为智慧，自保被奉为明智。所有有利于凝聚人心激励士气奋发有为的可贵品格，都在权术之风中恶化为老实无能而终遭唾弃；所有卑鄙龌龊的手段技巧，都被权术之风推崇为精明能事；所有大义节操赴险救难的大智大勇，都被权术之风矮化为迂阔迂腐。一言以蔽之，权术之风弥漫的结果，使从政者只将全身自保视为最高目标，将一己结局视为最高利益，以国家兴亡为己任而敢于牺牲的高贵品格荡然无存！

这个枢纽期，在韩国历史上具有两个极端的意义：其一，它使韩国吏治整肃一时强盛而获劲韩之名，各大战国不敢侵犯，一改屈辱无以伸展之局；其二，它全面摧毁了韩氏族群赖以立国的道德基础，打开了人性丑恶的闸门，使一个以忠直品性著称于天下的族群，堕入了最为黑暗的内耗深渊，由庙堂而官场而民间，节烈劲直之风不复见矣！两大枢纽期呈现出的历史足迹是：韩国由忠直信义之邦，演变为权术算计之邦，邦国赖以凝聚臣民的道德防线荡然无存。

然则，譬如一个老实人学坏却仍然带有老实人的痕迹一样，韩国由忠直信义之邦变为权术算计之邦，也同样带有族群旧有秉性的底色。这种不能尽脱旧有底色的现实表现是：信奉权术很虔诚，实施权术却又很笨拙。信奉权术之虔诚，连权术赖以存身的强势根基也不再追求。由此，权术弥漫于内政邦交之道，便尽显笨拙软弱之特质。由此，这种不谋自身强大而笃信权谋存身的立国之道，屡屡遭遇滑稽破产，成为战国时代独有的政治笑柄。韩国的权谋历史反复证明：无论多么高明的权术，只要脱离实力，只能是风中飘舞的雕虫小技；一只鸡蛋无论以多么炫目的花式碰向石头，结果都只能是鸡蛋的破碎。

韩国的兴亡，犹如一则古老的政治寓言，其指向之深邃值得永远深思。

韩昭侯申不害的短暂强盛之后，韩国急速衰落。其最直接的原因，便是韩国再也没有了铮铮阳谋的变法强国精神。战国中后期，韩国沦落为最为滑稽荒诞的术治之邦。韩国庙堂君臣的全副身心，始终都在避祸谋人的算计之中。

在此目标之下,韩国接踵推出了一个又一个令人啼笑皆非的奇谋:出让上党、水工疲秦、肥周退秦、兵家疲秦等等等等,其风炽烈,连韩非这样的大师也迫不得已而卷入,诚匪夷所思也!韩国一次又一次地搬起石头砸自己脚,直到将自己狠狠砸倒。其荒诞,其可笑,千古之下无可置评也。

忠直立国而术治亡国,韩国不亦悲哉!

韩国的权术恶风,也给历史留下了两个奇特的印痕:一个是韩非,将术治堂而皇之地归入法家体系,被后人称为法家之集大成者;一个是张良,历经几代乱世,而终以权谋之道实现了全身自保的术道最高目标。对此两人原本无可厚非,然若将这两个人物与其生根的土壤联系起来,我们便会立即嗅到一种特异的气息。

天地大阳而皇皇光明的战国潮流,在韩国生成了第一个黑洞。

韩国之亡,亡于术治也。盖法家三治,势治、术治皆毒瘤也。依赖势治,必导致绝对君权专制,实同人治也。依赖术治,必导致阴谋丛生,实同内耗也。唯正宗法治行于秦国而大成,法治之为治国正道可见也。此千古兴亡之鉴戒,不可不察。秦韩同时变法,韩亡而秦兴,法治、术治之不可同日而语,得以明证也!

第六章 乱政亡赵

一 秦国朝野发力 谋定对赵新方略

灭韩快捷利落，秦国朝野却淡然处之。

韩亡后，赵国危。

多年下来，老秦人对韩魏两国渐渐没了兴致。韩国君臣被押进咸阳的那日，南门外车马行人如常，除了六国商旅百感交集地站在道边遥遥观望，老秦人连看稀奇的劲头都提不起来。灭韩消息一传开，秦人的奔走相告别有一番气象。无论士农工商无分酒肆田畴，但凡相遇聚首，十有八九都是各自会心地笑呵呵一句，拾掇了一个；而后便挥舞着大拳头咬牙切齿，狗日的等着，这回教他永世趴下！其中意蕴谁都明白，前一笑说的是韩国，后一怒说的是赵国。秦国朝野人人都有预感，下一个准定是对老冤家赵国开战。

接下来灭赵，也跟地理位置有关。

长平大战后，秦赵之间遂成不共戴天。其后数十年，赵军渐渐复原，对秦军战绩胜多败少。尽管赵军之胜都是防御性小胜，秦人依然怒火难消。尤其近两年之内，秦国又遭两次大败。尽管战败的秦军是桓龁老军而不是秦军主力，老秦人也是大觉蒙羞。大争天下，战场胜败是硬邦邦的强弱分野。秦军第一强乃天下公认，却在赵军马前连遭败绩，老秦人如何不愤愤然？秦人族群之特异，愈挫愈奋，愈败愈战。这种部族秉性，曾经在秦献公时期发挥到极致。其时秦以穷弱之国成军二十余万，死死咬住强大的魏国狠打进攻战，使强大的魏国很是狼狈了一阵。若非那个拼死要收回河西失地的秦献公突然死于战阵之上，秦国就此彻底打光打烂亦未可知。秉性风尚所致，立国传统所在，秦军接连被赵军击败，老秦人焉得不雄心陡起！由此，一股与赵军再次大决的心气浓浓地酝酿生成，进而弥漫了秦国朝野。是秦人都看得清楚：灭韩之战不出主力大军，为的便是以主力大军对赵大决。而今韩国已灭，秦军锐师但出，只能是对赵大战。

“（幽缪王）三年，秦攻赤丽、宜安，李牧率师与战肥下，却之。封牧为武安君。四年，秦攻番吾，李牧与之战，却之。”（《史记·赵世家》）前文已提及，这两次败秦，间隔时间难确定，《史记》所载，前后有矛盾。

正当此时，秦国陡起波澜。

春夏之交，灭韩消息堪堪传开，秦国陇西、北地两郡突发地动①！其后，两郡又逢连月大旱，夏秋两料不收，田野荒芜牧场凋敝，牛羊马群死伤无算，大队饥民连绵不断地流入关中。与此同时，秦王嬴政的祖母华阳太后也不期然病逝了。随着突发灾难，秦国情势顿时为之一变。其间真正具有冲击力的，与其说是天地灾难，毋宁说是汹汹流言。随着饥民流入，发自山东的流言铺天盖地传来：秦国欲吞天下，此上天之报应也！秦王暴戾，逼死太后，秦若再兴兵灭国，必遭灭顶之灾！陇西地裂三百丈，秦人地脉已断，秦人将绝矣！秦国已成危邦，将大肆杀戮在秦山东人氏以泄愤！如此等等，不一而足，灾情被夸大得离奇恐怖，各种有关天象的预言、占卜、

秦灭韩后，“地动。华阳太后卒。民大饥”（《史记·秦始皇本纪》）。相形之下，应该是赵国受灾更大，“（幽缪王）五年，代地大动，自乐徐以西，北至平阴，台屋墙垣太半坏，地坼东西百三十步。六年，大饥，民讹言曰：‘赵为号，秦为笑。以为不信，视地之生毛。’”地动山摇，地震后地生白毛，这些，都会被视为不祥之兆。民间歌谣，常以讹传讹，更弄得人心惶惶。天灾，是赵国速亡的重要原因。

① 地动，地震的古代说法，史书多有记载。

卦象、童谣纷纷流传，言之凿凿。大咸阳的山东商贾们开始纷纷离秦，朝野人心一时惶惶不安。

“欲以卑劣流言挽回颓势，山东六国异想天开也！”

一则则流言涌到案头，秦王嬴政不禁一阵大笑。

李斯极富理乱之能，此时颇为冷静，先与丞相王绾会商，再邀尉缭计议，而后三人共同上书秦王：请暂缓对赵战事，先行稳妥处置不期之灾，而后再慎谋战事方略。秦王一番思忖，立即召集王绾、李斯、尉缭、郑国等几位在国大臣会商救灾对策。就实而论，其时关中大富，蜀郡大富，秦拥两个天府之国，财货粮草充盈，两郡灾难并不能削弱秦国实力，饥民也不会给秦国腹地带来多大冲击。然则，若无大张旗鼓的应对之策，秦国局势仍然很有可能被流言搅乱。一番会商后，嬴政君臣迅速做出了三则决断：其一，基于秦法治灾不救灾之传统国策，特许陇西、北地两郡征发饥民修筑就近长城，粮草均由郡县府库支出，一俟旱象解除民即回乡；流入关中之饥民，一律进入南山狩猎采药自救，灾后得回乡耕耘放牧。其二，华阳太后高年病逝，依古老风习作喜丧待之，公告太后病情而后隆重发丧，特许国人不禁婚乐诸事。其三，在秦六国商贾、游士与移民去留自便，不加任何干预。朝会一散，秦王王书与丞相府令连番飞抵各郡县，同时在咸阳四门张挂公告。秦国法度森严令行禁止，书、令一到，上下所有官署立即实施。如此未及一月，突发灾情与惶惶人心很快稳定下来，山东商旅与游士移民也大都留了下来。

秦不扰民，冷静对待天灾。

流火七月，嬴政下书在章台举行避暑朝会，专一会议对赵方略。

李斯总揽会议筹划。虑及对赵战事干系重大，李斯请准秦王，将与会大臣予以扩展。在外大臣除了召回王翦、蒙恬、顿弱、姚贾四人，还特意召回了六员新军大将：前将军杨端秦王政时期，武将甚多，不似秦昭王时代，白起独大，且杀伐气极重。王翦、蒙恬、杨端和、王贲、羌瘣、李信、章邯、马兴等，皆可独当一面。杨端和平赵有功劳，但其生卒年难考，相关资料极少。王贲，王翦之子，其子王离，也是名将，王氏三代虽不如蒙氏三代显赫，但也是战功赫赫。李信，秦国名将，攻荆楚时曾吃大亏，后将功补过，灭燕、齐有功。余者皆为名将，但史载不多。诸将各有所长。

和、前军主将王贲、骑兵主将羌瘣、左军主将李信、材官将军章邯、辎重将军马兴。六将之外，再特召国尉丞蒙毅与会。

看官留意，上述六将军虽然年轻，但都是秦军崭露头角的主力大将，也是后续灭国大战的各方统帅。前将军杨端和持重缜密，是总司前方各军的大将。前军主将王贲是上将军王翦的长子，少年从军胆略过人，凭军功自百夫长千夫长而一级级成为谋勇兼备的将才，军中呼为“小白起”，历来是一无争议的先锋大将。羌瘣乃林胡族人，是入秦胡人中罕见的骑兵战将，熟悉李牧边军的骑兵战法，所部由入秦胡人组成的三万飞骑是这次攻赵的预定主力之一。左军主将李信，曾任桓龁幕府的中军司马[①]，多读兵书而富有胆识谋略，崇尚当年名将司马错之奇袭战法，常有出奇谋划，是秦军极富特质的大将。材官将军章邯，执掌全军大型攻防器械之协同作战，精通各类大型兵器，战场机变猛勇更是全军公认。对赵大战多攻坚，章邯军便是秦军攻坚优势之根基，不可或缺。辎重营大将马兴，是赵国马服君赵奢之后裔。长平大战后，赵氏部族因赵括大败而获罪于赵国，马服君之部分族人秘密逃入秦国而改姓马氏。马兴少年入军，颇具先祖军政两才之能，遂被尉缭、蒙武举荐为总司粮草辎重的大将[②]。综合言之，此六人之中，前四人是对赵战事主力；李信与会，重其战事谋划；马兴与会，则因牵涉全军后援。国尉丞蒙毅与会，则因尉缭多病力有不逮，国尉府事务实施皆在其身。

“此次朝会只一事：议定对赵方略。程式铺排，但凭长史。”

① 中军司马，战国大军统帅部之武官，军中司马之首，职司图籍号令，接近于后世的参谋长。

② 历史家马非百之资料集《秦始皇帝传》引《广韵》，言赵奢后裔灭赵后入秦，为扶风马氏之初祖。马兴后来职任内史郡守。另有史料记载，马兴后来封侯。依秦国法度，马氏若无大功，不能居此要职高爵。故，马氏当在灭六国之时有显著战功。

朝会首日，嬴政只一句话明确了宗旨，之后靠着王案一副只听不说的神态。章台宫笼罩在遮天蔽日的山林之中，虽是酷暑却颇见清凉。大臣们人人一身轻软麻布袍，不着汗迹舒适得宜，神色却都分外地肃然凝重。秦王只听不说，预定程式且由李斯主持，这是秦国朝会很少见的情形，大臣将军们不能不体察到一种无形的沉重压力。

“君上之意，欲我等尽其所言也。”李斯对着大臣们一拱手道，“对赵方略之成败，秦一天下之要害也。唯其如此，对赵之战便要先明大势。今次朝会第一事，请上卿顿弱备细申明赵国政情。”

话音落点，大臣将军们的目光一齐聚向了这位名家上卿。在秦国历史上，专职邦交而居上卿、上大夫高位者，唯顿弱、姚贾两人也。东出以来，姚贾在灭韩与对魏邦交中充分展现了斡旋才具及其伐交威力，已经使秦国朝野刮目相看。而顿弱北上赵燕三年，金钱财货支出巨大，两国政局却并无颠覆性变化，不知情者已经淡忘了顿弱，知情大臣们则多少有了一些疑虑。目下要顿弱介绍赵国政情，大臣将军们自然分外关注。

这两人对山东五国情况非常了解。

“君上，列位，顿弱北上三年，路途遥远，消息稀少，赵燕似乎依然如故，顿弱伐交似乎无甚成效。如此者，表象也。”顿弱平静从容的笑语几句，语气转为凝重道，“然则就实而论，赵燕两国根基已经大为松动：君王骄奢淫逸，奸佞当道庙堂，才具之士贬黜，大将岌岌可危。今日先说赵国……”顿弱侃侃道来，一气说了整整两个时辰，所说赵国情势竟大大出乎大臣将军们的意料。

在秦国朝野的目光中，赵国这个死敌已经从长平大战后的半昏迷状态复苏过来，已经恢复了强大的实力，否则，如何能数次大败燕军，又两次大败秦军？顿弱却说，赵国近年的赵孝成王在位期间,经长平之祸,损失惨重,后又失蔺相如、平原君等,与廉颇的关系时好时坏,对李牧半信半疑,君臣互疑,国势日趋衰落。君主不强,士难发威,赵国灭亡,迟早的事。

战胜之威只是最后的回光返照,事实上赵国在长平大战后走的是一条下坡路,而且下滑极快。顿弱说的事实依据主要是两则:其一,赵孝成王之后,赵国醉心于恢复军威,第二次变法随着平原君蔺相如等大臣或病故或失势,人亡政息烟消云散;其二,赵国吏治大为倒退,孝成王时期的人才济济之气象已经大为凋敝,官场腐败,阴谋丛生,能臣名将再也不能占据庙堂主流。而这种种变化,都是从赵悼襄王开始的。而后,顿弱备细叙说了目下赵国的君臣政情,断言赵国已经是病入膏肓。末了,顿弱奋然道:"赵国已经是强弩之末,放开手脚打!只要秦国能聚其全力雷霆一击,灭赵何难哉!"

顿弱首日评说赵国,使章台朝会绷紧的气氛轻松活跃起来。当夜,王翦蒙恬与一班大将聚集,做了一次小幕府会商,立即商定了一个新的攻赵方略。次日早间朝会,该当王翦禀报对赵战事准备。王翦霍然起身,指点着立起的高大板图道:"我军原定攻赵之方略是:集中全部四十万主力大军,从河内安阳北上,赵军主力若来,我则大决赵军;赵军主力不来,我则与赵军做一城一地之争夺,逐一攻克赵国城池。其所以如此,在于防备赵国上下一心,主力大军全力压来之时,我军能立即与赵军大决。也就是说,原本方略为我军力战赵军,彻底摧毁赵军战力,而最终灭赵。对此,我军历经多年精心整训,有力战赵军而获胜之成算!"

"上将军是说,目下有新方略了?"尉缭颇有兴致地问了一句。

"正是。"王翦目光炯炯道,"既然赵国根基不坚,我军便可多头分进而成疑兵之势,以使赵国君臣难以决断应敌方向。其时,赵国庙堂若生意外之变,我军或可不经激战而下赵。毕竟,一国灭六国大战多多,秦军以最少伤亡获胜为上策。"

“如何多头分兵?”尉缭大有兴致，撑着竹杖走到了板图前。

“三路进兵：一军以上郡太原郡为根基，东进井陉关而后南下，威逼邯郸背后的巨鹿要塞，直逼赵军主力；一军出上党，走秦军攻赵老路，直逼邯郸西大门武安；一军以河内为根基，北上正面直攻邯郸，使赵国庙堂恐慌。”

“彩!”顿弱高声一喝，引来满堂笑声。

顿弱高声道：“其时，赵王迁必严令李牧南下救援邯郸！李牧不能来，赵国君臣便要大生嫌隙。老夫再从中斡旋，赵国想不崩塌，也由不得他!”

“上将军虑及政情，因时因势而变战事谋划，老夫赞同!”尉缭很是兴奋。

“将军们以为如何?”嬴政问了一句。

“一战灭赵！雪我军耻!”大将们齐声一吼。

一番议论，将军们又逐一禀报了各军备战情形及军兵求战之心。各方无异议，攻赵方略便明确下来。第三日会商大军后援，议定了军政两方协同方略：由丞相王绾与国尉尉缭总司粮草辎重民力之筹划，由马兴、蒙毅职司运输护送，务求粮草器械及随军徭役源源不断。第四日会商先期伐交，议定：顿弱以秦王特使之身立即赴赵，务求赵国朝局有变；姚贾人马转向魏国，以为下一步铺垫。

章台朝会告结，秦国上下立即高速运转起来。一秋一冬，粮草辎重源源不断地运往关外基地及各军将要经过的沿途粮仓。秦王政十八年（公元前229年）开春时节，秦军诸般准备就绪，大军隆隆开出函谷关向赵国进逼。

二　赵迁郭开　战国之世最为荒诞的君臣组合

春草新绿，邯郸王城的林下草地上一片喧哗熙攘。

一个黝黑精悍的锦衣男子散发赤膊，将一个又一个高大肥白金发红衣的胡女连番举起，又远远抛出。一团团红影在草地翻滚，一声声尖叫惊恐万分。男子忘情地大笑着，四周的内侍侍女们交股搂抱拍掌喝彩，几若闹市博戏。正在热闹时分，一个红衣高冠的老人一溜碎步跑来，胶成一团的内侍侍女们连忙散开，恭敬地让出一条甬道。高冠老者气喘吁吁跑到散发赤膊男子身边，一阵急促耳语。赤膊男子惊喜道：“果真有如此奇人?”须发灰白的高冠老人庄重一躬道:“天赐奇人于我王,国之大幸也!”赤膊男子哈哈大笑道:“好!三日之后试试手!”笑声未落,人圈外有急锐声音高喊:“大将军特急军报!”赤膊男子尚在愣怔间,一脏污不堪的甲胄之士已经飞步卷到面前,正欲开口,散发赤膊男子猛然一笑道:“如此脏脸,教哪个女人抹灰了?”内侍侍女们大笑大嚷道:“谁抹他灰,谁就是他娘!”甲胄骑士脸色骤然涨红,陡地喝道:“大将军急报!秦国大军正向赵国开进!”

“你,你说甚?”赤膊男子的嬉笑不甘心地残留在嘴角。

“韩国已灭!秦国大军三路进逼,大将军请举朝会举国应敌!”

“老上卿,如何处置了?”赤膊男子向高冠者冷冷一瞥。

“我王勿忧,老臣已妥为处置,我王尽可安之若素。”

“好!老上卿该当褒奖!”赤膊男子也不问如何处置,立即满脸喜色。

“臣唯尽忠,不敢求赏。”高冠老者一脸敦诚忠厚。

赤膊男子回身对脏污不堪的甲士一挥手道:“你回报大将军:本王自有应敌之法,他只防住匈奴,莫操他心。”甲胄信使正要说话,赤膊男子已经哈哈大笑着扑向胡女群中奋勇施展去了。信使将军木然呆立,不知所以。须发灰白的高冠老人走过来殷殷笑道:“将军一路辛劳,老夫安置将军到胡人酒肆如何?将军歇息旬日,必能虎威大振,也不枉回邯郸一趟也。”信使将军脸色陡地一沉,一句话不说转身大步而去。高冠老人凝视着信使背影,一阵轻蔑的冷笑,也匆匆出了王城。

看官留意,这个黝黑精悍散发赤膊的男子,便是目下赵国国王赵迁。

写荒唐之君,必写其淫乱。太史公曰:“迁素无行,信用郭开谗,故诛其良将李牧。”(《史记·赵世家》)

须发灰白的红衣高冠老人，便是目下赵国的秉政上卿郭开。

郭开，声名狼藉，与韩仓一道，逐杀贤臣，为祸赵国，按韩非子的说法，这些人就是重人，当涂之人。其人其事，后文慢慢道来。

一国君臣如此轻慢于强敌压境，在战国之世绝无仅有。

谚云：冰冻三尺，非一日之寒。

赵国君臣荒政，自然也不是一夜间事。

赵武灵王大变法之后，赵国崛起为唯一能与秦国抗衡的山东强国。从此，赵国成为山东六国的抗秦轴心，也成为山东诸侯的安危屏障。其后两代，惠文王赵何在位二十八年，孝成王赵丹在位二十一年，赵国以强国实力与秦国生死周旋了两代近五十年。在此近五十年里，赵国虽时有失误，然总体言之，尚算根基稳固人才济济，朝野同心，一片勃勃生机。唯其如此，赵国在孝成王五年开始的长平大战惨败后，尚能扭转危局，并很快恢复军力，发动六国合纵攻秦，在岌岌可危的崩溃边缘避免了灭亡的命运。其后，秦国进入秦昭襄王晚年与秦孝文王、秦庄襄王三代频繁交接的低谷时期。秦赵俱各乏力，赵国遂与秦国保持了二十余年的平衡对峙。

孝成王赵丹病逝之后，秦赵均势开始倾斜，赵国开始走下坡路了。

赵国转折的枢纽，发生在悼襄王赵偃继位的九年里。

赵偃令赵国陷入乱政，起因与赵武灵王有着惊人的相似。武灵王因钟爱后妻吴娃，废太子（长子）赵章，改立吴娃之子赵何为太子，导致一场惨烈兵变，自己也遭兵变之困而活活饿死。悼襄王赵偃则痴心于一个邯郸倡女，衍生了又一则废立太子进而乱政的荒诞故事。

太史公曰："赵王迁，其母倡也，嬖于悼襄王。"（《史记·赵世家》）

倡者何？战国民间歌舞人之统称也。此等歌女舞女，并非王城、官署的官养歌女舞女，而是专操歌舞为生涯的自由歌舞者，时人呼为市倡。战国大破大立之世，礼崩乐坏，风习奔放。赵国与诸胡多有渊源，胡服骑射之后胡风尤烈，男女性事开放犹过列国。此等国风之下，邯郸市井衍生出两种倡女，一曰卖身倡，一曰歌舞倡。歌舞倡与卖身倡之实际区别，在于是否以卖身为业，而不在是否卖身。也就是说，卖身倡常操此道谋生，时人呼为业娼。歌舞倡则以卖歌卖舞为业，除非遇到异常人物，寻常极少卖身，此所谓待价而沽也。是故，当世谚云：倡娼不分，倡通娼，业道通同。大约从齐国管仲的绿楼官妓必善歌舞开始，歌舞倡与卖身娼的界限已经预示着必然将被打破了。

长平大战后，赵孝成王一改豪放豁达的政风，戒慎戒惧如履薄冰，政事大多亲自操持。为此，已经早早立为太子的赵偃自觉无所事事，心有郁闷，索性不问国事而多涉市井玩乐，对外则宣称自己养性修学。上有所好，下必甚焉。太子赵偃的秘密喜好，自然会招来各色专一以附庸王室、权臣为生涯的吏士门客。在赵偃的神秘游乐中，渐渐地浮现出两个可意心腹，一曰郭开，一曰韩仓。郭开原是王室家令[①]属下的一名计财小吏，因其精明勤谨，被家令派为太子府做计财执事。韩仓原本是韩国南阳郡一个市井少年，因被选入韩国王宫做内侍，当年尚未净身，却逢秦军猛攻南阳，遂趁乱逃亡邯郸，混迹市倡行做了一个乐工。其时，赵王家令正在为太子赵偃物色料理起居的贴身随员，恰在一家歌舞坊发现了俊美伶俐的韩仓，遂买为官仆，教习诸般宫廷礼仪三个月后送入太子府试用。这韩仓却是奇特，男身偏有女心，一袭赵国特有的宫廷红衣上身，觉得自己便是一个窈窕少女，袅袅娜娜却又利落仔细，将太子赵偃服侍得无微不至，三个月后便除了仆人之身，做了太子府执事。郭开、韩仓都有一样长处，揣摩赵偃心事喜好总能恰到好处。时日不长，两人先后

《战国策·秦策五》载，司空马曰："赵将武安君(李牧)，期年而亡；若杀武安君，不过半年。赵王之臣有韩仓者，以曲合于赵王，其交甚亲，其为人疾贤妒功臣。今国危亡，王必用其言，武安君必死。"司空马觉得赵"必亡"。既为宠臣，定有许多阴隐之事，小说虽用力过猛，但宫中之荒淫，亦未必是空穴来风。

① 家令，战国赵国王室官员，掌管国王家务；贵族大臣的家务总管为家老。

成为赵偃须臾不能离开的左右心腹。郭开熟悉邯郸市井，韩仓精于贴身侍弄，一内一外挥洒自如，赵偃不亦乐乎。

一日，赵偃得闻郭开密报：邯郸新出一歌伎，号为转胡仙，其美妙无以言传。赵偃心下大动，立即改装，带着郭开韩仓欣然前往。一会之下，赵偃心迷神摇赞赏不止，当即密嘱郭开以巨金秘密买回了这个转胡仙。

转胡者，华夏人与胡人通婚所生也。因其相貌兼具胡人与华夏特色，故曰转胡。这个号曰转胡仙的女子也委实奇特：似胡非胡，似华非华，一头瀑布般长发非红非黄又非黑，似红似黄又似黑，鼻梁挺直肌肤雪白，眼窝半深，两汪秋水波光盈盈欲诉欲泣，更兼歌喉婉转舞姿妙曼，出市一年便在邯郸倡行声名大起，被一班风流贵胄奉为仙子。

赵偃对女人很是挑剔，尤其在韩仓侍榻之后，对女子几乎没了兴致。买回转胡仙之本意，也只在稀奇，只在欲图品咂玩弄"转胡"趣味而已，根本没有想到要将其作为嫔妃。故，转胡仙进入王城之时，其公开身份只是白身舞女一个，名义归属王室歌舞坊，没有任何女爵封号。唯其如此，太子府上下也都只将转胡仙看作太子一个喜好玩物而已，谁也不曾上心，更没有人谏阻或禀报赵孝成王。

谁料，这转胡倡对任何名号爵位都浑然不做计较，似乎只专一一个天生尤物，只以侍奉太子为乐事。转胡仙生得姣好丰腴，身段软得百折千回，卧榻间热辣得百无禁忌。赵偃得之初夜，便觉其与出身贵胄的一班夫人嫔妃大异其趣。由是大乐，久而更知其味。从此，对女人很是挑剔的赵偃，竟只与转胡仙胡天胡地不知所以。韩仓每日进出太子寝室，清理诸般污秽痕迹，心头怦怦大动，竟于一夜侍寝时胡天胡地卷入了进去，将自己肉身也做了亦男亦女可进可退的器物交给了赵偃蹂躏。从此，赵偃或两人或三人沉溺卧榻，竟将一班夫人嫔妃看得粪土一般了。

倏忽不到三月，赵偃一改初衷，将转胡仙一举立做了良人。良人，是仅次于太子夫人、美人的第三等高爵嫔妃。依据传统，太子的前三等妻妾只有出身贵胄的女子才能获得。消息传出，大臣们始而一片惊愕，却终究没有人认真理论，赵孝成王也没有认真追究。毕竟国风奔放，一个老太子纳一市倡，给个名号，虽颇有轻贱之嫌，谁又能如何计较？

一年之后，转胡倡生下了一个儿子，取名赵迁。

赵偃爱倡入骨。这个生下来又哭又笑的儿子，赵偃看作天赋异禀，先后三次上书赵国始终没有理顺后宫之事。

父王：请改立正妻，以"转胡良人"为太子夫人。其时，赵孝成王体弱多病，神志却很是清醒，心知赵偃已经是年近四十的老太子，身边业已绕成一股势力，自己晚年很难再有时日改变朝局；若因太子无行而重新废立，赵国很可能陷入难以预料的乱局危局。反复思忖，孝成王终以先祖武灵王为鉴戒，决意不在晚年乱政。决断之下，孝成王召来赵偃，一番痛心告诫之后，下令赵偃立定了一则誓约：日后得以原太子夫人所生嫡长子赵嘉为太子，不得立新人之子为太子。赵偃毫不犹豫地答应下来，誓约也毫不犹豫地立了。

于是，这个转胡倡成了名正言顺的太子正妻。

其时整个赵国，只有郭开知道其中龌龊。一日，郭开借理财之名，将韩仓唤进太子府石库密室，严厉追问转胡倡生子究竟是谁的儿子？韩仓满头大汗满脸通红，嘟哝一句太子的儿子自然是太子的了，吭哧着不再说话。郭开大怒，举出两名侍女人证，威胁要立即向赵王举发韩仓。韩仓大为惊恐，长跪在冰冷的石板地上抱住了郭开的大腿嘤嘤抽泣说，只要不向赵王举发，他终生便是郭开的儿子，任凭玩弄差遣。生平不近女色的郭开，狂暴地在冰冷的石板地上贯穿了韩仓女儿般的身体，还要韩仓咬破食指写下了一幅白帛血誓：自认郭开为假父，终生唯郭开之命是从！从此，郭开与韩仓结成了肉身死党，开始了常人难以想象的宫廷生涯。

郭开谋划的第一步，是要韩仓斡旋赵偃，请以郭开为公子迁老师。

这个郭开秉性特异，不近女色，不贪钱财，天生敦厚相貌，善于结交上下同僚，在太子府口碑极好。郭开少学颇有功底，入王城为吏后更是处处揣摩学问，对弄人弄权术更是独有癖好孜孜不倦。征服韩仓之后，郭开尝拥韩仓之身自诩笑云："弄人之乐，弄权之味，老夫独得其髓也！"几次密室赤身相对，郭开对韩仓条分缕析地拆解王室机密与未来对策。韩仓对郭开佩服得五体投地，决意追随郭开体味一番自己从未咂摸过的权力滋味。于是，韩仓再与赵偃独处时，以独有的柔腻向赵偃诉说郭开的种种才干，悄无声息地诱导赵偃将公子迁交给郭开发蒙。赵偃原本便对郭开信任有加，只不知郭开还颇有学问功底，听韩仓几番娓娓话语，心下已经对郭开中意了。一月之后，赵偃与郭开做了一次密谈，听郭开备细叙说了所读典籍以及对赵国庙堂格局的剖析，对郭开大为赞赏，立即下令将公子赵迁交郭开发蒙。赵偃拍案说，公子加冠之前若能熟诵典籍，足下便做太子傅也非难事！

谁也没想到，三年方过，公子赵迁竟神奇地通诵《诗》《书》，一时获神童之名。由是，郭开一举晋升中府丞，总掌王室府库内侍，并得兼领公子师。韩仓没有实职，却也成了太子舍人，在邯郸宫廷炙手可热。

未过几年，赵孝成王病逝，赵偃即位做了赵王。

这是公元前 244 年，正是少年嬴政即位秦王的第三年。

赵偃一即位，便要立即下令擢升郭开韩仓等一班心腹为大臣。郭开却及时谏阻，劝赵偃先做几件大事站稳根基。赵偃问，何事为大？郭开答曰，战国之世，战事最大。赵偃问，战事虽大，从何着手？郭开答曰，对秦战事风险太大，莫如对燕，但能大胜，我王方可站稳根基放开手脚。

赵偃听从了郭开对策，停止擢升心腹近臣，下书起用边军大将李牧、兵家之士庞煖对燕国大举进攻。赵国素有两仇，一为秦国，一为燕国。赵秦之仇在争霸，赵燕之仇在争气。燕国本非赵国对手，却偏偏嫉恨赵国，每每在赵国吃紧的当口在背后袭击，不知多少次使赵国陷入腹背受敌之危

小说对荒淫之事，是大大发挥，收不住笔。基本思路不离《东周列国志》，其第一百五回“茅焦解衣谏秦王　李牧坚壁却桓龁”称，悼襄王适子名嘉。赵有女娼，善歌舞，悼襄王悦之，留于宫中，与之生子，名迁。悼襄王爱娼因及迁，乃废适子嘉而立庶子迁为太子，使郭开为太傅。迁素不好学，郭开又导以声色狗马之事，二人相得甚欢，及悼襄王已薨，郭开奉太子迁即位，以三百户封公子嘉，留于国中。郭开为相国用事。《大秦帝国》抓住这“声色狗马”大书特书。

局。尤其在战国中期的合纵连横中,燕国非但几次成为秦国的结盟国而对赵产生威胁,且中原战国只要与赵国发生龃龉,第一个便来结好燕国,使赵国如芒刺在背。唯其如此,赵武灵王之后,赵国的用兵目标基本是铁定的三个方向:一对秦国,二对匈奴,三对燕国。及至孝成王之世,匈奴已经对赵国深为忌惮,很少骚扰赵国。赵国的战事几乎只剩下对秦对燕。对燕作战虽不如对秦作战声威之大,然毕竟也是痛击世仇的争气战,举国上下无不嗷嗷奋然。赵人之欢欣,一则在于对燕复仇,二则在于新赵王所起用的李牧、庞煖深具人望,使赵人顿生长城可倚之坚实感。

此时,李牧已经是天下名将①,自不待言。庞煖之名,却鲜为人知。

战国之世名将如云兵家似雨,为后世熟知者或是战功巨大如吴起、白起、乐毅、田单、孙膑等,或是命运曲折,如廉颇、赵括、信陵君等。许多名将兵家则或因为战绩不大,或因为命运缺乏大起大落,而为后世淡忘。这个庞煖,便是后一类杰出之士。若非生逢赵国末世,其人完全可能成为一流名将。庞煖之特异,在于他是一个兼具纵横家、兵家、名将之能的全才人物。庞煖流传后世的纵横家论有《庞煖》两篇,兵书有《庞煖》三篇②。赵孝成王末期,庞煖受孝成王密书奔波列国,欲图趁秦国陷入低谷之时发动六国合纵,一举遏制秦国于函谷关内。历经两三年秘密斡旋,合纵盟约几乎便要达成之际,赵孝成王不幸长逝,合纵攻秦遂告搁浅。此时,新赵王下书庞煖为赵军大将,与李牧两路攻燕,自然深得人心。庞煖一番思忖,断定先行攻燕而后再图合纵较为妥当,当即欣然奉命。

看官须知,赵偃之所以命李牧、庞煖并为大将,赵国军制使然。由于赵国多匈奴之患,边军历来自成一体。自李牧大胜匈奴稳定边地之后,虽为名将,却不是统领赵国全军的上将军(后为大将军)。赵国边军之外的主力大军,此时仍然没有深孚众望的统帅。赵偃此前曾想召回廉颇,为的便是统率边军之外的赵军主力。就名义而论,统率腹地赵军的统帅一般是上将军或大将军,有辖制边军之权。在赵国的历史上,此时还没有过边军大将做大将军统率举国大军的先例。正因为如此,原非雄才大略的赵偃,自然不会想到破除既定格局而擢升李牧为大将军的路子上去。

---

① 李牧对匈奴作战而成名的故事,见本书第四部《阳谋春秋》。

② 庞煖书目,见《汉书·艺文志》。

李牧奉命，大军先出，一战攻克燕国武遂、方城[①]两地。正在李牧大军要乘胜进击的时刻，匈奴骑兵南下阴山草原。李牧军剽悍灵动，一得警报，立即回军云中，暂缓了对燕攻势。

赵国腹地大军远不如李牧边军快捷。庞煖尚在聚集大军之时，燕军已直扑邯郸北部要塞巨鹿而来。原来，在李牧边军攻下燕国两城之后，燕王喜大为惊恐，召集大臣紧急会商对策。已经是白发苍苍的上大夫剧辛奋然应对，提出燕军胜赵，须得批亢捣虚，直攻赵国邯郸！剧辛说，赵国腹地大军统帅是庞煖，自己曾与庞煖共图合纵，深知其用兵弱点，攻取不难，自请率军十万，南下攻赵军必获大胜！燕王喜大是振奋，立即下书如是行。剧辛大军未到巨鹿，庞煖五万兵马已经兼程赶来。两军会战于巨鹿之外河谷山峦，不消半日，燕国兵马一败涂地，战死两万余。庞煖亲率精锐冲击剧辛中军，剧辛眼看大军崩溃，不堪大言之下惨败之辱，羞愤自裁于乱军之中。

对燕战事两大胜，赵国气象振作，赵偃得到了朝野拥戴。

“（悼襄王）三年，庞煖将，攻燕，禽其将剧辛”（《史记·赵世家》）。

庞煖趁机上书赵偃，请重新发动六国合纵攻秦。庞煖在上书中慷慨激昂道：“目下秦国正在主少国疑之时，合纵攻秦，此其时也！若错失良机，秦国度过危局，六国命运未可知也！夫赵为山东屏障，若不奋然鼓呼，其时天下固无列国，焉得有赵独存哉！”赵偃心下不定，问策于郭开，郭开对曰：“合纵之士论天下，天下时时皆危。何也？无天下之乱局危局，则无纵横家功业也！四代先君着力于六国合纵数十年，赵国血流成河失地无算，未尝一见功效，反引来列国猜忌，燕国屡为黄雀在后，岂非铁证哉？我王若图赵国安稳，当适可而止。”赵偃皱着眉头道：“国人之心正在势头之上，庞煖上书

① 武遂，燕地，今河北武强西北；方城，今河北固安西南。

不无道理,何辞得以推托?”郭开一脸敦诚地说:“合纵抗秦乃是大道,自然不能推托。我王之策,只不全力而为,为赵国留下退路便是。”赵偃欣然认可,于是下书庞煖:赵国参与合纵,但不做纵约长国,若能达成合纵,出兵数额届时议定。

庞煖得如此下书,心中很是郁闷,本当再次上书力请,却接李牧副将司马尚密书。密书言,目下赵国朝局多有隐患,能为则为,不必力争,公自参详。庞煖心知这一告诫极可能是李牧之意,便不再力争,只立即南下联络合纵了。因赵国与燕国新战成仇,庞煖没有先游说燕国,而是直下楚国,说动春申君黄歇共同斡旋列国。不到一年,在春申君与庞煖的鼎力斡旋下,除齐国偏安东海不愿卷入外,楚、赵、魏、韩、燕五国秘密达成合纵攻秦盟约:以楚王为纵约长,以庞煖为联军统帅,立即聚兵攻秦。

赵偃即位的第四年,也就是公元前241年,五国合兵三十万,从魏国故都安邑渡河出少梁山地,南下猛攻秦国故都栎阳地带,联军进至蕞地①,被蒙骜统率的秦军一战击退。自来合纵,五国联军只要一次战败,便各自保全实力撤军,从来没有过整军再战之说。这一次也一样,无论庞煖与春申君如何力主再战,联军都呼啦啦散了。秦军为了惩罚魏国借地攻秦,大军一举出关,攻下了魏国河内重镇朝歌。魏国震恐,立即对秦国单独议和撤出合纵联军。秦军掉头南下,楚考烈王大是慌乱,立即接受一班元老的“避秦迁都”对策,将国都迁到了寿春②,都城名字仍一如既往地叫作郢都。

战国之世的最后一次合纵,在秦国最低谷的时期悄无声息地瓦解了。

“(悼襄王)四年,庞煖将赵、楚、魏、燕之锐师,攻秦蕞,不拔;移攻齐,取饶安。……魏与赵邺。”(《史记·赵世家》)悼襄王等虽误国,但也未必像小说所暗示的——全不为国、身尽荒淫,其势其智勇不如人,必亡。“必亡”之前,虽作为不大,但还是有所作为。山东六国,并不都是“猪一样的对手”。

① 栎阳、蕞地,均为秦国故都地带,在今陕西临潼一带。

② 寿春,楚国后期都城之一,今安徽寿县一带。

合纵战败，赵偃并没有严厉处治庞煖，一则是赵军伤亡不大，二则是赵偃原本便对此次合纵没抱奢望。于是，庞煖功（胜燕）罪（合纵战败）相抵，不升不黜，依旧做着名义上的赵军大将，却始终没有大将军实职。从此，庞煖在赵国终无伸展，直到赵悼襄王（赵偃）的最后一年，庞煖又对燕国打了不大不小的一仗，夺得两城之地。同年，赵悼襄王死去，赵国进入最荒诞时期，庞煖便被赵国遗弃了。反之，由于"处置合纵得体，得以保全赵国实力"，郭开、韩仓等一班原太子府的心腹虽未成为显赫大臣，却更得赵偃的信任了。

韩非子所说的烛奸之奸，真是无处不在。

此时，赵偃得郭开谋划，决意处置自己一直搁置的大事了。

合纵战事一结束，赵偃便下了一道特书：册立原太子夫人为王后，并在令书中将新王后定名为准胡后。当此之时，多年过去，转胡倡之事原本已经渐渐被赵国朝野遗忘。王书一下，朝野恍然哗然——呀！赵国原来还没有王后！

册立王后，原本是新王即位的题中应有之意，赵国大臣们却倍感突兀而陷入了尴尬。根本缘由，是大臣们突然想起了这个太子夫人的根基身份——市倡。不赞同么？这个转胡倡已经做了多年太子正妻，且已生有一个儿子。再说，太子即位为王，太子正妻立为王后，原本便是天经地义，若因其身世再来诘难，你当初做甚去了？更何况，赵偃还有更硬正的说辞：先王尚且不计，许转胡女为太子正妻，尔等大臣凭何反对册立王后？身家根基之说，对于豪放不拘细行的赵人，确实显得有些迂腐，不好据此而开口反对。然则赞同么？无论赵人风习如何开放，一个倡女养则养矣，要做国母毕竟大失颜面，若是国人蒙羞民心离散，赵国还有个好么？于是，邯郸庙堂第一次出现了举朝无人说话的局面，更无任何喜庆之象。正在赵偃束手无策之时，还是郭开一言解惑。郭开说：

“无人上书谏阻，足证举国拥戴，我王何惧之有哉？”赵偃恍然大笑道：“无人谏阻便是举国拥戴，中府丞何其明察也！好！”

赵偃立即下书：朝野一无异议，欣然拥戴，准胡后册立大典择吉日行之。

于是，当年的转胡倡又做了赵国王后。

当然，事情并没有完结。郭开韩仓等此时的图谋是：力促赵偃废去原先的正妻所生的嫡长子赵嘉的承袭资格，册立准胡后所生的公子赵迁为太子。只要赵迁成为太子，郭开韩仓一党的前路便无可限量。将赵迁立为太子，赵偃原本尚心存顾忌。最大的根由，是赵偃自己当年对父王立的誓约已经颁行朝野，一时不好改口。国人层面的原因，在于赵武灵王之后，赵国朝野对废立太子历来视为不祥之兆，几乎是不问青红皂白便一口声反对，确实难以发端。

此时，又是郭开的上书使赵偃下了决断。郭开的说辞是：“自古至今，嫡子者，王后正妻之子也。公子嘉之母，已被先王废去太子夫人。若我王无王后，王后无生子，公子嘉为太子，尚可议也。今王后有嫡子聪颖勇武，而不立太子，却以庶人母之子为嫡子立太子，未尝闻也！果如是，国乱失序也。昔年先祖武灵王得吴娃立后[①]，自须以吴娃王后生子为太子，而废故太子赵章。先王之举，何错之有哉？若无武灵王废立之举，何得其后两代先王之赫赫功业？庙堂元老强涉废立，国人懵懂不知所以，何异于诋毁先王哉？”

赵偃接书，拍案大笑道：“本王有郭开，岂非天意也！”

赵偃再度下书：废去嫡长子赵嘉承袭资格，改立赵迁为太子。

赵国朝局由是生乱。一班元老重臣搬出先王誓约，坚执不赞同废立两变。其最为慷慨激昂的说辞，便是赵武灵王擅行废立而致赵国大乱的前车之鉴。大将李牧、司马尚等久在边地，深知转胡倡之根基，更是一力声援邯郸老臣，与庞煖等腹地大将共同上书疾呼：“倡女为后，国之羞也！倡子为君，国之谬也！公子嘉为太子，则赵国安！公子迁为太子，则赵国危！”

当然，不乏另一班所谓新锐用事者鼎力支持废立。这班人物的轴心，便是郭开韩仓。其时，郭开韩仓已经精心谋划数年，昔年的太子府执事们都已经是各方实权大吏；更有被郭开韩仓收买的诸多非元老臣子，以及邯郸守军大将扈辄等为援，在庙堂已经是

---

① 赵武灵王立吴娃为王后并其废立故事，见本书第三部《金戈铁马》。

颇见声势，与元老边将们几乎可以分庭抗礼。在郭开势力撑持下，赵偃在朝会之上振振有词道："赵国元老大臣中，自家废立之事多如牛毛，王室几曾涉足！何本王废立太子，便多有物议，岂有此理？子本我子，知子莫若父，本王宁不知孰贤孰不肖哉！"

由是纷争三年，终究相持不下。

赵偃烦躁不堪，渐渐显出玩乐本性，复终日与转胡倡胡天胡地，时不时还要拉进乐此不疲的韩仓，很少到书房殿堂处置政务了。未几，赵偃暗疾渐渐显现，腰膝酸软，面色苍白，骤然老态毕现。郭开时时与韩仓密会，深知赵王已经耗空，时日必不久长。一日，郭开借搜求得延年益寿之方为名，请见赵王。赵偃在寝室卧榻见了郭开。郭开流泪涕泣道："臣已访得东海神异方士，可使人起死回生，长生不老。我王若能妥善安置镇国事宜，而后偕王后、韩仓遨游东海，待体态康健之时再归国秉政，岂非人生乐事哉？"

身心疲惫得连笑一笑都没了力气的赵偃，又一次被郭开的忠心感动了。

要得长生不老，得东海求仙；要得东海求仙，便得先行安置镇国班底。

郭开给赵偃的路数是清楚的，赵偃是没有理由拒绝的。

赵偃不经朝会议决，断然径自下书：元老大臣尽归封地，不许与闻国事！同时，赵偃又下特书，严厉申饬李牧、庞煖、司马尚等一班大将："尔等职在守边抗敌，毋涉国事过甚！"不待各方提出异议，赵偃正式下书颁行朝野：废黜公子赵嘉承袭身份，册立赵迁为太子；擢升郭开为上卿，摄丞相事兼领太子傅，辅佐储君总领国政。也就是说，尚未加冠的公子赵迁非但立即立为了太子，且在郭开辅佐下总领国政实权。赵偃之所以如此决断，也并非全然听信郭开的访寻长生不老之言。赵偃本意，既然自己病势难以挽回，既然朝野反对废立，索性早日将国事实权交给赵迁郭开，若元老大臣与边将们果真起事，自己或可有时日挑破了赵国脓包，强如自己身后发生惨烈的倒戈政变。

赵王一意孤行，赵国朝野一片哗然。

由此，郭开浮出水面，由一个中府丞骤然成为蹲踞赵国庙堂的庞然大物。

赵人鼎沸了，最为愤愤然的骂声是："大阴老鸟，乱我大赵！"

大阴老鸟者，郭开也。自赵王王书颁行朝野，郭开之名赫赫然传遍庙堂山乡。赵人恍然奔走相告，这才着力搜求"郭开何许人也"的诸般消息。不到半年，郭开的种种阴暗故事弥漫了赵国，引来赵人切齿痛骂。赵人痛骂郭开，其意却是再明白不过地一齐裹挟：此等大阴之人拥戴新太子，太子能是甚好货色！大阴者，大伤阴骘（阴德）之谓也。

战国之世，最入骨的骂辞便是大阴人。郭开之前，只有秦国的嫪毐获此恶骂。其诅咒所指，是其人连根毁灭阴鸷，必得最大恶报。

流传最普遍的故事，是郭开曾以不可想象的阴谋陷害名将廉颇。

长平大战之初的上党对峙中，廉颇被赵孝成王以赵括换将，愤然之下出走魏国。孝成王末年，召回了廉颇，然未及任用，孝成王便病逝了。赵偃即位，初期欲建根基，下令廉颇将兵南攻魏国。大军未发，郭开提醒赵偃说："廉颇久居魏国，若不死力攻魏，岂非危哉？"赵偃以为大是，立即派名将乐毅之子乐乘替换廉颇。廉颇大怒，率军进攻乐乘。乐乘有心，不战自逃。廉颇此举违法过甚，自知难以立足赵国，又出走到了魏国。五国合纵兵败，庙堂废立事起，赵偃反复思忖，赵国若没有一个资望深重的大将统率腹地大军以稳定朝局，赵国很有可能再次发生惨烈宫变。由是，赵偃下令复召廉颇归赵。

郭开得知消息，深知廉颇恩仇之心极重，若重掌兵权，必记恨自己当年的一言去帅之仇；以廉颇的暴烈秉性，对素无嫌隙的替代大将乐乘尚敢公然攻击，对他郭开岂能放得过去？然此等事关乎个人恩怨，郭开又不能公然劝谏以伤自己敦诚忠厚之名。思谋之下，郭开先向赵偃举荐了一个得元老与赵王共同信任的大臣为特使，而后，郭开又以重金贿赂这个特使，密谋出一个诋毁廉颇的奇特之策。

其时，魏国朝局腐败，一信陵君尚且不用，如何能重用廉颇？老廉颇备受冷落，终日郁闷，闻赵王特使来魏查勘自己，精神大是振作。为赵王特使洗尘之时，老廉颇风卷残云般吞下了一斗米的蒸饭团，又吞下了十余斤烤羊，之后抖擞精神全副甲胄披挂上马，将四十余斤的大铁戟舞动得虎虎生风，与宴者连同特使无不奋然喝彩。

不料，特使回到邯郸，赵偃问起廉颇情形，特使却回报说："将军虽老，尚善饭，一餐斗米而半羊。然与臣坐，一饭之间三遗矢（屎）矣！"赵偃不禁苦笑，拍着书案半是揶揄半是叹息道："战阵之上何能遗矢（屎）而行哉！廉颇老矣！"其时郭开肃立王案之下，立即接了一句："臣闻将军扈辄壮勇异常，或能解我王之忧。"赵偃目光大亮，立即下令召见扈辄。

扈辄原是镇守武安要塞的将军，生得膀大腰圆黝黑肥壮，行走虎虎生风，站立殿堂如同一道石柱，只一声参见我王，便震得殿堂嗡嗡作响。赵偃一见其势态，心下便是大喜，也不做任何考校，立即下令扈辄做了邯郸将军。自然，召回廉颇的事也泥牛入海了。后来，这个得郭开举荐的扈辄，统率大军进驻平阳与秦军对抗，一战便被桓齮大军击溃，连头颅也被秦军割了。扈辄外强中干,丧师身死,知情者原本已经开始痛骂郭开了。其时,老廉颇因回赵无望,遂入楚国,又因不适应楚军战事传统,终无战功,以致郁闷死于楚国寿春。廉颇之死的消息传来,赵国朝野一片惊叹哀伤。当年真相也由魏国渐渐传入赵国,郭开弄人之阴谋始得赤裸裸露出形迹。于是,郭开在赵国朝野有了大阴之名。

悼襄王继位后,让乐乘代替廉颇之位,廉颇虽老,但仍血气十足,怒攻乐乘,赶走乐乘,廉颇自己逃到大梁,"廉颇居梁久之,魏不能信用。赵以数困于秦兵,赵王思复得廉颇,廉颇亦思复用于赵。赵王使使者视廉颇尚可用否。廉颇之仇郭开多与使者金,令毁之。赵使者既见廉颇,廉颇为之一饭斗米,肉十斤,被甲上马,以示尚可用。赵使还报王曰:'廉将军虽老,尚善饭,然与臣坐,顷之三遗矢矣。'赵王以为老,遂不召。"(《史记·廉颇蔺相如列传》)英雄不知心计,君王不知明察,悲夫。

然则,无论朝野如何骂声,郭开却因与赵偃素有根基,更兼韩仓在卧榻间为郭开一力周旋,竟然始终蜷伏在王城之内安然无恙。及至郭开一朝暴起,迅速浮上水面,由一个再寻常不过的中府丞倏忽擢升为实际上的领政大臣,赵人的咒骂也只能是徒叹奈何而已了。

正在赵国纷纭之际,悼襄王赵偃暗疾不起,骤然在盛年之期病逝了。

既惊且恐,一命呜呼。

赵国有了最为荒谬的一个君王,幽缪王[①]赵迁是也。

赵国有了最善弄权的一个恶臣,大阴人郭开是也。

赵国有了一个鼓荡淫秽恶风的弄臣,乱性者韩仓是也。

最为荒诞的君臣组合,开始了赵国最为荒诞的幽缪之期。

即位之时,这个赵迁只有十八岁,尚未加冠。秦赵同俗,二十一岁行冠礼。因此由头,郭开指使韩仓等一班亲信郑重其事上书道:"奉祖制,王得加冠之年亲政,加冠之前宜行上卿摄政。如此,王可修学养志,赵国朝野可安。"赵迁深感郭开一党死力维护之恩,自是欣然允准。然则允准之余,赵迁

---

① 赵迁之世国亡,依照传统不当有谥号,故后世史家对《史记》之记载有怀疑。《史记·集解》载徐广云:"六国年表及《史考》,赵迁皆无谥。"《史记·索隐》又云:"徐广云王迁无谥,今(太史公)唯此独称幽缪王者,盖秦灭赵之后,人臣窃追谥之;太史公或别有所见而论之也。"

还是约定了一则大事:"国政尽交上卿,可也。然王城女事,得在本王。"郭开久与赵迁相处,素知其秉性心事所在,慨然一诺道:"老臣守约。然王城女事,不得涉及王后名号。否则,老臣无法对朝野说话,只怕我王之位也未必稳当。"赵迁一阵大笑道:"本王只要女肉!要王后做鸟!"于是一声喊好,君臣两人击掌成约。

郭开心思缜密,立即擢升韩仓为赵王家令,总管赵王嫡系家族之事务。郭开对韩仓的叮嘱是:"稳住那个转胡太后,摸透赵王喜好,只要他母子不谋朝政,任他嬉闹不管。若有谋政蛛丝马迹,立即报假父知道!小子若不上心,老夫扒你三层皮,再割了你那鸟根喂蛇,教你生不如死!"韩仓娇声叫着老父,伸出比女人还要柔腻的臂膊抱住了郭开咯咯笑道:"老父叫我做了大官,咂摸了想也不敢想的权势显贵,小女子便是死,也只能死在老父胯下。甚太后,甚赵王,小女子只认老父也!"郭开大乐,又一次蹂躏了那再熟悉不过的男女肉身。之后,郭开便颁行了领政大臣书令,正式将韩仓派进了太后宫掌管事务。

与此同时,郭开以"赵王尚未加冠,诸事须得太后照拂督导"为由,领群臣上书,请太后与赵王移居一宫行督导事。内有韩仓一班内臣进言,外有郭开一党多方呼应,理由又是堂堂正正,转胡太后便欣欣然搬进了赵王寝宫。不到半年,郭开便得韩仓频频密报:赵王母子尽皆放浪形骸,心头了无国事。郭开由是大乐,开始在赵国认真梳理起来。

王城之内的新赵王,也开始了天地人三不管的乐境。

赵迁天赋玩心入骨,油滑纨绔,又刁钻多有怪癖,未几便将王城折腾得一片淫靡失形。赵迁最为特异的癖好,便是淫虐女子为乐。还是少年王子时,赵迁便偷偷对身边侍女肆意淫虐。其母转胡倡心知肚明,非但不加管教,反将儿子行为视作君王气象,严令侍女内侍不得外泄,以致其父赵偃也不知所以。如今,赵迁做了国王,昔日尚存畏惧的诸多约束一应云散,顿时大生王者权力之快感,在王城大肆伸展起来。但凡王城女子,无分夫人嫔妃侍女歌女,赵迁都要逐一大肆蹂躏一番,而后品评等级,以最经折腾最为受用者,赐最高女爵。如是三月,王城女子的爵号一时乱得离奇失谱。今日遍体鳞伤的洗衣侍女做了高爵夫人,明日奄奄一息的夫人又做了苦役。发放俸金的韩仓手忙脚乱,常常错送俸金,往往正在纠正之时,女爵却又变了回来。于是,韩仓召集一班心腹会商,报请赵迁允准,遂定出一个旷古未有的奇特办法:除了王太后,王城内所有女子的爵位俸金一律改为一年一结，按每个女子在各等爵位所居时日长短，分段累加累减而后发放。未几，邯郸王城出现了奇特景观，所有女子一律平等，都是赵王的女奴；女奴等级之高下，全赖自己的奴性作为。此等规矩之下，王城女子们竞相修习“挨功”，看谁经得起皮肉之苦，看谁经得起种种恶淫蹂躏。如此不到半年，王城已经抬出了十三具女尸，其中出身贵胄的夫人、嫔妃占了一大半。赵迁的淫虐技艺则日益精湛，认定王城女子太过娇嫩，太守规矩，大大有失乐趣，放言要周游列国，寻觅可心的天赋女奴。

郭开得韩仓密报，不禁大惊，忙不迭进宫一番劝谏道：“我王求贤心切，老臣固不当阻拦。然则，方今天下战乱多发，若我王但有不测，非但我王大业从此休矣，我王求乐止境亦未必可成。王当三思。”赵迁眼珠骨碌碌转得一阵，阴声笑道：“上卿之见，本王便闷死在这石头城里？”郭开道：“老臣之见，我王可在国中觅一山水佳境长居，其乐更甚亦未可知也。”赵迁天赋奇才立即迸发，兴奋拍掌道：“好主意！有山有水有林木，野合！野趣！”

“至于我王求贤，老臣可以代劳。”

“求贤？”赵迁噗地一笑，“本王求贤，只怕非上卿之求贤。”

“老臣之求贤，却与我王之求贤一般。”

“求贤两字，还是不说的好。”第一次，赵迁有些脸红了。

“王即邦国。于王有益者，便是于国于民有益，岂非贤哉？”

“好！求贤便求贤，随你说。”面对郭开的坦然正色，赵迁也豁达了。

“老臣遴选贤才，大体不差。”

“上卿通晓此道？”赵迁大为惊喜。

“老臣不通，自有通人。”

“噢？何人？”

“家令韩仓。”

“好！上卿识人也！”赵迁一阵大笑。

“我王既认大事，便当成约。”郭开一如既往地敦诚忠厚。

“好！成约：本王不出赵国，上卿督责求贤！”

回到府邸，郭开以求贤名义名正言顺地召来韩仓，连同一班亲信分为两支人马：一支由郭开自己率领，到柏人整修赵王行宫；一支由韩仓率领，北上匈奴秘密搜买奇异胡女。

柏人，原是邯郸以北百余里的一座春秋晋国的古邑。这座城堡坐落在泜水南岸，东邻一片大湖，名为大陆泽。大陆泽东南岸，当年赵武灵王被困死的沙丘行宫正与柏人遥遥相望。武灵王困死沙丘宫之时，柏人尚无赵王行宫。后来，赵惠文王思念其父武灵王与其母吴娃，然又不忍住进沙丘宫祭奠，于是在大湖对岸的古老城堡外修建了一座行宫，借地而名，称为柏人行宫，以为遥祭居所。柏人行宫山清水秀，冬暖夏凉，然在惠文王死后很少启用，渐渐便有些荒芜了。郭开要将赵迁安置在柏人，看中的是这座行宫既隐秘幽静，又来往近便。赵迁胡天胡地大折腾，女子惨叫声昼夜可闻，不隐秘自然不行。赵迁是国王，但有不测或不堪入耳之丑闻传出，郭开也得陪葬。所以，事虽不大，郭开却得亲自督导，务求妥善严密。太远太偏也不行，不利于郭开与赵迁通联。柏人水陆两便，飞骑马队一个时辰便到，财货输送与甲士调遣都很是方便，自然是上选之地。凡此等等，郭开在入宫之前已经思谋定当。至于被郭开始终说成“求贤”的那件事，更是好办。有精通男女嬉戏的韩仓率一班亲信北上匈奴，断无差错。事实迅速证实了郭开的预料，月余之后，韩仓第一道密报飞到：非但女贤有得，且重金买得六名喜好虐女的胡人武士，预为驯养奇特女贤。

如此忙碌两月余，赵迁搬入柏人，奇异的贤才也接踵送到了柏人。

韩仓搜求的西域胡女，个个生得人高马大，金发碧眼肤色雪白热辣奔放，非但扛得折磨者大有人在，其中火暴者还时不时与赵迁厮缠对打。赵迁大觉刺激，雄心陡起，日日以制伏胡女多少为战场胜败。于是，柏人行宫又有了新的虐女法度：赵王若连续打翻三十六个高大肥白的胡女，且能连番野合十女，家令韩仓便扮作战场军使，骑着快马打着红旗四处飞驰报捷，而后便大宴庆功；若有一女经得起连续三日滚打折腾，且能侍奉赵王一夜于野外林下，得赏赐爵号以为褒奖。

如此日复一日，赵迁郭开韩仓各得其所各有其乐，彼此大觉痛快。

正在赵迁郭开韩仓们开心之时，一场权力阻击突然来临。

赵迁即位的第二年初秋，王族大臣们以春平君①为首，突然鼓动公议：赵王将到加冠

---

① 《史记·赵世家》认为，春平君为质于秦国的赵国太子，史无明证，仅为一说。

之期，庙堂当行筹划冠礼朝会，郭开当如约还政于赵王！原来，此时在赵国臣民心目中，赵王淡出国事，全然是大阴人郭开所致，坊间关于赵王的依稀传闻，也全系郭开一党恶意散布。如今王族大臣一动议，立即引得朝野一片奋然呼应，矛头直指当道者郭开。加冠还政，是丧失事权的元老大臣们早早预谋好的一个关口，其首要目标是还政赵王，而后目标便是施压赵王罢黜郭开。

不料，郭开却是分外豁达，一接到联具上书，立即便行朝会。郭开在朝会上慷慨宣示：明春为赵王行冠礼，而后赵王亲政，老夫决意隐退。此举大出群臣意料，发动公议时的奋然倒郭之势顿时没了着力处，一时只皱着眉头默然一片。毕竟，王者冠礼是一套极为繁复的程式典礼，几个月的预备是无论如何不能少的。郭开应允开春举行冠礼，又答应届时隐退，你还能如何反对？

朝会之后，元老大臣们秘密聚会商议，终于一致认定：郭开是虚与周旋拖延时日，实则根本不打算还政赵王。于是，由王族元老牵头，秘密通联赵军大将，共同约定：开春之后郭开若不还政赵王，立效沙丘宫兵变故事，诛灭郭开一党！李牧、庞煖、司马尚等赵军大将早已不满郭开专权，与王族元老一拍即合，立即开始了向武安、少阳、列人、巨桥四邑秘密进军包围邯郸的诸般调遣①。

谁知又是一个不料。开春之后，赵王迁的加冠大礼如期举行。冠礼后的朝会上，老郭开当殿请辞归乡。其殷殷唏嘘之态，令举事大臣们喜出望外，只盼赵王就势准了大阴人所请，其后只要这个大阴人走出邯郸城外，立马便将他碎尸万段。

谁知，还是一个不料。郭开请辞之后，赵王亲述口书，教举事大臣们的脊梁骨一阵阵发凉。赵迁念诵的是："老上卿乃先王旧臣，顾命而定交接危局，摄政而理赵国乱局，今又还政本王，功勋大德，天地昭昭也！本王何能违背祖制，独弃两世功臣乎！今本王亲政，第一道特书：老上卿晋爵两级，加封地百里，仍居国领政！"末了，赵迁还骨碌碌转着眼珠拍着王案，恶狠狠加了一句，"敢有不服老上卿政令者，本王拿他喂狼！"

元老大臣们瞠目结舌，心下料定大阴人郭开一定是猖狂不可一世。

不料，又是一个不料。郭开匍匐在地，当殿号啕大哭，再度请辞。

---

① 四邑，赵国邯郸外围的四座要塞，详见第三部《金戈铁马》中赵武灵王晚期兵变故事。

太子丹

赵迁也还没傻透。

赵王迁"无行",玩得不亦乐乎,郭开乐得独享大权,群臣束手无策。《尚书·太甲中》载,王拜手稽首曰:天作孽,犹可违;自作孽,不可逭(逭,音 huàn,逃避。后世亦称"活")。甚是!

赵迁一脸厌恶地嚷嚷起来:"说辞我都背完了,如何又来一出?散朝!"

至此,举殿大臣无不愕然失色。

三 不明不白 李牧终究与郭开结成了死仇

赵国朝局当变未变,一场秘密兵变不期然开始酝酿了。

国政依然在郭开手中,而且还更为名正言顺。尤为可怕的是,赵王迁显然已经在郭开的掌握之中了。原本,赵国臣民尚寄厚望于赵王亲政。然新赵王亲政半年,一次朝会不行,只在王城与行宫胡天胡地,其荒淫恶行迅速传开,成为人人皆知而人人瞠目的公开秘密。赵国臣民大失所望,举事大臣们更是痛感被大阴人郭开算计。于是,一班被悼襄王赵偃罢黜的王族大臣们相继出山,以春平君为轴心屡屡密谋,酝酿发动兵变拥立新君。

正在此时,一个突然事变来临——秦军桓龁部大举攻赵!

秦军攻赵的消息传开,朝野一时大哗。毕竟,秦赵之仇不共戴天,抗秦大计立成朝野关注中心再是自然不过。举事大臣们立即谋定:上书举李牧为大将御敌,其后无论胜败,都要诛杀郭开并胁迫赵迁退位。元老们如此谋划,基于一个铁定的事实:上年秦军攻赵平阳,郭开不经朝会便派亲信大将扈辄率军十万救援,结果被秦军全数吞灭;今年秦军又来,郭开定然还是举荐无能亲信统军,最终必将丧师辱国!所以,元老们要抢先力荐李牧抗秦,之后再杀郭开。元老们一致认定:庞煖虽有将才,然腹地赵军终究不如李牧边军精锐,赵国已到生死存亡关头,必须出动边军抗秦;李牧抗秦,诛杀郭开，赵王退位，三者结合，必能一举扭转危局。

不料，元老大臣们的上书还没有送入王城，赵王特书已经颁下：准上卿郭开举荐，以李牧为将率军抗秦！举事大臣们愕然不知所措，对郭开的行事路数竟生出了一种神鬼莫测的隐隐恐惧。春平君闻讯，铁青着脸连呼怪哉怪哉，说不出一句囫囵话来。

郭开老奸巨猾，恐怕是以退为进之策。

郭开终日思谋，对朝局人事看得分外清楚：赵国尚武，又素有兵变之风，要稳妥当国，便得有军中大将支撑，否则终究不得长久。基于此等评判，郭开早早就开始了对军中将士的结交，将扈辄等一班四邑将军悉数纳为亲信。上年扈辄大败身死，郭开才恍然醒悟：四邑将军因拱卫邯郸，名声甚大，泡沫也大，赵军之真正精锐还是李牧边军。郭开也想到过庞煖，然认真思忖，终觉庞煖没有稳定统率过任何一支赵军，在军中缺乏实力根基；不若李牧统领边军二十余年，喝令边军如臂使指，若得李牧一班边军大将为亲信，何愁赵国不在掌控之中？反复揣摩，郭开决意笼络李牧，以为日后把持国政之根基力量。

秦军再度攻赵，郭开视为大好时机。

紧急军报进入王城，正在三更时辰。郭开没有片刻停留，立即飞马赶赴柏人行宫。更深人静之时，执事内侍回说赵王此时不见任何人。郭开却坚执守在寝宫内门之外，严令内侍知会韩仓立即禀报赵王。此时的赵迁，正在长大的卧榻上变着法儿大汗淋漓地犒赏一个可心胡女。被疾步匆匆的韩仓唤出，赵迁光身子裹着一领大袍，偌大阳具还湿漉漉地在空中挺着，浑身弥漫出一股奇异的腥臊，阴沉着脸色不胜其烦。郭开本欲对赵迁透彻申明目下危局，而后再说自己的谋划。不料还没说得两句，赵迁挥着精瘦的大手便是一阵吼叫："你是领政大臣，原本说好两不相干，半夜急吼吼找来疯了！秦军攻来如何，干我鸟事！”吼罢不待郭开说话，腾腾腾砸进了寝宫，厚重的大门也立即轰隆咣当地关闭了。老郭开看着隆隆关闭的石门，举起袍袖驱赶着萦绕鼻端的腥膻，愣怔一阵，二话不说匆匆出宫了。

回到邯郸，晨曦方显。郭开不洗漱不早膳，立即开始紧急操持王书颁行。赵迁虽则亲政，移居柏人行宫却将最要害的王城书房的一班中枢大吏丢在邯郸，理由只有四个字：“累赘！聒噪！”这些中枢大吏，原本便是郭开多年来逐一安插的亲信。郭开行使赵王权力，确实没有来自宫廷中枢的特异阻力。诸多事务郭开之所以禀报赵迁，除了不断试探赵迁，毋宁说正在于激发别有癖好的赵迁的烦躁，进而给自己弄权一次又一次夯实根基。此次事情紧急，郭开一反精细打磨的成例，立即聚来包括掌印官员在内的各方心腹开始铺排。不消半个时辰，大吏们便依照郭开口授拟出了赵王特书，而后立即正式誊刻，又用了王印。

实为矫诏。

不到午时，郭开的赵王特书紧急颁行邯郸各大官署。

匆匆用膳之后，郭开亲率马队星夜兼程地赶赴云中郡①边军大营。

云中司马详细盘查了半个时辰，才准许郭开进入幕府，其冷落轻蔑显而易见。饶是如此，郭开没有一丝不快，依然敦厚如故地堆着一脸笑意，等来了李牧的接见。李牧散发布袍，不着甲胄，连再寻常不过的马奶子酒也不上，只冷冰冰嘲讽道：“老上卿黄夜前来，莫非要亲自领军抗秦？”郭开急如星火而来，此刻却慢条斯理道：“老夫寸心，力荐将军为抗秦统帅，岂有他哉？此战无论胜败，老夫都会举荐将军为赵国大将军。赵国大军，该当由将军这等名将统率。国政大事，

① 战国时，秦赵两国各有云中郡，都是防御匈奴之北边要塞。

亦须大将军与老夫共谋。”李牧冷笑道：“无论胜负皆可为大将军，天下还有赏罚二字么？”郭开却道：“老夫信得将军之才，此战必胜秦军无疑！”李牧无论如何铮铮傲骨，对这等笃信边军必胜之词也不好无端驳斥，遂淡淡一句道：“若是赵王下书调兵，上卿只管宣书。”在李牧看来，郭开此等大阴人无论如何也不会举荐与他格格不入的将军做抗秦统帅，只能是调走边军精锐，而后再交给自己的亲信去统率；然则大敌当前，是国家干城，毕竟不能做掣肘之事，王书调兵是无由拒绝的。

郭开宣读完王书，李牧愣怔不知所以了。

“聚将鼓！”良久默然，李牧大手一挥下令。

李牧没有与郭开做任何盘桓，甚至连一场洗尘军宴也没有举行，便星夜发兵兼程南下了。兵贵神速，这是李牧飞骑大军久战匈奴的第一信条。此时，秦军已经攻下赤丽、宜安两城。李牧断定秦军必乘胜东来，大军遂在肥下之地设伏，一战大胜秦军。赵国朝野欢腾之际，郭开以抚军王使之身亲赴大军幕府，宣读了赵王特书：李牧晋爵武安君，封地百五十里，擢升大将军统领赵国一应军马！这次王书与郭开犒赏边军的盛举，教李牧第一次迷惑了。

李牧坚韧厚重，素来不轻易改变谋定之后的主张，其特立独行桀骜不驯的秉性，在赵国有口皆碑。赵孝成王时，李牧始为边将，坚执以自己的打法对匈奴作战，宁可被大臣们攻讦、被赵孝成王罢黜，亦拒绝改变。后来复出，李牧仍然对赵孝成王提出依自己战法对敌，否则宁可不任。便是如此一个李牧，面对郭开再次敦诚热辣地支持边军，不禁对朝野关于郭开的种种恶评生出了疑惑：一个人能在危局时刻撑持边军维护国家，能说他是一个十足的大阴人么？至少，郭开目下这样做决然没有错。是郭开良心未泯，要做一番正事功业了？抑或，既往之说都是秦人恶意散播的流言？

第一次，李牧为郭开举行了洗尘军宴。

席间，大将司马尚与一班将军，对郭开热嘲冷讽不一而足。李牧既不应和，亦不拦阻，只做浑然不见。郭开却是一阵大笑，开诚布公道：“诸位将军对老夫心存嫌隙，无非种种流言耳！察人察行，明智如武安君与诸将者，宁信秦人之长舌哉？”

李牧与将军们，一时没了话说。

正在此际，春平君的密使也来到军营，敦促李牧迅速回军邯郸，以战胜之师废黜赵王、诛灭郭开，而后拥立新君。李牧心有重重疑虑，遂连夜邀约驻扎武安的庞煖前来，与副帅司马尚秘密会商。司马尚以为,赵迁郭开必将大乱赵国,主张依约举兵。李牧思忖良久,肃然正色道:“且不说赵王与郭开究竟如何,尚需查勘而后定。仅以目下大势说,秦军一败之后,必将再次攻赵。此时若举兵整国,一王好废,一奸好杀,然朝野大局必有动荡,其时谁来担纲定局?动荡之际若秦军乘虚而入,救赵国乎!亡赵国乎!”司马尚一时无对,苦笑着低头不语了。李牧目光望着庞煖,期待之意显然不过。

一直没有说话的庞煖直截了当道:“煖多年奔波合纵,对天下格局与赵国朝局多有体察。若说大势,目下山东列国俱陷昏乱泥沼,抗秦乏力,几若崩溃之象。赵国向为山东屏障,若再不能振作雄风,非但赵国将亡,山东六国不复在矣!大将军已是国家干城,唯望以天下为重,以赵国大局为重,莫蹈信陵君之覆辙也!”身为纵横家的庞煖,举出信陵君之例,话已经说得非常重了。信陵君本是资望深重的魏国王族公子,两次统率合纵联军战胜秦国,一时成为山东六国的中流砥柱。其时魏国昏政,朝野诸多势力拥戴信陵君取代魏安釐王。信陵君却因种种顾忌不敢举事,以致郁闷而死,魏国也更见沉沦了①。对信陵君的作为,当时天下有两种评议:一种认为其维护王室稳定忠心可嘉,一种认为其牺牲大义而全一己之名,器局终小。庞煖之论,显然是以后一种评判为根基而发。

“果真举事,元老中何人担纲国政?”司马尚突然一问。

“春平君无疑。”庞煖回答。

“不。此人无行,不当大事。”李牧摇头,却戛然而止。

“危局不可求全,大将军自领国政未尝不可。”

“李牧一生领军,领国不敢奢望。”

李牧冷冷一句,气氛顿时尴尬。以才具论,庞煖之才领兵未必过于李牧,领政却显然强过李牧。以庞煖之志以及对信陵君的评判,李牧若竭诚相邀其安定赵国,庞煖必能慨然同心。况且,庞煖已经先举李牧,未必没有试探之意。李牧却既否决了春平君,又断然拒绝自己领政,更没有回应庞煖的试探。否决春平君,庞煖、司马尚都没有说话。其间缘由,在于坊间传闻这个春平君与转胡太后私通有年,已经陷进了太后与韩仓的污泥沼,实在不能令人心下踏实。拒绝自己领政,庞煖司马尚都能认同,亦觉这正是李牧的坦诚之处。然则不邀庞煖相助,在司马尚看来,这便是李牧拒绝与其余赵军大将合整

① 信陵君晚期故事,见本书第四部《阳谋春秋》。

朝局了。而在熟悉李牧秉性的庞煖看来，李牧一心只在抗秦，无心在抗秦与整肃国政之间寻求新出路，这场大事便无法商议了。而李牧不明白的是，赵国元老密谋举事，名义以春平君为轴心，实际上却是多有腹地大军的一班大将参与，将军们密谋的轴心人物，恰恰便是庞煖。而作为李牧副将的司马尚，原本来自巨鹿守军，也参与了腹地大将们的密谋。

密谋举事，历来都在反复试探多方酝酿。思谋不对口，自然无果而散。

庞煖、司马尚虽不以为然，却也掂得出李牧所言确是实情，绝非李牧真正相信了郭开而生出的惑人说辞。但凡一国兵变，能在兵变之期维持国家元气者少而又少，不能不戒之慎之。而要使兵变成功，第一关键是要强势大臣主持全局。赵国素有兵变传统，此点更是人人明白。赵武灵王晚期，拥立少年王子赵何的势力兵变成功，全赖资望深重文武兼具的王族大臣赵成主事，否则断难成功。目下之赵国，最为缺失的恰恰是举事大臣中没有一个足以定国理乱的强势大臣。庞煖资望不足，与李牧铁心联手或可立足，两人分道，则胜算渺茫。更为要紧者，目下强秦连绵来攻，李牧全力领军尚不能说必有胜算，遑论左右掣肘？其时，李牧陷入兵变纠缠，既不能全力领军抗秦，又不能全力整肃朝政，结局几乎铁定的只有一个：拱手将灭赵战机奉送给秦军。

李牧态度传入元老将军群，举事者们一时彷徨了。

赵国各方尚在走马灯般秘密磋商之时，秦军又一次猛攻赵国。

李牧已经是赵国大将军，领军抗秦无可争议。然则，李牧大军未动，赵国朝野便迅速传遍了赵王书令：“得上卿

李牧别无选择。

郭开举荐,仍令李牧统军击秦!"郭开郑重其事地到大军幕府颁行赵王书令。李牧心下颇觉不是滋味,却没有心思去揣摩,短暂应酬,便统领大军风驰电掣般开赴战场去了。

这次秦军两路进攻:一路正面出太原北上,攻狼孟山要塞;一路长驱西来攻恒山郡,已经攻下了番吾要塞,正要乘胜南下。李牧已经探查清楚:所来秦军是偏师老军,并非新锐主力大军,气势汹汹却力道过甚,距离后援太远,颇有孤军深入再次试探赵军战力之意味。基于如此评判,李牧做出了部署:以十万兵力在番吾以南二百余里的山地隐秘埋伏,秦军若退,则赵军不追击;秦军若孤军南来,则务必伏击全歼!

李牧对大将们的军令解说是:"秦国老军三年三攻赵,一胜一负而不出主力,试探我军战力之意明也!其后无论胜败,秦军都将开出主力大军与赵国大决,其时便是灭国之战!唯其如此,我军不当在此时全力小战,只宜遥遥设伏以待。秦军若来,我则伏击。秦军退兵,我亦不追。此中要害,在保持精锐,以待真正大战!"至于为何将伏击地点选在柏人行宫以北,李牧却没有说明。其实际因由是,李牧发兵之前,郭开特意低声叮嘱了一句:"王居柏人,大将军务必在心。"郭开之意,自然是要李牧设置战场不要搅扰赵王清静。其时,赵王迁之荒淫恶行已经为朝野所知,李牧心下厌恶至极。然则国难当头,赵王毕竟是凝聚朝野的大旗,全然不顾其颜面也不是大局做派,李牧只好将伏击战场北移,原因却不好启齿。

这一战,赵军又大胜而归,斩首秦军五万余。赵国一片欢腾。

郭开又带着赵王的嘉奖王书,带着隆重的仪仗,带着丰厚的犒赏财货,又一次轰隆隆大张旗鼓地开进了李牧军营。李牧仍然觉得不是滋味,仍然是不能拒绝,又如旧例,聚将于幕府大帐,公开接受赵王犒赏。席间,司马尚一班大将对郭开依旧是冷冰冰不理不睬。李牧念两次胜秦皆有郭开之功,至少郭开没有像元老们预料的那样百般设置陷阱,是以郑重举起酒爵,并下令将士们一齐起立举爵,对郭开做了敬谢一饮。虽然没有边军惯有的慷慨激昂,礼仪毕竟是过了。

一爵饮罢,郭开对李牧深深一躬道:"老夫能与武安君同道知音,共领国政,赵国大幸也!老夫大幸也!"又转身对大将们深深一躬道,"自今日后,诸位将军之升迁贬黜,只要得武安君允准,老夫决保王命无差。"司马尚冷冷道:"老上卿之意,赵王印玺在你腰间皮盒之中?"郭开浑不觉其讥刺之意,一副慷慨神色道:"老夫与武安君有约:荣辱与共,同执赵国。赵王安得不听哉！”

此言一出，幕府大将们尽皆惊愕，目光齐刷刷盯住了李牧。李牧大觉不是路数，肃然拱手道：“军中无戏言。老上卿何能如此轻率涉及国事，涉及赵王？”郭开哈哈大笑道：“此时此地，老夫实在不当此话。当后话也，后话也。”以李牧在军中资望，若与郭开执意折辩一句话虚实有无，反倒显得底气不足有失风范。李牧自然不屑此等作为，大袖一挥散了军宴，将郭开撂在大帐径自走了。

军宴结束，留下一班吏员犒军，郭开自己回邯郸去了。

郭开刚走，春平君元老党的秘密特使便赶到了边军幕府，一力催促李牧发兵靖难，杀郭开废赵王救赵国！赵国元老与边军大将们的通联历来是千丝万缕，密谋举事也不仅仅是与李牧一人有约。是以每次密会密商，至少都有司马尚等几员大将与会。两次胜秦，李牧声望大增，元老们发动宫变的欲望又变得浓烈而迫切。春平君与元老们的评判是：两次胜秦，秦必不会立即再攻，如此必有一段间隙时日，若能在此时一举宫变，迅雷不及掩耳般理清赵国庙堂根基，则赵国必将再振雄风！然则，大大出乎元老们意料，李牧却明确地表示反对此时起事宫变，而主张稳定朝野，先行抗击秦军。

两派力量，争夺李牧。作者要将此事写成水火之势。

李牧的理由很充分：秦军对赵军的试探性作战已经完成，各方消息都显示出秦国正在全力准备灭赵大战；今春秦军必定灭韩，之后很可能立即是灭赵大战；此时若在邯郸仓促起事，赵王人选没定准，主政大臣也没定准，何以稳定大局？大局不稳，赵国必亡！以目下赵国格局，郭开要保存赵王与自己权位不失，便得全力支持边军抗秦，至少不会给抗秦大战设置陷阱。末了，李牧拍着帅案慷慨激昂道：“目下之局，不举事尚能全赵，举事则必然亡赵！整肃赵国，只能在战胜秦军主力之后！”

元老党的特使对李牧的论断做了激烈指斥，说秦国大军正陷于对韩泥沼，秦军决不可能一战灭韩；当此之时，正是赵国廓清朝局的最好时机；若不趁此时机尽早动手，待秦军真正灭韩之后攻赵，有郭开一班狐群鼠辈搅扰，赵军不能全力抗击秦军，赵国才是真正的亡国之危！在李牧与特使的激烈争辩中，边军大将们第一次出现了沉默，没有一个人说话。

"不想武安君竟能寄望于郭开，夫复何言！"

郭开之计，孤立李牧。

特使愤愤然作鄙夷之色，撂下一句使李牧极为难堪的话走了。

第一次，脸色铁青的李牧无言以对。

此间牵涉的一个轴心，是双方对郭开的评判。李牧很明白，郭开绝不是忠直良臣。李牧之所以主张此时不能起事，只是预料郭开不会以牺牲李牧与边军为代价而自灭赵国。毕竟，只有李牧与边军保住了赵国，郭开赵迁才能继续在位当道。李牧相信，郭开不会看不到这一点。李牧认定的方略是：只有再次大败秦军主力，真正换来一段平定岁月，才能整肃赵国内事。然则，不管李牧内心如何清楚，此时都难以辩白了。李牧嗅到了一种气息：只要牵涉到郭开，无论如何辩解，都不可能说服赵国元老与边军大将。

李牧沉默了，元老党的宫变谋划自然也暂时搁置了。然则，种种关于李牧的离奇流言却风靡了邯郸，吹到了各大战国。"李牧拥兵自重。""李牧与郭开荣辱与共，结成了一党。""李牧报郭开两次举荐之恩，要助郭开自立为赵王！""李牧素来不尊王命，这次要独霸赵国了！"等等等等不一而足。面对种种流言，李牧大笑间满眶热泪："赵人之愚，恒不记当年长平大战之流言哉！"

郭开每来一次，李牧的处境便险一分。

此时，郭开又一次亲自带着大队犒赏车马来了。

事先，郭开预报赵王书令：李牧抗秦辛劳有功，加封地一百里。李牧闻报大怒,非但没有举行军宴,连郭开见也不见,便将特使车马轰出了边军营地。饶是如此,流言依旧,李牧也日益为朝野公议所疑。郭开却一如既往,隔三岔五总是亲自来犒赏李牧,且每次都是大张旗鼓。李牧不见,郭开便将绣有赵王褒奖词与郭开一党颂词的大旗遍插鹿寨之外,将大量财货牛羊王酒小山般堆积营门。一面面“功盖昊白”“大赵干城”“新朝砥柱”之类的红锦大旗竟日飞扬,一座座肉山酒山整日飘香,引得路人侧目议论蜂起,整肃如山的边军营地出现了从来没有过的混乱景象。一个是淫虐丑行已经昭著朝野的君王,一个是掌控荒淫君王的大阴奸佞,两人垂青李牧,剽悍的赵人如何不愤愤然作色?

恰在纷乱之时,赵国北部代郡[①]又突发异常大地动!

代郡二十余县房屋大半坍塌,最宽地裂达一百三十余步。紧接着旱灾大起,瘟疫流行,耕地荒草摇摇,代郡陷入空前大饥馑。天灾骤发,郭开一班执政人物不闻不问,依旧每日算政弄人。赵迁王室更是日日沉溺荒诞恶癖,一令不发,一事不举,听任饥民流窜燕国辽东与茫茫草原。不期然,一首民谣迅速在赵国流传开来:“赵为号,秦为笑。以为不信,视地之生毛!”民谣飞传之外,赵国又生出一则流言:乾坤大裂,上天示警,主赵国文武两奸勾连乱国!这文武两奸,任谁解说都昂昂然指为郭开与李牧。

流言飞到大军幕府,李牧连连冷笑,却一句话也说不出来。

李牧乃忠直之臣,不懂辩解,不屑辩解。

数十年来,李牧率边军常驻云中边地,背后的代郡便是其坚实后援。李牧边军与云中、代郡边民素来融洽无间,护持牧民更是口碑巍然。今边民大灾,李牧安能坐视?此时,

---

① 代郡,赵国郡之一,大体在今日内蒙古南部、山西北部、河北西北部的于延水、治水流域。

虽然李牧主力大军因南下对秦作战，已经移驻上党郡东北部的东垣①要塞。然李牧一得消息，顾不得种种流言，立即派出飞骑羽书，下令云中大营全力救治代郡灾民。与此同时，李牧紧急上书赵王，请开邦国府库赈济灾民！可是，李牧的特使根本没有见到赵王，只在王城偏殿好容易找到了郭开。至此，郭开终于真相毕露，对李牧特使冷冷撂下寥寥几句："武安君要救灾民立声望么？好。然则，得他自己来说。李牧一日不与老夫同道，休求老夫成他功业！"事态至此，赵国元老们倍感窝火，一口声将灾劫乱象归结为"姑息养奸，国成大患！"谁在姑息养奸？元老们却不明说。如此更引得流言纷纭。一时间，李牧竟成了朝野侧目的乱国者。

李牧愤怒了！这位赵国的武安君忍无可忍，先公开以军书形式通告朝野，严词斥责郭开一班执政大臣视民如草芥荒政误救，申明若再迟延救灾，边军决不坐视！之后，李牧又立即将自己封地的赋税粮草全数交给代郡府库赈济灾民。李牧如此两举，其一在断然将自己与郭开分割开来，其二则欲带动元老开私家府库赈济灾民，对赵王郭开施加强大压力，以图稳定赵国边民不使外流。

然则，李牧没有料到，赵国局面却因此而更加神秘莫测。

边民倒是不再疑惑李牧，一片赞誉如浪潮般涌起，无不将李牧视为大赵长城。春平君为首的元老们却对李牧真正地冷淡了，疏远了。虽然，每位元老都迫不得已拿出了一些粮草以全颜面，但对李牧这种作为，却大大的不以为然。春平君密使通过司马尚告知李牧说："君之行，徒解其表也，唯沽尔名也！老夫等欲扶国本，安能与君同道哉！"

李牧再无支持者。

赵国的元老势力与李牧，终于分道扬镳了。

---

① 东垣，赵国城邑，今河北石家庄东北地带。

其时，李牧正忙于筹划对秦决战，听罢司马尚转述，苦笑一番，疲惫得连折辩的心力也没有了。此时，郭开人马却是另一番作为：在李牧明发军书之后，郭开非但没有一言做公然辩解，反倒派出几拨大吏连番赶赴代郡救灾。虽然，救灾大吏们最终也没有给边地灾民带去急需的财货粮草，反而是蝗虫般将灾区再度吃喝洗劫了一番。然则，郭开毕竟是以王命名义轰隆隆出动救灾。李牧既没有时日出动精悍人马查究真相，又不能在此时举事除奸，原本可以借重的元老势力也形同路人，无论郭开们如何玩弄伎俩，李牧都无力回天了。

李牧不知道的是，恰恰在这个关节点上，郭开与他结下了生死冤仇。

郭开屡经试探，多方查勘，终于认定李牧是一个无法以眼前利害动其心的人物。也就是说，郭开认定李牧再也不可能成为自己手中的棋子。既然如此，李牧便只能是郭开的对手。在赵国，郭开不畏惧元老势力，却深深畏惧手握重兵而又无法笼络的李牧。自李牧军书通告朝野，公然指斥郭开，郭开一党便开始谋划对付李牧的种种手段了。郭开们最大的顾忌，是元老势力与李牧的结盟。若赵氏元老死力支撑李牧，李牧在元老势力支撑下突然起事宫变，郭开与赵迁准定一齐陷入灭顶之灾。

恐惧之下，郭开没有慌乱，精心思谋了几则流言，下令心腹们大肆传播。郭开心腹心有疑虑，生怕引火烧身，郭开阴阴道："流言者，试探手也。查彼之应对，决我之方略。若李牧与元老果真不为流言所动，而断然起事，老夫只有最后一条路：挟持赵迁北逃，勾连匈奴以谋再起！"一班心腹心悦诚服，遂全力四出，大肆散布种种流言。

郭开的第二手棋是，通过韩仓操弄淫乱成性的转胡太后着意勾连春平君。韩仓大展其长，多次以赵王密召为名，将春平君接进柏人行宫与盛年妖娆的转胡太后大行淫乱。其间，韩仓不惜重操故技，也胡天胡地地混插其中，引得春平君大呼快哉快哉。如此卧榻林下之余，侍女内侍们种种关于李牧秘密进出柏人行宫的悄声议论，也不经意地流入了春平君耳中。春平君大疑，遂在狎弄韩仓时多方盘诘，韩仓却始终只笑颜承欢，却不置可否。春平君又在林下与转胡太后野合时，多方谈及李牧以为试探，孰料这位太后咯咯长笑道："便是那武夫如何，岂比君之长矛大戟哉！"这位欲图在赵国大局中翻云覆雨的春平君笃信卧榻密语，由是认定：李牧已经是赵迁郭开的秘密支柱，断断不可共举密事。元老势力与李牧的分道扬镳，其源皆在此也。

不多时日，郭开得军中亲信密报：春平君元老们与李牧完全分道，李牧没有任何起事谋划,边军大将们也隐隐多有裂痕。郭开兴奋难以自抑,仰天一阵大笑:“天意也!天意也!老夫独对李牧,大业成矣!”

一个阴云密布大雨滂沱的暗夜,庞煖赶到了大军幕府。

李牧看着浑身透湿的庞煖,惊愕得一时无言。庞煖不做任何客套,慨然一拱手道:“武安君,庞煖今来,最后一言,愿君慎谋明断:目下情势,君已孤立于朝,上有无道之君大阴之臣,下有王族元老内军大将,君纵有心抗秦,一军独撑安能久乎!其时,大将军纵然不惜为千古冤魂,大赵国一朝灭亡,宁忍心哉!为今之计,在下与一班将军愿与大将军同心盟誓:抛开春平君,请大将军主事,以雷霆之势一举擒拿赵迁郭开,共推公子嘉为赵王抗秦!挽救赵国,在此一举,愿武安君明断!”李牧尚在愣怔之中,庞煖一挥手,六员水淋淋的大将大踏步进帐,齐齐拱手一句:“我等拥戴武安君主事!武安君明断!”

李牧良久默然,石柱般伫立在幕府大厅。一道闪电划破夜空,大厅骤然雪亮。庞煖与大将们清楚地看见,素称铁石胆魄的李牧脸颊滚下了长长两行泪水。空旷的聚将厅肃然寂然,庞煖与将军们再也不忍说话了。长长的沉默终于打破,李牧对庞煖深深一躬道:“人各有志,不能相强。秦赵大决在即,李牧宁愿死在烈烈战场,不愿死在龌龊莫测之泥潭。”

庞煖与大将们走了,脸色如同阴云密布的夜空。

至此,李牧这位赫赫名将,在赵国朝野几乎完全陷入了孤立。

正在此时,紧急军报接踵传来:秦军主力大举攻赵!

李牧与郭开如何结仇,无从得知。这一节,算是交代郭开与李牧的旧仇。即使无具体的怨仇可考,但亦可以想象,忠奸不能两立,结仇怨是正常。郭开与廉颇之仇,郭开与李牧之仇,皆忠奸不能两立之故。

王翦攻赵之前,李牧大败桓齮之师,两胜秦军。《东周列国志》第一百五回“茅焦解衣谏秦王　李牧坚壁却桓齮”称,秦赵两军对峙之初,皆持廉颇之策,坚壁不出,后赵军兵分三路,夜袭秦军,秦军大溃败,“桓齮大怒。悉兵来战,李牧张两翼以待之。代兵奋勇当先,交锋正酣。左右翼并进。桓齮不能抵当,大败,走归咸阳。赵王以李牧有却秦之功,曰:‘牧乃吾白起也!’亦封为武安君。食邑万户。秦王政怒桓齮兵败,废为庶人。复使大将王翦、杨端和各将兵分道伐赵”。如前文所评点的,李牧沉得住气,非常善于摆阵,实为秦军的克星,可惜独木难支。李牧性格倔强,战事坚持己见,不易驯服,赵王用之,但难信之。

四　王翦李牧大相持

赵王迁七年，秦王政十八年夏末，秦国主力大军压向赵国。

秦军此次志在必得，来势汹汹。

秦军主力以王翦为统帅，分作三路开进：北路，由左军大将李信与铁骑将军羌瘣率八万轻装骑兵，经秦国上郡[①]东渡离石要塞，过大河，以太原郡为后援根基压向赵国背后；南路，由前军大将杨端和率步骑混编大军十万，出河内郡[②]，经安阳北上直逼邯郸；中路，由王翦亲率步骑混编的二十万精锐大军，出函谷关经河东郡进入上党山地，向东北直逼驻扎井陉关的李牧主力。

三路主力之外，秦军还有更北边的一支策应大军，这便是防守匈奴的九原郡蒙恬大军。秦王嬴政给蒙恬军的策应方略是：在防止匈奴南下的同时，分兵牵制赵国边军云中郡大营，以使赵国边军的留守骑兵不能南下驰援李牧。

大军出动之前，秦军在蓝田大营幕府聚将。在穹隆高阔的幕府大厅，王翦用六尺长的竹竿指点着巨大的写放山川[③]，对分兵攻赵的意图解说道：“我军三路，尽皆精兵。三路无虚兵，三路皆实兵！反观之，则三路皆虚兵，三路无实兵！如此部署图谋何在？在赵之国情军情也！人言秦赵同源。赵国之尚武善战，不下秦国！赵国之举国皆兵，不下秦

---

① 上郡，战国秦郡，大体相当于今日陕北延安榆林区域。

② 河内郡，战国末期秦郡，大体相当于今日黄河北岸之中段区域，东部有安阳重镇。

③ 写放山川，几类后世之仿真沙盘。写放，战国用语，意为临摹放大或缩小。秦灭六国，写放六国宫室于北阪。

国！秦赵大决，便是举国大决，无处不战！今我军三路进击，再加九原郡蒙恬大军居高临下策应，堪称四面进兵。如此方略，是要逼得赵国退无可退，唯有决战！唯其如此，秦王特书告诫我全军将士：对赵一战，务戒骄兵，务求全胜！”

“务戒骄兵！务求全胜！”举帐肃然复诵。

“此次大决，不同于长平大战。”明确部署总方略后，王翦肃然正色道，“不同之处在三：其一，庙堂明暗不同。长平大战之时，秦赵庙堂皆明，秦赵两方都是人才济济。此次大战则秦明而赵暗，赵王昏聩荒淫奸佞当国。其二，国力军力不同。长平大战时，秦赵双方国力对等，军力对等。此次大战，秦国富强远超赵国，后援根基雄厚扎实；秦军兵员总数亦超越赵国，攻防器械、甲胄兵器、将士战心等等，亦无一不超赵国。其三，将才不同。长平大战之时，秦军统帅为武安君白起，赵军则为廉颇赵括，秦军将才大大超过赵军将才。此次大战，赵军统帅为大将军李牧，秦军为老夫统兵。诸位但说，王翦与李牧，孰强孰弱？”

若非李牧跟错了老大，王翦与李牧，孰强孰弱，还真不好说。

“上将军强于李牧！”聚将厅一片奋然高呼。

“不。”王翦淡淡的一丝笑意迅速掠去，沟壑纵横的古铜色脸庞又凝固成石刻一般的棱角，“李牧统率大军北击匈奴，南抗秦军，数十年未尝一败！而老夫王翦，虽也是身经百战，然统率数十万大军效命疆场，生平第一次也！素未为将统兵之大战，老夫如何可比赫赫李牧？纵然老夫雄心不让李牧，亦当思忖掂量，慎重此战。老夫之心，诸位是否明白？”

王翦身经百战，深知轻敌误事。

“明白！”举厅一声整齐大吼。

“李信将军，你且一说。”

北路大将李信跨步出列，一拱手高声道：“上将军之意，在于提醒我等将士：既不可为李牧声威所震慑，临战畏首畏尾不敢临机决断，更不能以李牧并未胜过秦军主力而轻忽，当战则战，不惧强敌！至于上将军自以为不如李牧，李信以为不然！”

李信初露锋芒。

王翦鼻端哼了一声，没有打断这位英风勃发的年轻大将。举厅大将尽皆年轻雄壮，一闻李信之言业已超越上将军所问而上将军居然没有阻止，顿时一片明亮的目光齐刷刷聚来，期盼李信说将下去。

“上将军之与李牧，有两处最大不同。”李信沉稳道，“不同之一，李牧战法多奇计，尤长于设伏截击，胜秦如此，胜匈奴亦如此；上将军为战，多居常心，多守常法，宁可缓战必胜，不求奇战速胜。兵谚云，大战则正，小战则奇。唯其如此，上将军之长，恰恰在于统率大军做大决之战。此，李牧未尝可比也！”

“彩——”大将们一声欢呼几乎要震破了砖石幕府。

“不同之二，李牧一生领兵，几乎只有云中草原之飞骑边军，而从未统领举国步骑轻重之混编大军做攻城略地之决战。唯其如此，李牧之全战才具，未经实战考量也！上将军不然，少入军旅即为秦军精锐重甲之猛士，后为大将则整训秦国新军数十万。步军、骑兵、车兵、弩兵、水军、大型军械等等，上将军无不通晓！诸军混编决战，上将军更是了然于胸！唯其如此，上将军之全战才具在李牧之上也！”

“彩！上将军万岁——”幕府大厅真正地沸腾了。

“我有一补！”一个浑厚激越的声音破空而出。

“王贲何言？”王翦脸色沉了下来。

前军主将王贲是王翦的长子，与李信同为秦军新锐大将之佼佼者。若说李信之长在文武兼备，则王贲之猛勇机变尤过李信。秦国政风清明军法森严风习敦厚，王贲自入军旅，父子反倒极少会面。王翦从来不以私事见这个儿子，王贲也从来不在军事之外求见父亲。王贲的功过稽查，王翦更是依据军法吏书录与蒙恬议决行事。更兼王翦行事慎重,总是稍稍压一压王贲。譬如此次灭赵大战,众将一致公推王贲为北路军主将,王翦最后还是选择了李信,而教王贲做了李信麾下的战将。王贲秉性酷肖乃父,军事之外极少说话,今日却横空而出,王翦便有些不悦。

"末将以为,李牧不通大政!"王贲赳赳高声道,"大将者,国家柱石也,不兼顾军政者历来失算。李牧身为赵国大将军,既不能决然震慑奸佞,又不能妥善应对王族元老与腹地大军诸将,在赵国庙堂形同孤立。如此大将,必不长久!秦军出战,不说决战,只要能相持半年一年,只怕李牧便要身陷危局!这是李牧的根基之短。"话音落点,王翦立即摇了摇手,制止了大将们立即便要爆发的喝彩,沉着脸问:"相持便能使李牧身陷危局,王贲之论,根基何在?"

将相难两全,李牧天生武将,不善周旋,行事光明,容易中冷箭。

"其理显然。"王贲从容道,"李牧已经两胜秦军,名将声望业已过于当年之马服君赵奢。赵国朝野上下,对李牧胜秦寄望过甚。但有相持不下之局,昏聩的赵迁、阴谋的郭开,以及处处盯着李牧的王族元老,定会心生疑虑,敦促速战速胜。其时,以李牧之孤立,安能不身陷危局?"

年轻气盛。

"彩——"大将们不待王翦摇手,一声齐吼。

"也算得一说。"王翦怦然心动,脸上却平淡得没有丝毫表示。

自己的儿子,当然是暗中喝彩。

"愿闻军令!"大将们齐刷刷拱手请命。

王翦一挥六尺长杆,高声下令道:"三日之后,大军分路进发!三路大军步步为营,各寻战机,扎实推进。进军方略之要旨,不在早日攻下邯郸,而在全部吞灭赵军主力。对赵之战,非邯郸一城之战,而是全歼赵军之战,是摧毁赵人战心的灭国之战!"

决战之前,各将齐聚一堂,共论敌情,共商决策。

"雪我军耻!一战灭赵!"大将们长剑拄地,肃然齐吼。

王翦以特有的持重，做了最后叮嘱："老夫受命领军，戒慎戒惧。诸将亦得持重进兵，每战必得从灭赵大局决断，而不得从一战得失权衡。我军三路各自为战，通联必有艰难。我新军主力又是初战，诸将才具未经实战辨识。是以，各军大战之先，务必同时禀报秦王与上将军幕府。然则，秦王已经申明：唯求知情，不干战事决断，各军战机，独自决断。唯其如此，今日之后，将各担责，但有轻慢而败北辱军者，军法从事！"

王翦的最后一句话，是指着那口铜锈斑驳的穆公剑说的。

在全部新军大将中，只有王翦是年逾五十的百战老将。虽然王翦统率全军出战也是首次，但王翦早年在蒙骜大军中做百夫长千夫长时已经是闻名全军的谋勇兼备的后起英才。尤为难能可贵者，王翦始终如一的厚重稳健，每战必从全局谋划的清醒冷静，与秦国新老大将都能协同一心的秉性，以及在训练新军中的种种出色调遣，已经在秦国新军中深具人望。更为要紧的是，王翦是自来秦国大将中绝无仅有的被秦王以师礼尊奉的上将军，在秦国庙堂堪称举足轻重。昔年名将如司马错、白起、蒙骜，对朝局政事之实际影响，可说都超过了王翦；然若说和谐处国协同文武君臣一心，则显然不及王翦。这便是王翦作为秦国上将军的过人之处——既有名将之才具，又有全局之洞察。因了如此，最为重大的灭赵之战，秦王嬴政反倒不如灭韩之战督察得巨细无遗，完全是放开手脚，交给王翦全盘调遣。赐大将穆公剑而授生杀大权，却不亲临幕府，这是秦王嬴政从来没有过的举措。

凡此等等，秦军新锐大将当然是人人明白，对王翦部署自是一力拥戴。

赵王王书颁下的时候，李牧已经在开赴井陉山的路上了。

这次，郭开不再亲自与李牧周旋，派来下王书的是赵王家令韩仓。年近四旬的韩仓第一次踏出王城以王使之身行使权力，得意之情无以言表，驷马王车千人马队旌旗猎猎而来，威势赫赫几若王侯。及至赶到东垣，李牧的幕府已经开拔半日。韩仓大是不悦，下令快马斥候两路兼程飞进，一路追赶李牧，务须知会其等候王命；一路禀报郭开，说李牧已经擅自出兵。韩仓自忖威势赫赫，李牧必在前方等候，赶来迎接亦未可知，于是在派出斥候之后下令大队车马缓缓前行，一路观山观水不亦乐乎。谁知堪堪将及暮色，斥候飞回禀报：大军已经不见踪迹，只有李牧的幕府马队在前方四十里之外的山谷驻扎。

小人得志之状。

“他，不来迎接王使？”韩仓很是惊讶。

“大将军正在踏勘战场，等候王使！”

“岂有此理！他敢蔑视赵王？就地扎营！”

韩仓决意要给李牧一个难堪，教他知道自己这个炙手可热的赵王家令的分量。于是，特使人马在山谷扎营夜宿，韩仓再派斥候飞骑赶赴前方，下令李牧明晨卯时之前务须赶来领受王命。不料，正在韩仓酒足饭饱后趁着月色带着几名内侍侍女走进密林，要效法赵王野合趣味之时，山风大起暴雨大作，一面山体在滚滚山洪中崩塌，将酣睡中的车马营地轰隆隆卷入铺天盖地的泥石流中。正在另面山坡野合的韩仓侥幸得脱，却也在暴雨雷电中失魂落魄瑟瑟发抖。天色微明，韩仓被几名内侍侍女抬回营地，望着连一个人影也没有留下的狰狞山谷，韩仓连哼一声也没来得及便昏死过去。及至斥候带着李牧的两名司马赶来，韩仓只能筛糠般瑟瑟发抖，连话也说不出来了。

李牧得报，亲率中军马队赶来了。李牧从来没有见过韩仓，然对这个赵王家令的种种污秽之行早已听得不胜其烦。李牧面若寒霜立马山坡，连韩仓是谁都不屑过问，只对辎重司马冷冷下令：“一辆牛车，一个十人队，送他到东垣官署。”一个小内侍哭着禀报说，家令风寒过甚急需救治，否则有性命之危。李牧冷笑道：“王使命贵，边军医拙，回邯郸救治方不误事。”说罢一抖马缰，率马队径自飞驰去了。

连敷衍的耐心都没有，可见厌恶至极。

旬日之后，李牧大军全部集结于井陉山地。

自与庞煖一班大将分道，李牧已经清楚地觉察到自己的孤绝处境。副将司马尚追随李牧多年，劝李牧不要轻易决断此等大事，不妨与庞煖再度会商共决。反复思忖之下，李牧接纳了司马尚劝告，派司马尚秘密会晤庞煖，终于达成盟约：李牧大军专事抗秦，然支持庞煖等抛开春平君秘密举事；

但能诛杀赵迁郭开而拥立公子嘉为赵王，李牧决意拥戴新赵王，拥戴庞煖领政治国。庞煖等之所以欣然与李牧结盟，并接受李牧不卷入举事的方略，在于庞煖完全赞同李牧关于秦军主力攻赵必将发生的评判。其时，若没有李牧大军全力抗秦，纵然宫变成功，赵国已经崩溃甚或灭亡，宫变意义何在？以实际情形论，抗秦大战庞煖不如李牧得力，宫变举事李牧不如庞煖得宜，两人分头执事，不失为最佳之选择。而李牧之所以终于赞同结盟举事，要害在于庞煖提出的抛开春平君而由腹地赵军一班大将举事的方略尚觉踏实。李牧久在军旅，对元老党的举事方略历来冷淡以对，其根由与其说对郭开洞察不明，毋宁说对春平君一班元老的拖泥带水与浮华奢靡素来蔑视，而对其能否成功更抱有深深疑虑。而庞煖初来，李牧拒绝，同样是李牧疑虑之心尚未消除。经司马尚劝说而李牧最终接纳，也是李牧得多方斥候探察，知庞煖等确实不再与春平君元老党勾连，遂决意支持庞煖举事。

如此盟约达成，边军一班大将无不倍感亢奋，原先渐渐离散的军心由是陡然振作。及至秦国大军逼近赵国边境的军报传来，李牧大军已经恢复了往昔的上下同心剽悍劲健，全军一片求战之声。

李牧选择的抗秦方略是：居中居险，深沟高垒，迟滞秦军，以待战机。

李牧向来是稳扎稳打，然后出其不意取胜。

看官留意，李牧将兵大战，数十年一无败绩。在战国名将中只有三人达此皇皇高度，一曰吴起，一曰白起，再曰李牧。而这三人之统兵性格，竟然惊人的相似：机警灵动如飘风，深沉匿形如渊海，猛勇爆发如雷霆，生平从无轻敌骄兵之热昏。一言以蔽之，狠而刁，勇而韧，冰炭偏能同器。仔细分说，吴起终生七十六战，尚有十二场平手之战；而白起、李牧，却是一生大战连绵，战战规模超过吴起，却是次次完胜，根本纵观李牧一生，实无败绩。白起是明知赢不了，就称病不出。白起所据，皆为强师。李牧所据，皆为平常师，明知不可为而为之，为之胜之，使弱国立于不败之地。相较之下，李牧实胜白起一筹。

不存在平手之战。由此观之，白起、李牧尚胜吴起一筹。若非李牧后来惨死，以致未与王翦大军相持到底，而致终生无中原大战之胜绩，李牧当与白起并列战神矣！

秉性才具使然，李牧谋定的抗秦方略，深具长远目光。

所谓居中，依据赵国大势决断赵军战位也。

其时，赵国疆土共有五大郡，自北向南依次是：云中郡（包括后来吞灭的林胡之地）、雁门郡（包括后来吞灭的楼烦之地）、代郡（三十六县）、上党郡（包括后来接纳韩国的上党郡，共计四十一县）、安平郡（与齐、燕接壤）[1]。其时，郡县制在各国并不完备，尤其是山东六国，不归属于郡的独立县与自治封地寻常可见。譬如目下之赵国，国都邯郸周围百里当是王室直领，再加四面边地常因战事拉锯而盈缩，故所谓郡数，只能观其大概，而非后世国土疆域那般固定明确。五大郡中，上党郡独当其西，南北纵贯绵延千里，几乎遮挡了赵国整个西部。秦国大军西来，以太行山为主轴的南北向连绵山地横亘在前，正是天险屏障。上党郡东北部的井陉山地带，若从整个太行高地构成的西部屏障看，其位稍稍居北；若从背后的东部本土看，则正当赵国中央要害，譬若人之腰眼。若秦军从井陉山突破东进，则一举将赵国拦腰截断，分割为南北两块不能通联，赵国立时便见灭顶之灾。李牧为赵军选定井陉山为抗秦主战场，其意正在牢牢护住中央出入口，北上可联结云中郡边军，南下可联结邯郸腹地各军，从而使赵国本土始终浑然一体，以凝聚举国之力抗击秦军。只要中央通道不失，无论秦军南路北路如何得手，都得一步步激战挤压，赵国便有极大的回旋余地。

秦军善四面作战，李牧之守中，是保守打法。坚壁不出，秦军亦无可奈何。

所谓居险，依据山川形势决断赵军战法也。

---

① 据杨宽先生《战国史·战国郡表》，其中未录县数者，不可考也。

太行山及其上党山地之所以为天险屏障，在于它不仅仅是一道孤零零山脉。太古混沌之时，这太行山南北连绵拔地崛起，轰隆隆顺势带起了一道东西横亘百余里的广袤山塬。于是，太行山就成了南北千里、东西百余里甚至数百里的一道苍莽高地。这道绵延千里的险峻山塬，仅有东西出口八个，均而论之，每百余里一个通道而已。所谓出口，是东西横贯的峡谷通道，古人叫作“陉”。这八道出入口，便是赫赫大名的太行八陉。自南向北，这八陉分别是：轵关陉、太行陉、白陉、滏口陉、井陉、飞狐陉、蒲阴陉、军都陉①。李牧选定的井陉山，是自南向北第五陉所在的山地。井陉山虽不如何巍巍高峻，却在万山簇拥中卡着一条峡谷通道，其势自成兵家险地。赵军只要凭险据守，不做大肆进攻，秦军断难突破这道峡谷关塞。而相持日久，不利者只能是远道来攻的秦军。

如此大势一明，所谓深沟高垒迟滞秦军以待战机，不言自明了。

当然，若是秦军从上党八陉全面进击，井陉山未必便是最佳防守战场。然则李牧已经得到明确军报：秦军三路攻赵，西路主力大军进逼方向毫无隐晦地直指井陉山，南路出河内逼邯郸，北路出太原逼云中。司马尚等一班大将对秦军路数迷惑不解。李牧指点地图解说道：“秦军不着意隐秘行进，大张旗鼓而来，其意至明：一不做奇战，二不做小战，此战必得吞灭赵国也！至于三路大军指向，其心之野更是明白：不在占地攻城，只在追逐我大军所在。南路寻我腹地大军，北路逼我云中边军，中路对我主力大军。设若赵国大军全数被灭，赵国何存哉！”

赵国内乱不止，缺智勇双全的君主。即便如此，赵国将士的斗志仍然旺盛。长平之祸虽决策失误，赵括有可笑处，亦有可敬处，他战死沙场，有多大的罪，也可免了。

① 关于上党与太行八陉之细说，见本书第三部《金戈铁马》。

“秦军虎狼猖狂！赵军擒虎杀狼！”大将们齐声怒吼。

两胜秦军之后，边军将士们士气大涨，在山东战国的啧啧歆慕与国人的潮水般赞颂中大有蔑视秦军的骄躁之势。边军大将们一口声主张：赵军该当效法前战，诱敌深入赵国腹地，设伏痛击秦军！大军仓促开进，李牧未及对大将们备细解说方略。直到大军在井陉山驻扎就绪，邯郸庙堂仍一无书令，李牧这才在井陉山幕府聚集大将会商战事。

会商伊始，司马尚慷慨道：“大赵边军以飞骑为主力，善骑射奔袭，若以前策迎击南路北路秦军，设伏以血战截击，我军必能大胜！今我军两胜秦军，锐气正在，却弃长就短，以骑改步，于山地隘口做坚壁防守，岂有胜算哉？愿大将军另谋战场！”司马尚话音落点，立即引来大厅一片奋然呼应。

“战事方略，当以大势而定。”李牧肃然正色道，“我军两胜秦军，根本因由在二：其一，秦非主力大军北上，而是河东老军之试探性作战；其二，先王初位尚谋振作，朝野上下同心，粮草兵员畅通无阻，我军故能驰骋自如。诸位且想，今日之秦军可是昔日之秦军？今日之赵国可是昔日之赵国？不是！今日之秦军，精锐主力三十八万，要的便是灭国之战！今日之赵国，庙堂昏淫奸佞当道，抗秦无统筹之令，大军无协力之象，粮草无预谋之囤……仅有的一道王命，也随那个猪狗韩仓的车马没了踪影！时至今日，面对灭顶之灾，赵国庙堂可有一谋一策？没有！没有!!”李牧的吼声在聚将厅嗡嗡激荡，大将们都铁青着脸死死沉默。

“诸位将军，兄弟们，”李牧长吁一声，眼中泪光隐隐，“韩仓回程半月，邯郸一无声息。此等异象，何能不令人毛骨悚然？赵王郭开，其意何在还不分明么？未知王命，我大军开出抗秦，以寻常论之，便是擅举大军之死罪。今赵国庙堂，之所以对我军抗秦默然不置可否，实则便是听任边军自生自灭。或者，正在谋划后法制我……”

“大将军，似，似有轻断。”一将吭哧道，“毕竟，那道王书没看到。”

“没看到不能发第二道？灭国之危，庙堂权臣麻木若此，将军不觉异常？”李牧冷笑摇头，“诸位若心存侥幸，夫复何言！尽可听任去留，李牧绝不相强。诸位若铁心抗秦，李牧不妨将大势说透，而后共谋一战。”

“愿闻大将军之见！”举厅大将拱手一声。

“好！”李牧拍案而起，拄着长剑石雕般伫立在帅案前，对中军司马一挥手。中军司马步出大厅一声喝令："辕门百步之外，封禁幕府！"片刻之间，幕府大厅外守护的中军甲士锵锵开出辕门，于百步之外连绵圈起长矛林带。中央辕门口的大纛旗平展展下垂，两辆战车交会合拢，辕门内外之进出全部封闭。与此同时，幕府内所有侍从军吏也悉数退出。幕府大厅之内，只有李牧与一班大将及三名高位司马。中军司马则左持令旗右持长剑，肃然在大厅石门口站定。

李牧的炯炯目光扫视着大厅道："诸位都是边军老将，几乎都曾与元老大臣通联，举事之谋，大体人人明白。赵王之淫靡无道，郭开之大阴弄权，对诸位也不是机密。赵国大势至明：若赵王郭开依旧在位当道，抗秦大战凶多吉少！唯其如此，本君正式知会诸位：为救赵国，李牧司马尚已经与庞煖将军达成盟约：彼举事定国，我抗击秦军！此事两相依赖：若我军能与秦军相持半年一年，则庞煖举事可成；若其事成，赵国得以凝聚民心国力，则我军胜秦有望！若庞煖举事不成，则我军必陷内外交困之危局！若我军未能抗秦半年以上，则庞煖举事难有回旋，其时赵国亦不复在焉！当此之时第一要害，在我边军能否抗秦一战，迟滞秦军于赵国腹地之外！"

"血战抗秦！拼死一战！"大将们一声低吼。

"好！诸位决意抗秦，再说战法。"李牧转身指点着地图道，"以我边军飞骑之长，若赵国政道清明如常，李牧本当亲率十万飞骑，从云中直扑秦国九原、云中两郡，从秦国当头劈下一剑，直插秦国河西！你打你的，我打我的！血性赵人，何惧之有哉！"

短短几句，李牧已经是热泪奔涌心痛难忍，哽咽着骤然打住了。边军大将们也是一片唏嘘涕泪，有人竟禁不住地号啕痛哭起来。是边军大将谁都明白，李牧数十年锤炼打磨出的这支精锐边军，若当真能大举回旋奔袭，其无与伦比的骑射本领必然得以淋漓尽致地挥洒，其威猛战力绝可与秦军锐士一见高下。更有李牧之不世将才，可说兼具赵奢之勇、廉颇之重、赵括之学、乐毅之明以及无人可比之机警灵动，赵军必能打出震惊天下的皇皇战绩！若没有李牧，没有这支边军，人或不痛心如此。唯其有李牧，唯其有精兵，却不能一展所长，却要逼得不世名将与不世精锐放弃优势所在而强打自己短处，何能不令人痛心哉？

"天意如此，夫复何言！"

李牧挥泪，慨然一叹，良久默然。及至大将们哭声停息，李牧这才平静心绪道："我自知必有一死。将士的最高荣誉，不是受爵食邑，而是战死沙场，所以后世称之为"牺牲"——相当于上了祭台，残酷，但这是真理。

等既为赵国子民，国难当头，唯洒热血以尽人事，至于胜败归宿，已经不必萦绕在怀了。"

"愿随武安君血战报国！"大将们吼成了一片。

"以战事论之，我军扼守井陉山，未必不能胜秦！"李牧振作，拄剑指点地图道，"我军虽舍其长，地形之险可补之。秦军虽张其势，地形之险可弱之。要紧处在于，诸位将军务须将我军何以舍其长而守其短之大势之理，明白晓谕各部将士，务使将士不觉憋屈而能顽韧防守！但有士气，必能抗秦！"

"愿闻将令！"举厅大将奋然振作。

"好！诸将听令！"李牧的军令一如既往地简单明确，"旬日之内，各部依照防守地势划分，各自修造坚壁沟垒，多聚滚木礌石弓弩箭镞。工匠营疏通水道，务使井陉水流入各部营垒。军器营务须加紧打造弓弩箭镞，并各色防守器械。辎重营执大将军令，立即赶赴腹地郡县督运粮草。秦军到来之时，不得中军将令，任何一部不得擅自出战。但有违令者，军法从事！"

"谨奉将令！"

战地幕府会商之后，赵军营地立马沸腾起来。

夏末秋初，王翦大军压到了井陉山地带。

王翦主力大军二十万，分作五大营地，在井陉口之外的两条河流的中间地带驻扎。这两条河流不大，一曰桃水，一曰绵蔓水，绵蔓水是桃水的支流。以位置论，绵蔓水最靠近井陉关，桃水则在其西，两水间距大约百里左右[①]。大军久战，水源与粮草同等重要。王翦行兵布战极是缜密，整训新军之际已派出斥候数百名轮番入赵，对有可能进军的所有

① 井陉山水流情势，见《水经注·卷十》。

通道的水源分布都做了备细踏勘，且一一绘制了地图。出兵之先，王翦又对既定的三条进军通道派出反复巡查的斥候，多方监视各路水源的盈缩变化，随时为大军确定驻扎地提供决断依据。

王翦所防者，在于赵军堵水断水。战国之世，尽管借水为战者极其罕见，然中原各国，包括变法前的秦国在内，封地间邦国间因农事渔事而争水者却屡见不鲜。燕齐争水、楚魏争水、韩魏争水、东周西周争水等等等等，屡屡演变为邦交大战甚或兵戎相见。争水最常见者，是某国在上游堵断河流，使下游某国或某地无法渔猎浇灌。井陉山几道河流水量颇丰，山间水道却颇是狭窄，若赵国征发民力秘密堵截水道，远道而来的秦军便会大见艰难。王翦初战，对李牧用兵之机变尤为警觉，深恐其绸缪在先堵绝水源而后再派重兵守护。果真如此，秦军的进兵路径便要改变，至少，直逼井陉山这最为有力的一路必然要改道。及至大军行进到距井陉山二百余里的白马山地带，斥候飞报说，水源上下百余里依然未有异常，王翦这才长吁一声："李牧如此荒疏，宁非天意哉！"

依据事先早已踏勘好的地形，王翦将主力大军分为五座营垒驻扎：

王翦也是稳扎稳打，不敢有丝毫的轻敌之心。

第一座前军营垒，驻扎距井陉口三五里之遥的两侧山地，直接对井陉关做攻关大战。王翦定下的攻关方略是：前军聚集全军之重型弓弩与攻城器械，一月一轮换，始终对赵军构成强大压力。首次做前军营垒驻扎的，是材官将军章邯的三万人马，外加王翦调集配属的弓弩营、云梯营与诸般游击配合，总共近五万人马。章邯的材官营，是集中秦军大型器械的攻坚军，首做攻坚前军，自是一无争议。

第二第三两座营垒，距前军五里之遥，分东营西营分别驻扎绵蔓水两岸。东营为右军大将冯劫部三万，西营为弓弩兼步军大将冯去疾部三万。王翦给这两军的军令是:随时策应前军攻坚,并封锁有可能从外围进入井陉山救援赵国边军的兵马,掩护并保障前军的攻关战事无后顾之忧。

第四座营垒,距两冯营垒十里,驻扎在靠近桃水的一段河谷地带。这是王翦的中军主力八万。这八万人马是步骑混编的精锐大军,营地东西展开做诸般策应,实际便是托住了全部秦军。王翦中军其所以拖后,在于同时承担另一个重大使命:截击有可能救赵的任何山东援军。虽说六国合纵此时已经极难成势,然作为战事方略谋划,缜密的王翦是宁可信其有而不愿信其无。

第五座营垒驻扎在桃水河谷,距王翦中军三五里之遥,是秦军的粮草辎重营。辎重营垒由马兴部的粮草军与召平的军器营构成,护卫铁骑虽只有一万余人,然往来于太原郡与大军之间的工匠民夫却多达二十余万。临时粮仓与临时工棚连绵展开,车声隆隆锤凿叮当,气势分外喧嚣雄阔。

看官留意,大凡山地攻坚,大军营垒绝不能首尾相接拥作一体。一则,地形不容如此之多的兵力展开。二则,各军必须留有战场所需的机变余地,或进或退均可自如伸展。否则便是窝军,非但不能发挥战力,反而可能相互拥挤掣肘。战国之世,战事水平已达古典战争之顶峰,此间之诸般讲究几乎完全为将士所熟知。尤其有相持三年的秦赵长平山地大战在先,山地战对秦军业已成为经典之战,骑兵步兵车兵弩兵与各种大型器械混编协同作战,以及粮草辎重之输送保障,均已娴熟得浑然一体。大将军令但下,整个秦军便如同一架大型器械般立即有效运转起来。

王翦大军布成,对赵大战便擂起了战鼓。

再说赵军。李牧大军虽稍显仓促,然也迅速做好了战前准备。

赵军虽曾在长平山地战遭遇惨败,但毕竟是战国之世的强兵尚武之邦,且三胜秦军全是山地战,故赵军将士绝非山东其余五国那般畏秦怯战。井陉山幕府会商完毕,李牧立即部署了赵军防守战法:全军分为四大营垒,相互策应,做坚壁攻防战。

李牧的四大营垒是:前出井陉关的两翼山岭各驻一营。此两营的军马构成相同:以边军骑士为主力,辅以南下抗秦后归属李牧的腹地赵军之步兵,以为防御屏障。左营由司马尚统率,边军骑士三万,步兵弓弩手两万。右营由大将赵葱统率,边军骑士三万,步兵弓弩手两万。这其中的六万边军骑士,是李牧最为精锐的十万飞骑的主力,此时派为山地防守,形势使然迫不得已也。原因在于,边军骑士善骑善射,山地防御战没有了飞骑驰骋之战场，只能最充分发挥边军骑士善射之长，与步军弓弩营结合为壁垒，将关外两山变成箭雨覆盖的死亡谷。李牧下令军器营，将弓弩长箭大量囤积到两翼山地的石洞，并加紧赶制连发远射的大型弩弓与能够洞穿盾牌云车的大箭。同时，李牧还下令在左右两山各建一座制箭坊，随时赶制并修葺弓箭。各式弓箭之外，李牧又征发当地民力三万人，采伐大树锯作滚木，凿制山石打磨为两种石制兵器——可单人搬动的尖角礌石、可数人合力推动的碾轧石磙，于两山囤积尽可能多的巨石圆木。如是不到一月，左右两山构筑成井陉关前两面铁壁，与井陉关形成一个面西张口的铁口袋，只要秦军攻进关前一里之地，便会陷入两山夹击。

正面井陉关，驻扎李牧亲自率领的混编大军八万。这八万大军中，有李牧边军飞骑四万，有腹地步军四万。李牧将八万人马分作十营依次驻扎，每营八千士卒，营地相隔两里，迭次向后延伸，纵深直达关后开阔地带。李牧对守关十营的军令是：每两营为一个防守轮次，前营作战，后营输送军食兵器并相机策应；三日一轮换，务求士气旺盛精力充盈。赵军的防守器械大多集中于守关十营，关城之上处处机关，关下道边布满路障陷坑以及顺手可用的投掷兵器。较之长平大战的廉颇坚壁，井陉关壁垒更见森严。

关后开阔地，驻扎辎重营两万兵马并十多万车马民夫。这是赵军的后援命脉，李牧分外上心。长平大战赵军被围于重山谷地，赵军最为要害的错失，便是赵括被白起秦军掐断了粮道。李牧精通战阵，对此惨烈教训自是铭刻心头。目下，郭开赵迁对李牧抗秦不置可否，各郡县根本没有接到向大军输送粮草的命令。也就是说，李牧大军所需要的举国后援，丝毫没有动静，一切都得自己筹划。若不是与庞煖达成了秘密盟约，李牧很可能对这种战外政局有些无所措手足。如今大事两分，李牧心下底定，也不向邯郸庙堂作任何禀报，便派出几路特使赶赴邻近郡县，以大将军令大举征发输送粮草。其时，郭开赵迁也没有明令禁止郡县输送粮草，或者说，郭开赵迁也不敢公然禁运粮草。赵国久经战事，各郡县久有依军令输送粮草的传统，如今一得大将军令立即全力输送，甚或多有民众以县为制组成义工营开赴井陉山。一时间，粮草民力源源不绝聚来。

当此国乱国难同时俱发的非常之期非常之战，李牧将自己的中军幕府与亲自统率的一万最精锐飞骑，扎在了辎重营与守关十营之间。李牧之所以亲自坐镇后方，一则因为粮草是全军命脉，二则因为关后通道可随时策应庞煖并联络南北诸军。李牧很清楚，只要赵国朝局大势不陷入绝境，井陉山战场不用他亲临也能扛住秦军攻势。目下赵国之要害，与其说在井陉山战场，毋宁说在邯郸庙堂，在赵国本土大势。唯其如此，李牧决意，秦军第一场猛攻他要亲自掌控反击，若赵军防守之法经得起秦军锤打，他便要将重心放到策应庞煖举事上了。

包围井陉山的第五日，秦军开始了第一次猛攻。

井陉山之险要，不在井陉关，而在其关下的井陉山通道。后世名士李左车云："井陉之道，车不得方轨，骑不得成列。"①其实地形势与秦之函谷关相类，一条长长的峡谷，一座夹在两山的关城。形势狭窄险要，根本不可能展开大军。

王翦亲临前军，在井陉口右侧的高地登上了几乎与井陉山等高的斥候云车。今日率军攻关的是章邯，其大纛司令云车巍巍然矗在谷地大军之中。王翦在斥候云车鸟瞰，关城谷地之情势一目了然。遥望井陉关外两侧山地，左山顶峰隐隐有旗帜飘动，然又与山地林木的隐兵地带相距甚远，显然不会是临阵大将的司令台所在。蓦然之间，王翦确信，那定然是李牧所在无疑！自来统率大军出战，名将极少如寻常将领那般亲临前军冲锋陷阵。李牧两胜秦军，桓龁部将士连李牧人影也没看见，足证李牧也不是轻出前军的寻常猛将。果真如此，今日李牧亲出，其意何在？

与此同时，李牧也看见了那辆孤立于半山之上的高高云车。

李牧曾经以为，白起蒙骜之后秦国将才乏人，纵然扩充大军亦未必如当年战力。尤其在桓龁部老军第一次攻赵战败后，李牧曾多次派精干斥候深入秦国探察，并多方搜集在秦国经商的赵国商贾的义报。其时，李牧的真实谋划是：若秦军果然将才乏人，则是赵国中兴的千载良机；他将决然联结元老势力与庞煖等各方大将，不惜以举事兵变的方式整肃赵国朝局，深彻推行第二次变法，使赵国成为真正堪与秦国一争天下的强国。时日不久，各方消息渐渐汇聚，李牧这才对秦国情势对秦军情势有了清晰的了解。

使李牧深为惊叹的是，秦王嬴政竟能在重起炉灶的新军中全部起用年轻大将！李牧不是迂阔老将，绝不会以对方大将是清一色的年轻人而轻视，相反，李牧真切地觉察到了那股即将扑面而来的飓风。对于王翦为首的秦军十大将，李牧更是多方探察根底，反复揣摩其秉性与可能战法。尤其对王翦蒙恬两人，李牧所知决然不比秦国君臣少许多。之后，李牧终于认定：秦国两位假上将军，蒙恬成为名将尚需时日；王翦虽未统兵大

---

① 见《史记·淮阴侯列传》。

战，但其往昔战绩与作为已经清晰显示，王翦已经是正当盛年的名将了。仅以大将而能为秦王师而言，王翦之军政才具与明锐洞察力足见一斑。唯其如此，李牧预料率军大举灭赵者必王翦无疑。秦军灭韩消息传来，王翦大军竟然未曾出动一兵一卒，李牧不禁一个激灵，几乎是本能地立即感到了即将隆隆逼来的暴风骤雨。以秦国之雄厚国力，以秦军之精良装备，以王翦之稳健战法，李牧隐隐预感到，这是自己最后的一次大战，也是赵军与秦军真正的一次生死大决。

遥望云车，李牧断然下令："王翦亲出，必给秦军以当头痛击！"

"李牧亲出，必给赵军以重挫！"王翦厉声下达了同样的军令。

传令司马尚未回程，秦军战鼓已经雷鸣而起。

章邯军出动三万，其攻关部署是：两翼各列一方五千人的强弩兵，专一对关外两山树林倾泻箭雨，压制两山赵军；中央谷地的攻关大军从后向前分作三阵：后阵为五十架大型远射弩机，每两架大型弩机一排（每架弩机二十人操作），连续摆成二十五排；弩机前的方阵为三千盾牌短剑的爬城锐士，每三伍（十五人）一列，排成两百列一个长蛇阵；最前方是扫清峡谷通道的大型攻城器械兵，主要是壕沟车与大型云梯。这是秦国新军对赵初战，人人发誓为秦军两败复仇，士气之旺盛无以复加。

太阳爬上了山顶，初秋的山风已经弥漫出丝丝凉意。薄薄的晨雾已经消散，谷中的黑森森军阵与关城两山的红色旌旗，尽清晰可见。异常的是两方都没有丝毫声息，仿佛猛虎雄狮狭路相逢，正在对峙对视中悄无声息地审量着对方。

"起——"

正当卯时，云车上的章邯一声大吼。

骤然之间，口外战鼓雷鸣号角呜呜，秦军三大强弩弓箭阵一齐发动，木梆声密如急雨，漫天长箭呼啸着扑向两面山头与正面关城。看官留意，秦军弓弩之强，尤其是大型远射连发弩机之强，战国无出其右，后世亦无可比肩。盖大型弓弩与大型长箭为冷兵器时代之远程兵器，由训练有素的特定士兵群操作。其用材与工艺之精良，其士兵群训练之艰难，其制作与修葺之繁复，都导致其造价之高昂皆远远超过春秋时代的战车。春秋车战之所以每每一战决胜负定霸权，其根本原因便在于战车制造之昂贵，战车兵训练之艰难。一个拥有五千辆兵车的大国，一战若折损两三千辆兵车，其全部恢复成军至少需要十余年甚或更长。大型弩机亦然。没有强大雄厚的财力人力，大型弩机的制造是极其艰难的。秦国自孝公商鞅变法之后,统一天下的雄心步步增长,对攻击型兵器尤为重视。及至秦昭王之世,秦国的兵器制作已经远居天下之首。这种优势主要体现在两方面:一则是常战兵器之精良,二则是大型兵器之数量庞大。

此刻,秦军的三面强弩齐射,井陉山赵军虽是身经百战的精锐,犹自惊骇不已。秦军大箭粗如手臂长如长矛,箭镞两尺有余,简直就是一口短剑装在丈余长的木杆上以大力猛烈掷出。如此粗大矛箭漫天激射,其呼啸之势其穿透之力其威力之强,无可比拟。

强弩齐射的同时,秦军中央的攻关步军立即发动。第一排是壕沟车兵,清除拒马路障,刮去遍地蒺藜,试探出一个个陷坑而后大体填平,再飞速铺上壕沟车,在幽暗的峡谷一路向前。通道但开,大型云梯与攻关步卒隆隆推进,紧随其后的大型弩机也不断推进,连番向城头倾泻箭雨。如此不到半个时辰,黑色秦军便渐渐逼近关下。关下地势稍见开阔,秦军立即汇聚成攻城阵势。

饶是如此,赵军两山与迎面关城依旧毫无动静。

“火箭——”章邯遥遥怒吼一声,云车大纛立时平掠三波。

三大箭阵倏忽停射,突然梆声复起,大片捆扎麻纱浇透猛火油的长矛大箭带着呼啸的焰火直扑两山与关城,恍如漫天火龙在山谷飞舞。片刻之间,两山树林一片关城陷入三面火海,烧得整个山谷都红了起来。

“攻城——”

秦军战鼓再次响起,前阵十架大型云梯一字排开隆隆推向关城,恍如一道与城等高的黑色大墙迎面压上。此等大型云梯后世几乎消失,只留下单兵依次爬城的极为轻便的简单云梯。秦军之大型云梯,实际上是一辆攻城兵车。云车底部装有两排铁轮,其上是一间铁皮包裹厚木板的通地封闭储兵仓,可容二十余名士兵;仓上为两层或三层可折叠伸展的宽大坚固的铁包木梯,仓外装有两具可折叠可伸展的宽大铁包木梯。攻城开始,云梯被储兵仓士兵从里隆隆推进,一旦靠近城墙,仓上大梯立即打开,或钩住城墙或独立张梯;与此同时,储兵仓士兵立即出仓,拆下两边木梯打开奋勇靠上城墙。云梯但近城墙,后阵爬城锐士立即发动,呼啸鼓勇冲来从已经搭好的大梯小梯蜂拥爬上,往往一鼓作气攻占垛口。此刻,井陉关城头一片残火烟雾,十架云梯已经靠近城墙两尺处,后队士兵已经发动冲锋,纷纷爬上了大小三十架云梯。

此时，一阵凄厉号角突然传来，垛口后森森然矗立起一道红墙。

赵军开始了猛烈的反击。箭雨夹杂着滚木礌石，射向攻城士兵砸向大小云梯。更有几辆可怕的行炉在垛口内游走不定，见大型云梯靠近，迎头浇下通红的铁水，巍巍秦军云梯立时在烈火浓烟中轰隆哗啦崩塌。行炉者，可推动行走之熔炉也。设置城头熔炼铁水，在危急时刻推出，从炉口倾泻通红的铁水，任你器械精良也立见焚毁崩塌。①

李牧军的城头战法是：秦军大箭猛烈齐射之时，城头赵军退进事先搭好的长排石板房与各式壁垒存身避箭；秦军火箭射来，缩在石板房的赵军一齐抛掷水袋，同时以长大唧筒（后世亦称水枪）激射水柱扑灭火焰；及至残火浓烟之时秦军攻上，隐伏石板房的士兵立即冲出进行搏杀；潜藏瓮城内的士兵，则通过两道宽大石梯随时救治伤兵、输送策应。

一时之间，关城攻防难见胜负。

两山情势有所不同。赵军退进壁垒壕沟躲避箭雨之时，秦军步卒锐士开始爬山。李牧在高处鸟瞰分外清楚，一声令下号角齐吹，赵军营垒便推下滚木礌石直扑爬山步卒。但秦军大箭威力奇大，壁垒士卒但有现身几乎立遭射杀。更有长大箭矛呼啸飞来，或在半山将粗大滚木直接钉在了山体，或穿透石板缝隙直扑壁垒之内。赵军壕沟步卒原本多是边军骑士，初见如此猛烈骇人之箭矛，不禁人人一身冷汗，只有寻找间隙奋力推下滚木礌石，其密度威力便大为减弱。秦军步卒虽有损伤，却依旧奋勇攻山。及至火箭直扑壁垒燃起大火，秦军步卒已经挺盾挥剑随之杀到。此时秦军箭雨停射，赵军在烟火中跃出壁垒奋勇拼杀。一旦实地接战，赵军战力丝毫不逊于秦军，两军杀得难解难分。

此时，赵军有一样长处立见功效，这便是随身弓箭。

赵军以飞骑为精锐主力，其步军攻坚器械素来不如秦军。远射的大型强弩更少，只在武安等几处关塞有得些许。故，李牧军无法与秦军比拼箭雨，而只能在秦军强弩齐射之时藏身壁垒。近战不然，两山赵军多是骑射见长的精锐骑士，个人抄弓近射，百步之内威力异常。秦军步卒也有随身弓箭，然射技较之赵军，却是普遍差了一筹。更兼今日

---

① 本节所述诸种大型器械之详细介绍，均见本书第三部《金戈铁马》。

仰攻，又有箭阵掩护，攻山步卒全力冲山杀敌，几乎没有想到摘下长弓箭壶近射。李牧于高处看得清楚，见赵军士卒在缠斗拼杀中难以脱身开弓，立即下令策应后队的神箭手们秘密出动，各自择地隐伏于树林之间，瞄准拼杀秦军择机单个射杀。如此不到半个时辰，奋勇拼杀的秦军莫名其妙地一个个相继倒下，壁垒前形势渐渐便见逆转。

好几轮厮杀，难分胜负。

“鸣金撤兵！”王翦断然下令。

午后幕府聚将，章邯愤愤然怒叱赵军冷箭暗算，再战定然攻下两山。一班年轻大将也一口声主张连续猛攻，不拿下井陉山绝不歇战。冯劫、冯去疾争相要换下章邯部。章邯及其部将则坚执要再攻一阵，并提出一个新战法：派出两个三千人轻兵营，各从两山之后袭击赵军；正面再加大猛火油箭焚烧壁垒，先占两山再攻关城，定然一战成功。一时之间，聚将大厅愤激求战之声吼喝成一片。

秦军焦躁。

“诸位少安毋躁。”

一直没说话的王翦从帅案前站了起来道：“若是要不惜代价拿下井陉山，战法多得是。我军坚甲重器，只要连续射烧攻杀旬日，李牧纵然善战，谅他也守不住井陉山。然则，果真如此，则我军因小失大也。”王翦的古铜色脸庞肃杀威严，点着案头一卷竹简，“秦王明令，灭赵不限时日。因由何在？便在力戒我军轻躁复仇之心！兵谚云，骄兵必败。秦赵血战数十年，两军相遇人人眼红，最易生出狂躁之心。人云，两军相遇勇者胜。今日我云，秦赵相遇智者胜！秦军不是赵军，秦军肩负使命在于扫灭六国一统天下，而不是仅求一战之胜。唯其如此，不战而屈人之兵，善之善也。诸位昂昂求战，不惜血战也要攻关，其志可嘉，其策有错！错者何？有违一统天下之大局也。今赵国庙堂昏暗，李牧孑然孤立，其与我军鏖兵，实孤注一掷以求变化也。我军攻势愈烈，李牧在赵国根基愈稳。”

“愿闻上将军谋划！”大将们整齐一声，显然已见冷静。

“我今屯兵关前，不攻不战不可，猛攻连战亦不可。这便是要害。”王翦转身，长剑圈点着立板地图，“目下，我主力大军之要务，只在拖住李牧大军，不使其从井陉山脱身。战法是：日日箭雨佯攻，夜夜小股偷袭，绝不使赵军安卧养息。与此同时，我北路李信大军、南路杨端和大军，则可加大攻占之力多拔城池，从南北挤压赵国。其时，赵国但有异常，则我军从中路一举东进，吞灭赵国主力大军！”

“谨奉将令！”大将们完全认可了王翦的方略。

当夜，三路秘密军使飞出了王翦幕府：两路向南北杨端和、李信而去，一路向咸阳而去。次日清晨，秦军喊杀攻势又起。待赵军退入壁垒，一阵猛烈箭雨之后却不见秦军攻杀。入夜，赵军营地一片漆黑，却突然有火把甲士从山林杀来，此起彼伏整夜不间断。赵军一阵接一阵短暂激战，到天亮已经是疲惫不堪。

如是三日，李牧已经识破秦军战法，遂对赵军下令：分队轮换守垒，秦军不大攻，赵军不全守；秦军但歇兵，赵军立即同样派出小股勇士偷袭秦军营地，同样使其不能安营歇息。如此针锋相对，竟是谁也不能脱身了。

王翦李牧，进入了长平大战后秦赵大军的第二次大相持。

棋逢对手，一时半刻不可能决出胜负。

五　天方艰难　曰丧厥国

秋去冬来，赵国的情势渐渐变得诡异了。

赵王迁无行，郭开乱政。李牧后方“失守”。

郭开虽蛰伏不出，对各方动静却是分外清楚。韩仓奄奄一息回来，将诸般情形一说，郭开已经料定李牧要抛开庙堂独自抗秦了。郭开立即做了两步部署：其一，立即从柏人行宫接赵王迁回邯郸。其二，派心腹门客秘密混迹元老大臣与腹地赵军一班大将之间，竭力鼓噪兵变举事。郭开这两步棋的真实图谋是：一则将赵王这面旗帜紧紧握在手心，万一秦军攻破李牧防线或国中有变，立即挟持赵迁北逃与胡人结盟；二则引诱出举事轴心，设法趁其不备一网打尽。郭开直觉扑灭兵变是当下急务，反复思忖，决意使用韩仓与转胡太后两人为诱饵，铺排自己的密谋路数。

郭开秘密叮嘱韩仓，以太后卧病为由分别召春平君与王族将军赵葱入宫探视。春平君对入宫探视太后，已经是深知其味，闻韩仓来召，也不问情由便颠儿颠儿登车入宫，还不忘在车中摁着韩仓混迹一番。及至入宫，韩仓将春平君带入太后寝宫，两人没几句话便滚到了一处。韩仓喝退内侍侍女，也热腾腾混了进来。正在三人不亦乐乎之时，一脸严霜的郭开突然带着一队黑衣剑士①开到，声称奉王命查究奸宄不法事，喝令立即拿下春平君与韩仓。春平君瑟瑟抖作一团，烂泥般不能起身。韩仓抢先跪地，哀求郭开放过他与春平君，并发誓从此两人唯上卿马首是瞻。郭开冷冷一笑，此话得春平君自己说，否则，老夫得依法行事。春平君大为惊恐，在韩仓扶抱下半推半就地跪在了地上对郭开发了誓。郭开依旧冷面如铁，伸手从转胡后胯间扯出春平君那领污渍斑斑的锦袍，阴阴笑道："君果欲做老夫同道者，春平君便得探察清楚兵变举事之谋。否则，这领锦袍便是物证，韩仓便是人证，老夫依法灭你三族，天公地道也！"说罢，郭开看也不看春平君，大步去了。

一说春平君曾为赵相邦，一说春平君为太子，无定论。此君曾监造铜铍，当属有作为之人，虽私德可疑，想必也没有那么容易软倒。小说写其惊恐狼狈，夸大其词了。

春平君被郭开轻易俘获，赵葱却迟迟不入罗网。

赵葱，赵国宗室，其事不详。

① 黑衣剑士，赵国王室的国君护卫剑士，见《战国策·赵四》。

赵葱是年逾四十的王族公子，做巨鹿将军多年。李牧率边军南下抗秦之后，赵国腹地大军有二十万划归李牧统属，赵葱的巨鹿军是其中主力，赵葱本人则是这二十万大军的统领大将。也就是说，这二十万腹地大军，在李牧的抗秦大军中事实上是相对独立的——战事听从于李牧调遣，赏罚升黜乃至生杀处置等却得“共决”而行。之所以如此，一则在于赵军长期形成的边军与腹地大军分治分领的传统，二则在于战国之世的通行军制。从第一方面说，李牧自己的二十余万边军只南下了最为精锐的十余万主力飞骑，兵力尚不如归属自己的腹地大军；南下作战多为山地隘口之战，脱离一望无际的大草原，边军主力骑兵较之于腹地的步骑混编大军便不显明显优势；是故，目下归属李牧的腹地大军，几乎是与边军战力不相上下的同等主力。从第二方面说，战国之世的上将军大将军虽比后世名称不一的军队最高统帅的权力大了许多，然终究还是有诸多限制的。

看官留意，军权历来是君权的根基。是故，最高军权事实上都掌控在国君手中，大军的战时使用权与日常管理权则是分开于臣下的，此所谓军权分治。任何时代的军制，大约都脱离不开这个根基。军权分治，在战国之世的实际情形是：大军的总体所有权属于国家（君主），主要是三方面：其一为征发成军权，其二为军事统帅（上将军、大将军）与大军日常管理高官（大司马、国尉）的任命权，其三为总兵力配置权与对使用权的授予权。上将军、大将军虽是常设统帅，然在没有战事的时期，却是没有大军调遣权的。但有战事，国君决定出兵数量与出战统帅，以兵符的形式授权于出战统帅率领特定数量的大军作战。上将军若被定为出战统帅，则在统率大军作战期间享有相对完整的军权，其最高形式是君主明确赐予的生杀大权（对部属的处置权）与独立作战权（抗命权）。战事完毕，大军则交国尉系统实施日常管理，行使管理权的国尉系统没有大军调遣权。

明白如上军制，便明白了郭开要着力于赵葱的原因。

郭开要独掌赵国，其最大的威胁是两方：一是桀骜不驯的李牧，二是神秘莫测的兵变。俘获春平君的目的，是平息兵变。着力赵葱的目的，则是钳制李牧。春平君有淫秽老根，郭开马到成功。赵葱却是少入军旅的王族公子，与郭开少有往来，郭开难免没有顾忌。然则郭开有一长：但遇事端，只从自己获胜所需要的格局出发谋划方略，而不以既定格局为根基谋划方略。也就是说，做好这件事需要谁，郭开便攻克谁；而不是那种我能使用谁，我便相应施展的小器局。当年着力于李牧，目下着力于赵葱，尽皆如此。看官留意，郭开为千古大奸而非寻常小人，其谋划之深沉，其心志之顽韧，高出常人许多。明乎此，郭开能掌控赵迁并搅乱赵国，始能见其真面目也。

当年“举荐”李牧，郭开埋下了一条引线：以赵迁王书之名，将归属李牧的二十万腹地大军统交赵葱统率。郭开所拟王书委婉地申明了理由：“胡患秦患，皆为赵国恒久之大患也！赵国不可无抗胡大将，亦不可无抗秦大将。将军赵葱所部统属李牧，若能锤炼战法而成腹地柱石，其后与李牧分抗两患，则赵国无忧矣！”王书颁下，李牧始终不置可否，显然是隐忍不发。赵葱不然，在第一次战胜秦军后书简致谢郭开，虽只限于礼仪，话语却是真诚有加。郭开敏锐地嗅到了一丝气息——赵葱识得时务，解得人意！然则，其时郭开之心重在李牧，不愿因过分笼络赵葱而使李牧不快，只秘密叮嘱韩仓施展功夫。不久，身在大军的赵葱得自家舍人之举荐，有了一个俊美可心的少仆随军侍榻。从此，赵葱所部的诸多消息源源不断地流入了郭开书房。然在与李牧彻底分道之前，郭开始终没有扯动赵葱这条线。

密召赵葱入宫的特使，是军中大将都熟悉的王室老内侍。

老内侍的路数是正大的：先入大将军幕府见李牧，出王书，言赵王有疾思念公子赵葱，请大将军酌处。此时，井陉山赵军与秦军相持已有月余，眼见秋风已起渐见寒凉，诸多后援军务需与庙堂沟通定夺，然王室却泥牛入海般没有消息，仿佛抗秦大军不是赵军一般。李牧心下焦急，却也始终没有与王室主动沟通，其间根由，是在等待庞煖举事。如今庞煖没有动静，却来了王室特使，说的却又是如此不关痛痒的一件事体，李牧不期然便有些愤愤然。然反复思忖，李牧还是压下了怒火，派中军司马将老内侍护送到了关外的山地营垒。老内侍一见赵葱，中军司马便匆匆返回了。也不知老内侍对赵葱说了些甚，左右是两日之后的清晨，赵葱才与老内侍进关来到幕府辞行。赵葱的禀报是：壁垒防务已妥善部署，回邯郸至多三日便回军前。李牧豪爽豁达地笑道：“赵王既思公子，公子无须匆忙，不妨以旬日为限也。天凉入秋，战事吃紧，老夫不能脱身。公子可顺代老夫请准赵王，尽早定夺诸般后援大事，也不枉公子战场还都一场。”

“大将军嘱托，赵葱定然全力为之，不敢轻慢！”

昂昂然一句，赵葱兼程赶回了邯郸。

日暮时分，赵葱被迎进了王城。极少出面国事的赵迁，在偏殿单独召见了赵葱。赵葱将战事禀报了整整一个时辰，赵迁听得直打瞌睡，天平冠随着长长的口水在不断的点头中碰上王案。然无论这个赵王如何厌烦，赵葱都没有中止禀报，更没有忘记申述李牧的委托请求。奇怪的是，赵迁也没有发作，竟在半睡半醒中一直挨到了赵葱最后一句话。及至灯火大亮，赵迁陡然精神振作，拍着王案将赵葱着实奖掖了一番，说辞流利得仿佛老吏念诵公文。末了，赵迁霍然起身道："本王国事繁剧，大军后援事统交老上卿处置。李牧所请，王兄但与老上卿会商定夺。"说罢不待赵葱答话大步匆匆而去，厚厚的帷幕后立即一阵女子的奇特笑叫声。

郭开处处设局，赵葱自投罗网。

"太后见召，公子这厢请。"老内侍极其恰当地冒了出来。

边将大臣入宫而能获太后召见，在赵国是极高的荣耀，也是不能拒绝的恩荣赏赐。赵葱只好跟着老内侍，走进了火红的胡杨林中的隐秘庭院。转胡太后在茅亭下召见了这位正在盛年的将军。金红的落叶沙沙飞旋在青砖地面，转胡太后身着一领薄如蝉翼的黑纱长裙，半躺半靠在精致考究的竹编大席上，雪白光洁的肉体如同荡漾在清澈泉水中纤毫毕见，一丝若有若无的异香飘来，更令人心醉神迷。

"公子将军辛劳，且饮一爵百年赵酒。"太后说出的第一句话，教赵葱不能拒绝。赵国酒风之烈天下有名，事事时时都会碰上大饮几爵的场所。太后召见，赐酒一爵实在寻常。令赵葱难堪的是，他如何接饮这爵酒？铜盘酒具以及盛酒的小木桶都摆在太后的靠枕旁，太后依旧半躺半靠，那只雪白秀美的手便搭在两只金黄的高爵上。不管赵葱如何风闻太后的种种色行，太后毕竟是太后，对于他这种王族远支公子，依然是难以接近的神秘的女主。今日亲见太后，竟是如此一个令人怦然心动的女子，一朵如此璀璨盛开的丰腴之花，赵葱不敢直视了。按照大为简化了的赵国礼仪：太后或国君赐酒，通常由内侍代为斟酒，再捧爵送于被赐臣下；受赐者或躬身或长跪，双手接爵饮之。而眼前的情势是，既没有内侍，也没有侍女，很可能是太后亲自斟酒的最高赏赐。果真如此，赵葱便得脱去泥土脏污的长勒战靴[①]踏上精致光洁的竹席，长跪趋前双手接爵而饮。要如此近在咫尺地靠近太后，赵葱一时大窘，不禁满脸淌汗。

“人言将军勇武虎狼，也如此拘泥么？”太后盈盈一笑。

“臣遵命！”赵葱只得昂昂一句。

“哟！一身血腥。”太后一手扇着鼻端一边笑，“都脱了，都脱了。”

“敢请太后，容臣随内侍梳洗后再来。”

“不要也。猛士汗腥可人，我只闻不得血腥。”

“太后……”

“来，脱了换上这件。”太后拉出一件轻软的白丝袍丢了过来。

赵葱没有说话，红着脸走到邻近高大的胡杨树后，换上丝袍走了出来。当他光着大脚走上竹席，挺身长跪在太后面前三尺处，扑面弥漫的女体异香立即使他同时嗅到了自己强烈的汗臭脚臭与残留在贴身布衣的尸臭气息，一时自惭形秽满脸通红心跳气喘，低着头不知所措了。此时的太后却亲昵一笑，闭着眼深深地吸了一口气，摇摇手低声一句：“来，近前来，你胳膊没那么长。”太后说着，亲自斟满两爵，弥漫着老赵酒醇厚香气的酒爵已经递了出来。太后斜靠捧爵，两只雪白的手臂颤巍巍不胜其力，赵葱若不及时接住，酒爵跌地可是大为不敬。不及多想，赵葱膝行两步，双手捧住了硕大的铜爵，也触到了那令他心下一激灵的手臂。两爵饮下，赵葱陡觉到周身血脉骤然蹿起一片烈火，竟死死盯住了那具纤毫毕见的肉体。太后满脸绯红轻柔一笑：“就知道看么？”呢喃低语间伸手一拉，赵葱雄猛硕大的黝黑身躯嗽的一声扑了上去……及至折腾得汪洋狼藉大竹席如泡水中，赵葱才在清凉秋风旋上身体的金红树叶的拍打中觉出了异常——月下大竹席上是三个人！那具钻在自己与太后中间的雪白物事，原来并不是太后神异，却是实实在在的一个人，赵王家令韩仓！

“将军神勇，君臣两通，非人所能也。”笑殷殷的郭开出现了。

“！”

“君臣两通，非人所能”八个字从那颗白头笑口悠然吐出，如重重一锤敲在心头，赵

---

① 据沈长云等人著《赵国史稿》考证，战靴始于赵武灵王胡服骑射，有短勒与长勒两种。

葱顿时一个激灵！仅凭这八个字，弥天大罪加禽兽恶名便是铁定了，举族丧命也是难逃了。赵葱想大吼一声这是预谋陷阱，然则看着郭开身后的一片森森黑衣剑士，看着依然纠缠在自己身上的两具肉身，赵葱任有愤激之心万千辩词，也是难以出口。郭开坦然走近三具白光光肉身，坦率得只有一句话："公子若从老夫，便可长享美味。否则，天下便无公子一族。"赵葱良久默然，硬邦邦蹦出一句话："只凭这两具物事，不行！"太后揽着赵葱咯咯笑道："我的天也，做赵国大将军你不愿意么？"赵葱黑着脸不答。郭开嘿嘿一笑道："只要公子跟从老夫，大将军自是做得。"

终于，赵葱点头了。

此节写得太俗。赵葱虽来得蹊跷，但也不至于这般龌龊。大概是作者为了塑造这一巨奸，有意"牺牲"赵葱名节。

三日三夜，赵葱没有离开太后寝宫。末了辞行，赵葱还带走了太后亲赐、韩仓精心挑选的两个男装胡女。出得王城那日，郭开特意在偏殿为赵葱举行了隆重的小宴饯行礼，其铺排气势直如赵王赐宴大臣。赵葱原本便有贵胄公子的浮华秉性，多年沙场征战不得不强自抑制，而今骤然大破人伦君臣之大防而跌入泥沼，竟有一种复归本性的轻松快意，索性与郭开共谋赵国共创基业。是以，赵葱对此等有违君臣法度的铺排再也不觉其荒谬，反是大得其乐。觥筹交错间，两人密商了整整两个时辰。自然，一切都是按照郭开的步调进行的。半月之后，赵葱所部的八千精兵秘密开到柏人行宫外的山谷驻扎。郭开立即派出颇有知兵之能的信都将军赶赴柏人统兵，做应对兵变的秘密筹划。

这位信都将军名为颜聚，齐国临淄人，曾经是齐国东部要塞即墨守军的幕府司马。颜聚对兵书颇熟，在司马将军中算是难得的知兵之才。因有诸般见识，颜聚直接上书齐王陈述振兴之策，请求将兵攻燕以张国势。不想上书泥牛入海，齐王没有任何回复，却莫名其妙地回流到即墨幕府。即墨将军素来忌才，立即对颜聚大为冷落。颜聚自知在齐国伸展无望，便逃到了赵国。其时正逢悼襄王赵偃即位对燕用兵，颜聚自荐而入庞煖幕府，做了军令司马。由于谋划之功，颜聚在对燕之战获胜后晋升为庞煖部后军大将。后来，颜聚随庞煖奔走合纵并率所部作为赵军加入了攻秦联军。不想这最后一次合纵仓促败北，庞煖功罪相抵不赏不罚。颜聚却被一班元老抨击为“临战有差，致使赵军伤亡惨重”，要将颜聚贬黜为卒。面对元老们汹汹问罪，颜聚密见庞煖，坚请庞煖为其洗刷。庞煖身处困境，对颜聚作为大是不悦，皱着眉头道：“赵国朝局芜杂，老夫一时无力。将军必欲计较赏罚，老夫可指两途：一可出走他国，二可投奔郭开。”庞煖本意原在激发颜聚的大局之心，使其忍耐一时。不想颜聚却愤然离去，果然找到了郭开门下。郭开正在笼络军中大将之时，自然正中下怀，遂对悼襄王赵偃一番说辞，为颜聚洗刷了罪名。赵迁即位，郭开立即擢升颜聚做了信都将军，成为与邯郸将军等同的高爵大将。自然，颜聚也成了郭开的忠实同道。

信都者，赵国别都也。[①] 赵成侯时，虑及邯郸四战之地，遂在邯郸北部三百余里处修建了一座处置国事的宫殿式城堡，名曰檀台。其后历经扩建，赵武灵王时更名为信宫。长平大战后，赵孝成王将信宫正式作为赵国别都，类似于西周的沣、镐两京，遂有信都之名。以地理形势论，邯郸偏南，信都则正处整个赵国的中部要害，其要塞地位甚或超出邯郸。故此，信都将军的重要性丝毫不亚于邯郸将军。颜聚得郭开信任，能为信都将军，自然是目下应对兵变的秘密力量。

正在颜聚筹划就绪之时，郭开得到了庞煖旧部异动的要害消息。

事实上，庞煖的密谋举事一直在艰难筹划。要摆脱元老势力而单独举事，第一要务便是秘密联结军中将士。赵军统属多头，李牧边军正在与秦军主力做生死相持而不能分身，最可靠的办法是以庞煖旧部为轴心，相机联络他部将士。庞煖旧部多为“四邑”将士，优势是驻扎位置极为要害，劣势是各方耳目也极为众多，做到密不透风极难。唯其如此，庞煖极为谨慎周密，把定宁缓毋泄之准则，一步一步倒也没出任何事端。及至入冬，庞煖已经与轴心将士歃血为盟，秘密约定来春会猎大典之时举事。赵国尚武之风浓烈，春秋两季的练兵会猎大典从不间断，即或逢战，也只是规模大小

① 信都，在今河北邢台市西南地带；别都，即后世之陪都，第二首都。

不同而已。会猎前后，各部将士之调遣行军再是寻常不过，根本不会引人疑虑。唯其如此，会猎举事是将士们最没有异议而能够一致认同的日期。庞煖兵家之士，心下总觉这个日期太正，丝毫没有出人意料处。然则只要一提到任何其他日期，总会有各式各样的异议与疑虑。为统人心，庞煖终于认定了会猎举事这个日期，寄望于正中隐奇或可意外成事。

各色密探门客将蛛丝马迹汇聚到上卿府，郭开立即嗅到了一种特异气息。

郭开立断立决，要在开春之前化解兵变灾难。从各方消息揣摩，郭开断定兵变主事的轴心人物是庞煖。为了证实这一评判，郭开特意派韩仓召春平君入宫会商对策。当郭开将重大消息明白说出几宗时，春平君大汗淋漓满脸涨红愤愤然大骂庞煖不止，并咬牙切齿地发誓追随郭开同心平乱安定赵国。郭开由此断定，元老势力大体被排除在兵变之外，心下大安，遂淡淡笑道："只要足下没有涉足兵变，便是效忠王室，老夫安矣。至于平息兵变，不劳足下费力。然则，大事共谋，不教足下效力，老夫也是心下不安。"春平君立即激昂请命，愿率封地家兵袭击庞煖府邸，以早绝兵变隐患。郭开冷冷笑道："足下好盘算，回封地调兵再聚集赵氏元老，摸浑水之鱼，届时一举吞灭两头好独占赵国么？"春平君心思被郭开一语道破，大为惊惧，立即指天发誓，声言绝无此心回府后绝不出门唯上卿之命行事。郭开站起冷森森地道："老夫何许人也，能放出你这头老狐？自今日起，太后卧榻便是你这只老鸟的肉窝。你敢迈下太后卧榻一步，老夫便将你喂狼。"春平君已经深知郭开之阴毒，只有一脸沮丧地窝进了太后的胡榻。与此同时，一道赵王王书颁发各大官署："春平君常驻王城，总领赵氏王族事务，与上卿郭开一道辅国。凡王族元老公子，但有国事族事不决者，皆可上书春平君决之。"王族大臣元老一时大为振作，将这道王书视为赵氏当国的重大消息，争相向王城大殿旁的春平君署上书，其中多数禀报的竟然是庞煖一班将士的种种不轨形迹。

"老父一刀剔开元老，诚圣明哉！"韩仓腻着身子对郭开大唱颂词。

"老夫不圣明，有你小子的威风？"郭开冷冰冰地拍打着韩仓不断晃动的秀美头颅，"给老夫窝住了那老小子。春平君不出王城，便是你小子功劳。否则，老夫生吞了你。"韩仓一边努力地嗯嗯嗯点头，一边听着郭开对他的部署：窝死春平君，盯紧李牧与赵葱，消息不灵唯韩仓是问。韩仓哭丧着脸对郭开禀报说，赵葱与春平君好办，唯李牧幕府森严壁垒，塞不进一个人去，只有向老父讨教。郭开思忖一阵道："只要李牧仍与秦军相郭开与韩仓二人在一起，必生事端。

持，不理睬他也罢，待老夫平息兵变后再一总了账。目下要留心帮衬赵葱，务使李牧不疑。”

韩仓心领神会，立即亲自带着大队车马酒肉赶赴井陉山犒赏大军。韩仓郑重其事地就第一次下书误事向李牧致歉，并与赵葱在幕府聚将厅横眉冷对相互讥讽。李牧浑然不察其意，还将赵葱申斥了几句。至此，李牧又埋身井陉山军务，不再理睬军中各种流言。李牧确信，开春之后庞煖的举事必然成功，其时再来清理郭开韩仓这般秽物易如反掌耳。

安定了诸般势力，郭开立即开始了对庞煖的谋划。

赵王迁七年，一个多雪的冬天。

因为秦国大军压境，赵国朝野分外沉闷。眼看年节将至，整个邯郸没有丝毫的社火驱年的热闹气息。此时，邯郸官署巷间传开了一则令人振奋的消息：庞煖将被赵王封为临武君，即将率腹地大军奔袭秦军侧后断其粮道，与李牧合围秦军！消息传开，邯郸人弹冠相庆，年节气氛顿时喷涌出来，满街都是准备驱年的社火大队在练步。其时，庞煖并未在邯郸府邸，而是在四邑军营轮换驻扎。消息传至四邑幕府，庞煖颇为惊讶，一时实在难分真假。不想三日之后，赵王急书飞到了庞煖幕府：擢升庞煖为临武君，立即前往信都接受赵王颁赐的兵符，率腹地大军与秦军大战！缜密的庞煖与旧部将士密商，将军们没有一人提出异议，都以为临武君手握重兵更是肃清朝局的大好时机；至于赶到信都接受兵符，那是因为赵王巡视抗秦军务已经亲自北上；赵王纵然昏聩，然起用名将抗秦毕竟是正道，为大将者岂能疑虑？一番议论会商，庞煖不再迟疑，立即率领一个三百人马队星夜赶赴信都。

谁也没有想到，庞煖从此便没有了消息。

颁行朝野的赵王特书说，临武君主张合纵抗秦，已经北上燕国再下齐楚两国斡旋联军事宜，开春便当有合纵盟约成立。庞煖旧部将信将疑，然毕竟庞煖历来倡导合纵抗秦，入宫对策再次提出也未可知，只有耐心等待临武君亲自回复的消息。如此沉沉两月余，庞煖还是没有任何消息。庞煖旧部大起疑心，秘密前往井陉山请见李牧会商。李牧也是疑惑百出，却终究不好断然撤军查究此事，只有抚慰诸将再作忍耐，待来春水落石出再定。

李牧不知道，将军们也不知道，巨大的阴谋已经逼近了他们。

六　杀将乱政　巍然大国自戕自毁

多雪的冬天，顿弱从燕国秘密南下了。

其实是秦军拿赵军没有办法，唯有毁其后方。与当年毁廉颇实无二致，赵王一再上当，实自作孽不可活。

王翦大军将赵国最为精锐的李牧大军牢牢拖在井陉山不能转身。北路李信大军，南路杨端和大军，皆受王翦军令，对赵军引而不发。如此形成的态势便是：所有的赵国大军都被钉在三个方向不能动弹，如同被牢牢镶嵌在一个巨大的框架之中。尤其是南北两路，赵军不动尚可无事，赵军但有异动，立即便会引来秦军大举出击，以目下南北赵军之实力无异于立即崩溃。大势观之，谁都看得明白，赵军已经在三面秦军形成的巨大钳制下陷入了困境。但谁都不明白的是，秦军何以久久不动而空自消耗，秦军究竟在等待甚？半年僵持之中，山东四国也渐渐从秦军威慑的恐慌下解脱出来，由蜗居自保而开始探头探脑地派出特使赶赴邯郸探察实情，秘密试探在赵军死战拖住秦军的情势下合纵袭击秦军背后的可能性。对三路秦军而言，则由于大半年没有重大战果，将士们有些愤愤然急躁起来,整日嗷嗷求战。王翦多次严令加以反复申述,也仍然不能平息喷发于军营的汹汹战心。在秦国朝野,则渐渐弥漫出种种不耐议论,指责王翦畏赵不战灭秦军志气。也就是说,大半年相持如同当年的秦赵上党大相持一样,已经引出了种种骚动。

诸般消息聚到咸阳王城,秦王嬴政立即召李斯、尉缭会商。

李斯尉缭不谋而合,一致认为灭赵不能急功,若能在明年下赵已经是匪夷所思,不能求战心切,更不能催战于王翦。秦王爽朗大笑道:“我与两卿同谋也!不求战,不催战,静观其变,看他赵国能耗得几多时日。”李斯道:“大谋如此,然也不能当真了无动静。臣意,当使顿弱南下赵国,投石激变,或可使赵国自乱阵脚。”尉缭立表赞同。君臣三人遂商定部署:一则派特使北上燕国命顿弱南下激变,二则由李斯秘密赶赴井陉山与王翦共谋战事。

却说顿弱虽身在燕国,事实上却推动着掌控着赵国的种种变化。郭开总能恰如其分地接到求之不得的消息,李牧庞煖的种种掣肘,赵葱颜聚的飞快擢升等等等等,无一不有着顿弱设立在赵国的“商社”的影子。如今,赵国情势已经恰到火候,正在顿弱要上书禀报秦王自请南下赵国的时刻,秦王特书恰恰到了。顿弱展开竹简便是一阵大笑:“君臣两心如此相通,宁非天意哉!”

“赵王迁七年,秦使王翦攻赵,赵使李牧、司马尚御之。秦多与赵王宠臣郭开金,为反间,言李牧、司马尚欲反。”(《史记·廉颇蔺相如列传》)

旬日之后的一个雪夜,顿弱马队飞进了邯郸,飞进了商社的秘密寓所。

次日清晨,上卿府舍人便有了回音:郭开将在胡风酒肆的云庐会见顿弱。

胡风酒肆,是赵武灵王胡服骑射之后林胡大商所开的胡店。在邯郸,乃至在天下列国,这胡风酒肆都是赫赫其名。

名之大者在三：其一占地最大，举店六百余亩居于邯郸商社云集的中心区，尽占车马通衢之便；其二有最为本色的胡地风情，草原葱绿胡杨金红帐篷点点炊烟袅袅，金发碧眼的胡女赶着雪白的羊群白云般流过，佳客随时可尝野合之乐趣，亦可将牧羊胡女揽进大帐做长夜销魂；其三有最为华贵隐秘的单于穹庐，可供大商巨贾邦交使节游学名士纵情密商酣畅议论。近百年来，这一片胡风酒肆不知搅动了多少天下风云。至少，吕不韦的赵国起事便是以这胡风酒肆为根基的。顿弱携巨金北上，几年来不知多少次在这片云庐与赵国权臣密会，一丝一缕地撬动着赵国的河山根基，成箱成袋地挥洒着秦国的金钱财货。今日眼见赵国这座巍巍大山根基松动，顿弱只要在最要害的穴位猛刺一针，这座大山便会轰隆隆崩塌沉陷了。唯其如此，辎车在漫天飞雪隐隐风灯中驶进苍黄的草原，顿弱的心绪是奇特的。亢奋中交织着一丝悲凉，壮心中渗透着无尽感慨，顿弱不禁高声吟诵起来："烨烨雷电，不宁不令。哀今之人，胡憯莫成！"

被一名金发胡女扶进穹庐后帐时，顿弱的惊诧是难以言表的。

郭开端坐在硕大的虎皮胡榻上，一个长发披散的俊美男子以最为淫秽的举动伏在郭开的大腿上，一个金发碧眼的秀美胡女狗一样趴在长发男子后臀上……在顿弱的记忆中，郭开是天下仅见的正行巨奸，不荒政，不贪财，不近色，唯弄权算人为其独特癖好。相交多年，郭开没有收受过秦国的一个半两钱，更不说金玉珠宝名马名车古董器物。然则，郭开当说则说当做则做，从来没有因为透露了某个消息或做了某件事情向顿弱开价。唯其如此，顿弱常有一丝疑虑闪过心头，郭开所为莫非是赵国的反间之策？然事实的每一次进展，都迅速证实着顿弱的疑虑是多余的。毋庸置疑，郭开实实在在是一个毁灭赵国的乱国大奸。每每印证一次这个评判，顿弱都会闪出一个颇为悲凉的念头：如此正派正行之能才，偏成巨奸毁国之行，宁非天意亡赵哉！

"顿弱兄何其惊诧也。"郭开坦然抚摸着俊美男子的长发，平静地笑着。

"上卿之行非人所为，顿弱难解。"

"名家顿弱，也有难解之题？"

"上卿是说，今日当客奇行，乃有意为之？"

"老夫作为，岂能无意？"

"顿弱不能破解，上卿便另谋他途？"

"足下尚算有明。"

“反之，顿弱若能破解，上卿便成盟约。”

“愚钝之人，不堪合谋。”

“上卿奇行，意在告我：上卿非无人欲，只在所欲非常人也！”

“足下解得老夫心意，可为一谋。”郭开一手冷冰冰地抬起俊美男子下颌，说声下去。俊美男子顺从站起，突然恶狠狠扯着金发女子的长发大步拖到了木屏之后，之后一阵奇异的响声传来，俊美男子又悠然走了出来，笑吟吟站在了郭开身侧。

“此乃老夫男妾，亦为老夫子奴，官居赵王家令，韩仓是也。”

郭开若无其事地介绍着，顿弱陡然生出一身鸡皮疙瘩。韩仓之名之行，顿弱熟得不能再熟，然韩仓其人，顿弱却从未见过。依着寻常列国宫廷龌龊之通例，身为赵王家令的韩仓是赵王宠臣，决然不该在同样是臣子的郭开面前成为如此卑贱的肉宠。同为大臣而如此不堪，顿弱对赵国不禁生出一种难言的厌恶与怜悯。

“上卿去李牧，须得何种援手？”顿弱对韩仓看也不看。

“赵国之事，老夫不须援手。”郭开矜持而冰冷。

“果真如此，上卿何须约秦？自立赵王便是了。”

“若无秦国，老夫早是赵王矣！”

“上卿知秦不可抗，尚算有明。”

“赵国当亡，秦国当兴，老夫比谁都清楚。”

“既然如此，上卿与秦联手倒赵，正得其宜，何言独力成事？”

“老夫为秦建功，自有老夫所求。”

“上卿但说无妨。”

“赵国社稷尽在老夫。”郭开扶着韩仓的肩膀站了起来，一步一步地走到了顿弱案前，森然怪异竟使叱咤邦交风云的顿弱心头猛然打了个寒噤，“无论赵王，无论太后，都是老夫掌心玩物而已。老夫生逢乱世，不能独掌赵国，却也要以赵国换得个安心名头，以慰老夫生平弄权也。老夫若将赵国奉于胡人匈奴，足可为一方单于，拥地百千里而奴隶牛羊成群。老夫所不明者，奉赵于秦，秦将何以待老夫？”

“上卿终显本色，顿弱佩服！”

“老夫有欲，欲于异常。”

“上卿所求者何？”

"秦国所予者何？"

"上卿所求必大，容顿弱旬日后作答如何？"

"若非秦王亲书，足下便走不出邯郸了。"

"上卿胁迫顿弱？"

"老夫若挟赵王入胡，一颗秦国名臣人头之礼数，总该是有的。"

"上卿不怕顿弱先取了你这颗白头？"顿弱哈哈大笑。

"密事算人，只怕足下不是老夫对手。"郭开一如既往的冰冷。

"好！顿弱人头先寄在上卿剑下。告辞。"

"旬日为限！"

顿弱举步间，身后传来韩仓柔亮美妙的声音。顿弱情不自禁回头，一眼扫过这个赵王家令明艳的脸庞妖冶的身段，心下又是一个激灵——天下妖孽奸佞独聚于烈烈赵国，上天之弄人何其滑稽何其残忍哉！

郭开之毒，秦人见之亦愤。

九日之后，一骑快马密使在寒冷的冬夜抵达了邯郸的秦国秘密商社。

秦王嬴政的特急王书是：秦国灭赵，郭开可为赵国假王[①]治赵，唯不得拥有私兵。特书外附有一管密书云：顿弱可将王书派员交付，毋得亲见郭开。顿弱心头突突大跳，如此巨奸若为赵国假王，岂非天下大大隐患？然顿弱深知秦王嬴政之长策伟略过人，更有李斯尉缭与谋，能出此等亘古未闻之大赏必有其中深意，决不会放任郭开荼毒赵国。至于附书，顿弱认定是尉缭所谋，未免多心。素来与郭开会商，都是顿弱亲自出面，今日事端更大，派员前往如何不引起郭开疑虑？一番思忖，顿弱打消了上书求改之意，立即约见郭开。

① 假王，以王之名义代行治权，如后世代理之义。

"知老夫者,秦王也!"郭开抖着王书第一次绽开了苍老的嘴角。

"上卿将为赵王,顿弱先贺。"

"足下贺我,有的是时日。"

"不。邦交事务繁剧,上卿既无须援手,顿弱即行告辞。"

"足下意欲何往?"

"无论何往,皆不误事。上卿若须援手,可找秦人商社传讯。"

"老夫所须援手,只在足下一人。"

"上卿何意?"顿弱心头骤然一动。

"足下做事可也,只是不得离开邯郸王城,以备与老夫随时共谋大计。"

"上卿密行拘押顿弱,不怕鸡飞蛋打乎!"顿弱哈哈大笑。

"人言秦王有虎狼之心,老夫安得不防?"郭开绽开的嘴角突然收紧,阴沉狞厉之相森森逼人,"老夫谋事,鸡飞不了,蛋打不了。倒是足下,斡旋列国邦交,几曾品咂过一国王太后美味哉! 足下只要跟从老夫,赵国太后便是足下奴婢一个,成群胡女便是足下一群牛羊。如此天上人生之况味,足下不欲拥有乎?"

"非人之行,上卿尽可自家品咂,顿弱无心消受。"

"只要老夫有心,足下之心何足道哉!"

"上卿之意,顿弱便是人质?"

"做得如此人质,也是足下之福。"

郭开冷冰冰一句扬长而去。顿弱遂被两名胡女扶进了一辆密不透风的高车,辚辚出了云庐。动静触手之间,顿弱已经觉到两名胡女四条臂膊的铁石力道,寻机挣脱之意顿消,心绪立即宁静下来——只要郭开不堵死与商社通联之路,何惧之有也。

顿弱成为郭开手上的筹码。

井陉山变成了茫茫雪原，黑红两片营地都陷入了广袤旷远的沉寂。

立马高岗凝望关外，李牧身心寒彻直是这冰雪天地。对于大军战场，李牧具有一种寻常将军无法企及的明锐感。两军相持半年余，秦军的正式攻坚却只有开始的那一次，其后便是无休止的袭击骚扰。仅仅是那一次攻坚，李牧已经敏锐地洞察到秦军战力之强远非今日赵军可比。假若岁月倒转二十余年赵孝成王在世，李牧完全可能如同早年反击匈奴的深远谋划一样，为赵国练出一支与边军具有不同风貌的重甲锐师，专一与秦军一较高下。然则，孝成王之后的赵国已经乱得没有了头绪，君王荒淫奸佞当道阴谋横行，所有的实力圈子都在黑暗中摸索，死亡的气息已经越来越浓厚地弥漫了赵国，扑上了每个人的鼻端。于今谋取雄师，无异于临渴掘井，不亦滑稽乎！李牧所能做的，只有以目下这二十万兵力与秦军对抗相持，能抗多久是多久。假如庞煖尚在，兵变扭转朝局的希望未灭，李牧对抗击秦军还是深具信心的。毕竟，赵国有久战传统有举国成军的尚武之风，更有虽散处三方然终究尚存战力的四十余万大军。然庞煖这团政事火把一灭，李牧真正地冰寒入骨了。庞煖出事，意味着赵国反对昏政的势力彻底地分崩离析，扭转庙堂格局的希望也彻底地破灭。元老们鸟兽散了，将军们鸟兽散了。愤懑的国人群龙无首，又被种种流言搅得昏天黑地是非难辨，纵然李牧可以登高一呼，谁又能保国人便攘臂而起？再说，纵然国人攘臂而起，不说当不得秦军冲击，先便当不得郭开赵王的黑衣王城军，还不是白白教庶民百姓血流成河？

国政无奈，战场同样无奈。

自庞煖失事，李牧夜夜不能成眠。每每眼看着连绵军灯在稀疏的星光中没入朦胧曙色，声声刁斗在凄厉的号角中陷入沉寂，李牧却还在一片片金红的胡杨林中游荡着。桀骜不驯的李牧雄霸军旅一生，第一次尝到了四顾茫然走投无路的无奈。假如王翦的二十万大军能死命攻坚，使他能痛快淋漓地血战一场，李牧的心绪或可获得些许平静。毕竟，将军战死沙场化为累累白骨，也是一种壮烈的归宿。然则，秦军偏偏不战又不退，就如此这般耗着你，要活活窝死二十万赵军！一想到长平大战中白起的“以重制轻，以慢制快，断道分敌，长围久困”而使五十余万赵军一举毁灭，李牧心头便是一个激灵，生平第一次对战场情势生出了一种本能的毛骨悚然感。李牧佩服秦国能坚实支撑四十余万大军远道灭国的后援能力，仅仅是这一点，赵国便无法望其项背。李牧更佩服如此国力之下，秦国竟然不仅涌现出王翦这样的老辣统帅，还能涌现一批诸如蒙恬李信杨端和王贲章邯这样的谋勇兼备的年轻大将。他们不骄不躁扎实进逼，使赵军退无可退战无可战，干净彻底地剥夺了赵军的战事自主权，赵军只能窝在原地等着挨打等着崩溃等着死亡。三十余年战场阅历，剽悍灵动的李牧从来是制敌而不受制于敌的。这一次，李牧却眼睁睁拥着二十万大军不能挪动半步，眼睁睁陷进说不清是秦国还是赵国抑或同时由两方甚至多方掘成的深深泥沼，直至没顶窒息而又无力挣扎。徒拥大军而只能无可奈何地等死，李牧脊梁骨的寒冷与其说是恐怖，毋宁说是悲凉。

……

郭开卖国，李牧后方"失守"。

"大将军，赵王特书！"

亢奋的禀报夹着急骤的马蹄飞上了高岗，是司马尚亲自来了。

"何事？"李牧依然遥望远方，丝毫没有转身的意思。

"王书在幕府。特使韩仓说，赵王召大将军商议会战秦军！"

"韩仓来了？"

"对！韩仓还说，庞煖策动合纵联军有望！"

"你信么？"李牧骤然转身，迷惘的目光充满惊诧。

"大将军，我军大困……宁可信其有，不可信其无。"

"你是说，要李牧奉命？"

"大将军若有脱困之策，或可，不奉命。"司马尚说得很艰难。

李牧良久默然。对于司马尚这位合力久战的将军，李牧几乎是当作兄弟般看待的。司马尚对李牧，也是景仰同心的。无论是对元老势力还是对庞煖部属，两人纵然有过些许歧见，最终都丝毫没有心存芥蒂。这支大军的灵魂是李牧，而能走进李牧内心深处的，只有司马尚。李牧不相信郭开韩仓，更不相信赵王迁。那般龌龊君臣果真有抗秦保国之心，岂能大半年将二十万大军丢在井陉山不闻不问？今日若真心要与秦军会战，便当亲赴军前激励将士，如同当年秦昭王亲赴河内为白起大军督运粮草一般。果真如此，郭开赵迁纵然此前有罪，李牧夫复何言！召李牧入宫而商议会战，能是真心会战么？无论李牧如何不精通君臣权谋，李牧至少清楚地知道，赵国的许多要害人物都因为入宫而面目全非或泥牛入海。春平君如此，赵葱如此，庞煖也如此。赵国王城在赵国朝野眼里，早已经是神秘莫测的陷阱，那里盘踞着一条咝咝吐芯的斑斓巨蟒，随时准备吞噬走进王城的每一个猎物。明乎此，李牧还要重蹈覆辙么？可是，李牧明白，司马尚便不明白么？司马尚既然明白，何以要宁可信其有，不可信其无？说到底，赵军大困雪原是实情，而不能解困则只有空耗等死。作为大军统帅与副帅，既没有脱困之策，又要放弃闪烁在眼前的一丝希望，对二十万将士如何说法？自己心下何安？

“幕府。”马鞭一抽战靴雪块，李牧转身走了。

幕府聚将，接受王书，无论韩仓如何神采飞扬地宣说赵王之志，李牧始终没有说一句话。韩仓自觉无趣，终究灰溜溜住口。李牧这才站起身来，拄着那口数十年须臾不离其身的长剑，平静地一挥手道：“司马尚执掌军务。”说罢，李牧对着满厅大将肃然深深一躬，一转身大步赳赳出了幕府。

哗啦一声，大将们都拥出了幕府，人人泪光，人人无言。便是赵葱与其部属大将，也同样地热泪盈眶。李牧没有一句话，再次对将军们深深一躬，翻身上了那匹雄骏的阴山战马，一举马鞭，便要带着生死相随的两百飞骑风驰电掣般去了。

“大将军稍待！”司马尚骤然前出，横在李牧马前。

李牧圈着战马看着司马尚，脸色平静得有些麻木。

“诸位将军！我等随大将军一同入宫，向赵王请战！”

随着司马尚的吼声，大将们哄然一声爆发，愿随大将军请战的呼喊在雪原山谷荡出阵阵回音声浪。韩仓看得大急，厉声喝道：“国有国法！赵王召大将军会商战事，何有拥兵前往之理！你等要反叛么！”“鸟！脏货小人！”边军大将们被激怒了，一声怒吼蜂拥抢来围住了韩仓。赵国素有兵变传统，大将们当真杀了韩仓，谁也无可奈何。赵葱眼见李牧冷笑不语，心下不禁大急，一步抢前挡在韩仓面前高声喝道：“少安毋躁！都听我说！”边将们稍一愣怔，赵葱部将已经围了过来纷纷拦挡边将们上前。韩仓早已经吓得两腿发软,靠在护卫身上不能动弹。赵葱高声道:“杀死韩仓事小,牵连大将军事大!大将军既已奉命,自家部将却杀了王使,大将军对赵王如何说法?陷大将军于不忠不义,我等有何好处!赵葱之意:听凭大将军决断,大将军不去王城,我等拥戴!大将军去王城,我等也拥戴!”大将们纷纷嚷嚷终于汇成一片吼声:“好!听大将军说法!”

“诸位,”李牧不得不说话了,“我军久困井陉山,粮草将尽,援军无望,退不能退,进无可进。若无举国抗秦之势,则我军必败,败得比长平大战还要窝囊!李牧毕生征战,不曾窝过一兵一卒,而今却要活活窝死二十余万大军,心下何安也!将军百战,终归一死。而今赵王有会战之书,这是赵军的唯一出路,也是赵国的唯一出路!唯其如此,纵然刀山在前,李牧死不旋踵!”

所有的大将都沉默了,唯有旌旗猎猎之声抖动在寒冷的旷野。

“司马尚与大将军同往!”

“不。谁也不要同往。”

李牧对慷慨激昂的司马尚一摆手,圈马转身对将士们高声道:“兄弟们,战死沙场才是将军正道!谁也不要将鲜血洒在龌龊的地方!都给我钉在井陉山,扛住王翦,扛住秦军!纵然血染井陉,也教秦人明白:赵国之亡,不在赵军——”

“赵国之亡,不在赵军!!”

将军们的吼声激荡了整个军营。片刻之间,连绵大营交相激荡起愤怒的吼声。“赵国之亡,不在赵军!”所有人都被这句话震撼激发起来,长期憋闷的火焰突然喷发了。兵士们拥出了帐篷,民夫们拥出了山洞,红色的人群奔跑者汇聚着,一片无边无际的火红包围了幕府包围了李牧。

“我民威烈,天恒亡之,李牧何颜立于人世哉!”

李牧一声喟叹轻夹双腿,阴山战马长嘶一声飞入了茫茫雪原。

赵国的最后一个冬天,李牧离开了井陉山营地,从此永远没有回来。

多年之后,李牧最后的故事渐渐流传开,化成了谁也无法印证的种种传闻。历久沉淀,李牧的结局又进入了一片片竹简刻成的史书。《史记·廉颇蔺相如列传》所附之《李牧传》云:“秦多与赵王宠臣郭开金,为反间,言李牧司马尚欲反。赵王乃使赵葱及齐将颜聚代李牧。李牧不受命,赵使人微捕李牧,斩之。废司马尚。”《战国策·秦策》则记载:赵有宠臣韩仓,以曲合于赵王,其交甚亲,其为人嫉贤妒功臣;赵王听信韩仓,召回李牧，命韩仓历数其罪；韩仓说李牧见赵王而捍匕首；李牧辩说自己患有挛曲病（手脚僵硬），恐见赵王行礼不便而接了假手，并愤然对韩仓亮出了假手；然韩仓还是以王命为辞，胁迫李牧自裁了。当代历史学家沈长云等所著《赵国史稿》①对如上说法做了辩驳考证，结论云："他所讲述的李牧的故事（司马迁听冯唐所讲述的李牧故事），并不比《战国策·秦策》所载更可信。"

无论李牧之死有多少种说法，李牧确定无疑地被赵国庙堂杀死了。

李牧之死，开始了赵国最后的噩梦。

这是公元前229年冬天的故事。

七　灭赵大战秋风扫落叶般开始

王翦一接到顿弱密书，立即下令全军备战。

对山东五国尤其是赵国的军政态势，王翦是刻刻上心的。除了顿弱、姚贾的伐交商社，王翦还在秦军斥候中反复遴选，编成了一个六百人的精悍的间士营，专一深入各国搜集军政消息。之所以如此，在于王翦是战国末期最具政略眼光的统军名将。王翦对秦军大举东出有一个根本评判：秦欲灭六国而一统天下，不战不行，唯战不行；此间分际，便在于如何最大限度地不战而屈人之兵，从根基上摧毁六国。也就是说，王翦是战国之世将兵家大道与统兵征战之才水乳交融于一身的大军统帅，也是军政兼明的唯一统帅。大军开出之前，王翦夜入咸阳，与秦王嬴政专门就战法作了商讨。

李牧之死，《战国策·秦策五》所载似乎更为可靠。"韩仓果恶之，王使人代。武安君至，使韩仓数之曰：'将军战胜，王觞将军。将军为寿于前而捍匕首，当死。'武安君曰：'缫病钩，身大臂短，不能及地，起居不敬，恐获死罪于前，故使工人为木杖以接手，上若不信，缫请以出示。'出之袖中，以示韩仓，状如振梱，缠之以布。'愿公入明之。'韩仓曰：'受命于王，赐将军死不赦。臣不敢言。'武安君北面再拜赐死。缩剑将自诛，乃曰：'人臣不得自杀宫中。'过司马门，趣甚疾，出棘门也。右举剑将自诛，臂短不能及，衔剑征之于柱以自刺。武安君死。五月赵亡。平原令见诸公，必为言之曰：'嗟嗞乎，司空马！'又以为司空马逐于秦，非不知也；去赵，非不肖也。赵去司空马而国亡。国亡者，非无贤人，不能用也。"大将不能死于沙场，死于反间，悲夫！

① 中华书局2000年11月第一版。

“老臣统兵出关,欲变秦军旧日战法。”王翦开门见山。

“何以变之?愿闻见教。”秦王没有惊讶。

“秦军传统战法,以攻城略地歼敌大军为要旨。是故,攻必拔城下地,战必斩首灭军。行之日久,遂成传统。拔城斩首之数额,亦成军功大小之尺度。而今,秦军以灭国为要旨,便不能仅仅以拔城败军、斩首灭敌之法对山东作战。灭国之战,目的在摧毁其国政根基,铲除其王族庙堂,而不仅仅在战场歼敌。是故,战法须变。”

“上将军怕本王以旧战法施压催战,故先申明?”

“秦王之压,老臣可辩。朝野将士施压求战,老臣难当。”

“灭国大战,战法大要何在?”

“大要在三:战胜不求斩首,夺政不求下城,除奸不求灭贵。”

“愿闻其详。”

“其一,战胜不求斩首。我军对敌,务求战胜而败其军溃其心可也,不能大肆斩首杀戮,以免其举国成军作困兽之斗。当年长平大战,武安君坑杀赵军数十万降卒,反逼得赵国死心血战而我军反败。如此覆辙,不可重蹈也。其二,夺政不求下城。灭国根基,在于夺取都城、去其庙堂、除其施政之能。是故,我军攻占都城之后,不能如既往那般城城攻占掠夺财货人口。当年乐毅攻齐,下齐七十余城而不能灭齐,在着力过甚也。如此覆辙,不可重蹈也。其三,除奸不求灭贵。而今山东昏昧,各国都有奸佞盘踞庙堂,以致山东列国大都成为一盘散沙。我军入都夺政,仅除奸佞而不诛杀世族贵胄。如此,可免世族追随残余王族逃国抗秦,则国可安也。此为老臣三战之法。”

“嬴政谨受教!”年轻的秦王二话没说,挺身长跪肃然一躬。

那夜会商一了,秦王嬴政下了一道特急王书给各要害大臣并各军大将,将王翦陈述的战法方略全数申明,王书末了道:“上将军之战法,乃秦军灭国之精要,务求实施军前。东出大战,但凭上将军调遣,本王并在国大臣、军中将士,悉数不得施压催战!”

唯其如此,王翦大军在井陉山与李牧大军相持半年未曾激战,李信、杨端和两路大军逼而不进引而不发,挟雄厚军力空耗巨额粮草而大半年不战,秦国朝野竟无强烈催战之声浪,当可解也。虽然如此,军中将士对风雪半年不战不退毕竟难以忍耐,眼看年节将近,幕府依然没有大战迹象,秦军将士终于焦躁了。

“再不出战,我等上书秦王求战!”蜂拥而至的将士们不断地吼叫着。

王翦走出幕府，只说了一句话："发下令箭，老夫准许尔等赴咸阳求战。"

将士们默然了。幕府求战，无非焦躁之心不可耐而已。大将们谁都知道秦王特书，果真赶赴咸阳，求战不成反倒可能耽搁了战场立功。毕竟相持日久，大战随时可能迸发，将士们只是不耐风雪壁垒之清冷而寻求早战。王翦不再如同往日那般说服，而是破例准许将士直赴咸阳请战，将士们反倒一片沮丧没了声气。

"信得过老夫，便回营垒。"又是一句，王翦走了。

便在将士们请战的旬日之后，顿弱的密书到了。此前，王翦已经从间士营得到密报：顿弱被郭开羁留邯郸王城形同人质。所以，王翦对顿弱密书所报的李牧去军消息不能立即断定虚实。毕竟，郭开是天下第一大奸，顿弱其人王翦也不甚熟悉，王翦宁可等待消息印证而后断。正在秦军将士们走出冰雪壁垒收拾营地军械嗷嗷备战之时，间士营消息到了，与顿弱所报一致：李牧去军，进了柏人行宫。

"南北军令发出。"王翦拍案而起。

两司马立即带着早已拟好的军令飞出了幕府，向南北两路大军而去。

"聚将鼓！"王翦大手一挥，赳赳大步出了军令坊。

辕门外的隆隆鼓声未过三通，大将们便齐刷刷赶到了幕府聚将厅。

"诸位，李牧去军，我军战机已到！"

王翦激昂的话音落点，大将们却没有惯常的亢奋神情，一阵惊讶之后反倒显出几分落寞，人人板着脸一片默然。王翦悠然一笑，倏忽又肃然道："李牧两胜秦军，诸位寻仇之心甚重，唯以李牧为对手决战而后快。此等战心，老夫尽知也。与天下名将一见高下，为将之雄心猛志也。老夫，也是一样！

反间胜之虽然也是胜，但终归是胜之不武。政客快，战士痛。

然则,此为灭国之战,不是寻仇之战！灭国之战,要的是国家功业,不是一将功业！若赵国政事清明,李牧可全力率赵军抗秦,我军自当与李牧放马一战,其时战胜李牧,自是秦军功业荣耀！然目下赵国庙堂昏昧,李牧大军左右掣肘内外交困粮草匮乏后续无援,秦军战胜如此李牧大军,荣耀乎！耻辱乎！反之,李牧死于赵国庙堂,可显忠勇志节,可彰赵国恶政,青史皇皇其名！李牧死于秦军,则秦国徒负恶名而赵人必恨秦国。其时也,赵人追随残余王族死力抗秦,亦未可知！果真如此,秦国一统天下之大业何在！故此,灭国大战,根在大局,不在是否与一将做沙场寻仇之战！"

"不求寻仇！愿奉将令！"

以军中惯例,大将们同声一吼,便是认可了主将说法。

王翦一眼扫过大厅,长吁一声,长剑打上六尺立板上张挂的羊皮地图道:"只要李牧去军,不管赵军何人为将,我军都立即开战灭赵！战法是:南北两路大军同时猛攻,杨端和南军合围邯郸,李信北军直下代郡进逼信都与柏人行宫。其时,赵国必令井陉山赵军出动,或救邯郸,或保信都,两者必居其一。我西路大军则无论井陉山赵军如何出动,都全力越过井陉山追击赵军,横插赵国中部,将赵国拦腰截为两段！使邯郸、信都、柏人三处庙堂根基不能相连,根除其施政聚兵之出令轴心！"

"明白!"聚将厅一声雷鸣。

"章邯军攻占井陉关,而后扼守井陉关善后!"王翦拿起了第一支令箭。

"嗨!"章邯在满厅大将热辣辣的目光中接过了令箭。

"大军东出井陉关后,冯劫部插入邯郸信都之间,遮绝两都通连!"

"嗨!"

"冯去疾部插入信都柏人之间,遮绝赵国陪都与行宫之通连!"

"嗨!"

"老夫中军,对赵军主力衔尾疾追,会战灭军!"

"嗨!"几员中军大将齐声拱手。

王翦指点地图,做最后部署道:"旬日之后,我南北两军可同时出动,开春之际,我两军可同时深入赵国。届时,我井陉山大军全力开战,务须在半月之内切断赵国中部！为此,各军务必在一月之内清营轻装,届时全力出战!"

"攻占井陉山！一战灭赵国!"

秦军将士的吼声激荡着白雪覆盖的崇山峻岭。

赵军一方却冷冰冰一片，没有任何动静。

秘密诛杀李牧之后，郭开立即开始了自己的铺排。

两道赵王急书连夜飞向邯郸所有官署与赵国郡县。第一道王书称：大将军李牧久处冰雪之地，觐见赵王做礼之时突发挛曲症，四肢僵直无以伸展；本王心急如焚，正亲督太医日夜在柏人行宫医治李牧，朝野臣民少安毋躁。第二道王书称：抗秦事急，本王决以公子赵葱、信都将军颜聚为井陉山赵军大将，先行备战；来春，本王将亲出邯郸，督导三路赵军与秦军决战；朝野臣民务须各司其职各安其所，届时举国同心以胜秦安赵。两道王书传遍朝野，赵人无不云山雾罩不知所以。信王书么？李牧正在盛年其壮如牛，突发怪异至极的挛曲症，实在难以理解；有郭开韩仓在国，李牧十有八九是出事了。不信王书么？王书所言似乎也有几分道理：爬冰卧雪奔波沙场，赵军将士患挛曲症并非一人，谁又能说李牧确实没有挛曲症？再说赵王已经明定开春亲自督战会战秦军，此前纵然有过，毕竟还是满足了朝野期盼的举国抗秦热望，赵王还能如何？如此纷纭之下，赵国朝野懵懂了，人们几乎是本能地长叹一声：“赵国艰难，且看来春如何了！”

在举国疑惑的冬末，赵葱、颜聚接掌了井陉山幕府。

赵王王书随着两位新主将抵达幕府：司马尚被罢免副帅职务，贬为云中将军，即日起程回云中大营筹划对北路秦军战事，理由是“司马尚善领边军为战，当效大将军李牧建功”。当然，司马尚不能带走井陉山的十万边军与任何部将，而只能一人离军北上。王书一宣，司马尚代李牧交出兵符，一句话没说便离开了井陉山幕府。

司马尚马队没入了茫茫雪原。

从此，这位忠实辅佐李牧的赵军名将不知所终。

报国无门，悲夫！

赵葱颜聚的第一道军令是：为协力同心，十万边军与十万腹地赵军立即混编，一律以腹地将军为混编营大将。于是，赵军在井陉关内外的四道壁垒间开始了纷乱庞大的流动，相互混编而重新划分防守壁垒，一时人喊马嘶冲突不断，关内关外乱得不亦乐乎。匆匆月余，眼看残雪消融地气转暖，赵葱颜聚第二道军令传下：放弃关外两山壁垒，大军退回关内整备，准备来春在赵王统率下会战秦军。同时，赵葱颜聚通令南北赵军，春二月同时出动反击秦军。赵军在如此将令之下，事实上放弃了所有的壁垒要塞防守，重新匆忙集结准备做大肆反击。一时，赵军各部从冰冷的雪地壁垒钻了出来，如释重负般在忙乱中一片热气蒸腾。赵葱颜聚更是亢奋万分，只盼着大战反击秦军的时日快快到来。

便在此时，秦军攻势如春日惊雷骤然炸开！

从赵葱颜聚接到第一道战报开始，未及旬日，南路杨端和军大举进逼邯郸外围要塞，北路李信秦军一路直下逼近信都。赵葱连赵王的王书都没有等到，便骤然面临已经逼近到百里之内的李信军的威慑。赵葱颜聚来不及谋划，匆忙下令井陉山赵军向信都柏人方向靠拢，正面抵挡李信军南下。不料，赵葱大军刚刚开始向南回收，井陉山秦军已经潮水般开过了几乎不设防的井陉关，猛烈地咬住了赵葱大军。更有秦军冯劫部两万铁骑飞兵超前，一举插在信都与邯郸之间的隘口，迅速构筑壁垒，截断了井陉山赵军的南下之路。同时，秦军冯去疾部两万铁骑飞兵插入信都与柏人之间的山地隘口，一举截断赵军向东南靠近大陆泽与巨鹿要塞的通道。万般无奈，赵葱颜聚只有下令全军回身死战。

王翦亲率十余万秦军重甲精锐，在残雪未消的山塬间与赵军展开了大战。

这时，赵军统帅赵葱已经完全慌乱，匆忙间想也不想便接受了司马出身的颜聚的谋划对策：两人各率十万大军，据守南北两厢，诱使王翦大军从中央山地进兵，南北夹击合围秦军。不想两人分兵方完，赵军因重新混编成步兵骑兵均有的新军，原先的边军飞骑丧失了剽悍灵动，原先的腹地步军与少量马军也丧失了熟悉的阵战部伍，两相陌生，行动大为迟缓。如此堪堪离营尚未展开上路，黑森森的王翦大军已展开成巨大的扇形从辽阔的山塬逼了过来。秦军的战法简单实在：两翼铁骑包抄，中央重甲步军在漫天箭雨后强力冲杀。如此不到两个时辰，赵军全线溃退。北路赵葱部突围，被两翼秦军铁骑截杀，赵葱当场战死。南路的赵军溃败之际，早有准备而没有深入战场的颜聚立即突围，落荒而去，从此不知去向。

赵国最后一支精锐大军,自此尸横遍野彻底溃散。

王翦大破赵葱军。

早在王翦大军越过井陉山之际,身在柏人行宫的郭开已经明白了赵国大势已去。郭开的谋划只有最后一步的实施了:挟持赵王迁一行回邯郸,以内灭赵国之功向秦王索封;若秦王食言,则郭开立即杀死秦国大臣顿弱与赵迁、太后等王室庙堂人物,使秦国灭赵因未得赵王又失大臣而变得没有任何光彩。郭开相信,秦国正在灭国之初,决不愿战胜世仇赵国而落得如此没有颜面。唯其如此,赵葱颜聚大战未开,郭开已经统领自己掌控的黑衣王城军,严密护持着王室人物及秦国大臣顿弱,连夜南下邯郸了。

此时,杨端和大军已经逼近邯郸,得知赵王从北路进入邯郸,立即急报王翦请示方略。王翦下令杨端和:逐一拔除邯郸外围城邑,使邯郸成为彻底失去外力救援的孤城,下城时日待赵国北部情势而决。南路部署妥当,王翦大军横断赵国中部,击溃赵葱大军之后遂与李信的北路军会合。此时,王翦主力大军驻扎在已经攻占的赵国北都——信都,只下令李信军一步步南下逼近邯郸。王翦给李信的军令是:不求其快,唯求其稳,见战则战,务求击溃沿途所有赵军。王翦对自己统率的主力大军的部署几乎一样:不求下城,唯求败军,三月之内扫清赵国北部的所有赵军。

方略既定,王翦的特使飞骑日夜兼程赶赴咸阳。

未几,秦王嬴政的王书飞到王翦幕府:“上将军目下方略,本王深以为是。灭赵不求一鼓而定,唯求明度时势,大定赵国。本王之意,秋冬之际安定赵国。届时,本王将亲临邯郸。此前方略机变,上将军相机定夺可也。”王翦没有片刻耽延,立即将秦王王书复刻两卷,飞送李信、杨端和幕府,嘱其不得骄躁下城。

月余之后,由李斯统领的一支三百人的队伍开进了信都。李斯王翦再聚军前,两人皆振奋欣然。夜来军宴,李斯对王翦备细叙说了在咸阳与秦王的谋划:先行派李斯率三百吏员入赵,意在先行廓清赵国既往政事图籍,接掌要害府库并谋定郡县设置,不使赵国陷入混乱无治之状态。王翦拍案赞赏道:"长史此举,大明也!赵为山东屏障,理清赵国之根基,天下几近初定也。信都为赵国北都,典籍政令悉数在焉。长史三百吏员,半年之内必能化赵国于胸腹间也!"两人一时拊掌大笑,说到四更方才散去。

八 秦王嬴政终于昂首阔步地踏进了邯郸

胡杨林一片火红的十月,邯郸陷落了。

邯郸不是被攻破的,而是在秦军的威势之下自己坍塌的。面对杨端和大军与李信大军南北夹击,赵国腹地的赵军没有一个像样的大将领军防守邯郸,更兼井陉山主力大败的消息迅速传开,赵军顿时乱得没了章法。事实上,赵军主力二十余万全部集结在井陉山,其余近三十万大军的分布是:云中大营留守五七万,信都以北各要塞防守兵力十余万,南部边境及邯郸外围驻军十余万。若赵国庙堂清明,在秦军开进之初立即将井陉山之外的全部赵军集结为南北两路大军,交庞煖统领对抗秦军,两军兵力大体对等,秦军灭赵诚为难事。然则赵国政事昏昧,王翦李牧相持的大半年间,赵迁郭开一心只在剪除兵变隐患,对井陉山之外的赵军非但不做集结,而且严令各军坚守自家城邑,不奉王命不受调遣。此间全部原因,在于赵迁郭开深恐大军集结而促成兵变。是故,秦军南北中三路大举猛攻之时,井陉山之外的赵军依然陷于一盘散沙之态势。北部赵军被李信部分割击溃。云中郡留守边军闻讯南下,又被九原蒙恬部截杀击溃。邯郸之南,杨端和军一路北上,未遇大战便逼近邯郸,开始从容攻取邯郸外围诸要塞。九月秋风起时,邯郸外围驻军城邑全部被秦军占领,几乎没有一座城池做坚壁防守。如此,秦军如三把利剑,将赵国斩为四段:王翦主力居北拊背,斩断赵国代郡以北的草原地带与腹地之连接;李信军居中,斩断邯郸与信都两座都城地带之连接;杨端和军居南,斩断中原各国与赵国之连接,同时切断邯郸向南向东的两大通道。

入秋之时,邯郸事实上已经成为孤立无援的岛城。

还在攻取外围城邑之时，秦王嬴政便接到了顿弱密书：郭开请秦王先发王书于天下，明封郭开为赵国假王，如此可保赵国王室一人不缺全体降秦。密书同时附有郭开一支宽简，简单得只有一句话："邯郸危乱，开不能保王城王室无事，唯秦王可保也。"郭开的威胁之意是显而易见的——秦王不明定郭开假王之位，秦国只能得到一座废墟一片尸体的邯郸。嬴政看得咬牙切齿，却是良久无策，遂登车夜访尉缭求教。尉缭思忖一番笑道："奸佞之术，不当君子之道。郭开大奸，天下昭著。王不妨以小人之法治之，或能得天下拥戴亦未可知也。"嬴政笑道："何谓小人之法？"尉缭道："先得其国，再除其人。"嬴政哈哈大笑道："国尉之法，诚小人哉！嬴政做之何妨。"当夜回到王城，嬴政唤来赵高秘密叮嘱了一番。赵高大为亢奋，立即风风火火准备去了。

旬日之后，秦王王书公告天下："赵国将亡，上卿郭开有不世大功。本王拜郭开假赵王之位，领赵国政事民治，以为天下垂范。"随着秦国特使的车马，秦王王书迅速传遍列国，自然也传到了邯郸。一时山东列国愤愤然咒骂讥讽不绝，无不视秦国秦王与郭开狼狈两奸乱天下。已经失国的赵国臣民得闻秦王王书，却是死一般的沉寂。只有已经盘踞邯郸王城的郭开大喜过望，立即带着心腹黑衣剑士闯进寝宫，将赵王迁从腥臭污秽的胡榻上与一群雪白溜光的胡女剥离开拖将下来，软囚在事先预备好的一间密室里。事毕，郭开又立即赶到太后寝宫，将正在与春平君及韩仓胡天胡地的转胡太后拖将出来，如例关进密室。关闭密室时，郭开啪啪啪拍着转胡太后的白臀一阵大笑道："太后肉臀，老夫之利器也！老夫欲将你这母狗与我子韩仓，一并献给秦王。两奴若能陷嬴政于胡榻烂泥，诚不世奇闻也！"转胡太后与韩仓乐得咯咯直笑，郭开却头也不回地去了。最后，郭开又将没有离开邯郸的所有王族全数拘押到王城偏殿，令春平君为监守尉，一人出事唯春平君是问。这位老王族公子非但没有愤然作色，反倒诚惶诚恐地诺诺连声，引得罹难王族一片侧目。

入夜，郭开大宴顿弱，笑不可遏道："老夫功业就矣！顿子何贺哉？"

"脓疮蛇冠，竟为功业，天下奇闻也！"顿弱也是哈哈大笑。

"一人之力灭一国，天下何人可为？"郭开分外认真。

"鼎肉不饱一夫，孤鼠可坏一仓。害国之道，小伎而已。"

"足下迂阔之徒，老夫何足与其论哉！"

郭开带着从未有过的醺醺酒意纵情狂笑着走了。

惊愕的顿弱被黑衣剑士蒙上双眼，押到了一个谁也无法揣摩的去处。郭开的下一步棋是：秦王必须以顿弱为赵国假相永留赵国，否则，世上便没有了顿弱。

秦王车驾隆隆进入邯郸的那一日，在整肃威猛的秦军长矛甬道中，郭开带着大队黑衣剑士押着赵迁为首的王族降者，在王城南门前整整排开了六列。赵迁抱着铜匣王印，站在秋风中枯瘦如柴瑟瑟发抖，活似一具人干。郭开高声唱名之后，青铜王车上的嬴政凝视着黝黑枯瘦的赵王，紧紧皱着眉头一脸厌恶之色，脚下一跺，连王印也没有接受便驱车进了王城。王城大殿前，李斯郑重宣读了秦王王书：赵王降秦，拘押咸阳以待处置；赵国归并为秦国郡县，南部设立邯郸郡，北部诸郡容后待定；赵国民治政事，由假王郭开统领。

《东周列国志》第一百六回"王敖反间杀李牧　田光刎颈荐荆轲"，写得颇精彩，秦王政长驱直入赵王宫，把玩和氏璧，出令，"以赵地巨鹿郡，置守""安置赵王于房陵，封郭开为上卿，赵王方悟郭开卖国之罪，叹曰：'使李牧在此，秦人岂得食吾邯郸之粟耶。'"赵王迁哀动连连，"遂发病不起""代王嘉闻王迁死，谥为幽缪王"。

"老臣敢请秦王，以顿弱为赵国假相襄助政事。"郭开精神大振。

"宣顿弱。"秦王嬴政平淡得毫无喜怒。

"宣顿弱领命——"护卫王车的蒙毅响亮一呼。

"老臣禀报秦王，"郭开知道秦王此举是迫使他交出顿弱，连忙趋前一步高声道，"上卿顿弱奔波邦交，风寒症已非一日，已在太医署救治旬日，卧榻不能见王！"

"也好。待顿子痊愈，再行封赏。"

嬴政说罢径自走了。蒙毅带着三百精锐的铁鹰剑士护卫着秦王与李斯王翦等一班大臣，在邯郸王城整整巡视了一日，暮色时分才回到赵国大殿前。秋日晚霞中，雄阔的殿阁飞檐摆动着叮咚铁马，依山而上的赵国王城巍巍然如天上宫阙。如今，这座王城没有了肃穆，没有了威慑，群群乌鸦从层层屋脊飞过，萧瑟秋风卷起飞旋的落叶，伴着内侍侍女匆匆游荡的身影与秦军士兵方阵的沉重脚步，宿敌赵国的王城倍显落寞凄凉。嬴政凝望良久，不禁长长一叹："强赵去矣，大秦独步，不亦悲乎！”

“大秦灭赵，一统天下，老臣恭贺秦王！”

望着郭开灰白的须发厚重的面容与念出颂词时的一脸真诚，嬴政心头猛然一个激灵——大奸若此，亘古未见也！倏忽之间，秦王一脸肃杀，一挥手大步出了王城。郭开一阵惊愕，连忙拉住李斯低声问：“原定礼仪，秦王今夜当在邯郸王城大宴我等降秦功臣，为何匆匆而去？”李斯殷殷笑道：“秦王国事繁剧，足下即位假王，便代秦王设宴便了。诸位功臣之封赏王书，我与蒙毅将军届时恭送如何？”郭开不无惋惜地叹道：“老夫尚有一绝世宝物敬献秦王，惜哉惜哉！”李斯一时好奇心大起，笑道：“何物堪称绝世之宝，足下可否见告？”郭开心知李斯为秦国庙堂用事大臣，遂殷殷低声道：“此物活宝也！至尊至贵，至卑至贱，提神益寿，乐而忘忧，夜宴酒后消受最佳。王若不受，岂非暴殄天物哉！”李斯惊讶道：“此物究竟何物？足下何其云雾哉？”郭开连连摇头道：“不可道，不可道。绝世之物，非秦王不显其名也！”李斯呵呵笑道：“也好。假王既有此等珍宝，容我报于秦王，秦王或可亲临亦未可知。”郭开大喜过望，殷殷叮嘱李斯道：“长史若能说来秦王夜宴，老夫当另宝相赠，保足下终生乐哉乐哉！”

必杀郭开。

当夜，嬴政行营驻扎在邯郸郊野。

一顿简朴的战饭之后，嬴政与蒙毅便在行营密室密议起来。及至李斯赶来，蒙毅正要起身出帐。听李斯一说郭开之言，嬴政脸色顿时阵红阵白，拍案切齿道：“郭开老贼竟敢如此龌龊！蒙毅，便是今夜！”李斯心下不禁一阵大跳，愣怔无措地看着蒙毅只不说话。蒙毅机敏过人，一招手道：“长史下书，我护卫，走！”匆匆出帐，蒙毅边走边低声道：“郭开那个老杀才说的宝货，是赵国转胡太后！”李斯倏然警觉，不禁一身冷汗鸡皮——秦王对母后赵姬之淫乱刻骨铭心，对太后淫行乱政更是提起来便恨得咬牙切齿，如何自己竟没想到这一层？如此看来，郭开要送给自己的那个宝货，准定也是个腻虫物事。

“老杀才！”李斯恶狠狠骂了一句。

这一夜，邯郸王城大张灯火乐舞。郭开尽力铺排出赵国数十年没有的隆重大典场面，侍女换成了清一色的金发碧眼胡女，正殿侍酒的内侍侍女更是由韩仓亲领。郭开期待着秦王走进这座华贵奢靡的销魂王城，从此乐不思归。谁料，先来颁书的是李斯蒙毅，说秦王令我等先开夜宴以热酒风，秦王片时即到。郭开欣喜过望，立即喝令开宴。赵酒本烈，赵人酒风更烈。与宴者又都是各色降臣，心思不一借酒浇愁，不消片时便是一片醺醺酒气。李斯蒙毅则拉着郭开一力斗酒。警觉一世的郭开第一次放开大饮，心头尚期盼届时借着酒意好向秦王献宝。大爵连饮，不到半个时辰，郭开也飘飘忽起来。

城头五更刁斗打起的时候，一场猛烈的大火吞灭了夜宴大殿。

与此同时，太后寝宫与赵王寝宫也燃起了熊熊大火，淫靡的园林宫阙片刻间化为灰烬。惶惶观火而没有一人救火的邯郸国人都说，自家亲眼看见了一片片大火从天而降，那是天火，那是上天震怒的惩罚，那是庙堂淫靡的恶报。

是夜，嬴政登上了行营云车，遥望邯郸王城一片火海，伫立到东方发白。

刚刚下了云车用完晨饭，行营外突然传来一阵急骤马蹄声。李斯风风火火进来，禀报说赵高马队非但在王城滥杀无辜，且已经飞出邯郸北上奔太后故里去了。嬴政脸色一沉，立即教行营司马率马队迅速追回赵高，转身冷冰冰道：“赵高如何滥杀无辜，长史但说无妨。”李斯这才备细叙说了夜来邯郸王城的惊人杀戮，嬴政听得脸色铁青。

原来，秦王嬴政入赵之前接受了尉缭之说，对赵高下了一道密令：从王城护军中遴选三百名精锐剑士，乔装成赵国王室的黑衣剑士队进入邯郸王城，先杀郭开、韩仓并赵国太后一班淫秽奸佞，再搜寻救出顿弱。当年在平息嫪毐之乱时，嬴政为了结母后与嫪毐私生两子而给秦国带来的羞辱尴尬，密令赵高带着一支王城锐士随同蒙恬马队攻入雍城，搜寻到太后赵姬的两个私生子秘密杀死。那次，赵高做得干净利落，以致朝野天下始终不知太后两子如何突然没了，便流传出秦王嬴政亲自摔死两个兄弟的奇闻。纵然恶名加身，嬴政也没有做任何形式的辩解。因为嬴政清醒地知道，无论如何辩解，这件事都与自己脱不开干系。此后，嬴政对赵高处置密事的干才很是赞赏。这次密杀郭开与赵国转胡太后，嬴政本来也可以派给蒙毅去做。年轻的蒙毅缜密精悍，刚毅木讷，与其兄蒙恬之明锐聪颖多有不同。秦王入赵之前，李斯与王翦商议，特意将蒙毅的国尉丞职事交给了辎重大将马兴兼领，将蒙毅派到秦王身边总领行营事务。如此一来，李斯主行营政事，蒙毅主行营军事，秦王的巡视行营便是一座整肃高效的小行宫。然嬴政觉得教蒙毅做此等密杀事，一则大材小用，二则与蒙毅秉性不合，未必做得利落。当然，最要害的原因，还是嬴政对赵高的信任。这种信任，不是与大臣那般的心志相合而结成的信任，而是做事甚或主要是做那些不能为人道的密事琐事的信任。也就是说，嬴政从来没有将自幼阉身的赵高当作国臣，而只当作一个办事的亲信内侍。

赵高的马队是与蒙毅的行营护军一起开进邯郸王城的。进入王城，赵高的马队便脱离了行营护军，悄然开进了湖畔一片胡杨林。在那里，马队换了装束，赵高又做了详细分派。赵高将马队分成了四支，各有一个熟悉赵国王城的间士领道：一支杀郭开韩仓，一支杀太后，一支搜救顿弱，一支随自己各方策应。赵高的部署命令是："王城大殿火起之时，杀郭马队冲入大殿，无论郭开韩仓等如何醉态，一律割下首级交来，否则不算完功！起火之前，搜救顿弱马队先行搜索王城所有密地密室，起火同时救人！杀后马队先行围定太后宫，不许一狗一猫走脱，大殿起火，太后宫同时火攻杀之！"一骑士忐忑道："太后宫何须火攻，一个老女子值么？"赵高声色俱厉道："秦王最恨太后淫行，火杀全宫，一个不留！"

对于杀郭开韩仓，李斯蒙毅是明确的，也是事先知道的。秦王对两人的叮嘱是："宣书之后，但将郭开夜宴促成、天火降下，你等即可撤出王城，余事皆交赵高。"也就是说，李斯蒙毅在王城的使命只有两个：促成夜宴，发动天火烧殿。两人也都同样相信，赵高做事不会走样。为使这场大火变成"天谴淫政"的谶言，蒙毅事先谋划了秘密火箭齐射大殿的方略，秦王李斯欣然赞同。按照预定谋划，五更刁斗打起之时，隐藏在周边树林的机发连弩骤然齐射，包裹布头又渗透猛火油的胳膊粗的火箭骤然升空，又从天扑向大殿，随即便是一片烈焰飞腾的火海。

与此同时，赵高马队四路飞驰，逢人便杀。其时，李斯蒙毅正在王城南门外登上云车瞭望。看得一时，两人均觉有异。蒙毅立即飞步下了云车，带着一支马队飞进了王城。及至李斯赶到太后寝宫前寻见蒙毅，赵高马队已经不知去向了。蒙毅找来一个为赵高领道的间士询问，间士禀报说，赵高说要为秦王太后复仇，领着马队去了太后故里。

蒙毅一听大急，说声王城交给长史，便飞身上马带着马队追出了王城。李斯这才踏着累累尸体，在残火废墟中巡视了赵国王城。郭开、韩仓、转胡太后，自然都变成了无头尸身。顿弱也在转胡太后寝宫的地下密室中搜寻到了，只是已经被烟火熏呛得奄奄一息了。内侍、侍女十之八九被杀，尤其是曾经被赵迁百般淫虐的两百多名金发胡女，无一例外地全部被杀。尤令李斯痛心的是，赵高马队还全部杀死了与宴的赵国王族大臣与子弟，春平君尸身都被马队踩成了肉泥……

反正赵高不是个好货，坏事正好都推给他。前事在这里皆作个了结。

“赵高赶赴太后故里，臣料又是一场杀戮。”

“阉宦竖子！我剁了他狗头！”嬴政恶狠狠骂了一句。

“王已一错，不可再错。”李斯肃然正色。

“一错再错，长史所言何意？”

“臣思此事，也是在赵高滥杀之后，君上姑妄听之。”

“长史有话直说。”嬴政对李斯的小心谨慎有些不快。

“诛杀郭开韩仓转胡太后，原本堂堂正正之举。本当在邯郸大举法场，将一班乱臣贼子并淫秽太后罪孽大白于天下，以法度刑杀之。不合君上拘泥于对大奸郭开一书之信，欲图以天火谶言了结此奸。然则，密事密杀之门一开，素来难以掌控。不如依法刑杀能做到有度除奸。此为一错。”

“再错如何？”

“若再因此事起因而随意处死赵高，将是再错。”

“赵高违令滥杀，不当死？”

“纵死赵高，当依法勘审而后刑杀。君上一言杀之，如同赵政之乱也。”

“岂有此理！杀一赵高便是乱政？”嬴政冷笑。

“何谓乱政？愿君上三思而后断。”李斯说得沉重缓慢，却坚实得不可动摇，“春秋之世，晋国屠岸贾欲杀赵盾，韩厥有言，‘妄诛谓之乱’。何谓妄诛？不经律法而一言滥杀也。赵氏立国，妄杀迭起，兵变频出，为山东乱政之首。赵迁即位，郭开当道，诸元老欲举兵变杀赵迁郭开，李牧庞煖从之，而赵迁郭开则同样欲图密杀对方；如此上下皆行滥杀，赵国密杀之风大起，先杀庞煖，再杀李牧，终致败亡。今赵高虽是小小侍臣，却因常随君上而为朝野皆知，若一言妄杀而不经法度，臣恐开乱政杀人之先河也！”

随着李斯的慷慨直言，嬴政的脸色由烦躁冰冷渐渐变为肃然。终于，嬴政深深一躬：“先生之言，开我茅塞，嬴政谨受教。”李斯连忙便是一躬道：“君上襟怀广大，臣不胜敬服也！”嬴政慨然道：“今日得先生一言，嬴政铭刻在心也！终嬴政之世，决不妄杀一人！”李斯一时热泪盈眶，肃然挺身长跪，一拱手道：“君上有此心志，秦国明，天下定，臣下公，大秦不朽也！”

三日之后的暮色时分，蒙毅赵高两支马队风尘仆仆归来了。

蒙毅铁青着脸色一言不发。赵高却是满脸通红一头汗水，显是一路争辩之后仍压抑不住亢奋的神色。嬴政板着脸，令赵高禀报经过。赵高这才觉察出气氛有异，遂立即收敛小心翼翼地禀报了赶赴太后故里的作为：昔年与太后一族有仇的邻里商贾全数被杀，尤其是一班当年蔑视戏弄少年嬴政的贵胄子弟，都被赵高马队寻觅追逐一一杀了。嬴政尚未听完便勃然大怒，却硬生生忍住冷冷道：“如此杀人？可是我意？”

“不。是小高子私度君上之心。”

“竖子大胆！”嬴政终于爆发，一脚将赵高踹翻在地，“交蒙毅勘审！”

“臣领命！”蒙毅一拱手，押着赵高出了行营。

蒙毅为人忠，秦王政厚爱之。也正是因为赵高犯事，蒙毅依法行事，二人结下仇怨。蒙氏满门灭，多少与此有关。

旬日之后,蒙毅呈上了勘审赵高的书简。蒙毅的勘审是缜密的,非但如实录下了赵高的全部供词,且有两处被滥杀者的全部名录,还有飞马报请廷尉府核准后的廷尉定刑书。综合诸般事实并秦国律法,蒙毅上书拟定刑罚是:赵高当处死,念其不讳罪且一直自认是私度秦王之心,拟赐自裁以全尸。

抚着一匣书卷,嬴政良久默然。思及赵高敏行任事干练利落,嬴政心下大大不忍。自少年追随自己,这个被嬴政呼为小高子的赵高几乎如同自己肚子里的虫子,冷热寒凉喜怒哀乐无不知晓。尤其是在嬴政立为太子、秦王而尚未亲政的夹缝岁月里,赵高几乎是嬴政唯一可信的能事者,通连蒙恬,寻觅王翦,争取王绾,探察嫪毐与文信侯吕不韦的种种动态,没有一件不是赵高的功劳。就实说,赵高若不是阉宦之身,以赵高诸般才具与功劳,早早便该是赫赫大臣了。然则,赵高从来没有委屈之心,仿佛天生便是嬴政的一只手臂一支探杖,即便遇到生死关头,嬴政也确信赵高能舍出性命换取秦王安然无恙。今次犯错,赵高立即坦承自己是"私度君上之心",第一个便将嬴政择了出去。此举果是赵高过人的聪敏,又何尝不是耿耿维护秦王之心?如此功劳才具之士一罪而杀,未免失之公平。

雄鸡长鸣,嬴政终于从纷繁思绪中摆脱出来,召见了蒙毅。

"赵高所杀者,可有不当杀之人?"嬴政笑着问了一句。

"王城之内,可说没有。太后故里,臣不敢妄言。"

"能否彻查?"

"君上之意,欲赦免赵高?"

嬴政默然良久,一叹道:"一门生于隐宫,小高子可怜也!"

蒙毅不忍秦王伤感,道:"臣思此事,可过可罪,然须有法度之说。"

"何说?"

"若作过失待之,必得以赵高奉命行事,其行虽过,终非大罪。"

"你是说,须对廷尉府言明:赵高之举乃奉本王密令?"

"唯有如此,可赦赵高。"

"原本如此,何难之有!"嬴政顿时恍然。

"然则,天下将因此而谴责秦王。"

"骂则骂矣!虎狼之名,能因一事而去之?"嬴政反倒笑了。

“君上既有此心，夫复何言！”

旬日之后，在快马文书与咸阳廷尉府的来往中，赵高被赦免了。不功不赏，赵高还是掌管王城车马仪仗的中车府令。赵高逢赦，李斯本欲再谏秦王，终究还是没有开口。毕竟，秦王身边也确实需要一个精明能事如赵高的人手。再说，赵高当年驾王车追回自己于函谷关外，那份辛劳功绩，李斯又如何能忘？更有一样，赵高遇赦，丝毫没有骄狂之态，反倒是对李斯蒙毅更敬重了。如此掂得轻重的一个内臣，秦王尚且不惜公开密令赦其罪，大臣们又何须在灭国大战的烽火狼烟中去认真计较。

《史记·蒙恬列传》：“高有大罪，秦王令蒙毅法治之。毅不敢阿法，当高罪死，除其宦籍。帝以高之敦于事也，赦之，复其官爵。”所以说，帝王既需能臣，亦需宠臣，前者办大事，后者办琐事，缺一不可。不能简单以忠奸论臣道。

入冬时节，秦王行营离开邯郸回到了咸阳。

秦国大军依旧驻扎在赵国，由正式擢升为上将军的王翦统率，立即开始筹划连续攻灭燕国之战事。李斯带着后续抵达的官吏，也开始了稳定赵国民治的新政。其间，秦军间士营探察得一个惊人消息：赵国废太子赵嘉在残余王族护卫下秘密逃往代郡，欲立代国继续抗秦！李斯与秦军诸将异口同声，都主张立即追杀公子嘉逃亡势力。王翦却道：“公子嘉北上代郡，显是要与燕国结盟。代国根基在燕，灭燕则代国失却后援。其时我军从北边包抄后路，灭之易如反掌。此时追杀，若迫使其逃亡匈奴反是大患。”两方对策飞报咸阳，秦王回书曰：“上将军之策甚是稳妥。本王已书令蒙恬：公子嘉不北向匈奴，我则不动；若其北逃匈奴，立即堵截歼灭。”于是，秦军不理会赵嘉的代国，而只一心准备灭燕。

六年之后，公子嘉的代国灭亡，赵国最后一丝火焰也熄灭了。

叹！

这是公元前228年冬天的故事。

此节为作者补记，不赘述。

九　烈乱族性亡强国　不亦悲乎

赵国的灭亡，是战国末期最为重大的历史事件。

赵国历史有三说：其一，战国开端说。视赵襄子元年（公元前475年）为赵氏部族立国，到秦破邯郸赵王迁被虏（公元前228年），历经十二代十二任国君，历时二百四十七年；其二，开端同上，以赵公子嘉之代国灭亡为赵国最后灭亡，历时二百五十三年；其三，三家分晋说，以周王室正式承认魏赵韩三家诸侯为赵国开端（公元前403年），则其历时或一百七十五年，或一百八十一年。

从历史实际影响力着眼，第一说当为切实之论。

邯郸陷落赵王被俘，强大的赵国事实上已经灭亡。

赵国灭亡，真正改变了战国末期的天下格局。

从赵武灵王胡服骑射开始，到赵国灭亡的近百年间，赵国始终都是山东六国的巍巍屏障。在与秦国对抗的历史中，赵国独对秦军做长期奋争。纵然在长平大战一举葬送精锐五十余万后，赵国依旧能从汪洋血泊中再度艰难站起并渐渐恢复元气。此后形势大变，山东五国慑于秦军威势，再也不敢以赵国为轴心发动具有真正实力攻击性的合纵抗秦，反倒渐渐疏远了赵国。赵国为了联结抗秦阵线，多次以割地为条件与五国结盟，却都是形聚而神散，终致几次小合纵都是不堪秦军一击。当此之时，赵国依旧坚韧顽强地独抗秦军，即或是孝成王之后的赵悼襄王初期，李牧依然能两次大胜秦军。应该说，赵国的器局眼光远超山东五国，是山东战国中唯一与秦国一样具有天下之心的超强大国。假若孝成王之后的两代国君依旧如惠文王、孝成王时期的清明政局，而能使廉颇归赵，李牧庞煖不死而司马尚不走，秦赵对抗结局如何，亦未可知也。

然则，历史不可假设，赵国毕竟去了。

巍巍强赵呼啦啦崩塌，其间隐藏的种种奥秘令后人嗟叹不已。

六国之亡是中国历史上最为重大的时代分水岭。其间原因，历代多有探讨。西汉贾谊《过秦论》将六国灭亡及秦帝国灭亡之因，归结为“攻守之势异也”。唐人杜牧的《阿房宫赋》则云：“灭六国者，六国也，非秦也。族秦者，秦也，非天下也。”北宋苏洵的《六国论》又是另一说法：“六国破灭，非兵不利，战不善，弊在赂秦。赂秦而力亏，破灭之道也！”苏洵儿子苏辙的《六国论》，则将六国之亡归于战略失误，认为六国为争小利互相残杀，致使秦国夺取韩魏占据中原腹心，使六国没有抗秦根基而灭亡。清人李桢的《六国论》，又将六国之亡归结为不坚持苏秦开创的合纵抗秦之道。更有诸多史家学者专论秦帝国灭亡之原因，连带论及六国灭亡，大体皆是此类表层原因。凡此等等，其中最为烁目者，莫过于诗人杜牧首先提出的将六国灭亡根由归结为六国自身、将秦帝国灭亡归结为秦帝国自身的这种历史方法论。这是内因论。内因是根本。尽管循着如此方法，历代史论家依然没有发掘到根本，然毕竟不失为精辟论断之种种。攻守之势也好，贿赂秦国也好，战略失误也好，不执合纵也好，毕竟都是实实在在的具体原因。

然则，内在根本原因究竟何在？

三晋赵魏韩之亡，是华美壮盛的中原文明以崩溃形式弥散华夏的开始。历史地看，这种崩溃具有使整个华夏文明融合于统一国度而再造再生的意义，具有壮烈的历史美感。然则，从国家兴亡的角度看去，三晋之亡则显然暴露出其政治根基的脆弱。也就是说，三晋政治文明所赖以存在的框架是有极大缺陷的。这种缺陷,其表象是一致的:变法不彻底,国家形式不具有激励社会的强大力量。然则,为什么是这样?为什么三晋乃至山东六国,都不能发生如秦国一般的彻底变法?都有着秦国所没有的政治文明的重大缺陷?

隐藏在这里的答案,才是六国灭亡的真正奥秘所在。

事实上,任何部族民族所建立的国家,其文明框架的构成,其国家行为的特质,都取决于久远的族性传统,以及这种传统所决定的认识能力。而族性传统之形成,则取决于更为久远的生存环境,及其在这种独特环境中所经历的具有转折意义的重大事件。这种经由生存环境与重大事件锤炼的传统一旦形成,便如人之生命基因代代遗传,使其生命形式将永远沿着某种颇为神秘的轴心延续,纵是兴亡沉浮,也不会脱离这一内在的神秘轨迹。

唯其如此,部族的族性传统决定着其所建立的国家的秉性。

赵人之族性传统,勇而气躁,烈而尚乱。

赵人族性根基与秦人同,历史结局却不同。这是又一个历史奥秘。

秦赵族性之要害,是"尚乱"二字。何谓乱?《史记·赵世家》所记载的韩厥说屠岸贾做了最明确界定,韩厥云:"妄诛谓之乱。"在古典政治中,这是对乱之于政治的最精辟解释。也就是说,妄杀便是乱。何谓妄杀?其一不报国君而擅自杀戮政敌,其二不依法度而以私刑复仇。妄杀之风,在国家庙堂是无可阻挡的兵变政变之风,动辄以密谋举事杀戮政敌的方式,以求解脱政治困境,或为实现某种政治主张清除阻力。在庶民行为,则是私斗成风,不经律法而快意恩仇的社会风习。此等部族构成的国家,往往是刚烈武勇而乱政丛生,呈现出极不稳定的社会格局,戏剧性变化频繁迭出,落差之大令人感喟。

依其族源,秦赵同根,族性同一。而在春秋之世至战国前期,也恰恰是这两个邦国有着惊人的相似:庙堂多乱政杀戮,庶民则私斗成风。然则,在历史的发展中,秦部族却因经历了亘古未有的一次重大事件而革除了部族痼疾,再衍生出一种新的国风,从而在很长时期内成功地避免了与赵国如出一辙的乱政危局。这个重大事件,便是商鞅变法。历史地看,商鞅变法对于秦国具有真正的再造意义——没有商鞅这种铁腕政治家的战时法治以及推行法治的坚定果敢,便不能强力扭转秦部族的烈乱秉性。事实上,秦国在秦献公之前,其政变兵变之频繁丝毫不亚于赵国,其庶民私斗擅杀风习之浓烈更是远超赵国而成天下之最。唯横空出世的商鞅变法,使秦部族在重刑威慑与激赏奖励之下洗心革面,最终凝聚成使天下瞠目结舌的可怕力量。始皇帝之后,秦部族又陷入乱政滥杀,最后一次暴露出秦部族的烈乱痼疾,这是后话,容在秦帝国灭亡之后探讨。

赵国没有经历如此深彻的强力变法。

赵氏部族的烈乱秉性没有经由严酷洗礼而发生质变。

是故,赵部族的乱政风习始终伴随着赵国,以致最终直接导致其灭亡。

大略回顾赵部族的乱政历史,可以使我们清晰地看到赵国灭亡的内因。

远古之世,赵秦部族与大禹部族是华夏东方最大的两个部族。赵秦部族能记住名字的最远祖先是大业。这个大业,便是后来被视为决狱之圣的皋陶[①]。第二代族领是伯益。在皋陶、伯益时代,赵秦部族与大禹部族结成轴心盟约,发动并完成了远古治水的伟大事业。治水之后,大禹建立了夏王国。已经明确为大禹继任者的伯益被大禹的儿子启密谋处置,不知所终。由此,赵秦部族与夏部族有了不可化解的仇恨。终夏之世,赵秦部族不参夏政,游离于夏王国主流社会之外而独立耕耘渔猎。夏末之世,商部族发动联络各部族灭夏,赵秦部族立即呼应,加入反夏大军并在鸣条之战中与商部族联合灭夏。其后,赵秦部族便成为商王国的方国诸侯之一。在商王国时代,赵秦部族两分:其中主力一支以飞廉、恶来父子为先后首领,成为商王国镇守西陲的方国部族;一支仍居中原腹地。随着周武革命而灭商,赵秦部族的两支力量分开了。镇守西陲的一支因忠于商王国而疏远周王国,远避戎狄聚居的陇西地带独立耕牧,这便是后来的秦部族。仍居中原腹地的一支,却因相对臣服周王国,其首领造

① 大业即皋陶,见沈长云等《赵国史稿》之考证。

父成为周穆王的王车驭手[①],后来因功封于赵城,于是演变为周室功臣的赵部族。

西周末期,秦赵两部族的命运发生了惊人的颠倒:秦部族应周太子(周平王)之邀,浴血奋战杀败戎狄平定镐京之乱,成为东周的开国诸侯;赵部族却在很长时间内,依然是蜗居晋地的寻常部族。

以上之赵氏历史,可称为先赵时期。

春秋(东周)中期,赵部族在晋国渐渐发展起来。及至赵衰、赵盾两世,由于辅佐晋文公霸业极为得力,赵氏部族崛起为晋国的掌军部族。从赵盾时期开始,赵氏部族成为晋国的权臣大部族之一,无可避免地卷入了晋国的权力主流。从此,赵氏部族开始了外争内乱俱频繁的血雨腥风的部族历史。从赵盾到赵襄子立国,可称为早赵时期。

内乱妄杀频仍,大起大落,是早赵部族最显著的特点。

早赵时期历经赵盾、赵朔、赵武、赵成(景叔)、赵鞅(简子)、赵毋恤(襄子)六代,大体一百余年。这六代之中,发生的内乱妄杀事件主要有四次:

其一,赵盾时期部族内争,导致赵氏部族分裂,几被政敌灭绝[②]。

其二,赵简子废嫡(太子伯鲁),改立狄女所生庶子赵毋恤(襄子)为继承人。这是赵氏部族第一次废嫡立庶之举,为以后的废嫡立庶之风开了先河。

其三,赵简子妄杀邯郸大夫午,导致自己孤立逃亡,开政治妄杀先例。

其四,赵襄子诱骗其姊夫(代地部族首领)饮宴,密令宰人(膳食官)以铜枓(斟水器具)击杀之。"其姊闻之,泣而呼天,摩笄(发簪)自杀。"[③]这是典型的内乱妄杀。

显然,早赵部族在处置部族内政方面没有稳定法则,缺乏常态,妄杀事件迭起,导致其部族命运剧烈震荡大起大落。赵氏立国之后,这种内乱之风非但

① 据史家考证,王车驭手地位很高,等同于大臣,并非寻常匠技庶人。

② 赵盾之世的内乱起因于让嫡,终致被屠岸贾势力大肆杀戮,故事纷繁,有兴趣者可阅读史料。

③ 见《史记·赵世家》。

没有有效遏制，反倒是代有发生，十二代中竟有十一次之多：

其一，公元前425年，赵襄子方死，其子赵浣（献侯）立。赵襄子之弟赵桓子密谋兵变，驱逐赵浣，自立为赵主。

其二，公元前424年，赵桓子死，赵部族将军大臣再度兵变，乱兵杀死赵桓子儿子，复立赵浣，是为赵献侯。

其三，公元前387年，赵烈侯死，其弟武公立。武公十三年死，赵部族将军举事政变，废黜武公子，而改立烈侯子赵章，是为赵敬侯。

其四，公元前386年，赵武公之子赵朝发动兵变，被攻破，逃亡魏国。

其五，公元前374年，赵成侯元年，公子赵胜兵变争位，被攻破。

其六，公元前350年，赵成侯死，公子赵绁发动兵变与太子赵语（赵肃侯）争位；赵绁失败，逃亡韩国。

其七，公元前299年，赵武灵王传位王子赵何（此前废黜原长子太子赵章，改立赵何为太子），退王位自称主父；不忍赵章废黜，复封赵章为安阳君。其后赵章发动兵变，与赵何争位。权臣大将赵成支持赵何，击杀赵章。

其八，赵成再度政变，包围沙丘行宫三月余，活活饿死赵武灵王。

其九，公元前245年，赵国发生罕见的将帅互相攻杀事件：赵悼襄王命乐乘代廉颇为将攻燕，廉颇不服生怒，率军攻击乐乘，乐乘败走，廉颇无以立足而逃亡魏国。这是战国时代极其罕见的大将公然抗命事件，而赵国朝野却视为寻常。几年后赵国复召廉颇，即是明证。

其十，赵悼襄王晚期，废黜原太子赵嘉，改立新后（倡女）之子赵迁为太子，种下最后大乱的根基。

其十一，赵迁即位，内乱迭起，郭开当道，诛杀李牧。

为国十二代而有十一次兵变政变内乱，战国绝无仅有也。

战国大争，每个国家都曾有过内争事件，然则如赵国这般连绵不断且每每发生在强盛之期而致突然跌入低谷者，实在没有第二家。历史呈现的清晰脉络是：赵国之乱政风习代有发作，始终不能抑制，且愈到后期愈加酷烈化密谋化,终于导致赵国轰然崩塌。赵国乱政痼疾是赵国灭亡的直接内因,其更为深层的内因则在于部族秉性。如前所述,部族秉性生成于生存环境与其所经历的重大事件。所谓生存环境,一则是自然地理环境,二则是社会人文环境。地理环境决定其与自然抗争的生存方式,社会环境则决定其人际族群的相处方式。对赵国两大根基环境作以大要分析,可以使我们更深地透视这个强大国家的根基。

古人很重视对地域族群性格的概括。《史记·货殖列传》《汉书·地理志》都对战国时代的地域性格做了丰富的记载,做出了精当的概括,这便是将地理环境与民风民俗直接联系起来的种种分析。赵国之地,大体分为邯郸地带、中山地带、太原地带、上党地带、代郡地带、云中胡地等六大区域,其各地地理民风的大体记载是:

邯郸地带:处漳、河之间,一都会也,北通燕、涿,南邻郑、卫,近梁(大梁)、鲁;土广俗杂,大率精急,高气势,轻为奸,好气任侠。

中山地带:山地薄,人众,民俗懁急,仰机利而食;丈夫相聚游戏,悲歌慷慨,起则相随椎剽(白日以木椎杀人剽掠),休则掘冢作巧奸冶(夜来则盗墓为奸巧生计);女子则鼓鸣瑟(弹着乐器),跕屣(拖着木屣),游媚富贵,入后宫,遍诸侯。

太原上党地带:多晋公族子孙,以诈力相倾,矜夸功名,报仇过直,嫁娶送死者靡。

代郡地带:地边胡(与胡地相邻),数被寇(多被胡人劫掠)。人民矜懻忮(强直狠毒),好气,任侠为奸,不事农商。其民如兕羊,劲悍而不均。自晋时中原已患其剽悍,而赵武灵王益厉(激励)之,其俗有赵风。

云中胡地:本戎狄地,多居赵齐卫楚之民,鄙朴,少礼文,好射猎。

综合言之,赵国腹地山塬交错,除了汾水谷地与邯郸北部小平原,大多被纵横山地分割成小块区域,可耕之地少而多旱(薄),农耕业难以居主导地位;更兼北为胡地,狩猎畜牧遂成与农耕相杂甚或超过农耕的谋生主流。相比于赵国,其他五国均有大片富庶农耕之地:秦有关中蜀中两大天府之国,魏韩有大河平原,齐有滨海半岛平原,楚有江汉平原与吴越平原,燕有大河入海口平原与辽东部分平原。当时天下,只有赵国没有如此大面积的农耕基地。如此地理环境的民众,在农耕时代自然难以像中原列国那样以耕耘为主流生计。为此,所形成的社会人文环境(民风民俗)便有两大特征:

其一,仰机利而食。农耕无利而不愿从事农耕,崇尚智巧与其他生存之道。譬如男子好射猎、多任侠、轻为奸、常劫掠等等;女子“设形容,奔富贵,入后宫,遍诸侯”等等。也就是说,在赵国这样一个没有大片富庶土地的国家,人民的生存方式是不确定的,是动荡的。贫瘠多动荡。这是人类发展的普遍现象,即或在两千多年后的今日,我们依然能在贫瘠国度与地区看到此种现象的重演。

其二,豪侠尚乱,慷慨悲歌。唯其生计多动荡,则生存竞争必激烈,唯其竞争激烈,豪杰任侠必多出,竞争手段必空前残酷。所谓人民强直而狠毒(懻忮),所谓高气势而重义气,所谓报仇过直,皆此之意也。在一切都处于自然节奏的古典社会,若无坚韧彻底的法治精神,则法治实现难度极大。其时,社会正义的实现与维持,必然需要以豪杰任侠之士的私行来补充。唯有如此社会需要,赵国才会出现民多豪侠的普遍风气,其豪侠之士远远多于其他国度。豪侠多生,既抑制了法治难以尽行于山野所可能带来的社会动荡,又激发了整个社会的“尚乱”之风。尚乱者,崇尚私刑杀人也。对于政治而言,私刑杀人就是妄诛妄杀,就是连绵不断的兵变政变。

《吕氏春秋·介立篇》有一则评判云:“韩、荆(楚)、赵,此三国者之将帅贵人皆多骄矣,其士卒众庶皆多壮矣!因相暴以相杀。脆弱者拜请以避死,其卒递而相食,不辨其义,冀幸以得活……今此相为谋,岂不远哉!(要如此人等同心谋事,显然是太远了啊!)”吕不韦曾久居赵国,如此评判赵国将帅贵人与士卒众庶,当是很接近事实的论断。

唯有如此社会土壤,才有如此政治土壤。

唯有如此政治土壤,才有如此乱政频仍。

中国古典思想史上的两大惊人论断,都是赵国思想家创立的。

慎到,首创了忠臣害国论。荀况,首创人性本恶论。

这是发人深思的历史现象。

慎到者,赵国邯郸人也。其主要活动虽在齐国稷下学宫与楚国、鲁国,然其思想的形成发展不可能脱离赵国土壤。慎到是法家中的势治派姑且不说,其反对忠臣的理论在中国古典思想史上堪称空前绝后。慎到之《知忠》篇云:“乱世之中,亡国之臣,非独无忠臣也!治国之中,显君之臣,非独能尽忠也!治国之人,忠不偏于其君。乱世之人,道不偏于其臣。然而治乱之世,同世有忠道之人,臣之欲忠者不绝世。比干子胥之忠,毁瘁君主于阁墨之中,遂染弱减名而死。由是观之,忠未足以救乱世,而适足以重非……忠不得过职,而职不得过官。桀有忠臣而罪盈天下……将治乱,在于贤使任职,而不在于忠也。故,智盈天下,泽及其国;忠盈天下,害及其国!”

以当代观念意译慎到之《知忠》篇,是说:乱世亡国之臣中,不是没有忠臣。而治国能臣,更不都是尽忠之臣。治国之能才,应当忠于职守,而不是忠于君主。乱世之庸人,则忠于君主,而不忠于职守。人世治乱,想做忠臣者不绝于世。譬如比干、伍子胥那样的赫赫忠臣,最终却只能使君主毁灭于庙堂,自己也衰竭而死。所以,忠臣未必能救乱世,却能使谬误成风。官员当忠于职守,而职守不能越过自己的职位。而忠臣自以为忠于君主而到处插手,反而将朝政搞乱。所以,夏桀不是没有忠臣,其罪恶却弥漫天下。治国在于贤能,而不在于忠。所以,能才彰显天下,国家受益;忠臣彰显天下,国家受害!

慎到反对忠臣之论,其论断之深刻精辟自不待言。我们要说的是,这一理论独生于豪侠尚乱的赵国而成天下唯一,深刻反映了赵人不崇尚忠君的部族秉性。唯其如此,赵国政变迭生,废立君主如家常便饭,当可得到更为深刻的说明。

荀况也是赵人。其《性恶》篇云："人之性恶。其善者，伪也。今人之性，生而好利焉。顺是，故争夺生而辞让亡焉！生而有疾恶焉，顺是，故残贼生而忠信亡焉！生而有耳目之欲，有好声色焉。顺是，故淫乱生而礼义文理亡焉！纵人之性，顺人之情，必出于争夺，合于犯分乱理，而归于暴。"

荀子性恶论的提出，是为了论证法治产生的必然性，其伟大自不待言。中国只有在战国之世，才能产生如此深刻冰冷的学说。我们要说的仍然是，此论独生于赵国思想家，生于豪侠尚乱的社会土壤所诞生的思想家，在某种意义上，它深刻反映了赵人之地域性格中不尚善而尚恶的一面。唯其有尚恶之风，故赵国之乱政丛生有了又一注脚。

强大的赵国已经轰然崩塌于历史潮流的激荡之中。

但是，这个英雄辈出的国家曾经爆发的灿烂光焰，将永久地照耀着我们的灵魂。

第七章 迁政亡燕

一 燕虽弱而善附大国 当先为山东剪除羽翼

燕虽弱，但颇有可杀不可辱之贵气。荆轲刺秦王最是精彩。

秦王嬴政离开邯郸之前，在行营聚集大臣将军做了重要会商。

写完赵国再写燕国，似是作者个人喜好。六国灭亡的先后顺序为韩、赵、魏、楚、燕、齐。

会商事项只有一件：秦军灭赵之后，是南下灭魏还是北上灭燕？之所以有此会商，在于秦王君臣对灭赵之战的艰难有最充分的准备，所需时日长短也没有预先做出强制约定。唯其如此，灭赵之后天下大势会发生何等变化，秦军如何以此等变化为根基决断大军去向，都在未定之数。如今赵国已灭，用时只有堪堪两年，且秦军伤亡极小，其顺利大大超出了秦国君臣将士之预料。更为重要的是，灭赵并未引起山东其余四国从麻木中惊醒而出现拼命合纵抗秦的严峻情势。而这一点，曾经是秦国君臣最为担心的。李斯、尉缭曾联名上书着意提醒秦王：若灭赵之后合纵奋力而起，秦国宁可放慢灭国步伐而做缓图,不宜强出强战。当时,秦王嬴政是认可的。如今,四国非但没有大的动静,甚至连互通声气的邦交使节也大为减少,鼓动合纵更是了无迹象。

这种情势,既出秦国君臣预料,又令秦国君臣振奋。尉缭兼程驰驱,特意从咸阳赶赴邯郸,当夜便邀李斯共见秦王。在秦王行营的洗尘小宴上,尉缭点着竹杖不无兴奋地道:"韩赵庶民未生乱,山东四国未合纵。于民,天下归一之心可见也!于国,畏秦自保可见也!有此两大情势,老臣以为:连续灭国可成,一统大业可期可望!"李斯一无异议,力表赞同。秦王嬴政精神大振,连连点头认可。于是,执掌行营事务的长史李斯立即知会王翦、蒙恬与灭赵大军的几位主力大将,才有了这次会商大军去向之朝会。

"我兵锋所向亟待商定,诸位但说无妨。"

秦王嬴政叩着大案开宗明义道:"我军向魏向燕,抑或同时攻灭两国,本王尚无定见,唯待诸位共商而后决。"话音落点,北路军主将李信立即挺身起立拱手慷慨道:"李信以为,我军战力远超列国,可同时分兵三路,一鼓攻灭魏齐燕三国!如此,北中国一举可定!其时,一军南下,楚国必望风而降。两年之内,中国可一也!"李信说罢,火热的目光望着杨端和、王贲等几位主力大将,显然期待着众口一声慷慨呼应。不料,几位大将却都没有说话。王贲更甚,还紧紧皱起了眉头。王翦、蒙恬、李斯、尉缭四位军政大员与顿弱、姚贾更是若有所思地沉默着。一时,李信不禁有些惶惑。

李信狂妄、冒进,攻楚时吃了大亏。

"将军壮勇可嘉!果能如此,大秦之幸也!"

嬴政拍案赞叹了一句,既是对李信的抚慰赞赏,也不期然流露出某种认可。从心底说,嬴政对这位年轻大将的果敢自信是极其欣赏的。此前的灭赵之战中,李信曾多次直接上书秦王,请求早日南下袭击李牧军背后,以便早日结束灭赵之战。嬴政之所以没有首肯,与其说是对李信方略不认同,毋宁说基于事先对王翦全权调遣灭赵大战之承诺的信守。毕竟,灭赵大战是与最大强国的最后决战,宁失于稳,不失于躁。对面敌手若不是赵国,依着嬴政雷厉风行的秉性,定然会毫不犹豫地准许李信军早日南下。唯其如此,嬴政不以为李信的同灭三国是轻躁冒进,甚至以为,这是秦人秦军该当具有的勇略之气。

"臣有应对。"李斯终于打破了沉默。

"卿策定能鼓荡风云!"嬴政罕见地赞赏一句,诱导之意显而易见。

"臣之见:依目下大势,仍应慎战慎进。"

李斯似乎对秦王的赞赏诱导浑然不觉,径自侃侃道:"所余楚齐魏燕四国,皆昔日大国,除魏地稍缩,三国地广皆在三千里以上。我若兵分三路而齐灭三国,则各路兵力俱各十余万而已。但在一国陷入泥沼,势必全局受累。更为根本者,官署民治无法从容跟进。新设官署若全部沿用所灭国之旧官吏,则必然给残余世族鼓荡民乱留下极大余地。其时纵然灭国,必有动荡之势。我若镇抚不力,反受种种掣肘。此,臣之顾忌所在也!"

"老臣赞同长史所言。"尉缭点着竹杖道,"夫灭国之战,非同于寻常争城略地之战也!其间要害,在于军、政、民三方鼎力协同。一国一国,逐步下之,俱各从容。多头齐战,俱各忙乱。当年,范雎之远交近攻方略,其深意正在于此也!愿君上慎之思之。"

两大主谋同时反秦王之意而论,殿中又是一时沉寂。

"果如长史国尉所言,先向何国?"

这便是嬴政,虽然皱起了眉头,然对长策方略之选择却有着极高的悟性,但觉其言其策深具正道,纵然不合己心,也更愿意在大臣将军们悉数说话后再做最后决断。一句问话,显然是要将会商引入具体对策。

"愿闻两位邦交大臣之见!"李信突兀插进一句。

"将军之意,燕魏两国俱各昏昧,至少可同时灭得两国?"

"果能如此,有何不可!"李信被尉缭说破,却依然一副激昂神情。

"燕国疲弱乏力,政情昏昧,定可一鼓而下!"顿弱一句做了评判。

"魏国等同,甚或比燕国更为昏昧,一鼓可灭!"姚贾也立即做了评判。

"两卿之意,至少燕魏可同时灭之?"嬴政目光炯炯地扫视着大帐。

"君上明断!"两人异口同声。

“目下之山东战国，无一国不乱，无一王不昏！”顿弱从地下密室被搜救出来后虽颇显病态，此时却兴奋得满脸涨红，“此，臣感同身受也！韩王安、赵王迁、齐王建、魏王假，是四个浮浪君王。楚王与燕王，则是两个衰朽不堪之老王。故此，放手大打，两三年可定天下！长史国尉之言，实足过虑也！”

“顿弱之言，英雄之志哉！”嬴政不禁拍案赞叹。

“赞同上卿之策，齐灭两国！”杨端和终于赞同了。

“末将依旧以为：我军战力，同时可灭三国！”李信还是慷慨激昂。

“君上，末将有话说！”一个年轻而又响亮的声音使举座为之一振。

“王贲，好！但说无妨。”嬴政欣然拍案。

王贲英挺威猛而不苟言笑，站起来庄重地一拱手道：“王贲以为：目下用兵于灭国大战，不宜过急，亦不宜过缓。过急则欲速不达，过缓则可能坐失良机。所余四国，齐楚最大，当单独灭之。魏燕两国则疲弱已极，可同时灭之。以我大秦目下国力战力，分兵两路当无后顾之忧。王贲愿率兵十万，攻灭魏国，以与灭燕之主力大军南北呼应！”

“两位上将军以为如何？”嬴政的目光终于扫到了王翦蒙恬脸上。

“王贲亡国之言，臣不敢苟同。”王翦黑着脸扎扎实实一句。

“王贲固是上将军长子，然也未免责之过甚了。”嬴政淡淡一笑。

“君上明察：王翦正是将王贲作大秦将军以待，方有此一责难。”王翦沟壑纵横的脸膛毫无笑意，“自古至今，唯兵家之事深不可测。将亡之国，未尝无精悍之兵。勃兴之邦，未尝无败兵之师。若以枯木朽株看山东大国，臣以为迟早将酿成大患。顿弱、姚贾囿于邦交所见，失之于未见根基。李信、杨端和、王贲，则囿于战场之见，失之于未见政情民情。凡此等等，皆非上兵之道，望君上慎之思之！”

“臣赞同上将军之言。”蒙恬沉稳接道，“韩非《亡征》篇云，‘木虽朽，无疾风不折。墙虽隙，无大雨不坏。’且以燕国而言，其势虽弱，然北连匈奴，东接东胡，如今又有赵国残余呼应；四方俱有飞骑轻兵，快捷灵动，若结盟连为一体，秦军全力一战胜负亦未可知，谈何两国齐灭？臣与上将军多经会商，皆以为：灭国大战，切忌轻躁冒进。”

“两上将军之意，先全力灭燕？”嬴政心下一震，重重问了一句。

王翦对道：“臣与蒙恬主张同一，正是先灭燕国。诚如蒙恬所言，灭燕之难，不在其国力强盛，而在其地处北边，连接诸胡与残赵。若不能一鼓破之全力剿之，而使其与代王嘉北逃匈奴，或再度立国，中原将有无穷后患也！唯其如此，灭燕非但得出动全数大军，且得蒙恬军从北边出动，遮绝燕、代与匈奴诸胡之联结。非如此，不能尽灭燕国！”

“君上，灭燕之要，还有一端。”李斯拱手高声。

“噢？长史但说。”

“燕虽弱而善附大国，当先为山东剪除羽翼！”

顿时，嬴政心下一个激灵，合纵连横时期的一则有名论断立即浮现心头。那是苏秦张仪退出战国风云之后，燕国正在惶惶无计的时候，苏代对燕王剖析燕国处境时说出的一个著名评判。苏代说：“凡天下之战国七，而燕处弱焉！独战则不能，有所附则无不重。南附楚，则楚重；西附秦，则秦重；中附韩魏，则韩魏重。且苟所负之国重，此必使王重矣！”也就是说，燕国不能独当一面，然能做举足轻重的附属盟约国；燕国依附于任何一国，都将使其力量陡增；燕国之重要，在于依附大国，而不在独当一面；唯能大大增加大国分量，而燕国必然也就有分量了。苏代的说辞，本意在为燕国在七国纵横中寻求稳定长期的方略，而避免倏忽领头倏忽退缩的痉挛症。事实上，燕国除了燕昭王乐毅时期强盛一时，短暂破齐而独当一面外，此前此后，大体都在强国之间寻求依附而摇摆不定。秦国在合纵连横最激烈的时期，能多次与燕国结成盟约而破除合纵，实际上正是在燕国奉行“附国方略”的情势下做成的。虽然，燕国对附国方略之贯彻并未一以贯之，与最经常结盟的齐、赵、秦也是阴晴无定，与楚、魏、韩更是变化无常，但无论如何，燕国随时都可能倒向任何一个大国寻求支撑，则是不争的事实。目下残赵的公子嘉立了代国，燕国不是趁此良机灭掉代国增强实力，而是立即放弃了对旧赵国的仇恨与代国结成了抗秦盟约，不能不说，这也是另一种形式的附国方略。若燕国再东向附齐，或南下附

燕国其实非常不好对付。太史公曾叹曰：“召公奭可谓仁矣！甘棠且思之，况其人乎？燕外迫蛮貉，内措齐、晋，崎岖强国之间，最为弱小，几灭者数矣。然社稷血食者八九百岁，于姬姓独后亡，岂非召公之烈邪！”（《史记·燕召公世家》）燕国最弱小，但有智亦有勇，对外要面对蛮貉的侵犯，对内要应付齐国及韩赵魏，在强国的缝隙中艰难地生存，因与齐国结下仇怨后奋起直追，差点灭了齐国，堪称强勇。这么小的一个国家，却能坚持八九百年不亡，可谓奇迹。

楚，岂非又将使合纵抗秦死灰复燃？从此看去，燕国是所余四国中最为游移不定的一国。唯其游移不定，便存在着天下被燕国寻求出路的举动再次激出新变化的可能。也就是说，齐楚魏三国基于大国传统，其一旦陷入昏昧，国策惰性很难一时改变；而燕国恰恰相反，素无定见而寻求附国以存续社稷，则完全可能不遗余力地寻求结盟联兵。面对如此一个七八百年老牌诸侯大国送上门来，谁敢说其余三大国能断然拒绝？若欣然接纳，山东抗秦岂不是必然出现难以预料的局面？……

"好！本王定策：先行灭燕！"

嬴政拍案决断之后走下了王案，对着王翦、李斯、尉缭、蒙恬逐一地深深一躬，而后肃然道："嬴政学浅性躁，几误大事。自今日始，但言同时灭国者，以误国罪论处。"

"君上明断！"行营大厅哄然一声，几位年轻大将的声音分外响亮。

长策议决，大部署立即确定：秦军主力全数驻屯赵国歇马整顿，来春发兵燕国。大臣将军之职司亦同时明确：王翦统兵灭燕，杨端和军、李信军归并灭燕大军，铁骑将军辛胜为灭燕前军大将；蒙恬北边防守匈奴，并同时切断燕国北上联结匈奴与诸胡之通道；顿弱领一部邦交人马入燕，姚贾领一部邦交人马入魏，继续以文武并重手段销蚀其庙堂根基；马兴改任国尉丞，辅助尉缭总司粮草辎重；蒙毅改任长史丞，辅助李斯随秦王处置国政；李斯暂留赵国，率领秦国官吏整肃旧赵国吏治，安定邯郸郡（赵国）以为灭燕根基。

旬日之后，军政各方安置妥当，秦王嬴政的行营车马五千余人离开了邯郸，经太原、上郡回了咸阳。在已经成为过去的赵国的境内，嬴政多处歇马，每每派出斥候探察民情。各方禀报都说，除了旧世族贵胄有许多逃亡代地，投奔公子嘉的代国外，庶民尚算安定；民众种种议论，骂赵王郭开者多，怨恨秦国者少；代国仓促汇聚了一支军马，驻扎在于延水以东的上谷①，其地两料无收，已经面临大饥荒，代地民众出现了大肆逃亡迹象。

嬴政立即歇马驻扎，与蒙毅会商，并飞书知会王翦幕府：务必设法，最大限度地不使代地民众北逃匈奴，而是南下回归有秦军驻扎的旧赵故土。三日之后，王翦飞书回复：代地灾民事已经开始全力处置，王毋忧心。嬴政这才下令行营开拔，车马辚辚回了咸阳。

---

① 上谷，今河北怀来之东南地带。

王翦治军素来注重民情大势，对代地灾情原本早已探明，欲行接纳流民，又恐众将对赵人心存芥蒂，会以灾民扰军为名，不肯全力实施，故未下达军令。一接秦王行营书令，王翦立即会同李斯议决：大张旗鼓地下令建立临时营地，接纳代地庶民；凡流入军营之灾民，一律作军中民夫待之，派发军粮，派定劳役工程。军令颁发的同时，王翦专门在幕府聚将，邀李斯讲说乐毅当年的化齐善政。一班年轻大将本来对如此接纳赵人多有牢骚，然见秦王书令，又闻李斯着意解说安赵深意，遂欣然叹服，对接纳流民事再无推搪。如此，几乎整整一个冬天，王翦大军都在为安定赵地而与李斯率领的官吏们协同忙碌着。

倏忽开春，河消冰开，王翦大军隆隆北上，渡过易水驻扎下来。

各将纷纷献计，秦王政择其善者而从之。

王翦的特使飞向蓟城，向燕王送达了战书——燕国不降即战，一任抉择！

二　束手无策的燕国酿出了一则奇计

探马流星穿梭，商旅纷纷离燕，四十万秦军的营涛声隆隆如在耳畔。

庶民惶惶，庙堂惶惶，燕国朝野慌乱了。

这年，是燕王姬喜即位的第二十八年。距离短暂强盛的燕昭王时期，已经过去五十二年了。这五十二年中，是燕国从高峰滑落低谷的衰变之期。五十二年，燕国历经了四代燕王：燕惠王、燕武成王、燕孝王、燕王喜。四代传承，一代不如一代。燕惠王继承燕昭王之位，以骑劫换乐毅统率燕军灭齐，结果被田单以火牛阵大破燕军。从此，燕国从高峰跌入低谷。燕惠王心胸褊狭，屡屡激化朝局，即位第七年即被丞相公孙操发动兵变杀死。其后，燕武成王继位，十四年中几乎没有任何建树。这个武成王，一生只遇见了两件大事：其一，即位第一年猝遇韩魏楚三国攻燕，勉力撑持没有破国；其二，即位第七年，遇齐国安平君田单伐燕，燕国丢失了中阳①之地，也还是没有被齐国攻灭。仅仅如此两事，却被一班逢迎之臣大肆颂扬，死后谥为赫赫然“武成”两字。由此足见，燕国朝野已经将能够自保作为莫大功勋，至于再度振兴开拓，那是连想也不敢想了。其后，燕孝王继位。这位孝王大约是痼疾在身，即位三年便无声无息死了，没有留下任何值得一提的举动。

接着，今王姬喜即位。

燕国的情况，比赵国的情况要好一些。赵国王室太不争气，燕国时有明主出现，燕王喜不行，燕太子丹勇烈。

即位之初，姬喜倒是雄心勃勃，决意恢复燕昭王时期的武功与荣耀。其时，秦赵长平大战刚刚结束四年，赵国元气尚未恢复。姬喜欲图在强邻赵国的身上谋事，借以重新打出燕国军威。姬喜尚算有心，先选择了一个与自己同样雄心勃勃的大臣做丞相。此人名曰栗腹，一接手丞相府，便为姬喜谋划出一则一鸣惊人的方略：先行试探迷惑赵国，而后突然对赵国开战！燕王喜连连称是，立即责成栗腹依既定方略行事。

于是，栗腹以丞相特使之身入赵。晋见赵孝成王时，栗腹殷勤献上了五百金，说明是大燕国赠给赵王的酒资。赵孝成王欣然接纳，与栗腹当殿订立了息兵止战盟约。之后，栗腹逗留邯郸多日，对赵国情势做了自以为很是翔实的探察。栗腹归来，对燕王喜禀报说：“赵国精壮全数死于长平，国中尽余少孤，待其长成精壮，尚得数年之期。目下，完全可以起

① 中阳，古邑名，在今山西中阳。

兵攻赵!”

姬喜大喜过望,立即召昌国君乐闲与一班大臣会商攻赵之策。这个乐闲,是战国名将乐毅的长子。当年乐毅离燕入赵,燕国深恐乐毅危及燕国,故一力盛邀乐毅重新归燕。乐毅清醒至极,回书婉转辞谢,却将大儿子送到了燕国,以示终生不与燕国为敌。乐闲也是兵家之士,对赵国知之甚深。见燕王姬喜询问,乐闲坦诚道:“赵为四战之国,其民习兵尚武远过燕国,不可伐。”姬喜皱着眉头道:“我方兵力,以五对一伐之,不可么?”乐闲还是扎扎实实一句:“不可。”姬喜勃然变色道:“昌国君是赵臣,还是燕臣?宁长赵国志气,灭燕国军威乎?”一班大臣见姬喜动怒,立即异口同声拥戴攻赵。乐闲也只能不说话了。于是,燕王姬喜立即下令:兵分两路攻赵,每路十五万大军,各配置一千辆战车;一路由丞相栗腹亲自率领,攻赵国邯郸北部的鄗地;一路由大将卿秦率领,攻赵国代郡;燕王喜自率王室护卫军马五万,居中后进策应。攻赵大军出动,燕国朝野一时亢奋欢腾不止,举国皆以为中兴燕国的时机到了。

这时,整个燕国只有两个大臣反对攻赵,一个昌国君乐闲以称病不出反对,一个是大夫将渠激烈明白地反对。这个将渠秉性刚直,夜见姬喜,慷慨直言道:“栗腹以酒资五百金打通赵国关节,方与赵王结盟,约定息兵止战!盟约方立,又秘密探察赵国情势,乘其不备而攻之。如此背约,大不祥也!出兵攻赵必不成功,王当立即止兵!”姬喜很是不悦,板着脸斥责将渠迂阔不足以成事,训斥罢甩袖而去,将直愣愣的将渠撂在厅中发呆。出人意料的是,及至姬喜出兵之日,将渠又大步赳赳冲进送行圈内,扑过来扯住了燕王喜的绶带激昂喊道:“王宁前往,往无成功——”姬喜不禁大怒,一脚踢翻了将渠,径自威风凛凛地扬长去了。执拗的将渠在烟尘王车后犹自哭喊着:“燕王啊!老臣非以自为,老臣为王为国也——”

发生于燕王喜四年的这场攻赵大战,结局令整个燕国瞠目结舌——赵国大将廉颇率军二十万,大破栗腹军,击杀栗腹。大将乐乘率军十五万,大破卿秦军,俘获卿秦。两路赵军追击燕军五百余里,一举包围了燕都蓟城。燕国唯一的可战大将乐闲,也离开了蓟城,乘乱出走到赵国去了。整个燕国,一时乱得不可收拾了。

面临军破国亡危局,燕王姬喜骤然委顿,昔日夸夸大言昂昂雄心,倏忽间无影无踪。惊恐万状的姬喜只有一个本能的举动:立即派出使节,连夜赶赴赵军幕府求和。

赵国上将军廉颇已奉赵孝成王之命，厉声斥责来使，冷冰冰地拒绝罢兵。姬喜无奈，只好连番派出特使哀哀软磨。廉颇这才提出：非将渠大夫出面，不与燕国言和！姬喜没有片刻犹豫，立即拜将渠为丞相，赶赴赵军幕府求和。经这位新丞相将渠的一力周旋，燕国割地三百里，赵国才退兵罢战。不想没过几年，具有自知之明的丞相将渠便死了。

燕王姬喜又渐渐从委顿中活泛了过来。

燕国割地罢兵后，前番战事的种种真相消息也纷纷传入燕国。原来，赵国对燕国的突然袭击根本没有防备，廉颇、乐乘两军原是开赴南赵对付秦军，猛然回头对燕，只是偶然而已。燕王喜由是恍然明白——其时，假若秦军当真攻赵，燕军的背后偷袭战定然大获成功！存了如此想头，燕王姬喜心有不甘，老是觉得赵国不是不能攻破，只是要选准时机而已。如此苦苦等待了八年，在燕王喜的第十二年，燕国君臣一致认定：攻赵的真正时机终于到来了！

姬喜找到了一个老名臣知音，此人便是燕昭王时期的老臣剧辛。

燕王姬喜重新起用剧辛，任剧辛为上卿，总领政事。此时的剧辛，已经失去了英年时期与乐毅变法的睿智清醒，变得刚愎自用而不察天下大势。在燕王喜遍召大臣会商，寻求攻赵知音之时，剧辛一力主张攻赵，欲图在自己手中重新振兴燕国霸业，使自己成为燕国的中兴名臣。由此，剧辛与燕王姬喜一拍即合，确定了燕国再度对赵作战的国策。剧辛判定的所谓真正时机，有两个凭据：其一，赵孝成王方死，其子赵偃即位，赵国必不稳定；其二，廉颇、乐乘自相攻击，乐乘已经逃来燕国，廉颇也逃亡魏国，赵国腹地大军以庞煖为将，赵国军力必然大衰。如此情势之下，剧辛力促燕国秘密筹划再度攻赵，姬喜自是欣然认可。

然则，燕国君臣万万没有想到，这次事情却反着来了。

赵偃（悼襄王）也是初位欲建功业，竟先行下令李牧攻燕。燕军尚未开出，李牧边军已经挥师东进，一举攻下了燕国的武遂、方城两地，方始歇兵。燕王姬喜大为尴尬，一心只要南下猛攻赵国腹地大军。召剧辛会商，老剧辛傲然一句："庞煖易与耳！"燕王姬喜大是感奋，当即下书以剧辛为主将，率军二十万大举攻入赵国腹地。

原来，剧辛当年入燕之前曾游学赵国多年，一度与庞煖同为纵横策士，奔走合纵交往甚多。在剧辛的记忆里，庞煖从来不知兵，也没有提兵战阵的经历。如此庞煖，自然是很容易对付的。不料，庞煖实则是不事张扬的兵家之士，其战阵才能几乎可与李牧抗衡。剧辛大军南下，庞煖立即率赵军二十万迎击。结局是：庞煖赵军一举斩首燕军两万余，并在战场击杀了老剧辛！若非当时秦军已经深入赵国背后，对赵国构成巨大威胁，以及赵国内政出现巨大混乱，只怕庞煖直接攻下燕国都城亦未可知。

自此一战，燕王姬喜性情大变。

燕国原本不是仓廪殷实之邦，唯赖燕昭王时期攻破齐国七十余城，尽行掠夺了齐国的如山财富，才积累了一时丰盛的军资粮秣。数十年过去，燕国内政非但一无更新，反倒是每况愈下。及至姬喜即位，府库存储业已大大减少。姬喜再三图谋攻赵，其意正在效法燕昭王破齐富燕之道。不想，十二年之内燕国两次大战均遭惨败，粮秣辎重几乎消耗一空，兵力更是锐减为二十万上下。名臣名将，也是死的死走的走，国政谋划连个得力臂膀也没有了。国无财货，朝无栋梁，姬喜心灰意冷了。于是，周王室老贵胄的传统秉性发作，姬喜以宽仁厚德为名，甚事不做，奉行无为而治，整日只在燕山行宫狩猎消磨，将天下兴亡当作了事不关己的过眼云烟。

倏忽十一年过去，才有一缕清新刚劲的风吹进了燕国庙堂。

回顾燕国灭亡前的历史。

姬喜即位的第二十三年，太子丹从秦国逃回了燕国。

太子姬丹，是燕王姬喜的嫡长子。可是，这个嫡长王子在燕国宫廷尚未度过少年之期，便开始了独有的坎坷磨难。其时，燕国已经衰弱。为结好强国，姬丹踏上了如同很多战国王子一样的独特的人质旅程。战国之世，人质邦交大体有两种方式：其一，强国之间为保障盟约稳定，相互派出重要的王室成员作为人质进驻对方都城；一方负约，则对方有处死人质之权利；譬如秦昭王之世，秦国派于赵国的公子嬴异人，即是此种人质。其二，弱国为结附大国，派出王室成员为人质，进驻大国都城，以示忠于附国盟约。少年姬丹所做的人质，便是这种人质。就人质本身而言，以国君嫡长子为最贵。因为，国君嫡长子，大多都是事实上的太子，也是最大可能的国君继承人。姬丹虽然年少，却有嫡长子地位，自然是进入大国做人质的第一人选。因了这般缘故，燕王姬喜早早将姬丹立做了太子，使姬丹以太子名义进大国做人质，以示燕国对盟约大国的忠诚。当然，太子名分对姬丹在他国的处境也有些许好处。如此，太子丹的名号，早早便为天下所知了。

太子丹的人质生涯，开始于赵国，终结于秦国。

燕王喜即位之初，强盛期的赵国尚是燕国最大的威胁。为保燕国安宁，太子丹在赵国做了许多年人质。秦赵长平大战后，秦赵俱入低谷。吕不韦当政时，为在秦国低谷期与赵国求取平衡，吕不韦着意结好燕国，以增加对赵国的制衡。燕王喜对天下第一强国的示好大是欣然，更兼其时燕国正在图谋攻赵，遂立即在与赵国订立休战盟约后，又立即与秦国订立了秘密盟约。于是，燕王喜将太子丹借故从邯郸召回，改派往秦国做了人质。

或是天意使然，太子丹在赵国做人质时，秦国的少年王子嬴政也在赵国尚未归秦。嬴政外祖乃赵国巨商卓氏，其时，嬴政尚叫作赵政。赵国风习豪放，赵政虽非在朝贵胄公子，也一样能出入王城。或是在王城之中，或是在市井游乐之所，总之，两个少年王子是相遇了，结识了，还有了少年交谊。以年龄而言，赵政八岁时离赵归秦，与太子丹结交之时，当在八岁之下的孩童之期。而太子丹，则肯定大得三两岁，再小，便不可能做人质了。如此，太子丹必是童稚赵政的小哥哥，其交游来往，也必定是纯真无邪的少年乐趣。此后嬴政归秦，历经风雨坎坷，在十三岁时成为不亲政的虚位秦王。

《史记·范雎蔡泽列传》："蔡泽相秦数月，人或恶之，惧诛，乃谢病归相印，号为纲成君。居秦十馀年，事昭王、孝文王、庄襄王。卒事始皇帝，为秦使于燕，三年而燕使太子丹入质于秦。"荆轲从赵国跑到燕国后，遇田光，田光厚遇之。"居顷之，会燕太子丹质秦亡归燕。燕太子丹者，故尝质于赵，而秦王政生于赵，其少时与丹欢。及政立为秦王，而丹质于秦。秦王之遇燕太子丹不善，故丹怨而亡归。"（《史记·刺客列传》）燕太子丹做完赵国的人质，又做秦国的人质，原本想着少时与嬴政交好，在秦国的日子会好过一点，谁知秦王政冷漠待之，遂生逃亡之心。

倏忽二十余年，天下风云变幻，燕赵秦三国的格局也发生了巨大变化：秦赵血仇未消，相互攻伐不断；燕赵两国两次大战，燕惨败而赵大胜；燕国虽与赵国结下了大仇，却又只得忍气吞声地订立盟约而成盟邦。当此之时，秦燕两国无战且盟约依旧，依着战国邦交常道，秦国要借重燕国牵制赵国，燕国已经完全可以召回人质了。然则，事有奇正，此时的秦国恰恰已经走出了低谷，秦王嬴政已经亲政，一统天下之志已定；于是，两国邦交发生了悄无声息的巨大变化：秦国对燕国的倚重不复存在，而变为秦国力图掌控燕国，以防其在灭国大战中辅助赵国。如此格局之下，秦燕两国纵然盟约依旧，且燕国并未触犯秦国，燕国还是无法召回太子丹。究其实，当然是秦国不愿放回太子丹。根本原因，在秦国要掌控燕国，使燕国负秦有所顾忌。为此，秦王嬴政对这位太子丹很是冷漠，丝毫不作少年好友待之，明确下令软囚太子丹，不使其回归燕国。太子丹痛心疾首，屡次上书秦王请求归燕，都是泥牛入海般没有回音。

“乌头白，马生角，子或可归燕也！”

秦王唯一的回答，使太子丹彻底绝望了。

许多年后，天下风传一则秘闻：自秦王禁令出，太子丹仰天长叹，咸阳王城的乌鸦果然白头，马头果然长出了牛一般的角；秦王得报，视为天意，遂不得不放了太子丹。事实却远非如此离奇神妙，而是一则惊心动魄的太子丹逃亡事件。

太子丹明白秦王政不会放他归燕之后，不再图谋于说动秦王，从此开始了逃离秦国的秘密谋划。历经半年多试探，太子丹终于通联了在咸阳的燕国商社，谋划出一个替身之法：由几位燕国大商物色一个与太子丹极其相像的年轻商人，给太子丹做舍人；其人开始进入有秦国吏员兵士护卫的太子丹寓所时，须得以面目有伤为由以黑纱遮面；但有

按《东周列国志》的说法，太子丹是易服毁容而逃。

时机，即以此人为替身留于寓所，太子丹乔装离开，由商社马队护送逃出秦国。密谋既定，太子丹立即付诸实施。不久，太子丹寓所便多了一个面容伤残而终日蒙面的太子舍人。一年之后，秦国朝野忙于筹划大举东出灭国，秦王率领群臣赶赴蓝田大营观兵。太子丹一如谋划行事，果然逃离秦国。及至秦国发现太子丹逃亡，已经过去了整整一月。

秦王嬴政大怒，立即飞书常驻燕国的顿弱：威逼燕王送回太子丹，否则发兵攻燕！旬日之后，顿弱回书道："燕国沉沦不堪，纵增一太子丹，与国无补也。灭国大战方略有序，此时既不能对燕用兵，何须威逼恐吓而使其警觉焉！臣意：太子丹既有替身，秦当佯作不知可也。"秦王嬴政一番思忖，觉顿弱之策大是有理，遂下令执掌邦交的行人署对太子丹寓所守护如常，不予理睬，只看燕国如何处置。

久经磨难的太子丹归燕，已经是三十余岁的心志深沉的人物了。

太子丹精明干练，与父王姬喜相处三月余，便重新获得了父王的完全信任。其时燕国仍然没有领政强臣，姬喜又心灰意冷游猎成习，早已经疏于政事了。于是，姬喜索性下了一道密令：太子丹镇国总摄政事，燕国大臣勿泄于外，秦国知晓与否听其自然。

如此，太子丹在燕国开始了独特的施展。

太子丹准备向秦王复仇。但国家太小，力难及，于是暗地里养士，伺机行事。

太子丹最恨秦国欺压天下，更恨秦王政刻薄寡恩无情无义。逃回燕国，太子丹原只一门心思报复秦国。然，太子丹归来，眼见邦国贫弱远远超出了自己预料，手中又无权力，一时竟是郁闷无策。一朝领政，太子丹精神陡然振作，只一心思谋如何尽早凝聚有识之士报复秦国，至于国政变革，一时完全无法顾及了。太子丹清楚地知道，秦国的灭国大战行将实施，若不及早谋划动手，只怕燕国连最后的时机也没有了。

更有要紧者，秦国上卿顿弱坐镇燕国，多方通联燕臣，蓟城举动很难逃过顿弱势力的探察，要图谋秦国，第一要务便是严守秘密。好在太子丹久为人质，寄人篱下，已锤炼出一种缜密机警的秉性，更有逃出秦国的秘密谋划阅历，几年内将对秦复仇事做得丝毫不露痕迹。

第一个密商者，太子丹瞄住了少年时期的老师鞠武。

白发苍苍的鞠武，已经是燕国的老太傅了。老人诚惶诚恐，接受了秘密来访的太子丹的拜师礼。一番酬酢之后，太子丹涕泪唏嘘地说了对秦复仇的心愿。老鞠武沉默了，半日没有说一句话。太子丹痛心疾首道："秦王嬴政，天下巨患也。老师不为丹谋，宁不为天下一谋乎？"良久，老鞠武才沉重开口道："如今之秦国地广人众，兵革大盛，远非昔日之秦国可比也。燕国两败于赵国之后，贫弱已极，太子要以昔年积怨抗秦，宁非批其逆鳞哉？"太子丹长吁一声道："太傅明察，我纵附秦，秦亦不能存燕也！秦不存燕，则燕秦终不两立也。既终须与秦为仇，宁不早日谋划哉！"鞠武思忖良久，点头道："太子说的也是。既然如此，太子可相机行事了。"太子丹见素来固执的老师虽然未被说服，但已经不再反对自己，只要老师不反对自己，老师的声望便是秘密行事的号召力量。此后，太子丹打出曾与老太傅会商的名义，又对几位世族重臣进行了谨慎试探，竟没有一个人反对，且几家老世族都慷慨立誓，愿意献出封地财货以支撑对秦复仇。太子丹精神大振，遂开始着意搜求奇异能士。

"（太子丹）归而求为报秦王者，国小，力不能。其后秦日出兵山东以伐齐、楚、三晋，稍蚕食诸侯，且至于燕，燕君臣皆恐祸之至。太子丹患之，问其傅鞠武。武对曰：'秦地遍天下，威胁韩、魏、赵氏，北有甘泉、谷口之固，南有泾、渭之沃，擅巴、汉之饶，右陇、蜀之山，左关、殽之险，民众而士厉，兵革有馀。意有所出，则长城之南，易水以北，未有所定也。奈何以见陵之怨，欲批其逆鳞哉！'丹曰：'然则何由？'对曰：'请入图之。'"（《史记·刺客列传》）鞠武主张徐图之，太子丹心急。

不久，一个神秘人物不期然进入燕国，使太子丹的复仇谋划正式启动了。

这个人，就是秦国逃亡将军樊於期。这个樊於期，原本是桓龄做假上将军时的秦国大将，又是与王族联姻的外戚，在秦国老将中资望深重，是深得秦王信任的主力大将。桓齮部两次攻赵大败，第二次失败，是樊於期违反军令所直接导致。战败之时，眼看着秦军将士尸横遍野，樊於期深恐秦国军法严惩，便从战场逃亡了。及至消息落实，秦国朝野震动，秦王嬴政怒火中烧，当即下令拘押樊於期族人，同时追查樊於期下落并悬赏重金缉拿。在战国秦的历史上，只有过三个叛将：一个是秦昭王时期的郑安平，一个是嬴政即位第八年的长安君成蛟，一个便是这个樊於期。郑安平是范雎因恩举荐的大梁市井之徒，原本外邦人士，叛便叛了，秦国朝野骂归骂倒没甚风浪。可长安君却是嬴政甚为喜爱的异母兄弟，樊於期也几乎是等同王族的资深老将，国人之震动，王室之羞辱便不是寻常之事了，无怪乎秦王嬴政对樊於期恨之入骨。山东六国则是大为欣喜，各种传闻纷纷不绝于耳。择其主流，大体是三则：一说逃亡者是秦国上将军桓齮，统帅逃国，秦国不得人如此矣；一说秦王暴虐，立即杀了樊於期九族；一说樊於期逃亡到匈奴去了，秦王正派蒙恬进入草原搜捕。

种种传闻流播之时，樊於期突然在蓟城出现了。

一个秋雨纷纷的深夜，家老进来对正在书房认真阅读一卷兵器密典的太子丹禀报说，燕商乌氏獤求见。这个乌氏獤，是早年秦国大商乌氏倮的同宗，也是襄助太子丹逃出秦国的燕国大商。太子丹二话没说，迎到了廊下。雨幕之中，乌氏獤见太子丹出来，回头一挥手，道边林中走出一个身披蓑衣面蒙黑纱的壮伟身躯。乌氏獤只低声一句："此乃天下危难奇人也！太子若不见，在下立即告辞。"太子丹生性机警至极，立即一拱手道："恩公引荐之人，何言危难？请！"走进书房，此人脱去蓑衣黑纱，一个落难雄杰之相立即鲜明呈现在太子丹眼前：须发灰白虬髯盘结，古铜色脸膛的沟壑写满沧桑，两只眼睛忧郁深沉，不言而令人怦然心动。太子丹不待来人开口，一拱手道："壮士既与我恩公同来，便是丹之大宾，请入座。"来人没有入座，却一拱手道："太子不问在下姓名，不惧祸及自身么？"太子丹肃然正色道："人皆惧祸，何来世间一个义字？天下无义，不知其可也！"来人遂深深一躬道："久闻太子高义，流士樊於期有礼。"太子丹一惊一喜，当即也是深深一躬道："将军危难，不疑我心，真雄杰之士也！敢问将军何求？"樊於期慷慨道："燕若容我，我即居燕。燕若难为，敢请资我前往东胡，或高句丽可也！"太子丹道："将军流落，其志必不在逃亡存身，敢问远图如何？"樊於期脸色铁青，只硬邦邦两个字："复仇！"太子丹悚然动容，立即吩咐小宴为将军压惊洗尘。那一夜的小宴，直到天色发白方散。小宴结束，太子丹早已修造好的秘密寓所便住进了一位神秘的客人，除了家老指派的心

荆　轲

腹侍女仆人与太子丹本人,任何人不能踏进这座石门庭院一步。

月余之后,太子丹将这个消息告知了太傅鞠武。

太子丹本意,是要与老师商议如何最大限度地利用樊於期为燕国复仇。不想鞠武一听太子丹收留了如此一个人物,立时忧心忡忡,板着脸道:"太子容留樊於期,老臣以为不可也!大势而言,以秦王之暴积怒于燕,已经足为寒心了。若再将樊将军留燕而使秦王闻之,何异于示肉于恶虎之爪,其祸不可救,虽有管仲、晏子在世,不能谋也!"太子丹道:"交出樊於期,秦国依然要灭燕,奈何?"鞠武道:"太子若当真安燕,当送樊将军入匈奴,使匈奴杀其灭口。而后,燕国秘密联结山东五国合纵抗秦,再北连匈奴迫秦背后。如此,大事方可图也。"太子丹不禁皱起了眉头道:"太傅之策,旷日弥久,远水不解近渴也。况且,樊於期困顿于天下无敢收留,遭逢危难,独能投奔我来,丹岂能迫于强秦威势而弃之不顾?若将其送往匈奴杀人灭口,丹将何颜立于天下?与其如此,毋宁我死也!"太子丹说得激昂唏嘘,突然顾忌老师尴尬难堪,戛然打住,长吁一声道,"愿老师再谋,有无别样对策?"老鞠武长叹一声道:"逢危欲求安,逢祸欲求福,宁结一人而不顾国家大害,此所谓资怨而助祸,譬如以鸿毛燎于炭火之上而欲求无事矣!"太子丹肃然正色道:"鸿毛之灾,纵不毁于炭火,亦必毁于薪火。燕国之危,并不能因樊於期一人而免之。老师不思祸端根本,而徒谈国家危难,丹夫复何言哉!"老鞠武默然思忖良久,终于开口道:"老夫迂阔,不善密事。然,老夫交得一人,或可成太子臂膀。"太子丹连忙挺身长跪,一拱手道:"得老师举荐,燕国之幸也!"老鞠武道:"此人名曰田光,智谋深沉,勇略过人,愿能与太子共谋。"太子丹道:"我若突兀见田先生,恐有不便。老师若能事先知会,

樊於期得罪了秦王,逃到燕国,太子丹收留了他,鞠武坚决反对,认为结交一人而陷国家于灾难,乃极为不妥之举,后举荐田光给太子丹。

我因老师而得交先生，老师以为如何?”老鞠武不禁喟然一叹:“太子之于人交，强老夫多矣！诺。”

旬日之后的一个夜晚，一个布衣之士走进了太子丹的秘密庭院。

这个布衣之士便是田光，隐身燕国的一个士侠。

看官留意，战国游侠品类繁多。寻常所谓侠者，大多指纯剑士出身而有侠行的武士。这种侠，战国之世谓之侠士、任侠、游侠，更有一直白称谓，呼曰刺客。譬如专诸、要离、聂政及下文所及盖聂、鲁句践等等，皆为此等侠士。此等剑士刺客，并非春秋时期所生发出的侠士的高端主流。高端侠士者，居都会，游山野，以排解政事恩怨为己任的学问豪侠之士也。唯其如此，春秋及战国之侠，其高端主流可以称为士侠，或者称为政侠。士侠政侠，在实际上的最大流派，当属以“兼爱、非攻”为旗帜的墨家团体。及至战国中期，七大战国分野渐渐明确，中小诸侯国越来越少，邦国之间依靠政侠排解恩怨的需要也大大减少。如此大势之下，以士人为根基的政侠势力也渐渐弥散分流，或融入学派团体，或融入各国政局，或隐入市井山野终成隐居名士。总归说，战国中期之后，士侠已经是凤毛麟角了。就其个人素质说，士侠必以某种精神与学说为信念根基，而将侠义之行仅仅作为信念实现之手段。是故，此等士侠多为文武兼备之士。以今人语言说，此等士侠无不是既具备思想家气质，同时又精通剑术的大家。他们，几乎从不做寻常的私人复仇攻杀，而唯以解决天下危难的政治目标为其宗旨。士侠的生活常态是名士，而不是寻常人一眼便能看出的赳赳武士。田光，正是如此一个士侠。后文将要出现的荆轲，更是战国末期冠绝天下的一个士侠。

太子丹恭敬地迎接了其貌平平的田光，以对待大宾之礼躬身侧行领道进门。进入正厅，太子丹先自跪行席上，并以大袖抚席以示扫尘，而后请田光入席正座。田光丝毫没有惶恐之情，坦然接受了大宾之礼中主人该当表现的所有谦恭与敬重，却始终没有说一句话。及至仅有的一个侍女与一个老仆退出正厅，太子丹这才离开座席深深一躬。

“燕秦不两立，先生定然留意也。”

“愿闻太子之志。”田光沉沉一句。

“复燕国之仇，除天下之患，岂有他哉!”

“国力不济，大军驽钝，太子欲效专诸刺僚乎?”

“祸患根基，在于秦王。虎狼不除，世无宁日也!”

“太子有人乎？”

“丹有死士三人，愿先生统领筹划。”

“太子高估我也。”田光凝重沉稳地说道，“自春秋之世，大国之王死于刺客者，几无所见，况乎刺秦？士侠一剑，而使大国之王死，此等壮举亘古未闻也。设若二十年之前，田光或可被身蹈刃，死不旋踵而为之。然则，光今虽在盛年，心已老矣！士侠之行，心志第一。田光自忖，不堪如此大任。”

“丹之三人如何？”

“太子三士，皆不可用也。”田光显然对太子丹秘密收养的三个剑士了如指掌，一一伸着手指道，“夏扶，怒而面赤，血勇之人也。宋义，怒而面青，脉勇之人也。武阳，怒而面白，骨勇之人也。三人，皆喜怒大见于形色。此，士侠密行之大忌也。故，不可用。”

“！”太子丹愕然。

“光虽无力亲当大事，然有一知音，定可成此壮举。”

“愿得先生举荐！”太子丹恍然。

“此人，名曰荆轲。”田光简单得没有第二句话。

“愿因先生结交荆卿。”

“敬诺。”

“先生主谋，荆轲主事，如何？”

“我才远不及荆轲，既不主事，何能主谋哉！”

田光对一个人如此推崇，太子丹不禁大为惊讶。本欲请田光多多介绍荆轲其人其事，又恐急迫追问使田光不悦，机警深沉的太子丹便不再言及此事，吩咐摆上小宴，只与田光纵酒议论天下。海阔天空之间，田光豪侠本色自然流露，侃侃说起了自己的一则奇遇。

多年之前，田光游历楚国，从云梦泽搭乘一商旅大船直下湘沅之地，欲去屈原投江处凭吊。船行五日，出得云梦泽，进入了湘水主流。两岸青山，峡谷碧浪中一片白帆孤舟，壮美的山水，引得搭船客人都聚到了船头。其时，田光身边站了一个年轻的布衣之士。别人都在看山看水，唯独这个年轻人一直冷冰冰地凝视着水面，时而轻轻一声叹息。田光心下一动，一拱手道：“足下若有急难，愿助一臂之力。”布衣士子默然不答，依旧凝视着水面。田光颇感奇异，随着布衣之士的目光望去，心下不禁突然一动——船头前十数丈处，一团隐隐漩涡不断滚动向前，仿佛为大船领道一般。

田光尚在疑惑之时，江面狂风骤起，迎面巨浪城墙般向船头打来！船头客人们惊惧莫名，一时竟都愣怔，木然钉在船头不知所措。田光看得清楚，几乎在巨浪突发的同时，浪头中涌出一物，在弥天水雾中鼓浪而来。布衣士子大喊一声："云梦蛟！人各回舱！"众人纷纷尖叫着躲避时，年轻的布衣士子却钉在船头风浪中纹丝不动。田光一步冲前，挥手喊道："足下快回舱！我有长剑！"话音未落，一浪打来，田光几乎跌倒，急忙抓住了船栏。此时，只见那鼓浪长蛟怪吼一声，山鸣谷应间，一口山洞般血口张开，整个船头立即被黑暗笼罩。田光血气鼓勇，大吼一声飞身挺剑，直刺扑面而来的怪蛟眼珠。不料，怪蛟喷出一阵腥臭的飓风，田光的长剑竟如一片树叶般漂荡在浪花之中。与此同时，田光被一股急浪迎面一击，也树叶般飘上了白帆桅杆。正当怪蛟长吼，驾浪凌空扑向大船之时，弥天水雾中一声响亮长啸，布衣士子飞身而起，大鹏展翅般扑进了茫茫水雾中。挂在高处的田光看得清楚，水雾白浪中剑光如电，蛟吼如雷，不断有一阵阵血雨扑溅船身。须臾之间，江面飘起了一座小山一般的鳞甲尸体。及至风平浪息，只有一个血红的身影伫立在船头……

"世有斩蛟之士，丹未尝闻也！"①

"他，便是荆轲。"

"荆轲?!"

"只是，那次我尚不知其名。"

"那——"

"三年后，我又遇到了他。"

"噢——"

风浪平息，田光飞下桅杆之时，那个血红色的布衣身影已经不见了，只给田光留下了一种无尽的感慨。三年后，田光游历到卫国濮阳，遇到一个叫作盖聂的旧交剑士。其时，盖聂正在卫国做濮阳将军，虽只有五千部属，盖聂却也做得有模有样。闻老友到来，盖聂盛情相邀田光，给卫国国君卫元君讲说剑道。当田光与盖聂走进濮阳偏殿时，恰恰遇见一个士子正在对卫元君侃侃而论。令田光大为惊讶的是，此人正是那个斩蛟士！

---

① 荆轲斩蛟故事，见《博物志》，虽颇具神话意味，亦见时人眼中荆轲之神。

田光立即向盖聂摇手止步，站在偏殿大柱后倾听。田光又一次惊讶了——斩蛟之士讲说的竟然是治国强卫之道，其气度说辞不逊于任何一个天下名士！只听斩蛟之士道："卫国不灭，非以国力而存，实以示弱而存也。百余年来，国君三贬其号，从公到侯，从侯到君，日渐成为一县之主。荆轲以为，此为国耻也！荆轲生为卫人，愿为我君联结诸侯，招募壮士，以复卫国公侯之业！"田光清楚地记得，白发苍苍的卫元君只不断长长地叹息着，始终默然不语。斩蛟士见卫元君长吁短叹一言不应，起身一拱手，说声告辞，便大步出殿了。

"荆轲，还是策士?!"

"神勇其质，纵横其文。质文并盛，宁非荆轲哉！"

"得与此人交，丹不负此生矣！"

"其时，我也做如是感慨。"

"噢？先生未在濮阳与荆轲结识?"

"然则，两年后，我在赵国又遇荆轲。"

"噫——"太子丹只一声又一声地感叹着。

当游说卫元君的斩蛟士的身影消失在殿外廊柱时，田光久久凝视着那个永远也不会忘记的身影，却终于没有追上去。田光知道，不逢其时，终不能真正结识一个奇人。可是，两年后田光游历到赵国，又遇到了这个斩蛟奇士。那时，田光的旧交盖聂已经愤然辞去了卫国的濮阳将军，重新回到了赵国。其时，赵国抗秦正在要紧时刻。盖聂欲图结交天下一流剑士，结成壮勇之师，编入李牧军抗秦。盖聂的办法是：邀鲁国名剑士鲁句践来到故乡榆次①，一起打出了"天下第一剑"的大旗，搭建一座较剑高台，论剑较武以结交武士。适逢田光游至榆次，盖聂与鲁句践大喜过望，力邀田光共图抗秦大计。田光委婉谢绝，却也对盖聂的壮勇之行很是赞赏，应诺为武士较剑做坐台评判。不料，这时赵国民气已见萧瑟，数日间竟无一人来应剑。那日，田光正在台后劝盖聂、鲁句践收场，台下却来了一人。得执事禀报，盖鲁两人精神大振，立时冲将出去，赳赳一拱手，便亮出了阔长的精铁剑。

"壮士报国，非天下第一剑么?"来人冷冰冰一句。

---

① 榆次，赵国城邑，今山西榆次以北地带。

“无称雄之心，不能报国！”鲁句践激昂慷慨。

盖聂却是目光凌厉地盯住来人，铁板着脸一句话不说。

“私斗聚士，大失士剑之道。”

“足下何人？如此聒噪！”鲁句践恼怒了。

“在下之名不足道。敢问，何为较剑？”

“取我之头，便是较剑！”鲁句践一声大吼。

盖聂怒目相向，猛然一拍头颅。

那人冷笑一声，转身扬长去了。

田光出来，一眼瞥见来者背影，不禁大为惊讶。

“噫！来人如何去了？”

“我怒目如电，慑他畏惧而去！”盖聂神采飞扬。

“我怒声如雷，喝他破胆而逃！”鲁句践志得意满。

田光不禁哈哈大笑，一拱手走了。

……

“五年三遇！先生之与荆轲，岂非天意哉！”

“然，光与荆轲结交，终在蓟城市井也。”

离开赵国，斩蛟士的身影老晃荡在田光心头，他无心游历，回到燕国隐居了下来。三年后的一天，田光提着一只陶罐去市中沽酒。在小石巷的酒铺前，遥见三个布衣大汉醉倒在地，相偎相靠，坐于街中嬉笑无度。行人止步，围观不去。田光走近一看，其中一人竟是那斩蛟士，不禁大为惊讶。田光正在人圈外端详之际，圈中一人却将怀中大筑晃悠悠抱起，脸泛红光，叮咚敲打起来。另一人用瓦片敲击着节拍，高兴得哇哇大叫。斩蛟士则大张两腿箕坐于街，两臂挥舞，放声唱道：“日出而作，日落而息，耕田而食，凿井而饮。帝力何有于我哉！天下何有于我哉！”歌声宽厚沉雄，几同苍凉悲壮的呐喊。周围人众不禁一片感慨唏嘘。唱着唱着，斩蛟士笑得一脸醉意，不期然扑在击筑者身上，一阵鼾声大作睡去了。另两人也瘫作烂泥，鼾声一片。指指点点的人群，不禁一阵哄然大笑……田光心下大动，走进人圈，深深一躬道：“敢请三位壮士，到我草庐一饮。我，蓟城酒徒是也。”话音方落，呼呼大睡的斩蛟士猛然睁开双眼。倏忽之间，一道闪亮的目光掠过，田光心头猛然一震。斩蛟士随即大笑道：“高渐离，宋如意，走！到先生家痛饮交代荆轲来历，神乎其神。荆轲之事，详见《史记·刺客列传》。

了！”没有任何声息，地上两人一跃而起，跟着斩蛟士走了。

……

“自此，先生与荆轲善也！”太子丹不胜欣羡。

“然则，光与荆轲之交，素不谋事。”

“先生之心，丹明白也。”

太子丹知道，士侠之友道，分寸是重交不轻谋。也就是说，意气相投者尽可结交，但不会轻易共谋大事。毕竟，士侠所谋者，大体都是某国政局，若非种种际遇促成，决然不会轻易与谋，更不会轻易地共同行动。田光之言，是委婉地告知太子丹：即或太子丹经他而与荆轲结识，能否共谋共事，亦未可知。太子丹多年留心士侠，心下明白此等分寸，便不再与田光说及荆轲，痛饮之下又是一番天南地北。

不期然，两人说到了天下利刃名器。太子丹以为，短兵以吴越名剑为最。田光没有说话，却轻轻摇了摇头。太子丹饶有兴致，讨教田光，何种利刃为短兵之最。田光淡淡一笑道：“天下长兵，以干将、莫邪等十大名剑为最。若言短兵，则以赵国徐夫人匕首为最也。”太子丹大是惊讶：“一女子，有此等利器？”田光道：“徐，其姓也。夫人，其名也。徐夫人，男子也。天下剑器，徐夫人大家也。”太子丹不敢显出疑惑，一笑道：“如此短兵，定然是削铁如泥了。”田光目光一闪，面无表情道：“削铁如泥，下乘也。”太子丹心头一颤，立即挺身长跪一拱手道：“愿先生襄助，得此利器！”

长长一阵沉默，田光终究吐出了一个字：“诺。”

……

秦国大举灭赵之时，太子丹的几年密谋筹划已经很扎实了。

恰在此时，秦国兵临易水，燕国朝野惶惶无计。燕王喜顾不得狩猎游乐，多年来第一次大召朝会，会商抗秦存燕之策。不料，大臣无一人应对，整个大殿一片死寂。

"方今国家危亡，丹有一谋，可安燕国。"太子丹说话了。

"愿闻太子妙策！"举殿目光大亮，立即异口同声。

"有谋还等甚？快说快说！"燕王喜更是连连拍案。

"大事之谋，不宜轻泄。"太子丹面无表情。

"啊——"大臣们茫然了。

"子有何谋，竟不能言？"燕王喜不悦了。

"丹有一请：举国财货土地，由丹调遣。否则，此谋无以行之。"

"啊——"大臣们长长地惊叹一声。

"散朝。"燕王喜板着脸，终究一拍案走了。

回到寝宫，在坐榻愣怔半日，燕王喜还是紧急召进了太子丹。

"子有何策，竟要吞下举国土地财货？！"燕王喜劈头一句。

太子丹望了望左右侍女，默然不语。

"说！没有一个人了！"

燕王喜屏退了所有内侍侍女，混浊的目光中充满了对儿子的生疏。

"刺杀嬴政，使秦内乱，无暇顾及天下。"太子丹一字一板。

"甚甚甚……"燕王喜急得咬着舌头连说了不知多少个甚，这才板着脸训斥道，"如此大事，岂能心血来潮？刺秦，你小子倒真敢想！真敢说！你只说，秦王千军万马护卫重重，谁去刺？做梦！还不是要刮老夫土地财货！……"

"此事，已谋划三年有余，一切就绪。"

"甚甚甚甚甚甚……谋划三年余？！"

"土地财货之说，惑众之辞耳。"

"惑众？惑谁？"

"父王不要忘记，秦国顿弱在蓟城，耳目覆盖整个燕国。"

姬喜两眼瞪得铜铃一般，大张着嘴愣怔着说不出话来，良久，才软软倒在坐榻上长长一声喟叹："燕有我儿，国之福也！"

"父王留意，此谋不可对人言。"

"要你小子说！"燕王喜霍然起身，一挥手高声道，"御书下书：本王老疾多多，国事交太子丹全权领之！国逢危难，不同心者斩！”下书完毕，须发灰白胖大臃肿的姬喜终于瘫倒了。太子丹顾不得抚慰父王，深深一躬，匆匆出了王城，立即驱车赶到了蓟城唯一的一片大水边。

平庸之王的标志性特征：白胖、臃肿、瘫倒等。

三　风萧萧兮易水寒　壮士一去兮不复还

这是一座幽静神秘的庄园。

蓟城东南，有一片碧蓝的汪洋水，一片火红的胡杨林。水曰燕酪池，林曰昌国苑。燕酪池，是从流经城南的治水引进的活水湖泊，清澈甘甜，历来是燕国王室酿酒坊所在地。所以，就叫作了燕酪池。昌国苑，是燕国当年下齐七十余城后，燕昭王赐给乐毅的园林。因乐毅爵号昌国君，所以叫作了昌国苑。乐毅出走于赵，乐闲入燕承袭昌国君爵位，仍居昌国苑。后来，乐闲因与燕王喜政见不合而离开燕国，昌国苑便成了一座几近荒废的王室林苑。在燕经商的六国商人无不垂涎此地，各国商社联具上书燕王：请以燕酪池、昌国苑划作商贾之地，由六国商贾共同筹金，建造一片如同咸阳尚商坊一般的天下大市。商贾们以为，如此好事，燕王定会欣然应允。不料，上书一个月后，燕王王书颁下：燕酪池与昌国苑乃王室苑囿，可赏功臣，可为国用；用于商贾，则见利忘义有失王道，从此勿请。商贾们碰了钉子，愤愤然议论蜂起，莫不指斥燕国蔑视商旅一事无成。然议论历来多有折冲，也有人说，宁失财货之利而不失周室老王族尊严，确实只有燕国这种八百年老诸侯才能如此，迂阔是迂阔，却也不失王道风范。于是，商旅们终究众口一词，如此迂阔王室，夫复何言！于是，议论也就渐渐没有了。

然则，近几年来，外邦商贾与蓟城庶民的有心之人却发现，这片水这片林不期然发生了悄无声息的变化。王室的酿酒坊搬走了，弥漫池畔而常常令路人迷醉的醇香酒气没有了，静悄悄的火红的胡杨林，也偶尔可见车马出入了。于是，市井酒肆间人们纷纷揣测，这片佳地究竟赏赐给了哪家功臣？诸般猜测揣摩，终究莫衷一是。毕竟，多年来，燕国已经没有一个大功臣可以当得起如此封赏了。

这片园林水面，成了一片扑朔迷离的云雾。

太子丹的垂帘辎车所去者，正是这片神秘幽静的所在。

几年前，太子丹由太傅鞠武开始，结识了田光，又由田光而结识了荆轲，密谋大计才渐渐步入扎实的筹划。本来，田光是一个轴心人物。以太子丹内心的摆布：田光，可为大计实施之总筹划，譬如齐国孙膑的军师职位；荆轲，可为大计实施的前军大将，譬如田忌之为上将军临敌决战；有此两人，自己便能做齐威王那样的兴燕明君。

然则，事情乖戾得不可思议，田光却因为太子丹一句话而死了。那是当年太子丹初次与田光相见，小宴聚谈之后的清晨薄雾中，太子丹送田光出门，低声叮嘱了一句：“你我所言，国之大事，愿先生勿泄也。”太子丹记得很清楚，田光似乎并没在意这句话，只淡淡一个字道：“诺。”此后，田光很快造访了荆轲，与荆轲叙谈至三更时分。及至荆轲承诺了面见太子并与之为谋，两人方始痛饮。饮得一阵，田光慨然叹道：“士侠为行，不使人疑之。今太子叮嘱我勿泄大事，是太子疑田光也！为行而使人疑之，非士侠也。”事后，太子丹始终不解的是，荆轲竟然一句疏导之话也不说，听任田光钻了牛角。田光最后对荆轲说：“足下可立即面见太子，言田光已死，以明不言之心也！”说罢，一口不足一尺的短兵一闪，田光喉头一缕鲜血，倒地身亡了。

田光与太子丹密谈，临走前太子丹说了一句“所言者，国之大事也，愿先生勿泄”，结果田光就自刎而死，一则为激荆轲，二则为明志。详见《史记·刺客列传》。

太子丹第一次见到荆轲，是荆轲自己找来的。

荆轲请见，平静地叙说了田光之死的经过，丝毫没有悲痛之情，冰冷得如同一尊石雕。太子丹惊愕得无以复加，良久说不出一句话来。他想问荆轲，为何不拦阻田光自刎？以田光讲述的荆轲的故事，荆轲的神奇，当足以阻挡任何事情的发生。他也想问，荆轲为何不劝阻疏导田光？毕竟，那句叮嘱只是必须而已，决然不关乎怀疑与否，难道明锐如荆轲者也不能理解么？可是，太子丹机警过人，在这电光石火般掠过心头的种种责难疑虑之中，他突然明白了一个道理：对天下名士之侠，只要得其一诺，便只能无条件信任，而不能有任何疑虑之词！他们不是自己的部属官吏，他们无所求于自己，他们将自己的承诺看得比生命还重！无所求人而只为人付出，若再被人疑，岂不悲哉……

太子丹惊愕良久，突然放声大哭道："丹所以告诫先生，实恐秦国间人耳目也！今先生以死明不言之心，丹何堪也！"令太子丹不解的是，对他这个名为太子实同国王的人的痛心大哭，荆轲依然无动于衷，一句话也没有，依旧冷冰冰如同一座石雕。太子丹立即警觉，他若再哭下去，这个冷冰冰的石人完全可能径自离开。

秦国耳目，遍布燕国，太子丹的谨慎，实可理解。

太子丹适时中止了痛哭，肃然请荆轲入座，离席深深一躬道："田先生不以丹为不肖，使君得与我见，愿与君一吐所谋，而后奉君之教。"太子丹记得，当时的荆轲连头也没点一下，还是冷冰冰地坐着。太子丹没有丝毫犹豫，先备细叙说了燕国的危亡困境与秦王嬴政的贪鄙之心，而后和盘托出了自己的全部谋划：以勇士携重利出使秦国，在秦王接见时相机处置——上策，效曹沫[1]劫持齐桓公订立休战盟约之法，迫秦王放弃灭国并全部归还列国土地；下策，刺杀秦王以使秦国内乱，列国趁机合纵破秦！

太子丹整整说了一个时辰，荆轲一动没动地听了一个时辰。

太子丹耐心等候了一个时辰，荆轲还是一动不动地坐着。

"前述，皆丹之愿也。可否？愿君教我。"终于，太子丹忍不得了。

"此，国之大事也。在下，不足任使。"荆轲明确地拒绝了。

"田先生舍丹而去，荆卿亦舍我乎！"太子丹痛悲有加，一时大哭。

荆轲还是冷冰冰地坐着，没有一句劝阻说辞。太子丹终于忍不住心头愤激，悲怆地哭喊一声道："大事不成，又累先生丧命，丹何颜立于人世也！"抢过荆轲手中的短兵，便要拉开剑鞘自刎。便在这瞬息之间，荆轲的白布大袖突然平展展伸出，疾如闪电灵如猿手掠过太子丹面庞。太子丹尚在愣怔，手中短兵已经无影无踪。

"此乃田光所献徐夫人匕首，太子宁加先生之罪乎！"

便是这短暂一瞬，便是这冷冰冰一问，太子丹对荆轲心悦诚服了。

"先生已去，丹何独生于世哉！"太子丹嘶声一哭，骤然昏厥了。

倏忽醒来，太子丹看见了蹲在面前的荆轲，看见了一双泪光闪烁的眼睛。

"太子之事，荆轲敬诺。"

太子丹未及顿首一谢，荆轲的白色身影已消失了。

及至次日，太子丹寻访到一条小巷深处一座低矮的茅屋庭院，荆轲依然在案前凝神沉思。太子丹说："君之所在不宜密事，须得有变。"荆轲说："当变则变，尽由太子。荆轲所思者，同道人也。"太子丹再没说话，告辞了。旬日之后，燕王王书颁下：名士荆轲才具过人，拜上卿之职，襄助太子丹同理国事。此后，太子丹出动了王室仪仗，将荆轲隆重地迎进了王城外东侧长街的上卿府邸。所有这一切，荆轲都欣然接受了。在群臣竞相赶来的庆贺大宴上，荆轲也与所有谋求立身的名士一样，与燕国大臣们侃侃谈论着种种治国之道，豪爽的大笑阵阵掠过厅堂。与宴者的种种质询之词，都在荆轲的雄辩对答中消解了。自此，燕国大臣们完全认可了这位新上卿。

---

① 曹沫，春秋时鲁国武士，相传齐桓公与鲁庄公在柯（今山东阳谷东）相会，他持剑相从，挟持桓公订立盟约，收回失地。

大宴完毕，太子丹以会商国事为名，与荆轲在书房做了密谈。一进书房，荆轲又成了一尊冷冰冰的石雕。太子丹试探说："先生已为燕国上卿，何以处之，但凭先生。"

荆轲淡淡一笑，第一次说出了一番长话："太子谋事，铺排缜密，荆轲心知也。所谓上卿，不过后来出使秦国之正当名义而已，不干实事。是以，荆轲能坦然受之。然则，荆轲却要将这上卿做得非同常人。至少，来日出使，要使秦王相信：荆轲足堪王使之身。此中之意，亦望太子解得。"

太子丹说："卿欲如何，丹受教。"

荆轲说："不忠。不能。唯以上信立足。"

太子丹会心地大笑一阵，眼角泛着泪花道："先生之才，真上卿也！奈何燕国危难，竟使先生秽行隐身，不亦悲乎！"

荆轲慨然道："一国大臣，能献重利于秦者，岂能忠臣义士哉！我忠，我能，秦王焉得信也！"

太子丹良久无言，最后说："我欲为卿谋一秘密所在，专为密事筹划，卿意如何？"

荆轲淡淡点头说："密事多谋，该当如此。"

这片碧蓝的大池，这片火红的胡杨林，便成了一处神秘所在。

从那时开始，太子丹与荆轲默契得如同一个人。太子丹以王室名义，大肆修缮了上卿府邸，又经常赐予荆轲以寻常臣子根本不可能得到的太牢具，也就是太庙祭祀后的三牲祭品以及祭祀器具。太子丹又经常邀精通声色犬马，又与秦国驻燕特使顿弱相通的几位大臣，每每到上卿府饮宴。其间，荆轲纵酒无度，高谈阔论，全然一个仗恃燕王恩宠而挥霍无度的利禄豪士。于是，种种传闻便在蓟城的官场市井流传开来。有人说，太子丹与荆轲游东宫池，荆轲捡起瓦片投掷池中老鼃（蛙），太子立即赐给荆轲以金弹击蛙。有人说，太子丹赏赐给荆轲一匹千里马，荆轲说千里马的马肝最美，太子丹立即派人杀了千里马，取出马肝赏赐给荆轲。还有人说，太子丹邀樊於期与荆轲饮宴，美人鼓琴瑟，荆轲死死盯着鼓琴之手说："好手也！"于是，太子丹立即下令剁去美人之手，盛在玉盘中赏给荆轲，连荆轲都惊讶得几乎不敢接受了。凡此等等，都活灵活现地流传开来。于是，燕国朝野有了一则民谣："蛙承金弹，马成马肝，美人妙手，竟盛玉盘。上卿之能乎，燕人之悲乎！"

"赵有郭开，燕有荆轲。天下悲哉！天下幸哉！"

秦国上卿顿弱的大笑喟叹，太子丹是许久之后才知道的。

太子丹佩服荆轲，也暗暗地佩服着自己。

经过长谈之后，"（太子丹）于是尊荆卿为上卿，舍上舍。太子日造门下，供太牢具，异物间进，车骑美女恣荆轲所欲，以顺适其意"，结果荆轲久久没有行动（《史记·刺客列传》）。幸好太子丹信之。

垂帘轻车进入胡杨林时，荆轲正在一幅地图前凝神沉思。

从蓟城到咸阳，荆轲一路看去，思谋着诸般路途细节。目光扫过羊皮地图上的濮阳，荆轲不禁轻轻一声叹息。卫国的濮阳城，是荆轲的出生地。少年时的荆轲，自然而然地以为，濮阳是自己的祖地故乡。然则，在荆轲十岁那年发生的一场变故，使荆轲再也不能将濮阳当作故里了。那年深秋的一个夜晚，老父亲迎来了一个风尘仆仆白发苍苍的寻访者。两位老人竟夜聚酒叙谈，及至鸡鸣刺破了秋霜浓雾，小荆轲起来做例行晨功，才看见老父亲抱着一具嘴角流血的尸体坐在门前石墩上发呆。小荆轲惊讶莫名，却也并没有害怕，只默默地守在父亲身旁。父亲带着小荆轲，以最简单的葬礼，在濮阳郊野安葬了那个老人。当夜秋月明朗，一生节用的父亲，竟然在后园设置了最隆重的三牲头香案，带着小荆轲肃然连番拜祭。小荆轲记得很清楚，父亲念叨的祭文是祭祖上、祭父母、祭功臣、祭义士。祭奠完毕，父亲指着天上的月亮，教小荆轲发誓：今夜之后，要将父亲讲说的故事永远刻在心头。小荆轲发誓罢了，父亲便在明亮的月光下讲说了一个漫长的故事。父亲的话语平板得没有任何起伏，然则，每一个字却都如同钉子一般钉进了荆轲的心头。

荆轲记住了其中每一个人物，每一个细节。

父亲说，多年多年之前，楚国有个将军名叫荆燕，因私放战俘而获罪，举家被罚做官府奴隶。在将军夫妇被卖给一家项氏世族后，主人在山坡竹林公然奸淫了已经是奴隶的将军夫人。其时，一个名叫侯嬴的商旅义侠不期然撞见了这丑陋的一幕，杀了项氏主人，欲救将军夫妇北上魏国。可是，将军夫妇虑及举族被杀，便将自己唯一的儿子交义士带走，将军夫妇当场双双撞死于山石之上。将军的儿子叫荆南，已经被割去了舌头，也是一个小奴隶。荆南随侯嬴进入了魏国安邑，读书习武之时，却被墨家总院秘密相中秘密带走。多年后，荆南又回到了侯嬴身边。后来，商鞅进入秦国变法，因与侯嬴有交，侯嬴遂将一身卓绝剑术的荆南，举荐给商鞅做了卫士。又是多年之后，商鞅蒙难，私妻白雪殉情。荆南奉商鞅嘱托，为其善后，遂与白雪的侍女梅姑一起，带商鞅白雪的儿子进入了墨家总院安身。后来，荆南与梅姑成婚，生下一个儿子叫荆墨。荆南夫妇便离开墨家，定居在了齐国。荆墨秉承父母遗训，不入官，不经商，只以渔猎农耕为本。又是多年之后，荆墨生下一子，叫荆夯。后来，荆夯又生一子，叫荆云。荆云为人豪侠，又有一身绝技，遂成齐东儿百里渔猎庶民排解纠纷疑难的轴心人物，号为鱼鹰游侠。齐湣王暴政之时，荆云率众抗赋，被官府罚为终身刑徒苦役。便在荆云与刑徒们密谋暴动之时，燕国大军攻入齐国，要将全部刑徒押往燕国做苦役。正在此时，一个名叫吕不韦的商贾，为了建立自己的护商马队，重金救出了荆云。后来，荆云便成了这个吕不韦的马队首领。再后来，吕不韦以商谋政，决意襄助在赵国做人质的秦国公子嬴异人逃回秦国。便在那次逃回秦国的路上，荆云的马队义士为截击追来的赵军，全部战死了……

“我是这个荆云的儿子！你不是我父亲！”

小荆轲惊人的机敏，将老父亲大大吓了一跳。

“听我说。”老父亲长吁一声，又平板板地继续说话。

父亲说，荆云的确是你的父亲。你的母亲名叫莫胡，原本是荆云救出的一个女奴，后来一直跟随荆云在马队中长大。再后来，荆云将聪敏的莫胡举荐给吕不韦，做了吕不韦的贴身侍女。此前，莫胡曾经被吕不韦送给华月夫人做女掌事。做华月夫人女掌事期间，莫胡寻找到荆云马队，与荆云在密林篝火旁炽热地野合了。不久，荆云战死，华月夫人也获罪被杀。莫胡在沣京口山洞中，生下了一个儿子。因此山洞有一辆破旧的接轴战车，所以母亲给他取名荆轲。后来，莫胡母子都被吕不韦救回了府中。

“那我如何到得齐国庆氏邑？”

“听我说。”老父亲不再惊讶，继续着他的平板话音。

父亲说，齐国庆氏是公卿部族，当年的荆氏则是庆氏封地的最大庶族。自荆云带领封地各部族聚众抗暴而失去踪迹，荆氏族便与庆氏封主结下了仇怨。后来燕军破齐，封主庆氏的老族人几乎伤亡殆尽。田单复国后，残存的庆氏与残存的荆氏又走到了一起，重新回到故地，两族仇恨也因为六年国破家亡的抗燕久战而泯灭。荆氏族人便以封地"庆邑"为姓，融入了庆氏部族，号为新庆氏。多年之后，荆云的故事流传到齐国，新庆氏族长便派出父亲带领了几个精干族人进入秦国，探察荆云有无血脉之传。在咸阳几经探察，终于清楚了：吕不韦府邸的女家老莫胡生的小荆轲，是荆云的儿子①。

一个月黑风高的夜晚，小荆轲失踪了。

……

"如此说，你是我叔父还是伯父？"

父亲没有回答，只说将小荆轲带回齐国后的第三年，一相学之士偶见小荆轲，喟然一叹曰："此子将惊绝天下，诚雄杰之冠也！"族长闻言，与族老们反复计议，一致赞同给小荆轲找个名师打磨。后来，族长便派父亲带着小荆轲游历天下寻找名师了。父亲听说鬼谷子隐居河内某处大山，便带着小荆轲在卫国濮阳住了下来。多年来，父亲多方寻觅，都没有找到鬼谷子的踪迹。

……

"正在此时，那个老人来了？"

"对。"

"他是鬼谷子？"

"不。他是当年吕不韦商社的一个老执事。"

"他在找我？"

"对。一直在找，奉吕不韦之命。"

"他为何要死？"

"吕不韦一门皆死，他做完了最后一件事，心下安宁了。"

"最后一件事？他找见了鬼谷子？"

"不。老执事说鬼谷子已经殁了……"

---

① 唐人司马贞之《史记·索隐》云："轲先齐人，齐有庆氏，则或本姓庆。春秋庆封，其后改姓贺。此下亦至卫而改姓荆。荆庆声相近，故随在国而异其号耳。"此谓一说，或来自传闻。

"那我自己游历天下!"

"不。他要我带你去吴越南墨。"

小荆轲不说话了,毕竟,父亲的决断他还无法评判高下。

次日,父亲带着小荆轲跋涉南下了。历经大半年,他们终于凭着吕不韦老执事留下的密图,找见了墨家最后的一支隐居士侠。父亲将荆轲留在了墨家,便永远地没有消息了……十五年后,荆轲踏出了吴越大山,遍寻列国,竟再也没有父亲的踪迹。从此,荆轲对吞没了吕不韦以及自己亲生父母的秦国,有了一种深深的仇恨。依天下大势,荆轲清醒地知道,只有投奔秦国,才能建功立业。可是,依着墨家的独立抗霸传统,依着自己的仇恨之心,荆轲对秦王对秦国都有着一种很难说清楚的逆反之心。如此,荆轲多年漂泊,始终没有遇到值得认真去做的一件事,直到燕国……

交代荆轲的来历,连上荆云、莫胡、吕不韦之事,使故事前后照应,不至于中断。

荆轲从来没有想到,以经邦济世为己任的他会成为一个刺客。

从心底说,无论专诸、要离、聂政、豫让等一班刺客如何名动天下,荆轲都不会选择刺客这条路。假如不是田光,不是太子丹,他决然不会有此一诺。当然,更根本的一点在于,假如所刺不是秦王,他决然不会接受这一使命。唯其是刺秦,唯其是除却列国公敌而使天下重回战国大争之世,荆轲终于答应了。荆轲明于天下大势,又对秦王嬴政做了多方揣摩,深深知道,秦王嬴政远非寻常君王。且不说护卫之森严,毕竟,再森严的护卫在荆轲眼里都是无足轻重的。荆轲在意的,是嬴政本人的秉性特质。秦王嬴政,虽不是军旅出身的王子,却是少年好武且文武两才皆极为出众的通才,其机变明锐见事之快,天下有口皆碑。荆轲相信,无论六国人士如何咒骂嬴政,但没有一个人敢于蔑视秦王嬴政的胆略才具。如此一个已经鼓起飓风而正在席卷天下的君王,要以之作为刺杀对象，荆轲不能不有所忐忑。尽管战国历史上曾经有过曹沫、毛遂、蔺相如等不惜血溅五步而胁迫会盟君王的先例，但在荆轲看来，那不过是一种彼此会心的认真游戏而已；与其说是名士胆略的成功，毋宁说是会盟君王有意退让；毕竟，君王会盟的宗旨是结盟成功，诸多难堪的让步包藏进突然而来的胁迫之中，不亦乐乎！刺杀秦王则不同，那是真实地要取秦王嬴政的性命，要掀翻业已形成势头的天下格局，要中止秦国大军的隆隆战车。这一切，都寄希望于一支短短的匕首，当真是谈何容易！然则，唯其艰难，唯其渺茫，唯其事关天下，荆轲胸中之豪气才源源不断地被激发出来。甚或可以说，假如没有如此艰难渺茫，荆轲根本不会做这个刺客。

自知此事凶险。

荆轲的筹划是极其缜密的。

第一要件，是绝世利器。荆轲将田光献出的徐夫人匕首交给了太子丹，请太子丹秘密物色了最出色的工匠，给徐夫人匕首锋刃淬入剧毒。匕首淬成那日，太子丹请荆轲赶赴密室勘验。三个行将被斩的匈奴人犯被押进密室时，太子丹没有将匕首交给荆轲。太子丹自己执着匕首，站在五步之外，对三名人高马大的匈奴壮汉一掠而过。荆轲清楚地记得，一道碧蓝清冷的光芒闪过，三名壮汉的胳膊立即渗出一道暗红的血印，三名尚在哈哈大笑的壮汉瞬间轰然倒地，一个响亮急促的打嗝声，三张面孔一脸青黑陡然死亡！看着那狰狞无比的面孔，生平第一次，荆轲心头猛然剧烈地跳动了。那一刻，他分明看见了头戴天平冠的秦王嬴政轰然翻倒在地……荆轲接过徐夫人匕首，二话没说便走了。

第二要件，是能够踏上咸阳大殿，并能被秦王亲自召见的大礼。邦国之间，最大的礼物便是土地。太子丹本意，是要将与秦国云中郡相邻的全部畜牧之地八百里，献给秦国为礼物。可荆轲说不行,那是燕国事实上已经不能有效控制的地域,作伪之象一目了然;要献地,只能是燕南之地。燕南之地,是燕国易水之北、蓟城之南的最为丰腴的平原丘陵地带,也就是后来的广阳郡①。这燕南之地,原本是古老的蓟国土地,古地名叫作督亢。春秋时期,燕国吞灭蓟国之后,燕国中心从辽东地带迁入蓟国,蓟城便做了燕国都城。从此,燕国便有了两翼伸展的两大块沃土根基:西南曰燕南,东北曰辽东。辽东虽肥,却失之寒冷,渔猎农耕受制颇多。燕南之地气候温润多雨,土地肥沃宜耕,便成为最为金贵的腹心粮仓。燕国能立足战国之世,十有八九是燕南之地的功劳。

利器、献宝,此计方成。

太子丹虽然大为心痛,最终还是赞同了。

荆轲立即下令亚卿署、境吏署、御书署②绘制新的燕南地图。对这卷地图,荆轲亲自做了精心筹划,提出了制作样式:粗糙牛皮绘制,贴于三层绢帛之上,两端铜轴,做旧做古;制成之后,装于一尺三寸宽、三尺六寸长的铜匣之中。对于地图绘制之法,荆轲提出了一个独特的要求:地图名称用古称——督亢地图,地图中所有的地名与画法,必须使用最古老的春秋燕国时期的名称与尺寸;总之,要做到不经解说,无人看得明白。此图之外,荆轲提出,再制一幅材质寻常而内容相同的地图,只是尺寸稍小。太子丹对荆轲的种种奇特要求大是疑惑,却也一句话没说,只下令一切依上卿之令行事。如此一来,这幅督亢地图竟整整制作了半年,方才完工。交图之日,荆轲邀来太子丹,在密室中将徐夫人匕首脱鞘,小心翼翼地放置进地图卷起,而后捧起卷成筒状的地图,树在胸前轻轻摇动一阵,见无异状,这才长吁了一声。

---

① 广阳郡,秦郡名,秦始皇二十一年(公元前226年)灭燕后置郡,在今北京大兴县、河北固安县一带。

② 亚卿署、境吏署、御书署,三署皆燕国官职,亚卿执掌实际政务,境吏掌边境,御书掌文书。

“粗糙牛皮带住了匕首，不使其滑脱，妙！”太子丹一阵大笑。

“刺客之要，细务丝毫不得有差。”

荆轲面无表情地对太子丹讲述了诸般谋划奥秘，桩桩小事件件有心，将素来机警过人的太子丹听得目瞪口呆。最后，荆轲说了专诸刺僚的故事，一声感喟道：“以鱼腹藏鱼肠剑而蒸之，将一道蒸鱼呈现于案而内藏短兵，此千古奇思妙想也！刺秦者，旷古之举也。若无奇谋妙算，岂非儿戏哉？”

太子丹对荆轲佩服得五体投地了。

然则，对荆轲提出的另一件大礼，太子丹还是迟迟不能决断。

这件大礼，是秦将樊於期的人头。

对于一个富强的燕国，一个久经沙场的大将的意义是不言自明的。可是，对于濒临绝境的燕国，樊於期却几乎是毫无用处的。以老太傅鞠武的说法，反倒是个祸根。虽则如此，太子丹毕竟是个历经坎坷而守信重义的王子，交出一个绝路来投者的人头，对任何一个战国豪侠之士，都是不可忍受的折节屈辱。尤其，对于以养士著称的王子公子，更是难以接受的。战国四大公子名满天下，其最大的感召力便是豪侠义气。孟尝君一无大业，名头却响当当震动天下，其轴心，其根基，便是重士尚义。当此战国之风，要教太子丹这样一个义气王子交出樊於期的人头给秦王，无异于毁了太子丹在天下立足的根基，太子丹的痛苦是必然的。凡此等等，荆轲自然是再清楚不过。然则，荆轲相信，樊於期不是愚昧颟顸之人，他一定会明白全大义而必得牺牲小义这番道理。荆轲本欲亲自造访樊於期，然思忖一番，还是先行告知了太子丹。

“樊将军末路投我，安忍以己之用而伤长者，愿先生另谋之！”

太子丹明确地拒绝了。荆轲也就心安了。

踏进樊於期的秘密寓所时，荆轲是平静的。荆轲说：“秦国于将军有厚恩，而将军叛之。秦王杀将军举族，又出重金、封地，悬赏将军人头。将军孤身漂泊，如之奈何？”樊於期唏嘘流泪说：“老夫每念及此，常痛于骨髓也！所难处，生趣全失，复仇无门，惶惶不知何以自处耳！”荆轲坦然地说：“若有一举，既可解燕国之患，又可复将军之仇，将军以为如何？”樊於期顿时目光大亮，急促膝行而前问道：“此举何举？”荆轲平静地说出了自己谋划，末了道：“此中之要，荆轲须得以秦王所欲之物，而能面见秦王。太子不忍，荆轲却相信将军之明察。”樊於期默然良久，站起身来，对荆轲深深一躬道：“幸闻得教也！”说荆轲之计实在周密,唯以此礼,方能打动秦王亲自接见。樊於期的父亲宗族皆被秦王所杀,樊与秦王有不共戴天之仇,如能报得大仇,区区人头,何足挂齿?"此臣之日夜切齿腐心也",樊於期于是自刎而死(《史记·刺客列传》)。

传说玉能防腐,是以王公贵族喜用玉陪葬。此处使用玉匣,有敬重之意。

罢,樊於期坦然跪坐,一口长剑当颈抹过,一颗雪白的头颅滚到了荆轲脚下……荆轲一眼瞥见了樊於期脖颈极是整齐的切口,不禁长吁了一声——没有坦然的心境,没有稳定的心神,一个人的自裁断不会如此的干净利落。

那一刻,荆轲真正佩服了这个身经百战的秦国老将。

樊於期的人头,装进了一方特为打磨的玉匣。

太子丹闻讯赶来,整整痛哭了两个时辰,连声音都嘶哑了。

荆轲特意定制了一颗玉雕人头,使太子丹能以大礼安葬了樊於期。

第三要件,是物色同行副使。荆轲清楚地知道,刺秦,实则赴死;无论成与不成,刺客本人几乎都是必死无疑。刺杀未遂,死是必然的。刺杀成功,你能逃得出大咸阳的千军万马么?唯其如此,同行副使与其说是邦交礼仪之必须,毋宁说是士侠赴死之同道。对于如此重大的刺客使命,荆轲所需的同道无需多么高深的剑术功夫,剑术之能,荆轲深信自己一人足以胜任。同道之要,在于心神沉静,而不使秦国朝堂见疑而已。若能心智机警,相机能助一臂之力,自然是上之上矣!反复思忖,荆轲选定了自己与高渐离的好友宋如意。

宋如意是卫国人,自幼生于桑间濮上的乐风弥漫之地,生性豪放不羁,好剑,好乐,好读书,平生不知畏惧为何物。宋如意与高渐离,是荆轲游遍天下结识的两个知音。去冬三人聚酒,当荆轲吐出了这个秘密时,宋如意立即一阵大笑:"咸阳宫一展利器,血溅五步,天下缟素,人生极致也!快哉快哉!"高渐离却痛苦地皱起了眉头道:"早知今日,渐离当弃筑学剑也!"三人一阵哈哈大笑。火焰般的胡杨林弥漫着淡淡的轻霜薄雾,三人将散之时,宋如意说他要回一趟濮阳,开春之时便归。荆轲知道,宋如意要回去对自己的父母妻儿做最后的安置，甚话没说便送宋如意上路了。

雪消了，冰开了，宋如意将要回来了。

荆轲知道，自己上路的时刻也将到了。

……

“先生，秦军已经逼近易水了！”

太子丹的匆匆脚步与惊恐声音，使荆轲皱起了眉头。平心而论，荆轲对太子丹的定力还是有几分赞赏的，这也是他能对太子丹慨然一诺的因由之一。士侠谋国，主事者没有惊人的定力，往往功败垂成。

“太子何意？”荆轲撂下了手中地图，眉头还是紧紧地皱着。

“再不行事，只怕晚矣！”

“太子要荆轲立即上路？”

“先生！燕国危矣！……”太子丹放声痛哭。

“太子是说，决意要荆轲起程也。”

“先生！丹知你心志未改……然则，没有时日了！”

荆轲长吁一声，冷冰冰板着脸，显然不悦了。

“先生副使，遣秦舞阳可也。”太子丹的催促之意毫无遮掩。

“太子能遣何人？”荆轲终于愤怒了，“秦舞阳无非少年杀人，狂徒竖子而已！纵然去了，亦白送性命！提一匕首而入强秦，若能杀人者皆可，何须荆轲哉！”荆轲怒吼着。太子丹不说话了。猛然，荆轲也不说话了。沉默良久，荆轲长叹一声道：“我之本意，要等一个真正堪当大任者，好同道上路也。今日，太子责我迟之。荆轲决意请辞，后日起程。”

太子丹抹着眼泪深深一躬，嘴角抽搐得好一阵说不出话来。

第三日五更鸡鸣，白茫茫薄雾弥漫了蓟城郊野，三月春风犹见料峭寒意。待特使车马大队开出蓟城南门，荆轲已经完全平静了。看着副使后车威猛雄壮的秦舞阳似一尊石柱矗立在战车紧紧抱着铜匣的模样，荆轲一时觉得颇是滑稽。太子丹心思周密，三更时分送来一简，说为避秦国商社耳目，已经与一班大吏及高渐离等，先行赶到易水河谷去了。上卿出使秦国，堂堂正正送别全然正道。荆轲不明白太子丹为何一定要赶到易水去，而且约定了一处隐秘的河谷做饯行之地。仓促上路，荆轲心绪有些不宁，也不愿意去揣摩此等小事了。一过十里郊亭，荆轲立即下令车马兼程飞驰。

堪堪暮色时分，终于抵达了事先约定的易水河谷。

荆轲在青铜轺车的八尺伞盖下遥遥望去，只见血红的残阳下一片白衣随风舞动，心头不禁怦然一动。及至近前，却见河谷小道边一片白茫茫人群——太子丹与知道这件事的心腹大吏们竟都是一身白衣一顶白冠，肃然挺立着等候。遥见车马驶来，所有人都是深深一躬。突然，荆轲眼前浮现出为樊於期送葬的情形，那日，太子丹人等也是这般白衣白冠……

一路麻木骤然惊醒，荆轲心头蓦然涌起一种莫名的悲壮之情。生平第一次，荆轲眼角涌出了一丝泪水。荆轲一跃下车，对着太子丹与所有的送别者深深一躬，一拱手一阵大笑道："诸位活祭荆轲，幸何如之也！"

可是，没有一个人跟着笑，河谷寂静得唯有萧萧风声。终于，一位大吏颤抖的高声划破了死一般的沉静："太子，为先生致酒壮行——"太子丹捧起了一尊硕大的铜爵，肃然一躬，送到了荆轲面前。荆轲大笑道："荆轲生于人世，从来未曾祭祖……今日这酒，敬给祖宗了！"一句话未了，荆轲猛然哽咽，及至一爵百年燕酒哗哗洒地，荆轲的大滴泪水也情不自禁地打到了地上。泪水涌流的片刻之间，荆轲心头一震，举起大袖一抹而过，及至抬起头来，已经又是豪侠大笑的荆轲了。

叮咚一声，高渐离的浑厚筑音奏响了。

高渐离没有说一句话，只对着荆轲扫了一眼。

那是一簇闪亮的火焰！荆轲心头骤然一热，激越的歌声便扑满了河谷。

"风萧萧兮易水寒，壮士一去兮不复还——"

高渐离的激越筑音，犹如战鼓激荡着荆轲。在太子丹与送行者们的悲壮和声中，荆轲不能自已地反复唱着，悲凉凄

场面极为悲壮。《史记·刺客列传》："太子及宾客知其事者，皆白衣冠以送之。至易水之上，既祖，取道，高渐离击筑，荆轲和而歌，为变徵之声，士皆垂泪涕泣。又前而为歌曰：'风萧萧兮易水寒，壮士一去兮不复还！'复为羽声慷慨，士皆瞋目，发尽上指冠。于是荆轲就车而去，终已不顾。"

然处，如同吟唱自己与世间的无尽苦难，太子丹与大吏们都哭成了一片；慷慨激越处，气贯长虹如同勇士临阵搏杀，所有的送别者都怒目圆睁，须发扑上了头顶白冠……

歌声还在回荡的时候，荆轲大步转身登车。

荆轲一跺车底，轺车辚辚去了。

哭声风声萦绕耳畔，荆轲再也没有回头。

四 提一匕首欲改天下 未尝闻也

若非李斯尉缭，秦王嬴政对燕国献地实在没有兴致。

三个月前，顿弱的信使飞马报来消息：燕国迫于秦国大军灭赵威势，太子丹与上卿荆轲力主向秦国献上燕南之地，以求订立罢兵盟约。当时，嬴政只笑着说了一句，太子丹不觉得迟了么？再也没有过问。嬴政很清醒，即便弱小如韩国，灭亡之际也是百般挣扎，况乎燕国这样的八百年老诸侯，割地云云不过缓兵之计而已，不能当真。及至开春，王翦大军挥师北上兵临易水，顿弱又是一函急书禀报：太子丹正式知会于他，申述了燕国决意割地求和的决策，不日将派上卿荆轲为特使赶赴秦国交割土地，恳望秦军中止北进。顿弱在附件里说了自己的评判："燕之献地，诚存国之术也。然则，秦之灭国，原在息兵止战以安天下，非为灭国而灭国也！唯其如此，臣以为：秦军临战，未必尽然挥兵直进，而须以王师吊民伐罪之道，进退有致。今，燕国既愿献出根基之地求和，便当缓兵以观其变。若其有诈，我大军讨伐师出有名也！"嬴政看得心头一动，立即召来王绾、李斯、尉缭三人会商。王绾、李斯赞同顿弱之策，认为可缓兵以待。尉缭于赞同之外，另加提醒道："燕国献地，必有后策跟进。我须有备，不能以退兵做缓兵。君上下书王翦，不宜用缓兵二字，只云'随时待命攻燕'即可。"嬴政欣然点头。于是，君臣迅速达成一致。嬴政立即下令蒙毅，依照尉缭之说下书王翦，令易水大军屯驻待命。

旬日之后，顿弱信使又到。

这次送来的，是太子丹亲手交给顿弱的燕南地图。顿弱书简说，上卿荆轲已经在踏勘燕南之地，一俟地图与实地两相核准，立即赴咸阳献地立约。嬴政当即打开了地图，却看得一头雾水不明所以，立即召来了执掌土地图籍的大田令郑国求教。郑国端详一番,指点着地图道:“此图,乃春秋老燕国初灭蓟国时之古图。图题‘督亢’两字,是当年蓟国对燕南地之称谓。督,中央之意也。督亢者,中央高地之谓也。此地有陂泽大水,水处山陵之间,故能浇灌四岸丘陵之沃土,此谓亢地。此地又居当年蓟国之中央腹心,此谓督。故云,督亢之地。”嬴政不禁笑道:“分明是今日燕南之地,却呈来一幅古地图,今日燕国没有地图么?”郑国素来不苟言笑,黑脸皱着眉头道:“此番关节,老臣无以揣摩。也许是燕国丢不下西周老诸侯颜面,硬要将所献之地说成本来便不是我的……老臣惭愧,不知所以!”嬴政听得哈哈大笑道:“也许啊,老令还当真说中了。老燕国,是死要颜面也!”可是再看地图,连郑国也是一头雾水了。这幅地图的所有地名,都是不知所云的一两个古字,水流、土地、山塬,黑线繁复交错,连郑国这个走遍天下的老水工也不明所以了。郑国只好又皱起眉头,指点着地图连连摇头道:“怪矣哉!天下竟有此等稀奇古图?老臣只知,此处大体是陂泽。其余,委实不明也。”嬴政心头猛然一动,吩咐赵高立即召李斯尉缭前来会商。不料,李斯看得啧啧称奇,尉缭看得紧锁眉头,还是看不明白。两个不世能才,一个绝世水工,再加嬴政一个不世君王,竟然一齐瞪起了眼睛。

“天外有天也!老燕国在考校秦国人才?”嬴政呵呵笑了。

“岂有此理!这般鬼画符,根本便不是地图!”

老尉缭点着竹杖愤愤一句,话音落点,竟连自己也惊讶了。

诚如尉缭愤然不意之言,岂不意味着这里大有文章?果然大有文章,又当是何等奥秘?一时之间,君臣四人都愣住了。李斯拍着书案兀自喃喃道:“燕国濒临绝境,莫不是上下昏头,图籍吏将草图当作了成图?”郑国立即断然摇头道:“不会。此图画线很见功力,毫无改笔痕迹,精心绘制无疑,岂能是草图?”尉缭一阵思忖,疑惑不定道:“燕人尚义,不尚诈,此举实在蹊跷至极。”嬴政看着三个能才个个皱眉,不禁哈哈大笑道:“不说这鬼画符了,左右是他要献地,我不要便了。”李斯摇头道:“王言如丝,其出如纶。既已回复燕国,接受献地还是该当也,不能改变。”尉缭笃笃点着竹杖道:“更要紧者,此中奥秘尚未解开,不能教他缩回去。”嬴政疑惑道:“先生如何认定,此间定有奥秘未解?”尉缭道:“兵谚云,奇必隐秘。如此一幅古怪地图,谁都不明所以,若无机密隐藏其中,不合路数也。”嬴政不禁大笑道:“他纵有鬼魅小伎,我只正兵大道便是,奈何他也!知会燕国,教他换图,否则不受献地。”

正在此时,蒙毅匆匆进来,又交来顿弱一函急件。

打开读罢,君臣五人立即沸腾起来。顿弱信使带来的消息是:燕国将交出叛将樊於期人头,由上卿荆轲连同督亢之地的古图原件一起交付秦国。假如说,此时的秦国对于土地之需求,已经在统一天下的大业开始后变得不再急迫,那对于以重金封地悬赏而求索的叛国大将的人头,则是迫切渴望的。秦之战国史,樊於期叛国对秦国秦人带来的耻辱,可以说丝毫不亚于嫪毐之乱带给秦国朝野的耻辱。尤其是秦王嬴政,对于王弟成蛟的叛国降赵与樊於期的叛国逃燕,刻刻不能释怀,视为心头两大恨。嬴政早已下令蒙恬:若樊於期逃往匈奴,立即捕杀!嬴政也同时下令王翦:灭燕之后第一要务,捕获樊於期!嬴政之心,只有在咸阳对樊於期明正典刑,才能一消此恨。顿弱曾经请命秦王,要在蓟城秘杀樊於期。嬴政毫不犹疑地制止了。嬴政发下的誓言是:“非刑杀叛将,不足以明法!非藏叛之国杀叛将,不足以正义!樊於期若能逃此两途,天无正道也!”

而今,樊於期由赖以隐身的燕国杀了,嬴政的心情是难以言表的。

“诛杀叛将,燕国之功也!秦国之幸也!”

嬴政奋然拍案感喟,当即决断:接受燕国献礼,休战盟约事届时会商待定。李斯尉缭也毫不犹豫地赞同了。秦国君臣的决策实际上意味着,已经给燕国的生存留下了一线生机。因为,从实际情势而言,秦国君臣当时对于一统天下,还没有非坚持不可的一种固定模式,而是充分顾及诸侯分立数百年的种种实际情形,对灭国有着不同的方略准备。以战国历史看:大国之间即或强弱一时悬殊,也没有出现过灭国的先例;唯一的灭国之战,是乐毅攻齐而达到破国,终究还是没有灭得了齐国。秦国之强大,及其与山东六国力量对比之悬殊,虽然远远超过当年的燕齐对比,然则以一敌六,谁能一口咬定对每个大国都能彻底灭之?唯其如此,秦国从对最弱小的韩国开始,便没有中断过邦交斡旋,更没有一味地强兵直进。对赵国燕国,更是如此。从根本上说,燕国若真正臣服,并献出腹心根基之地,秦国也不是不能接受的。毕竟,此时的秦国君臣,还不是灭掉韩赵燕魏之后的秦国君臣,坚定的灭国方略还没有最终清晰地形成。如今燕国献地求和,又要交出降将人头,不惜做出对于一个大国而言最有失尊严的臣服之举,秦国君臣的接纳,便是很容易做出的对应之策。

“东出以来,君上首次面见特使,当行大朝礼仪。”李斯郑重建言。

“彰显威仪,布秦大道,以燕国为山东楷模。”尉缭欣然附议。

“一统天下而不欺臣服之邦,正理也。”老成敦厚的郑国也赞同了。

嬴政当即欣然下书：着长史李斯领内史署、咸阳署、司寇署、卫尉署、行人署、属邦署、宗祝署、中车府等官署，于旬日之内拟定一切礼仪程式，并完成全部调遣，以大朝之礼召见燕使。李斯受命，立即开始了忙碌奔波。寻常大朝会，尽管也是李斯这个长史分内之事，却不须动用如此之多的官署连同筹划。此次之特殊，在于大朝会兼受降受地受叛将人头，实际是最为盛大的国礼。李斯不是单纯的事务大臣，非常清楚这次大朝国礼的根本所在：若能在此次大朝会确定燕国臣服之约，实际便是不战而屈人之兵，以最稳妥平和的方式统一了燕国。唯其如此，种种礼仪程式之内涵，自然要大大讲究了。李斯的统筹调遣之能出类拔萃，三日之内，各方有条不紊地运转起来：内史郡，职司部署关中民众道迎燕国特使；咸阳令，职司都城民众道迎，并铺排城池仪仗；司寇署，限期清查流入秦国的山东盗贼，务期不使燕国特使受到丝毫挑衅威胁；卫尉署，部署王城护卫，并铺排王城兵戈仪仗，务期彰显大国威仪；执掌邦交的行人署、执掌夷狄的属邦署，职司诸般迎送程式与特使之起居衣食；中车府，筹划调集所需种种车辆，尤其是秦王王车之修缮装饰；宗祝署，确定大朝之日期、时辰，并得筹划秦王以樊於期人头祭拜太庙的礼仪程式。凡此等等，李斯都办理得件件缜密，无一差错。

旬日未到，诸般妥当。

在第八日的晚上，李斯在秦王书房的小朝会上做了备细禀报。嬴政对李斯的才具又一次拍案赞叹，没有任何异议便点头了。尉缭却突然一笑道："对时日吉凶，老太卜如何说法？"李斯不禁眉头一耸，道："唯有此事，使人不安。老太卜占卜云：吉凶互见，卦象不明。"嬴政一笑道："大道不占，两卿何须在心也。"尉缭兀自唠叨道："吉凶互见，究竟何意？以此事论之，何谓吉？何谓凶？"李斯道："吉，自然是盟约立，诸事成，一无意外。凶，则有种种，难于一言论定。"尉缭摇着白头良久思忖，突然一点竹杖道："那个特使，名叫甚来？"李斯道："荆轲，燕国上卿。顿弱说，其人几类赵国之郭开。"尉缭颇显神秘的目光一闪，笑道："荆轲荆轲，这个'荆'字，不善也。"李斯心头一动道："老国尉何意？不妨明言。"尉缭缓缓摇着白头道："荆者，草侧伏刃，草开见刀，大刑之象。其人，不祥也。"嬴政不禁一阵大笑道："先生解字说法，这荆轲岂非一个刺客了？"尉缭平板板道："兵家多讲占候占象，老臣一时心动而已。"李斯道："论事理，燕国不当别有他心。试想，荆轲当真做刺客，其后果如何？"嬴政连连摆手道："笑谈笑谈！太子丹明锐之人，如何能做如此蠢事？果然杀了嬴政，燕国岂不灭得更快？"尉缭道："论事理，老臣赞同君上、长史之说。

然则，卦象字象，也非全然空穴来风。老臣之意，防人之心不可无，还是谨慎点好。"李斯道："老国尉之见，大朝部署有疏漏？"尉缭道："秦国大朝会，武将历来如常带剑。"李斯立即接道："对！然则，这次大朝会，改为朝臣俱不带剑。意在与山东六国同一，彰显秦国大道文明。"尉缭正要说话，嬴政颇显烦躁地一挥手："不说不说！天下大道处处顺乎小伎，秦国还能成事么？燕王喜、太子丹若真是失心疯，嬴政听天由命。"

秦王烦躁，李斯尉缭也不再说话了。

"君上，新剑铸成了。"正在此时，赵高轻步进来了。

"国尉老兵家，看看这口剑如何？"嬴政显然在为方才的烦躁致歉。

赵高恭敬地捧过长剑道："君上那口短剑，刃口残缺太多，这是尚坊新铸之秦王剑。"尉缭放下竹杖，拿起长剑一掂，老眼骤然一亮！这口长剑，青铜包裹牛皮为剑鞘，三分宽的剑格与六寸长的剑柄皆是青铜连铸而成，剑身连鞘阔约四寸、长约四尺、重约十斤，除了剑格两面镶嵌的两条晶莹黑玉，通体简洁干净，威猛肃穆之气非同寻常。尉缭一个好字出口，右手已经搭上剑格，手腕一用力，长剑却纹丝未动。赵高连忙笑道："这是尚坊铸剑新法，为防剑身在车马颠簸中滑出剑鞘，暗箝稍深了半分。"尉缭再一抖腕，只听锵然一阵金铁之鸣，一道青光闪烁，书房铜灯立即昏暗下来。

"老臣一请。"尉缭捧剑起身，深深一躬。

"好！此剑赐予国尉！"嬴政立即拍案。

"老臣所请：君上当冠剑临朝，会见燕使，以彰大秦文武之功！"

嬴政一阵愣怔，终于大笑道："好！冠剑冠剑，好在还是三月天。"

"冠剑临朝，此后便做大朝会定规。如何？"李斯委婉地附议尉缭。

"这次先过了。再说。"嬴政连连摇手，"威风是威风了，可那天平大冠、厚丝锦袍、高靿牛皮靴、十斤重一口长剑，还不将人活活闷死？两卿，能否教我少受些活罪也！"眼见秦王少年心性发作，窘迫得满脸通红，李斯尉缭不禁大笑起来。

三月下旬，燕国特使荆轲的车马终于进了函谷关。

一路行来，荆轲万般感慨。整肃的关中村野，民众忙于春耕的勃勃蒸腾之气，道边有序迎送特使的妇幼老孺，整洁宽阔的官道，被密如蛛网的郑国渠的支渠毛渠分隔成无数绿色方格的田畴，都使荆轲对"诛秦暴政"四个字生出了些许尴尬。然则，当看到骊山脚下一群群没有鼻子的赭衣刑徒，在原野蠕动着劳作时，“秦人不觉无鼻之丑”这句话油然浮上心头，荆轲的一腔正气又立即充盈心头。一个以暴政杀戮为根基的国家，纵然强大如湘水怪蛟，荆轲都是蔑视的，都是注定要奋不顾身地投入连天碧浪去搏杀的。及至进入咸阳，荆轲索性闭上了眼睛，塞上了耳朵，不再看那些令他生出尴尬的盛景，不再听那些热烈木讷而又倍显真诚的喧嚣呼喊。一直到轺车驶进幽静开阔的国宾馆舍，一直到住定，一直到秦舞阳送走了那个赫赫大名的迎宾大臣李斯，荆轲才睁开眼睛扒出耳塞，走进池边柳林转悠去了。

当晚，丞相王绾要为燕国特使举行洗尘大宴，荆轲委婉辞谢了。

秦舞阳却高声嚷嚷着，显然不高兴荆轲拒绝如此盛大的一场夜宴。可荆轲连认真搭理秦舞阳的心情都没有了，只望着火红的落日，在柳林一直伫立到幽暗的暮色降临。晚膳之后，那个李斯又来了。李斯说，咸阳三月正是踏青之时，郊野柳絮飞雪可谓天下盛景，上卿要否踏青一日？荆轲淡淡一笑，摇了摇头。于是，李斯又说，上卿既无踏青之心，后日卯时大朝会，秦王将以隆重国礼，接受燕国国书及大礼。荆轲点了点头，便打了个长长的哈欠。李斯说，上卿鞍马劳顿，不妨早早歇息。一拱手，李斯悠悠然去了。

次日正午，李斯又来了。这次，李斯只说了一件事：燕国要割地、献人、请和，是否有已经拟定的和约底本事先会商？抑或，要不要在觐见秦王之后拟定？荆轲这才心头蓦然一惊：百密一失，他竟然疏忽了邦交礼仪中最为要紧的盟约底本！毕竟，他的公然使命是为献地立约而来的。虽然如此，荆轲毕竟机警过人，瞬息之间，做出一副沉重神色道：“燕为弱邦，只要得秦王一诺：燕为秦臣，余地等同秦国郡县，万事安矣！若燕国先行立定底本，秦国不觉有失颜面乎？”李斯笑道：“上卿之言，可否解为只要保得燕国社稷并王室封地，则君臣盟约可成？”荆轲思忖道：“不知秦王欲给燕国留地几多？”李斯道：“不知燕王欲求地几多？”荆轲佯作不悦道：“燕弱秦强，燕国说话算数么？”李斯一拱手道：“既然如此，容特使觐见秦王之后，再议不迟。”

李斯走了。荆轲心头浮起了一丝不祥的预感。

三月二十七清晨卯时，咸阳宫钟声大起。

秦国铺排了战国以来的最大型礼仪——九宾之礼，来显示这次秦燕和约对于天下邦交的垂范。九宾之礼，原本是周天子在春季大朝会接见天下诸侯的最高礼仪。《周礼·大行人》云：“（天子）春朝诸侯而图天下之事……以亲诸侯。”所谓九宾，是公、侯、伯、子、男、孤、卿、大夫、士,共九等宾客。其中,前四等宾客是诸侯,后五等宾客是有不等量封地的各种大臣朝官。九宾之礼繁复纷杂,仅对不同宾客的作揖的方式,就有三种:天揖、时揖、土揖,非专职臣工长期演练,不足以完满实现。及至战国,历经春秋时期礼崩乐坏,这种繁复礼仪,已经不可能全数如实再现。李斯总操持此次大礼,之所以取九宾大礼之名,实际所图是宣示秦国将一统天下、秦王将成为天下共主(天子)的大势,所以将接见燕王特使之礼仪,赋予了"天子春朝诸侯,而图天下之事"的九宾大礼意涵。就其实际而言,无非是隆重地彰显威仪,显示秦国将王天下的气象而已,绝非如仪再现的周天子九宾之礼①。

李斯准时抵达国宾馆舍,郑重接出了荆轲与秦舞阳。

一支三百人马队簇拥着三辆青铜轺车,辚辚驶出馆舍驶过长街时,咸阳民众无不肃然驻足,燕使万岁的喊声此起彼伏不绝于耳。后车的秦舞阳,亢奋得眉飞色舞。八尺伞盖下的荆轲,却又一次闭上了眼睛。轺车进入王城南门,丞相王绾率领着一班职司邦交的行人署大吏,在白玉铺地的宽阔车马场彬彬有礼地迎接了荆轲。王绾在吕不韦时期原本便是行人,如今虽已须发灰白,却有着当年吕不韦的春阳和煦之风,对荆轲拱手礼略事寒暄,又一伸手做请,笑道:"群臣集于正殿,正欲一睹上卿风采,敢请先行。"荆轲这才第一次悠然一笑,一拱手道:"丞相请。"王绾笑道:"上卿与老夫同爵,老夫恭迎大宾,岂可先行?上卿请。"若依着九宾之礼,每迎每送都要三让三辞而后行。故此,两人略事谦让,原是题中应有之意,并非全然虚礼。荆轲遂不再说话,对着巍巍如天上宫阙的咸阳宫正殿深深一躬,转身对秦舞阳郑重叮嘱一句道:"副使捧好大礼,随我觐见秦王。"

荆轲肃然迈步,一脚踏上了丹墀之地。

丹墀者,红漆所涂之殿前石级也。春秋之前,物力维艰,殿前石级皆青色石条铺就,未免灰暗沉重,故此涂红以显吉庆也。战国末期,秦国早已富强,咸阳王城的正殿石级是精心遴选的上等白玉,若涂抹红漆,未免暴殄天物。于是,每有大典大宾,咸阳宫正殿前的白玉石级便一律以上等红毡铺之,较之红漆尤显富丽堂皇。此风沿袭后世,始有红地毯之国礼也。此乃后话。

荆 轲踏上丹墀之阶,虽是目不斜视,却也一眼扫清了殿前整个情势。秦国的王城护

---

① 《史记·正义》刘云:"设文物大备,即谓九宾,不得以周礼九宾义为释。"是为切实之论。

军清一色的黑色衣甲青铜斧钺，肃立在丹墀两厢，如同黑森森金灿灿树林，凛凛威势确是天下唯一。荆轲对诸般兵器的熟悉，可谓无出其右，一眼看去，便知这些礼仪兵器全都是货真价实的铜料，上得战场虽显笨拙，单人扑杀却堪称威力无穷。仅是那一口口三十六斤重、九尺九寸长的青铜大斧，任你锋利剑器，也难敌其猛砍横扫之力。蓦然之间，荆轲心头一动！秦王殿前若有两排青铜斧钺，此事休矣……

“我的发簪——”正在此时，身后一声惊恐叫喊。

荆轲猛然回身，不禁大为惊愕。

秦舞阳四寸玉冠下的束发铁簪，正如一支黑色箭镞直飞一根石柱，叮啪一声大响，竟牢牢吸附在石柱之上！顿时，秦舞阳一头粗厚的长发纷乱披散，一声惊叫烂泥般瘫在了厚厚的红地毡上瑟瑟发抖，紧紧抱在怀中的铜匣也发出一阵突突突的怪异抖动。与此同时，丹墀顶端的带剑将军一声大喝：“查验飞铁！特使止步！”两厢整齐的一声吼喝，两排青铜斧钺森森然铿锵交织在丹墀之上，罩在了荆轲与秦舞阳头顶。

秦宫防备森严。

电光石火之间，荆轲正要一步过去接过突突响动的铜匣。王绾却一步抢前一挥手道：“殿前武士，少安毋躁！”转身对荆轲笑道，“此乃试兵石，磁铁柱也。当年，商君为校正剑器箱合是否适当，立得此石。凡带剑经过，而被磁铁吸出剑器者，皆为废剑。不想今日吸出副使铁簪，诚出意外也。上卿见谅，副使见谅。”堪堪说罢，后来的李斯已经上前，一伸手便要来扶秦舞阳起身。秦舞阳面色青白，慌乱得连连挥手道：“不不不，不要……”王绾李斯与一班吏员不禁笑了起来。荆轲早已经平静下来，笑着看看秦舞阳，对王绾李斯一拱手道：“丞相长史，见笑。北蕃蛮夷之人，未尝经历此等大国威仪，故有失态也。”又转身对秦舞阳一笑揶揄道，“自家起身便了，莫非终归扶不起哉！”秦舞阳眼见无事，一挺身站起，红着脸嘎声道："我我我，我发簪还给不给？"李斯忍住笑一挥手，带剑将军大步过来，递过一支铁簪，目光向李斯一瞥。李斯接过铁簪一看，不禁笑道："副使真壮士也！一支发簪也如匕首般沉重锋利。"秦舞阳原本气恼自己吃吓失态而被荆轲嘲笑，此刻牛劲发作，昂昂然挥着一只空手道："这发簪，原本俺爹猎杀野猪的残刀打磨！俺做发簪，用了整整二十年，送给你这丞相如何？"王绾李斯见此人目有凶光，却又混沌若此，身为副使，竟连眼前两位大臣的身份也没分辨清楚，不禁一齐笑了。王绾一拱手道："铁簪既是副使少年之物，如常也罢。上卿请。"荆轲虽则蔑视太子丹硬塞给他的这个副使，却也觉得这小子歪打正着化解了这场意外危机，心下一轻松，笑着一拱手，又迈上了丹墀石级。

经过殿口平台的四只大鼎，是高阔各有两丈许的正殿正门。

此刻正门大开，一道三丈六尺宽的厚厚红毡直达大殿深处王台之前，红毡两厢是整肃列座的秦国大臣。遥遥望去，黑红沉沉，深邃肃穆之象，竟使荆轲心头蓦然闪出"此真天子庙堂也"的感叹。在这瞬息之间，大钟轰鸣九响，宏大祥和的乐声顿时弥漫了高阔雄峻的殿堂。乐声弥漫之中，殿中迭次飞出司仪大臣[①]与传声吏员的一波波声浪："秦王临朝——秦王临朝——"接着又是一波波声浪奔涌而来："燕使觐见——燕使觐见——"荆轲回身低声一句叮嘱道："秦舞阳毋须惊怕，跟定我脚步。"听得秦舞阳答应了一声，荆轲在殿口对着沉沉王台深深一躬，举步踏进了这座震慑天下的宫殿。

荆轲行步于中央红毡，目不斜视间，两眼余光已看清了秦国大臣们都没有带剑，连武臣区域的将军们也没有带剑，心下不禁一声长吁。红毡甬道将及一半，荆轲清楚地看见了秦王嬴政正从一道横阔三丈六尺的黑玉屏后大步走出——天平冠，大朝服，冠带整肃，步履从容，壮伟异常，与山东六国流传的佝偻猥琐之相直有天壤之别。然则，真正使荆轲心头猛然一沉的是，秦王嬴政腰间那口异乎寻常的长剑！依荆轲事先的周密探察，秦王嬴政在朝会之上历来不带剑。准确的消息是：自从嬴政亲政开始，从来带剑的秦王便再也没有带剑临朝了。片刻之间，荆轲陡地生出一种说不清楚的奇特预感。

骤然之间，身后又传来熟悉而令人厌恶的袍服瑟瑟抖动声。

两厢大臣们不约而同地将目光瞄向荆轲身后，其嘲笑揶揄之情是显然的。

荆轲蓦然回头，平静地接过秦舞阳怀中的铜匣，大踏步走到了王阶之下。荆轲捧起

① 司仪，周时官职，《周礼·秋官司寇第五》云："司仪掌九仪之宾客摈相之礼。"沿袭后世。

荆轲刺秦，不乐观。

铜匣深深一躬道："外臣，燕国上卿荆轲奉命出使，参见秦王！"荆轲抬头之间，九级王阶上的嬴政肃然开口道："燕国臣服于秦，献地献人，本王深为欣慰。赐特使座。"话音落点，一名远远站立在殿角的行人署大吏快步走来，将荆轲导引入王阶东侧下的一张独立大案前，恭敬地请荆轲就座。

此时，司仪大臣又是一声高宣："燕国进献叛臣人头——"

话音尚未落点，行人署大吏已经再次走到了荆轲案前。荆轲已经打开了大铜匣，将一个套在其中的小铜匣双手捧起道："此乃樊於期人头，谨交秦王勘验。"行人署大吏双手捧着铜匣，大步送到了秦王的青铜大案上。荆轲清楚地看见，嬴政掀开铜匣的手微微颤抖着。及至铜匣打开，嬴政向匣中端详有顷，嘴角抽搐着冷冷一笑，拍案喟叹道："樊於期啊樊於期，秦国何负于你，本王何负于你，你竟白头叛秦，宁做秦人千古之羞哉！"嬴政的声音颤抖，整个大殿不禁一片肃然。寂静之中，嬴政一推铜匣道，"诸位大臣，都看看樊於期了……"荆轲锐利的目光分明看见了嬴政眼角的一丝泪光，心头不禁微微一动。

大臣们传看樊於期人头时，举殿一片默然，没有一声恶语咒骂，没有一句喜庆之辞。荆轲听到了隐隐唏嘘之声，还听到了武臣席区一个老将昏厥倒撞的闷哼声。实在说，秦国君臣见到樊於期人头后的情势，是大大出乎荆轲与太子丹预料的。依太子丹与荆轲原来所想，秦王既能以万千重金与数百里封地悬赏，见到樊於期人头，必是弹冠相庆举殿大欢，其种种有可能出现的失态，以及可能利用的时机必然也是存在的。荆轲也做好了准备，此时秦王若有狂喜不知所以之异常举动，便要相机提前行刺。毕竟，要抽出那只匕首是很容易的。然则，秦国君臣目下竭力压抑的悲痛之情，却使荆轲茫然了。山东投奔秦国的名士,个个都说秦王看重功臣,荆轲从来没有相信过。可是,今日身临其境,荆轲却有些不得不信而又竭力不愿相信的别扭了。毕竟,荆轲也曾经是志在经邦济世的名士,对君王的评判还是有大道根基的。一时之间,荆轲有些恍惚了……

秦始皇到底是一个怎么样的人,不仅荆轲,即便今人,也难以给出一个中肯的评价。荆轲瞬间的犹豫,反显得真实。

"燕国献地——"司仪的高宣声划破了大殿的寂静。

荆轲蓦然一振,神志陡然清醒,立即站了起来一拱手道:"燕国督亢之地,前已献上简图于秦王,不知秦王可曾看出其中奥秘?"秦王嬴政道:"督亢之图,非但本王,连治图大家也不明所以,上卿所言之奥秘何在?"荆轲道:"督亢,乃是古蓟国腹地,归燕已经六百余年。督亢之机密,不在其土地丰腴,而在其秘密藏匿了古蓟国与后来燕国之大量财货也!"嬴政一阵大笑道:"燕国疲弱不堪举兵,焉有财货藏于地下以待亡国哉!"荆轲高声道:"秦王只知其一,不知其二!燕国曾破齐七十余城,所掠财货数不胜数。燕昭王为防后世挥霍无度,故多埋于督亢山地。而今燕王唯求存国,臣亦求进身之道,故愿献之秦王,秦王何疑之有也?"秦王嬴政凌厉的目光一扫,带着显然的鄙视淡淡笑道:"人言足下行事,几类郭开之道,果然。也好,你且上前指于本王,燕国财宝藏于何处?"

荆轲说声外臣遵命,捧起细长的铜匣上了王阶。

秦王案形制特异:五尺宽九尺长,恍若一张特大卧榻。当荆轲依照邦交礼仪,被行人署大吏引导到王案前时,只能在王案对面跪坐。嬴政面色淡漠地挺身端坐,距离荆轲少说也在六尺之外,一大步的距离。嬴政冷冷地看着这个颇具气度的卖燕奸佞,好大一阵没有说话。荆轲气静神闲,坐在案前的倏忽之间,已经谋划好了方略。在秦王冷冰冰打量时,荆轲不看秦王,径自打开了细长的铜匣,徐徐展开了粗大的卷轴,始终没说一句话。嬴政扫一眼正在展开的牛皮卷轴,非但丝毫没有显出渴望巨大宝藏的惊喜,反倒是厌恶地皱起了眉头。

“秦王请看,宝藏便在此处。”

嬴政闻声,不期然倾身低头。

人们熟知的“图穷匕见”。

便在这一瞬间,卷轴中骤然现出一口森森匕首!

陡然之间,荆轲右手顺势一带,匕首已经在手。荆轲身形跃起之间,左手已经闪电般伸出,满满一把搂住了秦王衣袖而不使其挣脱。与此同时,荆轲右手匕首已经揕①到了秦王胸前。即或是将军武士,面对这一疾如闪电而又极具伪装的突袭,也断难逃脱。因为,殿中大臣们在荆轲身后看去,完全以为是荆轲起身指点地图;而在对面秦王倾身趋前,低头看来之时,完全可能不及反应已经被刺中,即或想逃,也根本不可能挣脱荆轲的大力揪扯。

然则,奇迹恰恰在最不可能的时候发生了。

嬴政自幼便是危局求生的奇异少年,胆略才具甚或骑射剑术都远非寻常。当年遴选太子,嬴政以少年身手独战已经是千夫长的王翦而不甚明显处于下风,其勇略可见也。当此之时,嬴政第一眼看见森森匕首,倏地浑身一紧,确实不及反应。及至厚厚的衣袖被猛然拽住,匕首闪亮刺来,嬴政本能地一声大吼,全身奋力一挣,身形猛然一滚向后挣出,其力道之猛之烈,竟使尚坊工匠精织精纺的丝锦朝服在奇异的裂帛之声中瞬间断开!袖绝之际,嬴政已从王案前滚出三尺之外,大吼一声爬了起来。嬴政未及站稳身躯,荆轲已经如影随形赶至身前。嬴政急切拔剑,不料竟然一拔不出。此

① 《史记·刺客列传》在此处用了一个“揕”字。揕者,刺也。然则,太史公却没有用“刺”字。太史公治史严谨,有“刺”字而不用“刺”字,必有原因。我的推理是:揕,可能是淬毒匕首杀人的一种独特手法,西汉尚知,后世失传,遂不知其意。史家对此,亦无翔实考证。若有武术史家知之,当公诸社会以彰其意。

时，森森匕首又一次刺出。仓促之间，嬴政全力一扯带剑铜链，铜链嘣地裂断，连同束腰鞶带也一起扯开，宽大的袍服顿时散开，腰身手脚处处牵绊。嬴政大急，身形本能地突然一转，宽大的袍服猛然甩成了一个大大的扇形，挡过了森森一刺。与此同时，嬴政就势一甩双臂使袍服脱身，又一步跳开袍服牵绊，再一把扒下沉重的天平冠抄起来猛力砸向荆轲，再次挡开一击，慌忙捡起长剑转身疾步便走。

虽手忙脚乱狼狈不堪，嬴政终究躲过了最为致命的第一波突刺。

几个回合的本能躲避，荆轲对嬴政的奇快反应深为惊讶。依着士侠大刺客的传统气度，一击不中，便视为其人天意不当死，刺客当就此收手。然刺秦太过重大，荆轲心下早已做好不以传统规矩行刺的准备。不料连续三刺，竟都被嬴政连爬带滚躲过，最后竟还踉踉跄跄地跑开。一时之间，巨大的羞辱陡然涌上荆轲心头，不由分说已经如飞追来直扑嬴政。此时的嬴政，已经是短打衣衫，脚步大为灵便。眼见荆轲紧追不舍，嬴政心思倏地一闪，纵身跳下王台，在殿中粗大的石柱间飞快游走。

这时，大臣们才完全明白了，眼前的燕国特使确实是刺客！

今日大朝彰显文明，将军大臣们都没有随带兵器，一时纷纷惊呼，殿中大乱。王绾、李斯情急红眼，高声吼叫着扑过去追逐荆轲。大臣们顿时醒悟，立即乱纷纷扑上四面堵截。然则，荆轲何许人也，其轻灵劲健其勇略胆魄，天下无出其右。几个近身追逐者，根本不经荆轲连带追击秦王中的顺手一击。纵然举殿身影四处堵截，绕柱奔走的秦王仍然被荆轲紧紧追逐，危机仍然是近在咫尺迫在眉睫。恰在此时，殿前侍医夏无且正遇荆轲转弯照面，抬手便将手中药囊猛然砸去。这一砸，力道不大，更没有准头。荆轲不躲，根本无事。然荆轲不知黑乎乎飞来何物，闪身一躲，却恰恰正被药囊击中面门。瞬息之间，一股刺鼻的草药味直冲脑际，荆轲猛然鼻痒无比，及至一个喷嚏狠狠打出，嬴政已经绕过了两道石柱。

“王负剑——”

此时，正好赵高闻讯赶来，一声尖亮地呼喊立时响彻殿堂。随着喊声，赵高已经奋力扑向荆轲。赵高之奔走驰驱剽悍灵动天下闻名，一扑过去，便紧紧黏住了荆轲。急切之间，荆轲竟然无法摆脱这个若即若离又时时出手的内侍奇人。若用匕首击出，赵高自然会立地毙命。然则，跑了秦王，杀死一百个内侍又有何用？荆轲何其清楚，只能紧追秦王，不时虚手应对赵高。如此一来，荆轲不能全力追击，嬴政急迫之势顿时稍缓。

却说嬴政，在赵高奇异尖亮的喊声中浑身一激灵，立即想起此剑暗箱较深，须得用力拔之；而只有赵高，才知道自己少年练剑时因使用成人长剑，往往负剑于背才能拔出长剑的秘密。心念闪动间，嬴政左手将长剑一顺，贴上背后，右手从肩头握住剑格猛力一带，锵然一声金铁之鸣，三尺余长剑一举出鞘。

“小高子！闪开——”

嬴政怒不可遏，挺着长剑胆气顿生，一跃过来，挥动十斤重的秦王剑便是一个横扫。其时，荆轲正被赵高纠缠得不耐，心下一狠，瞬间破了不对这个内侍使用淬毒匕首的心思，突然一沉手便向赵高飞来的脚踝划去。赵高机灵无比，顺势倒地一滚堪堪躲过。恰在荆轲张臂划出之时，嬴政的长剑横空扫过，荆轲的一只胳膊血淋淋吧嗒落地！

荆轲骤然受此重伤，脚下一个踉跄，顿时颓然跌坐在地。胳膊落地的瞬息之间，荆轲身形一虚，心头弥漫过了一片冰凉的悲哀。绝望的同时，荆轲手中匕首已经循声掷出，呼啸着飞向嬴政。举殿只听“叮”的一声异响，六尺开外的铜柱溅起了一片碧蓝的火花，匕首颤巍巍钉在了铜柱之上，刀尖周围立时一片森森然黑晕。

“短兵淬毒！王莫上前——”夏无且尖声喊着。

群臣惊愕四顾，却不见了秦王，立时乱纷纷抢步过来。

“君上——”赵高一声哭喊，扑向石柱下。

“哭个鸟！”

躺在地上的嬴政翻身跃起，一脚踢翻赵高，提着长剑赳赳大步过来，嘶哑着声音一连串吼道：“荆轲！你非郭开卖燕！你乃大伪刺客！你要杀我么？许你再来！公平搏杀！嬴政倒想看看，你这个刺客有多高剑术！起来——”

一身鲜血的荆轲，本来靠着一道石柱闭目待死。闻秦王怒声高喝，荆轲双目骤然一睁，单臂不动，一挺身竟靠着石柱霍然站起。四周群臣不禁大为惊愕，不约而同地轻轻惊呼了一声。不料，荆轲靠着石柱勉力一笑，却又立即顺着石柱软了下去。荆轲一声长嘘，伸开两腿箕踞大坐，傲然骂道：“嬴政毋以己能！与子论剑，不足道也！今日所以不成，是我欲活擒于你，逼你立约，以存天下之故也！”

见荆轲喷着血沫怒骂不已，嬴政反倒平静下来，冷冷一笑道：“提一匕首而欲改天下，未尝闻也！嬴政纵死，秦国纵灭，岂能无人一统天下哉！”荆轲喘息一声冷冰冰道：

“有人无人，不足论。只不能教你嬴政灭国，一统天下。”嬴政不禁哈哈大笑道：“原来如此也！足下之迂阔褊狭，由此可见矣！刺客尤充雄杰，不亦羞哉！”荆轲淡淡一笑道：“今日天意，竖子何幸之有也？”嬴政盯着荆轲端详了一阵，冷冷道：“足下迂阔，却有猛志，本王送足下全尸而去。”

“谢过秦王……”荆轲艰难地露出了最后的微笑。

嬴政长剑一挺，猛然向荆轲胸前刺来。

“秦法有定，王不能私刑！”

随着李斯一声大喊，尉缭对赵高飞过一个眼神。赵高立即抢步过来，夺过嬴政手中长剑，向荆轲猛然刺去。因秦王有全尸一说，赵高不能斩取头颅，只一口气狠狠连刺了不知几多剑，活活将荆轲戳成了一个浑身血洞的肉筛子。

“左右护君，斩杀刺客，合乎国法！”尉缭高喊了一句。

秦王嬴政没有离开，一直脸色铁青地木然站在死去的荆轲面前。

……

荆轲刺秦震动天下，多少年后，人们仍在纷纭议论乃至争辩不休。其中，曾经与荆轲相识者的评说及其后来之行，颇是引人注目，有两则被太史公载入了史册。

一则，是战国末期著名剑士鲁句践的独特评论。

鲁句践万般感慨地说：“嗟乎！惜哉其不讲于刺剑之术也！甚矣！吾不知人也！曩者（往昔）吾叱之，彼乃以我为非人也！”鲁句践的话有三层意思：其一，刺秦失败，是荆轲不认真修习剑术。也就是说，鲁句践认为荆轲的剑术并不是很高，才导致刺秦失败身死。其二，对当年不知荆轲壮志，甚是后悔。其三，同时后悔的是，当年因叱责荆轲，而被荆轲视为“非人”的愚昧者。鲁句践的评判，很可能是当时六国剑士游侠的普遍心声：既高度认可荆轲刺秦之壮举，又叹息其

秦王政狼狈，荆轲死得悲壮。回观历史，荆轲刺秦，确实令人震撼，以秦王之威，以秦国之强，荆轲孤身刺秦，差一点就得手了。荆轲之勇智，太子丹之勇烈，令人赞叹。迟早是一亡，不如勇烈而亡。

剑术不精而失败。

二则,是荆轲好友乐师高渐离的曲折行踪。

《史记·刺客列传》云:秦国统一天下而秦王称始皇帝后,秦国追捕太子丹与荆轲的昔年追随者。这些人,都纷纷逃亡隐匿了。高渐离更改姓名,在旧赵国的宋子城[1]一家酒铺做了仆役。一日,听得店主家堂上有击筑之声,高渐离彷徨徘徊,久久不愿离去,情不自禁地评论说:"筑声有善处,诸多处尚有不善也!"旁边仆役将高渐离的话说给了主人。主人大奇,于是邀集宾朋,召高渐离于厅堂击筑。一击之下,主人客人都是大加称赞,立即赏赐了高渐离许多酒肉。高渐离寻思长久藏匿而不能见人,终无尽头,遂到自己小屋取出木箱中的筑,换上了压在箱底的唯一一套旧时锦衣,重新回到了厅堂。高渐离的举止气度,使举座主客大为惊讶,一齐作礼,尊高渐离为上客。高渐离肃然就座,重新击筑高歌,举座宾客无不感奋唏嘘。故事渐渐流传开来,有人便说:"此人,高渐离也!"

高渐离的行踪,被人禀报给了咸阳。始皇帝爱惜高渐离善击筑,念其是天下闻名的大乐师,于是特意赦免了高渐离追随荆轲的死罪,下令将高渐离解到了咸阳。抵达咸阳,秦始皇下令将高渐离处以矐目之刑,也就是以马尿熏其双目而使失明。矐目之后,高渐离被留在咸阳皇宫做了乐师。每次击筑,始皇帝都大加赞赏。日久,始皇帝听高渐离击筑时,坐得越来越近了。一日,高渐离击筑之时,始皇帝听得入神,高渐离突然举起灌了铅的大筑猛然砸向始皇帝。传闻与史书中,都没说嬴政如何闪避,终归是高渐离没有击中始皇帝。于是,高渐离最终还是被处死了。据说,从此之后,秦皇帝终身不复见山东六国人士了。

如此等等,皆为刺秦余波,皆为后话。

话说刺秦事件后三日,秦国君臣重新朝会,议决对燕新方略。朝会伊始,李斯便对自己的大朝会部署深切痛悔,自请贬黜。秦王嬴政却连连摇头,拍案感喟道:"先生之策,唯以天下大局为计,何错之有哉?鼠窃狗偷之辈,世间多矣!若一味防范,闭门塞人,何能一天下也?国家长策大略,因一刺客而变,未尝闻也!"秦王这一番话语,使大臣们万般感慨,李斯更是唏嘘流涕不已。议及善后具体事宜,李斯以执事大臣名义,提出

---

① 宋子城,赵国城邑,今河北赵县(旧谓赵州)以北地带。

对侍医夏无且与赵高论功行赏，诸臣无不赞同。秦王嬴政当即拍案，赏赐夏无且黄金二百镒，晋爵两级。赏赐夏无且完毕，嬴政淡淡一笑道："赵高，不说了，已经是中车府令了。内侍为官，到此足矣！"见秦王于此等重大事件之后犹能节制有度，大臣们一番感慨，也便默认了。

不料，旁边侍立的赵高却猛然扑倒在王案前，重重叩头高声道："君上始呼臣之正名，臣永世铭刻在心——"一时，大臣们无不惊讶，这才想起了方才秦王确实说了"赵高"两字，而在既往，秦王从来将赵高呼为"小高子"的。今秦王不呼小高子，而称其正名赵高，是无意之举，还是以独有方式宣示庙堂：中车府令赵高，从此也是秦国大臣了？再一想，赵高叩拜，秦王也没有说甚，而只是笑了笑，便可能是无意有意间了；只这赵高心思透亮，立即以谢恩之法，使大臣们明白了此中意蕴，也实在是机灵过甚了。

嬴政转了话题，开始了对燕方略的会商。

次日，李斯率领一支精锐飞骑兼程北上，赶赴易水大营去了。

不写秦王暴怒，写秦王淡定。太子丹事败，秦王暴怒，伐燕。

五　易水之西　战云再度密布

幕府聚将完毕，王翦独自走进了河谷柳林。

令王翦思绪难平者，灭国长策终究是明晰地确立了。还在顿弱与咸阳之间快马信使穿梭往来时，王翦便上书秦王，申述了自己的评判。王翦着意提醒秦王：燕国是有八百年根基的西周老诸侯，其傲慢矜持天下闻名，不可能真正臣服于秦国；邦交斡旋可也，不能过于当真，更不能因此而松懈国人战心。上书中，王翦举出了燕国对待赵国的先例："以赵国之强力抗秦，以赵国之屏障山东，燕国尚不记赵恩，屡屡背后发难。如此昏政庙堂，何能臣服于老诸侯眼中之蛮夷秦国也？贫弱而骄矜，昏昧而疯痴，燕人为政之风也！君上深思之。”

然则，秦王虽然并没有下令中止战事，却来了一道“攻燕之战，随时待命”的王书。对王翦的上书，秦王也没有如同既往那般认真回书作答。显然，秦王是有着别样方略的。王翦也明白，秦王的方略，一定是与在国大臣们一起会商的，不会是心血来潮之举。但是，王翦还是怅然若有所失。这种失落，与其说是自己主张未被秦王接纳而生出的郁闷，毋宁说是对未来灭国大战有可能出现的波折而生出的隐忧。身为秦王嬴政之世的秦国上将军，王翦的天下之心，已经超越了前代的司马错与白起。也就是说，王翦筹划秦国征战，已经不再是司马错白起时期的攻城略地之战，而是一统天下的灭国之战了。以战国话语说，此乃长策大略之别也。用今人话语说，这是战争所达成的政治目标的不同。

目标不同，必然决定着战争方式的不同。

从大处说，这种不同主要在于三处：其一，攻城下地而不坏敌国。此前，包括秦国在内的各国间的所有战事，都带有破坏敌国根基的使命。司马错破六国合纵，焚毁天下第一粮仓敖仓；白起攻楚，火烧夷陵；乐毅破齐，尽掠齐国财货……凡此等等，皆为战国兵争之典型也。从战事角度说，这种仗顾忌少，得利明显，在同样条件下好打许多。而王翦麾下的今日秦军则不然，所攻邦国的城池土地人民，实际便是日后与自己同处一个国家的城池土地人民。如此，自然不能无所顾忌地烧杀抢掠。此等不同，必须改变种种战法，并重新建立军法，来实现这种由掠夺战向灭国战的转变，其中艰难，自不待言。

其二，击溃敌军，而未必全歼敌军。秦为耕战之国，以斩首记功的律法，已经延续一百余年。此等律法之基础，固然在于激励士卒战心，同时，也在强烈地强调一种战法——完全彻底的斩首歼灭战！长平大战，白起大军一举摧毁赵军五十余万，俘获二十余万而坑杀之。其根本，深藏在这种全歼敌军的酷烈战法之中。而今日秦军，却不能如此了。理由只有一个，所有作战国的军兵人口，都将是秦国臣民，都将是未来一统大国的可贵人力，恣意杀戮，只能适得其反，给未来一统大国留下无穷后患。这一变化，对素以斩首歼灭战为根基的秦军，其难度是异常巨大的。

其三，不能避战，必须求战。历来战事，多以种种因素决定能否开战。若对己方不利，则应多方寻求避战。然则，一统天下之战不同，无论敌国是否好打，都必须打。不能摧毁敌国之抵抗力，则敌国必然不会自己降服。唯其如此，不经大战而能灭国，亘古未闻也！兵法所云之“不战而屈人之兵，上之上也”，在相互对抗的局部战事中，这是有可能实现的。譬如以强兵压境，迫使对方不敢大战而割地求和等等。然在灭国之战中，事实上是不可行的。也就是说，要一个国家灭亡而又企图使其放弃最后的抵抗，至少，亘古至今尚无成例。夏商周三代以来，没有不战而能一统天下者，而只有经过真实较量打出来的一统天下。

在秦国君臣之中，可以说，王翦是第一个清醒地看到这种种不同的。

“灭国必战，战而有度。”这是王翦对大将们宣示的八字方略。

自灭赵大战之后，王翦已经是天下公认的名将了。作为战国兵家的最后一个大师，尉缭子曾经备细揣摩了王翦在秦军中的种种举措，深有感喟道：“王翦之将才，与其说在战场制胜，毋宁说在军中变法也！有度而战，谈何容易！”以后来被证明的史实说话：秦一天下，王翦三战，灭赵灭燕灭楚，恰恰是最为关键的三次大战；赵最强，燕最老，楚最大；三次大战，王翦都以其独有的强毅、坚韧、细腻的战法顺利灭国。不战则已，战则没有一次惊心动魄的大反复。这是后话。

面临燕国局势，王翦所忧者，在于秦国庙堂对“灭国必战”尚无清醒决断。王翦很清楚，由于燕国热诚谦恭，献地献人加称臣，使秦王与李斯尉缭等一班用事大臣，不期然生出了另外一种期冀实现的谋划：以燕国不经兵戈而臣服，给天下一个垂范警示——只要各国能如燕国这般臣服，便可保留部分封地，以邦国的形式存留社稷！当王翦接到待命王书，也知道了秦王将以春朝九宾大礼接受燕国称臣盟约时，闪过心头的第一个想法便是：秦王有怀柔天下之意了，如此可行么？此等疑虑，王翦并没有再度上书申明，他觉得应该看看再说。毕竟，秦王与王绾、李斯、尉缭等一班庙堂运筹君臣，都不是轻易决策之庸才，如此部署，或可能有意料不到的奇效。再说，驻守北边的蒙恬也没有信使与他会商。这说明，蒙恬是没有异议的。既然如此，等得几个月无妨。无论如何，在秋季最佳的用兵季节到来之前，必然会有定论的。

可是，事情竟迅速发生了惊人的变化！

荆轲赴秦，途经易水，太子丹率心腹白衣白冠送别的秘密情形，王翦的反间营探听得一清二楚。当时，王翦对此事的评判是：燕太子丹臣服秦国而保存社稷，很可能只是与这个上卿荆轲的密谋，未必得到燕王喜与一班元老世族之首肯，故有秘密送别之行，故有壮烈悲歌之声。果真如此，燕国庙堂不久必有内乱，不妨静观以待。不想，荆轲离开易水南下，仅仅旬日之间，咸阳便有快马特使兼程飞来，向王翦知会了一个惊人消息：燕使荆轲，昨日行刺秦王，已经被当场处死！攻燕大军立即做好战事准备，秦王特使不日便到。

可见太子丹行事周密，事前秦国毫不知情。

惊愕之余，王翦恍然明白了燕太子丹种种密行的根底。

不待秦王特使到达，王翦立即开始了一系列秘密部署：第一则，当即派出反间营精干斥候三十人，乔装商旅，秘密进入蓟城，立即接应顿弱回归易水大营。第二则，立即于幕府聚将，宣示了荆轲刺秦的惊人消息，却严令在秦王特使到达之前不得泄露军中。第三则，立即派出王贲率五万铁骑，插入燕国与残赵代国之间的咽喉要地于延水河谷，割断两国会兵通道。第四则，快马特使知会蒙恬部，令其派出精锐飞骑，遮绝燕国北逃匈奴之路径。

王翦大军悄无声息地紧张运行之际，李斯赶到了。

洗尘小宴上，李斯对王翦备细叙说了在咸阳发生的那场惊心动魄的刺杀事件。纵然王翦深沉不动声色，额头也冒出了涔涔细汗。之后，李斯又详尽地叙说了庙堂重新会商的新方略。李斯说，秦王与大臣们一无异议地认定：一统天下必经大战，不战而欲图灭人之国，无异于痴人说梦也！此间，秦王特意提到了上将军王翦对秦军将士宣示的“灭国必战，战必有度”的八字方略。李斯心细，特意带来了从史官处抄录的君臣会商卷宗。王翦看到秦王那段慷慨激昂的说辞时，眼睛不禁湿润了。

史官录写的“王云”是这样一段话：

“燕国诈秦称臣，我欲怀柔待之，实乃嬴政欲做周天子大梦也！燕国献地献人，掩饰行刺之举，足以证实：没有议出之一统天下,只有打出之一统天下！燕国刺秦,好！破去了嬴政天子大梦！也立起了上将军'灭国必战'之长策伟略！好事,大好事！自今而后,嬴政不做周天子,不图以王道虚德使天下臣服。秦国,要实实在在地一统天下！嬴政,要做实实在在的天下君王！不是打出来的江山,嬴政不坐!"

良久默然,王翦长长地吁了一声。

"上将军宁无对乎?"李斯有些惊讶了。

"秦王明锐如此,夫复何言！唯战而已!"

如果说,此前的王翦对秦王及一班庙堂之臣能否在荆轲刺秦后深彻顿悟尚有疑虑,此刻看完这段"王云"之辞,诸般疑虑已经荡然无存了。王翦深知,这位秦王一旦认清事实本来面目,其天赋悟性远非举一反三者可比,其深彻明晰,往往远远超出臣下之意料。面对如此秦王,王翦当真是没有话说,只有心无旁骛地准备攻燕了。

次日清晨,易水幕府的聚将鼓隆隆响起。王翦升帐,先请李斯对刺秦事件与庙堂新方略做了宣示。秦军大将们怒火中烧,异口同声愤然喊打。之后,王翦指点着燕国地图,下达了对燕战事的总体部署:先期出动的王贲部不动,继续掐断燕代会兵通道;杨端和、李信两大将各率五万轻装步骑,前出易水之西做两翼驻扎,直接威胁燕国下都武阳与最富庶的督亢之地;王翦亲自率领二十余万中军主力,以大将辛胜为副,携带大型攻坚器械,从中央地带西进,选定最合适的时机渡过易水北上。

旬日之后,诸般预备就绪。在王翦主力正要渡过易水之际,从蓟城被秘密接回的顿弱却带来一个出人意料的消息:燕国太子丹正在全力秘密联结残赵势力,又从辽东调回了十万边军,要三方会兵与秦军决战。

"太子丹疯了么?"李斯简直不敢相信。

"春秋战国以来,燕国清醒过几回?"顿弱一阵大笑。

"刺客之后又出大兵,太子丹也算得人物!"王翦倒是赞叹了一句。

"上将军如何应对?"对燕国的挣扎,李斯实在有些匪夷所思。

尽管,在咸阳会商时,李斯与尉缭是一力赞同王翦灭国必战方略的。然则,对燕国在刺秦失败后的情势评判,李斯始终都不赞同秦王对燕国打大仗的想法。原因在于,李斯有一个坚定清晰的判断:荆轲刺秦惨遭失败之后,燕国必然举国震恐慌乱,不是举国降秦,便是北逃匈奴或东逃辽东;纵然秦军想打大仗,也没有大仗可打!唯其如此,对王翦的大举部署，李斯在心底里是有小题大做之非议的，只不过自己毕竟不是大军统帅，不宜直然否定罢了。如今，顿弱带来燕国竟要大举会战的消息，李斯半日都回不过神来——燕国残破若此，还要扑过来与秦军会战，世间当真有这等飞蛾投火之举？

"他要会战，会战便是。"王翦只是淡淡地一笑。

即使没有太子丹这一招，燕国迟早也要灭亡。秦王有并天下之心，且有并天下之力。此乃大势，无可挽回。

蓟城陷入了紧张慌乱而又亢奋无比的巨大旋涡之中。

荆轲刺秦惨遭毙命，对燕国朝野不啻当头一声惊雷。当那具血肉模糊的尸体被副使秦舞阳运回蓟城时，太子丹惊愕攻心，欲哭无泪，还没哼一声便昏厥了过去。夜来，太子丹突然醒来，扑到荆轲尸身，捶胸顿足大放悲声，一直痛哭到了天亮。后来，太子丹宣召秦舞阳，要询问荆轲身死的详细情由，得到的禀报却是：秦舞阳已经疯傻了。太子丹大怒，驱车赶去燕酪池，立即便要杀了这个使燕国蒙羞的宵小之辈。不想一到燕酪池，太子丹却又一次惊愕愣怔欲哭无泪了。破衣烂衫的秦舞阳，披散着长发，挥舞着一根短小的树枝，嘀嘀有声地吼叫着，刺杀着，追逐着，笑骂着。最后，秦舞阳大张两腿，箕坐于地，连连戳刺着自己的胸口与全身，吼叫得奄奄一息之时，竟猛然跳起来一下子扑进了碧蓝的池水……太子丹终于明白了，秦舞阳的疯癫追逐，分明正是荆轲在咸阳王城的刺杀场面。眼睁睁地看着秦舞阳投水，太子丹这才想起荆轲对秦舞阳的蔑视，禁不住骂一声懦夫狗才，踽踽回去了。

荆轲刺秦，原本是惊世密谋，被包藏得严严实实。如今骤然在燕国朝野哄传开来，市井乡野庙堂，无不惊讶万分聚相议论，纷纷回想当年的种种神秘迹象。一时之间，连面临的亡国危局也似乎没人顾及了。此刻，只有太子丹是清醒的。太子丹连夜赶赴父王在燕山深处的行宫，向父王禀报了荆轲刺秦失败的全部经过，末了沮丧道："荆轲刺秦，必激怒秦王。燕国危亡已迫在眉睫，唯请父王决断国策。"

"没杀成便没杀成，也叫嬴政吃一大吓！"

燕王喜非但丝毫没有责怪太子丹，反倒是一阵哈哈大笑。至于危亡国策，燕王喜一边在厚厚的辽东地毡上转悠着，一边这样说："我大燕自召公立国，危绝者不知几数次也！可谁灭了燕国？没有，一个没有！凡欲灭燕者，终归自灭！何也？天命使然也！德行使然也！赵国不强大么？燕国攻赵多少次，没有胜过赵国一次！可他赵国，纵然战胜，又能奈何？终归还不是自家灭亡！我祖燕昭王破齐七十余城，尚且没有灭齐。他秦国，能灭我大燕？不能！秦军纵然占我督亢，我还有辽东，照样聚兵存国！其后光复故地，依旧还是大燕国！我大燕立国八百余年，是周天子王族唯一的主干余脉，天命攸归，秦国奈何我哉！你但放手去做，当真危局之时，老父自会出面化险为夷也。"

"父王方略，令丹大振心志！"

"子能振作，老父之心也！"燕王喜又一次大笑起来。

"我欲联结代国合纵抗秦，父王以为如何？"

"好！合纵抗秦，原本便是我祖燕文公首创，正当其时也！"

"只是，燕国腹地只有二十万将士，兵力稍嫌单薄。"

"作速调回辽东十万边军，便是三十余万！代国若能出动十万兵马，我便有四十万大军，与秦军便是势均力敌！会战击秦，一战而灭秦军主力，功绩何其大也！"燕王喜抖动着雪白的头颅，竟比太子丹还要慷慨激昂几分。

"辽东边军，原是为父王预留后路，儿臣……"

"子知其一，不知其二也！"燕王喜大笑一阵道，"秦开当年平辽东，留下了十五万大军。你调十万过来，还有五七万。纵然战败，我等进入辽东，还可再发高句丽军。后路多有，子只放手抗秦！"

走出王城，太子丹麻木的心又渐渐活泛起来。自他从秦国逃回，老父王的郁闷衰老是显而易见的，将国事交给他时，也分明流露出一种暮年之期的无可奈何。此后每遇太子丹禀报国事，老父王不是靠在卧榻上打盹，便是坐在猎场的山头上看士兵追逐野兽，目光中的那种茫然，每每教太子丹心头一阵震颤。也就是说，自从太子丹逃秦归燕，所接触的老父王，处处都是一个行将就木的奄奄一息的老人。如今，燕国面临危局，老父王却骤然显出一种傲视天下的峥嵘面目,其勃勃傲世之心,竟使做儿子的太子丹有些脸红起来。显然,支撑父王的,是天子血统的贵胄之气,是笃信先祖阴德可以庇护社稷于久远的坦然,是对秦国以蛮夷诸侯坐大的一种其来有自的蔑视。认真想起来,太子丹又觉得老父王有些迂阔,如同那个笃信禅让制的先祖燕王哙一般。毕竟,太子丹久在秦国为质,知秦之深,甚或过于知燕。然则,太子丹还是为老父王的这种独特的执着所感动。毕竟,这种执着能使老父了无畏惧之心,面对灭国危局而能将命运托付于天命阴德,罕见地坦然应对之。说到底,何草不衰?何木不萎?何人不死?何国不灭?能在将死将灭之时不降不退,而一力鼓噪与强大的秦军会战,奄奄一息的老父王能,血气壮勇的太子丹反倒不能么?……

回到自己官署,太子丹立即忙碌起来。

此时,正逢荆轲好友宋如意回到蓟城求见太子丹,请为荆轲大行国葬。闻得太子丹决意与秦军会战,宋如意精神大振,立即为燕国谋划出一个成事之局:大肆铺排荆轲葬礼,秘密邀集代国、齐国、魏国、楚国并匈奴单于会葬,达成合纵联军,大举会战秦国!太子丹当即拍案决断:派宋如意为特使,赶赴最要紧也是最可能达成盟约的代国;其余四名能事大吏,分别赶赴齐、魏、楚与匈奴,约期一月之后会葬荆轲。与此同时,太子丹以燕王名义下书朝野:上卿荆轲为天下赴义,大燕举国服丧,以彰烈士志节。王书颁行三日,燕国城乡触目皆白,国人愤激流涕大呼复仇之声几乎淹没了蓟城。太子丹趁势而上,立即下令各郡县征发义勇,入军抗秦。这时,宋如意从代国匆匆归来,非但带来了代国将以十万之众结盟会战秦军的好消息,还带来了代王赵嘉的秘密特使。太子丹精神大振,连夜举行大宴,为代王赵嘉的特使洗尘。

这场小宴密商,一直持续到曙光初上。

代王特使,是旧赵国平原君赵胜之孙,名曰赵平。这个赵平,在赵国灭亡之前已经承袭了平原君封号。赵嘉出逃代地,大半原因在于赵平的谋划拥戴。赵嘉做了代王,赵平便做了代国的丞相。赵平气宇轩昂,全无故国破灭后的委顿之相,一如既往的豪气勃勃,谈吐之间气度挥洒,俨然大国名臣。太子丹一见之下,竟是大为歆慕。赵平先大体叙说了代国情势:秦军破赵之后,赵国有封地的贵胄悉数逃亡,渐渐汇聚到代郡;去岁立冬之时,拥立赵嘉为代王,号为代国;目下之代国,有土地三百余里,民众五十余万,官吏军兵与王城君臣合计二十余万。末了,赵平慷慨激昂道:“赵国,根基尚在也!代地全部人口近百万，仍算得一个中等诸侯国也！会战抗秦，代王将出精兵十万，连同燕国三十万大军，战胜秦军大有成算！”

“代国以何人为将？”太子丹最担心没有大将统军。

“便是在下！”

“平原君不是代国丞相么？”太子丹惊讶了。

“将相一身者，战国之世何其多也！”

“平原君诚能为将，胜秦有望！”宋如意着意赞叹了一句。

“两国联兵，存燕复赵，全赖平原君也！”太子丹郑重起身，深深一躬道，“丹请平原君为联军统帅，统一调遣会战秦军，君幸勿复燕国之诚也！”

“太子信平，夫复何言哉！”

觥筹交错中，会战大计决断了：代国赵平为联军统帅，燕国宋如意为军师；无论他国出兵与否，两国都将在秋八月会战秦军！其后半月之间，四路特使接踵回燕，果然一无所成。齐国已经沦为偏安避战之海国，笃信齐秦互不攻战盟约，多年疏离中原，根本不想卷进对秦战事。魏国倒是有大臣跃跃欲试，谁知刚刚即位的新魏王魏假却是畏秦如虎，连燕国特使见也不见，便一口回绝了。楚国的春申君已经死了，楚国也如同齐国一样，抱定了回避秦国之策，以山遥水远鞭长莫及为说辞，回绝了燕国。匈奴单于倒是雄心勃勃，无奈却被蒙恬大军卡住了南下咽喉，根本无法越过阴山；老单于便以相机助战为名，答应拖住蒙恬大军，不使其南下助战王翦的主力大军。

太子丹立即赶赴燕山行宫，对燕王喜禀报了诸般进展。太子丹特意申明，不担心四方拒绝合纵，只担心燕国三十万大军没有统军名将。燕王喜颇为神秘地一笑，极其自信地摇着一颗雪白的头颅道：“国运昌盛，非在名将，而在借力也。当年，先祖燕文公首创合纵联军，燕国有名将么？没有！目下，有赵代之平原君足矣！赵人国史虽短，却是好勇斗狠之邦。我军交给赵将统领，无论战胜战败，皆有好处也！”“父王此说何意？”太子丹有些困惑了。“子何蠢也！”燕王喜一脸笑容地呵斥一句，接道，“战胜，天下皆以燕军为会战主力，功自在燕！战败，天下皆以赵人为将，屈我燕国大军而骂之，罪不在燕！你说，这不是两样好处么？”太子丹大为惊愕，默然踌躇一阵，终究还是吞回了想说出的话。

事实上，老父王是不可理喻的。

太子丹之所以将大军交给赵人统率，实在是因为人才凋零，自己寻觅不到一个足以率军会战的大将。派宋如意做军师，也同样是无奈之举。毕竟，燕国出动三十万大军，不能在统帅幕府一个人没有。可是，父王却将燕国的无奈，看作一种最好的逃罪夺功的权谋之道，不亦悲乎！争辩么？没用。不争辩么？心头实在不是滋味。毕竟，燕国不能没有这个老父王。虽在两次惨败于赵国之后荒疏国事，然则，老父王对辽东却从来没有放松过。太子丹虽执掌了国事，但实际军权，却还是在父王手里。譬如辽东究竟有多少兵马，太子丹是说不清楚的。其实，荆轲做上卿时，也未必整日谋划刺秦，而曾多次与太子丹秘密会商强燕之策。荆轲说，燕国要中兴，必须效法乐毅变法强军，只要太子丹决意兴燕，老燕王阻力不须顾忌。从荆轲明亮闪烁的目光里，太子丹分明看到了一股骤然闪现的杀气。是的，只要他点头决断，以荆轲之能，使父王销声匿迹是很容易的。但是，太子丹还是断然拒绝了。毕竟，他在离国二十余年后归来，父王还是器重他，甚至依赖他；纵然父王不交出兵权，太子丹也不能生此内乱。荆轲一死，心痛得快要疯狂的太子丹在最初的一闪念竟然是：若将荆轲留在燕国变法强军，或许才是正道！……然则，一切都过去了。唯一既能激励人心，又能承担大任的荆轲，已经死了。此刻，太子丹是真正的孤掌难鸣了，除了与父王一心协力保全燕国，他还能做何等事情？至于燕国能否保全，或许当真要看父王笃信的那个天意仁德了……

"天若亡燕，夫复何言哉！"

曙色初上，太子丹木然坐起，看见了榻前侍女惊恐无比的眼神。正要发作，太子丹却骤然愣怔了——侍女身后的六尺铜镜中，一颗须发霜雪的白头正直愣愣睁着双眼！他是谁？是自己？倏地，太子丹心头轰然一声头疼欲裂，陷入了无边无际的黑暗……

太子愁忧，一夜白发，权当它是真的吧。

八月秋风起，燕代两国的联军隆隆开向燕南之地。

还在燕代密谋联结的时候，李信杨端和一班大将便提出先行攻燕而后再破代军的对策。对此，李斯也是赞同的。王翦却笃定道："燕代调集大军会战，正是我军一战定北之大好时机，安可急哉？我若先行攻燕，燕国自可一战而下。然，代赵军若是不战而逃，显然便是后患，两战三战，何如一战决之也！"李斯忧心忡忡道："果真齐楚魏三国利令智昏而出兵，再加匈奴南下，我军岂不四面陷敌？不如先下燕国，以震慑他国不敢北来。"王翦大笑道："果真燕国能促成六方合纵，老夫求之不得也！战场越少越好，敌军越多越好。此目下秦军之所求，长史何虑之有哉！"李斯不禁有些惶惑道："自来用兵，皆以不多头作战为上，何上将军反求多路敌军同时来攻？"王翦道："长史所言，常道也。目下之势，非常道也。天下大国尽成强弩之末，纵然六方齐出，皆疲惰乌合之众，何惧之有哉！譬如燕国，兵马号称三十万，实则一无统兵大将，二无实战演练，三无坚甲利器，四无丰厚粮草；彼所以延迟至秋来会战，实则欲在战败之后逃入辽东，使我军不能在风雪严寒之季追歼而已。未战而先谋逃路，其心之虚可见也！代国更是惊弓之鸟，十万大军至少有三四成是伤残士卒；将相一身之赵平，贵胄公子未经战阵，却被燕代定为统帅，不足虑也！凡此等等，纵有大军百万开来，老夫只拿四十万破他。谓予不信，长史拭目以待也！"李斯默然了。他不明白，素以稳健著称的王翦，如何突然变得豪气纵横，视天下敌国如草芥，莫非这便是兵家奇正之道？

此后探马纵横，各种消息连绵不绝地飞入秦军幕府。

燕国辽东与高句丽的猎民步骑十万西进了，督亢腹地的二十万大军西进了，代国的十万步骑也开始南下了，赵平宋如意的幕府已经进驻燕南地带等等。其中最令王翦李斯惊讶的消息是：太子丹一夜白头，犹率一军亲自赴战；这支军马人皆白衣素盔，全数是燕国剑士与王室精锐护军。

"此为哀兵，须得分外留意。"李斯着意提醒王翦。

"以刺客之仇激励战心，太子丹何其蠢也！"王翦轻蔑地笑了。

"上将军，我军固然多胜，亦不能骄兵！"李斯有些急了。

"长史试想，"王翦叩着帅案道，"国家危亡而不计，却以一刺客之死为名目大张仇恨，公仇也？私恨也？以刺客私仇激励将士，太子丹明智么？"

“也是一理。”李斯不无勉强地赞同了王翦。

“传令工匠营，赶制三百面有字大纛旗备用。”王翦转身下达了军令。

“旗面何字？”军令司马高声问。

“长史，如此八字可否？”王翦压低声音颇见神秘地笑了笑。

李斯凑过来侧耳细听，恍然大笑连连点头。

燕代联军集结于燕南涿①地，幕府立定，已经是八月将末。

一个月明风清的秋夜，太子丹率领三千精锐星夜赶赴燕南幕府，要与赵平、宋如意会商战事方略。两军仓促汇集，“会战抗秦，存燕保代”的宗旨是毋庸置疑的。但是仗如何打，兵力如何部署，两方却从未有过认真的会商。太子丹虽不是燕军统帅，却也知道燕代两军的军法、军制与作战风习有很大不同。代军是天下锐师赵军的根基延续，目下虽是强弩之末，然对于燕军而言，代军十万仍然是无可争议的主力。燕国出动的兵力有两支，一支是腹地主力二十万，一支是辽东轻骑十万。开战在即，太子丹才蓦然发觉，自己对燕国的兵事与大军竟然是如此陌生，陌生得连两支大军的统兵大将也一无所知。太子丹只知道，燕国本无强兵传统，唯在乐毅时期变革军法，练成了一支以辽东骑士为主力的轻骑雄师。之后历经燕惠王、武成王、燕王喜三代数十年，那支雄师早已经消耗得没了影子。而十万辽东步骑，实际根基是当年乐毅秦开远征齐国时留下的镇守辽东的猎户民军。燕军主力被齐国的汪洋大海吞没后，燕惠王将这支猎户民军大为扩充，改为王室直领的王师，以为燕国危机之时的退路。就实说，这支辽东军是不为天下所知的“隐师”。父王至今犹能镇静挥洒，根本因由，正在于这支鲜为人知的大军。如今，父王赞同调来“隐师”之中的十万大军与秦军会战，太子丹感喟之余，更多的是茫然。燕国腹地二十万主力大军的大体情势，太子丹尚算略微知情：伤残多，老弱多，兵器劣，甲胄薄，在往昔与赵军的战事中连连大败，士气已经低落得很难经得起激战了。

这样的两支人马与代(赵)合军，太子丹如何不心下忐忑？

更有一层，赵国大将率领赵军作战，历来自有独特战法，即或是在当年的六国合纵联军中也是自成一体，不屑于与他军协同。赵军名将廉颇曾一度出走楚国，率领楚军作战，竟一战不能胜，不禁万般感慨地说：“老夫离赵，方知率赵军如臂使指之贵也！”对于

① 涿，古地名，在今河北涿州市一带。

燕国燕军，赵国大将几乎是无一例外地人人蔑视，名将廉颇、李牧、庞煖等更甚。目下这个赵平虽不是名将，甚或不是经历过战场锤炼的有为将军，而仅仅是承袭了平原君爵号的“知兵”公子而已，其在燕国的谈吐气度，俨然便是百战名将了。太子丹确信，假若赵国不灭，赵军任何一个大将都不会愿意与燕军联兵会战。如今时移势异，燕军兵力远远超过代（赵）军，代王赵嘉才不得已有了如此抉择，不论赵平如何蔑视燕国，三十万兵力毕竟是谁都不敢轻慢的巨大力量。唯其如此，太子丹不怕赵军蔑视燕国的痼疾，坦然将燕国大军交给赵平统领了。太子丹没有父王的逃罪之心，在他看来，这只是两相便利：代（赵）兵力微薄，需要燕国大军；燕国没有大将，需要代国将才统军。毕竟，以目下情势论，即或是代国的寻常将军，也在燕国的主力大将之上了。然则，赵平能迅速整合两军三方于一体么？会战方略赵平心中有数么？

这一切，太子丹一直没有定数。

……

“赵平若不能一战胜秦为太子雪耻，宁为战场死尸！”

晨曦之下，看着太子丹骤然雪白的头颅与身后一片缟素的三千马队，迎出幕府的赵平不禁感慨万端，四手相执，双眼闪烁着泪光，由衷迸发出一句铮铮血誓。太子丹大为心动，泪眼唏嘘地拉着赵平的双手，良久说不出一句话来。及至进入幕府，两人的神色才明朗起来。

“太子且坐，容赵平禀报。”

联军幕府宽阔整肃井然有序，确实有着旧赵雄师的不凡遗风。赵平吩咐中军司马摆下了洗尘军宴，又派军令司马飞马召回了去辽东军营会商军务的军师宋如意。三人共饮了一大碗代赵军的马奶子酒，赵平便走到侧墙大图板下，长剑指点着图板说将起来：“目下，合纵联军面对涞水，分作三大营混编驻扎：西路主力大营，驻涿城以西山地；中路大营，驻方城以南山地；东路大营，驻涞水东北山地。本君所率之中军兵力，五万赵军带十万燕军，共十五万主力大军；其余两营，各为两万余赵军带十万燕军，各有十二三万步骑大军。此，目下我军之大势也！”

“平原君之见，此战如何打法？”太子丹急迫问了一句。

“秦军欲灭燕代，必得越过易水涞水，而后向西灭代，向北灭燕。合纵联军目下驻扎之地，正在面对涞水之三大要害地：涿城、方城、涞水东北山[①]。届时，秦军若渡易水涞水攻我，则我联军从西北东三方向秦军发起合围猛攻！以兵家之道，合纵联军必胜无疑！”

“我军四十万，秦军也是四十万，能合围猛攻？”

“太子知其一，不知其二。”赵平颇有气度地笑着，“兵法虽云，十则围之，倍则攻之。然则，也当以形势论。战场无常法。当年，白起以五十万秦军，围困赵军五十万于长平谷地，也是兵力对等。何以成功？形势使然！山川使然！今我合纵联军与秦军兵力等同，然山川形势却是对我军大为有利，对秦军大为不利。此，我之所以能以对等兵力合围秦军也！”

“平原君深谙奇正之道！”宋如意拍案赞叹。

“军师之意，也能合围？”太子丹颇感意外。

“如此战法，乃臣与平原君共谋也！”宋如意先行申明一句，霍然起身，走到地图前指点道，“太子且看，涞水从西北向东南而来，两条易水从西向东而来，在涿地之南交汇，三水夹成一个广约百里的大角。秦军兵临南易水，若不能越过涞水，终不足以威胁燕代！秦军果真北上，则我军只在涞水以北之燕南山地卡住咽喉要道，三路大军同时猛攻，秦军背后是易水涞水，退不能退，只能被我军三面夹击！如此形势，岂不是合围猛攻乎！”

“王翦乃当世名将，宁不见此危境？”太子丹依然一脸疑云。

“王翦灭国，不过一战耳耳！”赵平很有些不以为然。

“灭赵之后，王翦已经骄狂不知所以了。”宋如意补了一句。

“也好。但愿上天护佑，存我燕代！”终于，太子丹首肯了。

幕府散了饮宴，宋如意送太子丹到了燕军幕府，两人又秘密会商到暮色降临。太子丹着意问了燕代两军的诸般情形。宋如意回禀说，辽东精锐配给赵平做了中军主力，老燕军二十万分做两部，做了另外两大营的主力。太子丹皱着眉头问了一句，既然燕军是三大营主力，何以三大营主将都是旧赵大将？宋如意说，以人数论，燕军是主力；以战力

---

① 秦军灭燕之进军会战路线，史无详载。《史记·秦始皇本纪》云：“秦军破燕易水之西。”《史记·燕召公世家·集解》徐广注云，秦军出涿郡故安。两说不同，当互有联系，实际可能是战场攻防转化造成。

论，只怕还得说代赵军是主力；三大营主将是赵平一力所坚持的，不好变。为甚大燕国出兵三十万，没有一个主将？太子丹满头白发下的黑脸很有些不悦。宋如意说赵平认为燕人不会打仗，他实在不好辩驳。岂有此理！燕人不会打仗，当年齐国七十余城是谁家破的？太子丹更是不悦。宋如意却不说话了。默然良久，太子丹突兀又问一句，先生宁不为荆轲复仇乎？宋如意一声哽咽，声泪俱下地诉说了自己的处境：赵平原本倒是下了军令，教他做东路军主将；奈何他这般任侠之士从来没有过军旅阅历，初次聚将分配军营驻扎地，他连骑兵营地与步兵营地的区别都不清楚，各营之间的方位、距离与金鼓号令之间的呼应更是不明，惹得赵军大将们一片嘲笑，燕军大将们人人羞愤不语；无奈，他只有回到中军幕府，还是做了案头谋划的军师。

“虽则如此，臣已决意效法太子，以慰荆轲魂灵！”

“先生能自领一军？”

“不！臣已秘密相约燕赵剑士百人，冲锋陷阵死战易水！”

太子丹没有说话，默默点头之际，麻木僵硬的脸庞抽搐了一下。宋如意知道，那不是太子丹的悲伤，而是太子丹绽开的一丝笑容。这个心如死灰的燕国领政太子，已经没有任何事值得他悲悯了。默然良久，宋如意解下酒袋，深深一躬道：“邦国危难，太子自领三千缟素死士而来，臣无以为敬，敢请与太子做诀别之饮！”太子丹还是没有说话，只霍然起身，摘下帐钩上的酒袋，对宋如意相对深深一躬，不待宋如意说话便举头汩汩大饮，双手颤抖，酒水喷洒得脖颈衣甲处处都是。宋如意静静地看着，眼前蓦然浮现出太子丹与荆轲在易水壮别的情形，心头平静得没有一丝波澜。大约只有在这等生离死别的关头，如荆轲宋如意这般士侠才能显现出异乎常人的冷静坦然。太子丹饮完，宋如意再次深深一躬，双手将酒袋一举倒过，一股清亮洁白的马奶子酒便准确无误地灌进了腹腔，一口气如长鲸饮川般吸干，一滴酒不洒，干净利落得令人惊讶。太子丹愣怔一阵，陡然伏案放声恸哭：“若得荆轲在国，先生襄助，燕国何得如此危局也！”

宋如意淡淡一笑，深深一躬，头也不回地去了。

九月初三，燕代联军的特使飞马抵达秦军幕府。

赵平的战书激昂备至，秦军大将们听得头皮发麻，却是想笑不能笑想骂不能骂，只能黑铁柱般矗着不动。原因只有一个，上将军王翦没有一丝表情，板着脸睁着眼仿佛钉在帅案前一般。特使将战书念诵完毕，王翦对身旁矗立的中军司马淡淡一句道：“回书，旬日之后会战。"特使高声道:"敢问上将军,究竟何时? 战场何地?"不料,王翦却站起身已经走了。特使正欲趋前追问,大将辛胜猛然跨前一步,拦在了当面道:"回去禀报赵平姬丹,甭当真以为这是古人打仗! 你打你的,我打我的,想哪里打哪里打! 想甚时打甚时打!"特使黑红着脸正要说话,却见秦军大将们人人怒目相视,再不说话,转身腾腾腾出了幕府。

晚饭之后,聚将鼓咚咚咚连响。待秦军大将们陆续赶进幕府大厅,王翦已经拄着长剑站在了那幅两人高的燕南地图前。中军司马一声禀报:"三军大将全数到齐!"王翦长剑点上地图,沉稳利落地说了起来:"诸位,燕代联军本是弱势,今却急切求战,此中必有机谋! 敌军谋划不明,我军灭燕便无必胜成算,而大好战机,也会稍纵即逝。何以如此? 今秋不能灭燕,燕国便有喘息之机稳定国势;代赵,亦有借燕之力死灰复燃之可能。为此,我军必得一战而灭燕代军力,安定北方! 此中之要,在明白破解燕代军之图谋,而后确定我军战法。"

"赵平机谋,不难明白!"

"李信且说。"王翦历来嘉许部将直言。

"燕代联军合兵四十余万,分作三路守在涞水西、东、南三面。仅此驻扎之势,其图谋一目了然。"李信看着地图,手臂遥遥指点,"以赵平、太子丹谋划,必欲我军渡过易水,再渡过涞水,而后开赴燕南涿地会战;如此,则我方重兵两次涉水之后人马疲惫,燕代必然图谋乘此时机强兵袭击。"

"正是!"大将们异口同声。

"既然如此,我军该当如何?"

大将们见上将军没有下令,却认真问策,目光不禁一齐盯住了李信。毕竟将军们对燕代联军的图谋,谁也没有这个司马出身多读兵书的李信看得透彻,彼既洞察,必有成算。可是,李信却满脸通红道:"末将只揣摩敌之图谋,至于破敌之策,尚无定策。"王翦一点头道:"无妨。将军已经料敌于先机,诚为难得也!"一转身走向帅台,便要下达军令。却听背后一个粗厚嗓门高声道:"此战不难! 诱他南下,就我战场便是!"王翦脚步猛然站定在石级,没有回身便冷冷道:"王贲,战事无大言,你且说个备细。"说罢走上帅台插好长剑,一张黑脸森森然盯住了自己的长子。王贲熟知父亲秉性,一步跨出将军行列,走到大板地图前指点道:"上将军、列位将军,请看燕代联军部署：主将赵平亲率最大一支主力，驻扎在联军西北方，这一大营，距离燕代另外两大营足有两舍，六十余里，距离我军也最远。原因何在？此地最靠近代国，正是越过涞水进攻代国的咽喉通道！也就是说，代军名为联燕抗秦，实则以护卫代国为第一要务。或是太子丹、宋如意等燕国将士懵懂不知兵法，或是赵平以统帅名义自行其是，总归是此等部署一直没有变化。”

“敌军情势图谋，李信将军已经说清，你只说如何打法。”

大将们正听得入神，却被王翦冷冷一句插断，不约而同地一愣，倏忽之间，却又释然：这是上将军严于责亲，不想教王贲过分张扬，故而将料敌洞察之功记在了李信头上。李信正要说话，王贲却指点着地图又昂昂然说了起来：“此战之要，只在我军一部先行佯攻代国！如此，赵平必率联军南下寻战，以求保全代国！如此，我军可不过易水涞水，而在易水之西坐以会战！”

“好——”满厅大将齐声一吼。

“王贲将军妙算！”李信特意高声赞叹了一句。

“也好。谁愿做佯攻之师？”王翦不加评判，立即进入了部署。

“我部愿为佯攻之师！”又是王贲慨然请命。

这次没有人争。历来军中传统，将士皆愿正面战场杀敌立功，极少有人在没有将令的情势下自请长途佯动奔袭，以斩首记功的秦军更是如此。王贲既出战策既已经为上将军与大将们一致认可，自请佯攻也在情理之中。当然，更重要的一条是，王贲部剽悍灵动，其时秘密驻地又正在燕代两军之间的隐秘河谷，向代国进军位置最佳，实在是最合适不过。凡此等等，大将们便没有一个人再来争令了。王翦目光巡睃一遍，立即抽出一支令箭道：“好！王贲部明晨立即起程，大张旗鼓进逼代国！待燕代联军南下，王贲部立即回师，袭其侧后！其余各部，全力备战，修筑壁垒，等候燕代联军南下会战！”

“嗨！”举帐一声吼应，王翦的调遣部署便告完毕了。

次日清晨，王贲的三万铁骑从易水东岸的河谷地带大张旗鼓地出动了。王贲选定的进军路线是：先向涞水上游进发，若燕代军仍不南下，则渡过涞水猛攻代国，逼联军做出抉择。这次奔袭若是真实的灭国之战，仅行军也得旬日之久。然则，唯其佯动，王贲不计其余，只以赵平知道秦军北上灭代消息为要。为此，王贲部虚张旗帜声势，浩浩荡荡若十余万大军一般。

秦军凶狠，燕军也不会束手就擒，两军终有一场恶战。

自此，灭燕大会战拉开了序幕。

秦军攻代的消息传开，燕代联军大营顿时出现了奇妙的格局。

最大的变化，是联军原定的守株待兔战法完全无用了。因为，以代军为事实主力的联军绝不能听任秦军灭代，必须改变战法，而如何改变，仓促之间实难达成共识。听了宋如意密报，太子丹顿时恍然：与燕国相比，赵国后续势力代国才是秦国的劲敌。秦人与赵国血战多年，自然将赵国当作最大祸患，不攻代而先来攻燕，本来就是违背常理。如今秦军大举北上攻代，这才是秦军兵临易水的真实图谋！一明白此中奥秘，太子丹立即飞马联军幕府，要与赵平重新商定战法。此时，赵平接到消息两个时辰不到，刚刚与几名代军大将紧急商议完毕，正要击鼓聚将，恰逢太子丹与宋如意飞马赶到。

“来得正好！太子何意？”迎出幕府的赵平当头一句。

“秦军异动，平原君如何应对？”太子丹反问了一句。

“围魏救赵：他攻代，我攻秦！”

“时势不同，还是直接催兵救代好！”

边走边说进了幕府大厅，两人这才不约而同地问了一句：“为何如此？”一语落点，自觉尴尬，两人一时默然。军师宋如意对战事部署素不多言，今日却破例作为，下令两名司马将大板地图搬到帅案前立定，而后对太子丹与赵平肃然一躬道：“太子，平原君，敢请两位各陈战法，而后慎断。”赵平大手一挥，一个好字落点，人已经走到地图前说将起来：“秦军以锐师十余万攻代，已经行军一日走出百余里。我军纵然回兵，赶到代地，也已经是疲惫之师。若王翦主力在我回军之时从后掩杀，我军几乎必败无疑！与其如此，不如效法孙膑围魏救赵之战：我军立即南下，猛攻秦军主力！秦军王贲部必然回援，如此依然是两方会战，不过换了战场而已！”说罢，赵平目光炯炯地看着宋如意不说话了。宋如意一句话不说，对太子丹正色一躬。沉思不语的太子丹恍然点头，也大步走到地图前指点道：“目下情势是，秦军已经先行攻代，而代国全部大军都在此地，代城几无防守兵力！唯其如此，我意：平原君可自领精锐代军回援，若王翦部从后追杀，自有我燕国三十万大军截击秦军主力！如此两相兼顾，秦军必左右支绌，联军或可战胜！”赵平冷笑道：“燕军若能截击秦军主力，何待今日联军抗秦哉！”太子丹淡淡道：“此一时，彼一时。燕有新来之辽东飞骑，战力或可胜任。”赵平脸色一沉道：“如此说来，太子一心要分兵？”太子丹颇见难堪，却也正色道：“分兵是战法，不是所图。究竟如何，尚在会商，平原君无须多疑也。”赵平长剑猛然一跺地面道：“赵人不畏血战！只要太子决意分兵，赵平立即开拔！”

“太子、平原君，容在下一言。”

眼见两位主事人物僵持，军师宋如意第一次显出了士侠本色，一拱手慷慨道：“北国之地，仅存残赵弱燕，两国唇齿相依也！唇亡齿寒，天下共知。宋如意不知兵，却明天下大义所在。目下大局：只有两国合纵结盟，同心抗秦，燕代之存才有希冀！”

“代军当得独自一战，不赖燕军之力。”赵平很冷漠。

“平原君何出此言也！”

太子丹外豪侠而心极细，知道这个心结再化不开，与代国结仇便是必然，遂一拱手高声道：“我观代军营地靠西，本以为平原君随时准备分兵回代，故有此一说，绝非我本心要分兵！若我决意分兵，何须赶来幕府会商也！”赵平淡淡一笑道：“既然如此，何不早说？”太子丹脸一红正要说话，宋如意一拱手道：“禀报太子，代军驻扎靠西，平原君当初已向众将申明，臣亦尽知。臣以为，平原君并无不妥。”赵平正色道：“两国联军合纵抗秦，代军主力靠近代国，燕军主力靠近燕国，各自方便救助，有何不妥？若是秦军先攻燕国，莫非我军也可以此理由逃战不成？”宋如意道：“平原君此等部署，原本极是正当。太子误解而已，并无责难之意。平原君切莫计较过甚。方才，太子已经言明，并无分兵之心。平原君便当会商当下战事，不涉其余。”

“好！会商战事。”两位主事人物异口同声地应了。

会商很是迅速，三人一致认同了赵平战法：当夜起兵，渡过涞水易水，兼程疾进，以燕国南长城为依托，猛攻易水之西的秦军主力，逼秦军王贲部回师救援；若王贲部坚不回师而攻代，则在开战之后分兵救代，至少可免此时救代而被王翦主力追杀之危。战法商定之后，已经是太阳偏西的未时三刻。赵平立即下令聚将，在幕府大厅下达了兼程进军会战的十余道将令。大将们离开幕府，整个联军营地立即忙碌起来。暮色时分，联军四十万分别从西、中、东三路开进，夜半时分渡过涞水。

次日正午，联军渡过南易水，立即扎营，构筑壁垒。

赵平进入幕府的第一件事，是派出快马特使向王翦幕府下战书，约定来日清晨决战。之所以如此急迫，是赵平要王翦明白知道，燕代联军并没有中秦军攻代以分化联军之计，而是公然前来大举会战！赵平心存一丝期冀：也许秦军王贲部能闻讯回程，可免代国惨遭屠戮。

勇烈之举，可逞一时之快，但也可能给庶人带来灾难性的打击。

六　易西战场多生奇变　王翦军大破燕代

王翦的军令云车，矗立在易水西岸一座孤立的山头。

从远处遥遥看去，这座山头只舒卷着一面巨大的黑色纛旗，除此便是一片苍黄的树林。而从这座孤山峰顶看去，视野却极为开阔。纵然是晨雾秋霜天地朦胧，西面的燕国下都武阳城也遥遥在望，北面的燕国南长城则尽收眼底；待到日光划破霜雾，东面北面的两条易水波光粼粼如在眼前，西北方的涞水也如远在天边的一道银线，闪烁着进入了视野。王翦之所以将战场选在这里，原因只有一点：易水之西的山川地势，最适合打一场聚歼战。打聚歼战的方略，既是王翦的谋划，也是李斯带来的秦王嬴政的意图。李斯转述的秦王说法是：赵残燕弱，俱成惊弓之鸟，若不能一战灭其主力，则其必然远逃，或向辽东，或向北胡，其时后患无穷矣！李斯反复申明了秦王的顾忌：九原、云中的蒙恬军兵力只有十余万，既要北抗匈奴林胡，又要堵截燕代残余逃窜，广宇漠漠，纵然全力应对,亦可能力有不逮;为此,攻灭燕代之战,务求聚歼其主力大军。对于秦王的大局方略,王翦深为赞同,反复揣摩之下,只有这片战场最适合秦军施展。

先得说说这片战场的地理大势。

整个燕南之地,易水流域最为要害。西周与春秋时期,这片地域原是胡人与华夏族群的皮毛盐谷交易区,因其无名,遂被当时的燕国与蓟国径直呼为“易地”。这片易地,北南两条水流,当时都被燕人蓟人称之为“易水”。后来,燕国吞灭了蓟国,将两条易水分别称为北易水、南易水。战国之世,燕南成为燕国最富庶的区域,易水也日见大名。但是,易地仍然是没有定界的一片地域,既没有设置郡县,也没有修筑城池。直至后世的隋代,方在易水之地设置了易县,或称为易州。是故,后人误以为(战国)易水是因为发源于(战国)易县而得名。这是后话。

两条易水①的流向是:北易水由西向东,入涞水,再入大河,大体是东西流向而略呈西北东南;南易水则是由北向南,入涞水下游,再入大河,流向为西北至东南的大斜形。故此,时人以为南易水是一条南北走向的水流,也便有了易水东西之说。

易水流域之重要,在于两处:其一,北易水北岸,有燕国南部最大的要塞武阳城。这武阳②城乃当年燕昭王修筑的南部重镇,东西二十里,南北十七里,坚固异常;因其咽喉地

由地形,布军阵。

① 当代地理认定,今日易水为北、中、南三条,皆为大清河上源支流。然,《水经注》与历史地理学家谭其骧之《中国历史地图》,皆云战国易水为北南两条。古今差异,当为水流演变之故。

② 中国历史地理上有三个武阳,一为此处的燕国武阳,二为东汉设置于四川的武阳县,三为隋代设置于河北的武阳郡。燕国武阳,在今河北易县之易水上游地带。

位，武阳也是燕国的下都，即燕国的陪都；其二，南易水东岸，有一道燕国南长城，是燕国防备南来之敌的屏障。这道燕南长城，沿南易水流向修筑，蜿蜒直向东南，抵达燕齐边境的“中河”，长达四百余里。战国时期，黄河入海段分作三流入海，西河北上燕国而东折在今天津地带入海，中河、东河均在齐国边境，即今山东半岛入海。燕国南长城的东界，便在燕齐交界地的“中河”终止。至此完全清楚，燕南的三个要害点是：南易水，燕长城，武阳要塞。

“禀报上将军，燕代联军探察清楚！”

听完斥候将军的禀报，司令云车上的王翦深深皱起了眉头。

斥候营报来的敌情是：燕代联军已经连续渡过涞水与北易水，分三部驻扎：以腹地燕军为主的十余万人马，骑兵进驻武阳城外，步军驻屯燕南长城；以代赵军与燕国辽东精锐组成的二十余万主力，前出南易水东岸，正在构筑壁垒。

“辛胜，依此情势，成算如何？”王翦问了自己的副手一句。

“上将军，我军必能聚歼联军！”辛胜没有丝毫犹豫。

“有何凭据？”

“其一，联军部署失当！其二，我军战力远超联军！”

“纵然如此，难矣哉！”

“临战狐疑，为将之大忌。上将军当有必胜之心！”

山风回荡着辛胜的慷慨激昂，舒卷着军令大纛旗的啪啪连响。王翦遥望着东方晨曦中火红色的茫茫联军营地，良久没有说话。在秦军历代大将中，王翦是“雄风”最弱的一个。不管大仗小仗，王翦从来没有慷慨激昂的必胜宣示，更多向将军们说的，恰恰是此战的难处。唯其如此，王翦的幕府聚将每每多有奇特：年轻的大将们嗷嗷一片，灰白须发的王翦却总是黑着脸。若非王翦的论断无数次被战局战场的实际演变所证实，大约王翦这个上将军谁也不会服气。纵然如此，每遇大战，仍然不可避免地重复着部将昂昂而统帅踽踽的场景。譬如目下，攻燕副统帅辛胜，对王翦的担忧便很有些不以为然。

此时的秦军大将，当真是英才荟萃。自王翦蒙恬以下，三十岁上下的年轻统军大将个个出类拔萃：李信、王贲、辛胜、冯劫、冯去疾、杨端和、章邯、羌瘣、屠睢、赵佗。还有专司关隘城防与辎重粮草输送的国尉府大将：蒙毅、召平、马兴、杜赫等一班军政兼通的专才。这些年轻大将，无一不是后来大帝国的柱石人物。尤其是李信、王贲、杨端和、辛胜四人，一致被军中呼为“少壮四柱”，直与白起时期的王龁、蒙骜、王陵、桓齮四大名将相比。

唯其如此，秦军幕府的军情会商，没有一次不是多有争论而洞察战局的。

譬如目下，秦军大将们几乎人人明白联军统帅赵平的真实图谋：联军前出的二十万主力，将要渡过易水拖住秦军主力鏖战，构筑壁垒做防守状，恰恰只是“示形”而已；驻屯长城的几万步军，则是在防备王贲部回师；驻守武阳城外的骑兵，则是随时准备救援代国。也就是说，赵平心有狐疑，对自己的围魏救赵战法吃不准，机变以对的背后，是统帅自信心的缺乏。赵平狐疑的要害，是吃不准王贲部的真实动向——当真灭代与诱敌疑兵，究竟着力何在？为此，赵平摆出了一个看似机变兼顾的阵式：王贲若不攻代而回师助战，则武阳军与长城军可合围击之；王贲若果然攻代，则武阳军可放手北上救援；长城军则可相机策应，兼顾易西会战与救代之战，既保会战，又保救代。至于易西会战，赵平的打算也是显而易见的：王贲部十余万北上，秦军主力只剩二十余万，与燕代联军兵力相当；而联军是本土卫国之战，天时地利人和无不具备，当有极大胜算。对于不谙军事的太子丹与宋如意等，这或可称为一个机变灵活的英明方略。但在日趋老辣的王翦眼里，在一群秦军英才大将的眼里，这却是一个透露着狐疑之心的大有破绽的战法。统帅心有顾忌而不敢投入绝大部分主力于主战场会战，实际便是主战场不明，从方略上已经输了一筹。若再从两军战力说，燕代联军更无法与秦军锐士抗衡，即或占兵力优势，联军也未必战胜，况乎是兵力相当的会战。

所以，秦军大将们没有一个人担心秦军能否聚歼燕代联军。

作为此战副统帅，辛胜的说法是：“易西战场不会逃敌！武阳与燕南长城，则有王贲部从后堵截，也不会逃敌！如此战场，如何不能聚歼！”唯其如此，辛胜与大将们对王翦的沉重与担忧感到不可思议。

“禀报上将军，联军特使来下战书！”司马的高声禀报飞上了云车。

“走！幕府聚将。”王翦大手一挥，立即走进了云车升降厢。

辛胜对军令司马一点头，黑色大纛旗大幅度掠过天空摇摆出特有号令。及至辛胜踏进升降厢跟着王翦出了云车，聚将鼓已经响过了两通。踏进幕府，大将们堪堪聚齐。王翦看也没看联军特使捧过来的战书，提起大笔便批了“来日会战”四个大字。联军特使一出幕府，王翦便黑着脸道：“聚歼燕代军尚有变数，各部务须上心！”

“敢问上将军，变数何在？”李信高声问了一句。

“敌分两岸三地，方圆百余里，逃离战场较前便利。”

王翦话音落点，幕府大厅骤然沉默了。应该说，这是被秦军大将们共同忽视了的一个事实——联军分作三处在易水两岸作战，秦军两路纵然铁钳夹击，也难保联军战败后不从山峁沟壑中逃离战场；大将们原本认定的胜仗，与其说是聚歼，毋宁说是击溃。应该说，没有丰厚的实战阅历，很难洞察到这一点。而王翦比帐下年轻大将所多者，正在于数十年征战的实际阅历与异常冷静的秉性。而敏锐的年轻大将们所缺乏者，也正在这种需要时日与实战积累的血的经验。

“上将军所言大是！赵平分三部驻军，我等没有仔细揣摩！”

“三部驻扎，弊在分散军力，利在便于逃战！”

“王贲将军只有三万余骑，难以拦截十余万人马！”

“我军主力在易水西岸决战，战胜后渡河追击必有延缓，不利围歼！”

“斥候新报：联军南来，全数轻装。其图谋，必在利于脱身！”

王翦不点明则已，一旦点明，年轻的大将们立即恍然醒悟，你言我语人人补充，片刻便将有可能发生的战场大局说了个透亮。王翦虽然依旧板着脸，那双藏在帅盔护耳里的耳朵却捕捉着每个人的简短话语，心头也飞快地掠过一个又一个可能的新方略。可是，他没有捕捉到一个可以聚歼联军的方略启示，飞掠心头的新方略也没有一个立定根基。

“此战，只能就实开打。”大厅已经肃静了，王翦终于站了起来。

“愿闻将令！”聚帐肃然一声。

“各部强兵硬战，最大缩短易西会战，尽早渡河围歼逃敌！”

“嗨！”

“也就是说，原定部署不变，各部加大杀敌威力。”

“嗨！”

聚将完毕，王翦将斥候营将军唤进了幕府军令室。一番叮嘱，斥候将军在暮色中飞出了幕府，飞向了西北方的王贲大军。

有刺秦之勇，这样的军队不好打。

晨曦初露，霜雾蒙蒙，易水东岸人喊马嘶地喧嚣起来。

联军涉水的时刻，是赵平亲自决断的。抵达燕南长城后，联军幕府得斥候急报：秦军王贲部没有回师迹象，依然大张旗鼓隆隆北进。与此同时，代王赵嘉的快马特使飞到，要赵平务必北上保代，若三日之内不能回军，则代国君臣只有携带民众北逃匈奴。赵平心下大急，来不及与太子丹会商谋划，立即对中军主力下达了军令：次日清晨，涉水求战！此刻，赵平的目的只有一个，逼王贲部回师，至于此等战法之利弊，已经无暇揣摩了。太子丹与宋如意，一随混编骑兵驻扎下都武阳，一随混编步军驻扎燕南长城，号为“节制两军相机出动”。两人一进驻地，各自听完主将的驻扎配置禀报，便各自忙碌着与追随死战的任侠剑士会商参战之法，根本来不及赶赴幕府与赵平会商总体方略。及至接到赵平的中军司马的军令知会，已经是次日拂晓时分了。虽然，两位燕国主军人物不在一处，处置之法却惊人的一致：思忖一阵二话不说，便率领着死战马队各自渡过易水，径直赶赴战场。

无论联军大将们多么匆忙，一场生死存亡的大战终于开始了。

太阳还没有穿破朦胧霜雾，红色衣甲的燕代联军在宽阔的河面展开，涌动着漫上易水西岸的平野谷地，天地间一片混沌金红。当赵平的司令云车矗立起来的时候，他却惊异得说不出话来。整个谷地战场没有秦军，依稀可见的远处三面山坳里，隐隐飘荡着黑色旗帜，却也听不见人喊马嘶与鼓号声混杂的营涛之声。

“禀报平原君！秦军营地虚空！河谷未见秦军！”

“飞骑三十里！再探再报！”

探马飞去,赵平脸色阴沉得可怕。王翦分明在战书上批了来日会战,今日战场却一无大军,这分明是一场阴谋之战。并非赵平相信那羊皮纸上的四个大字,而是赵平认定,秦军不可能就地遁去,秦军正在他看不见的地方觊觎着战场！既有阴谋,不是偷袭,便是伏击,舍此又能如何？赵平揣摩不透的是,秦军若想做阴谋之战,只要在联军渡河时做"半渡击之",则联军必败无疑;如今不做半渡出兵,教联军从容渡河布好阵势,而秦军竟不见踪迹,这算甚个阴谋？你纵有奇兵埋伏,也得诱我进入险峻山谷方可。如今我军距离秦军营地山谷至少有三五里地,且不说我在山外,便是入山,那低矮平缓的两面小山能埋伏得几多人马？赵平一面思忖揣摩,一面摇头苦笑,渐渐地,他的狐疑越来越重了——莫非王翦丢下空营,兼程北上会合王贲部攻代了？若非如此,二十余万大军能凭空遁身了？

"禀报平原君！方圆山地未见秦军！"

当探马斥候流星般再度飞来禀报时,赵平骤然渗出了一身冷汗——他确信,秦军主力一定北上了！片刻之间,赵平来不及细想便大吼下令:"穿过山谷！北上代国！"发令完毕,赵平飞步下了云车飞身上了战马,带着护卫幕府的三千精锐马队飞向前军。燕代地理赵平极熟:一旦渡过易水,北上代国最近的路径便是穿越秦军营地所在的山谷,再渡过涞水上游进入代国;若回渡易水再从武阳北上,路程至少远得一日两日,对于追击已经出发一夜或者至少大半夜的秦军,回渡之路等于完全无望。如此大半个时辰之间,燕代联军的二十余万主力已经轰隆隆开进了虚插秦军旗帜的山谷。只有太子丹与宋如意的两支白衣马队堪堪赶到,尚未进入谷口……

突然之间,隆隆战鼓完全淹没了山谷河谷,杀声四面连天。

山口外的太子丹与宋如意,惊愕得完全不知所以了。放眼方才还是空荡荡的河谷,瞬息之间黑色秦军竟遍野卷来,恍如从地下喷涌出来的狂暴洪水;山谷中的喊杀声更是震耳欲聋,两道原本低矮的山梁竟然森森然狰狞翻起一片片剑矛丛林。更为恐怖的是,易水西岸神奇地矗立起了一道黑森森的壁垒,一面"章"字大旗猎猎劲舞。太子丹一看便清楚,那是秦军的大型弓弩阵。也就是说,秦军章邯部的强弓硬弩已经封锁了易水退路,联军主力若不能突破秦军山谷伏击,便只能听任这骇人的暴风骤雨般的大箭射杀干净。

"军师！杀进山谷！与平原君会合！"太子丹大吼了一声。

"不行！"但临战场搏杀，士侠宋如意毕竟清醒，一把扯住了太子丹马缰大喊，"人马拥挤，找不见靠不拢！为今之计，只有杀回长城再做计较！"太子丹立即醒悟高声道："好！马队听军师调遣！杀回长城！"宋如意喊道："王室马队护卫太子！侠士马队我五十骑前冲，鲁句践五十骑断后！跟我杀——"长剑一举，雪白战马一道闪电般飞了出去。

却说山谷之内，赵平主力大军眼看谷口遥遥在望，突然战鼓如雷杀声四起。赵平虽是统军主将颇具胆识，然毕竟缺乏统率大军实战之阅历，匆忙而又百般狐疑之际陡闻战鼓杀声如惊雷当头炸响，片刻之间不禁有些发蒙。一个军令还没有发出，赵平便被身边久经战阵的一群老司马裹到了马队核心。及至赵平清醒过来连声怒吼，要指挥大军突出山谷，两山秦军已经山呼海啸般压来，整个大军立即陷入了身不由己的混乱搏杀。赵平的中军护卫马队，是当年赵军残存的精锐飞骑，人人都是战场勇士，不待护卫大将发出号令，已经将整个中军幕府的司马们与赵平裹在核心向山口飓风般卷去。混编在联军主力中的六万余代军见"赵"字将旗飞掠向前，立即心领神会，大将们不约而同连声怒吼，代军将士纷纷摆脱身边的燕军自整队形，奋然死战杀向山口。编入联军主力的燕军，正是颇为神秘的辽东猎骑。此时的辽东骑士，从来没有过与代赵军联兵战场的阅历，更没有过与秦军交战的阅历；此刻见代军脱开盟军自顾冲杀而去，辽东燕军大为恼恨，一面高声咒骂，一面奋然聚结各自为战，要与这黑森森的秦军见个高下。

山头云车上，王翦的军令大纛旗连连飞掠，秦军已经扑向了整个战场。

秦军山谷伏击战的大部署是：李信所部堵截出口，杨端和所部截杀入口，冯劫所部与冯去疾所部从两山掩杀攻击。这四支秦军全数是步军，原部所属的骑兵也改作了步军。之所以如此，在于王翦对伏击战的将令："四面构筑壁垒，务使燕代军不能脱逃！"坚不可摧的壁垒战，自然是步兵优于骑兵。主战场之外的易水河谷，王翦部署了两支锐师追歼残敌：一是由副帅辛胜亲自率领的两万精锐铁骑，一是章邯所部的弓弩营。如此部署，在实际上就形成了战场分统：统帅王翦主司伏击主战场，副帅辛胜主司河谷战场。与此同时，王翦给王贲部的将令是：飞骑回师，攻取武阳与燕南长城，务期不使两部燕军北逃！在整个大格局中，李信部的谷口堵截与王贲部的回师抄后最为要害，两部但有纰漏，则燕代联军便可能逃亡甚多，要害人物如太子丹赵平宋如意等也可能突围而去。

山谷之中，秦军事先已经有充分准备，两山壁垒构筑得既隐秘又坚固，堆积了满当当的滚木礌石箭镞与备用刀矛。战鼓杀声与凄厉的牛角号一起，两山箭雨黑压压倾泻入谷，滚木礌石从山坡激荡跳跃着扑来，威势着实骇人。燕代联军尚在惊骇懵懂之中，黑色的秦军锐士方阵便挺着几有两丈的长矛从山坡轰隆隆压下，森森之势令人不寒而栗。燕军的辽东轻骑与代赵军的飞骑一样，皆以灵动快速见长，压迫在山谷做拼死决杀，其战力大大弱于结阵成势的重甲步兵。从战鼓响起到秦军压下山坡突入谷地，前后不到半个时辰，燕代联军已经被分割成了各自为战的无数的大块小块，恍如飘荡在黑色丛林的一片片血红色的残云晚霞。饶是如此，燕代两军仍然在拼命嘶吼搏杀。燕军辽东轻骑初战秦军，心有不甘。代军则更是全力拼杀——这支代军若葬身此地，则新建的代国无异于灭亡；代军统帅赵平若战死或被俘，代国也同样等于灭亡。所不同的是，燕军向后杀，要过易水回蓟城再回辽东；代军向前杀，要冲出山口，渡过涞水，回救代国。

两军冲杀方向不同，战场便生出了意料不到的变化。

敌军分流，山谷的秦军冯劫部与冯去疾部，出现了短暂的不知所措。向来埋伏作战，伏击方都是全力冲杀一个方向，逼迫敌军逃向己方的堵截壁垒。而今局面突变，代军向前扑，燕军向后卷；两山掩杀的秦军若仍然一个方向压下谷底，则必然有可能走脱一方。急切之间，冯劫冯去疾各在一面山坡不及会商，冲杀秦军一时犹豫，不免短暂散乱各自喊杀着扑向不同方向。

“左山前杀！右山后杀！”

王翦司令云车上的大纛旗两个翻飞横掠，发出了明白的攻杀将令。专一接受统帅云车旗号的两军军令司马连声高呼，左山的冯劫与右山的冯去疾立即清醒，各自大吼一声，立即向前向后掩杀下去。

片刻间隙，赵平的死战飞骑已经飓风般卷到了谷口。

堵截谷口的李信部三万余人马，专一配备了一千架大型连弩、五百架大型抛石机。李信将大型连弩阵，设置在了山口外的两座小山包前。这两座小山，恰恰在山口外两三里处，与伏击山谷遥遥相对，形成一片四面出口的谷地。大型连弩射程可达一二里左右，向这片谷地回射锁敌，有极大的杀伤力。五百架抛石机，李信则部署在谷口地带，对逃敌做迎头一击。其余三万精锐步卒，李信则将两万步卒部署在两侧山坡的树林中，一闻谷内战鼓号角，两万步卒便开下山坡分作两大方阵做两道防线截杀；所余一万步卒，则由李信亲自率领，守在两面山坡，防止残敌冲上山坡突围。如此部署，从地理形势与大型兵器的利用，到秦军战力的发挥，都可说是万无一失。

然则，代军飓风般卷到面前时，由于身后没有了强兵追杀，这支死战飞骑顿时显出了旧时赵军的剽悍战力。面对刚刚冲下山坡尚未结成整肃阵势的秦军步卒，代军骑士不待任何将令，齐刷刷摘下长弓搭上羽箭一齐劲射，箭雨飞出的同时，战马弯刀几乎是如影随形呼啸扑来。以威力论，马上弓箭远不如秦军大型连弩，甚至不如秦军步卒的脚踏上箭弩。但是，今日秦军连弩集中在山口外，两山掩杀的步卒一律摘下单兵弩机而只操长矛。也就是说，面前为堵截残敌而只做专一冲杀的秦军步卒，目下没有弓箭在身。当此之时，这些精于骑射的强悍骑士的密集箭雨威力大显，秦军步卒纷纷倒地的同时，飓风般的红色马队已经潮水般冲过了堤坝。山口高坡的李信大急，大吼一声，五百架抛石机顿时发动，斗大的石块密匝匝向山口代军砸来。与此同时，李信的大旗急促摆动，远处两山前的一千架大型连弩也接踵发动，万千长矛大箭激荡着骇人的尖厉呼啸声压向逃出山口的散乱飞骑。及至山谷中的秦军步兵黑压压杀出，代军的战马骑士的尸体已经层层叠叠地铺满了谷地。

“赵平逃脱！随我追杀!!”李信暴声如雷，飞身上马。

“上将军将令——”

军令司马飞骑赶到，对李信转述了王翦的将令：停止追杀代军，立即回军东渡易水，合击燕太子丹残部。李信虽则心有不甘，还是气咻咻一挥大手，喝令全军立即出山杀向易水谷地。

此时的易水西岸，乱得没有了头绪。

燕军辽东轻骑拼死向后，一路杀到山口，已经折损了大半人马。截杀燕军退路的秦军有两部，一部是辛胜的两万铁骑，一部是章邯的大型连弩营。依照正常战法，突围的燕军一旦冲出后山口，第一阵截杀的是辛胜铁骑；截杀之后残余的燕军，全部由部署在易水岸边的章邯连弩营堵截射杀，或逼迫其全部投降。连弩营施展的前提是，秦军铁骑退出射程之内，不与燕军残敌做追杀纠缠，否则，连弩无法漫天激射。山谷战场一开，太子丹与宋如意部立即回身杀向易水渡口。后山山头的辛胜遥见一片白衣白旗，心知便是太子丹所部的王室飞骑。辛胜没有片刻犹豫，下令其余铁骑截杀突围的辽东轻骑，自己翻身上马率领五千铁骑来追杀太子丹。辛胜很清楚，此战走了谁也不能走了这个太子丹，刺杀秦王的太子丹若逃出秦军重围，就是秦军无法容忍的最大耻辱。太子丹的结局只能有一个：被秦军俘获，交秦王处置。即或太子丹被章邯射杀，也不是秦军的荣耀。

此时，易水西岸尚无混战局面，辛胜部飞兵追杀太子丹，章邯在高高云车上看得分外清楚。章邯立即对连弩营下令：连弩只对突出谷口的红衣燕军，不对白衣人马。如此一来，辛胜的五千铁骑与太子丹宋如意的三千余飞骑，在易水西岸展开了风驰电掣的追逐拼杀。太子丹虽非战场之士，然在燕国却深得人心。这支护卫飞骑军，全部是太子丹昔日与荆轲一起精心遴选的骑士，人人半侠半兵，立誓护卫太子。此刻面临强兵追杀，这支飞骑非但没有慌乱，反而抛掉了所有的旗帜甲胄，迅速变作人人布衣散发的轻装骑士，在战场左冲右突寻觅涉水时机。不可忽视的是，宋如意的百名任侠骑士更是人人出色，间或以小股马队游离出去与秦军铁骑做近战搏杀，对辛胜部的追杀造成很大干扰。

但是，若没有易水东岸的意外变化，太子丹仍然不能逃此一劫。

东岸情势变化，由秦军王贲部的武阳之战而起。王贲北上，声势大而脚下慢，未过涞水便在一道隐秘的山谷秘密驻扎下来，每日只派出乔装斥候深入代地，散布秦军北上的种种消息，使得代国一片风声。燕代联军渡过易水的前夜，王贲部隐秘地向回程进发。依据父亲的将令，王贲南下有两战：一战攻克燕国下都武阳，为秦军彻底扫灭燕代之根基；一战攻克易水东岸的燕南长城，堵截燕军回逃之路。依秦军战力与目下燕军状况，王贲部两战必是秋风扫落叶之势，不会耽延。王贲以秦军铁骑的脚力战力，做了环环相扣的部署：清晨进逼武阳城下，在主战场伏击发动之时，始攻武阳；午时前后，飞兵南下燕长城攻克老弱燕军，以燕长城为壁垒截杀残余燕军。如此部署，留给攻克武阳的时段最多只能是两个时辰。不料，夜来行军陡遇一场大雨，王贲部进发到武阳城下时天虽放晴，时辰却已经将近正午。此时的主战场已经开打整整一个早晨，武阳守军的情势已经发生了意外的变化——赵平的代军飞骑突破重围后逃进武阳，与燕军联结死守。一波猛攻不能奏效，王贲急火攻心，立即分开兵力两面兼顾：留下万余人马继续攻城，不使赵平残部脱逃；自率万余铁骑飞驰燕南长城，要截杀太子丹后路。

可是，王贲部赶到易水东岸的燕南长城时，大部燕军已经逃走，留下的只有伤兵与老弱，太子丹的白衣马队更是没有了踪迹。王贲尚在火爆爆怒吼，章邯的中军司马已经飞马过来禀报了。章邯司马说，太子丹被辛胜飞骑追杀时，东岸长城没有受到攻杀的燕军立即派出仅有的数千骑兵涉水增援；燕军骑兵刚刚涉水上岸，恰逢太子丹部与尾随追杀的辛胜部一起卷到；燕军骑士堪堪放过太子丹马队，与辛胜的秦军铁骑纠缠厮杀到了一起;西岸章邯见白衣马队涉水,易水中再没有黑色秦军,立即下令连弩转向猛烈射杀;白衣马队丢下了一大半尸体,最终还是上了东岸逃脱了;救援太子丹的燕军马队,全部死在了辛胜铁骑的长剑下。

秦军不能完胜。《史记·秦始皇本纪》:"二十年……而使王翦、辛胜攻燕。燕、代发兵击秦军,秦军破燕易水之西。"

"姬丹,且教你白头多长几日!"

王贲恶狠狠骂得一句,立即率领万余铁骑赶赴武阳——太子丹脱逃,不能教赵平也逃了。王贲马队西去不到半个时辰,西岸主战场的辛胜部也越过易水杀向了武阳。可是,王贲赶回武阳时,情势又发生了变化:武阳城攻破了,赵平残部却杀出城逃跑了。

"破城逃敌,你作何说!"王贲黑着脸问本部副将。

"骑对骑,赵军不弱!"副将硬邦邦回了一句。

及至辛胜赶到,查勘罢战场只说了一句话:"撂下武阳!回易西营地!"

暮色时分,幕府聚将。王翦二话没说,下令中军司马禀报汇集之战果。司马禀报说,三处战场共斩首燕辽东军六万八千余、代军四万三千余,俘获两军十四万余,攻克燕国下都武阳与燕南长城;逃脱燕太子丹、军师宋如意,逃脱代军主将赵平;燕代两军,总计逃脱十余万人马。

"甚个鸟仗!处处有错!"李信先愤愤然骂了一句。

"怪也!两头跑!谁知道逮哪头!"冯劫冯去疾异口同声。

"走脱太子丹!我领罪!"辛胜红着脸嚷嚷。

"谁也不怪!全在我贻误战机!"王贲脸色铁青。

"打了败仗么?"王翦沉声一句,大将们都不说话了。王翦站了起来,拄着长剑走到大板地图前道,"灭国之战,绝非寻常攻城略地。邦国不同,战况便不同。希图战战全歼一战灭国,无异于白日大梦!运筹谋划,自要以全歼为上。然战场生变,依然拘泥于谋划计较战果,便是赵括!便是纸上谈兵!此战,虽未全歼燕代两军,也走脱了太子丹与赵平,仍然是破燕之战!因由何在?根本之点,燕代两军主力丧失殆尽,燕代两国从此不足以举兵大战!只要我军继续追杀,燕代两国何以抗之,何以存之!”

“愿闻将令!追杀燕代!”满厅一声吼喝。

“追杀之战,谋定而后动。”王翦冷冷一句,散了聚将会商。

当晚,王翦向秦王拟就了战事上书。

案前一提笔,王翦便想到了李斯。李斯若在,此等事要容易许多,也许王翦说几句话,李斯便代劳草就了。李斯既是极好的谈伴,一动手写字更教人看得入神。可惜,李斯在易水之战前就被秦王紧急召回咸阳了。留下的顿弱虽说也是大才,然顿弱当年在赵国已经被郭开折磨得一身病,能挺在军营已经不容易了,如何还能作经常夜谈?这篇上书很长,直到刁斗打响五更,主书司马才将王翦写好的书文誊刻完毕,装进铜管上了封泥。王翦在上书中备细禀报了此战经过,末了提出了自己的灭燕安燕方略:时近冬令,大军北进艰难,当开进燕国下都武阳歇兵过冬,来春北上灭燕灭代;冬季之内,李斯最好能率领安燕官吏入燕,妥为谋划燕国民治;燕国古老,风习特异,若李斯不能北上,则请秦王下书蒙恬入燕,与顿弱共商治燕之策。

半月之后的一个夜晚,咸阳王使姚贾飞车北来。

秦王的回书很简单:“将在外,君命有所不受。灭燕灭代之方略,悉听上将军铺排。余事不尽言,姚贾可与上将军会商决之。”很显然,战事之外,秦王尚有需要姚贾与王翦当面会商的密事。接风小宴上,王翦略事寒暄切入了正题,要姚贾尽说无妨。姚贾素来干练,一爵酒未曾饮完,便将待决之事说了个明白:韩国灭亡之后,由于王室贵胄仍然居留在旧韩之地,而只将韩王安迁徙到了秦国本土;是故,韩国老世族有异动迹象,密谋与魏国、代国联结,在“老三晋”势力支撑下恢复韩国;很可能在明春秘密举兵,拥立新韩王,李斯不能北上,也是全力筹划应对此事;安定燕国,秦王已经下书蒙恬在一个月内赶赴武阳。凡此等等,因为姚贾长期主持对三晋邦交,又熟谙政事,所以将诸般消息来源与决断依据都说得清清楚楚,显然不是空穴来风。

“秦王欲如何应对?”王翦大皱眉头。

“一句话,后发制人!”

“待其举兵，我再平乱？”

“正是！师出有名，对天下好说话。”

“秦王要我大将？几个？”

“上将军何其明锐也！不多要，一个！”

“有人选？”

“王贲！”

“要否兵马？”

“秦王请上将军斟酌。”

良久默然，王翦只说了一句话，容我明日再定。姚贾熟悉军旅，更知道近日秦军战况不尽如人意，王翦分外慎重当在情理之中。于是，姚贾没有多说，起身告辞了。王翦送走姚贾，立即吩咐军令司马调王贲来幕府。自任上将军以来，这是王翦第一次单独召见儿子。军令司马颇感意外，生怕听错，连问两遍无误，这才去了。

“王贲见过上将军！”昂昂一声，儿子来了。

“坐了说话。”

与父亲一般厚重的王贲，局促得红着脸依旧站着，显然对父亲的单独召见很不适应，只搓着双手低声一句：“仗没打好，我知道。”王翦淡淡一挥手道：“打好没打好，不在这里说。秦王有书令，公事。”一句话落点，王贲立见精神抖擞，“嗨”的一声挺直腰板高声道：“愿闻将令！”王翦道：“韩魏有异动，秦王欲调你南下。老实说，自己如何想？”话语很平静，王翦心头却不平静。王翦始终认定这个儿子醉心兵事而秉性耿介，长于战场而弱于政事，唯其如此，留在自己身边只做个战将，会安稳得多；而一旦南下，便是独当一面，既要处置战事又要处置与民治军情相关的政事，局面便要繁杂得多。

“回禀上将军！这是好事！”

“好在何处？”

“独当一面！少了父子顾忌，我可放手做事！”

“噫！老夫碍你手脚了？”

“不碍。也不放。”

“好！放你。”王翦的黑脸分外阴沉。

“谢过上将军！”

“这是去做中原砥柱。自己揣摩,要多少人马?”

“五万铁骑!”

“五万?”

“若是燕代战场吃紧,三万也可!”

“轻敌!慢事!”王翦生气了,帅案拍得啪啪响。

“禀报上将军,不能以五万铁骑安定三晋,王贲甘当军法!”

王翦不说话了。站在面前的,就私说是儿子,就公说是三军闻名的前军大将。王贲的将兵之才、谋划之才、勇略胆识等等无一不在军中有口皆碑。以秦王用人之能,指名只要王贲一人南下,秦王选择了儿子,而儿子恰恰只要五万人马,这是巧合么?以王翦之算,震慑中原至少需要三员大将十万精锐,目下,能仅仅因为王贲是自己的儿子,就一口否定他的胆略么?平心而论,自己果真没有因为王贲是儿子而放大对王贲的疑虑么?王翦毕竟明锐深沉,思忖良久,只板着脸说了一句话:“回去再想,明日回话。”径自到后帐去了。

次日清晨,王翦请来姚贾共同召见王贲。王贲没有丝毫改口,还是只要五万,且再次申明三万也可。王翦还没有说话,姚贾已大笑起来:“天意天意!秦王谋划,也是良将一名铁骑五万也!”王翦再不说话,立即吩咐军令司马调兵。

且看王贲如何立功。

三日之后,王贲部与姚贾一起起程南下了。

七 衍水苍苍兮 白头悠悠

漫天皆白,蓟城陷入了深深的沉寂。

太子丹伫立在南门箭楼的垛口,白衣白发与茫茫雪雾浑然一体。他在这里一动不动地凝望了一个时辰,腿脚已经麻木，心却亮得雪原一般。易水兵败，他历经九死一生杀回蓟城，两支马队只剩下了三百余人。宋如意死了，所有的任侠骑士都死了。涉水之时，为了替他挡住急风暴雨般的秦军长箭，任侠骑士们始终绕着他围成了一个紧密的圈子，呼喝挥舞着长剑拨打箭雨。即将踏上岸边时，一支长矛般的连弩大箭呼啸着连续洞穿三人，最后贯穿了正要伸手扶他上马的宋如意。他还没直起腰来，便被几股喷射的血柱击倒了。及至他醒来，天色已经黑了，四周只有潇潇秋雨中一片沉重的踩泥声。应该说，没有那场突如其来的暮雨，纵然秦军的连弩箭雨没有吞没他们，秦军的追击马队也会俘获了他们。一路北上，逃出战场的残兵渐渐汇聚，走到蓟城郊野，他吩咐几名王室骑士粗粗点算了一番，大体还有四万余人。那一刻，他分外清醒，想也没想便下令将士全数入城。城门将军眼看遍野血糊糊的伤残兵士怒目相向，连王命也没有请示便开城了。按照燕国法度，战败之师是不许进入都城的，必须驻扎城外等候查处。但是，当他带着四万余伤残将士开到王城外时，父王没有丝毫的责难，反而派出了犒军特使，将逃回将士们的营地安置在了王城外的苑囿之内。当他一个人去见父王时，父王靠在坐榻上，嘴角流着长长的口水正在鼾声如雷。

“禀报父王，儿臣回来了。”

“嗯！”燕王喜猛然一颤，鼾声立止。

“父王，战败了……”

“败了？”燕王喜嘟哝一句，又嘟哝一句，“败了败了。”

“父王，辽东猎骑只有两万逃回……”

“不少。不少。”燕王喜还是面无表情地嘟哝着，一句战况也不问。

“儿臣以为，父王当亲率余部精锐，尽速退向辽东！”

“都走。燕国搬到辽东去。”似乎想好了的，燕王喜没有丝毫难堪。

“不！儿臣要守住蓟城，否则，父王不能安然退走！”

一阵长长的默然，父王终于点了点头道：“你的人都留下。”说罢便被侍女扶着去沐浴了。太子丹找来一个熟识内侍一问，才知道父王正在准备告祭太庙，今夜起便要做三日斋戒。太子丹悲伤莫名，突然觉得自己对父王的关切很是多余。父王老了，父王睡觉流口水了，但父王不糊涂，在保命保权这两件事上尤其不糊涂。战败了，父王无所谓。太子丹一路如何杀出战场，父王也无所谓。然则，只要说到退路，父王立即就清醒了。

更有甚者，在他逃回蓟城之前，父王就已经做退出蓟城的准备了，此时告祭太庙，还能有何等大事？尽管悲伤，尽管心下冷漠得结成了冰，太子丹还是没有停止实际事务。因由只有一个，他不能丢下这四万多伤残士兵。太子丹没有兵权，也没有过亲临战场亲自统兵死战之阅历。这次易西之战，不期然成为燕军事实上的统帅，太子丹才第一次知道了燕军将士对自己的死心拥戴。护卫将军说，在渡过易水之后的大雨中，燕军残兵没有作鸟兽散，反而渐渐聚拢，只是因为听到了太子还活着，只是因为看见了那支白衣白甲的马队，连战前对自己很是疏离的辽东猎骑残部，也忠实地护卫着自己没有离开。残存将士们流传的军谚是："太子在，燕国在，燕人安无荆轲哉！"如此与自己浴血战场的残存将士，自己能丢下不管而去照拂并不需要照拂的父王么？

斋戒告祭太庙之后，老父王终于颁下了东退王书。

也就是在那日晚上，太子丹最后一次见到了父王。父王说，王城府库与不能走的人，都留下，若是坚守，至少可支撑三五年。父王最后说了一句话："自明日起，你便是西燕王。"太子丹说："不。儿臣还是太子，一国不能两王。"父王说："也好。不称王，秦军还不会上心。赵嘉做了代王，分明是自找祸端。"太子丹没有再在这些虚应故事上与父王纠缠，转了话题问："儿臣欲心下有底，辽东兵力究竟多少？"太子丹记得，父王只嘟哝了一句："十余万，不多。"便扯出了鼾声流出了口水。

没有任何生离死别的哀伤，父王的车马大队就在次日清晨走了。

燕王将逃至辽东。

太子丹的第一件事，是清理父王留下来的整个蓟城。三日之后，新蓟城令禀报说，整个蓟城还有两万余"半户"百姓，人口大体在十万之内。所谓半户，是没有成军男丁的人家。也就是说，可以做士兵的男丁人口，不是战死，便是被父王带走了，留下的只有老弱妇幼人口。紧接着，王城掌库禀报说：王城府库的财货粮草大体还有一半，最多的是残破旧兵器，最少的是弓箭与甲胄。太子丹在王城正殿聚齐了百夫长以上的将士，举行了郑重的抗秦朝会，亲自宣示了蓟城的人口财货状况，征询将士愿否死战抗秦？将士们分外激昂，一口声大吼："誓与太子共生死！"太子丹精神大振，与大殿将士们歃血为誓：决意仿效田单抗燕，做孤城之战，浴血蓟城，死不旋踵！

然则，一个冬天即将过去，蓟城却陷进了一种奇异的困境。

原本预料，秦军战胜后必将一鼓作气北上，蓟城血战将立即展开。没有想到的是，半秋一冬，秦军竟然窝在武阳没有北进一步。各路斥候与商旅义报纷纭传来的消息，都在反复证实着一个变化：韩国遗民与魏国秘密联结，图谋发动复韩兵变，开春后秦军将南下安定中原，不可能继续进兵燕代了。太子丹的评判是，这是秦国惯用的流言战，从长平之战开始，从来没有停过；目下的顿弱姚贾，也同当年的范雎一样是离间山东的高手，一定不能上当！然则，无论他多么果决地反复申明，都无法扭转燕人的松懈疲惫。一个冬天消息蔓延，辽东以西的大半个燕国莫名其妙地瘫软了。将士们劫后余生，伤残者纷纷打探家人消息设法随时回乡，健全者则忙于同族同乡之间的联结以谋划后路。留下的两万余辽东猎骑，也有了思乡之心，多次请命要回辽东。蓟城庶民也开始逃亡，出城的理由多得无法分辨真假也无法拦阻。事实上，父王撤出之后，蓟城商旅已经绝迹，城内物资财货的周流全部瘫痪，百姓生计大为艰难；便是将庶民圈在了城里，也是硬生生教人等死。若是战时，一切都好说。当年田单坚守即墨孤城，眼见燕军在城外挖掘齐人祖坟，田单不是也严令齐人不许出城么？可目下偏偏没有战事，消息还说春天也没有战事。当此之时，你若不能将府库仅存的军粮拿出来救济百姓，又如何能阻拦庶民自谋生路？

"上天也！周人王道大德，宁灭我召公之余脉哉！"

太子丹想大吼一声，却石俑一般重重地倒在了茫茫风雪之中。

……

太子丹醒来时，冰雪已经融化了，庭院的杨柳也已经抽出了新枝。老太医说，他被兵士们抬回来时，已经僵硬得无法灌进任何药汁了；情急之下，一个辽东猎户出身的将军用了辽东巫师的解冻之法，堆起一座松散的雪丘，下令一百名士兵轮换抬着僵硬的他像石桩一样在雪中塞进拔出，如此反复整整一夜，他才松软了红润了有了气息了；之后，老太医使用药眠之法，教他昏睡了整整两个月，每日只撬开牙关给他灌进些许药汁肉汤。

“太子复活，若非天意，无由解之也！”

“几，几月了？”

“三月，初三。”

“扶，扶我起来。”

被两名侍女结结实实架着站起来时，太子丹只觉整个身子都不是自己的了。老太医跟着，一群侍女轮番架着，一会儿走走一会儿歇歇一会儿吃药一会儿饮水一会儿睡睡一会儿醒醒，如此反复折腾三日，太子丹才渐渐活泛过来。自觉精神好转的那一日，太子丹坚执要看看蓟城情势。马是不能骑了，只有坐在六名士兵抬着的坐榻上慢慢地走。料峭的春风卷起残雪，整个街市只遇到了几个梦游一般的老人。蓟城萧疏得他都不敢认了。往昔最是繁华热闹的商旅坊，连一个人影也没有，空旷寂凉得像墓场。城头上倒是还有士兵，只是都在靠着垛口晒太阳打盹捉虱子。见太子巡城，士兵们倒是都站了起来围了过来。可是，那一排排麻秆一般的细瘦身影，却教人不忍卒睹。

“还有多少兵力？”

“禀报太子：蓟城兵力三万余……”

太子丹只问了这一句，再也没有开口。回到王城，太子丹宣来了蓟城将军与蓟城令，吩咐即日开始筹划，放弃蓟城，全军退往辽东。两位新任大员没有丝毫异议，立即欣然接受了部署。显然，谁都明白了困守蓟城的可怕结局：纵然秦军不来，守在蓟城也是等死。原因不在别的，只在于父王挖走了燕国根基，秦国大军又遮绝了燕国与中原的通道，农夫没有了，工匠没有了，商旅没有了，蓟城的生机也就断绝了。

可是，撤离筹划尚未就绪，秦军便大举北上了。

秦军北上来得很突然，太子丹接到消息时，王翦大军已经渡过涞水越过督亢，进逼三舍之外了。显然，此时仓促撤离，正有利于秦军铁骑大举掩杀，无疑自投虎口。陡临危境，太子丹很是清醒，断然下令打开府库分发甲胄兵器，全城庶民全部为兵，连夜开出蓟城在治水北岸构筑壁垒迎敌！如此部署，不是太子丹知兵通战，而是基于一个最简单不过的事实：出城为战，便于逃离；困守孤城，则注定要做秦军的俘虏。身处战时的庶民将士，人人明白这个道理，没有任何阻力便动了起来。残存的真正燕军连夜出城，及至着了戎装的庶民陆续开到治水北岸，已经是次日正午时分。兵民一体布防，摆开阵式竟然将近十万之众，铺开在新绿的原野倒也是浩浩荡荡。

当部伍整肃的秦军黑色潮水般扑来时，战场形势是不言自明的。

太子丹的燕军几乎没有做像样的搏杀，便大举退向了北方山野，绕过蓟城东走了。王翦当机立断：前军大将李信率五万铁骑追杀太子丹，主力立即占据蓟城，安定民治。此前，蒙恬已经从九原南下，咸阳派来的安燕官吏也已经抵达军中；蒙恬与顿弱会合，率一班官吏随军北进，开进蓟城后立即开始了整肃燕地。而王翦所关注的，是李信的追杀进展。

赶尽杀绝，李信立功。

太子丹东逃，路径原本是勘定好的：绕过蓟城向北进入燕山，再东渡灌水奔向辽东。一开始尚有数万百姓追随，可随着秦军不杀无辜庶民的消息传开，庶民百姓渐渐溃散了。旬日之后，追随太子丹的人马只有万余。李信部紧追不舍，太子丹部根本没有喘息之机，只有不舍昼夜地向东逃亡。如此两军衔尾，一个月之间奔驰千余里，越过辽水进入了燕国东长城地带的衍水河谷。奔驰月余，太子丹人马个个枯瘦如柴疲惫异常，再也无法与秦军较量脚力了。这日进入一片山谷，骑士们倒在草地上，再也爬不起来了。太子丹欲哭无泪，长叹一声，拔出长剑搭上了脖颈。此时，一个辽东将军哭喊着抱住了太子丹，夺下了长剑，哽咽着说出了一条生路：向前十余里的衍水河谷，有一个秘密营地可以藏匿，秦军不可能找到。这个秘密营地，是当年乐毅在辽东练兵时开辟的一片山岩洞窟，屯有大量粮草干肉，后来也成了燕国辽东军的秘密驻屯地之一。

“既有此地，何不早言？”太子丹很是不解。

“燕王早有严令,辽东营地不得对任何人泄露。”

太子丹不说话了。这便是父王,对他这个儿子放权任事,却在任何时候都不忘记严守兵权机密,纵然离国东去,也没有给他交代一处辽东路上的救命所在。这一时刻,心灰意冷的太子丹突然明白:多年以来,自己对这个昏聩的父王太过仁慈了,假若听从荆轲谋划早日宫变,何有今日燕国之绝境?心念及此,太子丹陡然振作,立即下令马队进入秘密营地,并当即下令那位辽东将军做了燕国亚卿——当年乐毅的最初官职。

“万岁——”

太子丹话音落点,这支气息奄奄的马队突然活跃了。拥立太子即位燕王,原是这支九死一生的死士马队之希望所在。目下太子此举,其心意人人明白,如何能不生出绝处逢生的欢呼。及至进入秘密营地驻扎旬日,太子丹人马已经神奇地变成了一支精悍的劲旅。

这样,太子丹的逃亡马队便突然在秦军眼前失踪了。

接到李信的快马军报,王翦又一次皱起了眉头。太子丹能在秦军紧追之下突然失踪,印证了燕国在辽东之地多有秘密营地的传闻。这种营地有多少?燕王喜的驻地,是否也是这种无法在急切中探察清楚的秘密所在?果真如此,秦军纵然出动主力,燕国之残部立足地能在短期内找到么?而如果短期内不能根除燕国残部,燕代势力会死灰复燃么?思忖良久,王翦找来了蒙恬顿弱,说明情由,会商问计。

“辽东广袤,根除燕国须做长久谋划。”蒙恬一如既往地稳健。

“燕王喜,缓图可也。然,太子丹不能不除!”顿弱明朗至极。

“上卿有谋划?”王翦知道,顿弱久驻燕国斡旋,很可能胸有成算。

“借力打力,逼出太子丹!”

“上卿是说,利用代国?”蒙恬目光大亮。

“然!我军可对代赵施压,逼赵嘉再施压燕王喜交出太子丹!”

“嗯。可行。”王翦略一思忖拍案了。

次日,辛胜部五万精兵大举压向代国。王翦给代王赵嘉的战书是:“太子丹主谋刺秦,秦必得太子丹首级而后快。而代王藏匿太子丹,实与秦国不两立也!今我大军北上攻代,代若不交太子丹,则与我举兵一战!”代王赵嘉一接战书,立即派出特使赶赴辛胜军前,申明太子丹并未逃奔代地,秦军不当加罪于代国。辛胜根本不为所动,依然挥师北上,直逼代城之下。代国大臣情急,一口声主张代王急发国书与燕王喜,逼燕国交出太子丹了结这场亡国之患。赵嘉无奈，长叹一声点头了。

旬日之后，远在辽东长城脚下的燕王喜接到了代王使者的特急羽书。

赵嘉羽书云："战国之世，手持利刃而刺秦王于咸阳者，唯燕也。秦所以尤追燕急者，以太子丹主谋刺秦之故也！燕以刺秦之仇获罪于秦，又累及代国，何以对燕代盟约哉！今，王若诚杀丹以献秦王，秦王必解兵，而燕国社稷幸得血食焉！"燕王喜看完赵嘉羽书，一句话未及说出，便跌倒在案边昏了过去。一阵手忙脚乱的救治，燕王喜终于醒来，第一个举动是向辽东大将招了招手。辽东大将轻步趋前，燕王喜低声说得几句，又老泪纵横地昏了过去。

三日之后，两万辽东轻骑包围了衍水河谷的秘密营地。及至骑士们警觉有异，退路已经全部被堵死了。太子丹没有丝毫的慌乱，甚至连马也没骑，便淡淡漠漠地站到了大军阵前。来将宣示的燕王书令是："太子丹密谋作乱，着即斩立决！"骑士们大为惊愕，哄然一声便要拼杀。"不能！"太子丹一声大喝，阻止了与他一路生死与共的骑士们的抵抗。在骑士们愣怔不知所措之际，太子丹说出了最后一番话："诸位将士，父王不会疑我作乱，无论我是否真的要作乱。父王之令，是要我必死而已！若以秦军施压教我死，我必不死，且要抗争！父王之心，不亦可恶哉！八百余年之燕国，断送于如此昏聩君王之手，丹愧对先祖，愧对臣民也……诸位记住，今日丹死，不怨秦国，不怨代国，唯怨姬燕王室之昏聩君王——"

长长的吼声中，一道剑光贯穿了腰腹。

太子丹久久摇晃着，始终没有倒下。

多年以后，太子的故事依然流传在燕国故地，流传在辽东的白山黑水之间。不知从何时起，这道古老的衍水叫作了太子河，直到两千多年之后的今日。

《史记·刺客列传》："于是秦王大怒，益发兵诣赵，诏王翦军以伐燕。十月而拔蓟城。燕王喜、太子丹等尽率其精兵东保于辽东。秦将李信追击燕王急，代王嘉乃遗燕王喜书曰：'秦所以尤追燕急者，以太子丹故也。今王诚杀丹献之秦王，秦王必解，而社稷幸得血食。'其后李信追丹，丹匿衍水中，燕王乃使使斩太子丹，欲献之秦。秦复进兵攻之。后五年，秦卒灭燕，虏燕王喜。"燕王喜糊涂，荆轲刺秦只是一个重要的导火线，秦国迟早要灭燕国，斩首太子丹。赵燕之灭，可见依赖血统承袭的君主独裁有其根本的制度缺陷，能者常死于非命。秦朝速亡，其理同于此。

这是公元前226年夏天的故事。

四年之后，即公元222年，残燕残赵再度联结，欲图起事复国。秦王得闻消息，决意彻底根除燕赵之患，遂派大将王贲率十万大军北上。王贲部深入辽东，一年内先擒获燕王喜，再回师西来俘获代王赵嘉，干净利落地结束了辽东之患。自此，燕赵两国彻底从战国消失了。

八 迂阔之政：固守王道传统的悲剧

且听作者论道。

燕国的故事，很有些黑色幽默。

一支天子血统的老贵族，尊严地秉承着遥远的传统，不懈地追求着祖先的仁德；一路走去，纵然一次又一次跌倒在地，纵然一次又一次成为天下笑柄，爬起来依然故我；直至灭顶之灾来临，依然没有丝毫的愧色。

在整个战国之世，燕国是一个极为特殊的个例。

特殊之一，燕国最古老，存在历史最长。从西周初期立诸侯国到战国末期灭亡，燕国传承四十余代君主，历时“八九百岁”（由于西周初期年代无定论，燕国具体年代历史无考，八九百岁说乃太史公论断）。若仅计战国之世，从公元前403年的韩赵魏三家立为诸侯算起，截至燕王喜被俘获的公元前222年，则燕国历经十一代君主，一百八十二年。与秦国相比较，燕国多了整整一个西周时代。

特殊之二，燕国是周武王分封的姬氏王族诸侯国。春秋之世，老牌诸侯国的君权纷纷被新士族取代，已经成为历史潮流。田氏代齐，韩赵魏三家分晋，中原四大战国已经都是新士族政权了。当此之时，唯有秦、楚、燕三个处于边陲之地的大国没有发生君权革命，君主传承的血统没有中断。而三国之中，燕国是唯一的周天子血统的老牌王族大国。燕国没有“失国”而进入战国之世，且成为七大战国之一，在早期分封的周姬氏王族的五十多个诸侯中绝无仅有。

特殊之三，燕国的历史记载最模糊，最简单。除了立国受封，西周时期的燕国史，几乎只有类似于神话一般的模糊传说，连国君传承也是大段空白。《史记》中，除召公始封有简单记载，接着便是一句：“自召公以下九世至惠侯。”便了结了周厉王之前的燕国史。九代空白，大诸侯国绝无仅有！春秋之世与战国初期的燕国史，则简单得仅仅只有传承代次。可以说，燕昭王之前的燕国历史，线条极为粗糙，足迹极为模糊。中华书局横排简体字本《史记·燕召公世家》的篇幅仅仅只有十一页，几与只有百余年历史的韩国相同；与楚国的三十二页、赵国的三十七页、魏国的二十二页、田齐国的十八页相比，无疑是七大战国中篇幅最小的分国史。这至少说明，到百余年后的西汉太史公时期，燕国的历史典籍已经严重缺失，无法恢复清晰的全貌了。而之所以如此，至少可以得知：燕国是一个传统稳定而冲突变化很少的邦国，没有多少事件进入当时的天下口碑，也没有多少事迹可供当时的士人记载，后世史家几乎无可觅踪。

虽然如此，燕国的足迹终究显示出某种历史逻辑。

燕国历史逻辑的生发点，隐藏在特殊的政治传统之中。

战国时代，是一个多元化的时代。在那个时代，整个华夏族群以邦国为主体形式，在不同的地域进行着各种各样的创造与探索。无论是七大战国，还是被挤在夹缝里的中小诸侯国，每一个国家都在探索着自己的生存竞争方式，构建着自己的国家体制，锤炼着自己的文明形态。此所谓求变图存之潮流也。也正因为如此，各个地域（国家）的社会体制与文明形态，都呈现出各种各样的巨大差别。“文字异形，言语异声，律令异法，衣冠异制，田畴异亩，商市异钱，度量异国”的区域分治状态，是那个时代独具特色的历史风貌。所有这些“异”，可以归结为一点，这就是文明形态的差别。文明形态，无疑是以国家体制与社会基本制度为核心的。因为，只有这些制度的变革与创造，直接决定着国家竞争力的强弱，也直接决定着一个国家的基本行为特点。而作为文明形态的制度创新，则取决于一个国家的统治层如何对待既定的政治传统。或恪守传统，或推翻传统，抑或变革旧传统而形成新传统，结果是大不相同的。

一个国家的历史命运，其奥秘往往隐藏在不为人注意的软地带。

要说清楚燕国的悲剧根源，必须回到燕国的历史传统中去。

如此一个时代已经远去，我们对那个时代的国家传统差异的认识，已经是非常的模糊，非常的吃力了。其最大难点，便是我们很难摆脱后世以至今日的一个既定认识：华夏文明是一体化发展的，其地域特征是达不到文明差异地步的。我们很容易忘记这个既定认识的历史前提：这是秦帝国统一中国之后的历史现实。客观地说，要剖析原生文明时代的兴亡教训，我们就必须意识到，那是一个具有原创品格的多元化的时代，只有认真对待每个国家的独有传统与独有文明，才能理清它的根基。

所以，我们还是要走进去。

因为，那里有我们今天已经无法再现的原生文明的演变轨迹。

立国历史的独特性，决定了燕国后来的政治传统。

据《荀子·儒效篇》，周武王灭商后陆续分封了七十一个诸侯国，其中姬姓王族子弟占了五十三个。后来，周室又陆续分封了许多诸侯，以至西周末期与东周（春秋）早期，达到一千八百多个诸侯国，这姑且不论。在周初分封的姬姓王族中，有两个人受封的诸侯国最重要，也最特殊：一个是周公旦，一个是召公奭；周公受封鲁国，召公受封燕国。所谓最重要，是因为周公、召公都是姬姓王族子弟中的重量级人物。周公是周武王胞弟，乃姬氏嫡系，史有明载。召公身份却有三说：一则，太史公《史记》云，召公与周同姓，姓姬氏；一则，《史记·集解》谯周云，召公乃周之支族（非嫡系）；一则，东汉王充《论衡》云，召公为周公之兄。三说皆有很大的弹性，都无法据以确定到具体的血统坐标。对三种说法综合分析，这样的可能性最大：召公为姬姓王族近支，本人比周公年长，为周公之族兄。所谓特殊,是这两位人物都是位居三公的辅政重臣:召公居太保,周公居太师。在灭商之后的周初时期,周公召公几乎是事实上代周武王推行政事的最重要的两位大臣。周武王死后,两人地位更显重要,几乎是共同摄政领国。

唯其两公如此重要,燕国、鲁国的始封制产生了特殊的规则。

周初分封制的普遍规则是:受封者本人携带其部族就国,受封者本人是该诸侯国第一代君主,其后代代世袭传承;受封诸侯之首任君主,不再在中央王室担任实际职务。譬如第一个受封于齐国的姜尚,原本是统率周师灭商的统帅,受封后便亲自赶赴齐国,做了第一代君主,而且再没有在中央王室担任实际官职。而鲁国燕国的特殊规则是:以元子(长子)代替父亲赴国就封,担任实际上的第一代君主;周公召公则留在中央王室,担任了太师、太保两大官职,虚领其封国。这一特殊性说明:周公召公两人,在周初具有极为重要的政治地位与巨大的社会影响力,是安定周初大局的柱石人物,周中央王室不能离开这两个重臣。周武王死后的事实,也证实了这两个人物的重要性。周召协同,最大功绩有三:其一,平定了对周室具有极大威胁的管蔡之乱[①];其二,周公制定周礼,召公建造东都洛邑(洛阳);其三,分治周王室直接统辖的王畿土地,“自陕以西,召公主之;自陕以东,周公主之”。

单说召公,此人有周公尚不具备的三大长处。

其一,极为长寿,近乎神异。东汉王充的《论衡·气寿篇》记载了姬氏王族一组惊人的长寿数字:周文王九十七岁死,周武王九十三岁死,周公九十九岁死,召公一百八九十岁死。召公寿数,几乎赶上了传说中的两百岁的老子。古人将召公作为长寿的典型,“殀若颜渊,寿若召公”,此之谓也。史料也显示,召公历经文、武、成、康四世,是周初最长寿的绝无仅有的权臣。这里,我们不分析这种说法的可信程度。因为,能够形成某种特定的传说,必然有其根源以及

① 管蔡之乱,管叔名鲜,蔡叔名度,皆周武王弟。武王去世,成王年幼,周公旦摄政,管、蔡二人不服,与武庚(殷纣王之子)一起叛乱。后叛乱平定,管叔被杀,蔡叔被流放。

可能的影响。而这种根源与影响，才是我们所要关注的焦点。

其二，召公另有一宗巨大功绩。周成王死时，召公领衔，与毕公①一起受命为顾命大臣，安定了周成王之后的局势，成功辅佐了周康王执政。这一功绩，对周初之世有巨大的影响。在周人心目中，召公此举没有导致"国疑"流言，比周公辅佐成王还要完美。这是召公神话中独立的辉煌一笔。

其三，召公推行王道治民，其仁爱之名誉满天下。《史记·燕召公世家》云："召公之治西方，甚得兆民和。召公巡行乡邑，有棠树，决狱政事其下，自侯伯至庶人各得其所，无失职者。召公卒，而民人思召公之政，怀棠树不敢伐，歌咏之，作《甘棠》之诗。"这段史料呈现的事实是，召公巡视管辖地，处置大小民事政事都不进官府，而在村头田边的棠树下，其公平处置，得到了上自诸侯下至庶民的一致拥戴，从来没有失职过。所以，召公死后民众才保留了召公经常理政的棠树，并作甘棠歌谣传唱。这首《甘棠》歌谣，收在《诗·召南》中，歌云：

蔽芾甘棠，勿剪勿伐，召伯所茇；
蔽芾甘棠，勿剪勿败，召伯所憩；
蔽芾甘棠，勿剪勿拜，召伯所说。

需要注意的是，召公推行王道的巡视之地，不是自己的燕国，而是周王室的"陕西"王畿之地。唯其如此，召公之政的影响力远远超越了燕国而垂范天下。可以说，周公是周室王道礼治的制定者，而召公则是周室王道礼治的实际推行者。从天下口碑看去，召公的实际影响力在当时无疑是大于周公的。

我们的问题是，召公的王道礼治精神，对燕国构成了什么样的影响？

一个可以确定的事实是，无论是鲁国还是燕国，其在初期阶段的治国精神，无疑都忠实而自觉地遵奉着周公、召公这两位巨擘人物的导向。两位巨擘

---

① 毕公，名高，周武王的兄弟。

人物在世时,鲁国燕国的治道完全必然随时禀报两公,待其具体指令而执行。两公皆以垂范天下自命,自然会经常地发出遵循王道的政令,不排除也曾经以严厉手段惩罚过不推行王道德政的国君。作为秉承其父爵位的长子,始任国君的忠诚于乃父,更是毋庸置疑的。燕国的特殊性更在于,召公活了将近两百岁,召公在世之时,周室已经历经四代,燕国也完全可能已经到了第四第五甚或第六代;在召公在世的这几代之中,不可能有任何一代敢于或者愿意背离召公这个强势人物的王道礼治法则。即或是召公在世只陪过了燕国四代国君,也是惊人地长了,长到足以奠定稳定而不容变更的政治传统了。

这里,恰恰有另外一个极为重要的史料现象:燕国自召公直至第九代国君,都没有明确的传承记载。为什么?唐代司马贞在《史记·索隐》中解释,说这是"并国史先失也"。意思是说,国史失载,造成了如此缺环。可是,我们的问题是,燕国史为什么失载?鲁国史为什么就没有失载?客观分析,最大的原因可能有两方面:其一,燕国在召公在世的几代之中,都忠实地遵奉了召公王道,国无大事风平浪静,以至于没有什么大事作为史迹流传。于是,其国史史料,也就不能吸引士子学人在大争之世去抢救发掘了。这一点,燕国不同于鲁国。鲁国多事,也就有了孔子等平民学者的关注。燕国无事,自然会被历史遗忘。其二,史料缺失本身,带有周、召二公的风格特征。周公显然具有比较强的档案意识,譬如,曾经将自己为周武王祈祷祛病的誓言密封收藏,以为某种证据,后来果然起到了为自己澄清流言的作用。而召公却更注重处置实际政务,不那么重视言论行为的记载保留。至少,召公在民间长期流传的口碑,就比周公响亮得多。如此这般,两国的史官传统,很可能也会有着重大差异。相沿成习,终于在岁月流逝中体现出史料留存的巨大差别。

立国君主的精神风貌,往往决定着这个国家的政治传统。

历史逻辑在这里的结论是:燕国的政治传统,被异常长寿的召公凝滞了。

燕国的政治传统,就是王道礼治的治国精神以及与其相配套的行为法则。

何谓王道?何谓礼治?这里需要加以简单的说明。

王道，是与霸道相对的一种治国理念。古人相信，王道是黄帝开始倡导的圣王治国之道。王道的基本精神是仁义治天下，以德服人，亦称为德政。在西周之前，王道的实行手段是现代法治理论称之为习惯法的既定的社会传统习俗。西周王天下，周公制定了系统的礼（法）制度，将夏商两代的社会规则系统归纳，又加以适合当时需要的若干创造，形成了当时最具系统性的行为法度——《周礼》。周礼的治国理念依据，便是王道精神。周礼的展开，便是王道理念的全面实施。所以，西周开始的王道，便是以礼治为实际法则而展开的治国之道。王道与周礼，一源一流，其后又互相生发，在周代达到了无与伦比的精细程度。直到春秋时代（东周），王道治国理念依然有着巨大的影响力。

王道礼治，在治国实践中有三方面的基本特征：

其一，治民奉行德治仁政，原则上反对强迫性实施压服的国家行为。

其二，邦交之道奉行宾服礼让，原则上反对相互用兵征伐。

其三，国君传承上，既实行世袭制，又推崇禅让制。

列位看官留意，上述基本特征，都是相对而言，不可绝对化。在人类活动节奏极为缓慢的时代，牧歌式的城邑田园社会是一种大背景，任何人都不可能逾越这个社会条件。统治者与被统治者的依附关系，因为空间距离的稀疏而变得松弛；社会阶层剧烈的利害争夺，因人口的稀少与自然资源的相对丰厚而变得缓和；太多太多的人欲，都因为山高水远而变得淡漠；太多太多的矛盾冲突，都因为鞭长莫及而只能寄希望于德政感召。所以，“邻国相望，鸡犬之声相闻，民至老死不相往来”①的图画，在那个时代是一种现实，并非老子描绘的虚幻景象。同样，明君贤臣安步当车以巡视民间，树下听讼以安定人心，也都是可能的现实。如此背景之下，产生出这种以德服人的治国理念，意图达到民众的自觉服从，实在是统治层的一种高明的选择。高明之处，在于它的现实性，在于它能有效克服统治者力所不能及的尴尬。当然，那个时代也不止一次地

① 见《老子》八十章。

出现过破坏这种治国理念的暴君。但是,暴君没有形成任何治国理念。王道德政,是中国远古社会自觉产生的政治传统。这一点,至少在春秋之前,没有任何人企图改变。

可是,时代已经发生了剧烈的变迁,昔日潮流已经成为过去。

所有的诸侯国,都面临着自己的政治传统面对的紧迫而又尖锐的问题。

当此之时,让我们先看看燕国在春秋战国之世的基本作为。

春秋时期,燕国见诸史籍的大事大体有四件:

1.吞灭蓟国(年代无考),以蓟城做了燕国都城,此后一直未变。

2.燕庄公二十七年,燕国遭遇北方山戎攻击,齐桓公率兵救援。解除燕国危机后,齐桓公提出要燕国共同尊王朝贡,并敦促燕国复修召公之法。由此可以推断:当时燕国与周王室有所疏离,对召公德政传统也有所偏离,是可能变化之迹象,却被霸主齐桓公遏制。

3.燕惠公因多养宠姬而起内乱,逃奔齐国,失政四年;后齐国伐燕,护送惠公回燕,刚刚回国燕惠公即死。

4.燕釐公三十年,进攻政权已经由姜氏变为田氏的新齐国,占据林营之地。

战国之世,燕国的大事主要有:

1.燕文公时期任用苏秦,首倡六国合纵,为纵约长国。之后,秦国连横,秦惠王以女嫁燕太子,秦燕结盟,燕国自此反复进出于合纵。

2.燕易王时期,齐宣王攻燕,占据燕国十城,后得苏秦斡旋,十城复归。

3.燕王哙禅让子之,致燕长期内乱,燕国大衰。

4.燕将秦开平定辽东,年代不可考。

5.燕昭王任用乐毅变法,大举攻齐,下七十余城,历时六年,几灭齐国。

6.燕惠王废黜乐毅,齐国大举反攻复国,燕国衰弱。

7.燕武成王七年,遭齐国田单攻燕,燕失中阳之地。

8.燕王喜之时,屡次对赵发动战事均遭大败,失地失军不可计数。

9.燕秦结盟,太子丹在秦为人质。

10.太子丹主谋,策划荆轲刺秦。

11.秦军攻燕,燕代联军抗秦大败,燕王喜逃亡辽东。

12.燕王喜杀太子丹献于秦国。

13.燕王喜三十三年,秦攻辽东,俘获燕王喜,燕国灭亡。

从历史的大足迹可以看出,在整个西周时代,燕国是平定散淡的,是没有大作为的。春秋之世,则曾经有过两次方向不同的变化迹象。第一次,是燕庄公时期偏离召公德政,被奉行"尊王攘夷"的齐桓公遏制,应该说,这次变化是趋于进取的,是力图靠拢潮流的。第二次,则是燕釐公进攻新生的齐国,应该说,这是燕国面对新生地主族群取代老贵族诸侯的潮流,内心所产生的不满与躁动,是逆潮流的一次异动。

战国之世,兴亡选择骤然尖锐化,燕国面对古老的政治传统与不变则亡的尖锐现实的夹击,表现出一种极其独特的国家秉性。其总体状态是摇摆不定的:一方面,在政治权力的矛盾冲突与邦交之道的国家较量中,依然奉行着古老的王道传统,企图以王道大德来平息激烈的利害冲突,处置重大的社会矛盾时暴露出明显的迂腐,形成一种浓烈的迂政之风;另一方面,在变革内部体制与增强国家实力的现实需求面前,则迫不得已地实行有限变法,稍见功效便浅尝辄止。这种摇摆不定的状态,造成了极为混乱的自相摧残。王道迂政带来严重的兵变内乱,变法所积累的国家实力轻而易举地被冲击得荡然无存;变法势力因不能与迂政传统融合,随即纷纷离开燕国,短暂的变法迅速地消于无形,一切又都回到了老路上去。于是,国家屡屡陷入震颤瘫痪,国家灾难接踵而来。司马迁的说法是:"燕外迫蛮貉,内措齐晋,崎岖强国之间最为弱小,几灭者数矣!"

战国时期,最能表现燕国王道迂政的是四大基本事件:

其一,反复无常的邦交之道。

其二,搅乱天下的禅让事件。

其三,强兵复仇而一朝瓦解的破齐事件。

其四，长期挑衅强邻的对赵消耗战。

先说邦交之迂。

秦国变法后，骤然崛起为最强大国家，使战国格局发生了重大变化。当此之时，山东名士苏秦倡导六国合纵抗秦的邦交战略。从历史主义的高度看，这是整个人类文明史上第一次由精英之士个人推动实现的外交大战略。苏秦推行合纵，首先瞄准的最佳发动国是中原三晋中的赵国。原因只有一个，秦国东出，三晋首当其冲，而赵国在三晋之中最硬朗。但是，种种原因，赵国却拒绝了苏秦。需要关注的是，苏秦在首说赵国失败之后选择了燕国。苏秦为何放弃了继续以直接与秦国对抗的魏国、韩国为说服对象，而选择了距离秦国最远的燕国做突破口？从《战国策》所记载的苏秦说燕王篇章中，我们可以看出最根本的原因。这个原因就是：在秦国成为超强大国而对山东构成巨大威胁的大形势下，燕国在山东六国中具有最明显的邦交战略失误。这个失误，恰恰是对秦国威胁完全不自觉。

苏秦点出的事实，具有浓烈的嘲讽意味："……安乐无事，不见覆军杀将之忧，无过燕矣！大王知其所以然乎？夫燕之所以不犯寇被兵者，以赵之为蔽于南也！……秦赵相弊，而王以全燕制其后，此燕之所以不犯难也……秦之攻燕，战于千里之外；赵之攻燕，战于百里之内。夫不忧百里之患，而重千里之外，(失)计无过于此者！"苏秦所讽刺的这种"不忧百里之患，而重千里之外"的邦交政策，正是典型的燕国式的政治迂阔症。这种迂政邦交，最大的症状便是没有清醒的利益判断，时时事事被一种大而无当的想法所左右，邦交经常地摇摆不定。历史的事实是，虽然燕文公这次被点醒，但其后不久，燕国立即退出合纵而与秦国连横，重新回到"不忧百里之患，而重千里之外"的迂阔老路上去了。再后来的燕国邦交，更是以反复无常而为天下公认，获得了"燕虽弱小，而善附大国"的口碑。也就是说，燕国邦交的常态，是选择依附大国而不断摇摆。春秋时期，这种摇摆主要表现在附齐还是附晋。战国时期，燕国的摇摆则主要表现于对遥远的大国(楚国、秦国)时敌时友，而对两个历史渊源深厚的邻国（齐国、赵国）则刻意为敌。乍看之下，这种邦交貌似后来秦国奉行的极其有效的远交近攻战略，似乎是英明的强国邦交战略。但是，可惜燕国不是强国，更不是要自觉统一天下的强国。燕国的远依附而近为敌，更实际的原因在于迂阔的王道精神，在于老牌王族诸侯的贵胄情结——齐国赵国是新地主国家，与我姬姓天子后裔不能同日而语！这种对实际利害缺乏权衡而对强大邻国的“身世”念兹在兹的国家嫉妒，导致了燕国邦交的长期迂腐，也导致了几次行将灭亡的灾难。

再说禅让之迂。

燕国任用苏秦首倡合纵之后，地位一度得到较大提高。可是，正在这个时候，燕国发生了一次令人不可思议的政治事件，从而导致了一次最严重的亡国危机。这个事件，便是燕王哙的禅让事件。燕易王之后，继位者是燕王哙。列位看官留意，大凡没有谥号而直呼其名的国君，不是亡国之君，便是丧乱之君，总之已经丧失了追谥的宗庙条件。这个姬哙，与后来亡燕的姬喜，是燕国历史上两个没有谥号的君王。姬哙之所以历史有名，便是因为在位期间做了这一件令天下瞠目结舌的大事——仿效圣王古制，禅让国君之位。这件事发生在公元前316年，其造成的严重内乱持续了五年之久，是燕国“几亡者数矣”中最具荒诞性的一次亡国危机。事件的经过，都在本书第二部《国命纵横》中备细叙述了。我们在这里所要关注的，是燕王哙的迂阔与整个荒诞事件如何生成。《史记》《战国策》与《韩非子》都记载了这次事件的四个关键人物的关键言论，很能说明一些问题。

第一个关键人物，当然是姬哙。从他与其他臣子的应对中完全可以看出，姬哙最关注的是两件事：一则是如何使自己成为圣王，二则是如何使燕国像齐国一样王天下。应该说，姬哙的动机无可厚非。但是，在变法强国成为潮流的时代，姬哙没有想如何搜求人才变法强国，却一味在圣王之道上打圈子，不能不说，这是燕国的迂政传统起了决定性作用。

第二个关键人物是子之。《韩非子·内储说上》记载了子之一次权术行为:“子之相燕,坐而佯言曰:‘走出门者何?白马也?’左右皆言不见。有一人走追之,报曰:‘有。’子之以此知左右之不诚信。”后来的赵高指鹿为马以测试同党,完全与子之权术相同。这件事可以看出,子之并非是商鞅乐毅那般具有治国信念的变法人士,而是具有政治野心的权术人物。后来,子之当政而国家大乱的事实也证明了这一点。

第三个关键人物是苏代。苏代是苏秦的弟弟,入燕后与子之结盟,成为促成子之当政的关键人物之一。苏代促成姬哙决策重用子之的言论,《史记》的记载是:苏代出使齐国归来,姬哙问齐王其人如何?苏代回答说,必不能成就霸业。姬哙问,为什么?苏代回答说,齐王不信其臣。苏代的目的很明显,“欲以激燕王以尊子之也。于是燕王大信子之。子之因遗苏代百金,而听其所使。”显然,这是一笔很不干净的政治交易,苏代骗术昭然。《韩非子·外储说右下》记载相对详细,苏代着意以齐桓公放权管仲治国而成就霸业为例,诱姬哙尊崇子之,姬哙果然大为感慨:“今吾任子之,天下未知闻也!”于是,明日张朝而听子之。可见,苏代促成姬哙当权的方式,具有极大的行骗性,说苏代在这件事上做了一回政治骗子,也不为过。而姬哙的对应,则完全是一个政治冤大头在听任一场政治骗术的摆弄,其老迈迂阔,令人忍俊不能。

第四个关键人物是鹿毛寿。此人是推动姬哙最终禅让的最主要谋士,其忽悠术迂阔辽远,绕得姬哙不知东南西北。鹿毛寿对姬哙的两次大忽悠,《战国策》与《史记》记载大体相同。第一次提起禅让,鹿毛寿的忽悠之法可谓对症下药。鹿毛寿先说了一个生动的故事:尧让许由,许由不受。于是,“尧有让天下之名,实不失天下”,尧名实双收,既保住了权力,又得到了大名。无疑,这对追慕圣王的姬哙是极大的诱惑。之后,鹿毛寿再摆出了一个诱人的现实谋划:“今王以国让于子之,子之必不敢受;如是,王与尧同行也!”姬哙素有圣王之梦,又能名实双收,立即认同,将举国政务悉数交给了子之。显然,这次交权还不是子之为王。于是,过了几多时日,鹿毛寿又对姬哙第二次忽悠设谋。鹿毛寿说,当初大禹禅让于伯益,却仍然教太子启做了大臣。名义禅让,实际上是教太子启自己夺位；今燕王口头说将燕国交给了子之，而官吏却都是太子的人，实际是名让子之，而太子实际用事（掌权）。显然，这次是鹿毛寿奉子之之命向姬哙摊牌了，忽悠的嘴脸有些狰狞。大约姬哙已经有了圣王癖，或者已经是无可奈何，于是立即作为，将三百石俸禄以上的官印（任免权）全数交给了子之。之后，姬哙正式禅让。“子之南面行王事，而哙老不听政，顾（反）为臣。”

在治国理念与种种政治理论都已经达到辉煌高峰的战国之世，一个大国竟然出现了如此荒诞的复古禅让事件，其“理论”竟然是如此的迂阔浅薄，实在令人难以理解。这一幕颇具黑色幽默的禅让活剧，之所以发生在燕国，而没有发生在别的任何国家，其重要的根源，便是燕国的王道传统之下形成的迂政之风。燕国君臣从上到下，每每不切实际，对扎扎实实的实力较量感到恐惧，总是幻想以某种貌似庄严肃穆的圣王德行来平息严酷的利益冲突，而对真正的变法却退避三舍敬而远之。这种虚幻混乱的迂政环境，必然是野心家与政治骗子大行其道的最佳国度。

再说燕国破齐之迂。

燕国最辉煌的功业，是乐毅变法之后的破齐大战。对于燕昭王与乐毅在燕国推行的变法，史无详载。从历史实际进展看，这次变法与秦国的商鞅变法远远不能相提并论，其主要方面只能是休养生息、整顿吏治、训练新军几项。因为，这次变法并没有触及燕国的王道传统，更不能说根除。变法二十八年之后，燕国发动了对齐国的大战。乐毅世称名将，终生只有这一次大战，即六年破齐之战。燕国八百余年，也只有破齐之战大显威风，几乎将整个齐国几百年积累的财富全部掠夺一空。否则，燕国后期的对赵之战便没有了财力根基。但是，破齐之战留下了一个巨大的谜团：为什么强大的燕军能秋风扫落叶一般攻下七十余城，却在五年时间里攻不下最后的两座小城而致功败垂成？世间果然有天意么？

历史展现的实际是：在最初的两次大会战击溃齐军主力后，乐毅遣散了五国联军，由燕军独立攻占齐国；一年之内，燕军下齐七十余城，齐湣王被齐国难民杀死,齐国只留下了东海之滨的即墨与东南地带的莒城两座小城池。便是这两座城池,乐毅大军五年没有攻克,最终导致第六年大逆转。战争的具体进程,本书第三部《金戈铁马》有详细叙述,不再重复。我们的问题是:五年之中,燕军分明能拿下两城,乐毅为什么要以围困之法等待齐国的最后堡垒自行瓦解?后世历史家的研究答案是:乐毅为了在齐国推行王道德政,有意缓和了对齐国的最后攻击。

《史记·乐毅列传·集解》,有三国学者夏侯玄的一段评判云:"……乐生之志,千载一遇……夫兼并者,非乐毅之所屑,强燕而废道,又非乐生之所求……夫讨齐以明燕王之义,此兵不兴于为利矣!围城而害不加于百姓,此仁心著于遐迩矣!举国不谋其功,除暴不以威力,此至德全于天下矣!……乐生方恢大纲,以纵二城;收民明信,以待其獘(毙)……开弥广之路,以待田单之徒;长容善之风,以申齐士之志。使夫忠者遂节,勇者义著,邻国倾慕,四海延颂,思戴燕主,仰望风声,二城必从,则王业隆矣!……败于垂成,时运固然。若乃逼之以威,劫之以兵,虽二城几于可拔,而霸王之事逝其远矣!……乐生岂不知拔二城之速了哉,顾拔城而业乖也!……乐生之不屠二城,未可量也!"

我们得说,夏侯玄的分析完全切中燕国实际。

但是,夏侯玄的评论却比燕昭王与乐毅更为迂阔。夏侯玄之迂阔,在于将燕国攻齐说成一开始就很明确的彰显王道的义兵,且将其抬高到不是以利害为目标的道义战争而大加颂扬,"举国不谋其功,除暴不以威力,此至德全于天下矣!"甚至,夏侯玄将围城不攻也说成是为了"申齐士之志"的善容之德。

历史的事实是:燕昭王奋发图强的初始动机,只是为了复仇。乐毅后来对燕惠王的书简已经明说了:"先王命之曰,'我有积怨深怒于齐,不量轻弱,而欲以齐为事!'"后来的燕惠王也说:"将军为燕破齐,报先王之仇,天下莫不震动。"丝毫没有一句论及,破齐是为了推行先王之义。唯其如此,乐毅破齐初期并没有推行不切实际的王道德政,而是毫不留情地大破齐军数十万、攻下齐国全部城池、抢掠了齐国全部府库的全部物资财富。应该说,这是强力战争所遵循的必然规律,无可厚非。可是,在战争顺利进展的情势下,燕国的对齐方略忽然发生了重大变化。这个变化,就是以即墨莒城两座城池的死命抵抗为契机,燕国忽然在齐国采取了与开始大相径庭的王道德政。这种王道德政,能在齐国推行五年之久而没有变化,与其说是乐毅的自觉主张,毋宁说是燕国王族的王道理念旧病复发,燕昭王又有了要做天下圣王的大梦所致。因为,没有燕昭王的支持甚至决策,作为一个战国时代著名的统帅,很难设想乐毅会自觉自愿地推行一种与实际情势极为遥远的迂腐德政。乐毅在对燕惠王回书中回顾了攻齐之战,说得最多的是攻伐过程与如何在齐国获得了大量财富并如何运回了燕国,对于五年王道化齐,却几乎没有说一句话。假若是乐毅力主燕惠王推行王道,乐毅能不置可否么?同样一个令人深刻怀疑的事实是:在燕惠王罕见致歉的情况下,乐毅为什么坚决不回燕国?合理的答案只能是,乐毅对燕国迂政传统的危害的认识至为清醒,明知无力改变而不愿意做无谓的牺牲。

不以战争规则解决战争问题,而以迂阔辽远的王道解决残酷的战场争端,不但加倍显示出自己前期杀人攻城劫掠财富的残酷,而且加倍显示出此时推行王道的虚伪不可信。这既是齐国人必然不可能接受的原因,也是燕国迂政用兵必然失败的原因。相比于秦国的鲜明自觉的兵争战略,这种迂政之兵更显得荒诞不经。

再说燕国的对赵之迂。

整个战国时代,燕国邦交的焦点大多是对赵事端。也就是说,除了燕昭王对齐国复仇时期,燕国的邦交轴心始终是对赵之战。燕国纠缠挑衅赵国之危害,几乎当时所有在燕国的有识之士都剖析过反对过。但是,燕国的对赵挑衅却始终没有改变,这实在也是燕国历史的最大谜团之一。邦交大师苏秦最先提出了燕国对赵之错误,其后,苏代也以“鹬蚌相争,渔人得利”的寓言故事再度强调燕国对赵之错误。应该说,苏氏兄弟时期,燕国君主还是有所克制的,几次燕赵之战都因听从劝谏而避免,燕国地位因此而改善。可是,燕惠王之后,燕国对赵方略又回到了老路。没有任何理论理念支撑,就是死死咬住赵国不放。整个燕王喜时期,燕国政局的全部核心就是挑衅赵国。昌国君乐闲反对过,为此被迫逃离燕国。大夫将渠反对过,被燕王一脚踢翻。燕国只有一个名臣支持了燕国攻赵,这就是晚年的剧辛,结果是剧辛在战场被赵军杀死。若非赵国晚期是昏君赵迁在位,只怕名将李牧早灭了燕国。

历史形成的基本谜团,其根源往往在于我们已经无法理解当事者的思维方式。

分明是害大于利,燕国还是要对赵国长期作战,为什么?

具体原因固然复杂多样,譬如秦国间离燕赵,暗中支持燕国与赵国为敌,从而达到削弱强大赵国的目的,就是一个重要原因。可是,历史逻辑展现出的根源却只有一条:燕国以天子号老贵族自居,对这个后来崛起的强大邻国抱有强烈的嫉妒与蔑视,必欲使其陷于困境而后快。只能说,这是王道迂政之风在最后的变形而已。

王道政治传统,曾经在秦国也有深厚的根基,但结果却截然不同。

秦穆公之世任用百里奚治国,使秦国成为春秋霸主之一。由此,王道治国在秦国成为不能违背的传统。直到秦孝公的《求贤令》,依然遵奉秦穆公,明确表示要"修穆公之政令"。《商君书·更法》记载的秦国关于变法决策的论战,当时的执政大臣甘龙、杜挚反对的立足点很明确,就是维护秦国传统:"圣人不易民而教,知者[①]不变法而治。因民而教者,不劳而功成;据法而治者,吏习而民安。今若变法,不循秦国之故,更礼以教民,臣恐天下议君!"另一反对派大臣杜挚则云:"利不百,不变法。功不十,不易器。臣闻法古无过,循礼无邪。君其图之!"两派激烈争论,都没有涉及变法之具体内容,而都紧紧扣着一个中心——如何对待本国的政治传统?成法该不该变?商鞅的两次反驳很犀利,很深刻。

商鞅反驳甘龙云:"子之所言,世俗之言也!夫常人安于故习,学者溺于所

① 知(zhì)者,即智者。

闻。此两者所以居官而守法,非所与论于法之外也。三代不同礼而王,五霸不同法而霸。故知者作法,而愚者制焉。贤者更礼,而不肖者拘焉！拘礼之人,不足与言事。制法之人,不足与论变。君无疑矣!”

商鞅反驳杜挚云:“前世不同教,何古之法也！帝王不相复,何礼之循！伏羲神农教而不诛,黄帝尧舜制而不怒,及至文武,各当时而立法,因事而制礼。礼法以时而定,制令各顺其宜,兵甲器备各便其用。臣故曰:治世不一道,便国不必法古！汤武之王也,不修古而兴;殷夏之灭也,不易礼而亡。然则,反古者未必可非,循礼者未必多是也。君无疑矣!”

商鞅的求变图存理论,是战国时期变法理论的代表。从某种意义上说,一个国家的变法派能否成功,既取决于其变法内容是否全面深刻,又取决于对该国政治传统背叛的深刻程度。唯其商鞅自觉清醒,而能说服秦孝公决然地抛弃旧的政治传统,在秦国实行全面深刻的变法。由此,秦国强大,秦国确立起了新的政治理念,从此持续六世之强而统一华夏。

燕国则不同,乐毅与燕昭王的变法没有任何理论准备,没有对燕国的政治传统进行任何清理,只是就事论事地进行整顿吏治、休养生息、训练新军等等事务新政。显然,这种不涉及传统或者保留了旧传统的表面变革,不可能全面深刻,也不可能稳定持续地强大,一旦风浪涌起,旧根基旧理念便会死灰复燃。

燕国的悲剧,就在这种迂政传统的反复发作之中。

无论是处置实际政务,还是处置君臣关系,燕国君王的言论中都充满了大而无当的王道大言,于实际政见之冲突却不置一词。王顾左右而言他,诚所谓也！燕惠王尤其典型,对乐毅离燕的德义谴责,根本不涉及罢黜乐毅的冤案与对齐国战略失误的责任承担;对乐闲离燕的德义遣责,如出一辙地既不涉及对赵方略之反思,又不涉及乐闲离赵的是非评判,只是大发一通迂阔之论,绕着谁对不起谁做文章。两千余年后读来,犹觉其絮叨可笑,况于当时大争之世焉！司马迁在《史记·燕召公世家》之后感慨云:“召公奭可谓仁矣！甘棠且思之,况其人乎！燕外迫蛮貉,内措齐、晋,崎岖强国之间最为弱小,几灭者数矣！

然社稷血食者八九百岁，于姬姓独后亡，岂非召公之烈邪?"司马迁将燕国长存之原因，一如既往地归结于"天下阴德"说，姑且不论。然则，司马迁对燕国灭亡之原因，却没有涉及。

这，正是我们关注的根本所在。